国家社会科学基金重大项目
"文学伦理学批评：理论建构与批评实践研究"
结项成果之一

 华中师范大学中国语言文学一流学科建设文库

聂珍钊 苏 晖·总主编
文学伦理学批评研究（四）

Ethical Literary Criticism of Japanese Literature

日本文学的伦理学批评

李俄宪◎主 编

图书在版编目(CIP)数据

日本文学的伦理学批评/聂珍钊,苏晖总主编;李俄宪主编. —北京:北京大学出版社,2020.8
(文学伦理学批评研究;四)
ISBN 978-7-301-31460-9

Ⅰ.①日… Ⅱ.①聂… ②苏… ③李… Ⅲ.①日本文学—伦理学—文学评论 Ⅳ.① I313.06

中国版本图书馆 CIP 数据核字(2020)第 134838 号

书　　　名	日本文学的伦理学批评 RIBEN WENXUE DE LUNLIXUE PIPING
著作责任者	聂珍钊　苏　晖　总主编 李俄宪　主编
责任编辑	兰　婷
标准书号	ISBN 978-7-301-31460-9
出版发行	北京大学出版社
地　　　址	北京市海淀区成府路 205 号　100871
网　　　址	http://www.pup.cn　新浪微博:@北京大学出版社
电子信箱	lanting371@163.com
电　　　话	邮购部 010-62752015　发行部 010-62750672 编辑部 010-62759634
印　刷　者	三河市博文印刷有限公司
经　销　者	新华书店 650 毫米 ×980 毫米　16 开本　30.5 印张　620 千字 2020 年 8 月第 1 版　2020 年 8 月第 1 次印刷
定　　　价	108.00 元

未经许可,不得以任何方式复制或抄袭本书之部分或全部内容。
版权所有,侵权必究
举报电话:010-62752024　电子信箱:fd@pup.pku.edu.cn
图书如有印装质量问题,请与出版部联系,电话:010-62756370

目　录

总序(一) …………………………………………………………… 1
总序(二) …………………………………………………………… 20

第一章　日本文学的伦理学批评之可能性 …………………… 1
第一节　上代和中古时期 ………………………………………… 2
第二节　中世时期 ………………………………………………… 6
第三节　近世时期 ………………………………………………… 9
第四节　近代时期 ………………………………………………… 13
本章小结 …………………………………………………………… 18

第二章　物语文学中的皇权伦理 ………………………………… 19
第一节　《竹取物语》中"皇权至上"的伦理建构 …………… 20
第二节　《伊势物语》中"皇权衰退"的伦理问题 …………… 33
第三节　《落洼物语》中"皇权没落"的伦理悖论 …………… 48
本章小结 …………………………………………………………… 58

第三章　近世小说的伦理思想流变 …… 60
  第一节　"好色物"中的伦理冲突与伦理反思 …… 61
  第二节　《雨月物语》中的伦理困惑与伦理选择 …… 72
  第三节　《南总里见八犬传》中的伦理混乱与伦理秩序重建 …… 83
  本章小结 …… 94

第四章　日本传统戏剧的伦理冲突 …… 96
  第一节　"人情"与"义理"的伦理冲突 …… 97
  第二节　近松门左卫门"世态剧"的伦理冲突 …… 104
  本章小结 …… 112

第五章　"私小说":现代人的伦理苦闷 …… 114
  第一节　近代人权平等观念与封建等级观念的伦理冲突与伦理选择 …… 121
  第二节　个体欲望与社会伦理道德规范的伦理冲突与伦理选择 …… 128
  第三节　生与死的伦理冲突与伦理选择 …… 139
  本章小结 …… 146

第六章　白桦派:人道主义与伦理思想的纠葛 …… 147
  第一节　《暗夜行路》中的乱伦叙事与道德救赎 …… 149
  第二节　《亲子》中的父子冲突与伦理困惑 …… 160
  第三节　《友情》中自然之爱的伦理诉求 …… 175
  本章小结 …… 185

第七章　余裕派文学的伦理之思 …… 188
  第一节　夏目漱石《心》的文学伦理学批评研究 …… 189
  第二节　森鸥外《高濑舟》文学主题的伦理之思 …… 202

第三节　无法超越的人性:《杜子春》的自由意志和伦理选择 …… 215
　　本章小结 ……………………………………………………… 224

第八章　左翼文学:伦理身份与文学转向 ……………………… 226
　　第一节　木下尚江《火柱》中的伦理混乱 …………………… 228
　　第二节　小林多喜二《为党生活的人》的伦理悖论与伦理启示 …… 240
　　本章小结 ……………………………………………………… 252

第九章　谷崎润一郎短篇小说的伦理解读 …………………… 255
　　第一节　谷崎短篇小说的伦理内涵 …………………………… 256
　　第二节　谷崎短篇小说中的人物伦理关系 …………………… 264
　　第三节　谷崎短篇小说的伦理书写 …………………………… 270
　　本章小结 ……………………………………………………… 279

第十章　川端康成:日本传统美与现代追求之间的伦理定位 …… 281
　　第一节　《雪国》艺术伦理的诗学阐释 ………………………… 284
　　第二节　《千羽鹤》的伦理价值论 ……………………………… 295
　　第三节　从《一只胳膊》看伦理选择与身份定位 ……………… 310
　　本章小节 ……………………………………………………… 324

第十一章　大江健三郎:政治伦理与身份认同 ………………… 326
　　第一节　《饲育》:人道主义的政治伦理观 …………………… 327
　　第二节　《万延元年的足球队》:身份认同与政治伦理表达 … 335
　　第三节　从《水死》的互文性看大江的政治伦理观 …………… 354
　　本章小结 ……………………………………………………… 372

第十二章　村上春树:伦理取向的多元与迷茫 ………………… 374
　　第一节　脑文本与《世界尽头与冷酷仙境》 …………………… 376

第二节　论《挪威的森林》中的身份困惑与伦理思考…………396
第三节　论《海边的卡夫卡》中田村卡夫卡的拟似性伦理犯罪……404
本章小结……………………………………………………………420

参考文献……………………………………………………………423
后　记……………………………………………………………435

总序(一)

聂珍钊　王松林

20世纪80年代以来,大量西方的文学批评理论涌入中国,如形式主义批评、结构主义批评、解构主义批评、心理分析批评、神话原型批评、女性主义批评、生态批评、后殖民主义批评、文化批评等,这些批评理论和方法丰富了我国的文学批评,并推动着我国文学批评的发展。但是,与此同时,我国的文学批评也存在诸多问题,其中最突出的问题就是唯西方批评理论为尊,缺乏具有我国特色和话语的批评体系,尤其漠视文学的伦理价值和文学批评的伦理指向。针对近二三十年来文学批评界的乱象,文学伦理学批评对文学的起源、文学的功能、伦理批评与道德批评、伦理批评与审美、文学的形态等有关文学的属性问题做了反思。在批评实践中,文学伦理学批评力图借鉴和融合其他批评理论的思想,从跨学科的视域来探索文学作品的伦理价值。

一、文学伦理学批评兴起的背景

众所周知,从20世纪八九十年代起,在当代西方文学批评理论思潮的冲击下,我国的文学批评理论研究已不再是传统意义上的关于"文学"的理论研究,而是跨越文学研究成为一种几乎无所不包的泛文化研究,政治、社会、历史和哲学等"跨界"话题成为学者们热衷研究的焦点,文学文本研究及关于文学的理论被边缘化。中国社会科学院文学研究所"学科学术前沿报告"课题组在《人文社会科学前沿扫描》(文学理论篇)一文中指出,相当一部分文学研究者"走出了文学圈",成为"万能理论家",文学理论研究变成了对各种社会问题的研究,他们在"管理一切,就是不管文学自身"。① 其实,早在20世纪80年代,以雅克·德里达为代表的一些西方批评家就预言,在消费主义和大众文化盛行的时代,影视、网络和其他视觉图像将一统天下,传统的文学必将终结,传统的关于文学的(研究)理论也必将死亡。美国著名批评家J.希利斯·米勒赞成德里达的文学终结论,他断言:"文学研究的时代已经过去了。再也不会出现这样一个时代——为了文学自身的目的,撇开理论的或者政治方面的思考而单纯去研究。那样做不合时宜。"②德里达和米勒的预言不是空穴来风。

简略检索一下西方批评理论的发展,我们不难发现,现代意义上的"批评理论"的兴盛是从20世纪50年代批评的"语言转向"开始的。此前,语言学家费尔迪南·德·索绪尔的结构主义思想对欧美形式主义和结构主义产生了重要影响,新批评和俄国形式主义批评在学界广为流行。之后,"批评理论"逐渐发展为一个独立的知识领域。大约到了60年代晚期,英国、美国、联邦德国、法国等国家的一流大学竞相开设批评理论课程,文学批评理论一度被认为是大学人文学院里的新潮课程,这种情况在80年代达到高峰,以致形成"理论主义"。实际上,这一现象可以说是与60—80年代里涌现的纷乱繁杂的社会思潮、哲学思想和政治价值取向交

---

① 中国社会科学院文学所"学科学术前沿报告"课题组:《人文社会科学前沿扫描》(文学理论篇),《中国社会科学院院报》2003年5月15日第2版。
② [美]J.希利斯·米勒:《全球化时代文学研究还会继续存在吗?》,国荣译,《文学评论》2001年第1期,第138页。

织在一起的。粗略扫描一下盛行一时的批评理论,不可不谓令人目不暇接:自新批评和俄国形式主义批评之后,结构主义(以罗曼·雅各布森、克劳德·列维-斯特劳斯、弗拉基米尔·普罗普等为代表)、后结构主义(以米歇尔·福柯、罗兰·巴特、朱莉亚·克里斯蒂娃等为代表)、解构主义(以德里达、保罗·德曼、米勒等为代表)、诠释学与读者反应理论(以汉斯-格奥尔格·伽达默尔、埃德蒙德·胡塞尔、沃尔夫冈·伊瑟尔、汉斯·姚斯等为代表)、女性主义(以西蒙·德·波伏娃、伊莱恩·肖瓦特、克里斯蒂娃、埃莱娜·西苏等为代表)、西方马克思主义(以西奥多·阿多诺、瓦尔特·本雅明、詹明信、特里·伊格尔顿、路易·阿尔都塞等为代表)、后殖民主义(以弗朗茨·法农、霍米·巴巴、爱德华·萨义德、佳亚特里·斯皮瓦克等为代表)、文化研究(以雷蒙德·威廉斯、斯蒂芬·格林布拉特、福柯、斯图亚特·霍尔等为代表)、后现代主义(以尤尔根·哈贝马斯、让-弗朗索瓦·利奥塔、让·鲍德里亚等为代表)等各种批评理论纷至沓来,令人眼花缭乱。然而,你方唱罢我登场,由于大多数理论用语艰涩,抽象难懂,因此,其生命力难以持久,教授口中那些高深莫测的理论常被讥讽为赶时髦的"愚民主义"(faddish or trendy obscurantism)。20世纪80年代后期,在英美学界就已经开始了一场针对"理论主义"的"理论之战"。及至90年代,一场学术论战的硝烟之后,"理论热"开始在西方(尤其是英、美)渐渐降温。

然而,虽然"理论热"逐渐降温,"理论主义"的负面影响却仍然在继续,对"理论主义"的批评在欧美学界也在持续,这或许可以从美国加利福尼亚大学伯克利分校前校长威廉·查斯在《美国学者》(*The American Scholar*)上发表的一篇长篇大论《英文系的衰退》(The Decline of the English Department)中窥见一斑。① 查斯发现,20世纪70年代至21世

---

① W. M. Chace. "The Decline of the English Department." *The American Scholar* Autumn 78(2009):32—42.

纪初,美国高等教育出现了本科生专业选择上的重大转变,选择英文专业的年轻人数量大幅度下降。查斯一针见血地指出,理论热和课程变化是导致美国英文系生源减退的重要原因。美国多数英文系在文学课程内容取舍上出于"政治正确"的考虑,取消了原来的那些传统的经典作品,取而代之的是一些次要作品(特别是关于种族或少数族裔、身份与性别等社会和文化问题的作品以及流行的影视作品);即便保留了经典的文学作品,选择的也是可供文化批评的典型文本。于是,与之相关的身份理论和性别理论、解构理论和后现代理论以及大众文化理论等盛极一时,文化研究大有颠覆传统的文学研究之势。

在理论浪潮的冲击下,文学研究的学科边界变得模糊,学科根基逐渐动摇。文化批评家、后殖民主义批评的代表人物萨义德在逝世前终于意识到这个问题的严重性,他认为艰涩难懂的理论已经步入歧途,影响了人们对文学的热爱,他痛心疾首地感叹:"如今文学已经从……课程设置中消失",取而代之的都是些"残缺破碎、充满行话俚语的科目",认为回到文学文本,回到艺术,才是理论发展的正途。[①] 美国语言协会(Modern Language Association)前主席、著名诗歌批评家玛乔瑞·帕洛夫在一次会议上也告诫同行,批评家"可能是在没有适当资格证明的情况下从事文学研究的,而经济学家、物理学家、地质学家、气候学家、医生、律师等必须掌握一套知识后才被认为有资格从事本行业的工作,我们文学研究者往往被默认为没有任何明确的专业知识"[②]。

美国文学研究界出现的上述"理论热"和"泛文化"研究现象同样在中国学界泛滥,且有过之无不及。总体而言,改革开放以来的中国文学批评界,几乎是西方文学批评理论和方法的一统天下。尽管我们应该对西方

---

① 转引自盛宁:《对"理论热"消退后美国文学研究的思考》,《文艺研究》2002年第6期,第6页。
② 转引自 W. M. Chace. "The Decline of the English Department." *The American Scholar* Autumn 78(2009):38。

批评方法在中国发挥的作用做出积极和肯定的评价,但是我们在享受西方文学批评方法带来的成果的同时,也不能忽视我们在文学批评领域留下的遗憾。这种遗憾首先表现在文学批评方法的原创话语权总是归于西方人。我们不否认把西方的文学批评理论和方法介绍进来为我们所用的贡献,也不否认我们在文学批评理论和方法中采用西方的标准(如名词、术语、概念及思想)方便了我们同西方在文学研究中的对话、交流与沟通,但是我们不能不做严肃认真的思考,为什么在文学批评方法原创话语权方面缺少我们的参与?为什么在文学批评方法与理论的成果中缺少我们自己的创新和贡献?尤其是在国家强调创新战略的今天,这更是需要我们思考和认真对待的问题。文学伦理学批评就是在这样的语境中孕育而生。

文学伦理学批评方法是针对20世纪80年代以来我国文学批评,尤其是外国文学批评出现的某些令人担忧的问题提出来的。这些问题表现在以下两个方面:一是近二三十年来我国文学批评理论严重脱离文学批评实践。从20世纪以来,我国文学批评界出现了重理论轻文本的倾向。一些批评家打着各种时髦"主义"的大旗,频繁地引进和制造晦涩难懂的理论术语,沉湎于编织残缺不全的术语碎片,颠倒理论与文学的依存关系,将理论当成了研究的对象,文学批评成了从理论到理论的空洞说教。文学批评话语因而变得高度抽象化、哲学化,失去了鲜活的力量。令人担忧的是,这种脱离文学文本的唯理论倾向还被认为是高水平的学术研究,一连串概念和理论术语的堆砌竟成为学术写作的时尚;扎实的作家作品研究被打入冷宫,文本研究遭遇漠视。学术研究的导向出现了严重问题,文学研究的学风也出现了问题。聂珍钊教授用"理论自恋"形容这一不良的学术现象。他指出,这种现象混淆了学术的评价标准,使人误认为术语堆砌和晦涩难懂就是学问。二是受形式主义和解构主义等西方文学批评思想的影响,我国的文学批评和文学创作伦理价值缺失现象严重。应该承认,现当代西方的诸多批评理论,如形式主义、原型批评、精神分析、女性主义、文化批评、结构主义、后现代主义等种种批评模式,或偏重形式结构或倾向文化、政治和权力话语,虽然它们各有其合理的一面,但是普遍忽略了文学作品的伦理价值这一文学的精髓问题。西方的批评方法和理论影响了作家的创作,使他们只是专注于本能的揭示、潜意识的描写或形式的实验,忽视了对文学作品内在的伦理价值的关注。文学伦理学批评坚持理论思维与文本批评相结合,从文学文本的伦理道德指向出发,总结和归纳出文学批评理论,认为文学作品最根本的价值就在于通过作品塑造的模范典型和提供的经验教训向读者传递从善求美的理念。作为一种方法论,它旨在从伦理道德的角度研究文学作品以及文学与社会、文学与作家、文学与读者等关系的种种问题。文学伦理学批评主张文学作品的创作与批评应该回归到文学童真的时代,应该返璞归真,回归本源,即回到文学之初的教诲功能和伦理取向。文学伦理学批评关注的是人作为一种"道德存在"的历史意义和永恒意义。

二、文学伦理学批评的基本立场

文学伦理学批评具有自身的批评话语和理论品格。它对文学的一些本质属性问题进行了新的思考,对一些传统的文学批评观念提出了挑战。归纳起来,文学伦理学批评从文学的起源、伦理批评与道德批评、文学的审美与道德、文学的形态等四个方面做了大胆的阐述。①

其一,文学伦理学批评认为,无论从起源上、本质上还是从功能上讨论文学,文学的伦理性质都是客观存在的,这不仅是文学伦理学批评的理论基础,而且也是文学伦理学批评术语的运用前提。在文学伦理学批评看来,文学作品中的伦理是指人与人、人与社会以及人与自然之间形成的被接受和认可的伦理秩序,以及在这种秩序的基础上形成的道德观念和

---

① 有关文学伦理学批评理论的详细论述可参看聂珍钊:《文学伦理学批评:基本理论与术语》,《外国文学研究》2010年第1期,第12—22页,以及聂珍钊的专著《文学伦理学批评导论》,北京:北京大学出版社,2014年。

维护这种秩序的各种规范。文学的任务就是描写这种伦理秩序的变化及其变化所引发的道德问题和导致的结果,为人类的文明进步提供经验和教诲。

文学伦理学批评从起源上把文学看成道德的产物,认为文学是特定历史阶段伦理观念和道德生活的独特表达形式,文学在本质上是伦理的艺术。关于文艺起源的问题,古今中外有许多学者对这个问题做过多方面的探讨:有人主张起源于对自然和社会人生的模仿,有人主张起源于人与生俱来的游戏本能或冲动,有人主张起源于原始先民带有宗教性质的原始巫术,有人认为起源于人的情感表现的需要,凡此种种,不一而足。马克思主义关于艺术起源于劳动的学说在中国影响最大。但是,聂珍钊认为,劳动只是一种生产活动方式,它只能是文艺起源的条件,却不能互为因果。文艺可以借助劳动产生,但不能由劳动转变而来。那么文学是如何起源的呢?按照文学伦理学批评的观点,文学的产生源于人类伦理表达的需要,它从人类伦理观念的文本转换而来,其动力来源于人类共享道德经验的渴望。原始人类对相互帮助和共同协作的认识,就是对如何处理个人与集体、个人与个人关系的理解,以及对如何建立人类秩序的理解。这实质上就是人类最初的伦理观念。由于人与人之间的关系是伦理性质的,因此以相互帮助和共同协作的形式建立的集体或社会秩序就是伦理秩序。人类最初的互相帮助和共同协作,实际上就是人类社会最早的伦理秩序和伦理关系的体现,是一种伦理表现形式,而人类对互相帮助和共同协作的好处的认识,就是人类社会最早的伦理意识。文学伦理学批评认为,人类为了表达自己的伦理意识,逐渐在实践中创造了文字,然后借助文字记载互相帮助和共同协作的事例,阐释人类对这种关系的理解,从而把抽象的和随着记忆消失的生活故事变成了由文字组成的文本,用于人类生活的参考或生活指南。这些文本就是最初的文学,它们的产生源自传承伦理道德规范和进行道德教诲的需要。

其二,文学伦理学批评有别于传统意义上的道德批评。文学伦理学批评是一种文学批评方法,主要从伦理的立场解读、分析和阐释文学作品、研究作家以及与文学有关的问题。文学伦理学批评同传统的道德批评不同,它不是从今天的道德立场简单地对历史的文学进行好与坏的道德价值判断,而是强调回到历史的伦理现场,站在当时的伦理立场上解读和阐释文学作品,寻找文学产生的客观伦理原因并解释其何以成立,分析作品中导致社会事件和影响人物命运的伦理因素,用伦理的观点对事件、人物、文学等问题给以解释,并从历史的角度做出道德评价。因此,文学伦理学批评具有历史相对主义的特征。与文学伦理学批评不同的是,传统的道德批评是以批评家所代表的时代价值取向为基础的,因此批评家个人的道德立场、时代的道德标准就必然影响对文学的评价,文学往往被用来诠释批评家的道德观念。实际上,这种批评在很大程度上不是批评家阐释文学,而成了文学阐释批评家,即文学阐释批评家所代表的一个时代的道德观念。因此,文学伦理学批评同道德批评的根本区别就在于它的历史客观性,即文学批评不能超越文学历史。客观的伦理环境或历史环境是理解、阐释和评价文学的基础,文学的现实价值就是历史价值的新发现。在论及文学伦理学批评与道德批评的关系时,聂珍钊教授指出:"文学伦理学批评与道德批评的不同还在于前者坚持从艺术虚构的立场评价文学,后者则从现实的和主观的立场批评文学。"[①]

文学伦理学批评重视对文学的伦理环境的分析。伦理环境就是文学产生和存在的历史条件。文学伦理学批评要求文学批评必须回到历史现场,即在特定的伦理环境中批评文学。从人类文明发展的历史观点看,文学只是人类历史的一部分,它不能超越历史,不能脱离历史,而只能构成历史。不同历史时期的文学有其固定的属于特定历史的伦理环境和伦理语境,对文学的理解必须让文学回归属于它的伦理环境和伦理语境,这是理解文学的一个前提。由于文学是历史的产物,因此改变其伦理环境就

---

① 聂珍钊:《文学伦理学批评与道德批评》,《外国文学研究》2006年第2期,第11页。

会导致文学的误读及误判。如果我们把历史的文学放在今天的伦理环境和伦理语境中阅读,就有可能出现评价文学的伦理对立,也可称之道德判断的悖论,即合乎历史道德的文学不合乎今天的道德,合乎今天道德的文学不合乎历史的道德;历史上给以否定的文学恰好是今天应该肯定的文学,历史上肯定的文学恰好是今天需要否定的文学。文学伦理学批评不是对文学进行道德批判,而是从历史发展的观点考察文学,用伦理的观点解释处于不同时间段上的文学,从而避免在不同伦理环境和伦理语境中理解文学时可能出现的巨大差异性。

其三,对于文学伦理学批评与审美的关系,文学伦理学批评有自己鲜明的立场,认为伦理价值是文学作品的最根本的价值。有人强调文学作品的首要价值在于审美,认为文学是无功利的审美活动,或者认为"文学的特殊属性在于它是审美意识形态"①。也有学者从折中的角度把文学看成是"具有无功利性、形象性和情感性的话语与社会权力结构之间的多重关联域,其直接的无功利性、形象性、情感性总是与深层的功利性、理性和认识性等交织在一起"②。但是,文学伦理学批评认为,审美价值也是伦理价值的一种体现。审美以伦理价值为前提,离开了伦理价值就无所谓美。换言之,审美必具有伦理性,即具有功利性,现实中我们根本找不到不带功利性的审美。因此,文学伦理学批评认为,"审美不是文学的属性,而是文学的功能,是文学功利实现的媒介⋯⋯任何文学作品都带有功利性,这种功利性就是教诲"③。审美只不过是实现文学教诲功能的一种形式和媒介,是服务于文学的伦理价值和体现其伦理价值的途径和方法。

其四,文学伦理学批评对文学的形态问题提出了新的看法。一般认

---

① 童庆炳主编:《文学理论教程》(修订二版),北京:高等教育出版社,2004年,第57页。
② 同上书,第61页。
③ 聂珍钊:《文学伦理学批评:基本理论与术语》,《外国文学研究》2010年第1期,第17页。

为，文学是意识形态的反映。文学伦理学批评认为，这一说法有失偏颇或不太准确。应该说，文学史是一种以文本形式存在的物质形态。实际上，文学的意识形态是指一种观念或者意识的集合，而文学如荷马史诗，古希腊悲剧，歌德的诗歌，中国的《诗经》、儒家经典、楚辞、元曲等首先是以物质形态存在的文学文本，因此有关文学的意识形态则是在文学文本基础上形成的抽象的文学观念，并不能等同于文学。按照马克思主义的物质决定意识的认识论来看问题，文学无论如何不能等同于文学的意识形态。在文学伦理学批评看来，如果从马克思主义的文学观来看待文学，从文学文本决定意识形态还是意识形态决定文学文本这一问题出发来讨论文学，就不难发现，文学文本乃是第一性的物质形态，而意识形态是第二性的。文学伦理学批评据此提出文学形态的三种基本文本：脑文本、物质文本和电子文本，其中"脑文本"是最原始的文学形态。

上述问题是我们讨论文学伦理学批评的关键问题。正是基于这些理论，文学伦理学批评有了一套行之有效的批评术语，可以很好地阐释文学作品中的伦理现象与伦理事件。

三、文学伦理学批评的核心术语

文学伦理学批评提出了一整套的批评术语，从伦理的视角解释文学作品中描写的不同生活现象及其存在的伦理道德原因，其中斯芬克斯因子、人性因子、兽性因子、自由意志、理性意志、伦理身份、伦理禁忌、伦理线与伦理结、伦理选择等是文学伦理学批评的核心术语。而在这些术语中，伦理选择又是最为核心的术语。①

文学伦理学批评从古希腊神话有关斯芬克斯的传说着手来探讨人性和伦理的关系问题。斯芬克斯象征性地表明人乃是从兽进化而来的，人

---

① 文学伦理学批评的核心术语的阐释主要参考聂珍钊的论文《文学伦理学批评：基本理论与术语》，《外国文学研究》2010 年第 1 期，第 12—22 页，以及聂珍钊的专著《文学伦理学批评导论》，北京：北京大学出版社，2014 年。

的身上在当时还保留着兽的本性。我们可以把人类身上的兽性和人性合而为一的现象称为"斯芬克斯因子"——它由"人性因子"和"兽性因子"构成。这两种因子有机地组合在一起,其中人性因子是高级因子,兽性因子是低级因子,因此前者能够控制后者,从而使人成为有伦理意识的人。

"斯芬克斯因子"是理解文学作品人物形象的重要依据。斯芬克斯因子的不同组合和变化,会导致文学作品中人物的不同行为特征和性格表现,形成不同的伦理冲突,表现出不同的道德教诲价值。人性因子即伦理意识,主要是由斯芬克斯的人头体现的。人头是人类从野蛮时代向文明进化过程中进行生物性选择的结果。人头出现的意义虽然首先是人体外形上的生物性改变,但更重要的意义是象征伦理意识的出现。人头对于斯芬克斯而言是他身上具有了人的特征,即人性因子。人性因子不同于人性。人性是人区别于兽的本质特征,而人性因子指的是人类在从野蛮向文明进化过程中出现的能够导致自身进化为人的因素。正是人性因子的出现,人才会产生伦理意识,从兽变为人。伦理意识的最重要特征就是分辨善恶的能力。就伦理而言,人的基本属性恰恰是由能够分辨善恶的伦理特性体现的。

兽性因子与人性因子相对,是人的动物性本能。动物性本能完全凭借本能选择,原欲是动物进行选择的决定因素。兽性因子是人在进化过程中的动物本能的残留,是人身上存在的非理性因素。兽性因子属于人身上非人的一部分,并不等同于兽性。动物身上存在的兽性不受理性的控制,是纯粹的兽性,也是兽区别于人的本质特征。而兽性因子则是人独具的特征,也是人身上与人性因子并存的动物性特征。兽性因子在人身上的存在,不仅说明人从兽进化而来,而且说明人即使脱离野蛮状态之后变成了文明人,身上也还存有动物的特性。人同兽的区别,就在于人具有分辨善恶的能力,因为人身上的人性因子能够控制兽性因子,从而使人成为有理性的人。人同兽相比最为本质的特征是具有伦理意识,只有当人的伦理意识出现之后,才能成为真正的人。从这个意义上说,人是一种伦理的存在。

"自由意志"又称自然意志,是兽性因子的意志体现。自由意志主要产生于人的动物性本能,其主要表现形式为人的不同欲望,如性欲、食欲等人的基本生理需求和心理动态。"理性意志"是人性因子的意志体现,也是理性的意志体现。自由意志和理性意志是相互对立的两种力量,文学作品常常描写这两种力量怎样影响人的道德行为,并通过这两种力量的不同变化描写形形色色的人。一般而言,文学作品为了惩恶扬善的教诲目的都要树立道德榜样,探讨如何用理性意志控制自由意志。文学作品中描写人的理性意志和自由意志的交锋与转换,其目的都是为了突出理性意志怎样抑制和引导自由意志,让人做一个有道德的人。在文学作品中,人物的理性意志和自由意志之间的力量此消彼长,导致文学作品中人物性格的变化和故事情节的发展。在分析理性意志如何抑制和约束自由意志的同时,我们还发现非理性意志的存在,这是一种不道德的意志。它的产生并非源于本能,而是来自道德上的错误判断或是犯罪的欲望。非理性意志是理性意志的反向意志,是一种非道德力量,渗透在人的意识之中。斯芬克斯因子是文学作品内容的基本构成之一,不仅展示了理性意志、自由意志和非理性意志之间的伦理冲突,而且也决定着人类的伦理选择在社会历史和个性发展中的价值,带给我们众多伦理思考和启迪。

文学伦理学批评注重对人物伦理身份的分析。伦理身份与伦理禁忌和伦理秩序密切相关。从人类文明发展的角度来看,人类社会的伦理秩序的形成与变化从制度上说都是以禁忌为前提的。文学最初的目的就是将禁忌文字化,使不成文禁忌变为成文禁忌。成文禁忌在中国最早的文本形式是卜辞,在欧洲则往往通过神谕加以体现。在成文禁忌的基础上,禁忌被制度化,形成秩序,即伦理秩序。在阅读文学作品的过程中,我们会发现几乎所有伦理问题的产生往往都同伦理身份相关。例如,哈姆雷特在其母亲嫁给克劳狄斯之后,他的伦理身份就发生了很大变化,即他变成克劳狄斯的儿子和王子。这种伦理身份的改变,导致了哈姆雷特复仇过程中的伦理障碍,即他必须避免弑父和弑君的伦理禁忌。哈姆雷特对他同克劳狄斯父子关系的伦理身份的认同,是哈姆雷特在复仇过程中出现犹豫的根本原因。

用文学伦理学批评的方法分析作品,寻找和解构文学作品中的伦理线与伦理结是十分重要的。伦理线和伦理结是文学的伦理结构的基本成分。从文学伦理学批评的观点看,几乎所有的文学文本都是对人的道德经验的记述,几乎在所有的文学文本的伦理结构中,都存在一条或数条伦理线,一个或数个伦理结。在文学文本中,伦理线同伦理结是紧密相连的,伦理线可以看成是文学文本的纵向伦理结构,伦理结可以看成是文学文本的横向伦理结构。在对文本的分析中,可以发现伦理结由一条或数条伦理线串联或并联在一起,构成文学文本的多种多样的伦理结构。文学文本伦理结构的复杂程度主要是由伦理结的数量及形成或解构过程中的难度决定的。文学伦理学批评的任务就是通过对文学文本的解读发现伦理线上伦理结的形成过程,或者是对已经形成的伦理结进行解构。

文学伦理学批评的核心术语是伦理选择。这是因为,在人类文明发展进程中,人类面临的最大的问题是如何把人自身与兽区别开来以及在人与兽之间做出身份选择。这个问题实际上是随着人类的进化而自然产生的。19世纪中叶查尔斯·达尔文创立的生物进化论学说,用自然选择对整个生物界的发生、发展做出了科学解释。我们从进化论的观点考察人类,可以发现人类文明的出现是人类自我选择的结果。在人类文明的历史长河中,人类已经完成了两次自我选择。从猿到人是人类在进化过程中做出的第一次选择,然而这只是一次生物性选择。这次选择的最大成功就在于人获得了人的形式,即人的外形,如能够直立行走的腿、能够使用工具的手、科学排列的五官和四肢等,从而使人能够从形式上同兽区别开来。但是,人类的第一次生物性选择并没有从根本上解决什么是人的问题,即没能从本质上把人同兽区别开来。达尔文只是从物质形态解决了人是如何产生的问题,并没有清楚回答人为什么是人的问题,即人与其他动物的本质区别问题。因此,人类在做出第一次生物性选择之后,还经历了第二次选择即伦理选择,以及目前正在进行中的第三次选择,即后人类时代面临的"科学选择",这是人类文明进化的逻辑。

四、文学伦理学批评的跨学科视域

文学伦理学批评是一个极具生命力的批评理论,因为它具有开放的品格和跨学科的视域,借鉴并吸收了包括伦理学、心理学、哲学、语言学、社会学、历史学、人类学以及某些自然科学(如生命科学、脑科学等)在内的研究成果,并融合了其他现当代文学批评理论和方法。

从方法论上来说,文学伦理学批评采用辩证唯物主义和历史唯物主义的研究方法,从历史主义的道德相对主义立场出发,强调伦理批评的历史性和相对性。文学伦理学批评借鉴历史主义的研究方法,强调文学批评要回归历史的伦理现场,采用历史的相对主义的视角来审视不同时代伦理环境下人物做出的伦理选择。从伦理学的维度来看,文学伦理学批评吸收了理性主义和非理性主义的关于伦理道德的观点,将人的理性和情感协调起来给予考虑。理性主义伦理观最基本的观点认为人是理性的动物,服从理性是人生的意义之所在,是人类幸福的前提和保障。在理性主义伦理学看来,正是人类的贪婪和欲望导致了人类的不幸与灾难,人类的欲望必须受到理性的约束,人类要获得幸福就必须服从理性的指导,一个有道德的人就是一个理性、律己和控制情欲的人。非理性主义伦理观把情感作为道德动机来加以考察,精神分析批评即是这一思想的产物。精神分析批评为文学伦理学批评提供了相对应的研究范式和类似的理论术语。西格蒙德·弗洛伊德、卡尔·荣格和雅克·拉康的精神分析理论强调人的欲望和潜意识的作用,强调自然意志和自由意志的重要性,从一个侧面启发了文学伦理学批评理论。文学伦理学批评同样关注非理性的问题,尤其关注人性因子和兽性因子的问题。当然,在文学伦理学批评看来,自由意志应该受到理性意志的约束,人才能成为一个道德的存在。不过,西方文学中的非理性主义表现的是道德与人的情感问题,揭示的是个体理性与社会理性之间的矛盾和冲突,这是对西方伦理理性主义传统的一种对抗,从更为广阔的社会文化背景来看,也是西方哲人在新的社会秩序巨变、新的经济关系变化、新的文化转型背景下自我觉醒的产物,因而在伦理思想史上具有积极的意义。

伦理批评与美学有着极为密切的关系。伦理批评吸收了美学的批评传统。西方伦理学的发展经历了一个从传统知识论型美学向现代价值论型美学转化的过程,这种转型给美学伦理研究带来了有益的启发:随着作为审美个体的人的崛起,美学研究不应再囿于传统的理性——知识论框架,而是从情感——价值论角度去重新审视作为现实个体的人的审美现象。美学开始回到现实生活中,关注人的情感和价值,发挥其本有的人生救赎功能。文学伦理学批评认为,只有建立在伦理道德上的美学才能凸显出其存在价值。

文学伦理学批评与存在主义思想既有分歧也有对话。存在主义的代表人物让-保罗·萨特把自由与人类的现实存在等同起来,认为自由构成了人类的现实存在。这意味着人的自我是与世隔绝的自我,世界对自我来说是虚无的,生命的伦理价值因此被抽空了。这样,存在主义就从根本上否认了绝对价值的存在,也否认了一切道德系统的可能。然而,文学伦理学批评认为,我们可以在伦理选择的实践经验中体会到自由的价值,伦理选择过程中所做出的道德判断不可避免地都是指向外部,是我们对客观世界的反映。文学伦理学批评重视人与人之间的伦理关系,认为人在本质上是一种伦理的存在,在一定的伦理关系和环境下,自我的选择和价值是可以实现的。

与文学伦理学批评一样,后殖民主义批评同样主张回归历史的现场来看待问题。后殖民文学描写的往往是东方与西方、"自我"与"他者"之间的权力关系等问题,这些问题均涉及道德正义这一问题。一般来说,后殖民作家会选取重大历史事件的特定"伦理时刻"来阐发个人的政治伦理观,从某种意义上讲,殖民遗产从政治层面上对新独立国家的伦理道德影响往往是后殖民作家创作的焦点所在。所以,后殖民文学可以成为文学伦理学批评的重要研究对象。后殖民作家清醒地意识到殖民伦理虽是殖民政治的产物,但不会伴随殖民政治的终结而消失。

文学伦理学批评特别适用于阐释生态文学。可以说,生态批评的核心就是建构人与环境的生态伦理关系。生态文学把生态危机视为人类的生存危机,我们可以从伦理的高度将人类文明的发展、人类的文化建设与自然生态联系在一起。文学伦理学批评与生态批评可以结合起来构成文学生态伦理批评,从伦理道德的角度对人类面临的生态危机以及由此而生的文明危机和人性危机做出深度反思。生态伦理批评可以指引人们走出长期以来的人类中心主义的藩篱,从人与自然的伦理关系这一维度去探究文学作品主题的生态意义,从而提升人的伦理道德境界。

总之,无论是从方法论上还是从学科体系上,文学伦理学批评都具有跨学科的特征。这一特征决定了文学伦理学批评旺盛的生命力。在即将到来的后人类时代,文学伦理学批评还可以吸收计算机科学、生命科学、脑科学、认知语言学和神经科学的最新研究成果,进一步探讨后人类时代的文学及其伦理状况。

文学伦理学批评的提出具有学理上的创新意义。① 它对传统的有关文学的起源问题进行反思、追问,大胆提出"文学源于伦理的需要"这一崭新的命题。这一问题表明了该批评方法倡导者勇于探索的学术胆识和富有挑战性的创新思考。关于文学起源的问题,国内外教科书中似乎早已多有定论:或曰文学源于劳动,或曰源于摹仿,或曰源于游戏,或曰源于表

---

① 以下部分内容参见王松林:《作为方法论的文学伦理学批评》,《文艺报》2006年7月18日第3版。

现等。但文学伦理学批评在学理上对这一问题提出怀疑,认为文学与劳动和摹仿虽然有关,却不一定起源于劳动和摹仿;文学艺术作品是人类理解自己的劳动及其所处的物质世界和精神世界的一种情感表达和理解方式,这种情感表达和理解与人类的劳动、生存和享受紧密相连,因而一开始就具有伦理和道德的意义。换言之,文学是因为人类伦理及道德情感或观念表达的需要产生的。如希腊神话中有关天地起源、人类诞生、神与人的世界的种种矛盾等故事无不带有伦理的色彩。荷马史诗往往也被用作对士兵和国民进行英雄主义教育的道德教材。从根本上说,文学产生的动机源于伦理目的,文学的功用是为了道德教育,文学的伦理价值是文学审美的前提。

文学伦理学批评作为一种方法论具有其独特的研究视野和内涵。文学伦理学批评的特色在于它以伦理学为理论武器,针对文学作品描写的善恶做出价值判断,分析人物道德行为的动机、目的和手段的合理性和正当性,它指向的是虚构的文学世界中个人的心性操守、社会交往关系的正义性和社会结构的合法性等错综复杂的关系。总之,它要给人们提供某种价值精神或价值关系的伦理道德指引,即它要告诉人们作为"人学"的文学中人之所以为人的道理。文学伦理学批评要直面三个敏感的问题:一是文学伦理学批评与伦理学的关系问题;二是文学伦理学批评与道德批评的关系问题;三是文学伦理学批评与审美的关系问题。首先,文学伦理学批评并不是社会学或哲学意义上的伦理学。它们的研究对象、目的和范畴不尽相同。伦理学研究的对象是现实社会的人类关系和道德规范,是为现实中一定的道德观念服务的,重在现实的意义上研究社会伦理,它可以看成是哲学的重要分支(即道德哲学);文学伦理学批评的对象是文学作品的虚拟世界,重在用历史的、辩证的眼光客观地审视文学作品中的伦理关系。在方法论上,文学伦理学批评以马克思的历史唯物主义和辩证唯物主义为基础。其次,文学伦理学批评不同于道德批评。道德批评往往以现实的道德规范为尺度批评历史的文学,以未来的理想主义的道德价值观念批评现实的文学。而文学伦理学批评则主张回到历史的伦理现场，用历史的伦理道德观念客观地批评历史的文学和文学现象。例如对俄狄浦斯杀父娶母的悲剧就应该历史地评价，要看到这出悲剧蕴含了彼时彼地因社会转型而引发的伦理关系的混乱以及为维护当时伦理道德秩序人们做出的巨大努力。同时，文学伦理学批评又反对道德批评的乌托邦主义，强调文学及其批评的现实社会责任，强调文学的教诲功能，主张文学创作和批评不能违背社会认同的伦理秩序和道德价值。最后，文学伦理学批评并不回避文学的伦理价值和美学价值这两个在一般人看来貌似对立的问题。在文学伦理学批评看来，文学作品的伦理价值和审美价值不是相互对立的两个方面，而是相互联系、相互依存的一个硬币的正反两面。审美价值是从文学的鉴赏角度说的，文学的伦理价值是从文学批评的角度说的。对于文学作品而言，伦理价值是第一的，审美价值是第二的，只有建立在伦理价值基础之上的文学的审美价值才有意义。

文学伦理学批评具有学术的兼容性和开放性品格。这一品格是由其方法论的独特性所决定的，即它牢牢地把握了文学是人类伦理及道德情感的表达这一本质特征。文学伦理学批评并不排斥其他文学批评方法。相反，它可以融合、吸纳和借鉴其他文学批评方法来充实和完善自己。譬如，它可以借鉴弗洛伊德的精神分析方法就人格的"自我、本我、超我"之间的关系展开心理的和伦理道德的分析；它可以结合女权主义批评理论来剖析性别间的伦理关系和道德规范等问题；它还可以吸纳后殖民主义理论对文化扩张和全球化进程中不同文化的伦理道德观的冲突进行反思；它还可以融合生态批评就人与自然的关系进行伦理层面的深入思考，从而构建一种新的文学生态伦理学或文学环境伦理学。更具现实意义的是，文学伦理学批评还可以为发展社会主义先进文化以及树立社会主义荣辱观服务，为在全社会大力弘扬爱国主义、集体主义和社会主义思想服务，为倡导社会主义基本道德规范和促进良好社会风气服务。文学伦理学批评坚持认为文学对社会和人类负有不可推卸的道德责任和义务,文学批评者应该对文学中反映的社会伦理道德现象做出客观公正的评价,让读者"辨善恶,知荣辱"。文学和文学批评要陶冶人的心性,培养人的心智,引领人们向善求美。从这个层面上来说,文学伦理学批评对目前和未来我国和谐社会的构建、对当下我国的伦理道德秩序建设的意义是不言而喻的。

总序(二)

苏 晖

改革开放以来,大量的西方文学批评理论被介绍到中国,对我国文学批评和文学研究的繁荣做出过积极的贡献。但与此同时,这也导致中国的文学批评出现了三种令人忧思的倾向:一是文学批评的"失语症";二是文学批评远离文学;三是文学批评的道德缺位,即文学批评缺乏社会道德责任感。为应对上述问题,聂珍钊教授在2004年富有创见地提出文学伦理学批评,认为文学在本质上是关于伦理的艺术,强调文学的教诲功能以及文学批评的社会责任。文学伦理学批评着眼于从伦理的视角对文本中处于特定历史环境中不同的伦理选择范例进行剖析,对文学中反映的社会伦理道德现象做出客观公正的评价,揭示出它们的道德启示和教诲价值。正如中国外国文学学会会长、中国社会科学院研究员陈众议先生所言:"伦理学确实已经并将越来越成为显学,主要原因包括:第一,中华文化有着深厚的伦理传统……;第二,当今的文学批评陷入了困境……;第三,科技的发展也逼迫着我们直面各种伦理问题。"①因此,文学伦理学批

---

① 这是陈众议先生在"文学伦理学批评与世界文学研究高端论坛"开幕式致辞中所言,详见汤琼:《走向世界的文学伦理学批评——2016"文学伦理学批评与世界文学研究高端论坛"会议综述》,《外国文学研究》2017年第1期,第171页。

评在当今中国的勃兴与发展具有重要的意义。

文学伦理学批评经过十六年的发展,以其原创性、时代性和民族性特征,成功构建了具有中国特色和中国风格的理论体系和话语体系,展现了中国学者的历史使命感和学术责任感。同时,文学伦理学批评团队在国际学术对话与交流方面成果斐然,为中国学术"走出去"和争取国际学术话语权提供了范例。本文将对文学伦理学批评十六年来取得的成果及其在国内外的影响力加以总结,阐述其学术价值和社会现实意义,并展望其未来发展趋势。

一、文学伦理学批评理论与实践的发展及其在中国的学术影响力

从2004年至2020年,文学伦理学批评走过了十六个春秋,从理论的提出及体系的建构,到理论推广和丰富及实践运用,再到理论拓展和深化及批评实践的系统化,文学伦理学批评日益发展成熟并产生广泛的影响。

(一)文学伦理学批评的提出及理论体系的建构

文学伦理学批评是聂珍钊教授于2004年在两场学术会议上提出的,即2004年6月在南昌召开的"中国的英美文学研究:回顾与展望"全国学术研讨会,以及同年8月在宜昌召开的"剑桥学术传统与批评方法"全国学术研讨会。聂珍钊的两篇会议发言稿《文学伦理学批评:文学批评方法新探索》和《剑桥学术传统与研究方法:从利维斯谈起》分别发表于《外国文学研究》杂志2004年第5期和第6期,前一篇作为第一次在我国明确提出文学伦理学批评方法论的文章,对文学伦理学批评方法的理论基础与思想渊源、批评的对象和内容、意义与价值等问题进行了论述;后一篇则通过分析利维斯文学批评的特点,对文学伦理学批评方法做了进一步的阐释。

《外国文学研究》杂志于2005年至2009年间,推出十组"文学伦理学批评"专栏,共计刊发论文三十余篇,为建构文学伦理学批评理论提供平台。其中包括聂珍钊教授的两篇论文:《关于文学伦理学批评》一文,进一

步阐明了文学伦理学批评的思想基础、研究方法和现实意义;《文学伦理学批评与道德批评》一文提出文学伦理学批评强调还原到文本语境与历史语境中分析和阐释文学中的各种道德现象,这与道德批评以当下道德立场评价文学作品是不同的。陆耀东在《关于文学伦理学批评的几个问题》中予以评价:"聂先生在他发表的论文中,以大量外国文学史实,论证了目前提出这一问题的根据和现实重要性与必要性,其中特别是'文学伦理学批评的对象和内容',可以说是第一次如此全面、系统、周密地思考的结晶,令人钦佩。"① 其他学者从不同角度阐述文学伦理学批评相关理论问题,如刘建军的《文学伦理学批评的当下性质》、王宁的《文学的环境伦理学:生态批评的意义》、乔国强的《"文学伦理学批评"之管见》、王松林的《小说"非个性化"叙述背后的道德关怀》、李定清的《文学伦理学批评与人文精神建构》、张杰和刘增美的《文学伦理学批评的多元主义》以及修树新和刘建军的《文学伦理学批评的现状和走向》等。

由此看来,2004—2009 年间,聂珍钊及诸位学者主要针对文学伦理学批评的理论基础、研究对象、价值与意义等问题展开研究。2010 年至 2013 年,聂珍钊等学者所刊发的论文在阐发文学伦理学批评理论的同时,也致力于建构文学伦理学批评的话语体系。在此期间,聂珍钊先后在《外国文学研究》发表《文学伦理学批评:基本理论与术语》《文学伦理学批评:伦理选择与斯芬克斯因子》《文学伦理学批评:口头文学与脑文本》等论文,分别对伦理禁忌、伦理环境、伦理意识、伦理身份、伦理选择、伦理线、伦理结、斯芬克斯因子、脑文本等文学伦理学批评的重要术语进行了阐述。

上述有关文学伦理学批评理论和话语研究的论文,在国内外产生了较大的影响。《文学系列期刊学术影响力分析》的数据显示,在 2005—2006 年外国文学研究高被引论文统计表中,聂珍钊的论文《文学伦理学

---

① 陆耀东:《关于文学伦理学批评的几个问题》,《外国文学研究》2006 年第 1 期,第 32 页。

批评:文学批评方法新探索》被引 15 次,排在第一位,排在其后的几篇论文被引次数皆为 4 次。① 据 Web of Science 数据库统计,在 2010—2014 年全球发表的 16235 篇 A&HCI 收录论文中,聂珍钊的两篇论文《文学伦理学批评:基本理论与术语》和《文学伦理学批评:伦理选择与斯芬克斯因子》的引用排名分别高居第 19 位和第 40 位。另外,据笔者 2019 年 10 月 12 日对于中国知网的检索,《文学伦理学批评:基本理论与术语》一文被引用高达 933 次,《文学伦理学批评:文学批评方法新探索》亦被引 562 次。这些数据表明,文学伦理学批评受到了国内外学术界的广泛关注,并吸引越来越多的学者参与其中。

与此相应和,聂珍钊教授的著作《文学伦理学批评导论》于 2013 年入选国家哲学社会科学成果文库,2014 年由北京大学出版社出版,2016 年获得第十届湖北省社会科学优秀成果奖一等奖。该书首次对文学伦理学批评进行了全面、系统和深入的研究,解决了文学伦理学批评的理论与批评实践中的一些基本学术问题,是文学伦理学批评的纲领性著作。尤其值得一提的是,该书有两个附录,附录一是文学伦理学批评术语列表,附录二对 53 个文学伦理学批评的主要术语进行了解释,为建构文学伦理学批评的话语体系打下了坚实的基础,被广泛运用于古今中外文学作品的解读之中。

(二)理论推广和丰富及在批评实践中的运用

随着文学伦理学批评理论体系和话语体系的初步形成,诸多学者也参与到文学伦理学批评理论的评论与构建中,使之得到进一步推广和丰富。与此同时,文学伦理学批评实践方面也取得了诸多可喜成果。

聂珍钊自 2013 年之后继续在国内外重要期刊发表系列论文,深入阐发文学伦理学批评的基本理论,并进行批评实践的示范。其主要的理论

---

① 张燕萢、徐亚男:《"复印报刊资料"文学系列期刊学术影响力分析》,《南方文坛》2009 年第 4 期,第 123 页。

文章有：发表在《外国文学研究》上的《文学伦理学批评：论文学的基本功能与核心价值》《文学伦理学批评：人性概念的阐释与考辨》和《脑文本和脑概念的形成机制与文学伦理学批评》，发表于《文学评论》的《谈文学的伦理价值和教诲功能》和《"文艺起源于劳动"是对马克思恩格斯观点的误读》，发表于《文艺研究》的《文学经典的阅读、阐释和价值发现》等。同时，聂珍钊在中国、美国、德国、韩国、马来西亚等国家的期刊上发表了数篇论文，如发表于 A&HCI 收录的国际名刊《阿卡迪亚：国际文学文化期刊》(*Arcadia：International Journal of Literary Culture*，以下简称《阿卡迪亚》)2015 年第 1 期上的文章"Towards an Ethical Literary Criticism"，发表于中国的 A&HCI 收录期刊《哲学与文化》2015 年第 4 期的《文学伦理学批评：新的文学批评选择》，发表于韩国杂志《离散与文化批评》(*Diaspora and Cultural Criticism*)2015 年第 1 期上的文章"Ethical Literary Criticism：Basic Theory and Terminology"等。其中发表于《阿卡迪亚》的文章获得浙江省第十九届哲学社会科学优秀成果奖一等奖。

在批评实践方面，聂珍钊继发表《伦理禁忌与俄狄浦斯的悲剧》和《〈老人与海〉与丛林法则》之后，又针对中国文学进行文学伦理学批评实践，发表《五四时期诗歌伦理的建构与新诗创作》①，还在美国的 A&HCI 收录期刊《比较文学与文化》(*CLCWeb：Comparative Literature and Culture*)2015 年第 5 期发表"Luo's Ethical Experience of Growth in Mo Yan's Pow!"等论文。

随着文学伦理学批评的影响日益扩大，诸多学者纷纷撰写相关评论和研究文章。刘建军在《文学伦理学批评：中国特色的学术话语构建》中指出，文学伦理学批评是"具有中国特色的文学批评模式，具有自己的学

---

① 聂珍钊：《伦理禁忌与俄狄浦斯的悲剧》，《学习与探索》2006 年第 5 期，第 113—116、237 页；《〈老人与海〉与丛林法则》，《外国文学评论》2009 年第 3 期，第 80—89 页；《五四时期诗歌伦理的建构与新诗创作》，《华中师范大学学报》（人文社会科学版）2013 年第 6 期，第 114—121 页。

术立场、理论基础和专用批评术语"①,他认为《文学伦理学批评导论》一书凸显了三个特点:在实践层面具有强烈的当代问题意识和解决中国现实问题的针对性,在主体层面表现出清晰而自觉的中国学人立场,在学理层面体现出强烈的创新精神。吴笛在《追寻斯芬克斯因子的理想平衡——评聂珍钊〈文学伦理学批评导论〉》一文中指出,《文学伦理学批评导论》"为衡量经典的标准树立了一个重要的价值尺度,即文学作品的伦理价值尺度"。该书提出的"新的批评术语,新的批评视角,为我国的文学批评拓展了空间。如对人类文明进化逻辑所概括的'自然选择'、'伦理选择',以及目前正在进行中的'科学选择'等相关表述和研究,具有理论深度,令人信服"②。王立新的《作为一种文化诗学的文学伦理学批评》认为,"古代东西方轴心时代产生的文学经典无不以伦理教诲为其主要功能"③。该文通过对《圣经·旧约》中《路得记》人物的伦理身份特征、伦理观的变化和伦理选择的结果的具体分析,阐明了文学伦理学批评的有效性与合理性。其他学者的论文,如赵炎秋的《伦理视野下的西方文学人物类型》、董洪川的《文学伦理学批评与英美现代主义诗歌研究》、杨和平与熊元义的《文学伦理学批评与当代文学的道德批判》、苏晖和熊卉的《从脑文本到终稿:易卜生及〈社会支柱〉中的伦理选择》、樊星和雷登辉的《文学伦理学批评的理论建构与批评实践——评聂珍钊教授〈文学伦理学批评导论〉》、朱振武和朱晓亚的《中国文学伦理学批评的发生与垦拓》、张龙海和苏亚娟的《中国学术界的新活力——聂珍钊〈文学伦理学批评导论〉评析》、张连桥的《范式与话语:文学伦理学批评在中国的兴起与影响》等,也都引起了一定的关注。杨金才的"Realms of Ethical Literary Criticism in

---

① 刘建军:《文学伦理学批评:中国特色的学术话语构建》,《外国文学研究》2014 年第 4 期,第 18 页。
② 吴笛:《追寻斯芬克斯因子的理想平衡——评聂珍钊〈文学伦理学批评导论〉》,《外国文学研究》2014 年第 4 期,第 20 页。
③ 王立新:《作为一种文化诗学的文学伦理学批评》,《外国文学研究》2014 年第 4 期,第 29 页。

China: A Review of Nie Zhenzhao's Scholarship"和尚必武的"The Rise of a Critical Theory: Reading *Introduction to Ethical Literary Criticism*"这两篇发表于《外国文学研究》的英文文章,为国外学者了解文学伦理学批评提供了英文参考读本。

为了集中展示文学伦理学批评的代表性成果,聂珍钊、苏晖和刘渊于2014年编辑了《文学伦理学批评论文选》(第一辑)①。论文选从国内学术期刊上发表的众多文学伦理学批评论文中选取了40位作者的52篇论文。这些都是文学伦理学批评在理论建构与批评实践方面取得的代表性成果,为文学伦理学批评提供了可资参考的研究范例。2018年,在《外国文学研究》创刊四十周年之际,聂珍钊、苏晖、黄晖编选了《〈外国文学研究〉文学伦理学批评论文选》②,从批评理论、美国文学研究、欧洲文学研究和亚非文学研究四个方面,遴选出自2013年以来在《外国文学研究》刊发的文学伦理学批评方面的优秀论文26篇,以展示文学伦理学批评在理论和实践方面的新突破和新成果,充分体现出文学伦理学批评跨文化、跨学科、兼容并蓄的特点。

随着文学伦理学批评日益产生广泛影响,越来越多的博士学位论文和硕士学位论文以文学伦理学批评作为主要批评方法,研究古今中外的作家作品,如华中师范大学出版社推出"文学伦理学批评建设丛书",主要出版已经过修改完善的对文学伦理学批评理论与实践进行探索的优秀博士论文,目前已出版十余本著作,如王松林的《康拉德小说伦理观研究》、刘茂生的《王尔德创作的伦理思想研究》、马弦的《蒲柏诗歌的伦理思想研究》、杜娟的《论亨利·菲尔丁小说的伦理叙事》、朱卫红的《文学伦理学批评视野中的理查生小说》、刘兮颖的《受难意识与犹太伦理取向:索

---

① 聂珍钊、苏晖、刘渊主编:《文学伦理学批评论文选》(第一辑),武汉:华中师范大学出版社,2014年。
② 聂珍钊、苏晖、黄晖主编:《〈外国文学研究〉文学伦理学批评论文选》,武汉:华中师范大学出版社,2018年。

尔·贝娄小说研究》、王群的《多丽丝·莱辛非洲小说和太空小说叙事伦理研究》、杨革新的《美国伦理批评研究》、王晓兰的《英国儿童小说的伦理价值研究》以及陈晞的《城市漫游者的伦理足迹：论菲利普·拉金的诗歌》等。

由文学伦理学批评取得的成果可以看出，参与文学伦理学批评研究和评论的学者已经广泛分布于中国各大高校和研究机构，并形成了"老中青"三结合的学者梯队，这是文学伦理学批评产生广泛学术影响的有力证明。

（三）理论体系的拓展及批评实践的系统化

聂珍钊教授主持的国家社会科学基金重大项目"文学伦理学批评：理论建构与批评实践研究"已于2019年2月正式结项，结项成果将以五本著作的形式出版，包括聂珍钊和王松林主编的《文学伦理学批评理论研究》、苏晖主编的《美国文学的伦理学批评》、徐彬主编的《英国文学的伦理学批评》、李俄宪主编的《日本文学的伦理学批评》以及黄晖主编的《中国文学的伦理学批评》。在这五本著作中，《文学伦理学批评理论研究》拓展和深化了文学伦理学批评的理论体系，系统梳理了文学伦理学批评理论的发生和发展过程，拓宽了文学伦理学批评的疆界，并在理论体系上建立一个融伦理学、美学、心理学、语言学、历史学、文化学、人类学、生态学、政治学和叙事学为一体的研究范式。另外四本则是运用文学伦理学批评方法和独创术语，分别研究美国、英国、日本和中国文学中的重要文学思潮、文学流派以及经典作家与作品。

这五本著作向我们展现了文学伦理学批评理论体系的进一步拓展，以及批评实践的逐步系统化。五本著作相互的关联十分密切，《文学伦理学批评理论研究》着眼于文学伦理学批评的理论研究，另外四本则着眼于批评实践，而理论与批评实践是相辅相成的：文学伦理学批评理论研究既为国别文学的伦理学批评提供理论支撑和研究方法，也从国别文学的伦理学批评中提升了自己的理论体系；国别文学的伦理学批评，既践行文学伦理学批评的理论术语和话语体系,也丰富和拓展了文学伦理学批评的理论建构。

二、文学伦理学批评的国际学术影响力与国际话语权建构

文学伦理学批评团队在努力构建理论体系、拓展批评实践的同时,也积极响应国家"走出去"战略号召,致力于该理论的国际传播及国际学术话语权的建构。"以习近平同志为核心的党中央一贯重视着力推进国际传播能力建设,要求创新对外宣传方式,加强话语体系建设,着力打造融通中外的新概念新范畴新表述,讲好中国故事,传播好中国声音,增强在国际上的话语权。"①文学伦理学批评经过十六年的发展,构建了具有中国特色的理论体系,形成了一套独特的话语体系;既承袭和发展了中国的道德批评传统,又与当代西方伦理批评的转向同步;既立足于解决中国当代文学批评理论脱离实际和伦理道德缺位的问题,也能够解决世界文学中的共同性问题。因此,文学伦理学批评具备了"走出去"并争取国际话语权的良好基础和条件。

所谓学术话语权,"即相应的学术主体,在一定的时空范围内、学术领域中所具有的主导性、支配性的学术影响力"②,"学术质量、学术评价和学术平台是构建学术国际话语权的三大基本要素"③。近年来,文学伦理学批评团队在学术论文的国际发表、成立国际学术组织、举办国际学术会议等方面成果卓著,引起了国际学术共同体的热切关注,得到了国际主流学术界的认同,在国际学术界的影响不断上升。中国的文学伦理学批评在引领国际学术发展走势、决定相关国际学术会议议题、主导相关国际学术组织方面,已经掌握了主动权,可谓在一定程度上掌握了国际学术话语

---

① 《习近平新闻思想讲义》(2018年版)编写组编著:《习近平新闻思想讲义》(2018年版),北京:人民出版社、学习出版社,2018年,第147页。
② 参见沈壮海:《试论提升国际学术话语权》,《文化软实力研究》2016年第1期,第97页。
③ 胡钦太:《中国学术国际话语权的立体化建构》,《学术月刊》2013年第3期,第5页。

权,对于提升中国的文化软实力做出了应有的贡献。可以说,文学伦理学批评是中国学术"走出去"及争取国际学术话语权的成功范例。

(一)通过国际学术期刊传播文学伦理学批评

学术期刊是展示学术前沿、传播学术思想、进行学术交流和跨文化对话的重要平台。在国际学术期刊上发表论文并形成中外学者的对话,是文学伦理学批评走出国门、走向世界的重要方式。文学伦理学批评特别强调以中外学者合作、交流和对话的形式推动学术论文的国际发表。近年来,美国、英国、德国、爱沙尼亚、韩国、日本、越南、马来西亚以及中国一些有国际影响力的学术期刊上都纷纷推出了"文学伦理学批评"专刊或专栏。

多种 A&HCI 或 SCOPUS 收录期刊出版文学伦理学批评专刊或开辟研究专栏,发表国际知名学者的相关论文,引起了国际学界的关注。英国具有百年历史的顶级学术期刊《泰晤士报文学增刊》(*The Times Literary Supplement*)于 2015 年刊发美国北伊利诺伊大学杰出教授威廉·贝克与中国学者尚必武合作撰写的评论文章,推介文学伦理学批评;国际权威学术期刊《阿卡迪亚》2015 年第 1 期出版"文学伦理学批评:东方与西方"(Ethical Literary Criticism: East and West)专刊,由中国学者聂珍钊和尚必武及德国学者沃尔夫冈·穆勒和维拉·纽宁展开合作研究,四位中外学者从不同角度对文学伦理学批评进行了阐释;美国 A&HCI 收录期刊《比较文学与文化》2015 年第 5 期出版主题为"21 世纪的小说与伦理学"(Fiction and Ethics in the Twenty-first Century)的专刊,发表了 13 篇中外学者围绕文学伦理学批评的术语运用及批评实践所撰写的论文;中国 A&HCI 收录期刊《哲学与文化》2015 年第 4 期推出文学伦理学批评专刊,由中国学者聂珍钊、苏晖和李银波与马来西亚马来亚大学、拉曼大学,韩国建国大学学者展开合作研究,一共合作撰写了 8 篇专题学术论文,另有王卓针对《文学伦理学批评导论》撰写的书评;中国期刊《外国文学研究》(SCOPUS 收录,2005—2016 年被 A&HCI 收录)不仅自 2005 年以来组织了共 32 个文学伦理学批评研究专栏,还于 2017 年第 5 期推出

"中外学者对话文学伦理学批评"专栏;中国香港出版的 A&HCI 收录期刊《文学跨学科研究》(Interdisciplinary Studies of Literature)以刊发中外学者撰写的文学伦理学批评研究论文为主;《世界文学研究论坛》(Forum for World Literature Studies,SCOPUS 收录)2016 年第 1 期和第 2 期连续推出"超越国界的文学伦理学批评研究"专栏,发表来自美国、匈牙利、德国、意大利、澳大利亚、韩国、日本和中国学者的论文 12 篇。这些国际一流期刊出版的文学伦理学批评专刊或专栏都由中外学者共同参与撰稿,就文学伦理学批评展开学术交流、讨论、对话和争鸣,这表明文学伦理学批评在国际学界的影响日益扩大。正如田俊武在美国的 A&HCI 收录期刊《比较文学研究》(Comparative Literature Studies)上发表的文章中所言:"从 2004 年到 2018 年的 15 年间,聂的文学伦理学批评在中国和其他国家得到了广泛的接受。"①

除上述国际一流期刊外,韩国的《跨境》(Border Crossings)、《现代中国文学研究》(The Journal of Modern Chinese Literature)、《离散与文化批评》(Diaspora and Cultural Criticism)、《英语语言文学研究》(The Journal of English Language and Literature)等杂志,越南的《科学与教育学报》(Journal of Science and Education),日本的《九大日文》,马来西亚的《中国—东盟论坛》(China-ASEAN Perspective Forum),爱沙尼亚的《比较文学》(Interlitteraria)等杂志,也都推出文学伦理学批评研究的专刊、专栏或评论文章。

国际最具权威性的人文杂志《泰晤士报文学增刊》邀请国际知名文学理论家威廉·贝克教授领衔撰文《合作的硕果:中国学界的文学伦理学批评》(Fruitful Collaborations:Ethical Literary Criticism in Chinese Academe),这是文学伦理学批评得到国际主流学术界认可的有力证明。该

---

① Junwu Tian. "Nie Zhenzhao and the Genesis of Chinese Ethical Literary Criticism." *Comparative Literature Studies* 2(2019):413.

文高度评价文学伦理学批评,将其看作中国学术界对于"中国梦"的回应以及"中国话语权崛起"的代表。文章肯定了中国这一创新理论同中国现实的联系,指出:"习主席提出的'中国梦'在很大程度上是对工业化、商业化和享乐主义在文学领域引起的一系列问题做出的及时回应……在这种语境里,聂珍钊教授的文学伦理学批评可以看成是知识界对此号召做出的回应。"①文章同时强调:"在过去的十年中,文学伦理学批评已经在中国发展成为一种充满活力和成果丰富的批评理论。同时,它也不断获得了众多国际知名学者的认可。""文学伦理学批评的影响正在不断扩大,用它来研究欧美文学必将成为中国以及其他国家的潮流,而且将会不断繁荣发展。"②这篇文章改变了《泰晤士报文学增刊》数十年来极少评介亚洲原创人文理论的现状。这说明,中国学术只有理论创新,只有关心中国问题和具有世界性的普遍问题,才会引起外国学者的关注。

《阿卡迪亚》作为代表西方主流学术的顶级文学期刊,不仅于2015年第1期推出"文学伦理学批评:东方与西方"专刊,而且打破数十年的惯例,由欧洲科学院院士约翰·纽鲍尔教授执笔,以编辑部的名义在专刊开篇发表社论,高度评价文学伦理学批评。社论指出,"聂珍钊教授开创的文学伦理学批评理论所依据的文学作品之丰富,涉及面之广,令人震惊……文学研究的伦理视角是欧美学界备受推崇的传统之一,但聂珍钊教授在此传统上却另辟蹊径。他发现了西方形式主义批评、文化批评和政治批评中的'伦理缺位',从而提出了自己的新方法,认为文学的基本功能是道德教诲,他认为文学批评家不应该对文学作品进行主观上的道德评判,而应该客观地展示文学作品的伦理内容,把文学作品看作伦理的表达"③。

---

① William Baker and Biwu Shang. "Fruitful Collaborations: Ethical Literary Criticism in Chinese Academe." *Times Literary Supplement* 31 (2015): 14.
② Ibid., 15.
③ *Arcadia* Editors. "General Introduction." *Arcadia: International Journal of Literary Culture* 1 (2015): 1.

在国际期刊发表的有关文学伦理学批评的论文中,有相当一部分是外国学者发表的论文,他们在对文学伦理学批评理论和话语体系有一定了解的基础上,从理论和批评实践两个方面对之展开了进一步的研究和批评实践。

美国普渡大学哲学系教授伦纳德·哈里斯的论文《普适性:文学伦理学批评(聂珍钊)和美学倡导理论(阿兰·洛克)——中美伦理学批评》(Universality:Ethical Literary Criticism (Zhenzhao Nie) and the Advocacy Theory of Aesthetics (Alain Locke) —Ethical Criticism Between China and America)将聂珍钊的文学伦理学批评理论与美国美学家洛克的美学理论进行了比较研究,论证了聂珍钊文学伦理学批评的普适价值。该文认为,虽然聂珍钊和洛克的文学观"是对不同社会背景的回应","使用的许多概念亦并不相同"①,但两位学者"都强调了文学伦理观的重要性,都考虑了文学中人物的伦理身份、种族身份对伦理选择的影响"②。"聂和洛克要求我们考虑价值观的重要性,价值观作为所有文本的重要组成部分,无论是道德的还是非道德的,都是通过主题、习语、风格、内容、结构和形式表达出来的。"③他们的文学伦理观"提供了普遍公认的概念,包括文本蕴含着价值取向的伦理意义,具有普适的价值"④。"聂先生的著作越来越受到许多国家和多种语言读者的欣赏。"⑤

也有外国学者运用文学伦理学批评理论和方法对世界范围内的文学作品进行解析,他们运用文学伦理学批评独创的术语,如伦理身份、伦理选择、伦理禁忌、伦理两难、斯芬克斯因子等,对作家作品进行具体分析,

---

① Leonard Harris. "Universality:Ethical Literary Criticism (Zhenzhao Nie) and the Advocacy Theory of Aesthetics (Alain Locke) —Ethical Criticism Between China and America." *Interdisciplinary Studies of Literature* 1(2019):25.
② Ibid.,26.
③ Ibid.,30.
④ Ibid.,26.
⑤ Ibid.,25.

研究作家作品中的伦理内涵和伦理价值。如日本九州大学大学院（研究所）比较社会文化研究院波潟刚教授发表《阅读的焦虑、写作的伦理：安部公房〈他人的脸〉中夫妻间的信》（任洁译），运用文学伦理学批评方法，对日本作家安部公房的小说《他人的脸》中夫妻间的伦理问题进行剖析。该文作者表示，自己"与聂珍钊教授进行了长达一年的书信讨论，聂教授的观点给予笔者极大启示，也成为写作本文的契机，在此谨表谢意"①。"聂珍钊提出的文学伦理学批评理论为文本从男性与女性关系的角度探讨《他人之脸》提供了可能性。"②该文认为，文学伦理学批评"已建构了自己的批评理论与话语体系，尤其是一批西方学者参与文学伦理学批评的研究，推动了文学伦理学批评的深入以及国际传播"③。

　　国际学术期刊发表的这些评论和研究论文，可以说反映了国际学术共同体的观点和看法，是对中国学术理论的高度认可。也正是由于这些有国际影响力的期刊发表中外学者的研究成果，才使更多的外国学者了解和接受文学伦理学批评，才使越来越多的外国学者参与到文学伦理学批评的研究中，并成为推动中国学术"走出去"的重要力量。同时，有这么多国际期刊推出文学伦理学批评的专刊或专栏，也说明文学伦理学批评不仅已经走出国门，而且还在国际学术界发挥了引领学术话语的作用。

　　（二）在国际学术组织中掌握话语权

　　国际性学术组织在推动中国学术"走出去"方面所起的作用日益受到重视。习近平总书记指出："要鼓励哲学社会科学机构参与和设立国际性学术组织。"④由中国学者牵头成立的国际学术组织国际文学伦理学批评

---

① ［日］波潟刚：《阅读的焦虑、写作的伦理：安部公房〈他人的脸〉中夫妻间的信》，任洁译，《文学跨学科研究》2018年第3期，第417页。
② 同上书，第416页。
③ 同上。
④ 习近平：《在哲学社会科学工作座谈会上的讲话（全文）》，人民网，http://politics.people.com.cn/n1/2016/0518/c1024-28361421.html，2020年5月1日访问。

研究会(The International Association for Ethical Literary Criticism, IAELC),在推动文学伦理学批评"走出去"、引领国际学术前沿和争取国际学术话语权方面发挥了重要作用。

由于中国学者创立的文学伦理学批评理论的国际影响日益扩大,为了推动文学伦理学批评研究的国际化,在聂珍钊教授的倡议和中外学者的共同努力下,国际文学伦理学批评研究会于2012年12月在第二届文学伦理学批评国际学术研讨会召开之际正式成立,这是以中国学者为主体创建的学术批评理论和方法开始融入和引领国际学术对话与交流的标志。该研究会的宗旨是创新文学伦理学批评理论、实践文学伦理学批评方法、重视文学创作和文学批评价值取向。《泰晤士报文学增刊》发表评论指出:"国际文学伦理学批评研究会的成立是一件值得一提的大事。"① 这说明国际学术界对这个国际学术组织的认可和接受。

国际文学伦理学批评研究会第一届理事会选举中国社会科学院荣誉学部委员吴元迈先生担任会长。第二届理事会于2017年8月9日宣布成立,美国人文与科学院院士、耶鲁大学克劳德·罗森教授当选会长,浙江大学聂珍钊教授担任常务副会长;挪威奥斯陆大学克努特·布莱恩西沃兹威尔教授、韩国东国大学金英敏教授、爱沙尼亚塔尔图大学居里·塔尔维特教授、德国耶拿大学沃尔夫冈·穆勒教授、俄罗斯国立大学伊戈尔·奥列格维奇·沙伊塔诺夫教授任副会长;华中师范大学苏晖教授担任秘书长;宁波大学王松林教授、上海交通大学尚必武教授、韩国外国语大学林大根教授、马来西亚马来亚大学潘碧华博士担任副秘书长。理事会的45位理事为来自中国、美国、加拿大、英国、德国、奥地利、意大利、西班牙、丹麦、波兰、斯洛文尼亚、韩国、日本、南非等国家的知名学者。

迄今为止,国际文学伦理学批评研究会已召开九届年会暨文学伦理

---

① William Baker and Biwu Shang. "Fruitful Collaborations: Ethical Literary Criticism in Chinese Academe." *Times Literary Supplement* 31 (2015): 15.

学批评国际学术研讨会,吸引了一大批国际学者参与文学伦理学批评的研究,在引领国际学术话语、扩大文学伦理学批评的国际影响方面起到了重要作用。由此可见,国际学术组织对于推动中国学术的国际传播、促进中国学术"走出去"、掌握国际学术话语权是非常重要的。

(三)在国际学术会议中发出主流声音

近年来,文学伦理学批评团队不仅以国际文学伦理学批评研究会、华中师范大学国际文学伦理学批评研究中心和《外国文学研究》杂志为平台,与国内外学术机构共同组织了九届国际文学伦理学批评研究会年会和五届文学伦理学批评高层论坛,而且在一些有国际影响的会议上组织文学伦理学批评分论坛,表明文学伦理学批评已具有强大的国际影响力与广泛的接受度。国际文学伦理学批评研究会目前已召开九届年会,其国际化程度逐届增高。九届年会分别于华中师范大学(2005)、三峡大学(2012)、宁波大学(2013)、上海交通大学(2014)、韩国东国大学(2015)、爱沙尼亚塔尔图大学(2016)、英国伦敦大学玛丽女王学院(2017)、日本九州大学(2018)、浙江大学(2019)召开。其中第五至八届都在国外召开,吸引了数十个国家的一大批学者参加,充分体现了文学伦理学批评在国内外的广泛学术影响力(具体情况可参见历届年会综述)[①]。

[①] 王松林:《"文学伦理学批评:文学研究方法新探讨"全国学术研讨会综述》,《当代外国文学》2006年第1期,第171-173页;苏西:《"第二届文学伦理学批评国际学术研讨会"综述》,《外国文学研究》2013年第1期,第174-175页;徐燕、溪云:《文学伦理学批评的新局面和生命力——"第三届文学伦理学批评国际学术研讨会"综述》,《外国文学研究》2013年第6期,第171-176页;林玉珍:《文学伦理学批评研究的新高度——"第四届文学伦理学批评国际学术研讨会"综述》,《外国文学研究》2015年第1期,第161-167页;黄晖、张连桥:《文学伦理学批评与国际学术话语的新建构——"第五届文学伦理学批评国际学术研讨会"综述》,《外国文学研究》2015年第6期,第165-169页;刘兮颖:《文学伦理学批评与跨国文化对话——"第六届文学伦理学批评国际学术研讨会"综述》,《外国文学研究》2016年第6期,第169-171页;陈敏:《文学伦理学批评与文学跨学科研究——"第七届文学伦理学批评国际学术研讨会"综述》,《外国文学研究》2017年第6期,第172-174页;王璐:《走向跨学科研究与世界文学建构的文学伦理学批评——"第八届文学伦理学批评国际学术研讨会"综述》,《外国文学研究》2018年第4期,第171-176页;陈芬:《走向跨学科研究和东西方对话的文学伦理学批评——"第九届文学伦理学批评国际学术研讨会"综述》,《外国文学研究》2019年第6期,第171-176页。

文学伦理学批评高层论坛迄今为止已举办五届,分别于暨南大学(2016)、韩国高丽大学(2017 和 2018)、广东外语外贸大学(2019)以及菲律宾圣托马斯大学(2019)召开。这五届高层论坛在世界文学的大背景下,从不同角度对文学伦理学批评理论和实践进行了拓展,凸显了鲜明的问题意识与探索精神。

2018 年 8 月 13—20 日,"第 24 届世界哲学大会"在北京人民大会堂和国家会议中心举行。这是有着一百多年传统的全球最大规模哲学会议首次在中国召开。大会以"学以成人"为主题,将"聂珍钊的道德哲学"(Ethical Philosophy of Nie Zhenzhao)列为分会主题,自 14 日到 19 日期间在不同时段的 7 场分组讨论中得到充分展示。有近二十位学者做了主题发言,探讨文学伦理学批评的基本理论、哲学基础、话语体系、应用场域和国际影响等,来自中国、美国、英国、法国、意大利、匈牙利、日本、韩国等国家的学者参与讨论。这次世界哲学大会的成功举办,得到了全世界诸多重要媒体的关注,海外网(《人民日报》海外版官网)发文指出,在世界哲学大会上,中国的"文学伦理学批评备受关注,精彩发言不胜枚举,印证了文学伦理学批评作为一种批评理论的学术吸引力与学术凝聚力"①。这充分体现了中国人文学术在世界范围内的话语权与影响力。

分别于奥地利维也纳大学和中国澳门大学举行的第 21 届和 22 届国际比较文学学会年会均设置了文学伦理学批评专场。第 21 届年会设立"文学伦理学批评:文学的教诲功能"研讨专场,来自中国、美国、英国、奥地利、韩国和挪威的学者在专题会上做了发言,展示出文学伦理学批评学术话语的魅力。第 22 届年会则设置"文学伦理学批评与跨学科、跨文类研究"和"伦理选择与文学经典重读"两个分论坛,来自国内外知名高校的三十余位学者做了分论坛报告。这说明中国学者建构的文学伦理学批评

---

① 任洁、孙跃:《世界哲学大会在京召开 文学伦理学批评备受关注》,海外网,http://renwen.haiwainet.cn/n/2018/0821/c3543190-31379582.html,2020 年 5 月 1 日访问。

理论话语体系正在比较文学研究中发挥重要作用,并在国际比较文学舞台上日益展示出其影响力。

由这些国际会议可以看出,文学伦理学批评已经走向世界并成为国际学术研究的热点,而且中国学者创立的文学批评理论不仅在文学领域得到认同,在哲学领域也产生了影响,这也是中国文学批评理论成功"走出去"、产生国际影响力的又一证明。

(四)国际同行给予高度评价

如果说学术共同体的评价是中国学术能否在国际上被认同和接受的试金石,那么,同行专家的评价无疑是其中的重要组成部分,尤其是那些具有重要影响的专家以及来自不同国家和地区的专家,从他们的评价中可以看出一种学术理论是否被广泛接受。文学伦理学批评在走向国际的过程中,得到了北美洲、欧洲、亚洲不同国家和地区的众多知名学者的积极评价。例如:

美国人文与科学院院士、斯坦福大学马乔瑞·帕洛夫教授认为:"文学最重要的价值之一就是其伦理与道德的价值。有鉴于此,中国学者提出的文学伦理学批评就显得意义非凡,不仅复兴了伦理批评这一方法本身,而且抓住了文学的本质与基本要义。换言之,文学伦理学批评在很大程度上帮助读者重拾和发掘了文学的伦理价值,唤醒了文学的道德责任。"[①]

美国人文与科学院院士、耶鲁大学克劳德·罗森教授在第八届文学伦理学批评国际学术研讨会开幕式致辞中,称聂珍钊教授为"国际文学伦理学批评研究会的创立者和文学伦理学批评之父"。

欧洲科学院院士、德国吉森大学安斯加尔·纽宁教授高度评价文学伦理学批评,他指出,伦理批评自20世纪90年代起,就在西方呈现出日

[①] 转引自邓友女:《中国文学理论话语的国际认同与传播》,《文艺报》2015年1月14日第3版。

渐衰微的发展势头,而中国学术界目前所兴起的文学伦理学批评,无论是在理论体系、术语概念还是在批评实践上所取得的成果,都让人刮目相看,叹为观止。他认为:"中国的文学伦理学批评在很大程度上复兴了伦理批评,这也是中国学者对世界文学研究的一个重要贡献。"①

美国阿拉巴马大学英语系讲座教授、著名诗人及诗歌理论家汉克·雷泽教授撰文指出,聂珍钊作为"文学伦理学批评领域的领路人","在伦理学批评领域取得的成果受到国际瞩目和广泛好评!""文学伦理学批评很重要至少有两个原因:第一,它是有中国特色的文学批评理论,因此它从一个特别的文化与历史视角改变着、挑战着并且活跃着世界范围内关于文学和文学研究价值的讨论与创作;第二,它让我们不可避免地重新思考一系列根本性的问题,如我们为什么要阅读文学,深度地研究和阅读文学(尤其是严肃文学)有什么价值。"②

欧洲科学院院士、美国加利福尼亚大学欧文分校乔治斯·梵·邓·阿贝勒教授在 2015 年于加利福尼亚大学欧文分校召开的以"理论有批评价值吗?"为核心议题的首届"批评理论学术年会"上,特别评价了聂珍钊教授近年提出并不断完善的文学伦理学批评方法。他说:"在西语理论过于倚重政治话语的当下,文学伦理学批评对于文学批评向德育和审美功能的回归提供了动力,与西方主流批评话语形成互动与互补的关系。为此……文学伦理学批评必将为越来越多的西方学者接纳和应用,并在中西学者的共建中得到进一步的系统化。"③

斯洛文尼亚著名学者、卢布尔雅那大学比较文学与文学理论系托莫·维尔克教授认为,当代大量的文学批评,总体上脱离了对文学文本的细读、诠释和人类学维度。在文学伦理学批评领域,聂珍钊的理论是迄今

---

① 林玉珍:《文学伦理学批评研究的新高度——"第四届文学伦理学批评国际学术研讨会"综述》,《外国文学研究》2015 第 1 期,第 165 页。
② Hank Lazer. "Ethical Criticism and the Challenge Posed by Innovative Poetry." *Forum for World Literature Studies* 1 (2016): 14.
③ 夏延华、乔治斯·梵·邓·阿贝勒:《让批评理论与世界进程同步——首届加州大学欧文分校"批评理论学术年会"侧记》,《外国文学研究》2015 年第 6 期,第 172 页。

为止最有体系的、最完整的和最有人文性的方法;它不仅是一种新理论,而且也是一种如何研究文学的新范式。维尔克2018年12月出版以斯洛文尼亚语撰写的新著《文学研究的伦理转向》(*Etični Obrat v Literarni Vedi*),其中第三章专论文学伦理学批评,标题为"聂珍钊和文学伦理学批评"。①

韩国建国大学申寅燮教授认为:"作为一种由中国学者提出的新的文学批评方法,文学伦理学批评不仅立足中国文学批评的特殊语境,解决当下中国文学研究的问题,同时又放眼整个世界文学研究的发展与进程,充分展现出中国学者的历史使命感与学术责任感。""文学伦理学批评不仅在文学批评中独树一帜,形成流派,而且正在形成一种社会思潮。回顾中国文学伦理学批评的发展,不能不为东方学者感到振奋。文学伦理学批评让当代东方文学批评与理论研究重新拾回了信心,也借助文学伦理学批评在由西方主导的文学批评与理论的俱乐部中,有了自己的一席之地。"②

国际文学伦理学批评研究会副会长、韩国东国大学金英敏教授认为:"文学伦理学批评为中国乃至世界的文学研究提供了新思路"③,聂珍钊的《文学伦理学批评导论》"是亚洲文学批评话语的开拓之作"④。

以上外国同行专家对中国学者创建的学术理论的看法可谓持论公允、评价客观。这表明,中外学者的一致目标是追求学术真理。同时,也让我们看到中国理论正在走向世界、走向繁荣。

三、文学伦理学批评的学术价值与现实意义

作为具有中国特色的批评理论和方法,文学伦理学批评不仅在理论

---

① Tomo Virk. *Etični Obrat v Literarni Vedi*. Ljubljana: Literarno-umetniško društvo Literatura, 2018.
② [韩]申寅燮:《学界讯息·专题报道》,《哲学与文化》2015年第4期,第197页。
③ Young Min Kim. "Sea Change in Literary Theory and Criticism in Asia: Zhenzhao Nie, An Introduction to Ethical Literary Criticism." *The Journal of English Language and Literature* 2 (2014): 397.
④ Ibid., 400.

建构与批评实践方面取得了突出的成就,为文学研究提供了新的研究路径与批评范式,具有重要的学术价值;而且,还有助于推动我国当代伦理秩序的建设,有着重要的现实意义。具体而言,文学伦理学批评的价值与意义包括如下方面:

第一,对现有的文学理论提出了大胆质疑与补充,从文学的起源、文学的载体、文学的存在形态、文学的功能、文学的审美与伦理道德之关系等方面做了大胆的阐述,对于充分认识文学的复杂性以及从新的角度认识和理解文学提供了一种可能。

具体而言,文学伦理学批评从如下方面挑战了传统的文学观念:

就文学的起源而言,文学伦理学批评在质疑"文学起源于劳动"观点的基础上提出文学伦理表达论,认为文学的产生源于人类伦理表达的需要。"文学伦理学批评从起源上把文学看成道德的产物,认为文学是特定历史阶段伦理观念和道德生活的独特表达形式,文学在本质上是伦理的艺术……劳动只是一种生产活动方式,它只能是文艺起源的条件,却不能互为因果。"[①]

就文学的载体而言,文学伦理学批评在质疑"文学是语言的艺术"等现有观点的基础上提出文学文本论,认为"文学是语言的艺术"的观点"混淆了语言与文字的区别,忽视了作为文学存在的文本基础。只有由文字符号构成的文本才能成为文学的基本载体,文学是文本的艺术"[②]。文学伦理学批评认为,任何文学作品都有其文本,文本有三种基本形态:脑文本、书写文本和电子(数字)文本。[③]

就文学的存在形态而言,文学伦理学批评在质疑文学是"一种意识形态或审美意识形态"观点的基础上,提出文学物质论,"认为文学以文本为载体,是以具体的物质文本形式存在的,因此文学在本质上是一种物质形

---

① 聂珍钊:《文学伦理学批评:基本理论与术语》,《外国文学研究》2010年第1期,第14页。
② 聂珍钊:《文学伦理学批评导论》,北京:北京大学出版社,2014年,第9页。
③ 聂珍钊:《脑文本和脑概念的形成机制与文学伦理学批评》,《外国文学研究》2017年第5期,第31页。

态而不是意识形态"①。

就文学的功能以及审美与伦理道德之关系而言,文学伦理学批评在质疑"文学是审美的艺术""文学的本质是审美""文学的第一功能是审美"等观点的基础上,提出文学教诲论,认为文学的教诲作用是文学的基本功能,文学的审美只有同文学的教诲功能结合在一起才有价值,审美是文学伦理价值的发现和实现过程。

第二,独创性地建构了自己的理论体系和话语体系,同时亦具有开放的品格和跨学科的视域,借鉴并吸收了伦理学、哲学、心理学、社会学、历史学等学科的研究成果,并融合了叙事学、生态批评、后殖民主义批评等现当代文学批评理论和方法。

文学伦理学批评在继承中国的道德批评传统和西方伦理学及伦理批评传统的基础上,构建起不同于西方的、具有中国特色的文学伦理学批评理论和话语体系,形成了文学伦理表达论、文学文本论、伦理选择论、斯芬克斯因子论、人类文明三阶段论等理论,以及由数十个术语组成的话语体系。

文学伦理学批评具有很大的包容性,它能够同其他一些重要批评方法结合起来,而且只有同其他方法结合在一起,才能最大限度发挥其优势。同时,由于文学伦理学批评本身就具有跨学科性,在近年来的研究中更日益凸显出其跨学科的特点。第七届和第八届文学伦理学批评国际学术研讨会均以文学伦理学的跨学科研究为核心议题,这本身就很能说明问题。

第三,具有很强的实践指导性和可操作性,适用于对古今中外的文学作品进行批评实践,因此,对这一方法的运用将有助于促使现有的学术研究推陈出新。

文学伦理学批评从一开始就致力于基础理论的探讨和方法论的建构,尤其注重文学伦理学批评方法的实践运用。美国的 A&HCI 收录期

---

① 聂珍钊:《文学伦理学批评导论》,北京:北京大学出版社,2014年,第9页。

刊《文体》(*Style*)上发表杨革新关于聂珍钊《文学伦理学批评导论》的书评,认为"聂先生在阅读一系列经典文学作品的基础上,将理论研究与批评实践紧密结合起来……聂珍钊著作的出版,既是对西方伦理批评复兴的回应,也是中国学者在文学批评上的独创"①。

与西方的伦理批评所不同的是,中国学者将文学伦理学转变为文学伦理学批评方法论,从而使它能够有效地解决具体的文学问题。文学伦理学批评构建了由伦理环境、伦理秩序、伦理身份、伦理选择、伦理两难、伦理禁忌、伦理线、伦理结、伦理意识、斯芬克斯因子、人性因子、兽性因子、理性意志、自由意志、非理性意志、道德情感、人性、脑文本等构成的话语体系,从而使之成为容易掌握的文学批评的工具,适用于对大量的古今中外文学作品进行阐释和剖析。正是由于这些特点,文学伦理学批评才能焕发出蓬勃的生命力。

第四,强调文学的教诲功能,坚持认为文学对社会和人类负有不可推卸的道德责任和义务,具有十分重要的社会现实意义。

文学伦理学批评以推动我国当代伦理秩序的建设为重要的现实目标,有助于满足当前中国伦理道德建设的现实需求。该理论将文学与伦理道德的关系研究作为一个重要的议题加以探讨,强调文学的教诲功能,坚持认为文学对社会和人类负有不可推卸的道德责任和义务。因此,文学伦理学批评有助于扭转当今社会出现的伦理道德失范的现象,促进社会主义新时代人文精神的培养,具有十分重要的社会现实意义。

第五,作为由中国学者提出的新的文学批评方法,文学伦理学批评不仅着眼于解决中国文学批评面临的问题,而且积极开展与国际学术界的交流和对话,吸引国际学者的广泛参与,使之逐渐发展成为在国际上产生广泛影响的中国学派,对突破文学理论的西方中心论、争取中国学术的话语权起到了重要的推进作用,充分展现了中国学者的学术自信和创新精神。

---

① Gexin Yang. "Nie Zhenzhao. *Introduction to Ethical Literary Criticism*. Beijing: Peking UP, 2014." (review). *Style* 2 (2017): 273.

正如聂珍钊教授所言,文学伦理学批评一系列论文的国际发表和国际会议的成功召开,具有三个方面的意义:一是助推中国学术的海外传播,向海外展示中国学术的魅力,增强中国学术的国际影响力;二是改变人文学科自我独立式的研究方法,转而走中外学者合作研究的路径,为中国学术的国际合作研究积累经验,实现中国学术话语自主创新;三是借助研究成果的国际合作发表和国际会议的召开,深化中外学术的交流与对话,引领学术研究的走向,推动世界学术研究的发展。①

四、文学伦理学批评可开拓的研究领域

作为原创性的文学批评理论,文学伦理学批评已经在国内外具有了广泛的学术影响力。在中国强调一流大学和一流学科建设的今天,文学伦理学批评及其产生的影响无疑具有战略性的启发价值与借鉴意义。

为了进一步推进文学伦理学批评理论和实践的发展,有必要拓展和深化以下几个方面的研究:

第一,在多元化的理论格局下拓展新的研究方向,在与其他理论的对话中整合新的理论资源。通过认真搜集和系统整理中外文学伦理—道德批评的文献资料,梳理其学术发展史,尤其是针对20世纪80年代以来随着伦理批评复兴出现的诸种伦理批评理论,展开中外学术的对话与争鸣,并进行文学伦理学批评与哲学、美学、伦理学、社会学、心理学以及自然科学的跨学科研究,以推动文学伦理学批评向纵深发展。

第二,将文学伦理学批评方法付诸文本批评实践时,应大力开展对于包括中国文学在内的东方文学的文学伦理学批评;在强调对文本伦理内涵进行解析的同时,也要加强对文本所反映的特定时代及不同民族、国家伦理观念的考察;同时尝试建构针对小说、戏剧、诗歌等不同体裁的伦理批评话语体系,并就文本的艺术形式如何展现伦理内涵进行深入的研究。

---

① 黄晖、张连桥:《文学伦理学批评与国际学术话语的新建构——"第五届文学伦理学批评国际学术研讨会"综述》,《外国文学研究》2015年第6期,第166页。

第三，梳理文学伦理学批评的发展历程，探究其研究成果所体现的批评范式与国际化策略，总结文学伦理学批评对当代文学批评和学术研究的贡献。同时，探讨如何将文学伦理学批评融入教学中，包括进行文学伦理学批评教材的编写、提供相应教学指南及培训等。

文学伦理学批评作为新兴的文学批评理论，未来有着广阔的发展空间。文学伦理学批评需要经受文学批评实践的反复检验，不断发现自身理论和实践缺陷，在未来的发展中努力充实、完善其理论体系，关注批评实践中存在的各种不足，进一步加强国内外学术交流与对话，为繁荣中国以及世界学术研究做出应有的贡献。

第一章

日本文学的伦理学批评之可能性

　　由于中国与日本从古到今漫长而又复杂的国家和民族关系,造成了两个国家之间在诸多领域的误解和交流困境,即便是文学领域有着明显的相互影响关系,但在文学理念和文学审美追求等方面还是有着很明显的异质性和各自特色。同时,换一个角度来观察的话,如东方学与汉字文化圈、儒教文化圈以及"东方精神"等各种政治的、文化的和历史的概念在日本文化与日本文学中又都占据着极其重要的地位,这就为我们从文学伦理学批评的角度重新审视日本文学提供了可靠的哲学、文化、历史、社会等多学科、多视阈的可能性。

　　目前为止,我国有关日本文学的评论与价值判断中有两种倾向比较明显:其一是对江户时代和江户时代以前古典时期的文学评价中,过多地强调中国文化和文学对日本文学的影响;

其二是在对江户时期之后即明治维新之后的日本文学评价中,过多地强调了西方文化和文学对日本文学的影响。这两种倾向都阻碍了我们对日本文学的实质和本来面目的理解与认识,这不能不说是到目前为止我国日本文学研究的一个遗憾。文学伦理学批评的理论和方法在某种程度上可以纠正这种倾向和偏颇,弥补多年来日本文学批评中的遗憾。

尽管目前仍有各种各样的争论和商榷,近年来文学伦理学批评理论和方法在中国乃至世界文学批评界被广泛运用,并在理论开拓和研究实践等方面得到了显著的快速发展。文学伦理学批评认为,文学在本质上是关于伦理的艺术。在日本文学发展史上,有代表性的文学流派和文学类型大都体现了作家的伦理思考,蕴含着丰富的伦理内涵,其伦理思想也从根本上影响了作品的构造与主题、人物形象塑造及人物命运。本章将分为四节,梳理和论述上代与中古、中世、近世和近代等各个时期文学的伦理环境、伦理内涵以及整体上与文学的关系。

第一节　上代和中古时期

日本古代可以包括上代和中古时期,这个时期之前虽然没有一定形式的伦理道德教育组织形式,但是由渡来人从大陆尤其是中国大陆带去的儒家学说和文化已经影响了当时以天皇为中心的皇族,只不过没有留下相关详细的记载。而这个时期形成一定组织形式的教育,是从真正文本的儒学传入日本后,在宫廷中设立私学开始的,以儒家思想为核心的伦理思想开始在日本得以接受和传播。

一

据《古事记》和《日本书纪》记载,日本在应神天皇统治时,朝鲜半岛上百济国的汉学家阿直歧来到日本。阿直歧通晓汉文经典,被聘任为皇太子菟道稚郎子之师。阿直歧又向应神天皇推荐博士王仁。王仁于应神天皇十六年(285)来到日本,带来了《论语》十卷、《千字文》一卷,这些文献成了后来规定日本国体的宪法十七条的蓝本,王仁从此成为朝廷重用的正式的御用汉学教师。这样,儒学传入日本后最初的宫廷学问所就诞生了。它类似中国古代皇宫里的国立最高学府——太学。太学制度开始于西周,曾经称太学为上庠,而到了汉武帝时期,采纳了董仲舒"兴太学,置明师,以养天下之士"的建议,在首都长安设立太学。日本皇宫正是承袭了这个制度,让皇太子以及皇族和宫廷贵族子弟都到宫廷的学问所就学,日本的宫廷教育从此走上正途,授课所用的主要教材就包括了儒家伦理道德思想的经典《论语》《千字文》,这也是最早传入日本的儒家思想文本。

到了公元552年,佛教和佛教经典从中国通过朝鲜半岛传入日本,这样中国的儒学思想文化和印度的佛教思想文化融汇一体,成了日本伦理道德和文化发展主流。而这样重大的文化进步的主要推动者则是日本历史上著名的圣德太子。他在公元593—622年摄政期间,极力推动儒家伦理道德思想文化教育,同时创立了众多的包括至今屹立在古都京都的法隆寺在内的佛教寺院,大力传播佛教思想及道德思想,同时竭力宣扬孔子哲学思想,他为了直接吸收中国文化,向中国当时的隋朝派使臣、留学生和学问僧(也叫留学僧),大规模地移植以儒家思想伦理和道德为中心的中国的封建制度和文化,为包括上代在内的日本古代文化和文学发展奠定了坚实的思想和文化基础,同时也为我们从文学伦理学的角度和视野重新评价和认识古代日本和日本文学提供了可能性。

二

自大化革新后,日本逐步形成了封建制度。尤其是奈良时代(710—794),日本和中国交往更加频繁。日本受中国唐朝文化的影响,儒家思想传播,佛教文化昌盛,学术也有了长足进步。日本这一时期的学术研究和教育内容以汉字和汉文书籍为主,在模仿中国的文化教育的同时开始创造自己的民族文化,设立了官立的大学和国学、学者的私塾、家学和家传的个别教学等三种教育形式,这三种教育形式和体系和平共存,同时发展起来。平安时代(794—1192)也非常重视伦理道德的教育,对大学和国学教育也比较重视并进行了一定程度的改革。

尤其是空海在唐朝留学时,看到长安每坊有间塾,每县有乡学,教机构完备的教育盛况，对日本没有私学感到遗憾。于是空海回国后于公元 828 年开创综艺种智院，继而公元 821 年藤原冬嗣创立劝学院，后来公元 850 年桔嘉智子又创立学馆院，公元 881 年在原行平更创立奖学院，这样平安时期日本私人办学讲学成了一个特殊的思想教育现象。后来还发展到大学教官在私邸讲学。如著名的菅原氏的菅原清公（770—842）、菅原是善（812—880）、菅原道真（845—903）三代相继为文章博士，朝中大批贵族官员都是菅原家的门生。从菅原家出来的门徒出仕高官，当时被称作跳龙门，或者叫菅原门下。这种私塾俗称红梅殿，有专门传授老庄学说的滋野安成的私塾，有专门传授经学的大藏美行的私塾等，在当时的朝野中文化影响力很强。

到了平安后期，私塾形式的私学终于代替了官学，在某种程度上教育得到普及。官学和私学衰落后，教育和学问又以家门相传，如著名的清原和中原氏的明经道、扳上氏的明法道、三善氏的算道、安倍氏的阴阳道、和气氏与丹波氏的中医道等，各家各氏形成了自己的教育和学问的传统，世世代代相传，甚至出现了垄断的局面。当然，在这同时平安时代的政府也组织专人撰写诸如《续日本纪》《日本后纪》《续日本后纪》《文德天皇实录》和《三代实录》等史书，加上《日本书纪》合称"六国史"。除以上编年史外，还编纂了完成于公元 892 年的分类历史《类聚国史》共 205 卷等。这些中古时期伦理思想和文化教育乃至学术的发展，尤其是这个时期私学、私塾和家学的同时繁荣，创立了日本独特的教育伦理和学术伦理以及教育体系，这对日本中古时期的女性文学的高度发展，以及影响到后世的物哀等日本文学理念的形成都具有不可估量的建设性作用。

三

日本传统文化与文学中看不到像中国伦理意识那样清晰的形态。如中国古代《诗经》中就有明显的伦理教化表述，诗经的作用是让统治者观察民风、民俗和民心，同时反映民众的伦理和道德诉求，文学性效果就是经营夫妻之道、成就孝敬之礼、浸润人伦理念、教化移风易俗、陶冶朝野社会，文不弱武不暴、团结奋发仁爱，使人在音乐与文辞之美中乐此不疲地感发善念、通晓义理,从感情与理性出发,立德成善、和睦天下。这种伦理教诲是在中国古代典籍中随处可见的,而日本古代典籍像《古事记》《日本书纪》等则在这方面表现出由原始向文明过渡的过程和思想上的混乱形态。其主要表现是男尊女卑思想与女尊男卑思想的共存,以及生殖原则的多样化,还有善与恶观念的模糊、善与恶标准的多元化。同样,在《源氏物语》这部物语小说里,伦理价值取向也是趋向多元,表现出一种善恶标准的模糊特色,最突出的就是接纳和吸收了儒家思想伦理和道家思想伦理以及佛家的伦理内涵。

另外,古代日本伦理观念里面最突出的应该是皇权伦理,但是即便是这样核心的伦理纲常,在古代其他代表性文学作品中也表现出了某种不确定性和演变。《竹取物语》通过塑造"仙人"辉夜姬的形象,借她之口拒绝和讽刺五位求婚贵族,以表明"仙人"的身份凌驾于任何贵族之上。又通过辉夜姬与天皇的恋爱关系,证明两者处于平等地位,间接表明天皇是"神"的立场,天皇身边的文人官僚,利用《竹取物语》表明天皇至高无上的伦理思想。而在《伊势物语》中的主人公影射历史上的在原业平,通过他与二条后、伊势斋宫之间的禁忌之恋,反映了作者对当时皇权、神权,以及背后的藤原氏的反抗。在原业平父母都为皇族,他本人的血统比天皇更纯粹,但祖父癫狂的性格,父亲背负着"告密者"的恶名,母亲为了监视父亲才嫁给他,这又让业平对自己的血统产生极度的不自信。《伊势物语》与天皇相关的诸多禁忌被一一打破,反映出当时的皇权伦理意识衰退的状态。

最后,《落洼物语》中的天皇已经没有了存在感,身为亲王之女的落洼在继母家备受压迫,也体现了皇权没落的现实。在平安时代摄关政治摄关家对天皇本人和皇权进行区别对待,吸收了部分皇权纳入摄关家的权力,因此呈现出天皇和皇族地位低下,而依靠皇权的摄关家却大权在握、如日中天的伦理悖论。三部作品按照时间的先后关系,能够看出在日本皇权伦理中,天皇从被尊崇拔高,到被轻视,最后被无视的过程,这也是古代日本主体伦理结构的文学性表达。

第二节 中世时期

　　一般意义上来讲,日本的上代被认为是皇族形成、建立和形成权威的时代;中古由于摄政关白政治体制,是贵族阶级充分发挥历史作用,形成事实上的权威的时代;而到了中世则由于武士阶层帮助贵族管理庄园和事务,逐渐在社会构造中占据重要地位,从而进入了日本历史上特殊的武士的时代。而在这整个的历史发展和形成过程中,来自中国的思想性、制度性儒家伦理和道德理念都起到了不可或缺的压倒性历史作用。当然这也是深刻影响日本中世文学发展的最为重要的历史文化背景。

一

　　武士的产生最早是在平安时代。9世纪中期开始,一些贵族和地方领主开始建立保卫自己和财产的私人武装,并利用其扩张自己的势力。这种武装逐渐成熟为一种制度化的专业军事组织,其基础是宗族和主从关系。到了10世纪,大和朝廷无力镇压地方势力的叛乱,不得不借助各地武士的力量,这就使武士更进一步得到了中央的承认。到了12世纪,贵族开始丧失支配政治的权力,以地方区域领地为单位的军事贵族崛起,政治权威和土地控制权的新制度开始出现。同时,寺院和神社的庄园也开始组织自己的僧兵,僧兵借助神与佛的威势渐渐壮大,甚至和武士集团一起介入到对抗朝廷的权力之争中去。另一方面,地方政权为了维护秩序,与地方豪族联合着手组建武装力量。贵族们不敌僧兵的横暴,只好依靠武士的力量,于是武士群体逐渐从分散走向集中,聚集在最大的豪强贵族的旗下形成武士集团。武士集团的结合有家族和宗主两种关系,都是以严格纪律和绝对服从为第一要务,这样就渐渐形成了尽忠、献身等主要的"武士道精神"的伦理观念。

　　镰仓幕府时期是日本武士道的发源和登上历史舞台的时期,不过这个时期武士还没有成为我们今天所认知的有系统理念和伦理原则的阶级,而是后来经过江户时代进一步吸收了在日本社会走向普及的儒家思想才最终成型。镰仓幕府到室町幕府这个中世时期的武士阶层,基本上还是以倡导忠诚、信义、廉耻、尚武、名誉为主要道德伦理内容。这里面既吸收了儒家和佛教的伦理要素,又多方面地纳入了日本民族自己创立的、接受了中国道教思想的神道教的伦理道德要义,这些在形成这个时期武士道价值核心、建立自己独特的思想道德体系的过程中都起到了重要的作用。而在具体的社会架构中,镰仓幕府通过具体的武士伦理制度,使武家统治井然有序,再经过源氏武家政权的继承与发扬光大,使民间的主从关系上升为国家制度,最终形成了控制武家政权和社会运营的工具,在思想层面升格为统治阶级的行为准则与道德规范,成为日本社会伦理道德的支柱及全社会价值评判和奖惩机制的标准。

与此同时,由于镰仓幕府末期皇室、京都贵族、寺院僧侣上层、幕府内部各种势力和各地方势力之间的复杂斗争,酿成了南北朝的对峙和地方势力割据百余年的战国时代。在这种形势下,汉学衰落,前代的大学和国学没有得到恢复,代之而起的是武士教育和寺院教育活动。武士教育主要是灌输和学习武士道精神,教育的主要场所是在家庭与寺院。通观整个武士教育,可以看出整体上重武轻文的倾向。不过在这个典型的封建主义时期,社会各阶层的伦理道德意识都比较清晰,而且呈现出多元特色,根本的核心思想是儒家,其次是佛教,再就是吸收了道家元素的日本神道教。

二

如上所述,镰仓时期武士阶级占绝对的社会主体地位,而到了室町时期町人阶级渐渐走上社会舞台,甚至达到了可以与武士平分秋色的程度,而到了近世的江户时期町人阶级更是成为社会的主体,其伦理道德价值取向更加明晰。这也是在探讨中世日本人的伦理意识和道德思想时无法避开的事实存在。所谓町人,从文字学的意义上看,即住在町里面的人之意,町人一词在平安朝(794—1192)前期就已经出现,镰仓幕府建立后,京都以行商为主的传统集市贸易出现萧条,代替集市贸易而以店铺买卖为主的商业区和坐商登台了。于是坐商们的居住地和店铺营业地也开始被称作町或町屋，故而居住在这类町或町屋的人们便成为最早的町人。亦即是说最初的町人是指与行商相对的坐商。镰仓时期不仅町人、商人有别，而且由于当时手工业者和商人处于一种尚未分化的状态，所以此时的坐商和行商也包含部分手工业者。因而无论是以坐商为主的町人，还是被称为商人的行商，都还未形成一个具有社会身份的独立阶层，尤其是手工业者此时还处于既未脱离农业也未形成独立行业的状态。

直到织田信长和丰臣秀吉时代，极力发展围绕着城堡的町人为主的城下町的经济路线，不仅命令家臣团聚居住城下町，实行专制君主式控制，而且通过命令地方豪族武士移居城下町，使各地豪族领主在经济上和军事上失去对织田政权的独立性，这就加速了武士和农民的分化。进而对城下町的町人采取优厚政策，奖励商人在城下町定居和开展自由贸易，规定在城下町居住和经营的本地人与外地人平等，允许改变和断绝原有的主从关系和亲属关系等等，这样，吸引和掌握了町人的财力技术的同时，促进了町人的成长、提高了町人的地位。随后又进一步加大了兵农分离的力度，进而实施商农分离政策。由此，町人作为一个区别于武士和农民、具有自己独立身份的职业的阶级终于形成了。町人作为出于四民等级中最末等地位的阶层，具有提高自己社会形象和地位的要求，在严格的封建等级制度下，町人祖祖辈辈逐渐形成了只属于自己的商人伦理，而町人为了改变自身形象、提高社会地位，也只能发展商人伦理。这里的町人或者说商人伦理无疑会受到占主导地位的武士伦理的左右和支配，因而就会带有浓厚的武士伦理和武士道德的色彩。

三

随着武士阶级的成长壮大，出现了很多以武士社会为中心的文学作品，并逐渐成为镰仓文学的主流，而随着町人阶级的逐渐形成，也出现了随笔、散文和戏剧等反应町人思想情绪和伦理意识的文学作品。其中最引人注目的是军记物语的兴起。军记物语是以武士的人生观、道德观和伦理观为主题的小说，如起源于平安时代的《将门记》《陆奥话记》等汉文题材文学作品，而《平家物语》是其中最具代表性的一部作品。它通过平家一门的盛衰故事,表现了诸行无常、盛者必衰的佛家思想和佛家伦理,同时更表现了儒家仁义礼智信的伦理纲常的重要性。《保元物语》《平治物语》也是这类军记物语的代表作,表达了类似的伦理追求。《今昔物语》《宇治拾遗物语》是两部通过口头传诵记录下来的表现佛教伦理纲常的"说话集"。这些说话集最早出现于平安末期,成型于镰仓时代,贴近一般庶民百姓和町人阶层的生活本体。

另外还有散文随笔集,如鸭长明的《方丈记》、吉田兼好的《徒然草》等。这些随笔文学大多用佛教观念对贵族生活进行尖锐的批判,给当时传统守旧的文坛带来新气象。这些作品带有强烈的宿命观,也含有一些消极的思想,表现出中世时期深受儒家尤其是道家思想影响的隐者文学的特点。同时期以五山禅林儒学为核心的五山文学全部用汉文书写,盛况空前,充分表达了中国传统的伦理意识。还有御伽草子这样小说类作品,以老弱妇孺为对象,内容大多是拟人化的神话、传说、童谣、怪谈之类,主题一般表达的是町人、庶民等平民的呼声与祈望。在戏剧方面,中国汉代的散乐传到日本后成为猿乐,经过观阿弥、世阿弥父子的改良创新,发展成为能乐。其中很多曲目取自中国题材。另外还有与能乐同时发展的狂言,狂言更有庶民性,题材大都取自日常生活,内容滑稽可笑,追求诙谐、通俗、娱乐效果。这些文学作品无不带有明显的儒家、佛家和道家伦理道德意识和色彩。

第三节 近世时期

随着室町时期町人阶级的形成,丰臣秀吉武士集团的败北,日本进入了历史上武士封建时代的最后一个时期即江户时期(1603—1868)。从庆长八年(1603)德川家康在江户开创幕府开始,到1868年明治维新成功,历时265年。江户初期的德川家康建立起严密控制下的政治体制,从而使幕府统治趋于稳定,经济也随之发展,出现了商人与町人主导的元禄文化。江户中叶的幕府财政陷入困境,虽然实行了享保改革、宽政改革、天保改革等改善创举,但却没有解决根本问题。随之,商业体系中资本主义开始萌芽,新的生产方式出现,从而在根本上动摇了幕府统治基础。江户时代将军是最大的封建主,直接管理着全国四分之一的土地和重要城市以及全国其他地区两百多个藩,藩主必须听命于将军,而将军与大名都各自拥有自己的武士,从而形成了由幕府和藩构成的封建统治制度即幕藩体制。值得注意的是,全体居民都被严格地分为四个阶层:武士、农民、手工业者和商人。如前所述,近世时期的日本基本还是武士主导的社会结构,再加上闭关锁国二百多年,所以其社会的主流价值观念依然是儒家思想和儒家伦理道德占据统治地位,甚至比古代和中世时期都更加牢固。

一

以武士和町人为主体的日本近世文化思想的主流是:其一,中国的儒学,特别是朱子学取得天下独尊的地位,成为日本官方意识形态,推动日本整体精神文化的发展。其二,日本独特的思想文化的创新与繁荣。其三,西方文化的接受与研究。而这一切都与近世日本教育的具体实施有着密切的关系。当时江户时期的教育水平是在中古形态的国家中最高的:武士和町人为主的男性大部分都识字,追求做贤母良妻的女性识字率也很高。这其中主要的原因有几点:一是当时私塾和寺子屋没有特定的学费收费规定,富人可缴纳银两作学费,出身寒微的下级武士和一般农家也可交少量农作物和土特产作学费,这就扩大了就学面积;二是随着町人和商人的主流意识增强,商业和手工业的快速发展,人流物流贸易机会的增加,包括生活技艺的提高也迫使人们必须识字以维持生计。具体来看近世的日本学校可分为以下几种:一是以武士为对象,带有强制性的幕府直辖学校;二是以武士为对象,规模参照幕府学校,以教授儒学、汉诗、汉文、兵学及经济为主的藩学;三是幕府及藩主在乡村兴办,以教育士庶子弟为主的乡学;四是有一千五百多所,由著名学者主持建立,入学者多是慕名而来的私塾;五是类似现代的小学教育,学童年龄大都是六至十多岁,以训练读、写及算盘为主的寺子屋或者叫寺庙小学。这种学校教育的架构无疑是覆盖面很广的。而有的学问所则成了儒学中心,甚至设有祭祀孔子的圣堂。另外还有专门传授日本国学的中心,讲授西方科学文化知识和西方语言的中心,更有教授荷兰医学的中心,社会培养各种各样的拥有传统思想道德和伦理文化的人才。

二

在这样带有普及性质的近世教育的实施下,江户幕府统治下的日本的思想和道德伦理观念呈现出以儒家伦理道德为核心的多元特征。首先是朱熹为代表的朱子学派,其理论侧重于伦理道德的大明大义思想,因为符合刚刚建立起统治的江户幕府的政治需要,因此逐渐受到统治阶层的重视。以藤原惺窝与林罗山为代表的、由禅僧转向儒学的几位学者,起到了让幕府将朱子学定为官方意识形态或者说提高到了国教的高度,并将其推广到民间的作用。其次是阳明学派,阳明学派最早传到日本是室町时期,而真正使阳明学在日本兴起的是大学者中江藤树,他最初学习朱子学,逐渐感觉到朱子学过分拘泥于外在形式,有漂浮不实的感觉,而接触阳明学后,深感其理论的深刻,于是倾倒于阳明学,并且通过其弟子将阳明学传播到上层社会,直到江户后期。阳明学在日本社会中鼓励实践的精神,鼓舞了一批日本社会的革命家、教育家、政治家和文学艺术家等。再就是以山鹿素行为创始人的古学派,山鹿提出朱子学与阳明学都不是真正的孔孟真谛,要恢复真正的儒学,必先追踪孔孟经典、钻研先秦儒学。还有著名的荻生徂徕也是古学派的著名代表人物,他在思想上和文学方面都提倡在本国文化思想的基础上吸收和模拟先秦隋唐之风。

这里值得一提的是近世国学派,在儒家一统天下的日本江户时期出现了主张回归日本古典、从本国文化中寻找日本大和精神的国学潮流。这里包括契冲、荷田春满、贺茂真渊和著名的本居宣长。他们主张只要遵守神道,日本可保持天下太平、皇统延续,政治上主张以古人之治挽救今日之危机,带有尊皇、复古的国粹主义倾向,强调了更高层次的国家伦理、民族伦理和文化伦理。这里有必要提起本居宣长的文学伦理思想,他主张文学以是否顺乎人情作为善恶标准,提出《源氏物语》的最根本价值是表现了物哀的文学理念,理解文学的最高境界是洞察和享受物哀。因为"知物哀"是以尊重人性中情的因素,以人情的真实性为根本的。以不顺世间人情为恶。看到别人悲伤,听到别人忧愁而无动于衷,这样的人就是恶①。这里其实是以反对程朱理学为背景、对文学作品价值提出重视人情和人性伦理的要求。

最后就是前面涉及的近世町人思想。町人本来在四个等级身份中地位是最低的。随着商品经济的发展,商人在经济上的实力得到极大的提高,随之而来地就产生了町人思想。町人思想的首要任务是否定封建社会的尊卑观念,否定身份等级制度,充分肯定商人的社会作用和社会政治价值,充分尊重商业伦理和商人道德。不仅如此,部分学者还强调町人阶级的文化思想先导性,认为"在日本前近代的德川时代,唯有掌握了经济和文化的主导权,成为推进近世商品经济发展主体势力的町人阶级才是德川社会诸阶级中最先进的阶级。只有町人阶级唯以货币为贵,以金钱为本位,以盈利为善,和以正直、节俭、精算手段致富的价值伦理和精神指向,才能在本质上具有符合商品经济发展规律,促进商业资本发展,催生近代资本主义的功能和近代取向;正是町人阶级及其价值伦理和精神在日本由近世向近代发展的历史进程中,起到了侵蚀、瓦解和毁灭以封建领主土地所有制、四民等级身份制和诸子学思想统治为基石的幕藩封建统治的重要作用,发挥了促动日本近代资本主义的生成和扩展,推动日本由封建社会向近代资本主义社会转型和发展的精神原动力作用"②。这其实是为我们提出了一个全新的商人伦理结构,并强调了其时代的前瞻性和精神动力。

三

在近世这样多元的思想和道德伦理的文化背景下,近世文学就明显带有时代特色鲜明的伦理色彩。其中诗歌方面,一反古代皇族、贵族时代严肃和优雅、庄严、协调的诗风,脱离繁冗复杂的连歌,成为迎合庶民口味的、风格幽默滑稽、带有讽刺的意味、短小精悍的俳谐的诗歌形式。就连

---

① 叶渭渠:《日本文学思潮史》,北京:北京大学出版社,2009年,第165页。
② 刘金才:《町人伦理思想研究——日本近代化动因新论》,北京:北京大学出版社,2001年。

取材、语言都追求自由的风格,表现城市新兴阶层町人的真实生活情感。而小说领域在前代御伽草子和假名草子的基础上,创作出了描写当世人俗风情的、主要以町人生活与情感为描写对象的新形式小说"浮世草子",出现了出身于商人家庭的井原西鹤这样的杰出代表。他一直以町人的身份与立场关注人世间的冷暖炎凉,创作出《好色一代男》《好色一代女》《世间胸算用》《日本永代藏》等代表作,通过对町人社会男女恋爱故事的描写,肯定人的欲望与爱情,同时刻画出等级社会中商人的心理与生活遭遇,以及他们强烈的伦理意识。

特别要指出的是近世日本的戏剧。如净瑠璃这种一边演奏净瑠璃一边操纵木偶的表演,别具特色。尤其是著名的戏曲作家近松门左卫门的大量脍炙人口的作品,深受町人大众欢迎的庶民悲剧,同时也形成了其独自的悲剧创作方法。他的代表作品如描写男女含冤殉情的《曾根崎情死》《殉情天网岛》等,都引起了较大的反响,特别是剧中涉及的武士、町人和商人乃至一般庶民的强烈的伦理道德意识,以及伦理选择带来的各种悲剧表达,感动了一代又一代的读者和观众。再如歌舞伎的兴盛也是近世日本戏剧文学的历史性建树,歌舞伎刚一登上舞台,就迅速在民间传播开来。经过不断的改革和调整,慢慢走向洗练、正规,主题思想明确,伦理意识清晰,实现了更多在道德和伦理教喻方面的价值,获得了强大的生命力。

第四节 近代时期

一般意义上,公元1868年维新政府的成立,标志着日本进入近代时期。江户幕府后期的下级武士倒幕派推翻幕府政权,发表"王政复古"、废除将军制的宣言,推行资产阶级改革,日本进入了比较发达的资本主义近代化时期。这个时期一般被认为是日本思想和伦理观念发生剧烈变化的时代,既有全方位接受的西洋文化,又有自古以来占据日本社会主导地位的儒家思想文化,更有固有的日本传统的神道教文化,这就必然带来传统与近代、东方与西方、改革与守旧的矛盾和斗争。更会出现由于时代的变革带来的各个阶级和阶层之间的价值观念的对立与协调,当然这也是近代时期日本文化与文学发展的重要的前提条件和复杂背景。

一

纵观日本近代时期的整体文化和思想走向,可以认为教育起到了决定性的作用,这是有目共睹的历史事实。而要理解当时整个社会各阶层的伦理思想和伦理意识,从教育的角度来理解也是最有效的视角。不言自明,明治维新是具有民族运动特点的资产阶级革命。其政府以"富国强兵""殖产兴业""文明开化"为总体目标,其实这也是政府教育改革的指导思想。"文明开化"的含义是指全面学习西方资本主义文化、技术和知识,保障日本的独立富强,免受西方国家的侵略。福泽谕吉毕生从事教育与著述事业,对日本资本主义发展和资产阶级民主运动的发展起了巨大的作用。明治政府成立不久就"废藩置县",确保中央政府对全国的直接统治,并规定中央政府的官制中设置文部省,管理全国的文化教育事业。而且改革学校制度,颁布由学区、学校、教员、学生和考试、学费等五个部分组成的"学制令"。并决定把全国分为 8 个大学区,每个大学区设 1 所大学和 32 个中学区,每个中学区分成 210 个小学区,计划在全国设立 53760 所小学。教育行政管理完全采用文部省统一管理下中央集权制。"学制"是一个庞大的国民教育计划,虽然并未全部实现,但毋庸置疑,"学制"在普及小学教育,建立师范教育制度和推动教育发展中起了积极作用。后来政府又颁布了修改过两次的《教育令》,颁布后的第二年就做修改,教育政策连续发生变化是和明治维新时期社会变革和政治动荡密切相关的。后来森有礼担任文部大臣,极力主张维护君主立宪制,提出为了国家的富强而办教育,为了维护国家政体而实施国民皆受军事训练的教育等国家主义教育思想理念。制定了《小学校令》《中学校令》《帝国大学令》《师范学校令》等"学校令",任务是适应国家的需要传授学术、技术方面的理论和实际知识,培养国家管理人才和科技人才。

其中值得注意的是,《师范学校令》规定在品德方面特别强调培养顺良、信爱和威重的气质。对师范生施以军事体操训练,学校实行兵营化管理。这种军事训练制度后来扩展到大、中、小学校,向学生灌输"忠君爱国"的国家主义思想。特别是,1890年用天皇诏敕的名义颁布了以儒家忠孝仁爱为教育核心内容,又掺杂了近代资本主义社会伦理道德的《教育敕语》。其目的在于培养学生成为"忠君爱国""义勇奉公""保卫皇运"的顺良臣民。《教育敕语》规定了日本教育的方向,奠定了国民道德的基础,实质上它是第二次世界大战以前日本教育的基本法,对社会和学校乃至日本整个国家的走向影响很大。不过最关键的是,这个时期根据"学校令"建立的学校系统,确立了以小学校教育为基础的近代学校制度,极大地推动了日本教育体制的完善,成效显现。于是,1902年日本初小入学率达到90%,基本上普及了小学教育,而1907年义务教育的年限延长为6年,到1920年入学率达到99%,进入21世纪,日本教育在世界范围内获得高度评价。

而在这样的教育系统中,我们常常看到的与思想和道德伦理相关的教材就有小、初、高中的《伦理》《修身课》《基本教育法》《伦理社会》《中小学德育课教学大纲》《小学学习指导要领》和《日本小学道德课教学大纲》等等,2001年出版的高中教材《伦理》中就分三编,其中第一编为"青年期作为人的生存方式",包括青年期的课题和自我形成以及作为人的自觉,里面列举了包括孔子在内的二十几位东西方的哲人伦理思想介绍;第二编为"现代社会与伦理",包括现代社会的特质与人在现代社会中生存的伦理;第三编为"国际化与作为日本人的自觉",包括日本的风土与社会、日本人的思考方式、外来思想与日本、近代的自我确立和世界中的日本人等等,甚至如何在生活中花钱消费都有涉及。近代到现代的日本学校伦理教育可见一斑。

二

如上所述,日本近代以来的学校道德伦理思想教育的特点非常明晰,而近代日本伦理思想发展也经历了较为艰难的过程。明治时代的前期是欧化主义占主流的时代,在文明开化的口号下明治政府从制度和政策层面使民众在形式上得到了开化;而启蒙思想家则从精神层面上使人们打破封建伦理的束缚,接受了西方近代伦理的沐浴,自由民权家则进一步使民众摆脱了封建等级观念的羁绊,在政治上实现民主和自由,从而促进了近代市民伦理观念的形成。首先,1889年日本政府通过的《日本帝国宪法》,以及上面提到过的1890年天皇颁布的《教育敕语》,这两个文件不仅标志着日本近代天皇制国家的形成,而且统一了日本国民的思想,奠定了日本近代伦理观念的基础。

《日本帝国宪法》所提出的主权在君思想作为道德教育的大法,还明确规定了日本国民道德教育的基本目标,形成了日本近代伦理教育的主要内容。而《教育敕语》不仅规定了学校的德育方针,而且成为全体日本国民的道德准则,为近代天皇制国家确立了正统的思想体系,构成了近代伦理的核心内容。这种伦理思想主要表现为以下几个方面:一是融合性的家族主义道德观。教育敕语规定了臣民的克忠克孝、友兄弟、夫妇相和的传统儒教伦理观的核心内容。但这种伦理已超出了儒学家族主义伦理观的局限,融合了从西方舶来的爱国心理论。二是层次分明的社会道德。家是社会的基本单位,家族道德也就成了社会道德的基础。《教育敕语》中将家族道德进一步拓展为社会道德,将社会分为友人共同体、经济共同体和国民共同体等几个层面,并分别提出了相应的道德原则,信与爱是友人共同体的核心道德,是继承了传统的儒家道德中诚信的内容,而博爱及众则明显受到西方资本主义博爱思想的影响。广行公益、开辟世务是经济共同体所要遵守的主要道德。三是至高无上的国家主义伦理。其核心理论是将国家看作有生命的社会有机体,在此基础上,将家族制度分为个别家族制度和综合家族制度两种。而所谓个别家族制度就是各个家庭所形成的普通的家族制度,综合家族制度则是由所有家庭统合而成的一个大家族,天皇作为家长对其加以统率的国家性的家族制度。于是忠君与爱国是综合家族制度所形成的独特道德。这种道德建立在家族主义伦理和社会伦理基础上,但又高于这两个层面的伦理,是最高层次的伦理。

这里有必要涉及日本近现代法西斯统治下伦理观念问题。早期的近代资本主义伦理随着日本军部法西斯推行的思想统治而逐渐消散,代之成为伦理思想主流的是家族国家观、集团主义的社会伦理观以及天皇中心主义。家族国家观是被蒙上家族外衣的狭隘的国家至上的国家伦理观,其被用于教化民众、维护天皇统治的同时,也被作为处理对外关系的原则,以至作为侵略他国的理由和伦理依据。这样,国家是超越了个体性质的其他共同体的最大的共同体。所以个人的价值只有作为国家的成员、绝对的去私、达到对国家全体的复归,才能够达到自我人格的圆满。由此可见,广为日本民众接受的和辻哲郎①的人学伦理学也是在第二次世界大战过程中,客观上成了日本政府的御用哲学。它既是当时日本法西斯专制政府宣扬的核心伦理,也是天皇权威、家庭伦理和社会伦理成立的基础。

三

日本近代在不断变化中形成的古今东西相互融合、相互矛盾而又自成一体的道德思想和伦理观念,给从明治时代到今天的日本文学带来了不言自明的全方位影响。其中日本"私小说"所表达的现代人的伦理苦闷、个体欲望与社会伦理道德规范的伦理冲突与伦理选择、近代人权平等观念与封建等级观念的伦理冲突与伦理选择等;日本著名的文学流派白桦派的人道主义与伦理思想的纠葛,如《暗夜行路》中的乱伦叙事与道德救赎、《亲子》中的父子冲突与伦理困惑、《友情》中自然之爱的伦理诉求;以夏目漱石和森鸥外为代表的余裕派文学的伦理之思,如夏目漱石《心》的文学伦理学批评解读、森鸥外《高瀬舟》文学主题的伦理之思、《杜子春》的自由意志和伦理选择。就连日本左翼文学的创作也是一样充满了伦理的困扰和矛盾,诸如木下尚江《火柱》中的伦理混乱、小林多喜二《为党生活的人》的伦理悖论与伦理启示等;还有唯美主义文学的伦理思考和苦恼问题,像谷崎短篇小说中的伦理内涵、人物伦理关系、伦理书写等等都很有代表性。

在一些更具有代表性的作家群体中,一直没有得到重视的伦理价值

---

① 和辻哲郎:『人間の学としての倫理学』,東京:岩波書店,1934年,第14页。

的发现,更是不可忽视,像川端康成日本传统美与现代追求之间的伦理定位问题,大江健三郎的政治伦理与身份认同问题,包括《饲育》的人道主义的政治伦理观、《万延元年的足球队》的身份认同与政治伦理表达、《水死》的互文性和大江的政治伦理观等等。即便是目前活跃在世界文坛的日本作家村上春树,一系列的作品都可以从伦理角度进行解读,包括近年来该作家发表的与日本侵华有关的作品也是如此。其中主要是村上的伦理取向的多元与迷茫问题,包括《世界尽头与冷酷仙境》的脑文本问题、《挪威的森林》中的身份困惑与伦理思考问题、《海边的卡夫卡》中田村卡夫卡的拟似性伦理犯罪等等,这些日本近现代文学的代表性作品都可以在文学伦理学批评的视阈中观察到至为重要的伦理价值。

本章小结

　　日本学者久松潜一认为:"作为人类生活所必需的秩序就是伦理、就是道德。因而,离开了人的生活,就不存在伦理,所以人类成长形成人格等是文学的基本课题,仅此一点就可以说文学与伦理有着密切的深刻的关系。文学与伦理的问题乃是文学的本质性问题。"① 也就是说,文学的本质问题不是审美,审美只是文学表述伦理时的手段和方法。只要有人类存在和生活就必须有秩序,而伦理就是这个秩序。日本文学从古至今都是在深厚的中国文化滋养和近代西方文化介入与融合背景下的产物,而这些都如润物无声一样以伦理的形式浸润到文学本体中去,从而使得日本文学拥有了世界上其他民族所没有的特质。文学伦理学批评在日本文学研究中的运用,使我们发现了到目前为止还很少被认知的日本文学的伦理价值和艺术魅力。同时,文学伦理学批评有助于消除许多我们历来对日本文学的种种误解和误读,从而打开我们重新审视日本文化和日本人的一个新的视角,得出新的认识和结论。从这个意义上讲,文学伦理学批评无疑是进行日本文学研究行之有效的理论和方法。

---

① 久松潜一一:『国文学』,東京:東京大学出版会,1954 年,第 238 頁。

第二章

物语文学中的皇权伦理

"物语文学"是平安时代到镰仓时代盛行,由假名散文写作而成的创作文学的总称,其起源是讲述古代氏族社会中氏族祖先神事迹的神圣古言。在古代国家的形成过程中,随着氏族祭祀基础的崩溃,物语文学成为流传于民间的口头文学。到了平安时代,随着城市生活的形成,个人意识逐渐成熟,在对中国六朝到隋唐的传奇小说的接受,加之假名文字的普及,散文的发展等各种条件下,这种口头文学逐渐演变为物语文学。

众所周知,物语文学是日本古典文学的重要组成部分,代表了古代日本的文学水平,同时也反映了平安时代的政治、经济、风俗习惯等方方面面。因此无论从文学,还是从历史学角度来看,物语文学都具有很高的研究价值。特别是江户时代以后,日本的国学者们从各个方面尝试对物语文学进行考证,如贺茂真渊(Mabuchi Kamo)、本居宣长(Norinaga Motoori)等人,为物语文学的研究打下了坚实的基础。

本章以《竹取物语》《伊势物语》《落洼物语》三部平安时代的物语作品为研究对象，以文学伦理学批评为主要研究方法，结合平安时代的伦理环境，尝试对这三部作品的写作目的以及作者像做出新的阐释，并且通过研究"天皇"在三部作品中的形象变迁，探讨皇权的演变。

《竹取物语》由"化生""求婚""升天"三部分构成，是一部富有神话色彩的中篇故事。主人公辉夜姬将求婚的五位贵族戏弄得团团转，最后还拒绝了天皇的求婚，回到月宫。本文从辉夜姬、五位贵族、天皇的伦理身份入手，揭示辉夜姬的伦理身份矛盾，寻求她拒绝贵族和天皇的真实原因。进一步指出，作者利用辉夜姬对待五位贵族和天皇的不同态度，来婉转地抬高天皇的地位，才是这部作品写作的真正目的。

《伊势物语》是一部和歌物语，整部作品是由一个个小故事组合而成，而每一个小故事都依托和歌，情节简单。本文选取了伦理冲突比较激烈的二条后高子，以及伊势斋宫的相关段落，结合主人公在原业平在历史上的真实经历，对《伊势物语》的产生过程和相关人物原型做出了新的论断。

《落洼物语》中的男女主人公道赖和落洼，分别代表了处在上升阶段的摄关家和日益没落的皇族后裔。摄关家一方面抑制天皇和皇族的势力，另一方面他们的力量又源自皇权，这一组伦理矛盾一直贯穿故事始终。作者一方面依附于摄关家，另一方面却崇尚皇权，因此作品中存在这样的伦理问题也就不足为奇了。

第一节 《竹取物语》中"皇权至上"的伦理建构

《竹取物语》是现存最早的物语文学作品，在《源氏物语》(『源氏物語』，平安时代)中被紫式部(Murasaki Shikibu)誉为"物语文学之祖"，在日本古典文学中占有重要地位。为了后文论述方便，先将《竹取物语》的大致内容概况如下：

从前有个老人叫竹取翁(Taketori no okina)，以伐竹为生。一天，他在山上看到了一段发光的竹子，劈开后里面生出一个三寸的小女孩。竹取翁将小女孩带回家交给妻子抚养，从此之后竹取翁经常在竹子里发现黄金，迅速致富。小女孩生长得非常快，三个月就长大成人，于是请人起名叫"嫩竹辉夜姬"（Nayotake no Kaguyahime）。世间的男子听说她的传闻，都来求婚，其中有五名贵族最为痴心。辉夜姬虽然不想结婚，但禁不住竹取翁的劝说，于是给五个人各出了一道难题，让他们去完成。最终五人都没能成功，此事惊动了天皇，天皇也派人来求婚，辉夜姬仍然不同意。天皇亲自前来竹取翁家，在抓住辉夜姬的一刹那，她突然消失了。此后，天皇和辉夜姬一直保持书信往来，这样过去了三年。辉夜姬突然变得忧郁起来，并且告诉竹取翁，自己是月宫的人，马上要回到月宫去。天皇得知此事，派军队来保护辉夜姬，但于事无补，在月宫来使的迎接下，辉夜姬终于恋恋不舍地告别竹取翁夫妇，并给天皇留下了书信和不死药后升天了。天皇也没有喝不死药，而是将药和信交给手下，拿去山顶烧掉了。

物语中出现了五名贵族以及天皇，显然是与"皇权"密不可分，那么作品到底要描述一种怎样的皇权伦理关系？先从辉夜姬这个人物入手来分析。

一、辉夜姬的双重伦理身份："神性"与"人性"共存

辉夜姬是《竹取物语》中的女主角，甚至这部作品在《源氏物语·蓬生卷》中被称为《辉夜姬物语》，从故事情节中也可以知道，她是贯穿物语始终的人物。那么，辉夜姬到底是谁？她的伦理身份是什么？她来到人间的原因和目的是什么？围绕辉夜姬，我们会有很多问题要问。

首先，辉夜姬到底是谁？这看似很简单的问题，却不好回答。对于求婚者来说，辉夜姬是竹取翁夫妇的女儿，出身于有钱的地方豪族，长得非常美丽，仅此而已。但是竹取翁夫妇和读者知道，辉夜姬不是普通人，从她出生于发光的竹子，三个月就从三寸长大成人，并且由于她的到来，竹取翁才变成富豪，因此竹取翁对辉夜姬不会是普通的养父对待养女，而是非常恭敬，就像"祭祀（竹取翁）和被祭祀的神（辉夜姬）的关系"[①]。而且在古代日本的神话和物语中，"光"都是代表具有与凡人不同的特质，比如

[①] 小嶋菜温子：『かぐや姫幻想：皇権と禁忌』，東京：森話社，1995年，第10頁。

小岛菜温子（Naoko Kojima）指出的，天照大神、光源氏、辉夜姬都具有"光"的特征，而"辉夜姬的光，正是天界的象征"①。由此可见，辉夜姬自出生开始，即带有双重伦理身份，一方面她在外人眼里是竹取翁（地方豪族）的女儿，这是她作为"人"的身份；另一方面，她出生时的种种迹象已经表明，她不是"人"，而是具有某种"非人"的特质。在故事结尾处，辉夜姬的真实身份被揭示，她是月宫世界的人，可以飞天，长生不老，相对于人而言具有绝对的优势。由此可以认定她身处月宫的天上世界，就是我们所谓的"神仙世界"，是"神"的一员。

作为天上世界的"神"的辉夜姬，为什么会降落到人间，并且成为竹取翁的女儿呢？这也在故事结尾部分，天人的话里有解答。虽然辉夜姬自己说是因为"前世因缘，被派到这里"，但来迎接她的天人却是说，因竹取翁有些功德，所以让辉夜姬来他家帮他，这些年得来的黄金，已经让他过上了好日子。辉夜姬是因为犯了罪，来地上世界赎罪，现在罪已经赎完，自然就要回去了。从这里也可以确认，竹取翁的发迹直接根源于辉夜姬。但是竹取翁跟辉夜姬或者天界有何因缘，辉夜姬之前犯了什么罪，又如何赎罪，却都语焉不详。

希代周一（Shyuuichi Kitai）对于这几个问题现有的观点进行了整理②，其中曾根诚一（Seiichi Sone）③和高桥和夫（Kazuo Takahashi）④都认为辉夜姬的"罪"与"性"和"通奸"有关，因此"赎罪"的方式就是拒绝结婚，但笔者与他们的观点有所不同。辉夜姬前世的罪，在文本中没有明确出现，所以无论哪种观点，都只能是推测，无法得到切实的证据。综合文本内容，可知辉夜姬生活的月宫，是一个长生不老，但没有情感的世界，这与我国道教的神仙世界是类似的，因此伊藤清司（Seiji Itou）也提出过《竹

---

① 小嶋菜温子：「古典文学と光—アマテラス・かぐや姫・光源氏」，『紫明』21（2007）：9-13。
② 希代周一：「流刑の罪人：かぐや姫の罪と贖罪」，『近畿大学日本語・日本文学』1（1999）：58-67。
③ 曽根誠一：「かぐや姫贖罪の構造と方法」，『論集源氏物語とその前後1』，東京：新典社，1990年。
④ 高橋和夫：「『竹取物語』構造論—作品にみられる『数字』による作品再構成とかぐや姫贖罪の課題について」，『共愛論集』1（1990）：1-16。

取物语》起源于中国的说法①。我国的神话故事中,也有仙女和凡人男子结婚的故事,如牛郎织女,董永和七仙女等。但是在神仙世界,动情是不被允许的,即使没有与对方结婚,仅仅是喜欢对方,也是一种罪。而从辉夜姬与竹取翁夫妇离别时的恋恋不舍,与天皇三年间的书信往来,可以看出她不是一个无情之人,因此她的"罪"就在于她的"有情"。那么她是对谁动的情呢?可以看出,绝对不是对五位贵族。那么可能的人物只有两个,一个是竹取翁,一个是天皇。

竹取翁的人物设定是"老翁",或许跟年轻美貌的辉夜姬并不相称。虽然书名或为《竹取物语》,或为《竹取翁物语》或为《辉夜姬物语》,但压倒性多数的还是《竹取物语》,这跟《万叶集》(『万葉集』,奈良時代)卷十六中的《竹取翁歌》相关。《竹取翁歌》是竹取翁与九位仙女相遇的故事,并且以自夸的形式讲述了竹取翁的过去。所以《竹取物语》本来的情节,极有可能是竹取翁年轻时与辉夜姬的爱情故事②,所谓的前世因缘,或许就是指的这种关系。但是从现行的文本中,竹取翁只是忠实地作为一位养父在照顾辉夜姬,丝毫看不出其他的情感。最后剩下的人选只有天皇一人。

我国学者对《竹取物语》中辉夜姬和天皇的关系,一般看作反抗皇权的庶民的胜利,比如雷华指出"《竹取物语》的轻君思想是十分明显的。赫映姬(指辉夜姬,笔者注)对钦差及皇帝的蔑视与拒绝淋漓畅达地表达了这一意识。(中略)皇帝动用武力劫持时,她便突然消逝,使皇帝霸占民女的企图以失败告终。皇帝的失败即是庶民的胜利,显示了人民对统治者的蔑视,是这部作品的价值所在"③。但是,辉夜姬真的是蔑视天皇才拒绝他的吗?笔者认为事实未必如此。如果辉夜姬对天皇没有感情,她没有必要跟天皇进行书信往来,并且在离开时还送不死药和信给天皇。最后给天皇留下了这样一首和歌:如今到了要穿羽衣归去之时,越发觉得你可怜可悲(今はとて天の羽衣着るをりぞ君をあわれと思いでける)。正如后

---

① 伊藤清司:『かぐや姫の誕生:古代説話の起源』,東京:講談社,1973年,第27頁。
② 片桐洋一、福井貞助、高橋正治、清水好子校注・訳:『新編日本古典文学全集17竹取物語;伊勢物語;大和物語;平中物語』,東京:小学館,1994年,第82頁。
③ 雷华:《〈竹取物语〉与古代日本的伦理、君权意识》,《日本研究》2000年第2期。

藤幸良(Yukiyoshi Gotou)所说："这真是迟来的告白,不管辉夜姬怎么想,这告白的话却是明白无误的。"①从辉夜姬与天皇之间的互动来看,笔者认为辉夜姬不但不是蔑视嘲笑天皇,反而是喜欢天皇的。甚至进一步可以推测,当初辉夜姬所犯的罪就是因为在天界无意中看到了天皇,并且对他动心了,因此才被罚下凡。

那么所谓的"赎罪"又是怎样呢？希代周一认为就像"流放"一样,辉夜姬只要在"污浊"的地上世界待满了一段时间,自然就得到赎罪了。曾根诚一则认为不断拒绝贵族和天皇的求婚就是赎罪方式。笔者认为,让辉夜姬可以见到自己心爱的人,却又知道两人不可能在一起,因此为了不让对方更加伤心而故意保持距离,这种对心理的折磨才是赎罪的方式。就像明知道身患绝症,故意跟所爱的人疏远,甚至做出一些事情,让对方讨厌自己,或许这种做法跟辉夜姬是一脉相承的。从辉夜姬对待天皇和竹取翁的做法,可以看出虽然她的伦理身份一方面是神仙,但其实质更多体现的是人的情感。

二、五位贵族的伦理身份确认："贵族"与"豪族"的差异

五位贵族指的是物语中向辉夜姬求婚的五个人,他们分别是石作皇子(Ishidukuri no miko)、车持皇子(Kurumamochi no miko)、阿倍右大臣(Abe no udaijin)、大伴大纳言(Otomo no dainagon)和石上中纳言(Isonokami no tyuunagon)。关于这五个人物是现实中的人物还是虚构的人物,学界一直以来都有分歧。梅山秀幸(Hideyuki Umeyama)提到,三名贵族的原型最早是由江户国学家田中大秀(Oohide Tanaka)在著作《竹取翁物语解》(『竹取翁物语解』,江户时代)中确定,即阿倍右大臣是阿倍御主人(Abe no Miushi),大伴大纳言是大伴御行(Ootomo no Miyuki),石上中纳言是石上麻吕(Isonokami no Maro)。而加纳诸平(Syouhei Kanou)则是最早指出五位贵族原型的人,他认为石作皇子是丹

---

① 後藤幸良：『平安朝物語の形成』,東京：笠間書院,2008年,第33頁。

比岛（Tajihi no Shima），车持皇子是藤原不比等（Fujiwara no Fuhito）①。加纳诸平的见解，在江户时代到第二次世界大战前很长一段时间内都是主流，但是现在的研究，认为两个皇子的形象只是跟故事情节相关而取的名字，与实际人物无关②。

但是，为什么前面两个皇子是纯粹虚构的，后面三个官员又用实际存在的人物名字？而且为了显示级别的不同，完全可以设定一个皇子，另一个是二世王③，或者另一个是左大臣。但是作者并没有这样做，而是特意设定了两个皇子形象，因此笔者不认为加纳诸平的见解是无稽之谈，虽然他的解释中也有牵强的成分，但这种比定，个人是基本赞成的。虽然有学者对加纳学说的两个皇子的原型存疑，但目前也没有提出更好的替代学说，仍默认加纳的说法④。因而，本文仍采用加纳学说来分析五名贵族的伦理身份问题。

首先，我们看看这五名贵族的原型。根据加纳的意见，石作皇子的原型是丹比真人岛，其中丹比是氏，真人是姓，岛是名字。丹比氏也称为丹治比氏，多治比氏⑤，丹比真人岛是宣化天皇曾孙多治比王之子，在持统天皇时期就任右大臣，文武天皇时期晋升左大臣。根据《新撰姓氏录》（『新撰姓氏録』，815）记载，丹比氏与石作氏的祖先神都是火明命，而丹比岛属于王族，因此起名石作皇子，这就是加纳的推导。但是仍然有不少疑问，比如丹比岛虽然出身王族，但早就成为臣子，称作"皇子"是否不妥，另外，仅仅因为五个人同时出现在一条记录中⑥，其他四个人都是相对应的人物原型，因此剩下的一个肯定也对应，这似乎有些强词夺理。笔者认为

---

① 梅山秀幸：『かぐや姫の光と影：物語の初めに隠されたこと』，京都：人文書院，1991年，第33頁。
② 片桐洋一、福井貞助、高橋正治、清水好子校注・訳：『新編日本古典文学全集17竹取物語；伊勢物語；大和物語；平中物語』，東京：小学館，1994年，第93-94頁。
③ 天皇的子孙中，子称为亲王，二代孙到五代孙称为王。孙子那代称为二世王。
④ 重松紀久子：「『竹取物語』求婚者考——モデル論存疑」，『椙山国文学』24（2000）：81-106。
⑤ 日语发音相同，都是「たじひ」。
⑥ 『日本書紀』卷三十「持統紀十年冬十月己巳朔　庚寅廿二，假賜正廣參位右大臣丹比真人資人一百二十人，正廣肆大納言阿倍朝臣御主人、大伴宿禰御行並八十人，直廣壹石上朝臣麻呂、直廣貳藤原朝臣不比等並五十人。」

石作皇子的原型应该另有其人，可是现阶段没有更合适的人选，暂且保留意见。但无论石作皇子是丹比岛，还是虚构的人物，他作为王族的代表应该是没有疑问的。

其次是车持皇子，加纳认为是藤原不比等，因为在《公卿补任》（『公卿補任』）的补注里，写着藤原不比等是天智天皇（Tenchi tennou）的私生子①。天智天皇曾把自己怀孕的宠妃送给藤原镰足（Fujiwara no Kamatari），两人约定如果生男孩就送给镰足，如果生女孩，就还给天智天皇，结果当时出生的就是不比等②。藤原镰足虽然有长子定惠，但很早就出家了，镰足的政治事业都由次子不比等继承。不比等在持统天皇时期受到重用，并且他的女儿宫子嫁给文武天皇生下圣武天皇，另一个女儿光明子嫁给圣武天皇，还成为第一位非皇族出身的皇后，如果有不比等是天智天皇皇子这个前提，确实就容易理解。不比等的母亲是车持国子君的女儿，被称为"车持夫人"，不比等就可能被称为"车持皇子"。当然这个解释要比丹比岛的有说服力，但也不是没有异议。比如重松纪久子（Kikuko Shigematu）就提出，按照当时皇子皇女的命名规则，应该是用供养他的氏族名起名，不比等是在田边史大隅（Tanabe fuhito Oosumi）身边长大的，应该被称为田边皇子③。但是考虑到两位皇子的设定，这里把车持皇子看作藤原不比等，作为摄关家的代表，应该更加合理。

后面三个贵族，因为作品中有名字，虽然多少有点差异，但其人物原型应没有异议，已经是现在的通说。阿倍御主人在持统天皇时代受到重用，成为阿倍氏的族长。到文武天皇时期，左大臣是丹比岛，御主人成为右大臣。同时期的议政官还有大纳言大伴御行、中纳言石上麻吕和藤原

---

① 梅山秀幸：『かぐや姫の光と影：物語の初めに隠されたこと』，京都：人文書院，1991年，第34頁。
② 『大鏡』原文：但、此鎌足のおとゞを、此天智天皇いとかしこくときめかしおぼして、我女御一人をこのおとゞにゆづらしめ給つ。その女御たゞにもあらず、はらみ給にければ、みかどのおぼしめしのたまひけるやう、「この女御のはらめる子、男ならば、臣が子とせん。女ならば、朕が子とせん」とおぼして、かのおとゞにおほせられけるやう、「男ならば、大臣の子とせよ。女ならば、わが子にせん」と契らしめ給へりけるに、このみこ、男にてむまれ給へりければ、内大臣の御子とし給。
③ 重松紀久子：「『竹取物語』求婚者考 ——モデル論存疑」，『椙山国文学』24 (2000)：81–106。

不比等。这五名贵族代表了持统、文武朝时期的几大氏族和皇亲势力,保立道久(Michihisa Hotate)指出石作皇子代表王族,车持皇子代表摄关,其他三名贵族分别代表"富""武""官"三种势力①。阿倍氏、大伴氏和石上氏②都是飞鸟到奈良时代的大氏族,他们到奈良时代就变成了贵族阶层。而王族和摄关藤原氏,自然更是平安时代贵族的主要组成人员。因此这五位贵族都是名副其实的"贵族"阶级,并且无论右大臣,还是大纳言中纳言,都是议政官里的中高层,在贵族里也属于上层,有专门的叫法称为公卿。

他们对于自己的这种皇权政治下的伦理身份有着清晰的认识,所以在对待辉夜姬的问题上,他们都觉得自己处于绝对优势。辉夜姬在这些贵族眼里只是竹取翁的女儿,而竹取翁就算再有钱,充其量也只能算个"豪族"。

竹取翁的名字在书中有记载,原文是用假名写的さぬきのみやつこ,一般用汉字表记成"散吉造"或者"赞岐造",从没有氏姓可以知道,是地位比较低下的人物。而在竹取翁发迹之后,他请御室户斋部秋田(Imibe no Akita)来为女孩起名,这就是辉夜姬的命名之父。虽然竹取翁有钱了,而且成了当地的富豪,但是他的政治地位并没有任何提升。梅山秀幸认为,竹取翁不是普通平民,而是郡领阶层③。即便如此,在那些贵族的眼中,竹取翁仍不值一提。贵族认为,辉夜姬能嫁给他们,是竹取翁的荣幸。这就是两种伦理身份的差距,在皇权体制下,贵族和豪族之间的鸿沟,不是靠金钱就能填补的。

五名贵族费尽心思去追求辉夜姬,却并不是要把她作为正式的妻子,而只是作为妾而已,这也是伦理身份不同造成的。这五人被称为"好色之人",所以听到有美貌的传闻,就会不顾一切去追求。但是正式的妻子重

---

① 保立道久:『かぐや姫と王権神話』,東京:洋泉社,2010年,第128頁。
② 石上氏是以前的物部氏,自古以来就是中央的大氏族,后来与苏我氏争斗失败,渐渐衰落。
③ 梅山秀幸:『かぐや姫の光と影:物語の初めに隠されたこと』,京都:人文書院,1991年,第51頁。

要的不是容貌，而是家庭出身，作为上层贵族的他们，不会娶一个地方豪族的女儿做正妻。

表面上看起来，辉夜姬高高在上，可以戏弄五名贵族。但从隐藏在他们身后的伦理关系中可以得知，辉夜姬并不占优势，她只是通过这种方式，回避可能与其中任何一名贵族进入婚姻而造成的悲剧。此外，从辉夜姬的神性来看，这五名贵族无论身份如何尊贵，也只是凡人，与辉夜姬是不相称的。由此可见，辉夜姬的双重伦理身份与五名贵族并不对等，注定她不会接受其中任何一个人。所谓的难题，只是拒绝求婚者的借口而已。

三、天皇的伦理身份再确认："现人神"与"仙人"的优劣

在五名贵族遭遇难题，求婚失败之后，天皇登场了。文中并没有对天皇的实际身份有过多解释，因此对天皇的形象也有虚构和现实两种解释。虚构说是因为时代无法确定，五名贵族基本是奈良时代人物，但物语中又出现了"头中将"[①]这种平安时代才有的官职，因此作者故意混淆时间，不想让人知道具体是哪个天皇。而目前主要有天武天皇（Tenmu tennou）[②]和文武天皇（Munmu tennou）两种说法[③]。从五名贵族担任高官是在文武天皇时期，以及天皇青年时就去世与作品中的天皇形象相对应，确实文武天皇作为原型更加有说服力。但作者故意加上平安时代的官职来混淆，就像前面五名贵族那样，名字起得似是而非，让人模模糊糊可以找到对应的原型，但又有些地方明显与原型不同。至于为什么要这样做，笔者认为可以从作者的写作意图找到答案。这个问题暂且留到本节最后再叙述。

接下来，谈一下天皇跟辉夜姬之间的关系。因为五名贵族都失败了，所以辉夜姬的名气变得更大。大伴大纳言为了寻找龙首珠，在海上遇难，

---

① 头中将：同时兼任藏人寮长官"藏人头"和近卫府次官"近卫中将"的人，被称为"头中将"，一般由天皇近臣担任。
② 保立道久：『かぐや姫と王権神話』，東京：洋泉社，2010年，第87頁。
③ 梅山秀幸：『かぐや姫の光と影：物語の初めに隠されたこと』，京都：人文書院，1991年，第37頁。

九死一生才回来,之后说出了"辉夜姬是世间大盗贼"这种话,石上中纳言更是为了得到子安贝送掉了自己的性命。自古以来,越是得不到的东西,人越是想要。天皇也不例外,因为这些位高权重的公卿贵族都没得到,所以诱发了他的好奇心。刚开始,天皇派使者去征召辉夜姬来宫中,但辉夜姬对待傲慢的使者毫不屈服,没有要见天皇的意思。天皇只好借口去竹取翁家附近狩猎,实际想一睹辉夜姬的真容。这段内容体现了两者的伦理身份的关系。在皇权伦理关系中,天皇是位于最顶层,至少在故事中的地上世界里,没有比天皇地位更高的人。所以天皇的命令是绝对的,正如《诗经》中所写"普天之下,莫非王土;率土之滨,莫非王臣",对天皇来说,辉夜姬只是他国土中的豪族之女,连贵族都称不上,自然派个使者去征召就足够了。但事实上,虽然使者中臣房子(Nakatomi no Fusako)威逼利诱,但辉夜姬不为所动,最终使者铩羽而归。这里使者使用的是"中臣"的姓氏,也非常有深意。中臣是藤原镰足在赐姓藤原以前的姓氏,本来是掌管祭祀的一族,藤原镰足死后,藤原氏只由他的次子不比等继承,镰足其他的亲属仍是中臣氏。狼狈不堪的使者形象,是对摄关家的一种讽刺和抗议。辉夜姬从自己所属的"月宫仙人"的伦理身份出发,对天皇臣民的身份并不认同,这从后面她所说的"我本不是此间的人"可知,因此地上世界的伦理关系,对她并没有约束作用。

  天皇在接到使者回信之后,并没有采用强制措施,比如派兵强行将辉夜姬带来之类,而是放弃了皇权伦理中自己的优势地位,作为一名普通男子去向喜爱的女子求婚。在竹取翁的帮助下,天皇偷偷进入了辉夜姬的房间,并且看到了她的身姿,果然美丽无比,天皇就要将她带回宫去。但辉夜姬说:"如果此身是生于这个国度,那么或许可以去宫中侍奉。但并非如此,所以您把我带回去是非常困难的。"[①]因此在天皇要拉她的时候,突然消失了。对于这段内容,我国学者认为是辉夜姬对天皇的拒绝和嘲笑,但笔者认为并非如此。在这里,看不出辉夜姬讨厌天皇,反而是因为

[①] 片桐洋一、福井貞助、高橋正治、清水好子校注・訳:『新編日本古典文学全集17竹取物語;伊勢物語;大和物語;平中物語』,東京:小学館,1994年,第61頁,笔者译。

喜欢他,才拒绝他。因为辉夜姬知道自己不是这个国度的人,早晚要离开,不想因为天皇在离开时更加伤心,才从一开始就拒绝他①。后藤幸良也指出,"辉夜姬对天皇是抱有爱情之心"②,因此后面才会连续三年与天皇有书信往来,这种男女间的书信赠歌,本身就是恋爱的形式。并且辉夜姬作为月宫之人,本来应该没有悲伤喜悦等情绪,但她在与天皇的交流中,最后越来越像地上的凡人,还会对着月亮哀叹,正如恋爱的苦恼一样③。结合之前辉夜姬所犯之罪来考虑,她在天界就可能喜欢上了天皇,而这次下凡所受的惩罚,正是不能跟心爱的人在一起。

《竹取物语》的异本更证明了这点。今川范政(Norimasa Imagawa)的《源氏物语提要》(『源氏物語提要』,1432)中,求婚的贵族只有四人,而最后天皇与辉夜姬不但结婚了,而且辉夜姬还成了皇后,当时的天皇明确记载着是钦明天皇(Kinmei tennou)。后来皇后向天皇请假回家归省,到不二山④顶升天,成了不二浅间大菩萨⑤。今川范政是室町中期的人,他的时代存在着跟我们现代看到的不同的《竹取物语》版本。这个异本跟现行版本的先后关系如何,为什么现在异本没有流传下来,目前都不得而知,只能留待今后的研究。⑥ 但是这个异本存在本身,至少可以证明,辉夜姬不仅不讨厌天皇,甚至可以说是喜欢他的。至于他们两个人为何不能终成眷属,小岛菜温子的解释是,"天皇与辉夜姬互为禁忌,互相排斥。天皇代表的是地上的皇权,人终会死;辉夜姬是代表天上的神权,神是不死的"⑦,正因为他们不属于同一个世界,势必不能结合。

两人不属于一个世界,可辉夜姬还喜欢天皇,由此可以推测天皇与她具备某些相同或相似的属性。之前的五名贵族求婚故事中,辉夜姬没有

---

① 希代周一:「流刑の罪人:かぐや姫の罪と贖罪」,『近畿大学日本語・日本文学』1 (1999):58-67。
② 後藤幸良:『平安朝物語の形成』,東京:笠間書院,2008年,第19頁。
③ 保立道久:『かぐや姫と王権神話』東京:洋泉社,2010年,第170頁。
④ 富士山的异称。
⑤ 稲賀敬二:『前期物語の成立と変貌』,東京:笠間書院,2007年,第8-9頁。
⑥ 三橋健:「かぐや姫の罪」,ユリイカ 45(17),青土社,12 (2013):83-86。
⑦ 小嶋菜温子:『かぐや姫幻想:皇権と禁忌』,東京:森話社,1995年,第191頁。

显示出丝毫的兴趣,出难题也是为了拒绝贵族。虽然保立道久提到,"辉夜姬要求的物品不是单纯为了拒绝求婚者,而是她自己本来属于异世界,因此也要求对方可以拿出通往异世界力量的证明"①,但是从车持皇子让人伪造玉枝交给辉夜姬时,她唉声叹气的反应来看,这种说法无法令人信服。因此辉夜姬一开始就没有考虑跟五名贵族恋爱,更不用说结婚。她提出的五个难题,或许是以月宫中存在的物品为原型,但地上世界应不存在。

那么《竹取物语》到底想要表明什么样的伦理秩序呢?现行本中,天皇自从见过辉夜姬后,心中只有她一个人,再也不去临幸后宫。异本中,辉夜姬成为了天皇的皇后,而不是像那些贵族,只是想娶她做妾。因此在天皇眼中,辉夜姬并非只是中下层竹取翁的养女而已,而是能跟自己身份对等的人物。这种对等正是基于天皇的"皇权"与辉夜姬的"神权"之间。物语结尾处,月宫来人将辉夜姬带走,天皇所派遣的将军和士兵都在天人面前束手无策,动弹不得。需要注意的是,天皇本人并没有登场。之前五名贵族求婚失败,都被世人嘲笑,或者落得悲催的下场,但是天皇虽然最终没能得到辉夜姬,却从头到尾保持了尊严,没有任何失礼之处。这样的设计正是为了突出天皇的"皇权至上"的效果,从中也可以看出天皇与其他求婚贵族之间本质的差别。因为天皇是"现人神",所以可以把天皇也看成是神的一员,虽然这个神和辉夜姬所属的"月宫世界"未必属于同一类型,但两者没有高下之分,因此天皇不会屈服于天人,而辉夜姬也不会听从天皇的命令。他们之间的恋爱,是超越了皇权和神权的,只是作为普通男女之间的爱情。由此可见,《竹取物语》的目的,是通过塑造天人"辉夜姬",以及让她对天皇和其他贵族的不同态度,来凸显天皇的尊贵,皇权至上的思想。

综上所述,《竹取物语》以奈良时代的文武天皇时期为历史舞台,塑造了众多的人物形象。回到这一小节开头的问题上来,为什么五名贵族的名字起得似是而非,天皇也没有明确地指出,但又隐约让人找到线索,能

---

① 保立道久:『かぐや姫と王権神話』,東京:洋泉社,2010年,第115頁。

推测到是哪些人物,笔者想原因是为了借古讽今。物语的内容自然是虚构的,比如石上中纳言在故事中为了取子安贝而摔死,但现实中的石上麻吕最后当上了左大臣,自然跟故事不同。而给藤原不比等起个车持皇子这么隐晦的名字,当然也是作者为了防止在朝廷一家独大的藤原氏进行打击报复。《竹取物语》虽然具体完成时期以及作者都不明确,但现在研究表明,大概在9世纪末10世纪初,根据目崎德卫(Tokuei Mezaki)的研究,把这个范围限定到仁和二年(886)到延喜五年(905)之间。这段时间正好是宇多天皇(Uda tennou)(在位887—897)和醍醐天皇(Daigou tennou)(在位897—930)期间。宇多天皇的父亲光孝天皇(Koukou tennou)本来没有继承皇位的可能,依靠藤原基经(Fujiwara no Mototsune)的支持才当上天皇,而光孝也给予了基经全部的权力,自此"关白"诞生。宇多天皇本来被降为臣子,起名源定省,也是依靠藤原基经,才重返皇族并继承了皇位。但年富力强的宇多天皇不想当基经的傀儡,后来发生了"阿衡纷争"①,宇多被迫撤回诏书,颜面无存,在基经去世前一直不得志。另外,在光孝继位前,围绕皇位继承问题,时任左大臣的源融(Minamoto no Touru)②也提出自己有继承权,结果遭到了基经反对,未能实现③。在宇多天皇时期,源融位列从一位,是仅次于基经的朝廷高官。《竹取物语》就是在这样的政治形势下诞生的,可以推想,石作皇子影射的是源融等赐姓源氏,车持皇子影射的是藤原基经等藤原氏,借古讽今,证明就算他们势力再强大,也不能与天皇相比。而《竹取物语》的作者,应是宇多天皇身边的文人,且反对藤原氏的,如橘广相(Tachibana no Hiromi)、菅原道真(Sugawara no Michizane)等。因为尚无明确证据,在

---

① 阿衡纷争:仁和三年(887)宇多天皇即位之初,任命藤原基经为关白的敕书上写着"宜以阿衡之任为卿之任",基经借口阿衡是有名无实的官职不理政务,在朝臣之间围绕阿衡的语义展开议论,最终天皇被迫修改敕书的事件。「広辞苑」"阿衡纷争"。

② 源融:平安前期贵族,嵯峨天皇皇子。赐姓源氏,成为仁明天皇犹子。最高担任过左大臣、皇太子傅。在六条河原建立了壮丽的宅邸,世称"河原左大臣"。「広辞苑」"源融"。

③ 「大鏡」"太政大臣基经"。

此不做过多推测。

第二节 《伊势物语》中"皇权衰退"的伦理问题

上一节的《竹取物语》运用辉夜姬这个媒介，间接抬高了天皇地位，表明了"皇权至上"的伦理秩序，那是 9 世纪末到 10 世纪初的作品。本节所研究的《伊势物语》(『伊勢物語』，平安時代)，则是在在原业平(Ariwara no Narihira)去世后的 9 世纪到《后撰和歌集》(『後撰和歌集』，955)出现的 10 世纪中期，逐渐完成的①。《伊势物语》以在原业平的私家集《业平集》(『業平集』，平安時代)为基础，增添了很多其他人的和歌，最终演变为今天的形态。一直以来，《伊势物语》的主人公都被认为是在原业平，虽然书中并没有明确记录主角的姓名，只是用"一个男子"来代替，并且每一段落都是一个独立的故事，互相之间并没有必然联系。但现在的研究者，仍多是把全部物语当成一个整体，从第一段的初冠，到最后一段的男子老而将死，看成在原业平的一生。本文也采用主流的观点，将《伊势物语》中的"一个男子"看成在原业平，并进行以下的分析。

物语中的业平，与现实中的他自然有很多差别。因此在进行物语分析之前，有必要先了解一下现实中的在原业平。在原业平出身皇族，其祖父是平城天皇(Heijyou tennou)，父亲是平城长子阿保亲王(Abo shinnou)，母亲则是桓武天皇(Kanmu tennou)的皇女伊都内亲王(Ito naishinnou)，可以说他是出身高贵。但由于"药子之变"，平城被囚禁，子孙也失去了继承皇位的可能，业平与其他兄弟一起被降为臣籍，赐姓在原朝臣。正史中对在原业平的评价非常简练："体貌闲丽，放纵不拘。略无才学，善作倭歌。"②就这短短的十六个字，概括了业平的一生。"体貌闲丽"是对他外表的描写，闲丽一词在日语中是指气质高雅，形象美丽，业

---

① 片桐洋一、福井貞助、高橋正治、清水好子校注·訳：『新編日本古典文学全集17竹取物語；伊勢物語；大和物語；平中物語』，東京：小学館，1994年，第227頁。
② 『日本三代実録』卷第三十七元慶四年五月，『国史大系』第4卷，東京：経済雑誌社，1897年。

平应该是当时的美男子。"放纵不拘"自然是对内在性格的描写，不太遵守当时的伦理秩序，因此才会以他为原型，创作出充满了禁忌的《伊势物语》。"略无才学，善作倭歌"表明了他的能力。首先，才学这个词，在《国语大辞典》以及《大辞林》《广辞苑》中，都统一解释为"才能和学问"。但是在平安时代，不是所有的才能都可以叫"才学"。只有当官所需要的才能，比如汉诗、汉文，才算才学。而当时的和歌能力，不在此列。因此那句话指的是，业平没有多少当官员的能力，汉诗和汉文水平不高，但是擅长作和歌。平安时代，特别是前期，在原业平生活的时代，汉诗、汉文是在朝廷的公众场合所需要的重要社交能力，如参加天皇主办的宴会，官员们都要即兴赋诗。当时的朝廷官文也是用汉文写成，因此要求官员有较高的汉文能力。和歌则是私下朋友聚会时吟诵的，或者是贵族男女间恋爱时互相赠送的，具有私人性质。一个出身高贵，命运多舛，长相俊美，性格不拘，不喜欢朝廷应酬，擅长与女性调情的贵公子形象，就这么诞生了。《伊势物语》就是描写他与不同女性恋爱的过程，其中不乏禁忌之恋。因此，本节重点从皇权角度来看待物语中的女性人物形象。

一、二条后的伦理选择：对"皇权"的叛逆

二条后指的是清和天皇（Seiwa tennou）的女御①藤原高子（Fujiwara no Takako），她在其子阳成天皇（Youzei tennou）即位后，被尊为皇太夫人、皇太后。随着阳成退位，她移居二条院，故称为二条后高子。这里的"后"指的是皇太后，因为高子在清和天皇在位期间没有被立为皇后，所以不能称之为"二条皇后"。

历史上的藤原高子，出身藤原北家嫡系，父亲藤原长良（Fujiwara no Nagara）是左大臣藤原冬嗣（Fujiwara no Fuyutsugu）的长子，55 岁去世时任正三位权中纳言，位列公卿。高子的叔叔，长良异母弟良房（Fujiwara no Nagafusa），更是开创了摄关政治的权臣。良房从小受到嵯

---

① 女御：地位仅次于皇后，在天皇寝宫侍奉的高位女官。主要由摄关家的女儿担任，平安中期以后从女御立为皇后变成惯例。『広辞苑』"女御"。

峨天皇（Saga tennou）的喜爱，还娶了嵯峨的皇女源洁姬（Minamoto no Kiyohime）为妻。但是良房自己子孙不旺，只有一个亲生女儿藤原明子（Fujiwara no Akiko），而没有其他子嗣。他将女儿嫁给了文德天皇（Montoku tennou），又让幼小的外孙成为下一任天皇，这就是清和天皇。但是为了继续支配后宫，培养自己在朝堂上的势力，必须要有子嗣。良房看上的就是哥哥长良的孩子——基经和高子。他将侄子侄女过继来当自己的养子和养女，基经充分继承了良房的政治地位，高子则进入清和天皇的后宫，生下了皇子，为下一代天皇即位后，藤原氏仍能大权在握打下基础。

但是高子并不是个性情温顺的人，也不甘心为了家族而放弃自己的幸福。《伊势物语》中她与业平的恋爱故事，大概就源于高子的这种性格。当她儿子阳成天皇即位后，她也不甘心受哥哥基经的摆布，而是积极地参与政治，使得基经对她渐渐不满，最终发展为逼阳成天皇退位。儿子阳成退位之后，高子也没有就此沉寂。宽平八年（896），她与自己以前所建立的寺庙东光寺的僧侣善祐（Zenyuu）私通，被发现后废除了皇太后的称号。延喜十年（910），69岁去世，天庆六年（943）才恢复了皇太后的称号①。虽然高子与业平的恋爱故事，现在已经无法辨别真伪，但她老年时期与僧侣私通，还因此被废了皇太后，是记录在史书中的，应该确凿无疑。难怪日本学者对于《伊势物语》中的"二条后章段"系列故事，多是持相信的态度。即使不是完全像故事中那样，但两个人之间的确存在不寻常的关系，似乎成为一种共识。

在《伊势物语》现行的"初冠本"中，第3、4、5、6、65、76段被称为"二条后章段"②。其中3—6段是一个男子与还未入宫时的二条后之间的恋爱故事，65和76段属于后日谈，是高子入宫后又与男子相遇的故事。本节重点放在高子入宫前的那四段故事中。

　　二条の后の、まだ帝にも仕うまつりたまはで、ただ人にておはしま

---

① 『大日本史料』一ノ四　延喜十年三月二十四日条。
② 室伏信助编：『伊势物語の表現史』，東京：笠間書院，2004年，第25頁。

しける時のことなり。①

　むかし、ひんがしの五条に、大后の宮おはしましける西の対に住む人ありけり。②

　二条の后に忍びて参りけるを、世の聞えありければ、兄たちの守らせ給ひけるとぞ。③

　これは、二条の后の、いとこの女御の御もとに、仕うまつるやうにてゐたまへりけるを、かたちのいとめでたくおはしければ、盗みて負ひていでたりけるを、御兄、堀河の大臣、太郎国経の大納言、まだ下﨟にて内裏へ参りたまふに、いみじう泣く人あるを聞きつけて、とどめてとりかえしたまうてけり。それをかく鬼とはいふなりけり。まだいと若うて后のただにおはしける時とや。④

这四段小故事开始是男子把海藻送给喜欢的女子，这是二条后还未入宫时的事。接下来，是男子喜欢上五条后身边的女性，但是这个女性搬到宫里去，就无法轻易见到。男子回想过去，潸然泪下。然后是男子去密会女子，被女子父母知道后，派人严守，不许他们见面。后来女子知道了怨恨父母，又同意他们相会了。这段最后，又添了一句，实际上是男子与二条后幽会，在世间传开后，其兄长派人阻挠他们。最后一段是男子与不能相爱的女子在一起了，并且要带她私奔。结果在路边小屋躲雨时，女子被鬼吃掉了，男子捶胸顿足。后面的解说中，特别声明其实鬼是指高子的兄弟，他们把高子抢回来的。

从《伊势物语》的原文中可以看出，第 3—6 段里，除了第 4 段没有明确出现二条后的字样，其他三段都明确写着"二条后"。而第 4 段中，出现了东五条的大后这个人物，主人公是住在其寝殿西面房间的女性。五条后在日本历史上，指的是藤原冬嗣之女，文德天皇之母的藤原顺子（Fujiwara no Nobuko），她相当于是高子的姑母。高子在父亲长良死后，

---

① 片桐洋一、福井貞助、高橋正治、清水好子校注・訳：『新編日本古典文学全集17竹取物語；伊勢物語；大和物語；平中物語』，東京：小学館，1994年，第115頁。
② 同上。
③ 同上书，第 117 页。
④ 同上书，第 118 页。

去投奔姑母也是有可能的,但是没有切实的证据证明西面房间的女性就是高子①。但是从整个故事的脉络来看,基本上都将第4段也看成是藤原高子和在原业平的故事②。不但如此,第6段最后还出现了高子的哥哥,堀河大臣基经,大纳言国经(Fujiwara no Kunitsune)的名字,明显是要让人认为这是实际发生过的事实。

与自始至终都没有出现过真实姓名,一直以"一个男子"代称的在原业平相比,藤原高子的这段故事中,却频频出现表明人物真实身份的称呼或名字,不能不说是作者的刻意为之。那么作者为什么要让人知道是二条后高子的恋爱故事?而不是跟其他故事那样泛泛地描述一个女子?其目的应该是《伊势物语》写作的重要目的之一——对"皇权"的质疑。或者说,对清和天皇的皇权质疑。清和天皇是文德天皇之子,藤原良房的外孙,在清和之前,文德天皇与纪名虎之女纪静子之间已经有了一名皇长子惟乔亲王(Koretaka shinnou)。惟乔亲王聪明伶俐,很受父亲文德天皇的喜爱,本来准备由他来继承皇位,但迫于良房的压力,最终指定四子惟仁亲王(Korehito shinnou)继位,就是清和天皇。所以说,清和天皇的继位完全是因为藤原氏的势力影响,在继位前就有很多传言,后世成书的《江谈抄》(『江談抄』,平安后期)、《大镜里书》(『大鏡裏書』,12世紀)中,也记载了纪名虎为了让外孙惟乔亲王继位,与藤原良房斗法的故事。德才兼备,离皇位最近的惟乔亲王在当时的人们心中,成为一个悲剧人物。

因为清和天皇的皇权从一开始就存在缺陷,因此更容易被质疑其正当性。最好的方法就是从他身边的女性下手。古今中外,基本上男性都无法忍受自己的妻子跟其他男性有性关系。而《伊势物语》中的二条后高子就是这样一个女性,不但跟业平有恋爱关系,而且还准备私奔。当然时代的设定是在高子入宫之前,也就是还不算天皇的女人。但是明明知道她要入宫,要嫁给天皇,却还跟她交往,反过来想,业平更是勇气可嘉。同

---

① 川地修:「「二条后物語」論——『古今集』から『伊勢物語』へ」,『講座平安文学論究14』,東京:風間書房,1999年,第227頁。
② 片桐洋一、福井貞助、高橋正治、清水好子 校注・訳:『新編日本古典文学全集17竹取物語;伊勢物語;大和物語;平中物語』,東京:小学館,1994年,第115頁。

样的故事情节,也出现在《源氏物语》中。右大臣的小女儿胧月夜(Oboro Dsukuyo),已经预定要嫁给皇太子当太子妃,但光源氏(Hikaru Genji)还是秘密跟她幽会,被发现后,光源氏自行流放须磨,胧月夜也变成尚侍,没能嫁给太子。可以想象,紫式部一定是借鉴了《伊势物语》中的这个情节,当然结尾还是有些不同的。

业平在故事中是被基经兄弟打了一顿,从后日谈的第 65 段和第 76 段两段中可知,高子并没有受到跟业平恋爱的影响,还是入宫嫁给了天皇。在原文中可以明显看出,有关二条后的解说部分,无论有没有都不会影响前面的情节。所以,现在基本认为解说是后来添加上的,而非一开始就有①。本来的这几段内容,只是普通的男女恋爱,通过和歌引出的小故事而已。但是为什么会把这几段都跟二条后联系起来,将之变成一个整体故事? 这些注又是什么时期添加上的呢?

前面介绍过,《伊势物语》以在原业平的私家集《业平集》为基础,结合了《古今和歌集》(『古今和歌集』,905-914)中的和歌,慢慢充实发展起来的。最终完成是在 10 世纪中期,可以想象,这些注应该是在阳成天皇退位以后追加的。如果是阳成天皇在位期间,对于自己母亲的传闻,不会无动于衷。而现实中,在原业平与藤原高子的恋情在当时被当成事实而广为接受。从业平的官位变化,可以推知他曾被降级,而这个时间正好与推测的和高子恋爱时期一致②。此外,普通入宫的年龄应该在十几岁,但高子当时已经是 25 岁高龄,并且她不是直接入宫,而是以五节舞姬的形式入宫,这或许与她当时名声不好有关③。

由此可见,藤原高子与在原业平真正有恋爱关系的可能性非常大。但是在《伊势物语》成书之初,并没有将这些内容写进去。随着时代推移,阳成天皇这一清和系继承人的退位,对当年清和天皇即位不满的人,通过

---

① 神尾暢子:「勢語初段の奈良春日」,『講座平安文学論究14』,東京:風間書房,1999年,第159頁。
② 川地修:「「二条后物語」論——『古今集』から『伊勢物語』へ」,『講座平安文学論究14』,東京:風間書房,1999年,第233-234頁。
③ 目崎徳衛:『平安文化史論』,東京:桜楓社,1983年,第66頁。

添加二条后的注释,营造出藤原高子不洁的形象,更借此贬低清和天皇。作为注释的作者,当年与清和天皇争夺皇位失败的惟乔亲王,其母系家族正是出了很多文人的纪氏,可能性很大。

二、伊势斋宫的伦理犯忌:对"神权"的威胁

《伊势物语》中最有名的段落,是第69段的伊势斋宫段。甚至有人认为本来斋宫段才是第一段,因此得名《伊势物语》①。虽然这个说法并不是定论,但伊势斋宫段在整个物语中的重要程度,是毋庸置疑的。这段的主要内容,讲述了作为狩使的男子,路过伊势神宫。当时的斋宫受到母亲的嘱托,要好好接待男子。男子趁机求爱,两人有了一夜情,但是之后再也不能相见。最后有句注释,写着:斋宫是水尾天皇时,文德天皇之女,惟乔亲王之妹②。水尾天皇指的是清和天皇,因此故事的当事人就被特定为清和在位时的伊势斋宫——恬子内亲王(Tenshi naishinnou)。那么伊势斋宫到底是什么?为什么斋宫的恋爱被当成禁忌?这段故事是真是假?蕴藏着怎样的伦理冲突?这些问题是我们接下来要解决的。

首先,斋宫是什么?根据《日本国语大辞典》"斋宫"条的解释,大体可以分成三种。一是祭祀天神的宫殿,二是侍奉伊势神宫或者贺茂神社的斋皇女所住的地方,三是指斋皇女本身。斋皇女一般也被称为斋王,包括斋宫和斋院两部分。斋宫是侍奉伊势大神的,斋院则是侍奉贺茂大神的,都是通过占卜选定的未婚内亲王或者女王来担任③。《伊势物语》中的伊势斋宫,就是这么来的。在清和天皇即位后,当时惟乔亲王的同母妹恬子内亲王被卜定为伊势斋宫,由此在伊势度过了漫长的十八年时光,直到清和让位后,才回到京都。因为斋宫和斋王都是新天皇即位时更替,除非有特殊情况,如父母去世,自己生病不能胜任等,不然是不能卸任的。伊势神宫所祭祀的,是作为天皇家祖先神的天照大神,因此规格很高,只有皇女或者女王才有资格。这些规定作为法律条文固定下来。

---

① 目崎徳衛:『平安文化史論』,東京:桜楓社,1983年,第66頁。
② 斎宮は水の尾の御時、文徳天皇の御むすめ、惟喬の親王の妹。
③ 原槇子:『斎王物語の形成:斎宮・斎院と文学』,東京:新典社,2013年,第9頁。

> 凡天皇即位者。定伊勢太神宮斎王。仍簡内親王未嫁者卜之。若無内親王者。依世次。簡定女王卜之。（『延喜式』卷第五）

而从选定斋宫到实际到任，再到卸任回京，这一系列的过程也非常严格。要求斋宫必须保持洁净之身，绝不能触碰污秽的事物，更不能与男子私会。日本神道讲究的是身心的洁净，即便现代社会的神社巫女，也要求是未经人事的处女，更不用说作为侍奉最高神伊势大神的斋宫。可是这样一个神圣的巫女，却跟男子私通，并且从原文中可知，还不是男子强迫的，而是斋宫自觉自愿的。这就成了一个大问题。

特别是《伊势物语》的主人公，虽然没有明确写，但当时的读者以及后世的人，都知道原型是在原业平。而伊势斋宫的原型，有了最后的注释，也明白无误地指向了恬子内亲王。那么业平和恬子内亲王到底有没有发生过一夜情？对于这个事件的真伪，从古至今一直是争论的焦点。在平安时代中期，藤原道长（Fujiwara no Michinaga）执政时期，因为女儿彰子（Fujiwara no Syoushi）所生皇子与中宫定子（Fujiwara no Teishi）所生皇子的立储之争，道长一方的藤原行成（Fujiwara no Yukinari）曾在其日记《权记》中写下：「但故皇后宮外戚高氏之先、依斎宮事為其後胤之者、皆以不和。今為皇子非無所怖、能可被祈謝大神宮也。」①也就是说，因为藤原定子的母亲高阶贵子（Takashina no Takako）是业平与伊势斋宫的后代，所以定子所生的皇子即位有所不妥。此外，南北朝时代编纂的各家族系谱《尊卑分脉》（『尊卑分脈』，1377-1395），是可信度较高的史料。其中高阶氏系谱中，在高阶师尚（Takashina no Moronao）的名字旁，也注释着"实在原业平子也。密通斋宫恬子内亲王出生。依之此氏族子孙不参宫者也"。

原槙子（Makiko Hara）认为，从现在残存的史料来看，无法想象恬子内亲王和业平之间实有其事。根据史料记载，业平并没有作为敕使去伊势的经历，但敕使多是从五位下左右的王族，业平与这些人具有相同的官位和出身，因此把这些王族的经历安到了业平身上。此外，恬子内亲王是惟乔亲王的亲妹妹，却长时间担任斋宫，卸任后也没有任何奖赏，作为皇

---

① 『権記』寛弘八年（1011）五月二十七日。

族也生活得不得志。高阶师尚虽然不是斋宫所生,但高阶氏的祖先确实是王族和前斋宫所生。原槙子通过严密的考证,得出的结论是"伊势斋宫物语的产生,是对出身高贵血统,却一生不得志的皇族成员们的同情,利用历史上相似的事件制造出后世的传说"①。

对于原槙子的考证过程,笔者认为比较可信,可以认同,所以在原业平和恬子内亲王之间的故事是虚构的。但是其得出的结论,笔者认为还有商榷的余地。第69段里出现的诗歌,在《古今和歌集》中也曾出现,并且标注的是赠歌作者未知,返歌是业平所作②。虽然赠歌的人名字没有写,但在和歌前面的解释部分,还是标记着是业平去伊势时与斋宫密会,第二天犹豫如何赠歌时,反而从女子那里得到了赠歌。从前后文联系来看,这作者未知就暗指了斋宫。到了《古今和歌六帖》(『古今和歌六帖』,平安时代)里,赠歌的作者直接就变成了斋宫,返歌还是业平③。有趣的是,这两首歌都被归在单相思大类里面。《古今和歌集》作为敕撰和歌集,本身是很严肃的,为什么会把这种道听途说的内容编进去,是很值得思考的。如果说《古今集》的编者是受到《伊势物语》的影响,把这样的八卦放进去,笔者想是不太可能的。那么原因只有一个,就是《古今集》和《伊势物语》都是有意识地把本来捕风捉影的故事,当成真事一样演绎,故意误导后世的人,以至于连藤原行成都认为高阶氏真的是在原业平的后代。

《古今和歌集》是醍醐天皇下令编纂的,其编者有纪贯之(Ki no Tsurayuki)、凡河内躬恒(Ooshikouchi no Mitsune)、纪友则(Ki no Tomonori)、壬生忠岑(Mibu no Takamine)四个人,其中纪氏占了两个,而在原业平与纪氏有着密切的姻亲关系。因此在第69段中,斋宫受母亲之托要好好招待业平,也是出于这种考虑。如果业平与斋宫之间真的有私情,《古今集》中记载的和歌以及前面的说明为真,那么就出现了另一个问题,里面的斋宫到底是谁?作为男性的业平,无论与二条后藤原高子,还是与伊势斋宫相恋,传到后世也只是风流而已,算不上污点。如果事情

---

① 原槙子:『斎王物語の形成 : 斎宮・斎院と文学』,東京:新典社,2013年,第58頁。
② 『古今和歌集』645、646首和歌。
③ 宮内廳書陵部編:『古今和歌六帖』上卷,東京:養徳社,1967年。第158頁、64、65首。

是真的，那么业平在世时会受到影响，死后却没多大关系。但是作为女性却不同，特别是斋宫这样特殊的身份，不但影响自身名誉，更加有损皇家尊严。如果真的是恬子内亲王出了这样的丑事，相信纪贯之等编者也会把这段内容去掉，不会公然写出来。

那么在编书伊始，斋宫自然指的不是恬子内亲王，通过刚才原槙子的分析，也证明了这两个人之间不太可能。那可以想象的就是，斋宫是恬子之前的斋宫——晏子内亲王（Anshi naishinou）。晏子的父亲也是文德天皇，母亲则是藤原北家出身的列子（Fujiwara no Resshi）。晏子还有个同母妹，叫做惠子内亲王（Keshi naishinou），两个人在其父亲文德登基时，一起被选为斋宫和斋院。但是奇怪的是，惠子在担任斋院过程中，却中途被废去了职务①，接任者是文德天皇与纪静子所生的述子内亲王（Jyutsushi naishinou）。关于被废去斋宫的原因，《群书类从》没有提到，《古今和歌集》第885首的头注上，写着因"母亲的过失"。但这里让人生疑，既然是母亲有过失，那么为什么只有惠子被废，而姐姐晏子却没有影响。如果不是母亲的原因，那么只能是惠子自身的原因了。作为与世隔绝的斋院，受到这么重的处罚，一定是件大事，那么可以想象的就是与人私通。因为贺茂斋院不像伊势斋宫那么遥远，位置就在京都北边的紫野，按照现在的范围来看，属于京都市内，所以业平应该也能轻易过去。惠子被解除职务是在天安元年（857），她的年龄如果按照卜定时嘉祥三年（851）是6岁②，那么当时是12岁，按照日本的年龄算法为13岁。虽然现代人认为13岁还是儿童，但在平安时代，女性一般十二三岁就举行成年礼。因此认为其已经成年应该没有问题。而857年，业平32岁，正是男子最有魅力的时期。

在《伊势物语》第69段中，没有详细叙述斋宫的年龄，但从她非常积

---

① 『群書類従』（第四辑）原文：補任部賀茂斎院記。恵子内親王。 文德天皇第八皇女也。母藤原列〔則イ〕子。嘉祥三年七月卜定。大祓於建礼門。仁寿二年四月。恵子禊於河浜。始入斎院。天安元年二月廃之。遣右大臣正三位藤原良相於神社告事由。其事秘故世無知之。

② 因为文德天皇长子惟乔亲王是844年生，惠子不太可能比惟乔年长。但是太小也无法履行斋院职务，故推测是6岁。

极主动,密会第二天甚至不按一般礼仪等待男子来信,而是自己先赠歌,可以想象是个年轻热情的女孩。业平因为某些机缘巧合来到斋院,两人因此有了一夜情,后来被发现,但因为不想事情宣扬出去,因此只是找理由把惠子从斋院的位置上拿下来,因为不是处女的惠子,不能作为巫女祭祀贺茂大神,不然是对神的不敬。而对业平的处置,则是将他的官位从五位降到了六位,暂时脱离了贵族的阶级。

这是笔者对实际发生的事情的推测,当然并没有绝对的证据。我们关心的是,为什么会从斋院变成了斋宫,又变成恬子内亲王的。如果事实像笔者所推测的那样,天皇家自然不会让外人知道,但是这种事情总会通过各种途径流传出去,不然也不会在《群书类从》(『群書類従』,1793—1819)中留下记载。业平与斋院之间的和歌流传下来,为了不引人注目,故意写成"作者未知"或者"斋宫",因为写斋宫的话,当时的人也知道是子虚乌有的事情。但如果写斋院,结合惠子内亲王的事情,就会很快联系起来。

在编纂《古今和歌集》时,纪贯之等人也采用了伊势斋宫的说法,当然他们是出于政治目的。无论事情是真是假,斋宫作为侍奉伊势大神的人,与人私通不但是个人问题,还关系到了当时的天皇。而当时的天皇无非是文德天皇和清和天皇,与纪贯之时期的醍醐天皇没有直系血缘关系。所以即使损害了那些天皇的形象,对醍醐天皇也不会造成危害,反而可以提升醍醐皇统的尊贵。《伊势物语》的作者应该也是出于同等的考虑,因此跟二条后段的理由一样,可以推测出自纪氏文人之手。至于后人添加的注释,应该不是纪氏,因为恬子内亲王是纪静子所生,纪氏不会去故意破坏她的名声。只能推测是后世人在演绎的过程中,把人物对号入座,最终将恬子变成了故事中的女主角。

三、在原业平的伦理困境:对"血统"的不自信

通过前面两小节的分析,可以看出在原业平无论是与二条后藤原高子,还是与斋宫恬子内亲王之间的关系,都是以推测为主,目前的研究并没有找到切实的证据。但是后世的人们却对此津津乐道,宁可信其有不可信其无。关于二条后高子,是从皇权的角度,对清和天皇进行了贬低,

而斋宫恬子内亲王,则是从神权的角度,对清和天皇造成了危害。那么为什么后世的人,都相信有人敢同时跟天皇的女御以及圣洁的斋宫有不伦关系,而且这个人又能清楚地确定其身份——是在原业平呢?这里还是要从在原业平的身世说起。

前面已经简单介绍过业平的身世,他的父亲阿保亲王,是平城天皇的长子,母亲伊都内亲王,是桓武天皇的皇女,所以他是皇子和皇女生下的孩子,而且根据《伊势物语》第84段"さらぬ別れ"里面的叙述,业平是伊都内亲王的独生子①。虽然《本朝皇胤绍运录》(『本朝皇胤紹運録』,1426)中注的行平(Ariwara no Yukihira)及其他几个兄弟也是伊都内亲王所生,但阿保亲王受父亲平城上皇"药子之乱"的牵连,810—824年被流放太宰府,而行平的生日是818年,故不可能是伊都内亲王所生。此外,业平的生日是825年,其他几个人是他的哥哥,应该在825年之前生的,因此也不可能是伊都内亲王的孩子。由此可见,业平确实是他母亲的独生子。行平兄弟的母亲虽然没有明确记载,应该是陪伴阿保亲王去太宰府的女性,地位不会很高。

桓武天皇也是平城天皇的父亲,因此对业平来说,既是曾祖父,也是外公。桓武的皇位一开始就是沾满了鲜血的,为了登上皇位,他与藤原氏密谋,诬告本来的皇后和皇太子谋反。后来为了立自己的儿子为皇太子,又把皇太弟早良亲王也逼死。因此在桓武天皇后期,镇抚各种怨灵成了主要工作。

桓武天皇死后,这种血脉由他的儿子平城天皇继承。平城是个性格单纯,却又非常固执的人,他的这种特点通过儿子阿保亲王遗传到了业平身上。平城还是太子的时候,"药子之乱"的元凶藤原药子(Fujiwara no Kusuko),本来是女儿进入平城的后宫,她只是去陪女儿的,但最终药子和平城变成一对儿,这传到桓武天皇的耳朵里,天皇勃然大怒。在古代日本,与异母姐妹结婚,甚至与自己的姑姑,侄女结婚都是正常的。但同母

---

① 片桐洋一、福井貞助、高橋正治、清水好子校注·訳:『新編日本古典文学全集17竹取物語;伊勢物語;大和物語;平中物語』,東京:小学館,1994年,第188頁。

的姐妹是被禁止的,另外就是同时跟母女保持关系也是禁止的。当时的皇太子只有二十多岁,而药子至少要三四十岁,而且是有夫之妇,已经生了五个孩子。桓武自然不会允许这种事情发生,把药子赶出宫去。但桓武死后,平城马上把药子接回来,并委以重任。如果说,业平真的敢与斋宫发生关系,多半也是遗传了平城天皇的基因造成的。

到了业平父亲这一代,阿保亲王因为受药子之乱连累,被流放到太宰府十五年,直到平城去世后才回京,第二年有了业平。虽然平城死了,皇太子高岳亲王(Takaoka shinnou)被废出家,表面上一切都很安定,但阴谋却一直没有停过。业平或许从小就看着父亲谨小慎微,委曲求全的样子,因此才养成"放纵不拘"的性格吧。而他的哥哥行平却跟他正相反,是个性格严谨,兢兢业业工作的实务官僚,最终也顺利地位列公卿。这种区别,还是在于血脉不同吧。虽然阿保亲王非常低调,但业平的母亲伊都内亲王本身是桓武皇女,也没有什么过错,业平从小在母亲身边长大,又是独生子,因此被骄纵惯了。而这样低调的父亲,在最后时刻也没有给业平带来什么优势,反而是无尽的耻辱。

"承和之变"①之后,阿保亲王背负着"告密者"的身份而亡,这对业平来说是巨大的耻辱②。他用放纵不拘来掩饰自己的悲伤与无奈。他去东国流浪,是为了转换心情。他与入宫前的高子和斋宫私通,是为了向夺走自己幸福生活的天皇家和藤原氏复仇。当然还有非常重要的一点,他的内心或许认为,自己要比文德天皇更有资格登上皇位,因为自己的血统更加纯正,父母双方都流着皇族的血③。当然,这是不可能实现的了。因为天皇家和藤原氏欠阿保亲王一个人情,因此业平做出再过分的事情,他们也不能拿他怎样,只能把他边缘化。当然,也不是说对他毫无防备。内田美由纪(Miyuki Uchida)指出,在《类聚三代格》(『類聚三代格』,平安时代)

---

① 承和之变:承和九年(842)7月,以意图谋反的罪名,处以伴健岑、橘逸势流放,废除皇太子的事变。被认为是藤原良房设计的政治阴谋。『広辞苑』"承和之变"。
② 杉本苑子:『伊勢物語』,东京:岩波書店,1984年,第232页。
③ 桐内田美由紀:『伊勢物語考:成立と歴史的背景』,東京:新典社,2014年,第245-246頁。

卷 19 禁制事①里，严禁孙王任意出入畿外，是针对在原业平②。笔者也赞成这个意见，而不想让业平去畿外的原因，应该是怕他举兵造反吧。毕竟业平之前的冰上川继之乱③，之后的平将门之乱④，都是出于对自己血统的自信，认为自己也有继承皇位的权力，才起兵造反。谁又能保证业平不会这样做呢？当然，现实中的业平在玩世不恭地度过了青年时代之后，也像他哥哥一样，开始正常地做一名官员，最终归于平静。而他的反抗，或许就体现在《伊势物语》这本书中吧。不管他是不是这本书的作者，《伊势物语》都可以看作是他反抗皇权神权的宣言。

在原业平一方面因为自己的血统而自豪，他是纯正的皇族，另一方面又为血统而羞耻，他的曾祖父桓武为了登上皇位，与藤原氏合谋害死了异母弟，在继承皇位之后，为了让自己儿子继位，又找借口除掉了同母弟。为了权力，不惜手上沾满亲人的鲜血。他的祖父平城，触犯了那个时代的禁忌，与自己女人的母亲私通。明明平城自己就是皇统的代表，却又成了天皇家的背叛者，成了朝廷的逆贼。自己的父亲阿保，一方面是平城的长子，却没有成为皇太子。在平城失势后，却被牵连流放太宰府。一直是个悲剧的形象，最后却成了"告密者"，即使自己死了，还让业平背负着耻辱。可以看出，业平对父亲是不堪回首的。《伊势物语》中有关于主人公母亲、朋友的内容，却没有一处提到他的父亲。可见这种怨念正是出自对父亲最后行为的不满。唯一爱着业平的，是他母亲伊都内亲王，这在《伊势物语》中也能感受到。但是伊都内亲王在桓武天皇眼中也是个不受宠的女

---

① 卷19/禁制事/58/太政官符/应禁制孙王任意出入畿外事/右得美濃国解偁、此国停関之後不制往来、由茲東海道諸国牧宰、五位已上任意柱道、亦孫王擅以出入、人民騒動部内不静、雖加禁止積習不遵、望請、特下厳制令慎将来、謹請官裁者、右大臣宣、奉勅宜五位已上依法禁制、但至于孫王未施此制、自今以後、同以禁止、自余諸国亦宜准此、若有違犯録名言上、/仁寿三年四月廿六日

② 内田美由紀：『伊勢物語考：成立と歴史的背景』，東京：新典社，2014年，第243頁。

③ 冰上川继：天武天皇之孙盐烧王（后赐姓冰上真人）之子，母亲是圣武天皇之女不破内亲王。在光仁天皇去世后的延历一年（782）发动政变，未遂，被流放伊豆三岛。出自《岩波日本史词典》，有删减。

④ 平将门：桓武平氏，高望王之孙，镇守府将军平良将（或为良持）之子，以下总北部为根据地。承平五年（935）与伯父国香争斗，天庆二年（939）介入武藏、常陆等地的纷争，占领常陆、下野、上野的衙门，自称新皇任命关东各地的国司（承平天庆之乱）。次年2月在下总幸岛与藤原秀乡、平贞盛交战，败死。出自《岩波日本史词典》，有删减。

儿,自始至终没有获得品位,在内亲王中属于最低级别。她嫁给侄子阿保亲王,或许是异母兄嵯峨上皇的安排,目的是监视阿保①。从她825年生下业平,到842年阿保亲王去世,两人之间再没有其他子女,可见两人的感情并非很好。业平从母系血统来看,只是得到一个"监视者"的结论。这种既自豪又羞愧,既高贵又卑劣的血统,造成了业平的伦理悖论。他无法选择自己的出生,因此他从一开始,就背负着这些矛盾,而且终其一生,也没有解决的办法。他只能通过与禁忌之人的恋爱,去寻找自己的存在,用这种方式,去反抗命运。这或许是《伊势物语》产生的原点。

在《伊势物语》中,每一段时间并没有明确说是同一个人,但一般都理解成是一个人物的一生,理由就在里面出现的和歌中。这些和歌大部分都是在原业平所作,因此其主人公自然就是业平。当然,像纪有常、惟乔亲王、二条后等等,里面出现的这些人物姓名,有些是后世的增补,有些则是当初就存在的,比如第16段标题就是"纪有常",显然这个名字不会是后面加的,当然也不能排除这一段是后世添加的可能性。目前,无论是不是后人的添加,我们都当作是作品中的一部分,来进行把握。这样看来,在原业平就是从第一段的"初冠",也就是正式成年,到第125段的"临终",马上要死去,过完了自己的一生。最后的这首和歌"つひに行く道とはかねて聞きしかど　昨日今日とは思はざりし",也是《古今和歌集》中业平所作的和歌,意思为"虽然听说最后大家都要走上这条路,却没想到已经在今明之间"。《伊势物语》前半部分的业平形象,是风流倜傥,与不同女子恋爱的贵公子。但到了后面,却变成了落魄的老人,让人不免产生同情。

但是历史上的在原业平,官位最终不是太高,这只是因为他年轻时自身出了问题,所以官位起初没有晋升②,从贞观四年(862)以后,业平就开始正常地晋升官位。历任左兵卫权佐、次侍从、左兵卫权少将、右马头、右近卫权中将、相模权守、美浓权守、藏人头等,最后在从四位上藏人头兼右

---

① 杉本苑子:『伊勢物語』,東京:岩波書店,1984年,第230頁。
② 今井源衛:『今井源衛著作集7 在原業平と伊勢物語』,東京:笠間書院,2004年,第48-49頁。

近卫权中将的位子上去世。藏人头兼近卫府的中将，俗称头中将，在平安时代的朝廷中属于有能力的官员，而且再向上一步就可以位列公卿，如果不是业平年轻时耽误了太多时间，或者死得早了一点，基本可以确定他已经走上一条晋升路线。而且在律令制度下，日本各地被分成四个等级，从上到下分别是大国、上国、中国、下国，相模国和美浓国都属于上国级别，作为名义上的地方长官，收入也会不错。因此老年业平，绝不会像《伊势物语》中所描写的那样穷困潦倒。这样看来，《伊势物语》的作者是故意造成这样的假象，引起读者们的同情。

第三节 《落洼物语》中"皇权没落"的伦理悖论

如果说《竹取物语》是"仙"，《伊势物语》是"雅"，那么《落洼物语》(『落窪物語』，平安时代)就是"俗"。与前两部作品不尽相同，《落洼物语》从诞生时起，受到的关注就不高。在镰仓时代成书的文学评论著作《无名草子》(『無名草子』，1201)中，就丝毫没有提到《落洼物语》。而目前所知道的最早的相关研究，是江户时代的贺茂真渊所著。至于传本，虽然有诸多版本，但因欠缺的部分相同，应是出自同一母本。直到近代，日本对《落洼物语》的研究才渐渐多起来，对其在文学史上的地位也进行了再评价。根据现在的通说，《落洼物语》是现存最早的继子虐待物语，其最突出的特点是"劝善惩恶是正义""提倡一夫一妻制""大众风俗小说"这几点[1]。从随处可见的对汉籍的引用，可知作者有着深厚的汉学修养。自古以来就有作者是源顺(Minamoto no Shitagou)的说法，稻贺敬二(Keiji Inaga)更加将其发展，提出前三段是源顺，最后一段是清少纳言(Seisyounagon)所著的说法[2]，而原国人(Kunihito Hara)则认为是以选子内亲王为中心的贺茂斋院文艺圈中人物所作[3]，但目前都没有切实的证据。不过从作品推测，

---

[1] 稻贺敬二：『前期物語の成立と変貌』，東京：笠間書院，2007年，第220—221頁。
[2] 同上书，第236页。
[3] 原国人：『平安時代物語の研究』，東京：新典社，1997年，第151頁。

可知是殿上人①、受领②这个阶层的男性,并且因为在《枕草子》(『枕草子』,1001)中已经出现"落洼少将"这种称呼,可知在一条天皇(Ichijyou tennou)时期已经成书,并且广泛流传③。

一、落洼的伦理身份:"王女"的没落

《落洼物语》的女主角是被称为"落洼之君"(Ochikubu no Kimi)的贵族小姐,她的母亲是出身皇族的女性,原文中写的是"わかうどほり",解释为"具有皇室血脉,汉字写作'皇家统'或'王家统',女源氏"④。从落洼的年龄与继母的三女儿和四女儿相接近,可以推想中纳言应该是先与其继母结婚,在保持跟继母关系的同时,又跟落洼母亲保持夫妻关系,从而生下了她。虽然落洼的母亲具有皇室血脉,但应该不是天皇之女,不然即使是赐姓的皇女,也不该受到这样的待遇,何况中纳言本身并非最高级别的贵族。那么最有可能的是,落洼母亲为亲王之女,本身为女王,有没有被赐姓不得而知。因为其父亲去世得早,家道中落,因此给中纳言做了妾室,生下落洼之后就去世了。在第三卷中落洼母亲留给她的三条邸,极有可能是其外祖父的遗产。这样的人物设定,也影响了《源氏物语》。试想红鼻头的"末摘花",也是亲王之女,在父亲死后过着凄惨的生活。想必在那个时代,这也是很常见的事情。

因为母亲早逝,无依无靠的落洼被父亲带回去跟继母一起生活。继母让她住在宅邸中一间低矮潮湿的房间,并且根据这个房间给她起名"落洼之君"。落洼名称的来历,不只指女主角居住的地方,还有对她的蔑视及性的侮辱⑤。在这样恶劣的环境下,唯一一个对她好的只有侍女阿漕

---

① 殿上人:被天皇允许升殿的人,指一部分四、五位官员以及六位藏人。『広辞苑』"殿上人"。
② 受领:地方长官,实际去任地执行政务的最高一级官员,一般是国守,有时是权守或介。『広辞苑』"受领"。
③ 今井卓爾:『物語文學史の研究(前期物語)』,東京:早稲田大学出版部,1977年,第330頁。
④ 三谷栄一、三谷邦明、稲賀敬二校注·訳:『新編日本古典文学全集17 落窪物語·堤中納言物語』,東京:小学館,2000年,第17頁。
⑤ 高橋亨:「落窪物語」,『体系物語文学史3』,東京:有精堂出版,1983年,第148-149頁。

（Akoki）。阿漕本来是落洼母亲的侍女，在她母亲死后一直侍奉她。作为一名出身贵族的小姐，落洼却没有自己的乳母，不能说是造成她悲剧的主要原因。在平安时代，贵族女性的第一要务是多生孩子。因为哺乳期不容易受孕，所以母亲不会亲自喂养孩子，而是交给乳母。这种倾向是在平安中期以后出现的①，因此在早期的文学作品中，很少能看到乳母的身影，而到了中后期，就很多见了。《落洼物语》从成书时间来看，应该是乳母开始登场的时期，并且带刀（Tatewaki）的母亲作为男主人公道赖（Michiyori）的乳母，确实发挥了不小的作用。但是落洼本人却没有配备乳母，正如吉海直人（Naoto Yoshikai）指出的，没有乳母比没有亲生母亲更加严重②。落洼的处境可想而知。而继母对她的虐待，除了给她住低矮的房屋之外，主要体现在让落洼做针线活上面。在中国，针线活叫做女红，作为女性的必备技能之一，即使大家闺秀也会从小学习，算不上虐待的内容。但是在日本，贵族女性没有做针线活的习惯，这些都是侍女的工作。因此继母用这种方式，来奴役落洼，贬低她的身份。

有趣的是，这种奴役反而凸显了落洼的才智。作者赋予落洼的女红能力，会让人联想到中国神话里的织女，从而赋予了落洼是神女的形象③。而且日本古代神话中就有这样的传统，神的孩子在人间接受历练（欺负），最终离开这些欺负他的人们④。当然，落洼本身不是真正意义上神的孩子，但是她的这种女红能力，就像《宇津保物语》（『宇津保物語』，平安中期）中的音乐能力一样，具有颠覆世界的力量⑤。那么为什么一个贵族小姐，会那么擅长女红呢？可以想象，这不会是她母亲教的。因为刚才也说过，在平安时代的日本，女红是侍女做的，出身皇族的落洼的母亲，本身不可能会，即使会也不可能教给她的女儿，让她做这种工作。但是很明显，落洼到了父亲和继母

---

① 服藤早苗：『平安時代の母と子』，東京：中央公論新社，1991年，第135頁。
② 吉海直人：『落窪物語の再検討』，東京：翰林書房，1993年，第33頁。
③ 古橘信孝：「物語文学と神話——継子いじめ譚の発生論」，『体系物語文学史1』，東京：有精堂出版，1982年，第125頁。
④ 同上书，第123—124页。
⑤ 畑恵理子：『王朝継子物語と力：落窪物語からの視座』，東京：新典社，2010年，第39頁。

家的时候,没有人去特意教她,但她已经会了,就像无师自通一样。而继母不知道是因为什么样的契机,知道了落洼会女红,开始了她的奴役生活。又或者,是继母命人教给了她,但她却比教的人做得还好,以至于继母看到落洼做的衣服之后,其他人做的再也看不上了。这种才能在原文中被称为"さとし",是聪慧的意思,是指天生具有的,而不是后天培养出来的①。从故事的后续发展,我们可以知道,落洼还擅长和歌以及弹琴,这些都是平安时代物语女主角的必备条件②,而这些才能,是她母亲在她幼年时培养出来的。与落洼父亲年迈昏庸的中纳言不同,她的母亲出身皇族,虽然家道中落,但天资极佳,这些优秀的才能也都遗传给了落洼。

或许刚开始看《落洼物语》时,会觉得低贱懦弱的落洼配不上高贵风流的道赖。但实际上,落洼不但出身高贵,而且才能出众。在后面的故事中,与道赖结婚后,成为大臣家主母的落洼,也丝毫不胆怯。做事井井有条,应对方方面面都游刃有余,这不得不说确实是她本身器量很大,能力很强,能够与道赖结婚绝对不是仅凭运气。或者可以说,道赖要寻找的正是落洼这样的女性③。原文中说道赖认为落洼是「心深き」④之人,所以越发对她感兴趣了。由此可见,道赖作为摄关家的长子,以后大权在握的人物,他一开始的目标,就是能够与她一起共同维护家族的女性,而不是单纯的花瓶。落洼表面上非常懦弱,但有时候在男性面前示弱,本身就是一种策略,可以激起对方的保护欲,从而成功上位。对于没有任何后盾的落洼来说,能依靠的只有自己的能力,即便是阿漕,落洼有时候也不能完全信任。因此,落洼这个形象虽然有人评论说比较平面化⑤,但实际上她心中可能另有一番天地。

---

① 畑恵理子:『王朝継子物語と力:落窪物語からの視座』,東京:新典社,2010年,第48頁。
② 吉海直人:『落窪物語の再検討』,東京:翰林書房,1993年,第35頁。
③ 藤井貞和:『平安物語叙述論』,東京:東京大学出版会,2001年,第191頁。
④ 三谷栄一、三谷邦明、稲賀敬二校注·訳:『新編日本古典文学全集17 落窪物語·堤中納言物語』,東京:小学館,2000年,第30頁。
⑤ 刘松燕:《〈落洼物语〉主要人物形象分析》,《现代语文(文学研究版)》2008年第12期。

落洼作为"王女"①，却从故事一开头就被置于悲惨的境地，可见在那个时代，天皇家的后裔生活的潦倒不在少数。这也在侧面反映了皇权的衰退，而另一方面，取而代之兴盛起来的，就是男主人公道赖所代表的摄关家势力。

二、道赖的伦理身份："摄关家"的兴盛

道赖作为《落洼物语》的男主人公，大部分情况下是以官名称呼的，比如刚出场时的右近少将，后来升为中将，然后是中纳言，大纳言，左大臣，最后官至太政大臣。而道赖这个名字，在原文中仅仅出现过两次而已。以官职互相称呼在平安时代的朝廷是一种惯例，同样的情况在《源氏物语》中也存在。但是，与《源氏物语》中人物真名从始至终未曾出现不同的是，《落洼物语》中却出现了两次"道赖"的名字，其原因值得人思考。此外，落洼的父亲"源中纳言"的原名叫源忠赖（Minamoto no Tadayori），但是"道赖"的姓氏却从始至终没有提及。从他的父亲官至太政大臣，以及道赖自己的官职升迁，可以看出是典型的"摄关家"的晋升路线，也就是说是藤原氏。不过奇怪的是，摄关家的极官②是摄政或者关白，并非太政大臣，对于成书时代的贵族来说，这属于常识性的内容，但《落洼物语》的作者却偏偏不这样描写，而是让道赖父子两代都官至"太政大臣"，这又代表了怎样的伦理价值观？

因为道赖的这个名字出现在原文中，所以日本学者对其原型人物做出了很多推测。比如塚原铁雄（Tetsuo Tsukahara）认为其原型就是历史上的山井大纳言藤原道赖（Fujiwara no Michiyori），作品的主要目的是为早逝的道赖安魂③。但是，稻贺敬二对这一观点不认同，因为作品中的道赖非常强势蛮横，这样的作品是否真的有安魂的作用？稻贺认为《落洼物

---

① 王女是亲王的女性后裔。
② 极官：能够达到的最高的官位。『広辞苑』"极官"。
③ 塚原鉄雄：「物語文学の素材人物」，『王朝の文学と方法』，東京：風間書房，1971年。转引自長沼英二：『落窪物語の表現構成』，東京：新典社，1994年，第37頁。

语》应早于现实中的道赖出现①。而长沼英二(Eiji Naganuma)则认为道赖的原型是藤原时平(Fujiwara no Tokihira),因为他曾经抢走伯父国经的妻子,与道赖抢走落洼如出一辙,并且官职晋升也与作品中的道赖类似②。笔者认为长沼的说法有些生搬硬套,因为时平好色就能成为道赖的原型,有些说不过去。此外,国经与典药助(Tenyaku no Suke)的拟定也无法令人信服,官职晋升对于摄关家出身的贵公子,大体都类似,并不能作为证据证明两者的关系。因此笔者不认为道赖的原型是时平。日本平安时代的贵族有很多,但极少有重名的,因此作品中的道赖与现实中的道赖的重名,仅仅解释为巧合恐怕难以令人信服。笔者比较倾向于作品中的道赖原型是现实中的山井大纳言藤原道赖,但是作品的目的并非是为了安魂。

历史上的藤原道赖是关白藤原道隆(Fujiwara no Michitaka)的庶长子,后继承了岳父藤原永赖(Fujiwara no Nagayori)的宅邸山井殿,因此被称为"山井大纳言"。在继承宅邸这点上,也与作品中的道赖相同。他历任右近卫少将,右近卫中将,左近卫中将,参议,权中纳言,最终在大纳言的官位上病逝,年仅25岁。这个官历与作品中的道赖也如出一辙,但是因为去世得早,自然没有像作品中那样做到太政大臣。而且,虽然道赖是其父亲道隆的长子,却不是嫡子,所以即便他能够长寿,也很难坐上太政大臣甚至摄关的位子。那么为什么选他来做故事的主人公呢?历史物语《大镜》(『大鏡』,平安后期)中称赞道赖,如同从画中走出来的美男子,性格也非常潇洒豪放,比他的异母弟伊周(Tadachika)和隆家(Takaie)都要优秀得多③。《枕草子》④和《荣花物语》(『栄華物語』,平安中期)⑤中也称赞道赖

---

① 稲賀敬二:「落窪物語の成立とその作者・補作者」,『広島大学文学部紀要』33 (1974): 215-216頁。
② 長沼英二:『落窪物語の表現構成』,東京:新典社,1994年,第37頁。
③ 橘健二、加藤静子校注·訳:『新編日本古典文学全集34 大鏡』,東京:小学館,1996年,第259-260頁。
④ 清少納言著,松尾聰、永井和子校注·訳:『新編日本古典文学全集18枕草子』,東京:小学館,1997年,第204頁。
⑤ 山中裕、秋山虔、池田尚隆、福長進校注·訳:『新編日本古典文学全集31栄華物語1』,東京:小学館,1995年,第223頁。

容貌清丽，性格优雅。因此，出身高贵，又英俊潇洒的贵公子道赖，天生就具备物语男主角的特质。《落洼物语》的作者用他的名字，明显是要唤起读者的共鸣，而并非是对去世的道赖的慰藉。

对于道赖父子的极官都是"太政大臣"而不是"摄政"或者"关白"，可以推测物语作者仍然憧憬"延喜天历圣代"。平安时代从前期藤原良房的人臣摄政开始，基本代代都由藤原氏担任摄政或者关白，朝廷的人事任免全部由摄关来操纵，就连天皇都无法拒绝摄关的决定。当时的贵族们一方面迫于现实，不得不屈服于摄关家的权威，另一方面却又向往天皇亲政的政治形态。因此在醍醐天皇以及其子村上天皇的时代，趁摄关家势力衰减，没有设立摄关的职位，名义上是天皇亲政的体制。在后世被贵族们以年号命名，称之为"延喜天历圣代"，而多加传颂。《落洼物语》的成书年代，应是一条天皇时代之前，即圆融天皇时期，当时也有关白在任，但书中一方面极力称颂道赖一家的荣华富贵，另一方面却没有按照现实给他们摄关的职位，反而是给了很少有人担任的太政大臣的官职。这可以看出作者表面要依附于摄关家的权势，而内心却又崇尚皇权的矛盾心理。

作为大臣嫡子，未来朝政掌控者的道赖，并没有寻求与皇女的联姻，反而是找到了落洼这样一个不受宠的皇族末裔，一方面是出自他怜香惜玉的心理，而最重要的是他对落洼内在品质的认同——即上一小节提到的落洼实际上具有超凡的能力，并且思虑颇深，适合作为主母来协助道赖掌管大家族的事务。而摄关家这种务实的态度，也跟现实中相一致。最初藤原冬嗣为了提高自己的家格，让儿子良房迎娶了天皇之女。随着藤原氏摄关家地位的巩固，这些出身高贵的公子们不再拘泥于迎娶皇女，而是寻找对自己仕途或经济上有帮助的女性。比如藤原道隆娶的高阶贵子，是著名学者家族高阶氏的一员。而藤原道长的妻子源伦子是左大臣源雅信之女，还有摄关家的子弟迎娶了受领阶层的女儿，显然是为了得到经济上的支持。与日益保守固化，从而政治上和经济上都陷入困境的皇室子弟不同，摄关家的成员一直从自身需要考虑，灵活变换对各阶层的对应方式，因此日益兴盛壮大起来。

在《落洼物语》中，道赖一开始为了替落洼复仇，而千方百计地针对源中纳言一家人,但后面却又百般施恩于他们,使落洼最终得到了父亲的认可,并继承了其财产。这种看似矛盾的情节描写,正符合了当时摄关家成员的特性。道赖这个人物形象,正代表了摄关家的兴盛。

三、"皇权没落"的伦理矛盾:"摄关政治"的实质

摄关政治是指摄关作为天皇的辅佐人掌握政治实权的一种政治形态,特别指律令制度形同虚设后的 10 世纪左右到院政开始的 11 世纪中期的政治[①]。表面上看,摄关政治架空了天皇的权力,藤原氏在天皇年幼时作为摄政,在天皇成年后作为关白,代替天皇处理朝廷事物。一条天皇时期可以看作摄关政治的鼎盛期,当时的左大臣藤原道长,虽然没有关白之名,却有着关白之实,他的私人日记也被后世称为《御堂关白记》(『御堂関白記』,平安中期)。道长的四个女儿分别嫁给了四位天皇,曾经有过一门三后的荣耀,即太皇太后、皇太后、皇后都是道长之女。因此他在得意之时,也留下了历史上有名的"望月之歌",形容自己的权势之盛。朝中大臣宁愿得罪天皇,也不敢得罪藤原道长。

在摄关鼎盛期成书的《落洼物语》中,也可以看出摄关家子弟道赖的肆无忌惮,以及作者对摄关家的称颂姿态。比如道赖强抢落洼父亲的宅邸,派表兄弟兵部少辅(白面驹)去戏弄落洼的异母姐妹等等。所有被欺压的人都敢怒不敢言,即使告到天皇面前,也无济于事。而天皇在这部作品中的存在感非常弱,仅在末尾有三处提到。第一处是说天皇病重,将皇位传给道赖妹妹所生的皇子,而这皇子的兄弟当了太子。第二处是道赖的长子与新天皇是童年玩伴,两人关系亲密。第三处是道赖之父太政大臣以年老为由希望辞官致仕,但天皇不允许。太政大臣又动员他女儿——即天皇之母来替他向天皇申请,最终获得批准。道赖因此成为新太政大臣。

虽然《落洼物语》中没有出现摄政和关白的官职,但我们可以把太政大臣当作摄关来看待。道赖的父亲将女儿嫁给天皇,生出的皇子后来继

---

① 『広辞苑』"摄关政治"。

承皇位,成为了新天皇。而道赖自己的女儿又嫁给了新天皇,成为新皇后。虽然书中没有提到,但以后的发展必然是生出皇子,成为下一任天皇。而这种将女儿嫁给天皇,生出皇子拥立为新天皇,以天皇外祖父身份担任摄政和关白,执行朝政的方法,才是摄关政治的权力来源。简单来说,摄关是以天皇母方的亲权为后盾,利用天皇权威操纵朝政的,因为律令制度下没有摄政和关白的职务,因此摄关的权限不是律令赋予的,而是附加在天皇权威之上的。如果天皇与摄关之间发生矛盾,那么天皇的母亲就会成为两者的缓冲地带。而且平安时代,孩子出生后都随母方生活,即使是天皇家也不例外。比如一条天皇在作为皇子的时候,因为其父亲圆融天皇与外祖父藤原兼家关系不睦,兼家不让皇子入宫跟天皇见面①。所以皇子自幼跟母亲、乳母,以及母方的亲属更加亲近,感情上也会更偏向他们。这样的倾向,在皇子成为天皇后也大多不会改变。摄关利用亲情,可以轻易操纵天皇的想法,从而达到控制朝廷的目的。

　　表面上看,摄关政治下,天皇被摄关架空,皇权逐渐没落,甚至出现了大臣们不参加天皇的宴会,而去追随摄关家的局面。② 皇族们生活日益窘迫,像《落洼物语》中的女主角落洼,本是皇族后裔,却落得在家里当牛做马,甚至还不如一般仆人的地步。《源氏物语》中的末摘花,同样是亲王之女,但父亲去世后生活逐渐不能维持,最后靠着光源氏的怜悯才得以度日。这些作品中的皇族、王族形象,绝不是凭空想象,正是当时"皇权没落"这个伦理环境下的真实写照。但是另一方面,摄关权力的核心却还是根源于天皇的权力。如果没有与天皇的亲属关系,摄关政治从一开始就无法成立。并且担任摄关的,要天皇母方的长辈,比如外祖父,或者舅舅,而不能是天皇的平辈,如表兄弟关系,这在当时的贵族社会是一种常识③。所以具体来说,摄关权力是天皇母方的亲权赋予的。因此在摄关

---

　　① 繁田信一:『天皇たちの孤独——玉座から見た王朝時代』,東京:角川選書,2006年,第56頁。
　　② 同上书,第9頁。
　　③ 同上书,第23頁。

前期到中期，每一代摄关都符合天皇母方的长辈亲属这个条件。但是在摄关后期，摄关家的家格被确定之后，即使天皇的母亲不是摄关家出身，也不会影响摄关家族的人继续担任摄政和关白。因为摄关已经脱离了亲权，成为一种制度，但同时，摄关也失去了力量的源泉，不久之后，被天皇父权的代表"院政"所取代。

回到《落洼物语》这部作品中，重点是落洼受难及道赖为其复仇的过程，天皇似乎无足轻重。但仔细来看，天皇的三处出场却又别有深意。老天皇病重让位之后，道赖的父亲从左大臣升为太政大臣，作为新天皇的外祖父，掌握了朝廷实权。道赖的儿子从小与新天皇在一起，自然是下一代朝廷的重臣。道赖之父请求辞官时，天皇不允，这时依靠太后这个中介，最终如愿以偿，太政大臣的重任也交给了道赖，道赖成为新的掌权人。并且他已经将女儿嫁给天皇，只等生下皇子，就可保家族兴旺。从天皇出场的部分，能看出道赖一家与天皇家的密切关系，也能证明一出场只是左近卫少将的道赖，为何敢对比自己地位高很多的源中纳言一家如此欺压。

这样就出现了伦理矛盾，一方面摄关吸收皇权甚至压迫天皇，另一方面摄关的权力又依赖天皇的权力。这样的矛盾是因为天皇个人与皇权，在摄关来看是分开对待的。摄关要的是皇权本身，如果天皇个人意志与摄关有冲突，摄关就会想方设法将其赶下皇位，而换上其他易于控制的人做天皇。摄关尊崇皇权，却不尊重天皇本人。像圆融天皇与藤原兼家的争斗，三条天皇与藤原道长的矛盾，最终都以天皇退位而摄关家取胜告终。而为什么天皇本人会如此无力？这也源于天皇家与藤原氏摄关家代代联姻，当天皇登上皇位时，其父亲多已经去世，日本的亲王也没有实权，因此缺少父方的有力支援，而母方亲属都是摄关家的人，相当于天皇一人对抗摄关家这个庞大的家族，自然力不从心。而公卿贵族们也习惯于摄关家主持政权，极少有人会站在天皇一方，因此造成了前述的现象。《源氏物语》中，桐壶帝将光源氏降下臣籍，作为天皇的辅佐，也是出于这样的想法。而到了院政期，天皇退位后成为上皇，利用现任天皇父亲的身份，以及曾经做过天皇的权威，纠集起一些对摄关家不满的贵族，从而赢得了主导权，从根本上压制了摄关家的权力，并取而代之。

本章小结

　　本章从皇权伦理的角度,分析了平安前期三部物语中的故事情节以及与现实背景之间的关系。宇多天皇时期成书的《竹取物语》,通过塑造"仙人"辉夜姬的形象,借她之口拒绝和讽刺五位求婚贵族,以表明"仙人"的身份凌驾于任何贵族之上。又通过辉夜姬与天皇的恋爱关系,证明两者处于平等地位,间接表明天皇是"神"的立场,其主要目的在于抬高天皇的地位。因为宇多天皇与其父亲光孝天皇靠摄关家登上皇位,朝臣中对其不满者众多,宇多天皇也对藤原基经甚为忌惮。天皇身边的文人官僚,利用《竹取物语》表明天皇至高无上的伦理思想。

　　《伊势物语》中的主人公影射历史上的在原业平,通过他与二条后、伊势斋宫之间的禁忌之恋,反映了作者对当时王权、神权,以及背后的藤原氏的反抗。二条后藤原高子身为摄关家的一员,不愿为家族利益牺牲自己,为了爱情与恋人私奔,她的行为是对清和天皇"皇权"的叛逆,也是她主动做出的伦理选择。伊势斋宫是涉世未深的少女,她与男主人公的爱情是自由意志造成的,即便不是出于故意,但已经对"神权"造成了威胁,触犯了斋宫必须为处女的伦理禁忌。主人公在原业平父母都为皇族,他本人的血统比天皇更纯粹,这是他自豪的资本。但祖父癫狂的性格,父亲背负着"告密者"的恶名,母亲为了监视父亲才嫁给他,这又让业平对自己的血统极度不自信。他无法选择自己的出生,因此他的伦理困境注定了他荒诞不经的行为,通过不断地打破伦理禁忌来寻找自己的存在感。《伊势物语》与天皇相关的诸多禁忌被一一打破,也反映出当时的"皇权"处于衰退的状态。

　　《落洼物语》的天皇没有存在感,身为亲王之女的落洼在继母家备受压迫,也体现了"皇权没落"的现实。但出身摄关家的道赖能够肆无忌惮,仍借助的是皇权的力量。摄关家对天皇本人和皇权进行区别对待,吸收了部分皇权纳入摄关家的权力,因此呈现出天皇和皇族地位低下,而依靠皇权的摄关家却蒸蒸日上的伦理悖论。此外,作品中对道赖的行为不但没有指责,反而称赞有加,可见当时的中下层贵族对摄关家的依附。三部作品按照时间关系,能够看出天皇从被抬高,到被轻视,最后被无视的过程。但皇权则是一直被藤原氏所利用,直到院政时期。

第三章

近世小说的伦理思想流变

日本近世指庆长八年(1603)至庆应三年(1867)的二百六十余年,也称江户时代,为日本封建社会后期。此一阶段确立了幕府体制,对外采取锁国政策,对内实行严格的"四民"身份等级制度。本章以井原西鹤(Saikaku Ihara)、上田秋成(Akinari Ueda)、曲亭马琴(Bakin Kyokutei)的小说为重点解读文本,运用文学伦理学批评方法对近世小说予以考察,试图还原日本近世的伦理现场,探讨近世伦理思想的流变及其原因。

井原西鹤的"好色物"讲述了町人阶级的生活,他们在生活中最关心的,一是发财致富,二是生活享乐。《好色一代男》(『好色一代男』,1682)、《好色一代女》(『好色一代女』,1686)中的男女主人公把佛教信仰和儒家伦理一概斥之为平庸的说教,以沉溺于现世的享乐为其追求的最高目标。本章第一节围绕小说中人物因为欲望导致的伦理困惑展开,探索了町人的享乐欲望与封建道德和等级制度桎梏之间的冲突,肯定了以满足欲望为标准的市井世俗伦理。认为小说中一代男驶向女护岛,一代女晚年忏悔的结局,表明了作者对一味强调享乐欲的世俗伦理的忧虑和反思。

《雨月物语》(『雨月物語』,1786)取材自中国的《剪灯新话》和"三言二拍",在故事新编中反映了现实欲望和道德规范的伦理冲突。回到当时的伦理现场,凡是能满足欲望的就是标准,整个社会苦于缺乏纲纪、法度,缺乏社会道德标准和负有某种使命的责任感。因此,上田秋成对现状感到失望,他带着怀念的心情回头去看传统儒家道德标准的旧世界。第二节结合上田秋成的《雨月物语》,讨论了作品中的君臣、父子、夫妻、朋友的伦理关系,一方面给读者树立正面道德榜样,肯定了儒家伦理思想;另一方面又给读者展现负面道德形象,给予读者道德劝诫。

曲亭马琴的《南总里见八犬传》(『南総里見八犬伝』,1814)是一部涉及日本重大社会历史事件的文学作品。第三节从小说中八犬士身处的伦理困境入手,分析他们做出的伦理选择,以及他们的伦理身份建构。通过八犬士立身处世的过程,剖析日本近代面临的伦理混乱和身份认同焦虑,认为马琴认同的伦理思想包含佛教、儒教、武士道三个方面的内容,借此探讨作者马琴通过八犬士这一群体形象试图传达的伦理教诲。

第一节 "好色物"中的伦理冲突与伦理反思

元禄时期(1688—1704)政治安定,经济繁荣,町人作为一个新兴阶级,在社会上日益显示出重要地位。与此相应的,反映城市居民生活的"町人文化"兴起,出现了一批以描写町人生活为主要题材的文学作品,这些作品主要反映了町人生活中最重要的两面:发财致富和生活享乐,特别是情欲方面的享乐。井原西鹤(1642—1693)的作品集中描写了这两方面的内容,其中《好色一代男》、《好色二代男》(『好色二代男』,1684)、《好色一代女》、《好色五人女》(『好色五人女』,1686)等浮世草子生动地再现了町人追求情欲享乐的生活。

《好色一代男》《好色一代女》等作品的好色部分是不容回避的,但是井原西鹤是一个极其严肃的作家,他不是为了作为消费目的把好色部分呈现出来吸引大家的眼球,而是有非常深入的对社会的批判和思考,同时,也有自己的非常重要的伦理思想要表达,在这个前提下他写了这样一部书。"不同历史时期的文学有其固定的属于特定历史的伦理环境和伦理语境,对文学的理解必须让文学回归属于它的伦理环境或伦理语境中去,这是理解文学的一个前提。"① 如果不将"浮世草子"这一特殊文体放置于17世纪前后日本社会转型和文化变革的环境中去考察,如果不联系日本近代的社会史和思想史脉络,草子中涉及的许多重大问题,都得不到很好的解释。实际上,通过阅读书中的"好色"描写,我们发现井原西鹤要呈现的"好色"不仅仅包括色情,还有很多物质性的欲望,通过写作他试图把欲望看破,要分析欲望到底是什么,然后一方面肯定欲望的正面积极意义,另一方面要反思时人对欲望无止境的追逐,所以某种过程的呈现是必要的。同时《好色一代男》《好色一代女》里面有一个很重要的方面是对社会生活的描述,就这一方面而言,井原西鹤的浮世草子是非常好的范本,可以帮助我们通过小说,通过还原作者的道德立场来重新构建文学写作跟当时社会时代之间的关系。

一、"好色"体现的市井世俗伦理

《好色一代男》开篇这样写道:"樱花很快就要凋零,会成为人们感叹的题目。月亮普照大地之后,很快又没于山际。唯独男女之间的恋情绵绵无尽。"② 这一段从日本文学中的传统意象"樱花"和"月亮"开始,感叹"樱花"和"月亮"易逝,美的短暂和难以持久,转而引入该书的主旨——赞颂恋情,不过从后文的阅读中我们发现赞颂的并非爱情,而是好色、风流,书中人物追求的不是精神层面的超脱,而是官能层面的享受。《好色一代男》首先介绍了主人公的父亲梦介,他出生在但马国一个有银矿的村落,不必为生计所苦,一味地逐香猎艳,在京都与最红的三位日本妓女厮混,过着醉生梦死、放浪形骸的生活,并与其中的一个妓女生下世之介。

---

① 聂珍钊:《文学伦理学批评导论》,北京:北京大学出版社,2014年,第257页。
② [日]井原西鹤:《好色一代男》,王启元、李正伦译,桂林:漓江出版社,1996年,第1页。

《好色一代男》以世之介的男性视角讲述故事，小说中所有的男性无论富贵贫穷，不问出身，只看重好色的体验。整部小说以世之介的冶游之旅为中心线索，纵观世之介的一生，无论是天真烂漫的少年时代、落魄贫穷的青年时代还是富庶无忧的后半生，其唯一的追求就是好色体验的满足。世之介年仅8岁就懂得托请僧人代写情书，尚未成年便开始和各种女人厮混，即便因行为放荡被父亲逐出家门依然毫不悔改，即使衣不蔽体、食不果腹仍然贪恋一夜忘形之欢。贫困潦倒之际，从九州的小仓、下关，流浪到佐渡的金山，北国的酒田，凡娼妓麇集之处，无不尽情狎游。从19岁到33岁的15年间，世之介不是通过勤俭创业而是冶游学得通达世故。及至父亲去世，世之介继承遗产后更加放浪形骸，从35岁起，历27年，遍游京都、江户、大阪三大都市的妓院，以各地的一流名妓为对象，过着渔色无度的生活。

与《好色一代男》形成对应，《好色一代女》以女性在好色场的生活为中心线索，用女性视角去讲述好色故事。与世之介相似，一代女出生富贵之家，美貌好色，她始终渴求爱情与色欲的满足，一生辗转于形形色色的男性之间，上至大名诸侯下至仆从梳头匠，在欲望的过度放纵中逐渐耗尽了青春颜色，最终隐居深山孤独终老。与世之介形成对照，随着年龄增长，一代女的生命轨迹是向下的抛物线，从宫廷、官家堕入娼门，在妓馆又来客日稀，迫不得已，典质为下等娼妓。历经13年的苦难，典质期满，却无家可归，更无以谋生，只得做寺院杂役、商家女佣、卖唱女尼、梳头师傅、女佣佣人、茶饭女侍、私娼、伴旅女佣等等，在颠沛流离之中苦熬岁月，及至老年，在孤寂忏悔中度过余生。

世之介的足迹遍布日本关东、东北、九州各地，从繁华的都市江户、京都、大阪、奈良到偏僻的长崎、博多等地，在地理空间的迁移中读者得以阅尽世俗生活百态。与世之介相比，一代女的活动范围则比较狭窄，主要局限于京都、东京、大阪三地，但在社会各阶层摸爬滚打的过程中她结识了身份地位不同的男性，在一代女与这些男性的纠缠中读者同样看到了社会世俗生活的全景。通过一代男和一代女的人生轨迹，井原西鹤既写了乡村，也写了城市，人们要么勤恳经商要么辛苦耕种，然而无论贫穷还是富庶，他们的人生理想毫无例外都是纵情声色，在所有人身上我们感受到的都是难以遏制的欲望。不难看出，与将来、来世相比，他们更为重视现在、现世的生活与享受，信奉的是及时行乐、抓住今天。西鹤在创作好色物时，逐年记叙主人公的事迹，不侧重心理描写和抒发感情，而是着重叙事状物，刻画情状和行动；强调的是彻底的性享乐，把佛教信仰和儒家伦理，一概斥之为平庸的说教，抛于九霄云外。

世之介，与其说是一个好色浪子的个体，不如说是当时千千万万出生于商家子弟的集合体，他的生活经历集中体现了当时市井商人的人生观和价值观。很显然，世之介的道德观与传统的儒家伦理道德相违背。他无视他人眼光，完全听任自己的内心欲望驱使，也正是这种生存方式，反而帮助我们更好地认识人物内心，更清晰地认识当时的日本社会。世之介不是被教化的对象，通过他的行为，真实的人和社会被展现于读者面前。而一代女则是一个本能性的女性，她生为贵族闺秀，由于不能抵制欲望的诱惑，逐步堕落，酿成一生的悲剧。这里也反映出，即便是追求享乐的町人，对男性和女性仍然有双重道德标准，相较于对男性的宽容，女性的欲望是难以得到社会承认的。这种倾向在《好色五人女》中表现得更为明显，《好色五人女》包括五个根据当时实事写成的短篇，所叙多为女人因争取爱情而遭遇厄运的悲惨故事。无论女性的身份如何，是女佣还是小姐，都因爱欲私情，无法见容于社会，最终走上绝路。唯一一篇有美满结局的则是为了赞美少女对爱情的纯真坚定。

作者将"好色"作为人际关系的纽带，在好色物所描述的伦理社会中，父子之反目，友朋之结交，生意之往来，娼门之游狎，所有的人际关系均围绕好色展开，好色弥漫于生活的每一个角落、每一个时刻。"好色"是汉语词汇，随着中日交流很早就传到了日本。这个词在中国文化语境中无疑是个贬义词，但是在日本，"好色"却是个中性词，到了近世则演变为一个褒义词，在意义上接近中文的"风流""风雅"，剔除了汉语中否定的道德价值判断。"日本固有的文化则淡化伦理思想，不以伦理道德的善恶来审视

'好色',而从情感、审美出发,采取以真、美为主的判断、审美基准。"①

基于这样的理解,好色物无关道德价值判断,井原西鹤只是客观地呈现市井生活,所以"好色"主要是在世俗伦理的层面上展现,经由好色看破和揭穿的,是世俗的人情。这种世俗伦理,涉及父子、夫妇、友朋等诸多方面,涵盖了亲族关系、家庭伦常、朋友往来等日常生活的所有领域,而对好色无条件、无止境的追逐,正是伴随着日本近世商业社会的兴起而出现的基本人情世态。这种世俗伦理肯定欲望,将毫不加以掩饰的好色表现在日常交往中,脱离了伪善,表露出真善的一面。因此,客观上,好色物表现的世俗伦理就与江户时代的刻板儒家伦理产生了无法调和的冲突。

二、世俗伦理与儒家伦理的伦理冲突

井原虽然没有刻意去渲染市井世俗伦理与儒家礼教伦理的冲突,或者说他主观上也不是为了反映这种冲突,但是他在写好色的时候,带有明显的弱道德化的冲动。在井原的笔下,无论是世之介,还是一代女,又或者是那些只是过客的男男女女,他们都被置于同一个价值层面。这些人物身上的道德自律感均被作者弱化,以世之介为例,他与无数女子海誓山盟,可是一旦身陷困境便毫不犹豫地弃她们于不顾。

之所以称为弱道德化而非去道德化,因为井原并非滤除是非善恶,他只是渲染了人的本能中趋向现世享乐(被感官所确认)的一面,其书中的人物仍然有是非观念,也没有摒除道德观。因此,荒唐的梦介在面对儿子的荒唐时把他逐出家门,世之介也不怨恨父亲,认为这是干了坏事应受的惩罚。在"出乎意料的女人"一节,世之介勾引一位有夫之妇被设计惩罚,头上重重挨了一劈柴却并未报复,反而自称这是不道德恋爱导致的后果,同时感慨"人世间的确有这样谨守贞操的女子"②。

在世之介的眼里,最重要的是现在,是抓住今天、及时行乐。借由世之介的内心活动他明确表达出这种现世哲学观:"信佛毫无乐趣,来世如

---

① 饶道庆:《〈源氏物语〉和〈红楼梦〉的"好色"比较——兼论日中古代文化的"好色"观对两书的影响》,《文艺研究》2004年第6期,第76页。
② [日]井原西鹤:《好色一代男》,王启元、李正伦译,桂林:漓江出版社,1996年,第38页。

何,谁也没有看见过,最终还是觉得以往那种既不近鬼神、也不见佛院的人间俗世更好些。人的生命是短暂的,不知什么时候就会呜呼哀哉,他认为这才是考虑人生的主要依据。"[1] 人生根本就没有什么来世,而在现世的感官世界中,"好色"是首要的动力和最后的目的。井原以弱道德化的立场把人的是非观念放得很松,客观上助长了社会的伦理混乱,更重要的是给读者留下了需要考量的问题:究竟什么是真正的道德?是诚与真、忠于自己内心的欲望是道德,还是压抑自己才是道德?井原显然不是要把世之介只写成淫棍、坏人,他某种意义上是不道德的,书中也有世之介被拒绝、被斥责不道德的时候,但作者的意思是,世之介也好,晚年忏悔的一代女也罢,他们只是被欲望所羁绊的人,深陷在欲望里的人,在欲望中不知道克制的普通人,这里体现出作者悲悯的地方。

好色物中的"好色",固然有为读者所诟病的专意于色的一面,但也写到了作为性风俗和性文化的一面。实际上,井原的小说诚实地反映了町人生活,生动刻画出町人生活的甘苦不一。小说虽以花街柳巷为活动舞台,淋漓尽致地描绘了冶游场中放浪形骸的肉欲行为,但同时他是将好色作为一种带有享乐主义色彩的社会交往和娱乐方式,所以既辅之以弹琴、吟唱谣曲、射箭等游戏名目,又穿插了盂兰盆节、过年、无神月等节庆,还极尽笔力描写与时令相应的服装。由此,好色既是俗事,又是雅事。通过叙事者的眼光,浮世草子的主题涉及社会的商业、经济、市井文化、道德及文化观念等众多主题。因此,井原的好色物虽然处于色情泛滥的文化系统之中,但他与纯粹的色情小说存在着根本的不同,这也是井原的后继者无法企及之处。那么,井原的"好色"到底在多大程度上是正当的,或者说是有意义的,要回答这个问题,我们必须首先要思考:为何日本的好色物创作,会在德川幕府时期发生。

回到井原西鹤创作《好色一代男》《好色一代女》的伦理现场,一方面,德川幕府初期的三代将军实行武力统治和集权政治,建立了牢固的封建体制。在此基础上,从第四代将军家纲开始,经纲吉、家宣、家继,在近

---

[1] [日]井原西鹤:《好色一代男》,王启元、李正伦译,桂林:漓江出版社,1996年,第48页。

年左右的时间(1651—1716)是礼教政治的时代。"这种礼教文化政治的开始,不仅是国民文化昌盛的具体表现,而且大部分是以经济的发展和市民阶级的勃兴为基础的。"①实行礼教政治的目的是按照儒教的政治理想教化人民,以保持社会秩序的稳定,缓和幕府初期的武力杀伐之风,促进社会的和平与安定。另一方面,以藤原惺窝(Seika Fujiwara)为代表的京学和继承了土佐的南学是儒学的核心。他们要求严格道德自律,以南学为例,其特点是要恢复和弘扬朱子学中的伦理道德思想。山崎闇斋(Ansai Yamazaki)为了重新回归于朱子学的根本精神——人伦道德思想,主张倡明伦、重正名、论正统。但是,礼教政治、严格的道德自律与实际社会生活商业化、欲望化的现实之间产生了巨大的隙缝。对人们而言,一方面必须遵循维护基本上排斥欲望的"礼",另一方面却又难以剥离自己的欲望和功名利禄之心。很多人自然地在追求自己欲望的过程中,将儒教变成一种"伪装"。

　　从文学上来看,礼教政治的实施一方面帮助人们从贵族、僧侣的文学中解放出来,另一方面,在儒教道德的训诫之下人学会了控制自己的欲望,面对色欲问题,不管是言论还是行为,都慎之又慎。然而实际上不可能每个人都成为圣人,这时候大家就进入伪装,这就涉及一个问题,即直接来肯定自己的欲望,还是把自己打扮成道学家,这是井原西鹤在好色物中思考的问题。在井原的笔下,好色物所反映的世俗社会中,欲望尤其是色欲的泛滥,使得处于其对立面的儒家伦理和价值观受到了极大的威胁。

　　以此为出发点,井原西鹤的好色物了不起的地方就是拒绝说谎,也就是说,井原通过文学创作引入了道德生活的一个新纬度——真诚或者说真实。真诚问题作为道德的要素之一,在日本近世出现,有极其复杂的社会与文化背景,比如说历经战国之乱后封建秩序的重建和社会重组,但是在所有这些因素中,最为根本的原因是自17世纪开始的社会阶层流动性的明显增加。在17世纪社会相对安定、经济增长的现实中,社会中的个体具有了更多的可能性,武士地位开始走向衰落,市民阶层地位提升,尤

---

① [日]坂本太郎:《日本史》,汪向荣等译,北京:中国社会科学出版社,2008年,第289页。

其是以商人为主体的中产阶级快速崛起。问题在于,这种阶层地位变动的内在需要,与儒教恒定的道德束缚之间构成了矛盾冲突。"士农工商"等级位序的变动,固有的儒家礼教伦理模式与新生的市井世俗伦理产生了尖锐冲突,这样一来,就为新的伦理思想预留了位置。

井原观察和剖析市民生活的各个方面,全面肯定他们的享乐与营利行为,并亲自投身其中,用充满俳谐风格的文章描写了这一切。对新兴阶层町人来说,好色是唯一能摆脱封建道德和等级制度,凭借金钱就可以自由享乐的世界。"好色"的出现,从某种程度上而言说明市民至此才有了提倡自己的世界观、为自己的立场辩护的有力支柱。井原的受欢迎,恰恰表现出蓬勃向上的市民阶级的力量。所以,究其根源:其一,德川幕府统治中期,富庶稳定的社会中人们似乎很容易纵情于男女好色;其二,井原所写的好色,源于当时的社会风气本身的好色,小说不过是对伦理现场的一种记录而已。

当然,井原西鹤写作好色物的目的显然不止于记录、还原伦理现场。应该指出好色物也不是对现有道德秩序的批判和动摇,作家也没有重建善恶及道德秩序的主观意图。因为在好色背后起作用的,是个人的欲望,按照这样的观察和逻辑,井原西鹤把对道德的区分问题,压缩为受欲望控制的程度问题;把对恶的批判,转变为对欲望的批判。所以,他的"好色物"在客观上体现出对好色本身的反思。

三、"好色物"中的虚无与道德劝诫

当我们把时间放在 17、18 世纪的大背景之下,会发现世界范围内的一些巧合,在西方已经经历了宗教变革,文学方面则已经迎来了文艺复兴的高潮,在中国有儒家思想从程朱到阳明的思想转折,他们几乎同时产生。在日本,15 至 16 世纪战乱频仍,经过了长达 100 多年的内乱才终告统一,如果说在乱世中人们更多地渴望稳定的秩序,那么江户时期的人们虽然仍为谋生所苦,但已经从关注外部世界转向个人的内心世界,个人欲望的满足便成了一个无法逃避的问题。所以,从欲望角度来说,东西方差不多同时出现对欲望管理的松动,因为那个时候如果再排斥欲望,只能是

虚伪。那么怎么看待欲望,在中国,从王阳明开始,欲望就开始纳入思想史的讨论,阳明学的初衷,是为了重构崩溃中的社会伦理秩序,不过他对"心"的强调,在客观上却加速了社会体制的崩溃。"他时时刻刻强调天理,却最终走向了人欲。至王船山,'人欲之大公即天理之至正矣'这样的经典表述至终于被堂而皇之地提了出来,成为了明末清初的主流思想。"①在日本,随着社会结构的变化,在儒家思想内部也出现了批判和改造它的动向,如阳明学、古学派及国学。在研究日本古典文学——和歌的基础上,力求从宋明理学和佛教道德中解放出来,试图从日本的传统文学中探求大和民族固有的精神,抒发真实的感情。所以,当时从东西方看,大家都面临相似的转折问题。具体到情色文学的出现,东西方出现的时间也差不多,中国是16世纪,西方的高峰在18世纪,日本则是17世纪。

在这个观念变革中,传统礼仪结构开始变化,在《好色一代男》《好色一代女》里可以看到儒教与现世享乐观念之间的角力,虽然儒教的忠孝节义没有被摧垮,但也不是理想的出路。在日本传统文学中,佛、道历来是人物、也是社会的一个归宿,是对现实世界否定的动力,平安时代紫式部(Shikibu Murasaki)的《源氏物语》、室町时代的军记物语、松尾芭蕉(Basho Matsuo)的俳句都是这样,井原西鹤的浮世草子同样把佛、道作为出路。所以他对于男女之情的描写并没有仅仅停留在世俗色情的层面,而是由对好色的描摹走向对虚无的体悟。

在《好色一代男》的结尾,已经年老体衰,逐渐走向死亡的世之介并没有如传统文学中的人物(比如光源氏)那样幡然悔悟、遁入空门,而是把剩余的家产6000两黄金埋于东山深处,造一只船,取名"好色丸",用曾经欢好的妓女遗下的贴身裙做了船的风帆,邀约了6位同道中人,扬帆出海向着传说中的"女护岛"而去,从此音信杳然。品味这一幕,荒唐之余又觉出一种虚无,女护岛其实是另一种形式的乌托邦。一代女和一代男又大不相同,如果说井原西鹤以戏谑嘲弄的态度写世之介,那么对一代女他给予了更多的同情,世之介一直以主动的态度对待性,一代女却有身不由己的

---

① 格非:《雪隐鹭鸶——〈金瓶梅〉的声色与虚无》,南京:译林出版社,2014年,第90页。

凄惶。作为男性，世之介不停地抛弃女性，而一代女始终被男性抛弃，世之介在贫穷时可以出卖劳力，一代女作为女性却只能出卖色相，随着年龄增长，青春不再，她的社会地位一降再降，从女官、诸侯妾、艺妓、娘姨、佣人一路堕落，最后为生计所迫不得不去做野妓。当世之介乘船出海寻找传说中的"女护岛"时，后者则隐居山林，清心寡欲，在佛教中寻找心灵的归宿。65岁时，某天顺路去佛殿参拜，但见500罗汉个个都像与她交往过的男人。在结尾处，主人公抚今追昔，无限感慨地说："冬日的黄昏，山上万木凋零，樱树梢头积满了白雪，一片凄凉景象。但是季节循环，还有迎来鲜花开放的春朝时刻，唯有人类一旦上了年纪，就失去了任何乐趣。尤其像我这样的人，回顾自身的一切，真是令人羞愧难当。"① 临近生命的终点，一代女忏悔自己的过去，也以自己的经历告诫年轻人不要沉迷好色。

"西鹤的'好色物'，从《好色一代男》到《好色二代男》，再到《好色一代女》，都有一个从好'色'的沉溺到'好色'的解脱的过程，贯穿其中的就是'色道'。'浮世'的快乐莫过于'好色'，但'好色'须有'道'，'色道'就是将'好色'加以特殊限定，就是要'好色'者领悟到'好色'的可能与不能，入乎其内出乎其外，成为有'色道'修炼、有人生修养的'帅人'，最终洞察人生、超脱浮世，使'好色'有助于悟道和得道。这就是西鹤'好色物'的真义。"② 井原西鹤好色物的立足点，不在对社会现实的全方位批判，所以小说并不严厉，只是在《好色一代女》中通过女主人公的沉痛忏悔和世之介的扬帆出海引入佛、道的价值纬度。作者并没有将好色视为社会的阴暗面，好色只是人性本然的一部分，所以大可不必把它视作洪水猛兽，无需对现实与社会状况过于悲观，但是井原毕竟看到了好色走入极端之后的可能性，所以在《好色一代男》中他只是将佛眼置于世之介的身后，若隐若现，体现出看透之后的空，但是在《好色一代女》中他则退回到彻底的佛教立场。井原根据这个立场对欲望本身展开终极性的反思。但更为重要的是，通过佛眼又对人世间好色的煎熬以及沉湎于好色的昏昧与愚蠢，给予

---

① [日]井原西鹤：《好色一代女》，王启元、李正伦译，桂林：漓江出版社，1996年，第121页。
② 王向远：《浮世之草 好色有道——井原西鹤"好色物"的审美构造》，《东北亚外语研究》2016年第3期，第73页。

了无条件的慈悲和爱恋。佛对于一代女的宽宥和哀怜形成了一种屏障和保护,一代女理所当然获得了一种正面描述色欲的道德勇气。所以,《好色一代女》以第一人称展开叙事,依据一代女的自我忏悔的心理逻辑,娓娓道来之中她获得了道德的正当性,给后来者提供了某种道德上的警示和庇护。

一代女在晚年顿然彻悟,深感人世无常,便一心皈依佛法,在深山中结一庵舍,题名好色庵。早晚青灯木鱼,诵经念佛,追悔过去。《好色二代男》中的世传在33岁时大往生了,即使是在描写好色更为彻底的《好色一代男》中,也仍然流露出把佛教作为最后出路的意味。在"睡梦中的刀光剑影"一节,世之介在半睡半醒之际见到被他抛弃的四个女子的恶灵,她们咬牙切齿地轮番向他报复,世之介深感命丧于此,"于是,口诵佛经,抛下腰刀,伏拜西方净土"。在他得救之后发现这四个女人写的表示爱情的誓文均被撕得粉碎,"但是,其中请神降临的句子却完好无损"[①]。好色物引入佛教思想,透过佛教的真妄纬度,历尽千帆后来回望人世间的欲望,其中的"性真",这里的真,包含了两个层次的含义:首先是在佛教真妄意义上的真假,用以穿透世间诸相的虚诞与幻妄。正如一代男、一代女,遍历色之一道之后反而抵达空之彼岸。无论是寻找女护岛这个世外乌托邦,还是避居深山,可以清楚地看到井原的出世情愫。井原也正是在此基础上,对好色展开了反思与批判。其次,在世俗人情的判断和态度上,好色作为一种新的价值尺度,与传统的道德论并驾齐驱。井原对好色的推崇,显然是为了给真情率性和放达自由预留位置。由此可见,井原对于"真"的追求,实际上主导了对于俗世是非道德的评价。好色观的提出,作为对善恶道德观的补充,拓展了日本文学的文化视野和价值空间,在日本文学史上,这无疑是一件重要的事件。

综观日本近世社会,经济飞速发展、阶层流动性增加、新兴商业伦理初步形成,以幕府为核心的中央集权加强,依靠旧有的道德、伦理,已无法对社会进行有效的管控。在新旧交替的背景下,伦理秩序也出现了很多

[①] [日]井原西鹤:《好色一代男》,王启元、李正伦译,桂林:漓江出版社,1996年,第93页。

问题,所有这些内容,在井原西鹤的好色物中都有着明确的反映。因此,思想的变革主要在道德的领域内展开。好色物正是对道德展开讲述,并对市民阶层的人情伦理进行全面展示的作品。好色物对"好色"的发现,构成了反道德主义的一个重要参照,它包括了佛、道的本然与世俗的本能两个方面。好色物所强调的回到"本然",主要还是回到心灵的空寂、澄明和无,很显然,那是一个欲望已尽的空寂。因此,虽然不相信来世,但是回复本然的观念,既提供了社会道德批判的动力,同时也暗示了出离世间的可能归宿。按照传统的道德观,世之介绝不是一个好人,但井原在好色物中有用真伪纬度来取代道德纬度的倾向。或者说,好色物在价值和道德层面上,真正关注的与其说是善恶问题,还不如说是真伪问题。这固然是好色物的局限所在,但真伪观的确立,也为了解日本近世伦理思想提供了一个新的角度。

第二节 《雨月物语》中的伦理困惑与伦理选择

《雨月物语》是日本江户时期国学家上田秋成的代表作,由九篇鬼怪故事组成,在日本,从明治末年开始,研究者们从出处考证、文体、写作手法、主题思想等各种角度对《雨月物语》进行了研究,长期以来,"《雨月物语》=反儒佛作品"这一观点似已成定论,尤其是首尾两篇《白峰》《贫富论》批判了孟子的篡位革命说和因果说。在中国,对《雨月物语》的研究尚不多见[①],大多关注翻案与原著《剪灯新语》以及"三言"在主题思想上的异同。

笔者以为,《雨月物语》的情节反映了典型的重大问题,这些问题具有古往今来各个时代都适用的道德意义,上田秋成在书中把社会风气的衰败同违背基本道德的现象联系在一起。与此同时,《雨月物语》的语言是富有诗意的,九个篇目各自独立又彼此联系,勾勒了完整的社会众生相,所有这些特点是每一位读者都感受到的。九篇的主旨侧重点各异,有的借历史事件阐述理想抱负,有的托鬼怪谴责人间不平,有的张扬儒学以惩

---

① 至2017年,中国知网全文以"《雨月物语》"为关键词可查相关论文仅305篇。

恶劝善,有的渲染佛法以探讨宗教和人生真谛,然而贯穿其间的是伦理线索,透过《雨月物语》,探讨了君臣、朋友、男女、人与自然之间的关系问题,对这些问题的看法直接影响到了上田秋成作品的结构形态、话语形态和语义形态。这部物语以巧妙的方式探究历史与现实,把作品的结构形式与道德意义放在有机的伦理关系中进行考察,我们才可能发现这部具有诱惑力的物语作品是如何构思的。

一、人性因子与兽性因子冲突中的伦理选择

上田秋成生于日本江户时代中期的享保十九年(1734),从时代背景来看,此时的德川幕府已经推行了享保改革,虽然在一定程度上缓解了幕府的财政危机,但并未真正解决社会矛盾,而商业经济兴起、町人享乐观的盛行又加重了精神上的危机。面对这样的社会现状,上田秋成着眼于微观叙事,由对客观整体现实的把握走向对细部关系的探索。

从《雨月物语》九个篇目的内容来看,《白峰》谈论了王道、儒道、佛道以及权力斗争;《菊花之约》讨论何谓朋友;《夜宿荒宅》由社会到家庭,谈论了家庭中的夫妻之情;《梦应鲤鱼》细腻地刻画了人与自然之间的关系;《佛法僧》讲述了一个不务正业的云游僧奇异的遭遇;《吉备津之釜》批判了一个沉迷酒色,因为负心被报复杀死的男性;《蛇性之淫》中的真女儿是蛇怪,最后被封印;《青头巾》与《贫富论》,前者说明了开导者与被惑者、我执以及超脱的关系,后者则借由左内与黄金精灵的对话,讨论了人与金钱之间的奥妙关系。无论秋成的创作本意如何,他写了社会的有序与失范,道德的重要性客观地呈现在读者面前。这也使《雨月物语》不是机械的道德说教,而是在人们进行伦理选择的过程中别善恶、寓褒贬。

他在《雨月物语》的序中写道:"罗子撰《水浒》,而三世生哑儿;紫媛著《源语》,而一旦堕恶趣者,盖为业所逼耳。然而观其文,各奋奇态,喑哑逼真,低昂宛转,令读者心气洞越也,可见鉴事实于千古焉。"[①]可见秋成的创作本意是必须写真实,而真实是无论善恶的,既包含了人性的一面,又

---

① [日]上田秋成:《雨月物语·春雨物语》,王新禧译,北京:新世界出版社,2010年,第3页。

包含了兽性的一面。人性因子的表现形式是理性意志,兽性因子的表现形式是自然意志或自由意志或非理性意志。在文学作品中,斯芬克斯因子的不同组合,导致文学作品中人物的行为和性格复杂化。斯芬克斯因子的不同变化,导致不同的伦理冲突,体现出不同的道德教诲价值。这也使得《雨月物语》中充满了人性因子和兽性因子的冲突。

《白峰》中的崇德上皇放弃了人性因子屈服于兽性因子,最终堕入魔道,而他也从藐姑射之山的身处上位者变为了魔王。"只见一团鬼火由崇德上皇膝下燃起,将山谷照得亮如白昼。火光中,崇德上皇神色骤变,颜面赤红好似朱砂染过一般,头发蓬乱披散到膝头;白眼吊起,口喷热气,其状极为痛苦。继而御衣由柿色变为焦黑,手脚生出有如兽爪的指甲,俨然一副大魔王的可怕形象,令人恐惧。"①《蛇性之淫》究其实质讲述了丰雄在人性因子和兽性因子之间艰难抉择并最终成长的过程。"那蛇精贪你英俊,痴缠于你;你又被她幻化的美色所迷惑,阳刚气魄尽失。如果你想摆脱她的纠缠,从今以后须得振作精神、雄起阳刚,同时清心寡欲、镇定心猿,届时无需老夫助力,亦能自行驱邪逐恶了。"②通过上田秋成的描写,我们看到选择兽性因子的人遭受到严酷的惩罚:"彦六骇怕异常,提着灯笼到适才惨呼响起之处探视,发现敞开的屋门旁,斑斑血迹从墙上一直滴到地上,却没有尸首骸骨。月光下,朦朦胧胧地在屋檐下好像挂着什么东西,举灯一照,竟是男子的发髻悬于檐下,此外别无他物。当晚凄惨恐怖之状,笔墨难以描述。"③我们也能读到苦口婆心的规劝:"所幸世间妒妇相对较少,为人夫者,如能端正言行、养性修身,以良好榜样对妻子常施教诲,则妒妇之祸自可避免。但若持身不正,放浪轻狂,引来妒妇恶言恶行,则是自取其祸矣!"对于欲望的警惕也是作者要讨论的问题,"主持失此少年,如丧掌上明珠,终日里长吁短叹、不胜悲痛,以至于哭到无泪、悲到失声。他既不肯将美少年的尸骸送去火葬,亦不肯土埋,天天与尸骸脸贴

---

① [日]上田秋成:《雨月物语·春雨物语》,王新禧译,北京:新世界出版社,2010年,第12—13页。
② 同上书,第79页。
③ 同上书,第64页。

脸、手拉手。时日一久，主持心神丧乱，变成了疯子"。①

　　秋成没有刻板、教条地去写真实，而是将人性因子和兽性因子的冲突置于自然背景之中，自然背景的鲜明生动是《雨月物语》给人深刻印象的特色之一。上田秋成对自然的观察极其准确，但观察只是提供从中获取典型效果的材料，重要的是气氛、感情的倾注和象征的力量。秋成笔下的自然，有的富于抒情的美，如《梦应鲤鱼》里那段兴义法师化鱼后畅游湖底的经历；有的富于亲切的魅力，如《菊花之约》中朋友相见的场面；有的阴森中包藏着温情，如《夜宿荒宅》中胜四郎夜归时所见；有的离奇又不失肃穆，如《青头巾》中蛛丝遍布的寺庙。按照上田秋成的描写，人对自然的态度是纯粹的敬畏，自然寄托了人的道德情感，象征了情感变化，指向了道德终点。于是，在人的生活中包藏着一种道德，因此即使在欲望扩张、兽性因子失控的行为之中，人也可以在一定程度上得到救赎。譬如，在《白峰》中，堕入魔道的崇德上皇也是一个被敬畏的对象，神灵的象征；而《蛇性之淫》里真女儿的纠缠，对丰雄是一个自新的过程。

　　正确对待自然的态度，实际上是与正确对待人的态度联系在一起的，对自然的权力欲是与对人的权力欲联系在一起的，我们在《梦应鲤鱼》中读到人化鱼、画中鲤鱼化为真的鲤鱼，"我低头看看自己，全身都被包裹在金鲤衣中，鳞片有如黄金般熠熠闪耀，原来我已经变成了一条金鲤"②。"圆寂前，他将所画全部鲤鱼图，悉数抛入湖中，画里的鱼儿竟然脱离绢纸游了出来，悠然自得地在湖里畅游。"③人鱼不分这一情节尽可能地把人写到最接近自然的本真的状态，我们会觉得这段情节是《雨月物语》中最富于抒情味的，这种描写是人性的，而不是动物性的。

　　然而上田秋成对自然的这种态度并不意味着回归到自然中去，《雨月物语》中，人不是属于自然的，自然是与人平等的，重要的是人的道德。我们不断发现九个短篇的主题思想都关系到人在经验的往复循环中寻求或

---

① ［日］上田秋成：《雨月物语·春雨物语》，王新禧译，北京：新世界出版社，2010年，第88页。
② 同上书，第42页。
③ 同上书，第43—44页。

创立道德价值标准所做的努力,这种努力并不是纯技术性的考虑,他要读者参与的,不是单纯的阅读行动,而是一种道德行动。要实现这样的目标,必定对读者有所要求,当宫木在病灾饥荒寂寞中艰难苦守时,当赤穴毅然自杀赴约时,我们都看到了这种要求。尽管很多人物似乎犯下了不可原谅的罪孽时,《吉备津之釜》中不得善终的矶良、正太郎,《青头巾》中疯魔的寺僧,这种努力仍然可以看得出来。以寺僧为例,在快庵禅师的引导下他羞惭承认:"如蒙救拔,教诲真理,小僧定弃恶从善,抛弃心中爱欲痴嗔。"[①]在兽性因子和人性因子的冲突之间这些人物还是艰难地进行着伦理选择。

在道德秩序和道德失范之中,在负有某种使命的责任感和缺乏纲纪、法度、社会道德标准的双重思考之中,上田秋成带着某种怀念的眼光去看传统道德标准的旧世界。在《雨月物语》中我们能够看到,重要的是人努力摆脱兽性因子的诱惑和控制的努力。《雨月物语》是借旧外壳讲述了新故事,上田秋成的作品是向前看的,其原因在于永久的伦理中心应在对人的努力和人的抗争精神的赞美中去寻求。这种努力和抗争不是时间上的,在这个过程中,欲望是最经常的悲剧性罪恶,但欲望也是每个人都必然具有的,兽性因子因欲望而存在,而人性因子恰恰在与欲望的对抗中得以确立。所有的欲望都超越了传统道德的容许范围,而在这里所指的人性因子,正是在新的道德还未能形成之前,一种现实的、理性的秩序兴起时所持有的态度。虽然传统道德并不能完全满足人们的需要,可是有别于全然放纵自己欲望的新道德,即使在伦理选择的困境之中,也能看到作品中的人物通过树立准则、道德观念、义务并承担失去人性的危险,跌跌撞撞成长,给自己下着什么是人的定义,寻找着生而为人的伦理身份。

二、故事新编中的伦理身份确认

在《雨月物语》的九篇作品中,我们可以看到《剪灯新话》中的《华亭逢故人记》《爱卿传》《龙堂灵会录》《牡丹灯记》,以及《喻世明言》中《范巨卿

[①] 上田秋成:《雨月物语·春雨物语》,王新禧译,北京:新世界出版社,2010年,第91页。

鸡黍生死交》等篇目的影子。中国题材在日本文学中的再现从来不是新鲜的话题，文学创作也从来不是孤立的文学现象，文本在对前文本的缠绕中得以生成，关键在于作家如何记取文学记忆。中国题材在日本文学长期的流传中越来越引人入胜，而上田秋成从已有的故事再生出新的故事，用已有的内容来充实新的内核，同时又从往事中寻找根据，拿他人的行为来印证当下的复现。

以《菊花之约》为例，上田秋成套用《喻世明言》中的旧故事写新作品，通过增补、删节和修改，重新编写了原来的故事。这些变动中有两处值得我们思考。第一，从儒士到武士的转换。《范巨卿鸡黍生死交》中的主要人物是两位儒士，追求功名而不得，其中一位转而经商（范巨卿）；《菊花之约》中则变成了一个读书人（左门）、一个武士（赤穴）。这种变更使得即使同样强调"信义"，然则其内涵已发生了根本变化。在《范巨卿鸡黍生死交》中，同两者身份相符的，它讲的是儒家之士的重然诺，范巨卿自杀是为了赴朋友之约，全朋友之信义，褒扬的是脱离尘俗纷扰的一点本心，贬斥的是重利轻义的世俗观。在上田秋成笔下，"信义"变更为武士的"义理"，意味着一种期待去履行的义务感，指的是对长上、对朋友、对一般社会所负有的义理，在这些场合，义理就是义务，隐含了敏锐而正确的勇气、敢作敢当、坚韧不拔的精神。所以细细考量丈部的自杀，既是为了赴约践行，也是为了全君臣（上下）之情，毕竟丈部不同于范巨卿，他无法赴约并非由于自身的遗忘，而是因为不愿背弃旧主被新主所困。这种变更强化了我们在阅读中可能存在的疑惑，不相信自责赴死里包含的那种价值观，这种价值观需要通过文本细读来加以肯定。

从儒生到武士的转换是伦理身份的转换，为了进一步确认这一伦理身份，上田秋成的故事又有了第二处变动。在《范巨卿鸡黍生死交》的结尾，张元伯祭拜范巨卿之后慨然赴死以酬知己，儒士的行为得到君主的褒扬，两人虽未登第却被赠名号并福荫后人。"明帝怜其信义深重，两生虽不登第，亦可褒赠，以励后人。范巨卿赠山阳伯，张元伯赠汝南伯。墓前建庙,号'信义之祠',墓号'信义之墓.'"①需要注意的是,范巨卿一度因为商人之利遗忘了朋友之约,考虑到《喻世明言》成书于明末,经济得到发展,商人地位提高,范巨卿的自杀就自然而然带有了对社会重利这一趋势的自省意味。而《菊花之约》不同于张元伯哭悼朋友之后的从容赴死,我们发现自己置身于武士的行动中,左门为死者悲伤流泪、刺杀违背武士之义的丹治、为丈部收尸。左门的这种选择使我们深刻体会到"武士"的意义,所谓勇并非一定要赴死,而是敢作敢当、坚韧不拔的精神。伦理是以个人与个人之间的关系为基础的,当我们读到赤穴和左门的故事时,我们首先应该确定他们的身份,探讨怎样看待他们之间的关系,而上田秋成通过这样两个人之间的故事又想建立什么样的文学观。有了身份(身份无法脱离伦理的框架),有了在世界中的位置,有了在道德选项中的选择,才能成为一个真正的人。因为故事会风化磨灭,记忆会模糊不清,但是当我们面临要我们承认现实世界得以正常运转的原因时,我们必须回答这些问题:赤穴和左门是什么样的人?应该赞颂还是谴责赤穴和左门?应该怜悯他们还是尊敬他们?只有当我们回答了这些问题,才有可能在人与人之间建立联系,在故事中,我们同他们交谈,把他们的言语、他们的行为还原到伦理关系中去,然后找到可以参照的标准和范例。

　　从故事的外表看,赤穴是一个武士,而左门是一个书生,然而,《菊花之约》告诉我们左门最终采取的是合乎武士身份的行动,在计划刺杀、收尸到实施计划的整个过程中他从未有过一丝犹豫,赤穴采取此种行为的动机有二:一是践朋友之约,既然赤穴可以为了朋友自杀以魂赴约,那么左门也可以为了朋友只身赴险,有一种虽千万人吾往矣的气魄;二是全朋友之义,赤穴为了忠于君主被困,左门为他收尸,是对其忠诚的一种成全和认同。考虑到这两点,目睹了这种道德与实施这种道德之间的整个过程,使我们了解到左门同样是位武士,虽然他没有武士的身份,也没有服务于任何人,但是作为一个武士,最根本的不在于这些外在的形式,而是他无需思考已然深植于心的武士精神,也就是武士道。他的行为并没有

---

① 冯梦龙编:《范巨卿鸡黍生死交》,《喻世明言》,海口:海南出版社,1993年,第185页。

超越武士境界,而这也恰恰说明武士道并不是只有武士才具有的品质,而是每个普通的日本人都具有的。上田秋成借由这些故事并非想构建某种伦理观,恰恰相反,他呈现了伦理观是如何影响日本人的生活,如何影响他的创作。毫无疑问,摆在我们面前的是改编自中国题材的日本新故事,展现的是基于儒家精神的武士道精神是怎样自然发生的。不过,我们在这里不仅可以看到,所有的这些故事包含的内容不只是一条明白易懂的武士道准则,而且可以看到,即使是在说教的时候,作品中也贯穿和洋溢着错综复杂的人的情感。

"尼子经久得知此事后,感念赤穴与左门两兄弟情深义重,命令不得追捕左门。呜呼!轻薄之徒不可结交,诚然如是。"①经久对此认识得很清楚,他指出,自杀的丈部、刺杀丹治的左门是情义之人,他之所以有这样的感受,是因为在他心里产生了一种同情或者说同理心,产生这种同情是因为预见到自己也希望得到这样的情义,他的心被眼前的景象所熏染。所以,经久虽然是在为两兄弟感念,实则是在为他自己感念。上田秋成没有用干巴巴的道德戒条来规训读者,更没有以自身的利益来说服他们,他只是借经久之口对兄弟两人表示钦佩,然后放弃了对左门的追捕。这里有一点是真切无疑的:同武士建立某种关系的这种需要,从本质上说,是一种对伦理身份的确认,也就是"从责任、义务和道德等价值方面对人的身份进行确认"②。肯定武士的生活,肯定人物属于某种伦理秩序之中,这是日本人共有感情的不言而喻的基础,在它的驱使下,人物和这些道德说教或是道德批判的对象建立某种联系。死是对这些联系的肯定,而对生的依恋是读者同故事中的人建立关系的基础。

除了《菊花之约》外,细读《雨月物语》的其他篇目,可以发现,通过崇德院、兴义法师、宫木、快庵禅师等人物的生活经历,上田秋成同样向读者展现了确认伦理身份之于人生的重要意义。

---

① [日]上田秋成:《雨月物语·春雨物语》,王新禧译,北京:新世界出版社,2010年,第26页。
② 聂珍钊:《文学伦理学批评导论》,北京:北京大学出版社,2014年,第263页。

三、基于儒家精神的伦理结构

上田秋成把流传过的故事承接过来,将人物置于艰难的伦理选择之中,通过故事新编确立了伦理身份,最后确立了基于儒家精神的伦理结构。"伦理结构指的是文本中以人物的思想和活动为线索建构的文本结构。伦理结构有四种基本构成:人物关系、思维活动(包括意识结构和表达结构)、行为和规范。"①《雨月物语》的伦理结构极为重要,因为九篇故事并非散乱无序的排列,九篇故事有九个伦理结,其真正内容就是从伦理结向伦理线上延伸的结构形态,从一定意义上而言,因为创造性的想象力及其再现伦理结构就是上田秋成的主题与主人公,秋成通过讲述九个不同的故事以及故事彼此之间的关系,将其广为传播。故事讲述了君臣(父子)、夫妻、朋友、人与自然之间的关系,这些关系涵盖了整个社会的所有伦理关系构成,然后这些故事以内在的伦理线构成一个整体,向读者展示了情感的产生和变化、逻辑判断、逻辑推理以及由此产生的意志,同时通过行为以及行为体现的规范进一步完善了伦理结构。这样,上田秋成就从每一个故事叙述的伦理结对具有重大意义、力量和激情的伦理内容作了综合叙述。当各故事相继提供各自知道的情况,故事因而得以逐步展开时,读者衡量其伦理倾向的期待视野随之展开。不过,故事的先后层次排列得很巧妙,读者总是感情上受到影响在先,理性上做出反应在后。一方面,读者懂得从严格的事实出发,故事都是基于已有故事的再述,另一方面,读者又很自然地相信这些新的故事。

上田秋成师从加藤宇万伎(Usaki Kato),而宇万伎传授给他的国学思想也大多是其师贺茂真渊(Mabuchi Kamono)的思想,真渊推崇老庄,"反对儒学的'理'或'道'。指出儒学所云'种种事物道、理',是'强将天地之心缩小,承人为之物而已'。"②认为儒家思想是一种扰乱人心、扰乱天下的狭隘的人为理论,理应对其彻底排斥。但从秋成的创作来看,他虽然

---

① 聂珍钊:《文学伦理学批评导论》,北京:北京大学出版社,2014 年,第 260 页。
② 华国学、南昌龙:《评复古国学创始人贺茂真渊及其哲学的特征》,《哲学研究》1985 年第 12 期,第 64 页。

也批判孟子的篡位革命说,但他的批判并非是对儒家本质的批判,恰恰相反,从前文分析可见,秋成借写人事引人向善,从他对九个篇目的安排亦可见出他对儒家本质精神的推崇和肯定。

上田秋成首先阐明的是君臣(父子)之序。崇德院(《白峰》)的悲剧,在他出生以前,他的命运就已经注定,因为他是祖父与母亲乱伦生下的孩子,是伦理混乱(君臣、父子失序)的牺牲品。从他的个人悲剧出发,整个社会的道德失序也正是受这些伦理混乱支配的。表面上看《白峰》中平氏家族的沦落是因为崇德院堕入魔道促成的,实则是因为平氏族缺乏道德观念,正是这种道德上的缺乏以不可违抗的力量导致了整个社会的动荡。作品把历史事件视作伦理悲剧来处理,因而历史事件就具有了新的道德高度。崇德院虽然推崇篡位革命说,"帝位乃世间至尊之位,若天子有悖纲常天道,则臣下应天命、顺民意而讨之,亦不无道理"①。然则仍然重视"仁德","如今唯有平清盛那厮,福泽深厚,满门荣华,高官厚禄,大权独揽。只因有长子重盛辅佐,忠义仁德不失,故而灭亡之期暂时未至"②。在西行法师身上形象地体现了传统社会最优秀的东西,也就是儒家思想最精华的东西,"即使重仁即位乃万民仰望,如不布德施仁,反悖道而行,则昨日钦慕帝君之民,今日必怒目而敌陛下。是以陛下不但难遂本愿,自身反蒙受史无前例之责罚,被流放到荒远穷僻之地。如今唯有忘却旧怨、早归净土,方为正途"③。

《菊花之约》讲述了朋友之约。赤穴为了如期赴约切腹自杀,魂驾阴风自出云赴结拜兄弟左门菊花之约,而左门为了替兄长收埋骸骨冒险刺杀丹治,正像左门所说的:"吾兄宗右卫门不忘盐冶旧恩而拒事经久,义士也;你却背弃旧主,投靠新贵,不义也!兄长为了菊花之约,舍命赴会,信人也;而你献媚尼子,非难亲友,致兄长横死,无信也!"④

---

① [日]上田秋成:《雨月物语·春雨物语》,王新禧译,北京:新世界出版社,2010年,第9页。
② 同上书,第12页。
③ 同上书,第11页。
④ 同上书,第25页。

《夜宿荒宅》赞颂了夫妻之诺。乱世之中夫妻别离,丈夫胜四郎因故羁留他乡迟迟未归,妻子宫木却始终孤守故宅不曾远离,只为了丈夫归来之际能找到回家的路,即便是死亡也没能改变她对夫妻之诺的重视,一缕幽魂仍然苦守于此,终于,当丈夫夜归荒宅,妻子宫木以未散的思念之精魂与丈夫团聚,在心愿满足之后缥缈而去。故事借无名老者之口褒扬了宫木:"汝妻宫木坚贞刚烈,不忘夫君秋归之诺,不肯弃家而去。……宫木年纪轻轻,竟能大胆留守,老朽阅世数十年,也罕闻罕见。就这样秋尽春来,次年八月初十,宫木苦候无望,终于一瞑不视。"①

　　最后是人与自然之间的和谐。《梦应鲤鱼》描写一个画师在人类世界与自然世界之间的梦游,之所以称之为梦游,因为人与鱼之间的互动实在像一个梦,读者很自然地模糊了人与鱼之间的界限,不知究竟是鱼借兴义法师之手作画,还是兴义法师借鱼的眼睛观察人间。人与鱼(或者说鱼所代表的自然世界)虽有对抗,但并不激烈,《梦应鲤鱼》把人可以认识到的高尚体现为兴义法师的具体行为,一种反复的仪式般的行动方式,他是一个画者,对待"于寺务闲暇时,泛舟琵琶湖上,施钱予撒网垂钓的渔夫,从他们手里购得捕获的活鱼,再放归湖中,而后细细观察群鱼戏跃游荡之态,揣摩描摹。年深日久,兴义法师的鱼画,栩栩传神,渐臻于化境"②。

　　如果说《雨月物语》的前四个故事是从君臣(父子)、朋友、夫妻、人与自然四个方面向我们揭示了具体的社会伦理秩序,那么后四个故事则是从反面向我们揭示了,社会的伦理秩序是怎样在混沌中被维护确定下来的,上田秋成追根溯源想要了解他的时代令人迷惑的灾祸,于是他在《佛法僧》中写了恶逆之塚,在《蛇性之淫》中写了性欲的诱惑与伤害,在《吉备津之釜》中写了违背誓约之人遭受可怕惩罚,《青头巾》中写了迷失于爱欲中的人之癫狂。这些人物的罪孽,他们缺乏道德的行为,虽然都表现在他们个人身上,实际上却呼应着伦理现场中的不道德以及从反面印证了"仁、义、礼、智、信"的重要道德原则。《贫富论》单独成篇,看似不属于伦

---

① [日]上田秋成:《雨月物语·春雨物语》,王新禧译,北京:新世界出版社,2010年,第35页。
② 同上书,第40页。

理秩序之内,但恰恰由于这一篇的存在探讨了金钱对于伦理关系的影响,因而完善了《雨月物语》的伦理结构。《贫富论》中,秋成借黄金精灵之口,对儒家所说圣贤之道阐明了自己的看法,肯定了古代儒家圣贤的真正乐贫精神。"古之贤人求有益则求,无益则不求。退隐山林,飘然出尘,其行止洒脱逍遥、其心境恬淡高远,实是可钦可敬。"①

我们看见上田秋成在由传奇故事构成的物语中,面对着鬼、妖、人讲述故事,在客观的讲述中责备不遵守道德规范的人,让读者明白作者的道德立场。他把读者放置于伦理关系之中,使读者同他所讲述的那些故事建立起伦理联系。在这里,我们完全可以看出他对当时的伦理混乱的不满,以及那种对理想的儒家伦理秩序的向往。

第三节 《南总里见八犬传》中的伦理混乱与伦理秩序重建

《南总里见八犬传》创作于德川幕府十一代将军的家齐时代,该时代腐败堕落,町人的娱乐至上主义遭到批判,曲亭马琴反对文学单纯娱乐,主张文学的惩恶劝善作用和道德教诲的社会功能。正如其在上述序言中所说,这是他一贯坚持的创作态度和思想。《南总里见八犬传》的主人公八犬士是八个由念珠转生的武士,他们背负一种与本身所持美德相违背的伦理悲剧背景,分别代表仁、义、礼、智、忠、信、孝、悌八种美德。他们与邪恶斗争,最后战胜了邪恶,马琴以小说的形式颂扬了儒家的道德精神,从而使即便没有读过圣人书的妇幼亦得到教育。他所采取的手法是使善与恶直接对立,在道德冲突中引起读者的兴趣,又用结局的好人昌盛使读者祛恶扬善。但根据事实往往并不一定好人有好报,因此又辅之以佛教的因果观和塞翁失马的祸福转化观念,使他的劝惩主义得以自圆其说。

这部作品具有一种压抑的紧张感,人物的命运一环套一环。小说力求尽可能更深和更广地探究历史的真谛,因而从头至尾都具有与作品目

---

① [日]上田秋成:《雨月物语·春雨物语》,王新禧译,北京:新世界出版社,2010年,第101页。

的相称的技巧。只有把形式和意义放在有机的相互关系中进行考察，我们才可能发现这部画面广阔并且具有不可思议的吸引力的作品是如何构思的。

一、因果观与正统观：伦理秩序重建的基础

《南总里见八犬传》中，马琴主要写了里见义实统一安房的故事。他以足利末期的战国时代为背景，以在嘉吉之乱中里见义实从结城逃至安房，最后平定安房并在那里繁衍后代的一段史实为依据，又借用了稗史中"里见八义士"的轶事，安排了八个武士为中心人物，以八犬士的出生、入世、离散、聚合为主要内容，此外，借鉴了中国古典小说《水浒传》和《三国演义》的大量情节，使得《南总里见八犬传》的故事内容更加丰富曲折，而其艺术手法也更加娴熟。

故事由玉梓的诅咒、役行者的预言、伏姬的义死导入。玉梓是安房先君光弘之妻，却与近侍定包私通，在光弘被定包谋杀之后又委身于定包并排挤忠良，当她被处死时却并无悔改之意，而是诅咒里见义实主仆"要杀便杀，即使子子孙孙托生为畜生，来世变作狗也必将来报此仇"①。这一诅咒恰恰是八犬士出世的因。有因必有果，玉梓死后的怨灵果然附身于狗，义实的女儿伏姬则因父亲的戏言嫁狗、隐居富山。然而因果不定，祸福相倚，正因为隐居富山，伏姬得以清心净念潜心向佛，最终她的虔诚化为善果，不仅化解了玉梓的怨念，而且使玉梓附身的八房（犬名）发菩提心，甘心赴死。又因为人犬皆发菩提心，役行者赠予伏姬的念珠终于获得了真正的法力，在孕育了八颗念珠的伏姬义死之际，代表仁、义、礼、智、忠、信、孝、悌的八颗念珠四散而去，隐伏为日后辅助里见父子的八犬士。由此，伏姬腹中的八犬士未成形而生，生后又得再生。如此一来，过去因不断滋生未来果，因是果，果亦是因，在因果的循环纠缠中，八犬出生、入世，他们效忠于伏姬的兄长，为里见统一安房埋下了伏笔。这便是八犬士的发端之传。

很显然，《南总里见八犬传》的敷设基础是因果缘法。在伏姬义死之

① ［日］曲亭马琴：《南总里见八犬传》（一），李树果译，天津：南开大学出版社，1992年，第57页。

时,八颗念珠四散而去,传达了一个佛家的理念:因果有时,祸福有时,聚散有时。马琴以因果的缘法作为设置八犬传世界的基本原则。然而,在聚合离散的部分中,始终有一双警觉的眼睛,它们注视着祖先和他们的告诫,也注视着落魄前辈的、应当引以为戒的事例,这双眼睛借里见父子、八犬士、八犬女等中心人物的眼睛得以具象化,他们把注意力集中在沿袭的习俗上,这种习俗在书中可以被称为"理法"。书中的八犬士每做一个选择都要拿理法作为标准,仔细衡量一件事是否能做,是否值得去做,应该怎样去做。我们可以看到,道德文明在其发展形成过程中,经常面临对理法的背离和挑战。在应付背离和挑战的过程中,理法或者被摒弃,或者在新的、更坚实的基础上变得更为牢固。在书中,背离和挑战来自逆臣贼子,从马琴所写的故事里,我们可以读到,理法屡屡面临危机,但在故事的开端,马琴已经以隐微的手法告诉世人,他所认定的理法早已立于不败之地,当然这种不败与其说倚靠传统的权威,倒不如说是依靠了超自然的力量,也就是所谓冥冥之中的天意,这种力量使得这种理法以不容辩驳、无从质疑、不能抗拒的面目出现。

依此角度出发,我们再去看马琴所写的因果,八犬士入世的过程中,经常隐藏在因果故事背后的是另一类故事:叛乱、篡位,野心家谋杀君王,自立为王。酿成不幸的肇祸者定包、船虫,他们的罪恶正在于践踏了当时的理法:他们无视先君的权威,摒弃"天命",试图建立新的没有法度的社会。马琴显然对于历史、礼数和习俗抱有很大的希望,他认为诉诸先人的事例、历来的习惯和道德的约束就能解决问题,这种希望起初借里见义实得以反映。面对历次困境:被景连羞辱、攻打泷田、泷田东条两城被困,义实始终坚持理法。

> 流水不附于高,良民不从乎逆。若夫佐桀讨尧,犹水而附高也,谓之悖于天,虽欲久势不可得。抑贼主定包者,奸诈以仆主,蠹毒以虐民,虽云王莽、禄山又何加焉。恭以吾主源朝臣,南渡日未几,推见于众而讨逆,拔民于涂炭中,德如成汤,泽似周武。于是乎,取东条、略二郡,将破其巢也。可怜汝众人,殒命于贼巢。因以喻示于此,叟

不速归顺？奚不以功偿罪？①

在措辞和形式上，整篇檄文都充满旧日的尊严，而这种尊严在当时的战乱背景下是没有地位的，但又是人们极度缺乏和需要的。义实没有许诺会有什么报酬，没有点明由此会得到的好处。没有施加威胁，没有花言巧语，他把说服力全部寄托在对理法的信任上，相信它能够召唤起人们对君主的忠诚，去履行他们的义务。显然，义实根据礼、义、善来决定行动。他用其道德观来驳斥定包，他的伦理立场把时代事实作为基础。这一段檄文以某种信心和希望，自比成汤周武，把维护正统秩序作为己任，求助于道德准则。类似这种道德准则或者是在同功利主义的抗争中溃败，或者是获得新的基础得以自存。在里见义实的身上发现了这种基础，马琴为了把理法搁置到更为坚固的基础上，极为微妙的，或者可以说非常重要的，便是上文所述的因果。马琴所写的因果与其说是佛家理念的体现，不如说是为了更好地表达儒家理法，因为《南总里见八犬传》所铺设的那些因果究其根本是为了说明里见义实统一安房的正统性，而正统观是儒家思想中非常重要的一环。

从正统观出发，回过头去再次考察《南总里见八犬传》中的因果，就不难理解关于义实的一切描写和异象了。如开篇即这样介绍里见义实："靖和天皇的后裔、源氏的正支、原镇守府将军八幡太郎义家，在战国之际，避难于东海之滨，开辟领地，振兴基业，繁衍子孙及十世。现今的房总国主里见治部大夫义实，就是其十一世孙、里见治部少辅源季基的嫡子。"②这是从身世血缘上证明义实的正统性。在接下来的情节中，马琴用了大量的篇幅描写了义实的忠孝智勇，他如何遵从父亲的遗嘱保全自身、如何与敌军狭路相逢全身而退、如何毫无保留地信任自己的臣属、如何乐观地面对自己的困境，这些情节无疑是马琴从品性方面去证实义实的正统性。除此之外，为了强化"正统"这一关键词，很巧妙的，马琴又设置了吉兆异

---

① ［日］曲亭马琴：《南总里见八犬传》（一），李树果译，天津：南开大学出版社，1992年，第49页。

② 同上书，第5页。

象,当义实主仆在海岸边避雨,在惊涛骇浪中忽然出现了一条白龙,大放光芒,卷起波涛,向房总所在的南方飞去。白龙南去,白色隐喻义实出身源氏的服色,南即房总,而房总是皇国的尽处。这一吉兆无疑是从天命这一层面再次说明义实的正统性。

《南总里见八犬传》毫无疑问是曲亭马琴以史传的体式对历史的一种追忆,但他并没有把出现在日本历史中的往事按部就班地写成一部历史,那么,他想达到的目的就不是以史为鉴,他给人带来的将是不真实的幻象;这不仅因为这样的一部历史不会是真实的,而且因为既然是写往事,那么必然是在对往事的记取中撷取材料。小说家马琴按自己的方式处理往事,稳妥地处理其中的事件和人物,以自己独特的处理方式形成了拥有独特魅力的作品背景。这种背景当然有对往事的反思,但更重要的是追忆往事时对现实产生的要求,基于此,马琴把佛教的因果观纳入儒家正统观的体系,小心翼翼地帮助主要人物里见义实获得了应有的身份,并为他安排好辅佐他的八个武士——八犬。由是,在儒家的伦理秩序世界里,八犬的出身、入世才具有了进一步阐释的意义和价值。在接下来的八犬列传中,马琴进一步完善这个儒家的伦理秩序世界,思考着什么能够传递给读者,什么不能传递给读者,以及在传递过程中,什么是能够为人所知的。

马琴以佛教的"因果报应"为伦理线索展开叙事。因果,是佛教用来说明世界上一切关系的基本理论。"因"为能生,"果"为所生,引生结果者为因,由因而生者为果。所谓因果报应,是指世界上的一切事物均由各种各样的因果关系构成,而人的任何思想和行为,都必然地会导致相应的后果。《南总里见八犬传》以"因果报应"观作为小说的线索,构架小说。八犬士由八颗念珠幻出,写其因"玉梓的诅咒"而出世,历尽红尘之混乱而终登彼岸,并由此而引出对人情世态的深刻描摹,写出了战国乱世的人间悲剧及造成悲剧的罪恶根源,即对伦理的颠覆和破坏,更由里见父子两代统一南总里的过程揭示出社会必然由混乱无序走向安定有序的结果。

二、武士道:伦理秩序重建的精神内核

从广义上说,《南总里见八犬传》意在利用一切可利用的手段创造具

有历史画面的宏大的社会景象，作品的情节典型地反映了重大问题。这些问题具有古往今来各个时代都适用的道德意义。毫无疑问，马琴在这儿把一种社会风气的衰败同违背基本道德的现象联系在一起。以定正、显正、船虫为代表的恶人之所以沦落是因为缺乏道德观念，不过他们所犯的错误同时也是他们与社会接触的产物，这样便揭示了社会普遍存在的道德观念的缺乏，正是这个弱点导致了整个日本近代社会伦理秩序的混乱。作品把近代历史事件视作悲剧来处理，因而这些事件就从无意识的状态上升到了人为的伦理高度。

在书中前五辑，马琴为八犬士分别列传，在结构上他借鉴了《水浒》等中国传统章回体小说，以人物纪传的形式，分别描写八犬士各自的成长经历。他们在不同的地域出生，背景各异，然则通过胎痣、念珠、八房梅等因缘之物使他们相聚。额藏与信乃彼此信任交心结拜是因为共同的胎痣、念珠，额藏结识道节也是通过念珠。此外还有长于义犬坟头的八房梅，一株树只结八颗梅子，梅子上自然而生八个字与念珠呼应。这些"物"显然对应了前文所述因果，胎痣、念珠、八房梅都是因果的证明，也进一步说明了《南总里见八犬传》的因果关联。但是我们必须看到，这些毕竟都只是外在的，冥冥之中真正把他们关联在一起的是内在的道德准则，即他们各自所代表的一种突出美德。通过这样的方式，马琴将八犬士的命运与道德的欠缺、与日本近代社会的动荡、混乱、重建结合起来，既再现了时代的伦理困境，又表达了对理想伦理秩序的向往。

八犬士是八个由念珠转生的武士，他们深陷一种与本身所持美德相违背的伦理悲剧。所以，八犬士的出生自然具有多重涵义，其中最重要的是向我们展示交往的礼法、一切正式的致意和极其郑重的谈话方式、技艺动作的规矩以及为了保护君主、妻儿、仆婢而做出的具体行为，马琴一方面用八犬士的孕育、出生、立身处世隐喻武士道是怎样经过长时间的演变而成长起来的道德体系，另一方面，使我们了解了武士道形成了日本近代社会中所有阶层日常生活中普遍的信条和实践。在马琴的笔下，八犬士是真正的武士，他们代表的是真正的武士道，是日本的道德传统中最具持久影响力和美的对象，它不是某一个人创造出来的，也不是基于某个人的生平的产物,它没有具体的成文规定,却具有强有力的约束力,它是经过长时间的武士生活的积淀,在具体的生活内容上发展而来的。

八犬士有共同的母亲——伏姬,伏姬孕育了八颗念珠,每一颗既象征了八犬士自再生之日起就必须面对的伦理困境,也象征了他们各自具有的一种美德。如犬冢信乃的母亲体弱,父亲残疾,信乃自小就非常孝顺父母,因为母亲卧病在床,决定牺牲自己换回母亲的性命,于秋末冬初在不动瀑布洒水净身,向神祈祷母亲康复,让人动容的是此时的信乃尚且不足十岁。而在父亲番作为了保全信乃自杀后,信乃也决定追随父亲自杀以全孝道。毫无疑问,信乃身上体现得最突出的美德是孝,通过信乃与父母之间的故事马琴也阐述了孝的内涵,即除了对父母的孝顺,还有对父母意愿的尊重。与信乃一样,其他七犬士也同样自出生便陷入伦理困境,在困境中他们经历了各种磨难、苦痛,面对了死亡的暗影,然而他们终于没有屈服,而是破茧重生,拥有了足以匹配念珠的美德,于是他们从离散走向聚合,然后互相扶持终于得以成长。

而这种理想秩序的核心,在马琴笔下毫无疑问就是武士道。孟子说:"义,人路也。"在孟子看来,义是一条人们要重新获得丧失了的乐园所应走的笔直而又狭窄的路。在马琴看来,在动辄以阴谋诡计、弄虚作假为战略的乱世,率真而正直的美德就是义。由义派生的义理,则意味着一种社会舆论期待去履行的义务感,指的是对双亲、对长上、对后辈、对一般社会所负有的义理。礼,礼即礼貌,但礼貌并不是仅仅指维持一种正常合理的人际关系或是良好的为人处事态度,而且指一种对他人、对正当事物的尊重。如新渡户稻造所说:"礼仪发自仁爱和谦逊的动机,凭对他人的温柔感情而律动,因而经常是同情的优美表现。礼对我们所要求的是,与哭泣者共哭泣,与喜悦者同喜悦。"[1]此外还有忠,"国家先于个人而存在,个人是作为国家的一部分及其中的一份子而诞生出来的,因而个人就应该为国家,或者为它的合法的掌权者,去生去死"[2]。把生命看作是臣事君主

---

[1] [日]新渡户稻造:《武士道》,张俊彦译,北京:商务印书馆,1993年,第39页。
[2] 同上书,第54页。

的手段,而其理想则放在名誉上面。忠是武士道最高的准则。

借"因果报应"观来惩恶扬善,劝诫世人。作为世俗化了的"因果报应"观念,在民众心中已成为精神支柱,借果报观念来惩恶扬善,也成为马琴帮助普通大众推行道德观念、实现美好愿望的主要手段之一。但是《八犬传》从根本上而言并不是为了宣扬佛家人生若梦、世事无常的道理,它被马琴纳入武士道的伦理,透过里见父子统一安房的过程肯定人们向善的努力。"佛教给予武士道以平静地听凭命运的意识,对不可避免的事情恬静地服从,面临危险和灾祸像禁欲主义者那样沉着,卑生而亲死的心境。"①使整部小说充满无法忍受的紧迫感的是那种无法逃避的气氛,这种压力部分来自驱使着书中人物的探索,不过读者仍能感到注定个人生活走向的不是其他因素,而是命运。只不过这种命运不是希腊人所谓的命运,按照更确切的说法,是人们对伦理的违背。恶或恶人的失败,显示了因果报应在人间戏剧中所起的作用,而统治安房的旧势力的沦落则是这种作用扩大到社会的反映。

以武士道的日常性为核心内容。刻骨铭心的对主君的忠诚、对祖先的尊敬以及对父母的孝行,是其他任何宗教所没有教导过的东西,靠这些对武士的傲慢性格赋予了服从性。武士道并非只有武士才需要遵守的准则,实际上它已经渗透到日常生活的方方面面,是生活的一部分,从这个层面而言,是伦理得以正常延续的基础。《南总里见八犬传》揭示的不仅是武士的伦理观念本身,还有这种观念如何自上而下渗透、衰减、定型为每个人眼前与心中的生活图式,这才是伦理观的价值,是日本近代社会的潜在的支配力。

三、各安其分:伦理秩序重建的理想形式

前五辑马琴集中描写了八犬士各自面对的伦理困境,这些困境覆盖了家庭生活与社会生活的方方面面,马琴固然不遗余力地写困境,但他更关注的是八犬士作为武士的个体成长,并向读者展现在其成长中逐渐显露的品德以及彼此之间的关联。因为是发端传,前五辑重在铺垫并强调

---

① [日]新渡户稻造:《武士道》,张俊彦译,北京:商务印书馆,1993年,第18页。

因果必然性,因此推动情节发展、影响人物命运的主要是超自然的宿缘,为了强调这一点,马琴使用预叙设置了大量伏笔,包括了因缘物、人名(伏姬)、地名等。但也由于作者对超自然、因果的再三强调,情节推进时常带有某种不自然的突转,如信乃的两次求死而未死,番作于偏僻庙宇遇到未婚妻等等。此外,为了凸显八犬士与其所持念珠相匹配的美德,时有脱离常态的讲述,所以人物脸谱化、概念化的倾向比较明显。

从第六辑开始,书中先后写了小文吾抑留谭、怪猫退治谭、信乃冤罪谭、山贼退治谭、穗北邂逅谭、大活跃谭、毛野道节复仇谭,最后是结成大法会。虽然还是有不少超自然因素的细节,但是推动其情节发展、影响人物的不再是显在化、表面化的因果理法,而是外在的要因,马琴使八犬士苦恼的不再是已经注定的命运,而是现实中存在的恶与恶人,着力描写的是以里见父子为核心的八犬士阵营与恶的对决,穿插了复仇的主题。其中"恶"的代表是显正、定正与船虫,在这些人身上集中体现了马琴所认为的反道德、悖德以及对颠覆伦理秩序的行为。由是,物语由宿因的物语转换为人的物语,因此,犬士的行动与现实的种种状况、与历史背景的关联更为紧密。

在从超自然的宿缘向现实关联的转换过程中,最为关键的是八犬士与义实、义成的君臣关系得以确立。彻底脱离超自然,或者说超自然服务于现实的君臣关系,也就是儒家五伦中最重要的一环,所有的道德准则皆服务于此。接下来我们看看马琴是怎样确立这种君臣关系的。

马琴所认为的恶是什么?在《南总里见八犬传》终篇他对此有明确的说明:"其中两统领定正、显正,其名之和训无异,而书中将其大大贬低,似乎是污辱古将,然而亦是有意为之。那两个统领从其父祖时就不思君臣之礼,而是乱世的枭雄,太平的逆臣,所以不得不诛其以下犯上之罪。而且定正不才,显定多变,都没有多久子孙便衰亡。这样构思是想让看官明白,此乃其父祖不忠的余殃,终于难逃天理顺逆的报应。"① 简言之其核心就是不遵君臣之礼,他所说的"天理"究其根本就是正常的伦理秩序,遵守

---

① [日]曲亭马琴:《南总里见八犬传》(四),李树果译,天津:南开大学出版社,1992年,第626页。

伦理秩序则会福泽后代,而违背伦理秩序者却会祸及后代。

  伦理以人与人之间的关系为基础,而人与人之间的关系是以个人与个人之间的关系为基础。当马琴笔下的人物遇见他人,他们会发现有了身份,有了在他们世界中的"位置",才能成为一个真正的人,一个真正的"士"。当我们面临要我们去确认现在已经不存在的人性的这种要求时,是非常困难的,我们唯一能够借助的就是当时当下所确定的那个位置。因此他们在成为武士的过程中,首先需要寻找到这样一个"位置",只有找到它,我们才可以确立对他们的真正态度。实际上,这个"位置"就是把八犬士放置于人际关系,也就是伦理秩序建构的过程。

  马琴不是史学家,他做的工作不是还原八犬士的历史,而是为八犬士提供了生活的历史,赞扬他们正确的选择,他同八犬士的关系变得丰满了。通过《南总里见八犬传》马琴告诉读者,他们对八犬士生活的关注就是对他们自己生活的关心,随后他又叱责那些站在八犬士相反立场的那些人,因为他们扰得现实混乱不堪,而这种状况对人们是一种威胁。这里,他强调他的创作初衷:劝善惩恶。我们看到一个儒家道德理想的坚定信仰者伫立在假想的历史面前,面对历史的断片和材料,迫不及待地对死者,当然更是对活着的人说话——请读者明白自己不辞辛劳地为他们所写的这本物语和对他们所抱有的同情心和责任心。他不让八犬士就这样离去,消散在历史的缝隙中,而是把他们拉回到同活人的关系之中,借由他们的活动同读者本人建立某种关系。

  长达四卷的《南总里见八犬传》是一种劝诫和许诺,劝诫读者遵循规则,许诺会有人同他们做伴,许诺会重新修正所有已经动摇的现实世界中的那些关系。在篇末的题解中,马琴向读者的代表(期待视野中的读者)说明他的意图,并把对期待读者所谈的和向他们所宣讲的内容写下来。出于伦理的要求,他写下了已经死去的人的故事,讲述了他们之间的关系,为读者构想再现了一个合理的社会。他也许真的对周围的人说过这些话,然而,他把八犬士的故事写出来是为了给我们看,他所生活的社会是缺乏伦理秩序要求的,他自己身处其中,他想借史传的形式讲故事给我们听,由此与已逝的人们建立一种关系,进而把这种关系还原到现实生活中,以此重建这种已经被遗弃的或是被动摇的伦理关系。《南总里见八犬传》所写的就是它要表达的,我们从字面上完全可以看出马琴所讥讽、批判的那种生活以及他对于所期盼生活的强烈依恋之情。

"至于说到严格意义上的道德教义,孔子的教诲就是武士道的最丰富的渊源。君臣、父子、夫妇、长幼以及朋友之间的五伦之道,早在经书从中国输入以前,就是我们民族本能地认识到了的,孔子的教诲只不过是把它们确认下来罢了。"①马琴笔下的儒家道德并不完全等同于孔子的道德教义,他首先重视的是个人的立身处世。作为永久的伦理中心,儒家思想应在人的努力和人的忍耐精神的赞美中去寻求:所谓立身出世不是生而具有的,人的努力和人的忍耐精神也不是仅指时间上的,它更多地体现在那些被所谓命运藐视和抛弃的人们中间。八犬士的生活体现了这种努力和忍耐,在他们成长为真正武士的过程中体现了这种向上的骄傲,因为在努力忍耐中包含了战胜自我。站在他们对立面的恶人则超越了儒家道德的容许范围,他们粗暴攻击他人的努力和忍耐,肆意显现着野心。

在儒释基础上马琴重视的是各安其分,也就是遵守固有的尊卑秩序。所以《八犬传》的结局并不是强调八犬士的功成名就,而是在八犬士的辅佐下仁君里见将军得以稳固自己的地位。这便是马琴的理想伦理世界,他奉行儒教,反对"作乱犯上",对面临的伦理混乱,只是期待能出现个仁君,这便是里见将军。八犬士都是陷入伦理混乱中的好人,而好人都遭遇不幸,这都是由于恶人加害所致,这些恶人通过八犬士的复仇都一一得到解决,最终安排了对最大的恶人即统领的决战,通过决战,使施仁政者里见将军得胜,从而得以驱除邪恶,实现了以儒家的道德观念为核心的理想世界,这大概便是马琴的最大隐衷,也是这部小说的寓意所在,这恰恰阐释了当时的伦理道德准则和追求。

马琴所描写的儒家道德是否与传统的儒家道德一致,这并不是最重要的。最重要的,无论在伦理上还是艺术上,是他笔下的儒家道德同那被放在对立地位的世界之间的关系的象征作用。当然,仅仅强调对立并不

---

① [日]新渡户稻造:《武士道》,张俊彦译,北京:商务印书馆,1993年,第20页。

能完全概括马琴笔下的整幅图画。可以想见,恶人仍然会行恶,厄运到时候也许还会作祟,在时常会有的那样的感觉之下,我们产生了一种社会向善论的想法,这是对马琴的八犬士,即他的理想投射的补充——那种理想主义在人的努力和对道德的寻求中得到补充。

本章小结

随着德川幕府时期商业经济的繁荣与社会矛盾的逐渐发生,特别是社会日渐功利化的趋势,朱子学所谓"圣人万善皆备,有一毫之失,此不足为圣人"①,道德观与善恶观僵化,显然已无法适应当时的情势。传统的善恶之分面对现实社会秩序显得无力,如何应对商人/町人崛起和阶层流动,如何评价欲望,尤其是情欲,都是那个时代出现的新问题。在此种情景之下,如果一味地执念于传统善恶之分的儒教道德标准,其结果恐怕只能导致"伪善"的出现。要想有效地应对这一现实,有效地应对社会结构的变迁(也就是伦理现状的改变),较之逃避恐怕面对是更好的办法,井原的好色物无疑是此一选择在文学中的具体表现,通过对好色的描写重建一种新的道德观来处理好色问题。而要建立这种新的道德观,必须让心灵回到"空"或"无",回到无善无恶的状态。

上田秋成生活于江户后期,享保改革并未真正缓解社会矛盾,德川幕府的统治在稳定中开始走向衰落,町人业已把握了经济主导权,町人对金钱、财富、利润的大胆追求,导致享乐主义、官能主义乃至颓废主义出现,以"好色"为核心的伦理思想遭到质疑。《雨月物语》塑造了一系列正面的道德榜样和负面的道德批判形象,体现了人们伦理思想的变迁,以及他们进行伦理选择的复杂性,而物语中经常出现的鬼魂、妖怪、魔障则反映了人性因子和兽性因子在伦理选择中形成的不同组合导致人的情感的复杂性,即导致自然情感向理性情感的转化或理性情感向自然情感的转化。综上,《雨月物语》就是描写人在伦理环境的变迁中情感是如何转换的,以

---

① 黎靖德编:《朱子语类》(十三),王星贤点校,北京:中华书局,1986年。

及不同情感所导致的不同结果,并借此反映新的伦理思想形成的过程。

经过了井原西鹤所处的市井世俗伦理中心时期,上田秋成所处的转向期,曲亭马琴从正面宣扬劝善惩恶。马琴生活在17世纪末—18世纪中叶日本,群雄割据,从各诸侯国情况看来,几乎都是旧的领主被新兴的部下所排斥掉,统治阶层像走马灯似地不断变化,主被臣讨,父被子弑,既无道义,亦鲜廉耻。有的只是贪图个人安逸、富贵的利己心。所依仗的,仅仅是压倒敌人的武力和策略。在这里,人们忘却了文化,丧失了德性,只剩兽性。社会也不再承认一切旧有的形式和约束,只承认实力也就是武力。这种混乱无序究其实质就是伦理的混乱,日本面临了战乱、返回到野蛮无序时代的危机,而日本人也开始有了只为自己的私利而生活的倾向。然而有破坏就有建设,"日本历史在这时期可以说是迎来了一个对破坏与混乱进行总决算的恐怖时代。不过,在彻底破坏之后,会出现建设的生机。要想讨伐主君,不久在自己也变成主君之后,就不能不设法防范;侵犯敌国的领主,也必须为本国的命运,处心积虑地讲究防守对策;破坏之后需要建设,混乱之后需要秩序,自由之后需要统制,这是历史的潮流"①。正是基于重建伦理秩序的要求,以八犬士为代表的武士,以其健全的和纯朴的性格,从古代思想中导引出他们丰富的精神食粮,重新确立了以武士道为核心的伦理秩序。马琴的《八犬传》详尽地再现了这个过程,以史传的文体、章回的结构完成了八犬士的缘起、别传,主导其构思的是伦理。现实生活中的武士的道义与才能越濒临危机,《八犬传》中所描写的武士,就越成为理想的偶像,受到广大士民的敬仰。所谓"仁人求仁得仁,仁非他,仁必在人;义非他,义必在人,只有求与不求之分"②。现实失范、无序、无解,有人在无序和失范的现实中不休止地寻求秩序、寻求解答和规范,要抓住生命的意义,要为无意义的存在找出意义。我们怎么看这样的人和这样的行为,这是马琴用《南总里见八犬传》给我们留下的问题,同时,他明确宣告了自己的答案。

---

① [日]坂本太郎:《日本史》,汪向荣等译,北京:中国社会科学出版社,2008年,第251页。
② [日]曲亭马琴:《南总里见八犬传》(一),李树果译,天津:南开大学出版社,1992年,第49页。

第四章

日本传统戏剧的伦理冲突

　　日本传统文化曾深受中国儒学"仁""义"思想的影响,作为日本传统文化的重要组成部分,戏剧不可避免地体现出浓郁的伦理色彩。然而,日本传统戏剧所传递的"情"与"义"、"情"与"理"之间存在着较为紧张的矛盾关系。无论是能乐,还是狂言;无论是木偶净琉璃,还是歌舞伎,这些日本传统的戏剧类型都或多或少呈现了上述特点。日本传统戏剧的伦理冲突主要表现为君臣伦理和家庭伦理的冲突,而这种伦理冲突正是日本传统文化中"义理"与"人情"冲突的重要表现。可以说,日本传统戏剧的伦理冲突揭示了权衡义理与人情的关系成为维系人们日常活动的重要途径,警示人们只有合理处理义理与人情之间的伦理关系,其忠君崇德,孝亲敬老,向善和睦的伦理价值才能得以实现。这些伦理思想对于促进君臣和睦与家庭和谐无疑起着重要的教化作用,其蕴含的伦理思想与道德观念才能潜移默化地影响着人们的言行举止。

第一节 "人情"与"义理"的伦理冲突

　　土居健郎曾就"义理"与"人情"对于维系日本民众社会关系的重要性明确地指出日本人的行动在很大程度上受到"义理"和"人情"的影响。① 作为日本传统社会中一个基本的伦理道德观念,"义理"其实包含了丰富的内涵。据日语权威词典『広辞苑』(第二版)中"义理"词条解释,它具有四个方面的内容：①物事の正しい筋道。道理,正义；②（儒教で説く）人のふみ行うべき正しい道。（儒家学说）人应遵循的正道；③特に江戸時代以後、人が他に対し、交際上のいろいろな関係から、いやでも務めなければならない行為やものごと。为免遭世人非议做不愿意做的事。④血族でないものが血族と同じ関係を結ぶこと。结成血缘关系相同的亲属关系。② 由此可见,"义理"作为日本的伦理道德中的一个范畴包含着丰富的责任与义务。本尼迪克特在详细考察和解读日本传统文化之后,就认为日本人的"情义"(义理)是其人际关系中最重要,也是最受重视的一种伦理规范。它可以分为"对社会的情义"和"对名分的情义"两种类型。所谓对"对社会的情义",就是向人报恩的义务,大体可以描述为履行契约性的关系。③ 所谓对"对名分的情义"就是使自己的名声不受玷污的义务。④ 显然,日本传统文化中的"义理"具有丰富的伦理性,属于理性意志的范畴,它是在道德行为基础上形成的一种抽象的道德准则和行为规范,为广大民众所认同和遵守的一种伦理标准。与"义理"不同,"人情"是指人与人之间的各种自然性情,其基本内容包括："第一指人惜生厌死,避苦求乐的自爱之情；第二指亲子、兄弟、夫妇、男女之间强烈表现出的人的自然爱情。"⑤ 它属于非理性意志的范畴,是人们自然情感的表现与流露。因此,作为维护

---

① 土居健郎：『甘えの構造』,東京：弘文堂,1973年,第30頁。
② 森村出編：『広辞苑』（第二版）,東京：岩波書店,1980年,第64頁。
③ ［美］鲁思·本尼迪克特：《菊与刀——日本文化的类型》,吕万和等译,北京：商务印书馆,1990年,第94页。
④ 同上书,第101页。
⑤ 渡部正一：『日本近世道徳思想史』,東京：創文社,1961年,第178頁。

社会伦理秩序的行为准则,"义理"与"人情"之间会形成一种纠葛的关系,但是两者并非单一的对立关系,而是相互矛盾的结合体。也就是说,"义理"与"人情"之间既有对立的一面,也有依存的一面。对此,源了圆在阐述日本文学特性的时候就曾指出:"日本文学中出现的义理与人情并不是一组单纯的对立概念,它们既有相互对立的一面,又有相互依存且不可分割的一面。"①

一、能乐的"义理"与"人情"伦理书写

虽然能乐作为舞台表现艺术源于猿乐,且保留了猿乐的基本特点,但是相比猿乐来说,它是一种新的戏剧形式。因为它不仅实现了从日本古代艺能向古典戏剧的过渡,而且已经脱离了猿乐那种即兴表演的形式,通过写实性的剧情来反映世俗的伦理思想和道德观念,更好地体现了文学的教诲功能。"文学的产生是有目的性的,这个目的就是教诲。文学伦理学批评认为,文学的基本功能就是教诲功能。"②能乐作为日本早期戏剧的重要形式,以同时代人物之间的利益纠葛和冲突来展开情节,不仅符合戏剧的基本要求,而且还生动地表现了文学的伦理教诲功能。作为能乐的奠基人,观阿弥立足于写实,以反映人世间各种利益冲突为创作核心,创作了一系列谣曲代表作品。如《自然居士》《卒都婆小町》等。这些作品以描写男女之间的爱情关系为主线,主要表现"义理"与"人情"的矛盾关系,侧重于社会伦理意识与人的个体意识之间冲突的伦理书写。这些作品不仅反映了庶民的审美情趣和思想情感,而且在表现技巧上也非常注重写实。正如西乡信纲在所说:"观阿弥继承大和猿乐的传统,将写实放在第一位,以戏剧的矛盾冲突和写实的倾向作为中心,以适应大众的兴趣和他们的现实要求,在日本首次迈进了诗剧的道路。"③

作为日本能乐史上的集大成者,世阿弥不仅创作了大量的表现"幽玄美"的梦幻能形式的谣曲,也创作了《熊野》《松风》等现实能形式的谣曲。

---

① 源了圆:『義理と人情——日本人の心情の考察』,東京:中央公論社,1969年,第60頁。
② 聂珍钊:《文学伦理学批评导论》,北京:北京大学出版社,2014年,第14页。
③ 西郷信綱:『日本文学の古典』(第二版),東京:岩波書店,1992年,第95頁。

其中,《熊野》就充分反映了君臣伦理与家庭伦理之间的矛盾关系。该剧主要讲述了平宗盛的妻子熊野的故事。歌女熊野从母亲的侍女朝颜带来的信中得知母亲病危,于是三番四次向其主君平宗盛告假探望母亲。然而,平宗盛非但不同意熊野的请求,反而强迫她陪同他前往清水寺游春观樱。即使熊野当面向平宗盛阅读了母亲的来信,也无济于事。熊野在前往清水寺的路上无心赏樱。虽强作欢颜,内心却痛苦至极。然而,一场春雨改变了僵局。当看到雨后的樱花散落一地时,熊野触景生情,写下了一首和歌,哀叹风雨无情。平宗盛看过诗歌之后,顿感诗意凄楚,心生感叹,最终让熊野赶回东国故里看望病重的母亲。由此可见,该剧主要围绕熊野探母的事情来呈现伦理冲突。作为平宗盛的臣妾,熊野提出探母的请求,一开始遭到平宗盛的拒绝,是受君臣伦理束缚的结果,因为此时的她需要承担臣妾这一伦理身份所赋予的责任与义务。然而,身为女儿,熊野在得知母亲重病之后,向平宗盛提出探望的请求,又完全是符合亲情伦理的要求。于是,熊野陷入了伦理两难的困境。"伦理两难由两个道德命题构成,如果选择者对它们各自单独地做出道德判断,每一个选择都是正确的,并且每一种选择都符合普遍道德原则。但是,一旦选择者在二者之间做出一项选择,就会导致另一项违背伦理,即违背普遍道德原则。"[①]在这里,熊野如果选择离开平宗盛看望病重的母亲,她就违背了君臣伦理的道德原则。如果她选择放弃探望病重的母亲,又违背了母女之间亲情伦理的道德要求。正是这种伦理两难使得熊野难以从中做出伦理选择,而身陷苦恼之中。"草木皆沐雨露恩,养得自为花父母。"面对眼前的樱花因春雨而散落一地时,熊野触景生情,哀叹道:"这阵雨好无情啊!""一阵春雨樱纷飞,是花是泪难分清。"[②]这种触景生情的书写方式不仅将熊野此时此刻内心的情感纠葛含蓄地呈现出来,而且还体现了戏剧余情余韵的幽玄之美。身为君主的平宗盛最终因此而受到感化,改变了初衷,答应了熊野回家探母的请求。

---

① 聂珍钊:《文学伦理学批评导论》,北京:北京大学出版社,2014年,第262页。
② 唐月梅:《日本戏剧史》,北京:昆仑出版社,2008年,第143页。

从伦理范畴来看,君臣伦理侧重于政治统治中君与臣所应遵循的道德规范,是统治者维系统治秩序的基本道德标准。亲情伦理则是调整家庭成员之间关系的行为规范或准则,是社会伦理道德的组成部分。从伦理内涵来看,君臣伦理侧重于维系君主权威的表现,而亲情伦理注重于家庭关系的调和。熊野提出探母源于亲情伦理中母女关系的要求。因为按照亲情伦理的要求,母亲生病,女儿理应前往探望和照顾,这是亲情伦理衡量女儿孝顺的基本准则,也是人之常理。如果选择放弃探母,显然会违背亲情伦理的禁忌,而受到相应的伦理惩罚。因而,当获得平宗盛许可后,熊野立即动身。然而,熊野的双重伦理身份使得她经历了一系列的折磨与困苦。身为臣子,她不得不遵守君臣伦理的道德准则,服从君主平宗盛不近人情的拒绝。作为女儿,她又理应前往东国探望病重的母亲。这是熊野的双重身份构成了整个剧情的核心,整个剧情也正是围绕熊野的伦理两难,通过"义理"与"人情"的纠葛来演绎发展,塑造人物和表达主题。

二、净琉璃的"义理"与"人情"伦理书写

进入 17 世纪中叶,日本社会出现了不同于桃山町人和御用町人的新兴町人。所谓新兴町人是指"17 世纪中叶后,随着以大阪为中心的日本国内统一商品市场的形成而崛起的新型商人阶层"[①]。这些新兴町人不同于桃山町人和御用町人,因为后两者"原本就并非商人……缺乏町人精神"[②]。随着近世商品经济发展,新兴町人自身的经济实力日益雄厚。为了更好地表达町人的思想与情感,他们创造了不同于贵族文化与武士文化的町人文化。这种新型的文化不仅表现为元禄时期新兴町人所开创的以歌舞伎为代表的享乐消费文化和相应的商业文化繁荣,而且还表现为新兴町人所代表的不同于以往时代的价值取向和伦理精神。即"表现出了反抗和打破以朱子学为中心的儒教道德至上的禁欲主义道德以及基于

---

① 刘金才:《町人伦理思想研究——日本近代化动因新论》,北京:北京大学出版社,2001年,第 79 页。

② 宫本又次:『近世日本経営史論考』,東京:東洋文化社,1979年,第4頁。

阶级身份和职分观的安分道德、压抑人情的义理本位道德、对封建专制权力的屈从道德等伦理思想和精神"①。由此可见，元禄时代在日本近世伦理思想发展史上具有重要的意义。"它既是一个破坏旧的纲常伦理和价值观的时代，也是一个开始形成强调满足人性本能的庶民伦理和价值观的时代。"②

元禄时期的作家们率先以文学的形式反映了这一时期新兴町人的伦理思想。他们"虽然尚缺乏直面人生，倾注内心情感而进行创作的认真，但是他们不为儒教的伪善道德所束缚，大胆肯定恋爱和性欲，正视人的真情实感，表现出了儒学者所没有的现实精神"③。因此，这一时期的作家们通过描写普通人的七情六欲来公然反抗封建禁欲思想和伦理观念，以追求现实享乐作为其伦理标准，成了传统伦理思想的叛逆者。随着新兴町人阶层的日益壮大，反映町人思想情感的文学作品如雨后春笋般问世。

被称为"元禄三文豪"之一的剧作家近松门左卫门无疑顺应时代的要求，成为书写新兴町人伦理思想的文学主将。"融通净琉璃本的文学性、净琉璃曲调的音乐性和操净琉璃的戏剧性，创造了一种日本民族独特的崭新的戏剧形态——木偶净琉璃。"④受其武士身世的影响，近松在其净琉璃戏剧创作中巧妙地将武士世界的"义理"与町人世界的"人情"有机结合在一起，形成了"义理人情化"和"人情义理化"的创作特点，使原来不被武士"义理"所承认的町人"人情"具有了相应的伦理价值和伦理内涵。近松一生创作了110余篇净琉璃和28篇歌舞伎剧本，被誉为日本的莎士比亚。与同时期的小说家井原西鹤不同，近松的"时代剧"虽多取材于王朝时代或源平时代的历史事件，但作品却反映了町人的思想情感。也就是说，他的"时代剧"既反映了日本传统的"义理"思想，又表现了町人的"人情"理念。然而，这两者之间也存在明显的冲突。简要来说，"义理"履行

---

① 刘金才：《町人伦理思想研究——日本近代化动因新论》，北京：北京大学出版社，2001年，第78页。
② 同上书，第90页。
③ 家永三郎：『日本文化史』(第二版)，東京：岩波書店，1982年，第209頁。
④ 唐月梅：《日本戏剧》，上海：上海三联书店，2006年，第71页。

儒家的仁义学说,强调人的社会责任意识,"人情"依托人本思想,注重人的个体生命意识。因而,"义理"与"人情"之间存在着较为紧张的斗争。其中,《景清出家》就充分反映了"义理"与"人情"之间的伦理冲突。

《景清出家》主要讲述平家灭亡之后,其同党七兵卫景清的故事。为了躲避战乱,景清藏匿于尾张国的热田神宫,受到了平家曾厚爱的大宫司的关照。大宫司将其独女小野姬嫁给了景清。婚后的景清为了替平家复仇,准备讨伐怨敌源赖朝。此时,他听闻源赖朝正在重建东大寺大佛殿。于是,他想混进东大寺先杀死源赖朝的护卫重忠,再借机行刺源赖朝。然而,景清在刺杀重忠时未能成功,只能四处潜逃,躲避追杀。在清水寺修行时,景清遇到了青楼女子阿古屋,并与她同居三年,生下了二子。一次,阿古屋的哥哥伊庭十藏得知景清的真实身份,劝告阿古屋向源氏家揭发景清,深爱丈夫的阿古屋当面怒斥哥哥。然而,当她无意间看到小野姬写给景清的情书时,怒火中烧的她决定听从伊庭十藏,告发了景清。景清随后被源氏大军重重包围,经过一场厮杀,景清逃出生天。不久,源赖朝派人将大宫司逮捕入狱,囚禁于六波罗的督捕署。小野姬思父心切,决定上京寻父,却被当作引诱景清的诱饵,逮捕入狱。狱中,柔弱的小野姬受到了残酷的刑罚,奄奄一息。为了解救小野姬父女,景清投案自首,受尽了折磨和拷打。与此同时,小野姬多次前往六波罗探监,慰问景清。小野姬的真情关爱使景清感动不已。此时的阿古屋也带着二子前来负荆请罪。然而,她的言行并未被景清接受。于是,当着景清的面,她亲手杀死了二子后自杀而亡。出于对伊庭十藏的怨恨,景清冲破大牢,将他杀死。为了不连累家人,景清再次回到狱中,诵读佛经。就在景清被源赖朝处死之时,观音替景清受刑。畏于佛力,源赖朝下令赦免了景清。景清出狱后,内心情感非常可谓五味杂陈,最后挖去双眼,出家为僧。

剧本中的景清是一位饱受伦理冲突的主人公。首先,身为平家的武士,他怨恨源赖朝,并且义无反顾地试图行刺怨敌。这是他遵循君臣之礼的重要表现。然而,刺杀失败的他不得不四处躲避源赖朝的追杀。为解救小野姬父女,他义不容辞地投案自首。他本以为可以被源赖朝处死,可谁知被源赖朝下令赦免。源赖朝不杀之恩,让景清受到了恩惠。虽然这是一种被施恩行为,但是按照"义理"伦理的要求,他接受恩惠就必须报答恩惠。可是,他与源赖朝之间又存在着不共戴天的仇恨。如此一来,一组伦理矛盾出现了。一方面,为报答平氏家的恩情,景清理应杀死源赖朝。另一方面,他又不能刺杀源赖朝,因为后者救过他的命。如果他一意孤行,执意要杀死源赖朝,那么,这种违背"人情"和"义理"的行为又必将为世人不齿。于是,景清因受制于"义理"与"人情"的伦理影响,其内心的苦闷与焦虑逐渐形成了一种道德的张力。两种相互对抗的伦理之力将其撕心裂肺,痛苦不已。当这种情形到达极致时,景清的内心因无法承受和抗拒这种备受煎熬的折磨,而不得不选择刺瞎眼睛,遁入空门。或许只有如此,他才能摆脱伦理的禁锢,获得精神的解脱。显然,此时的景清面临着一个两难的伦理选择,即如果为报平家之恩而去刺杀源赖朝,虽然可以体现他的伦理责任和义务,但是他的复仇行为又违背了伦理禁忌,是不道德的。因此,正是这种伦理两难让景清陷入了伦理的困境之中,备受内心的煎熬和精神的折磨,最终选择自挖双眼,出家为僧。其次,景清既怨恨阿古屋的背叛,又内疚她因此杀死二子、自杀身亡。阿古屋是景清的情人,两人共同生活了三年,并育有二子。阿古屋因一己之私欲,不顾家庭伦理道德的约束,告发自己的情人,致使他不得不再次逃避他人的追杀,从而为后面悲剧的发生埋下了伏笔。这是一种违背伦理的行为,她本人也因此受到了伦理的惩罚。然而,阿古屋毕竟是景清的恋人,而且景清入狱之后,她带着二子前往狱中道歉谢罪。这种知错能改的行径符合伦理道德,理应受到原谅,可是,此时的景清没有接受阿古屋的致歉,而是狠心拒绝了她,导致阿古屋伤心欲绝,最终在杀死他们的亲生儿子之后,自杀而亡。阿古屋之死让景清悔恨不已,强烈的自责之意和愧疚之情致使他选择佛门。总之,景清内心深处的伦理矛盾主要表现为"义理"与"人情"的伦理冲突。

总而言之,近松双重伦理身份使其在"时代剧"创作中注重描写"义理"与"人情"之间的相互纠葛或冲突,并从中提出自己的伦理观。他的"时代剧"反映了"武士'义理'的社会制约与町人'人情'的个人自由的对立,或综合调和,创造了近松的'时代剧'的特色"①。因而,近松的"义理人情"观既不是武士所宣扬的狭隘"义理",也不是町人所倡导的纯粹"人情",而是"作为忠实于町人主人公人性的真挚性内在伦理而构思的,并通过让町人主人公们深怀这种'义理感'而获得真正的人的尊严"②。正是因为如此,和辻哲郎认为近松的"世话物",比西鹤的"町人物"更加明确地表现出了町人的伦理道德意识。③ 因此,近松在其"时代剧"中形成了与幕府的传统伦理观(义理)相对应的主情主义的伦理观,将町人世界的人情注入"义理"之中,使町人的"人情"具有了相应的伦理内涵与伦理价值,形成了近松"时代剧"伦理思想的重要表现方式。

第二节 近松门左卫门"世态剧"的伦理冲突

作为日本江户时代的知名作家,近松的戏剧不仅真实反映了这一时期的历史风貌,而且还通过塑造一个个充满人情味的悲剧人物形象,来表现其作品的文学教诲作用。文学伦理学批评认为"伦理环境是文学产生和存在的历史条件",要求"文学批评必须回到历史现场,即在特定的伦理环境中批评文学。不同历史时期的文学有其固定的属于特定历史的伦理环境和伦理语境,对文学的理解必须让文学回归属于它的伦理环境和伦理语境,这是理解文学的一个前提"④。近松生活的时代属于江户中期,正是新兴町人阶层崛起阶段,其独有的生活体验和所处的伦理语境使得他在文学创作中阐释了自己对人生世相的道德解读。如果说近松的"时代剧"侧重于以历史事件的演变来表现"义理"与"人情"的纠葛关系,那么,他的"世态剧"则主要通过书写个人与家族的纠葛而呈现作品的伦理冲突,表现"义理"与"人情"的矛盾关系。

---

① 唐月梅:《日本戏剧史》,北京:昆仑出版社,2008年,第280页。
② 相良亨ほか編:『講座日本思想』(3),東京:東京大学出版会,1985年,第297頁。
③ 和辻哲郎:『日本倫理思想史』(下),東京:岩波書店,1951年,第304頁。
④ 聂珍钊:《文学伦理学批评导论》,北京:北京大学出版社,2014年,第256页。

一、在殉情中表现町人的伦理冲突

近松的"世态剧"多以新兴町人的日常生活为题材,以殉情的形式来表现町人"义理"与"人情"之间的伦理冲突。因此,其"世态剧"在描写男女主人公殉情的时候,往往会与当时社会形成的家长制有着密切的关联。这样,"'殉情剧'的故事就多以个人与家族的对立与纠葛而展开,充满一种以死相赌的抗争精神,与町人为代表的庶民自身的生活是十分贴近而不作纯粹的超越的。这正是近松的'世态剧'悲剧的品位"①。其中,《曾根崎心中》就是近松"世态剧"中表现伦理冲突的主要代表之作。

《曾根崎心中》是近松发表的第一部描写殉情事件的"世态剧"。该剧取材于元禄十六年(1703)4月23日发生在曾根崎森林里的一宗男女殉情事件,通过讲述酱油铺伙计德兵卫与天满屋青楼女阿初因其爱情追求与家长制度发生了尖锐的矛盾冲突,最终不得不选择在曾根崎森林里双双殉情。真实的世俗事件使戏剧具有鲜明的真实性。与此同时,戏剧通过描述"义理"与"人情"的纠葛关系呈现了个体与家长制度的伦理冲突,传达了近松复杂的伦理思想。

男主人公德兵卫是一位酱油店的伙计,其身份属于町人阶层。受当时士农工商身份制度的影响,身份卑微的德兵卫为人处事非常谨慎,即使在观音堂邂逅自己的恋人天满屋青楼女子阿初,他也不敢贸然行事。一方面,他巧言打发与他同行的伙计,"一直目送到不见人影,才掀开门帘走进茶室"②。另一方面,他依然带着草笠走进茶室,低头聆听阿初的诉说。德兵卫之所以如此,是受其町人这一伦理身份制约的结果。"人的身份是一个人在社会中存在的标识,人需要承担身份所赋予的责任与义务。"③虽然江户时期的町人在经济上处于支配地位,但是其社会地位却非常低微,基本上处于被歧视的状态。町人出身的德兵卫,其言行举止自然受到

---

① 唐月梅:《日本戏剧史》,北京:昆仑出版社,2008年,第306页。
② [日]近松门左卫门:《净瑠璃的世界——近松净瑠璃剧作选》,王冬兰等译,北京:文化艺术出版社,2006年,第15页。
③ 聂珍钊:《文学伦理学批评导论》,北京:北京大学出版社,2014年,第263页。

了其伦理身份的影响,承担相应的伦理职责。"正因为社会身份具有伦理特性,所以在某种社会身份下产生的行为并不是社会的行为,而是个人的行为,必须符合伦理规范。"①然而,正是这种符合伦理身份的言行却让德兵卫不得不在"人情"与"义理"之中从事艰难的伦理选择。

剧中的德兵卫因其行事慎重,结果被身为老板的叔父相中。为了迫使德兵卫迎娶其妻子的侄女,他将二贯结婚的定金交给了德兵卫乡下的继母。嗜钱如命的继母在收到定金后,不断游说德兵卫要听从叔父的安排。然而,这桩突如其来的婚姻使得德兵卫陷入了伦理困惑的泥潭,因为此时摆在他面前的道路只有两条。要么为回报叔父的养育之恩而答应,要么为维护自己与阿初姑娘的爱情而拒绝。这是一个令人难以抉择的伦理选择难题。如果选择答应,虽合乎"义理",却不合"人情";如果选择拒绝,虽符合"人情",却违反"义理"。面对这个伦理选择,心系阿初的德兵卫没有顾及叔父的养育之恩,无视家长制度的伦理要求,将"义理"置之度外,毅然拒绝了他的叔父。"这桩婚事我是绝不会答应的,是你们欺骗乡下的老母亲强加于我的。这种做法太过分了!"②德兵卫强硬的言辞显然表现出他对真挚的爱情极力维护,以及对叔父逼婚行为的强烈反抗。其抗婚的行为也是德兵卫真实情感的表现与流露,合乎"人情",体现了他为了捍卫爱情而敢于冒犯权威的勇气。然而,这种符合"人情"的伦理选择却是在德兵卫自由意志的驱使下形成的一种无视恩情的非理性选择,属于与"义理"相悖的乱伦行为。"自由意志的动力主要来自人的不同欲望,如性欲、食欲、求知欲等。欲望是人的一种基本生理要求和心理活动,它在本能的驱使下产生,并受人的本能或动机所驱使。"③因此,德兵卫这种合乎"人情"的抗婚行为其实是一种为私欲而采取的非理性行动。这种迷失自己的理性意志和伦理意识的行为不仅违背了家长伦理的禁忌,破坏了叔侄之间的道德秩序,而且还违背了日本社会最基本的伦理原则——

---

① 聂珍钊:《文学伦理学批评导论》,北京:北京大学出版社,2014年,第264页。
② [日]近松门左卫门:《净琉璃的世界——近松净琉璃剧作选》,王冬兰等译,北京:文化艺术出版社,2006年,第17页。
③ 聂珍钊:《文学伦理学批评导论》,北京:北京大学出版社,2014年,第282页。

"义理"。众所周知,"义理"在日本是人们生活中不可或缺的伦理准则,它是"义务"的一部分,强调对恩情的回报,正所谓"滴水之恩,当涌泉相报"。深受"义理"影响的民众无不将履行报恩视为其根深蒂固的道德准则。德兵卫因兽性因子中的自由意志没有得到合理的控制,表现出非理性的倾向,直接导致他漠视叔父多年的养育之恩,在婚姻上擅自行动,违背了叔父意愿,这种置亲恩于不顾的行为严重违反了家长伦理的禁忌。作为因表达人们伦理需要而产生的文学,其目的就是要实现伦理的教诲与警示作用。文学一方面将各种伦理文字化,形成相应的伦理秩序,一方面强调"乱伦是被严格禁止的,乱伦犯罪都要遭到最严厉的惩罚"①。面对忠于爱情与回报亲恩这个伦理选择,德兵卫在自由意志的驱动下最终选择了前者。虽然这种选择表现出德兵卫对爱情的执着与坚毅,合乎世俗的"人情",但是需要指出的是这种伦理选择违背了"义理",触犯了伦理禁忌,是在自由意志的驱使下完成的一种非理性的伦理选择。然而,正是这种非理性的伦理选择使德兵卫忘记了自己作为侄子与养子的伦理身份,背叛了叔父,成了一个不懂得知恩图报的罪人。他本人也会因这种背德行为受到最为严厉的伦理惩罚。戏剧结尾处德兵卫在曾根崎森林里自杀身亡就是其伦理惩罚的具体表现。尤其,他们在殉情前所说出的一番愧对养育恩情的感叹,更是能形象地呈现出他们在违背伦理禁忌之后所遭受的内心痛苦。德兵卫双手合掌说道:"我幼时离开父母,是当掌柜的叔叔替父母抚养我成人。尚未报恩,就这么死去,死后也许还要添麻烦。太遗憾了。无论如何请宽恕我的罪过吧。"②德兵卫的言辞充分说明他在忠于爱情与回报亲恩中所做出的非理性的伦理取舍使其遭受了严厉的伦理惩罚,强烈的道德自责与其背德行为无疑起到了警示和教诲世人的作用,告诫人们行事不能只顾"人情"而漠视"义理",不能做有违伦理禁忌的事情,否则一定会给自己带来痛苦和悲剧。

德兵卫的断然拒绝使得叔父恼羞成怒,不仅将其赶出酱油铺,而且还

---

① 聂珍钊:《文学伦理学批评导论》,北京:北京大学出版社,2014年,第262页。
② [日]近松门左卫门:《净瑠璃的世界——近松净瑠璃剧作选》,王冬兰等译,北京:文化艺术出版社,2006年,第37页。

限期让他将二贯给予其继母的订婚钱拿回来。对于本性善良的德兵卫来说,自己的乱伦行为已使他成了一个没有德行的人。因而,面对叔父的强硬态度,德兵卫只好硬着头皮答应。好不容易在村里人的帮助下,德兵卫从继母那里取回了银子。就在德兵卫认为自己可以如期归还叔父钱物的时候,油店的友人九平次向他借钱。借还是不借,德兵卫又一次面临了一个伦理选择的问题。如果借钱给朋友九平次,虽可以表现出德兵卫的重义一面,但是万一朋友不能遵守承诺,按期还钱,德兵卫将会陷入非常被动的局面。他不仅不能兑现对叔父的诺言,而且也无法实现对阿初的承诺。如此一来,德兵卫将会因此而再次失信他人,使其名誉扫地。这样就会事与愿违,既违背了"人情"又有悖于"义理"。如果不借,则说明德兵卫是一个自私自利,不重情义的小人,更加违背了"人情"与"义理"。于是,德兵卫在经过一番思考之后,还是选择了借钱。"我寻思反正那钱七号交上去就行了,跟他又是亲如弟兄的朋友,就暂时借给他了。"①然而,选择信任朋友的德兵卫并没有换来九平次的守信,如期将钱归还给他。于是,焦虑不安的德兵卫连夜找到九平次让他归还借款,并对他说:"我念你我往日交情甚密,觉得此事作为朋友不能袖手旁观,就把货款借给你了。"②面对德兵卫的重情重义,九平次居然背信弃义,不但不还钱,还说是德兵卫趁他丢失印章之际,伪造字据,骗钱他的钱财。怒火攻心的德兵卫于是挥拳痛斥无赖九平次。可谁知,九平次是有备而来。他不仅纠集了同伙,而且还当街痛打了德兵卫,并当众反咬德兵卫欺诈自己。蒙受不白之冤的德兵卫,大声哭诉道:"我这可真是丢尽了人啦!"③然而,面对狡诈而又残暴的九平次,德兵卫深感自己的名誉受到损害的同时,却又无力反抗九平次的诬陷,使自己平冤得雪。于是,他萌生了不想苟活于世的念头,愿以死表明自己的清白。"眼下无论说什么也无用,不出三日我一定会让大

---

① [日]近松门左卫门:《净琉璃的世界——近松净琉璃剧作选》,王冬兰等译,北京:文化艺术出版社,2006年,第19页。
② 同上书,第20页。
③ 同上书,第23页。

阪城内的人们知晓我德兵卫是清白无辜的。"①那么,德兵卫以死维护自身名誉的言行合乎伦理道德吗?本尼迪克特认为:"日本人持久不变的目标是名誉,这是博取普遍尊敬的必要条件。至于为了实现这一目标而使用的手段则根据情况而决定取舍。"②更何况,维护名誉是"义理"的重要体现,以名誉观为核心的伦理道德要求日本民众为了捍卫名誉可以不惜以生命为代价,因为"根据情况而发生变化,日本人就会改变态度,这算不上道德问题"③。由此可见,德兵卫以死维护名誉的行为符合"义理",因为自杀在一定场合下对维护名分的情义来说,是一种既高尚又光荣的行为。

受辱后的德兵卫悲伤欲绝地来到天满屋,准备与阿初私奔。谁知厚颜无耻的九平次也出现在天满屋。他一边煞有其事地散布德兵卫的谣言,一边威逼利诱阿初与之交欢。躲在缘廊下的德兵卫气得浑身发抖,试图出来与九平次理论,却被聪明的阿初用脚尖制止。与此同时,阿初向九平次愤然说道:"那件事实在冤枉,他没有任何过错。只是太讲义气,结果却招来灾难,被人欺骗。如今又拿不出证据,无法讨回公道。事已至此,我看德大人他也不得不死。我倒想问问他本人是否有死的决心。"④于是,德兵卫托起阿初的脚在自己的喉咙处抹了一下,向阿初暗示自己已经决心自尽。得知德兵卫的用意后,阿初也向德兵卫传达了殉死的决心。"德大人,一起死吧,我跟你一起去死。"⑤最后,两人趁着夜色,摆脱了九平次的纠缠,一同逃至曾根崎天神之林,在选定临终之地后,双双殉情。他们的殉情"突现了小町人与青楼女在殉情故事中的义理与人情的纠葛,以及人的欲望与社会现实的矛盾所造成的人的苦恼和悲哀,提高了殉情

---

① [日]近松门左卫门:《净瑠璃的世界——近松净瑠璃剧作选》,王冬兰等译,北京:文化艺术出版社,2006年,第24页。
② [美]鲁思·本尼迪克特:《菊与刀——日本文化的类型》,吕万和等译,北京:商务印书馆,1990年,第118页。
③ 同上。
④ [日]近松门左卫门:《净瑠璃的世界——近松净瑠璃剧作选》,王冬兰等译,北京:文化艺术出版社,2006年,第29页。
⑤ 同上。

的悲剧性"①。由此可见,德兵卫与阿初最终选择殉情是其个人欲望与社会责任无法调和的结果。近松采取殉情的形式来结束剧情不仅化解了剧中"人情"与"义理"的伦理冲突,而且还赋予了戏剧浓郁的悲剧色彩。

二、在人物言行中展示伦理冲突

戏剧中的九平次是一个典型的无赖形象。他既不顾"人情",也不重"义理"。为了骗取德兵卫的钱财,他不仅歹毒凶残,蛮横无理,而且撒泼放刁,阴险狡诈。虽然近松没有采用浓墨重彩的方式来塑造这个无赖形象,但是九平次的形象却具有重要的文学价值,因为这个形象是当时江户时期社会现实生活的真实写照,代表了元禄时期町人以金钱为本位的价值取向和伦理选择,体现了无赖这类人物形象的伦理价值。"当一批不受任何约束的声色之徒、无赖泼皮、社会渣滓突然居高临下地操持一切的时候,文化的自尊遭到凌辱,道义的堤防全面溃决。"②然而,就是这样一个十恶不赦的无赖形象,戏剧既没有描述九平次的命运结局,也没有出现大量如评价德兵卫与阿初言行的语言。作者仅仅是借助德兵卫与阿初之口来对其进行一定的道德谴责,这不仅体现了作品的伦理冲突,而且与同时期的中国戏剧有着鲜明的差异性。

一般来说,日本元禄时期相当于中国的清朝前期。受明代后期资本主义经济萌芽的影响,清代戏剧既以"反理学、重真情"为主旨,具有民主性与世俗性,又注重人物的道德判断,通过善与恶,美与丑的强烈对比来表现作者的伦理价值取向,实现作品的伦理教诲的作用。因此,为了表现作品扬善惩恶的伦理思想,作家们时常会对其笔下的背德者进行严厉的道德批判和伦理谴责,其人物结局也往往能够体现善恶报应的伦理意识。譬如,被誉"南洪北孔"的清代戏剧家洪昇和孔尚任所创作的《长生殿》和《桃花扇》就体现了这个特点。在《长生殿》第二十七出《冥追》中,洪昇对杨国忠亡魂这样写道:"(副净扮杨国忠鬼魂跑上)生前遭劫杀,死后见阎

---

① 唐月梅:《日本戏剧史》,北京:昆仑出版社,2008年,第271页。
② 余秋雨:《中国戏剧史》,上海:上海教育出版社,2006年,第107页。

罗。(牛头执钢叉,夜叉执铁锤,锁上,拦介。副净跑下。牛头、夜叉复赶上)杨国忠哪里走!……(牛头)奸贼,我奉阎王之命,特来拿你。"①在《桃花扇》第四十出《入道》中,孔尚任对马士英与阮大铖两个奸臣也这样写道:"果然善有善报,天理昭彰。还有奸臣马士英、阮大铖这两个如何报应?……方才梦见马士英被雷击死台州山中,阮大铖跌死仙霞岭上。一个个皮开脑裂,好苦恼啊!"②中日古典戏剧在资本主义经济萌芽的时期虽都表现出肯定人情欲望的世俗性特征,但它们在戏剧伦理叙事上却展现出明显的差异性。简要来说,中国古典戏剧的伦理叙事具有浓郁的伦理色彩,作者会对作品人物,尤其是那些背信忘义的恶人,做出明确的伦理判断,甚至为此不惜采用幻化现实的伦理叙事方式。洪昇和孔尚任其笔下的恶人形象塑造就是如此。而日本古典戏剧的伦理叙事相比而言其伦理意味就要清淡得多,作者不会因为要呈现作品的伦理思想而刻意对人物进行道德评判,甚至作者还会根据作品主旨表现的需要而忽视对恶人的伦理书写。近松笔下的九平次形象就是如此。因此,同样受儒家伦理思想影响的中日古典戏剧,它们在伦理叙事上体现了不同的艺术风格,作品的伦理教化功能有也明显的不同。中国古典戏剧注重人物伦理的道德书写,以人物的善恶评判来承载和宣扬作者的善恶思想,强化戏剧的伦理教化与教育功能。日本古典戏剧则注重人物人情的书写,较少以人物的善恶来评判人物,而是以书写人情的真实与维护人性的尊严为根本来承载文学的审美功能。总之,以儒家伦理为主导的中国古典戏剧以求善与美的结合为创作初衷,具有重教化而轻审美的伦理叙事特点,而以神道思想为主导的日本古典戏剧具有以求真与美的联姻为创作初衷,具有重审美而轻教化的伦理叙事特征。作为日本古典戏剧的集大成者,近松的"世态剧"将町人阶层的真实情感戏剧化,通过"文学的文本审美形式,大大提高了'净琉璃'剧本的文学艺术性与思想性的统一,实际上它们是近松对这一时代和社会的人生观照在文艺上的反映"③。

---

① 洪昇:《长生殿》,康保成点校,长沙:岳麓出版社,2002年,第120—121页。
② 孔尚任:《桃花扇》,欧阳光点校,长沙:岳麓出版社,2002年,第221页。
③ 唐月梅:《日本戏剧史》,北京:昆仑出版社,2008年,第303页。

近松的"世态剧"《曾根崎心中》通过讲述德兵卫与阿初的殉情故事，不仅可以向观众真实地展现日本元禄时期的人生世相，而且还可以向他们细腻地呈现人物因"义理"与"人情"的伦理冲突而引起的一系列情感纠葛的内心世界。由于他们的爱情与封建伦理道德有着不可调和的矛盾，因而，当这种矛盾发展为个体力量无法与家长制度相抗衡的时候，他们只能选择殉情。毋庸置疑，他们的殉情既是其对封建伦理的反抗，也是其自我生命诉求的体现。可以说，正是近松"世态剧"里"人情"与"义理"的伦理冲突使得人物的殉情选择具有了真实性与悲怆性，引起了观众强烈的情感共鸣，唤起了观众强烈的同情感和悲伤感，显示了近松"世态剧"独有的悲剧艺术魅力。

本章小结

日本传统戏剧表现出浓厚的伦理色彩，"情"与"义"以及"情"与"理"的冲突，充分展示了戏剧的伦理矛盾关系。能乐与狂言，木偶净琉璃与歌舞伎，这些日本传统的戏剧类型都或隐或显地呈现了这个特点。尤其是君臣伦理和家庭伦理的冲突更是日本传统戏剧"义理"与"人情"冲突的重要表现。这一冲突揭示了权衡义理与人情的关系构成了维系人们日常活动的重要途径，警示人们只有合理处理这种伦理关系，才能有效实现和善友好的人际关系，对于促进君臣和睦与家庭和谐起着重要的教化作用。

作为日本能乐的集大成者，世阿弥的《熊野》《松风》等谣曲以写实的方式反映了君臣伦理与家庭伦理之间的矛盾关系。这些作品通过讲述男女间的爱情关系，侧重于社会意识与个体意识之间冲突的伦理书写，充分表现了"义理"与"人情"的伦理矛盾。作者以个体与社会的伦理建构反映出了浓厚的道德伦理思想。作为日本元禄三杰的戏剧家，近松门左卫门的"世态剧"以新兴的町人日常生活为题材，通过讲述青年男女殉情的故事来表现町人"义理"与"人情"的伦理冲突，其《曾根崎心中》是这方面的经典之作。作品通过塑造德兵卫、阿初、九平次等富有人情味的悲剧人物形象，不仅真实反映了江户时期的风土人情与历史风貌，而且还传达了作家浓郁的伦理意识,使其作品具有了强烈的文学教诲功能。

　　日本传统戏剧突出了作家作品的伦理悲剧特质,形象诠释了"义理"与"人情"的伦理矛盾对日本古代社会生活的深远影响,阐述了个体意识的觉醒与伦理道德的冲突。他们的戏剧以写实的手法再现了社会的现实,不仅反映了作家的审美情趣和道德素养,也促进了他们对日本历史文化的理解和认同,在一定程度上承担了传递日本传统文化与启迪大众伦理意识的使命。虽然他们不如中国传统戏剧那样主张在善与恶、美与丑的强烈对比中表达作者的伦理价值取向,但是"人情"与"义理"的伦理矛盾使得其作品中的人物呈现了相应的伦理困境与伦理观念,实现了作品的伦理教诲的作用和戏剧的悲剧效果。

第五章

"私小说":现代人的伦理苦闷

"私小说"(I-Novel)是日本大正年间产生的一种独特的小说样式,又称"身边小说""身边杂记小说""自叙小说""自己小说""寻常茶饭小说""自我小说""告白小说""心境小说"等。

作为日本近代文坛一种独特的文学现象,"私小说"在日本文学史上具有举足轻重的地位和影响。它不是一个统一的文学流派,作者包括不同时期、不同流派的众多小说家。著名作家久米正雄说过:"现在,几乎所有的日本作家都在写'私小说'。"①著名文学评论家中村光夫在《日本的现代小说》一书中断言,日本所有的现代作家都不同程度地受到"私小说"创作方法的影响,都或多或少写过"私小说","私小说"的精神与方法浸透了整个日本近现代文学史。著名作家大江健三郎认为,"私小说"是

---

① 久米正雄:「私小說と心境小說」,『近代文学評論大系·6』,東京:角川書店,1976年。转引自潘世圣:《日本近代文学中的"私小说"简论》,《日本学刊》2001年第3期,第64页。

日本文学的一个传统。作家大森澄雄认为:"至少从言文一致运动以来,各种流派如走马灯般此消彼长,来去匆匆,只有私小说万古一系流传至今。到《我是什么》为止,已近 80 多个春秋。显然,其中应含有某种与之水乳交融、无法分离的因素。或许,是日本的民族性吧。"①我国学者魏大海认为,"'私小说'在二十世纪初以来的日本文学中是首当其冲的、最重要的文学现象"②,是 20 世纪日本文学的一个"神话"③。从 1906 年岛崎藤村的《破戒》开创日本"私小说"以来④,到 1997 年韩裔青年女作家柳美里(也是一位典型的"私小说"作家)获得"芥川文学奖",2007 年佐伯一麦的"私小说"《挪威》获得野间文艺奖,西村贤太的"私小说"《暗渠之宿》获得野间新人奖,新一代"私小说"作家频频出现,"私小说"已经迎来百年华诞。2011 年 1 月,西村贤太荣获第 144 届日本纯文学大奖"芥川文学奖",从而令"私小说"再度成为热门话题。

一般认为,岛崎藤村的《破戒》(1906)、田山花袋的《棉被》(1907)、志贺直哉的《在城崎》(1917)、广津和郎的《神经病时代》(1917)、葛西善藏的《湖畔手记》(1924)、宇野浩二的《枯木风景》(1933)、尾崎一雄的《虫子的二三事》(1948)、泷井孝作的《松岛秋色》(1952)等等,是"私小说"的代表作。

"私小说"不仅在创作方面成就辉煌,在理论方面也颇有建树。日本近代以来出现了岛村抱月、中村武罗夫、久米正雄、佐藤春夫、岩上顺一、加藤武雄、近松秋江、小林秀雄、中村光夫、横光利一、山本健吉、伊藤信吉、伊藤整、平野谦、铃木登美、铃木贞美等一批"私小说"理论家。最近几十年,西方国家的日本文化研究者加强了关于"私小说"的介绍和研究,代表性著作有德国学者伊尔梅拉·日地谷的《私小说——自我暴露的仪式》等。这些论著往往站在西方文化立场关注"私小说",虽然有很多误读现

---

① 大森澄雄:『私小説作家研究』,東京:明治書院,1982年,第199頁。
② 魏大海:"译序",见[日]田山花袋:《棉被》,魏大海等译,上海:复旦大学出版社,2013年,第1页。
③ 参阅魏大海:《私小说:20世纪日本文学的一个"神话"》,济南:山东文艺出版社,2002年。
④ 也有很多学者认为田山花袋的《棉被》(1907)是日本"私小说"的开山之作。

象，但也为"私小说"研究提供了新视角。

中国学界有人对"私小说"理论进行了总结，认为"'私小说'理论家们指出了作家的主体性，作家坦露自我的真诚，描写身边琐事的可行性，小说对社会的超越性"①。不过，该总结遗漏了"私小说"理论很重要的一个方面，即"私小说"既具有对社会的超越性，又具有伦理维度。岛村抱月曾在《代序：论人生观上的自然主义》中指出，现在是疑惑不定的忏悔的时代，作家应该凝视自己，暴露并忏悔自己的丑恶。而"日本私小说作家善于在自我的心灵内部'反刍着罪的意识'（伊藤整语），……私小说这种文体要求把自我的行为和心境真实坦率地加以暴露（日本人称为'告白'），它本身就具有忏悔或忏悔录的某些特点"②。因此，"私小说"具有四个主要特征：

一、"私小说"之"真"

1924 年至 1925 年间，久米正雄发表《私小说和心境小说》，宇野浩二发表《私小说的我见》，认为"私小说"是日本的"纯文学"，是散文文学的精髓，竭力加以推崇，引起文坛热议，"私小说"这个名词从此被广泛使用。大正末期以来，日本人把"私小说"视为最能保持"真实性"的所谓"纯文学"，而使"私小说"在日本文学中占据正统地位。"真实性"即"私小说"之精髓。

"私小说"的"真实性"可以追溯到日本古代平安时期的日记、随笔文学，其纤巧自然的风格、细腻周密的心理描写和较强的写实性，在后世成为某些"私小说"的一大特色。"私小说"源于明治时期的自然主义文学，与自然主义关系密切。有人说它是"日本自然主义小说的典型样式"③；有人说它与自然主义有同有异，"不是自然主义派的别称"，"不能在私小

---

① 王向远：《中国现代文艺理论和日本文艺理论》，《北京师范大学学报（社会科学版）》1998 年第 4 期，第 70 页。
② 王向远：《文体与自我——中日"私小说"比较研究中的两个基本问题新探》，《四川外语学院学报》1996 年第 4 期，第 5 页。
③ 王向远：《东方文学史通论》，上海：上海文艺出版社，1994 年，第 222 页。

说与自然主义之间划上等号"①;也有人认为它是自然主义文学的一个"变种"②或"变异"③。但不管持哪种观点,都肯定了"私小说"的"真实性"原则。

"私小说"理论家岛村抱月在《代序:论人生观上的自然主义》中主张为了保证作品的真实,作家应该凝视自己,暴露并忏悔自己的丑恶。这种主张为"私小说"产生提供了理论基础。"私小说"无论采取第一人称或第三人称,作者都必须登场,必须要有自己的影子,而且主人公必须是作者自己,强调作品的自传性或半自传性,内容必须真实,必须是作者所见所闻、所思所想的真实记录,是艺术家本人一生的再现,而不是创造另一个人生。有些"私小说"作者甚至以公布情书证明小说内容的真实性。田山花袋在1904年发表一篇题为《露骨的描写》的文章,提出文学应放弃一切理想化的、虚构的描写,不要技巧,只做客观露骨的描写。"一切必须露骨,一切必须真实,一切必须自然","要大胆而又大胆,露骨而又露骨,甚至让读者感到战栗"④。因此,我们看到,《在城崎》里的"我"和《暗夜行路》里的青年作家时任谦作就是作者志贺直哉,《棉被》里那个垂涎于女门生的中年作家就是作者田山花袋,《新生》里那个作家与侄女苟且的情节,就是作者岛崎藤村生活中真实发生的事。

二、"私小说"之"私"

"私小说"在内容上比较拘泥于作者身边琐事和日常生活细节,局限于恋爱、婚姻和家庭,着力描写个人隐私、内心真实、自我意识;在形式上表现为心理描写特别真实、细腻、复杂、琐碎。日本的"私小说"在拉近艺术与普通读者的距离上起到了十分积极的作用,它的真实、自然、亲切和

---

① 何少贤:《论日本私小说》,《外国文学评论》1996年第2期,第77页。
② "日本文坛普遍认同的说法是——'私小说'最初受法国自然主义文学之影响,不妨说是自然主义文学的一个'变种'。"转引自魏大海:"译序",见[日]田山花袋:《棉被》,魏大海等译,上海:复旦大学出版社,2013年,第2页。
③ 刘晓芳:《变异的真实观与日本自然主义的变异》,《日语教育与日本学》2011年第1期,第137页。
④ 转引自叶渭渠:《试论日本自然主义文学思潮》,《日本问题》1987年第5期,第57页。

看上去的"亲历"状态,使得读者从情感上愿意亲近它,这对矫饰的虚构作品形成了不小的冲击。但是,"私小说"拘泥于作者身边琐事和自我心境,视野不够开阔,题材相对狭窄,又给它的发展带来了障碍。这种情况,直至日本在第二次世界大战中失败投降之后,方始有了一些变化。

三、"私小说"的"自我位相"

美国当代学者本尼迪克特在《菊花与刀——日本文化的诸模式》中认为:"日本道德中的彻底放弃自我(它往往要求否定人的生命,如剖腹、情死等等)恐怕是任何一个国家的封建制度要求并创造出来的封建制度所特有的道德。"[①]这种状况到了近代已经有了变化,"私小说"开始强调作家的主体性,强调对自我的充分表现。

小林秀雄在《私小说论》中以欧洲、特别是法国的小说为例,通过对日本和欧洲"自我"形态的比较、对照,发现欧洲文学中的"我"十分社会化,而日本"私小说"却受限于非社会化的个人生活。他探究了日本近现代文学或"私小说"中的"自我"位相问题,分析了"私小说"产生的原因。横光利一在《纯粹小说论》中则通过与《罪与罚》《恶魔》《战争与和平》等外国作品的比较,得出"私小说"包含"日常性"的结论,认为当时的日本作家大多有"自我"意识过剩倾向。按久米正雄的说法,"私小说"就是作者把自己直截了当地暴露出来的小说。"私小说"的主体必须是"我",只要把"我"如实地表现出来,无论怎样无聊、平凡,都是优秀作品。小林秀雄认为"私小说"是"作者描写自己摆脱不幸的小说",吉田精一认为是"以自己身边的事情为题材的小说",等等。故"私小说"又译为"自我小说"和"心境小说"。

四、"私小说"的伦理维度

"私小说"既具有对社会的超越性,又具有伦理维度。"私小说"通过

[①] [美]本尼迪克特:《菊花与刀——日本文化的诸模式》,孙志民等译,杭州:浙江人民出版社,1987年,第276页。

叙述作家自己的人生体验，在表露其心路历程的同时，也表现了时代的苦闷，现代人的苦闷，人生的苦闷，这种苦闷带有浓重的伦理意味。

综观"私小说"理论和创作我们发现，"私小说"的伦理主题主要集中在社会伦理、家庭伦理、生命伦理三个方面，"私小说"的主人公多为彷徨、苦闷的"多余人"形象，"私小说"主要描写了近代人权平等观念与封建等级意识的伦理冲突与伦理选择、个体欲望与社会伦理道德规范的伦理冲突与伦理选择、生与死的伦理冲突与伦理选择等等，"私小说"的伦理拯救主要有自我暴露、自我忏悔两条途径。

例如岛崎藤村《破戒》中的濑川丑松绝不是一个敢于正面向封建势力宣战的勇士，但也不是一个时代的失败者；他行动起来了，敢于公开自己的低贱出身，但又不断徘徊瞻顾、逡巡迟疑；他觉醒了，又那么忧郁和恐惧。作者正是借助濑川丑松的行为表现出人权平等的近代观念与封建等级意识之间的冲突、对社会正义的强烈诉求以及对个人道德蜕变的思考。广津和郎也是一位非常关心社会问题的作家，他根据自己在报社工作的体验写成的小说《神经病时代》是描写"多余人"形象的一部力作。主人公铃木定吉是一位富于正义感的新闻记者，对丑恶的现实感到愤懑不平，却又无力反抗。这是一个典型的"自我意识过剩而缺乏行动的、日本式的罗亭似的知识分子形象"[1]，一个"多余人"。宇野浩二的《枯木风景》则写一个艺术家对丑恶的现实感到愤懑不平，却又无力反抗，苦闷彷徨。田山花袋的《棉被》通过竹中时雄的选择直接触及人的道德底线，个体需求与道德秩序发生了直接的冲突。岛崎藤村在其作品《新生》中，通过主人公岸本与节子的乱伦关系，将生活中自己与侄女的乱伦经历公之于众，暴露了自己和家庭的污秽。葛西善藏的短篇小说《湖畔手记》写一个贫穷的作家逃离家庭、怀着对妻子负疚的心情从事写作的故事。志贺直哉的名作《在城崎》通过描写几个小动物的死，让笔者领悟了生死的真谛，并在生与死、同情与漠然这些相互冲突的生命伦理问题上做出了正确的伦理选择。尾

---

[1] 转引自张伟：《"多余人"论纲——一种世界性文学现象探讨》，北京：东方出版社，1998年，第219页。

崎一雄采用拟人化手法写寓言小说,如《虫子的二三事》(1948)、《瘦了的雄鸡》(1949)、《虫和树》(1965)、《蜜蜂掉落了》(1976)等,都富有特色,在这类作品中,表现了作者对生死问题的看法。

"私小说"作家们具有敢于正视自己和敢于解剖自己的勇气,通过"内面的写实"和"自我告白",将自我内部的丑恶暴露、告白于读者,孕育出自我批判的契机。大江健三郎在题为《关于私小说》的文章中,要人们关注这种探索自己、告发自己的新型"私小说",也正是这种撕裂自己的创作心理引领了自白形式的创作笔法。岛村抱月在《代序·论人生观上的自然主义》一文中指出,要摒弃一切虚假,忘却一切矫饰,痛切地凝视自己的现状,然后真实地把它告白出来。现在是忏悔的时代,也许人们永远不能超越忏悔的时代。

"私小说"在个人性心理、私生活上的大胆剖露,曾引起当时日本文坛极大的关注。在这方面,"私小说"代表作《棉被》首当其冲,其大胆告白与毫不掩饰地暴露内心一切的行为,既震惊了日本文坛,同时也赢得了人们的赞辞。《棉被》中如实描写了自己的畸形爱欲观和厌倦妻子、为占有女弟子而采取卑鄙手段的种种丑陋心理。作家通过露骨的描写来宣泄对于人生、对于社会的绝望,从而达到他所谓的露骨描写与大胆暴露的目的。主人公竹中时雄与横山芳子的生活模型分别是现实生活中的作家田山花袋与他的美貌女弟子永代美知子。小说刚一面世,岛村抱月即为之评论:"这是一篇一个有血有肉的人、一个赤裸裸的人的忏悔录。……在理性与野性的掺杂中,作者将一种充满自我意识的现代性格展示给公众,赤裸裸得令人不堪正视。而这正是这部作品的生命和价值。"[1]柄谷行人一针见血地指出:"这即是说,花袋告白的并非丑陋的事情,而是丑陋的心灵,即实际上子虚乌有的东西。"[2]日本学者在对《破戒》的评价上长期存在着"社会小说"与"告白小说"之争,因为这部作品既有对明治社会较为深刻的批判性,又有个人内心自我反省和向顽固势力告白妥协的一面。

---

[1] 岛村抱月など:『「蒲団」合評』,『早稻田文学』23(1907):38–54。转引自潘世圣:《关于日本近代文学中的"私小说"》,《外国文学研究》2001年第2期,第108页。

[2] 柄谷行人:『日本近代文学の起源』,東京:講談社,2001年,第82頁。

第五章 "私小说":现代人的伦理苦闷

"私小说"中的人物常常具有浓厚的忏悔意识。与西方文学中以宗教伦理为价值判断标准的忏悔不同,"私小说"中人物的忏悔是以社会伦理为价值判断的标准,因为日本文化是一种耻感文化。由此可见,"私小说"并没有脱离社会,其笔下的人物依旧具有伦理情怀,只不过这种情怀被作家以感伤的情调置于一种深沉而又凝重的伦理叙事之中。

下面选择《破戒》《棉被》《在城崎》三部"私小说"代表作,尝试运用文学伦理学批评方法进行解读,着重谈谈"私小说"中的伦理环境、伦理苦闷、伦理冲突与伦理选择问题,以加强对"私小说"伦理维度的认识。

第一节 近代人权平等观念与封建等级观念的伦理冲突与伦理选择

岛崎藤村的《破戒》通过一个"秽多"[①]守戒和破戒的故事,揭露了荒诞的日本封建身份制度、社会习俗和各种恶势力对人的迫害,为我们展示了一段鲜为人知的部落民人权斗争的社会悲剧。

一、《破戒》的伦理主线与伦理环境

《破戒》描写了一个名叫濑川丑松的小学教师严守父亲的告诫:一定要隐瞒自己受人歧视的"秽多"出身,如果破了戒,就要被社会抛弃。丑松是个具有进步思想、已经开始自我觉醒的青年,他憎恨邪恶势力,同情弱小,崇拜猪子莲太郎——一个同是"秽多"出身的启蒙思想家。他从猪子莲太郎的著作中得到鼓舞,想与社会挑战,勇敢地站出来宣布自己的出身,但他又害怕这个无情的社会,因此矛盾犹豫,行动迟疑,充满了烦闷和

---

① 日本江户时代,有一部分排在士农工商之下,从事皮革业、屠宰业、刽子手等被人称作"秽多"(Eta)或"贱民"的人,在社会上受到特别歧视,他们自成部落,居住在对外隔绝的村庄或贫民区,又称"部落民"(Burakumin)。1871 年 8 月 28 日,明治政府颁布太政官布告第 61 号(即解放令),宣布废除身份制度,"废除秽多、非人等称呼,尔后其身份、职业均与平民同,改称'新平民'"。但实际状况毫无改善,这部分人并未获得真正平等的待遇。20 世纪初,部落中上层人物提倡改良风俗,与部落外民众交往,开始形成部落运动。1922 年 3 月 3 日,受社会主义思想影响的部落青年发起成立全国水平社,提出以部落民自己的行动争取彻底解放的纲领。

苦恼。他的进步倾向以及他在学生们中的人望,招来了满口鼓吹忠君思想、实际上利欲熏心的校长的猜忌与仇视。校长与督学狼狈为奸,企图用阴险手段将这名"异己分子"排挤出去。猪子莲太郎后来被政敌杀害,莲太郎的死终于使丑松下定决心,向学生宣布了自己的出身,请求学生们对他过去的隐瞒行为给予宽恕。他破戒了,但日本社会不会饶过他。他在爱人志保姑娘的鼓励和慰藉下,决心到北美得克萨斯州去开创新生活……

这就是《破戒》的情节伦理主线,即"秽多"出身的平民知识分子濑川丑松从守戒到破戒的过程,他从对现实妥协,隐瞒自己受人歧视的"秽多"出身,终于走向了对现实反抗,向学生公布自己的出身,忏悔自己的隐瞒行为。小说真实、细腻地表现了主人公内心世界的动摇、斗争和苦闷。

小说所涉及的氏姓制是日本古代独具特色的政治制度——封建身份差别制度,它是原始社会氏族血缘关系在阶级社会长期残存的结果,对日本社会的影响极其深刻。这种身份差别制度并非起源于民族差别,而是由于职业及其他种种原因,人为地将一部分人当作贱民阶级固定下来。明治维新后,虽然统治者表面上宣称要废除封建社会不平等的身份制度,但由于日本近代社会残留的封建势力十分强大,即使在第二次世界大战后,"秽多"(即部落民)问题仍未解决,更不要说《破戒》问世的当时了。

作者在 1920 年回顾过去的历史进程时曾经写道:"回顾过去的半个世纪,封建时期的遗物,还活在我们的内部世界及外部世界。虽说是明治维新,但我们并未能将过去根深蒂固的事物完全更新。从某种意义上说,呈现在我们面前的事物,不过是封建时代遗物的近代化而已。"①作者在回顾中深感不满的"封建时代遗物的近代化",就是表面的、肤浅的近代化与残留在新时期中的旧思想、旧事物的并存。

《破戒》的主题,在于抨击日本近代社会中不合理的、野蛮的身份制度,同时批判天皇专制主义教育机构的腐败与黑暗,但它更重要的意义,

---

① 转引自[日]岛崎藤村:《破戒》,柯毅文、陈德文译,北京:人民文学出版社,1982 年,"译本序",第 1—2 页。

还在于揭示了明治维新后新旧交替时期这一伦理环境下日本近代社会中剧烈的伦理冲突。

二、丑松的伦理苦闷与伦理冲突

丑松是一个地地道道的北信州人。22 岁那年春天,他以优异成绩毕业于长野师范学校,取得正教员①资格,来到饭山做小学教师。饭山镇的人只知道他是一位热情的年轻教师,却没有一个人知道他原来是一个"秽多",一个"新平民"。"年轻教师"是他的公开体面的社会身份,而"秽多"是他刻意隐藏的极不体面的社会身份。虽然他从父亲那里得知:

> 如同居住在东海道沿岸的许多秽多种族一样,他们这一族和朝鲜人、中国人、俄罗斯人,以及从不知名的海岛上漂流、归化过来的异邦人的后裔不同,他们的血统来源于古代武士中的衰败者,虽然贫困,但却不是犯罪玷污过的家族。然而,父亲还特别嘱咐他说,秽多子孙的处世秘诀就是隐瞒出身,这是生存的唯一希望,唯一办法。父亲告诫他:"不管碰到什么事,不管遇到什么人,千万不可吐露真情。要知道,一旦因愤怒或悲哀而忘记了这条戒规,那就会立刻被社会抛弃。"②

"隐瞒"这两个字概括了戒规的一切。然而,在那青春年少充满幻想的欢乐年代,只知道求学的愉快,时刻想着飞出家门,丑松往往忘记了父亲的戒语。可是,突然有一天,他猛然醒悟到自己的身世,才知道要隐瞒下去的重要性——因为这是生死攸关的大问题。

丑松是一个充满了矛盾、性格复杂的人,他对自己的"秽多"出身非常敏感。"每逢人家问到或谈论这件事,他总有些惶恐不安,他本来就有个毛病,大凡牵涉到秽多之类的事,从来都是避而不谈的。"③因为大日向被驱逐一事,他心神不宁,疑神疑鬼,很快决定从鹰匠街的旅馆搬到了莲华

---

① 日本中小学教师由政府延聘,有正教员和见习教员之分。
② [日]岛崎藤村:《破戒》,柯毅文、陈德文译,北京:人民文学出版社,1982 年,第 8 页。
③ 同上书,第 3 页。

寺,其实这次他并没有非搬不可的理由,只是因为他心里又疑惑又恐惧。

有一天,银之助和文平到庙里来看望他,他们二人的谈话涉及猪子莲太郎,文平的话对莲太郎大有贬义。当他们你一言我一语地交谈的时候,丑松一言不发地对着油灯出神,脸颊上自然流露出来的苦闷表情,使得他那年轻而英俊的容貌越发显得阴郁了。朋友们回去以后,丑松在自己的房间里来回踱步,好像抑制不住内心的激动情绪。他回想着这一天发生的事,想到那两个人的谈话以及谈话时脸上的细微表情,不觉浑身战栗起来。他海阔天空地回想着一切,没有一件事可以使他安下心来,越发感到自己平时注意不够,满心后悔和自我谴责。到了晚上,丑松心情烦闷,"一整夜就是这样躺在床上战栗、苦闷,在黑暗中彷徨"①。最后,他做出了决定。第二天,莲太郎的姓名、著作以及他的为人,凡是有关这位前辈的事,丑松在别人面前一概不提,他急忙把猪子的书卖掉,还把书中自己的印章都涂抹掉。

在帮助仙太打完那场球之后,他开始责怪自己,"由于猜疑和恐惧而浑身战栗起来。啊!该死的智慧呀,你总是事后才使人变得聪明起来的"②。他心乱意迷,在天长节那天夜里,终于被恐怖和怀疑所慑服,产生了幻觉,他听到远在西乃入牧场的父亲的声音,于是想起了一生的戒语。

在给病重的猪子莲太郎写信时,他也总是踌躇不安、吞吞吐吐,不能把自己想到的心事充分表达出来,因为他不能说出自己同为"秽多"的秘密。"当写好这封信的时候,他为自己的不诚实而深感内疚。他丢下笔,叹息了一声,又钻进冰凉的被窝,等到略微有些睡意的时候,就接连不断地做起噩梦来。"③丑松无数次想在猪子面前说出自己的出身之谜,扔掉这痛苦的包袱,但亡父有遗嘱,叔父有忠告,他想说又犹豫不决,一犹豫不决又自己责怪自己,内心充满了畏惧、迷惘和烦闷。他在高柳面前"三次昧着良心说话,把自己和尊为师长、视同恩人的莲太郎的关系一概否定

---

① [日]岛崎藤村:《破戒》,柯毅文、陈德文译,北京:人民文学出版社,1982年,第3页。
② 同上书,第63页。
③ 同上书,第70页。

掉,形同莫不相干的人一样"①。

《破戒》通过丑松的内心苦闷揭示了日本近代社会中新事物与旧事物的冲突,消除等级差别、主张人权平等的近代观念与日本社会残留的封建等级观念之间的伦理冲突。对日本近代社会的阴暗现实的批判与对民主精神的炽烈追求,形成了这部作品的主调。丑松的伦理身份也在这个过程中发生了根本变化:从隐藏真实身份的"秽多"到自我觉醒、要求人格平等的小资产阶级知识分子。

三、丑松的自我觉醒与伦理选择

在破戒,还是坚守戒律,也就是向封建势力屈服或者反抗的问题上,丑松身上隐藏着许多利害得失打算,内心斗争十分激烈。因为父亲的告诫,丑松在很多年做出的伦理选择一直是坚守戒规,绝不破戒。但猪子莲太郎的影响使丑松的自我意识开始觉醒,猪子莲太郎悲壮的死让丑松勇敢地做出了第二次伦理选择——破戒——公开自己的"秽多"身份。

猪子莲太郎是一位新思想家,同时又是一位战士,他出身秽多阶层这件事实使丑松深受感动。说起来,丑松是把他作为自己的老前辈来敬仰的。丑松平时在谈话时经常提到猪子莲太郎,与他通信,为他辩护。猪子莲太郎的书把重点放在心理研究方面,撼动人心。正因为如此,凡是莲太郎的著作,丑松都买来阅读。"丑松越读越觉得被这位前辈拉住了手,把他带进了一个新的世界。作为一个秽多的悲怆者,他已经在不知不觉中把头抬起来了。"②

猪子莲太郎出版的新作《忏悔录》劈头第一句话就是"我是一个秽多"③。书中极其生动地描写了猪子本族人的愚昧和衰败,叙述了许多正直的男女只是因为"秽多"出身而被社会抛弃的情景。"这本书的字里行间充满了一个热心男子的呜咽之声。它是作者本人的一部苦闷的历史,有对往昔悲欢离合的回忆,有因追求精神自由未能如愿而产生的悲叹,有

---

① [日]岛崎藤村:《破戒》,柯毅文、陈德文译,北京:人民文学出版社,1982年,第161页。
② 同上书,第3页。
③ 同上书,第9页。

对不合理的社会的怨情和疑惧,也有走上曙光在望的新生活的欢快之情。"①《忏悔录》中的思想,可以说"反映着当今下层社会'新的痛苦'"②。丑松"一边阅读,一边集中思索自己的一生"③,他在这本书中找到了知音和情感共鸣。不过,"丑松读完《忏悔录》,反而感到一种难以忍受的苦痛压在心头"④。他变得非常忧郁,只要看看他那眼神和走路的样子,听听他谈话的声音,就足以证明他失去了先前快活的性格。虽然丑松的自我开始觉醒,已经认识到人格尊严的需要,但他还没有为自己的苦闷找到一条真正的出路。"在这堵种族偏见的高墙面前,不管多么灼热的眼泪、贴心的话语,还是钢铁般坚强的思想,都变得软弱无力了。有多少善良的新平民,就这样默默无闻地被葬送了。"⑤

丑松在现实面前有站立起来的形象。他认为:"我也是社会的一员,和别人一样,我也有生存的权利!"⑥他敬佩猪子"那出身新平民而坚持奋斗到底的精神"⑦,怜悯穷困潦倒、被损害的小人物风间敬之进,特地为他到郡督学面前去说情,同情受到众人歧视的同是"秽多"出身的财佬大日向和孩子仙太。生病的大日向被人赶出医院,接着又被赶出旅馆,受尽残酷的虐待和凌辱,最后又被偷偷地抬走,使他联想到每一个"秽多"可悲的命运。为了仙太,他拿起网球拍,在众目环视与冷笑下,"怒目满面"地进行悲壮的斗争。尤其是到了他与胜野文平争辩的一场,丑松的态度更加坚决,他愤然起来为猪子辩护的行为,正说明一向沉浸在思索中、畏缩不前的人,这时已变成了慷慨激昂的人,一个"抱着决死的意志踏上人生战场"的人。

然而丑松斗争的火焰,只是昙花一现就熄灭了。我们更多看到的是

---

① [日]岛崎藤村:《破戒》,柯毅文、陈德文译,北京:人民文学出版社,1982年,第9—10页。
② 同上书,第8页。
③ 同上书,第10页。
④ 同上书,第11页。
⑤ 同上书,第37页。
⑥ 同上书,第46页。
⑦ 同上书,第58页。

丑松卑屈的一面。他觉醒了，但又那么忧郁和恐惧，他不断徘徊瞻顾、逡巡迟疑。那股严峻、难顶的习惯势力，让他窒息，陷入绝望之中，他甚至产生了自悔身为知识分子、害怕觉醒的怨艾。当然，他不愿意说出自己"秽多"的出身，也因为害怕失去心爱的姑娘志保。

猪子莲太郎的死让丑松最终选择了破戒，他向学生坦白了过去隐瞒真实身份的罪行。在小说快要结尾时我们看到，他把双手垂伸在学生的桌子上，低下头来表示谢罪。他感到这样谢罪还不够，于是后退了两三步，边说"请原谅"，便跪倒在地板上说："我是不折不扣的秽多、贱民、不洁净的人。"①当银之助有事来到学校时，看到"丑松像失常的人一样，跪在同事们面前，一张羞愧的脸紧贴在地板的尘埃上"②，脸上流淌着吐出实情后忏悔的泪水。丑松在心爱的姑娘面前卑微地祈求："如志保念及昔日之情，最好能把他当作社会的罪人！"③

《破戒》通篇抒发了所谓"觉醒者"的悲哀。④ 丑松的忏悔可以理解，那是因为他长期隐瞒了出身"秽多"这一事实真相，但它的卑屈却着实令人费解。他把"秽多"看得过分卑下，反而会损害读者的同情。这一方面固然说明作者在强调"觉醒者的悲哀"，但更主要的原因还在于日本社会近代启蒙运动的不足，真正的"自我觉醒""个性解放"思想并没有建立起来，其根源在于"明治维新"时期资产阶级革命的不彻底性，明治社会强权政治压迫下的小资产阶级的软弱性。《破戒》的这个特点，不仅反映在小说主人公丑松身上，也反映在其他正面人物猪子莲太郎、市镇律师等人身上。

丑松做出的伦理选择——破戒、远走异国他乡令人深思。有学者认为，"主人公丑松的'破戒'，标志着他的人权意识、平等意识的觉醒和他对身份差别制度的反抗。然而，破了戒的丑松只有远走异国他乡才能生存，这又反映了近代小资产阶级知识分子的软弱，同时也说明觉醒并不意味

---

① ［日］岛崎藤村：《破戒》，柯毅文、陈德文译，北京：人民文学出版社，1982 年，第 247 页。
② 同上书，第 248 页。
③ 同上书，第 253 页。
④ 岛崎藤村后来写了回忆《破戒》写作经过的文章，题为《觉醒者的悲哀》。

着现状的改变"①。诚然,小说借助濑川丑松的伦理选择表现出对社会正义的强烈诉求以及对个人道德蜕变的思考。

第二节 个体欲望与社会伦理道德规范的伦理冲突与伦理选择

虽然许多学者认为田山花袋的《棉被》是日本"私小说"的开山之作,但中国学术界对它的研究却非常薄弱,只有几篇文章粗浅地谈到了《棉被》与自然主义文学之间的关系、《棉被》与日本文学传统之间的关系、《棉被》的"私小说"文体特征与写作技巧。以文学伦理学批评方法重新解读这部作品,我们会发现《棉被》具有强烈的伦理意味,"私小说"作家并没有脱离社会,其笔下的人物具有浓重的伦理情怀,只不过这种情怀被作家以感伤的情调置于一种深沉而又凝重的伦理叙事之中。

一、爱而不可得的伦理苦闷

《棉被》描写了有妇之夫、中年作家竹中时雄与年轻美貌的女弟子芳子之间的微妙关系。竹中时雄厌倦了单调平庸的生活,也厌倦自己的妻子和家庭。充满青春活力的上门女弟子芳子的到来,唤起了他的感情和欲望,他想占有她,但碍于老师的身份和道德,丧失了几次难得的机会。不久,芳子与一位大学生田中恋爱,时雄十分痛心,他以师长的姿态,串通芳子守旧的父亲,硬是拆散了他们。当芳子离京回家后,时雄对她的思恋、怀念之情日甚一日。有一天,他来到芳子住过的房间,抱着芳子盖过的棉被,尽情嗅着那令人依恋的女人味,性欲、悲哀、绝望,猛地向他袭来。他铺上那床褥子,把被盖在身上,用既凉又脏的天鹅绒被口捂着脸,哭了起来。室内昏暗,屋外狂风大作。

这部小说被誉为"日本国民必读经典作品"。小说的伦理主线即一个已婚中年男人的情感危机和他对年轻女性的无望的情欲,以及受世俗伦

---

① [日]岛崎藤村:《破戒》,柯毅文、陈德文译,北京:人民文学出版社,1982年,第223页。

理约束的烦恼、苦闷和悲哀。故事取材于作家的亲身经历,主人公竹中时雄与横山芳子的生活原型分别是现实生活中的作家田山花袋与他的美貌女弟子永代美知子。小说极力避免虚构而写事实,赤裸裸地告白了自己的隐私,苦闷、感伤、悲哀、绝望构成了作品的叙事基调。

时雄的苦闷首先源于事业的不成功,这对于男人来说很重要。在他的"郁郁不得志的文学阅历中,所有的创作支离破碎且至今未遇牛刀初试的机会。他沉浸在无尽的烦闷之中,青年杂志每月的恶评更是令之痛苦不堪。在其自我意识中,自然保留着有朝一日成名成家的愿望,但心底里却充满了苦闷"①。他的苦闷也来自中年已婚男人的家庭情感危机和生活的单调乏味、令人倦怠。干什么都没劲儿。"他感觉,自己寂寞得快无容身之地了。"②他曾经幻想着如何背着妻子去偷情,以此驱散寂寞。"如果可能,不如重新体验新的恋爱。"③"他甚至产生过更加过分的幻想,他想象妻子妊娠之中突然难产死去。"④他就可以续弦其他年轻美丽的女人了。但他的苦闷更多的还是来自无法确定自己对芳子的感情性质。"难道那样的感情仅仅是一种性欲,而不是所谓的爱情?"⑤如果仅仅是一种性欲——遭遇中年危机、厌倦家庭生活的有妇之夫对年轻美貌女性的强烈性欲,只是一种生理需要,无关感情,当然不符合社会道德规范;但如果是爱情,那就另当别论了,无论是师生恋,还是普通的男女恋情,在受到现代文明熏陶、要求个性解放的知识分子中,其合理性是不容置疑的。时雄也无法把握芳子那种亲切的态度中是否包藏了爱情。"年轻女人的心理却是捉摸不透的。也许,那种温暖而令人欢喜的爱情只是女性特有的自然的表露?美丽的眼神和温柔的态度统统都是无意识或无意义的?就像自然的花朵令人感觉慰藉一般。"⑥

---

① [日]田山花袋:《棉被》,魏大海等译,上海:复旦大学出版社,2013年,第2页。
② 同上书,第4页。
③ 同上。
④ 同上。
⑤ 同上书,第1页。
⑥ 同上。

不过,从情节的发展来看,我们知道时雄和芳子之间的确或隐或显存在着师生恋,不过他们一直停留在精神恋阶段,谁也不敢越雷池一步,这种感情注定不能开花结果,只能扼杀在摇篮里。小说一开始就通过时雄的心理活动透露了他们之间的暧昧关系:

> 那些表达感情的通信,证明了两人之间非同寻常的关系。正因家有妻小,顾忌社会舆论又是师生关系,两人才没有最终堕入爱情的陷阱。然而相互交谈时的内心激动和相见之时的热切目光,又的确在二人心中潜置了狂烈的暴风骤雨。一旦遇见适当的机会,那般心灵风暴必将毁坏一切关系——包括夫妻、亲友、道德和师徒。至少他相信会如此。而虑及两三天来发生的变故,姑娘确实出卖了他的感情。他屡屡念及自己遭受的欺骗。①

周围的人也敏感地觉察出这师徒二人之间关系十分密切,显然超出了师生之谊。"一位女性看到了两人亲密的样子,便对时雄妻子说:'芳子来了之后,时雄真是完全变了一个人。看他两人说话的样子,都跟丢了魂儿似的。夫人可不能大意呀。'在外人眼中产生那般感觉也是情有可原。但实际上,两人未必达到了那般亲密。"②最敏感的人应该是时雄的夫人,她本来非常顺从,并未提出异议,甚至没有一点不满的迹象,但现在也有些紧张和妒忌了,有时还会冷言冷语,特别是看到丈夫为芳子的事失魂落魄之时。而妻子娘家的亲戚间,早已如临大敌地开始追究了。

从芳子的言行中,我们也能看到年轻女子有意无意间抛撒的青春、美丽、暧昧和受到压抑的性苦闷。芳子"华贵的嗓音,艳美的身姿,与时雄以往的寂寞生活形成了何等对照!"③不知为何,时雄突然联想到哈普特曼的剧作《寂寞的人》,从主人公约翰内斯·福凯拉特的心事和悲哀中找到了知音。

时雄眼中,发妻可谓一无所有,只有旧式盘髻、泥鸭步式和温顺

---

① [日]田山花袋:《棉被》,魏大海等译,上海:复旦大学出版社,2013年,第1页。
② 同上书,第11页。
③ 同上书,第8页。

贞节。发妻最大的满足不外乎生儿育女,她不会跟随夫君,像美丽的新派娇妻那样相拥依偎着散步,也不会在探亲访友时流畅自如地与人交谈,甚至没有兴趣读自己耗尽心血写出的小说。与夫君的苦闷、烦闷更可谓风马牛不相及。时雄不由地心中呼喊:"孤独哇!"他像《寂寞的人》约翰内斯一样,深切感受到发妻的毫无意义。①

他甚至感到自己连《寂寞的人》中的约翰内斯也不如。芳子的到来,照亮了中年男人时雄的生活。"那时髦、新派的美丽女弟子'先生''先生'地叫着,时雄仿佛变成了世上受人景仰的伟人,他无法不为之而心动。"②

小说中有许多地方描写了芳子艳丽的装束、迷人的表情、崇拜的眼光、可爱的言谈。"年轻女孩儿的内心憧憬着色彩斑斓的恋情物语,富于表情的眼睛闪烁着深不可测的光辉。"③小说还特别提到了她给时雄写的一封厚厚的哭诉衷肠的信,这封信引起了时雄的非分之想。还有一次是发生在此事两个月之后的一个春夜二人在芳子住处见面的情形,当时没有其他人在场,芳子浓妆艳抹,在和导师讲话时的表情令人难以抗拒:

> 就那么直勾勾地望着时雄的脸。真的是美艳绝伦!面对芳子勾魂般的一瞥,时雄却没出息地心中怦怦跳。片言只语,两人谈的只是普通话题却又心照不宣,都知道这平凡的故事其实包含着并不平凡的内容。此时,倘若再接着交谈十五分钟,谁知将会出现怎样的状况?芳子富于表情的眼睛闪烁着光辉,语言文雅,一副非同寻常的态度。

"今夜的芳子怎么这样漂亮?"

时雄有意若无其事地说。

"什么?哦,刚刚洗过澡。"

"这胭脂怎么也这么白?"

---

① [日]田山花袋:《棉被》,魏大海等译,上海:复旦大学出版社,2013年,第7页。
② 同上书,第8页。
③ 同上书,第3页。

"您说什么呢？先生！"芳子笑得弯下了身体，一副娇媚的姿态。①

时雄的苦闷还来自他不知如何应对芳子已经出现的新恋情。当田中出现时，他方寸大乱，心中郁闷不已，仿佛真的被人夺去所爱。时雄虽然也感到"看来，我和她真的没希望了。自己真蠢。三十六岁了还有三个孩子，竟做那般非分之想。可是……可是……"②就是放不下，不甘心。"'总之错过了机会，她已名花有主。'他一边走一边歇斯底里地喊道。同时用手揪着自己的头发。"③

他已无法安心工作。"可两三天来，头脑里乱麻一般，实在是写不下去。写了一行便停下来，思前想后，再写一行，又停下来。始终处于这样的状态之中。头脑里浮现的，总是支离破碎的思绪，时时表现为一种猛烈、偏激或绝望。"④时雄没有勇气读书也没有勇气写作，他在秋雨的阴凉中体验着寂寞的苦闷和苦涩的滋味，他感到那种不争气的命运始终压迫着自己，使他想起屠格涅夫的所谓的局外人或多余的人！脑海里总是浮现出屠格涅夫小说主人公虚幻无常的一生。

他寂寥不堪，中午也说要喝酒，喝得红头赤脸，然后乱发脾气，甚至醉倒在厕所里。"混蛋！他自言自语地说，他妈的爱情还有师生之别，真受不了。"⑤他躺在大树根部的地面上，亢奋的精神状态，奔放的激情和悲哀的快感，某种力量发展到了极致。他为痛切的嫉妒所苦恼，又要在冷漠中将自己的状态客观化。"热烈的情思和冷僻客观的批判，像线绳一样牢固地纠合在一起，呈现出一种异样的精神状态。"⑥

---

① [日]田山花袋：《棉被》，魏大海等译，上海：复旦大学出版社，2013年，第11—12页。
② 同上书，第1页。
③ 同上书，第2页。
④ 同上书，第3页。
⑤ 同上书，第20页。
⑥ 同上书，第21页。

二、个体欲望与社会伦理道德规范之间的冲突

时雄的苦闷来自小说中特定的伦理环境和伦理冲突。明治时期,日本国内欧化主义和国粹主义相互角力,推动了日本近代化进程。日俄战争之后,日本开始逐步跻身现代国家之列,但各种东西方思想的纠葛,各种新旧观念的冲突,那所谓"看得破,忍不过,想得到,求不得"的人生痛苦定义,仍然在人们的心中激烈地碰撞。日本传统的伦理体系、特别是家庭伦理受到巨大冲击,一种绝对自由的、个人至上的、人性解放的近代伦理思想正在悄然滋生,但传统的伦理道德观念仍然非常强大,两股力量的张力造成了日本近代知识分子矛盾分裂的人格。《棉被》中主人公时雄爱而不可得的伦理苦闷,其个体欲望与社会伦理道德规范之间的冲突,显露出明治末期日本社会表层性苦闷之下情感乃至信仰的危机,人们在伦理道德问题上疑惑不定。

时雄就是个新旧交替时期的人物,他既新派,又守旧。他受到欧洲近代文明的影响,阅读了屠格涅夫、哈普特曼、莫泊桑等许多作家的作品,自我意识、自由意志和个性解放的思想开始萌动,但封建思想也根深蒂固。比如他的女性观就充满矛盾——在明治时代的"新女性"和传统女性之间游移不定:

> 他感觉如今的女学生与自己恋爱时代的女学生,气质上发生了很大的变化。当然事实上,从主义上或趣味上讲,时雄又十分喜爱、欣赏这样的女学生气质。在昔日的教育环境中孕育出来的女性,如何堪当明治时代的男儿之妻?时雄历来主张,女子当自立,女性亦应具有充分的意志力。他也在芳子面前时常鼓吹自己的主张。然而,真的面对如此新派、时髦的实行者时,他却不由自主地皱起了眉头。①

时雄看到社会日渐进步,女学生已然成为社会一景。"如今已很难找

---

① [日]田山花袋:《棉被》,魏大海等译,上海:复旦大学出版社,2013年,第28页。

见自己恋爱那个时代的窈窕淑女。……谈恋爱,说文学,讲政治,已全然没有过去的旧式姿影。他觉得所有这些,与自己都永久地那般遥远。"① 但在当初是否接受芳子为徒的问题上,他却表现得非常守旧,这恐怕是他深藏在骨子里的东西。当他收到芳子那封洋溢着崇拜之情的手简后,他连篇累牍地写了封回信,信里写道:"女孩子涉足文学是鲁莽的,女人生理上应尽人母之义务,而处女成为文学家更是一种危险。"②时雄不厌其烦地述说着,有时文辞近乎詈骂。

时雄时常教导芳子,在他的教导中自相矛盾。

"如今的女孩子必须实现自我觉醒。不能像过去的女人那样充满依赖心。正如苏德曼③小说中的玛格达所言,女人不可懦弱到仅仅由父亲手中移到丈夫手中。日本新女性必须学会用自己的头脑思考,且按照自己的想法行事。"说到这里,他又列举了易卜生的娜拉和屠格涅夫的叶莲娜,说明俄国、德国的妇女具有丰富的意志和感情。时雄接着说道,"然而所谓的自觉中,理应包含自省的要素,因而不能过度地滥用意志和自我,必须意识到,自己要对自己的行为负完全的责任。④

时雄在这些教导里用到了"新女性""自我觉醒""丰富的意志和感情"这些新名词,应该说,这些都是当时日本社会里的新思想。这些教导对于芳子而言宛若圣旨,景仰之情愈加高涨。她甚至感觉先生的这番话,比基督教的教义更自由、更权威。可是,"然而"后面所谈到的问题却令人困惑不解,到底应该如何处理"自觉"与"自省"的关系呢?所谓"过度地滥用意志和自我"的评判又是依据什么尺度呢?

及至芳子成为自己的学生之后,时雄开始有了双重伦理身份,他既是

---

① [日]田山花袋:《棉被》,魏大海等译,上海:复旦大学出版社,2013年,第2页。
② 同上书,第5页。
③ 苏德曼(Hermann Sudermann,1857—1928),德国自然主义小说家、剧作家,玛格达是其《故乡》中的女主人公。
④ [日]田山花袋:《棉被》,魏大海等译,上海:复旦大学出版社,2013年,第10页。

老师、监护人、精神上的父亲、"温情保护者"①，又是暗恋患者。小说多处描写了时雄的暗恋之苦，也描写了他的道德自省。这是一场理性与野性的搏斗，这种搏斗是同时发生在老师时雄和弟子芳子身上的，只不过对芳子内心的冲突没有正面描写，更多的是聚焦在她的老师时雄身上。这里理性是指传统伦理道德规范，而野性指的是人的自由意志。他们挣扎于其中，使尽了全身力气，难以自拔，最终还是理性占了上风。

我们先来看看时雄的自我审视和揣度：

> 他是一位作家。应当有能力客观地看待自己的心理。……退而言之，即便女人真的爱上自己，两人仍是师徒关系呀。自己家有妻小，人家却是美丽鲜花，妙龄少女。两人无法处置这种相互间的情意缠绵。再说，姑娘激情荡漾的情书不也明里暗里表达了她的苦闷么？那真是一种无法抗拒的自然力量。姑娘那是最后一次传递情意，却不愿最终地揭开谜底。女孩儿生来谨慎。怎好再三地表露情感呢？在这样的心理下，姑娘或许是十分失望的。随之，便有了眼下的变故。②

这个变故就是芳子有了自己的恋人——同志社大学的学生、神户教会的秀才田中秀夫，芳子旺盛的生命力和激情终于有了真正可以倾注的对象，这也是她的伦理选择，是对于师生之恋不伦行为的有意逃避。她与田中这份恋情纯洁年轻，而全然不同于和时雄在一起时的沉重和甜蜜。

时雄感觉懊恼。"总之错过了机会。她已名花有主！"③他一边走一边歇斯底里地喊道，同时用手揪着自己的头发。心情也是一日多变。他有时真想彻底地做出牺牲成全他俩，有时又想"大公无私"，彻底破坏弟子的恋情。然而如今，他的心理状况却是左右为难。

> 虽然在自己的优柔寡断中，两次机会都擦身而过，但他心底里仍旧暗藏着一个小小的愿望，他在期待着第三次机会或第四次机会，希

---

① ［日］田山花袋：《棉被》，魏大海等译，上海：复旦大学出版社，2013年，第35页。
② 同上书，第2页。
③ 同上。

望藉此创造出新的命运或新的生活。时雄烦闷不堪,心乱如麻,嫉妒、怜惜、悔恨,种种感觉汇聚一处,似旋风一般在他的头脑里回旋,其中也夹杂着作为老师道义感,焦虑的感觉似火焰燃烧。甚至为了自己心爱的女人的幸福,时雄情愿牺牲自己。于是,晚餐的酒量明显增加,时常喝得烂醉如泥。①

三天以来,他一直在与自己的苦闷搏斗。他心中有一种强烈的自制力——理性,阻止他在性的耽溺中堕落。有时,他又十分懊恼那股自制力对于自己的约束。面对此股力量,他却总是在无形中落败或被力量所征服。在另一个场合,时雄也发出了同样绝望的声音,流露出自己的窘况和内心的挣扎:

"幼雏怎会钟情于老鸟?自己已失去美丽的羽翼,无法再去吸引那只幼雏。"想到这里,一股无以言表的强烈寂寞向他心中袭来。……"那被孩子夺去妻子、又被妻子夺去孩子的丈夫,如何排遣自己的寂寞呢?"时雄定定地望着洋灯心中想。书桌上打开的图书是莫泊桑的长篇小说《超乎死亡的坚强》。②

他现在的状况和莫泊桑这部小说的基调可谓正好一致:"生活是既可怕,又温情,又无望。"③他想起了莫泊桑的短篇小说《父亲》,回忆起当时阅读中的痛切感受,尤其是少女委身男人之后,痛苦哭泣的场面。"突然间,一种相反的、抗拒阴暗想象的力量强烈地争斗着,他辗转反侧,沉浸在无尽的烦闷与懊恼之中,时钟已经敲过了两点,三点。"④

三、身为人师的伦理选择

时雄身为人师,他的伦理选择触及人的道德底线。

首先,我们来看看当他收到芳子厚厚的信件时的反应:"时雄觉得,芳

---

① [日]田山花袋:《棉被》,魏大海等译,上海:复旦大学出版社,2013年,第13页。
② 同上书,第37页。
③ 莫泊桑在写作此书时写给洛尔的信中的话。
④ [日]田山花袋:《棉被》,魏大海等译,上海:复旦大学出版社,2013年,第54页。

子当初来信的意图是十分明显的。他也为此懊恼了一夜,不知该如何回复芳子。发妻在一旁睡得好死,时雄几次偷窥发妻的睡姿,心中产生了自责之情,只感觉自己的良心处于严重的麻痹之中。于是第二天写给芳子的回信,便摆出一副师道尊严的模样。"①时雄的懊恼来自他的私心、怯懦、优柔寡断,也来自良心未泯——"良心处于严重的麻痹之中",在"几次偷窥发妻的睡姿"之后,他终于从"不知如何回复芳子"——一种进退维谷的状态过渡到"心中产生了自责之情",回归师道尊严。

接下来,我们再看看那天月夜他面对芳子挑逗时的情形:"时雄坐了片刻起身告辞。芳子一再挽留,别这样急着回去呀。可无论怎样劝,时雄都坚持要回去,两人只好依依不舍地送走了那个月夜,在芳子白皙的面庞中的确包含着深不可测的神秘感。"②虽然面对芳子的挑逗时雄觉得难以抗拒,但他胆子还是小了一点,传统伦理道德的压力使他没敢欣然接受,居然跑掉了。

到了四月,春夏交替之际,芳子生病,变得体弱多病,面色苍白,陷入神经衰弱的痛苦之中。虽然大量服用了安眠药,却仍旧无法正常入眠。"无尽的欲望和生命力,毫不踌躇地诱拐着这个妙龄女孩儿。"③情欲萌动、不谙世事的女孩儿,如何才能平复下来呢?芳子四月返乡养病,九月再来东京时恋人田中出现,便是顺理成章的事了。

最后,我们看到三天来的苦闷烦恼使时雄认清了自己的前途,与芳子的这段情缘已告一段落,今后的任务只有知难而退,竭尽为师之责,为自己心爱的姑娘谋取幸福。"真憋死人!"④他发出了苦闷的呐喊,但他只能做出这样的选择,否则会为社会所不齿。

为了劝说田中离开东京,离开芳子,时雄戴上了伪善的面具。从将来的角度,从男人牺牲精神的角度以及事情发展的角度,总之从各个方面规劝田中返乡。"他感觉自己非常愚蠢,仿佛自己做了蠢事而嘲笑自己。他

---

① [日]田山花袋:《棉被》,魏大海等译,上海:复旦大学出版社,2013年,第11页。
② 同上书,第12页。
③ 同上。
④ 同上书,第15页。

还联想到,自己曾违心地说了那么多奉承话,为了遮掩自己心底的秘密,还说要为两人的爱情担当温情的保护者,也曾想找人介绍或帮忙谋求廉价的翻译工作。他在心里骂自己不争气,这种好人做不得。"①

　　时雄左思右想,想到了是否通知芳子的家人,把芳子领回去。"他无法忍受为了自己的非分嫉妒,或为了自己的变异恋情,而牺牲自己对于心爱女孩儿的热烈爱情;与此同时,他也无法忍受自己的道德家形象——所谓的'温情保护者'。他同时也感到恐惧,害怕芳子的父母知道后,真的把她带回家乡。"②

　　时雄也不厌其烦地对芳子进行了切实、真挚的说教,他说到精神恋爱、肉体恋爱、恋爱与人生的关系、有文化的女性应坚守的妇道等。他还痛切地解说了,古人对女性训诫,与其说那是社会道德的制裁,毋宁说是为了保护女性的独立,一旦男人占有了女性的肉体,女性的自由便将彻底崩溃。他的说教冠冕堂皇,一番苦心,真挚而热情,临和芳子分手前还专门叮咛她:"最好别让老师担心,做得到么?"③可是芳子出门后,时雄的脸突然变得异常险峻而难看。他内心里的苦又有何人能知?他自己又何尝不想占有芳子的肉体?他对芳子的留恋是用任何道理也说服不了的。"芳子的美无以言表,这种美令时雄荒野般的心灵鲜花盛开,或令锈死的时钟再度鸣响。芳子的出现,似乎令周边的一切都在苏醒复活。然而,时雄不敢想象,自己又将再度回归到过去那种寂寞、荒凉的平凡生活中……他感觉到不平的嫉妒,滚烫的眼泪流在脸颊上。"④我们突然有点可怜起这个男人来了。他在对待芳子的问题上没有突破人的道德底线,没有充当无耻的诱惑者,至少,他还有些良心,而这正是一个成年男人、一个有妇之夫、一名长辈、一位师尊对19岁年轻未嫁女孩应有的保护责任。

　　时雄已经无法履行监督职责,只好劝说芳子将实情通报父母,他自己也写了一封长信,说明事情的缘由。"时雄自欺欺人充当了'温情的保护

---

① ［日］田山花袋：《棉被》,魏大海等译,上海:复旦大学出版社,2013年,第35页。
② 同上。
③ 同上书,第37页。
④ 同上书,第43页。

者'——所谓悲壮的牺牲。"①在芳子决定和田中私奔的情况下,他做出了严肃的决定——又给芳子的父母写了信,让他们把芳子接回去。这中间有嫉妒和私心,也有担心芳子被田中始乱终弃、失去女性贞操的意思。

回家以后的芳子总要嫁人的,这位神户式的新派时髦女也许最终又回到了传统老路上去,而时雄剩下来的日子又将如何度过呢?我们可想而知。和岛崎藤村的《破戒》一样,《棉被》也表现了"觉醒者的悲哀"。小说中的主人公虽然开始觉醒,已经提到"理性""野性""自我意识""自由意志"等现代非理性主义新名词,在近代启蒙思想的影响下,也想在个性解放的道路上迈出自己的步子,但时代还没有提供必备条件,传统伦理道德观念依然根深蒂固,自己都没有说服自己,在强大现实压力面前,只好选择逃避。《棉被》中的自我暴露、自我忏悔是大量的,然而,小说还是留下了一些欲说还休的问题:婚姻中人是否拥有肉体和灵魂的自由?婚姻之外还有爱的权力吗?所谓"第三者"插足是否对婚姻构成犯罪?师徒之间可以拥有真正的爱情吗?这些问题也许到了今天也没有真正解决。

第三节 生与死的伦理冲突与伦理选择

生命伦理学是 20 世纪 60 年代首先在美国、随后在欧洲产生发展起来的一门新学科,也是迄今为止世界上发展最为迅速、最有生命力的交叉学科。生命伦理学的生命主要指人类生命,但有时也涉及动物生命和植物生命以至生态。如何对待生与死?怎样把生命神圣与生命质量、生命价值统一起来?生命意义何在?这是生命伦理学所关注的问题。其实,"私小说"作家很早就关注到这个问题,在他们的创作中,除了关注人与人之间的关系,也关注人与社会、人与自然之间的关系,人对自然、对他人的态度,人在生死问题上应该如何做出伦理选择。白桦派代表作家志贺直哉 1917 年发表的短篇小说《在城崎》就是一部集中关注生死问题和对待自然态度的典范之作。

---

① [日]田山花袋:《棉被》,魏大海等译,上海:复旦大学出版社,2013年,第40页。

1913年,志贺直哉在与好友去东京回来的路上被山手线的电车碾倒,受了重伤。经过抢救虽然保住了性命,但大夫说,如果背上的伤势发展成脊椎结核,就会有致命的危险。但如果两三年内没有这样恶化的情形出现,便也无碍了。总之,调养如何是关键。为了进一步疗伤,他去但马地区的城崎温泉静养了一段时间。在城崎,他每天在小溪边散步,脑子里时常想到受伤的事情,觉得此前一直认为离自己很遥远的死,其实就在眼前,如果不是幸运,自己早已躺在青山的祖坟里了。他一边养伤,一边开始思索有关生死问题,通过亲眼目睹蜜蜂、老鼠和蝾螈等小动物的死,加深了对这一问题的思考,并写下短篇小说《在城崎》。

这篇不到5000字的小说以第一人称形式讲述了"我"(作家自己)的一段亲身经历和感受,内涵丰富,意味深长。在《创作余谈》中,志贺直哉说:"这篇小说是事实的真实记录。老鼠、蜜蜂和蝾螈的死都是那几天亲眼看到的事,而且我认为自己从中感悟到的东西都真诚且坦率地写了出来。"①通过细腻描写蜜蜂、老鼠、蝾螈三种小动物不同的死前状态和死后过程,并联系自己的人生遭遇和人类命运,以寓言形式和对比手法表达了自己的生死观和对待生死、对待自然的态度,其主旨是正视死亡、顺应无常、珍惜生命、善待同类,而这是生命伦理教育的核心命题。

一、生与死:伦理冲突与伦理选择

生死问题是人类永恒的哲学命题,也是伦理思想的重要内容。趋生避死,乃人之本能。人向往生,但又必须死,这是人类无法逃避的伦理困境。如何化解生死这一对矛盾、克服死亡恐惧、走出困境?《在城崎》通过描写蜜蜂的寂静之死、老鼠的痛苦挣扎之死、蝾螈的偶然意外之死和作家自己的感悟,做出了回答。

《在城崎》中的主人公"我"就体验过这种危在旦夕时刻下的情绪,医生告知如果后背的伤变成脊椎骨疡,说不定会成为致命伤,但医生说不会

---

① 紅野敏郎、志賀直哉:『鑑賞と研究 現代日本文学講座 小説』,東京:三省堂,1962年,第90頁。

的,如果两三年内没事,以后就不用担心了。所以每晚散步时虽然见到的是冷森森的傍晚、清冽的小溪、寂寥的秋日山谷,"心里想的仍然多是阴郁的事。是一些孤寂的想法。但心情却近年未曾有过的平静,稳定,情绪良好"①。这是大难不死之人所特有的心境,"我在绝境中逢生了,是某种力量没杀害我"②,"我"倍感万幸,也倍感安稳,并感到并不怎么恐惧,"因为人生早晚如此"③,以此宽解自己。"奇妙的是我的心却非常平静。在我的心里不知为什么产生了对于死的亲密感。"④这标志着主人公亲近死亡、思考死亡的开始,孤寂感、安静感和对死亡的亲近感贯穿全篇。接下来,"我"由那只在河中濒死苦苦挣扎的老鼠,又回想起自己受伤时的情形,就好似这只老鼠,在死亡面前都表现出强大的求生欲,竭力自救。事后,当友人告知"据说不是致命伤","我马上精神振作起来了。我由兴奋变得非常快活"⑤。"我"感慨地想到,即便认为自己应该平和接受死亡,然而作为本性的自我,也依然会不由自主地垂死挣扎。

首先,"我"发现了生命的脆弱,人的软弱,生死无常,死就在我们身边,难以预料,不可避免,死会让人觉得孤寂,但它并不可怕:

> 只要稍微一差错,现在我早就在青山和土下仰面而卧了。冰冷、发青、僵硬的脸,脸上的伤和后背的伤都原样不变。祖父和母亲的尸体在我身旁。然而相互已经毫无关系,——这些景象浮现在我脑海里,虽然孤寂,可是这样想并不使自己感到怎么恐怖。人生早晚如此。但那是多咱呢?⑥

死"却是一片怪异的宁静和孤寂,心中有了对于死亡的,一种微妙的

---

① [日]志贺直哉:《城の崎にて (在城崎)》,岳久安译注,《日语学习与研究》1983年第5期,第38页。
② 同上书,第39页。
③ 同上。
④ 同上。
⑤ 同上书,第42页。
⑥ 同上书,第39页。

亲近"①：

> 在旁边，一只死蜂，无论早晨、午间或傍晚每次看都是一动不动地俯伏在同一个地方。它给人一种确实是死了的感觉。死蜂就那样呆了约莫三天。看看，它给人一种极其安静的感觉。真令人觉得孤寂。在别的蜂子都钻进蜂窝的日暮黄昏，看见冷冰冰的屋瓦上剩下一只死蜂的尸体，确实令人觉得孤寂。然而，它却非常安静。
>
> 夜里，下了大雨。早晨，天晴了。树叶、地面和屋顶都冲洗得干干净净。蜂子的尸体已经不在那里了。窝里的群蜂现在又精神十足地劳动着，而那只死蜂大概已经通过檐沟冲到地面上了，腿儿依然蜷曲着，触角仍旧紧贴在脸上，全身裹着泥巴待在什么地方吧。在外界发生使它挪动的下一个变化之前，尸体将一直待在那里。或许，被蚂蚁拖走了。即使那样，它还是非常安静的。因为总是忙忙活活劳动的蜂子一旦完全不动了，所以是安静的。对于这种安静，我感到很亲。②

作者之所以对待蜜蜂的死能以一种平静的心情和平和的心态，而且对蜜蜂死后的那种安静并没有觉得可怕，甚至有亲切感，这是因为他觉得人在死后，就会长埋地下，人死后所处的那个封闭空间的安乐与宁静与蜜蜂死后的静寂相差不大，没有什么值得大惊小怪的。死亡虽然让人感觉到寂静与寒冷，但也并不是一件十分可怕的事。③ 这是一种回归自然、顺应无常的死亡观，"我"经历了一个极其纠结痛苦的过程才走向达观，"我"对死亡的感受也渐渐由孤寂、寒冷、丑陋转向安静、清净、肃然。

接下来，小说描写了被鱼钎刺穿头颅的老鼠在水中不断挣扎拼命的情形：

> 老鼠拼命地游水企图逃跑。老鼠的脖颈上插着一根长约七寸的

---

① ［日］志贺直哉：《城の崎にて（在城崎）》，岳久安译注，《日语学习与研究》1983年第5期，第42页。
② 同上书，第40页。
③ 参阅吕智杰：《论〈在城崎〉的生死观》，哈尔滨理工大学硕士论文，2014年，第27页。

鱼签子。后颈上和咽喉下各露出三寸左右。老鼠想要爬上石砌护岸墙。两三个孩子和一名四十岁上下的车夫朝它投石头。怎么也打不中。石头吧嗒吧嗒地击在石墙上迸回来。看热闹的人大声喧笑。老鼠好不容易把前腿搭在石墙缝里,想钻进去,可是马上被鱼签子卡住了。于是,又摔到水里。老鼠一心在想逃命。人虽然不明白它的面部表情,但从它的动作表现可以充分理解到它是在竭尽全力的。老鼠好像以为只要能逃进什么地方就能得救似的,插着长签子,又向河当中游去。孩子和车夫越发觉得有趣儿投掷石头。在旁边的洗物台前觅食儿的两三只鸭子因为石头飞来惊慌失措,伸长脖子东张西望。石头嗖嗖地投进水里,鸭子顿时发疯似的,伸着脖颈大叫着急忙摆动双脚向上游游去。我不想观看老鼠的临死情景了。老鼠尽管处于注定死亡的命运,却仍想不受杀害而竭尽全力各处逃窜,那种情景奇妙地深深映入我的脑海。我产生了凄凉和厌烦的心情。①

老鼠仿佛已经知道它的生命马上就要结束了,但还是拼命挣扎,虽然这是徒劳的。作者从痛苦挣扎的老鼠联想到人类的生命、自己的经历,感觉似乎并无两样。对于老鼠临死前那番骚动和痛苦挣扎,我感到可怕,并"产生了凄凉和厌烦的心情"②。

现在,我如果发生了像那只老鼠的情况,我将怎样呢?我是否会和老鼠一样努力挣扎呢?我不禁想到自己受伤时也曾经成了与老鼠相类似的情况。我曾努力做了所能做到的一切。我自己决定了医院,指定了去医院的方法,并且想到如果医生不在家,我去了,不能做好立刻动手术的准备会误事,还求人先打了电话。在意识模糊状态中脑子里竟清醒地想到最要紧的事,事后连自己都感觉不可思议。③

不管是人还是动物,在生命受到威胁的时候,都会有一种本能反应,

---

① [日]志贺直哉:《城の崎にて(在城崎)》,岳久安译注,《日语学习与研究》1983年第5期,第41页。
② 同上。
③ 同上。

垂死挣扎，不断抗争。即使已经认定自己应当听天由命，平和地接受死亡的宿命，本性的自我也定然是不为所动地垂死抗争。然而平和地接受还是徒劳地抗争，又有什么意义，仍然都是冥冥中已经注定的结局。因为死亡是必然的，无可挽回，只是不知道时间而已。

此外，作者从蝾螈的偶然、意外之死和自己的意外事故、幸存想到了生命无常，死亡具有某种偶然性和不确定性，自己偶然没有死，而蝾螈却偶然死了，"我"的心情变得落寞难言，并由此联想到蜂子和老鼠的死：

> 蝾螈死了。我觉得自己干了一件万没料到的事。我常常弄死虫子，但是完全没有杀意而把它杀害了，却使自己产生了莫名其妙的厌恶。固然是我干的，然而，实在事出偶然。对蝾螈来说真是死于非命。我在那里蹲了许久。觉得这里只有我和蝾螈了，我为蝾螈设身处地地感到了它的心境。觉得可怜，同时又一起感到了有生之物的凄凉。我偶然地没有死。蝾螈偶然地死去。我心情孤寂，顺着脚下刚刚能够辨认的路，朝着温泉旅店踏上归途。远处开始看见郊外的灯火。①

"我"领悟到生物的生与死完全是由不可抗拒的偶然因素所决定的。生与死这个矛盾体并不是相互对立的两个极端，而是从属于一个生命体的两个不同的组成部分。正如小说结尾所写："活着和死去不是两个极端。我觉得没有那么大的差别。"②生的喧嚣、疲劳和死的静寂、安详都是生命体必须经历的过程。无论是生，还是死，都要竭尽全力。在死亡到来之时，无论是人还是动物都要经过痛苦的挣扎以及竭力的抗争。然而平和地接受还是徒劳地抗争，又有什么意义？仍然都是冥冥中已经注定的结局。小说要告诉我们的是：人要以平常心去面对生死，永远保持着强大的求生态度与求生力量，但也要知道死亡是不可避免的事情，能够平静地接受死亡。这才是我们面对生死问题时唯一可取的伦理选择。

---

① ［日］志贺直哉：《城の崎にて（在城崎）》，岳久安译注，《日语学习与研究》1983年第5期，第44页。
② 同上。

二、同情或漠然：两种伦理态度

《在城崎》描写了对待自然界其他生命（蜜蜂、老鼠、蝾螈）的生死或同情或漠然两种截然相反的态度。无论是清晨或是午后或是傍晚抑或是夜里，是晴天还是雨天，"我"都在用心观察那只死去的蜜蜂，牵肠挂肚，心生同情。"我"看到它都只是孤独地、安静地、一动不动地俯卧在同一个地方，让人切实地感觉到它的死去，给人以凄冷、宁静、孤寂的感觉，其他活着的蜜蜂对此却"完全不关心，忙忙碌碌从窝里进进出出，从死蜂旁边爬过去，毫无拘束的样子"①。在此，"我"的同情态度与活着的蜜蜂的冷漠态度恰成鲜明对比。

人类社会已把老鼠视为有害的动物，有"过街老鼠，人人喊打"的成语，不管什么情形下，人类对它们都不会客气，会群起而攻之。《在城崎》中的老鼠就落入了这种绝境。在老鼠之死的描写中，围观者掷石取乐的态度和"我"的不忍、悄然离去也形成了鲜明对比。孩子和车夫的选择依据的是人类至上原则，一切危害人类的生物（哪怕有潜在的危害人类因素）都不得好死，不值得同情，在它灭亡时还要踏上一只脚；而"我"的选择依据的是众生平等、同情同构原则。

在蝾螈之死描写中，"我"对失手打死蝾螈一事大惊失色，心中泛起难以言说的悒郁，久久蹲在那里，悲悯于蝾螈的遭遇，心情变得落寞难言，对于因自己的失误所造成的伤害深深自责。这一系列反应实际上显示了"我"对于自然界其他生命的同情和道德自觉，而这正是当代人所缺乏的人性高度，人性之善不仅见于人伦，也见于天伦，即人类对于宇宙间其他生命体、特别是弱小动物的同情、怜悯。

同情或漠然，这是截然相反的伦理态度，其实也是截然不同的伦理选择。小说通过三个动物死亡故事，隐喻了人与人之间的关系和社会的道德状态。小说结尾，我们读到了作者对逝去生命无法忘怀的关切和哀怜，

---

① ［日］志贺直哉：《城の崎にて（在城崎）》，岳久安译注，《日语学习与研究》1983 年第 5 期，第 40 页。

丝毫没有幸灾乐祸或侥幸心理。"死了的蜂子怎样了？由于以后落雨已经入土了吧。那只老鼠怎样了？已经流进海里，现在它那被海水泡胀了的尸体，和垃圾一起冲到海岸上了吧。而没死的我，现在在这样走着。我这样想。对此，我觉得应该感谢。然而，实际上并没有涌现喜悦的心情。"①

本章小结

总体而言，日本"私小说"特别强调作家的主体性、作家坦露自我的真诚性、描写身边琐事的必要性与可行性、"私小说"对社会的超越性以及"私小说"的伦理维度，集中表现了人权平等的近代观念与封建等级意识之间的冲突、个体欲望与社会伦理道德规范之间的冲突、生与死的生命伦理冲突，充满了自我暴露、自我忏悔、自我批判，但孤立地描写身边琐事、忧愁、苦闷，情调低沉、色彩暗淡，有脱离群众倾向，缺乏鼓舞人心的力量，有的思想倾向虚无主义、无政府主义和享乐主义，采取"今朝有酒今朝醉"的人生态度。从某种意义上来说，也部分损害了其伦理价值。

---

① ［日］志贺直哉：《城の崎にて（在城崎）》，岳久安译注，《日语学习与研究》1983 年第 5 期，第 44 页。

第六章

白桦派：人道主义与伦理思想的纠葛

　　白桦派文学的伦理内容在整个日本近代文学中最为浓厚，白桦派作家对伦理的思考从根本上影响了作品的情节与结构，作品多描写现实伦理秩序的混乱，表现出强烈的道德观念。从人与自我、人与社会、人与自然三个伦理维度上白桦派文学展现了人道主义与伦理思想的纠葛。本章以志贺直哉（Naoya Shiga）的《暗夜行路》（『暗夜行路』，1937）、有岛武郎（Takeo Arishima）的《亲子》（『親子』，1923）和武者小路实笃（Saneatsu Mushanokōji）的《友情》（『友情』，1920）三部有着浓厚伦理意蕴的小说为分析对象，运用文学伦理学批评方法中的伦理禁忌、伦理身份、伦理选择、伦理两难等核心概念对这三部作品中的乱伦和道德失范、代际的伦理冲突以及年轻一代遭遇伦理困境背后的社会文化动因进行深度分析，探究白桦派主张的人道主义与伦理思想之间的纠葛。

　　白桦派的人道主义毫无疑问受到西方人道主义的影响,西方人道主义的内涵是复杂的,反映在白桦派作家身上的人道主义,主要侧重于伦理道德方面。"《白桦》系列文学领域的人道主义,已经失去了'Humanism'原质繁复的涵义,应当理解为基本上是伦理方面的人道主义。"① 刘立善将这种人道主义总结出三点特征,即"张扬正义,同情弱小""反对战争,向往和平""言出行随,付诸实践"②。笔者认为,白桦派人道主义的出发点是尊重个体,尊重人的生存权、发展权和独立的人格,究其根本也就是肯定自我意识,确立自我。在这方面,志贺直哉的《暗夜行路》书写了人与自我、与自然、与社会的对立,在重重心灵纠葛和苦闷中,强烈地主张贯彻自我,表现了极端高扬的自我至上。本章第一节结合文学伦理学批评方法中的伦理禁忌、伦理结、伦理选择等重要概念,聚焦小说中的乱伦叙事,探寻时任谦作如何在伦理困境中自省、反思,最终回归自然并获得伦理救赎。

　　与自我问题密切相关的是代际冲突问题。从某种意义上而言,确立自我与父权制体系下的血亲伦理秩序之间有着不可调和的矛盾,可以说,血亲之中隐藏的权力话语和自我的实现经常交织在一起,给近代日本文学的创作带来了巨大的叙事张力。其中,有岛武郎的《亲子》就是这方面的典型之作。在这篇小说中,父亲理所当然地将自己与儿子的关系置于"父主子仆"的等级关系之中而无任何自觉自省。对于这一现象,以往的批评更多地停留在对父亲的人格和道德的批评方面,对其背后的深层因素缺乏探究。本章的第二节将借助文学伦理学批评的伦理身份这一核心概念,结合日本的儒家文化传统,对有岛武郎《亲子》中父子伦理冲突背后的伦理根源进行深入剖析。

　　作为"新村"③ 的创立者,武者小路实笃的文学创作中更是蕴含着浓

---

① 本多秋五:『白樺派の文学』,東京:新潮文庫,1973年,第128頁。
② 刘立善:《日本白桦派与中国作家》,沈阳:辽宁大学出版社,1995年,第159—180页。
③ 大正七年(1918)11月14日,武者小路实笃在九州宫崎县儿汤郡木城村购地设立新村,一个理想中的新社会,并明确制定和充实了《新村精神及会则》。

厚的伦理意识，其中篇小说《友情》就是这样一部典型作品。该作以三角恋爱的伦理事件为核心，运用书信体的第一人称叙事，将读者引入伦理选择的困境。本章第三节围绕文学伦理学批评的伦理选择和伦理身份等重要概念，在选择"友情"还是"爱情"的伦理冲突中隐含着与作家自身个性和伦理意识相关的伦理诉求，表达了伦理选择对于人的道德完善乃至社会的道德完善的重要性。

第一节 《暗夜行路》中的乱伦叙事与道德救赎

《暗夜行路》是志贺直哉唯一的长篇小说，小说围绕时任谦作家庭中的三起乱伦事件展开。时任谦作将祖父的小妾阿荣视为性幻想对象，甚至试图与阿荣结婚，虽然没有实质性的乱伦行为发生，但二人之间的乱伦倾向既是伦理混乱的产物，又导致了伦理混乱的进一步恶化；因结婚受阻，时任谦作的身世被揭露，他是母亲与祖父乱伦所生的孩子，这一乱伦事件使谦作陷入伦理身份认同危机之中；当他试图建立新家庭、重新确立伦理身份时，却发现妻子和表兄阿要通奸，乱伦导致家庭伦理悲剧再次发生。可以看出，乱伦破坏了社会正常的伦理秩序，谦作面对生活中的乱伦事件感到迷惘、困惑、无所适从，甚至神经衰弱。他先后两次离开东京前往尾道、京都，希望在新环境中开始新生活，并求助于宗教，但都失败了。最后当他隐居深山，在远离尘嚣的自然环境中重读《临济录》等禅宗经典时，谦作超脱生死，放下执念，在深夜爬山的过程中顿悟，用宽恕和仁慈获得了伦理救赎。

可以这样认为，《暗夜行路》是一部成长小说，讲述谦作努力在兽性因子和人性因子之间挣扎，最终"从动物变成人"[①]的过程。谦作努力寻求的目标，就是"面临由性欲引起的不幸与黑暗，如何从中逃遁出去，这是贯穿《暗夜行路》全篇的主题"[②]。本节主要运用文学伦理学批评方法，聚焦

---

① 中村光夫：『志賀直哉論』，東京：文芸春秋社，1954年，第147頁。
② 岩上順一：『志賀直哉』，東京：三笠書房，1955年，第14頁。

小说中的三组乱伦叙事,探讨主人公时任谦作所面对的伦理关系混乱、伦理身份危机、道德恐惧、特定伦理困境下的伦理选择,以及最终获得伦理救赎的心路历程。

一、谦作与阿荣:乱伦倾向与伦理选择

从家庭关系来看,时任谦作自幼丧母,其后离开本乡的家和祖父一起生活,与父亲几无往来,祖父去世后与祖父的小妾阿荣相依为命,只有哥哥信行偶尔与他联系;从社会关系来看,谦作虽然和阪本、龙岗等人来往但又不相信他们,与多个艺伎保持暧昧关系,随心所欲地嫖妓。从谦作混乱的生活状况可以看出他身处病态的伦理关系之中:与血缘意义上的家人关系淡漠,没有真正的朋友,对女性有性无爱。

祖父的小妾阿荣是谦作唯一的心灵慰藉,对阿荣的依赖起初是为了弥补母亲去世的伤痛,阿荣的关怀和照顾给了他渴求已久的母爱,阿荣是他的避风港,在他心中阿荣意味着家。随着年岁日益增长,尤其是祖父去世以后只有他们俩相依为命,此时的阿荣不仅仅扮演了母亲角色,作为女人还承载了他对性的渴慕。自从嫖妓之后,谦作在夜里邪念丛生,对阿荣产生非分之想。阿荣比谦作大二十岁,又给谦作的祖父当过长时间小妾,如果二人之间真的发生肉体关系,毫无疑问是不符合当时的道德规范要求的。然而随着生活的混乱和头脑的浑浊,谦作对阿荣的胡思乱想越来越厉害了。"他幻想自己走过她的房前时纸屏突然拉开,她一声不响地把自己带进那漆黑的房里去"①,"主人公对于祖父、父亲皆没有一丝好感,但是对于阿荣,他却给予了自己一厢情愿的'爱情'并难以自拔,这是一种'恋母情结'的自然表露"②。此时的谦作已经滑向了乱伦的深渊,如果任其发展,必将把自己引向毁灭。谦作对这种乱伦倾向非常苦恼,一方面,他的自由意志怂恿他罔顾道德,一味追求感官的享受和情感的慰藉;另一方面,他的理性意志又在约束他的自由意志,警醒他不要违背伦理禁忌。

---

① [日]志贺直哉:《暗夜行路》,孙日明等译,南宁:漓江出版社,1985 年,第 97 页。
② 吴光辉:《自然与生命的调和"心境"——论志贺直哉〈暗夜行路〉的文学表象》,《外国文学评论》2002 年第 4 期,第 64 页。

在自由意志和理性意志、兽性因子和人性因子的冲突中,乱伦还是遵守伦理秩序,时任谦作深陷伦理困境,面临伦理选择,其选择经过以下三个阶段:

在第一阶段,谦作既无法抵抗内心对阿荣的渴望,又隐约意识到乱伦的可怕,此刻的他没有明确的伦理意识,不知道何为正确选择,所以只能逃避。于是,谦作接受哥哥信行的建议,离开东京前往尾道。然而他的内心并没有得到安宁,写作不顺利,生活单调苦闷,常常陷于对阿荣的思念中无法自控,在逃避中谦作越发觉得孤独。"父亲也罢,母亲也罢,兄妹也罢,都不是自己一家人。[……]他的孤独与现在醉倒在寒空下的那个乞丐的孤独毫无两样。"①不仅仅是因为性欲,还有对孤独的惧怕和对亲情的渴望,促使兽性因子占据上风,谦作心中的天平逐渐偏向了阿荣。

在第二阶段,谦作决定顺应本能与阿荣结婚,使这种不正常的关系合法化,这样似乎既符合自由意志的要求,又不违背理性意志的约束。"当然,和做过祖父之妾的女人结婚是件怪事。然而,他觉得既已在心中玷辱了阿荣,倒不如在实际发生关系之前和她正式结婚,这也许要好得多。"②此时的谦作认为只要结婚就规避了乱伦,事实上,这个选择是自欺欺人,是非理性的。他的非理性选择直接导致他的身世被揭露,与父亲(实际上也是哥哥)彻底断绝关系,也中断了与其他家庭成员的往来。

在第三阶段,为了终止谦作与阿荣的不正常关系,信行写信给谦作告知了他的身世:谦作是父亲出国留学期间祖父和母亲乱伦生下的孩子。获知身世之后谦作第一次深刻认识到了乱伦导致的恶果,他将自己视为道德缺陷的产物,视自己与阿荣的关系是一种可怕的遗传,邪恶的不道德的遗传。谦作开始重新考虑自己与母亲、父亲、祖父、阿荣之间的关系。"对于命运的某种恐惧——祖父和母亲、祖父的妾和自己,这种重叠的阴暗关系将把自己引向一种可怕的命运,这种漠然的恐怖正在他心中逐渐扩展开来。"③从对阿荣产生非分之想到获知身世后转换了对阿荣的心

---

① [日]志贺直哉:《暗夜行路》,孙日明等译,南宁:漓江出版社,1985年,第145页。
② 同上书,第146页。
③ 同上书,第191页。

情,谦作所说的"对于命运的恐惧",实则是他的伦理意识强化的一种表现,是谦作摆脱兽性因子支配的结果。

谦作与阿荣虽然没有发生实质性的肉体关系,但二人存在着乱伦倾向,从逃避、兽性因子占据上风到人性因子复归,这是谦作进行伦理选择的过程,也是他的伦理意识不断强化的过程。在这个过程中谦作认识到他所面对的道德败坏和对道德规范的背叛,他甚至认为自己的邪恶天性(对女性肉体的迷恋以及由此而生的性冲动)继承了人类的原罪。谦作与阿荣的乱伦事件因谦作的醒悟而得以解决,然而因为身世被揭露,谦作陷入了更深的伦理困境之中。

二、母亲与祖父:乱伦与伦理身份混乱

时任谦作自记事起就隐约感受到自己在家的特殊处境:父亲对他一贯冷淡,从不关心他的生活;母亲虽然爱他但又常常责打他,从不肯与他亲近;母亲去世后他被迫离家与祖父生活;成年之后他想与心仪的女子结婚又被莫名其妙地拒婚。谦作对此一直心怀疑虑,但他并不知道原因。全书分为前后两篇,然而在真正进入谦作的生活之前,志贺单独写"序(主人公的回忆)":"我得知我自己有祖父,是我母亲产后病逝两个月,他突然出现在我跟前的时候。当时,我六岁。"①全书用第三人称讲述谦作的生活,唯独"序"以第一人称视角回忆了谦作初遇祖父、离家跟随祖父生活的不愉快往事。回忆中充满了不合常理的细节,比如谦作六岁才第一次见到祖父,父亲为了逼迫谦作认输用衣带捆住他的双手双脚。通过"序",志贺直哉给读者设置了《暗夜行路》最大的一个悬念。随着其后的阅读,我们发现,正是谦作离家与祖父生活的这一年,谦作接近了他的身世之谜:他是母亲和祖父乱伦的私生子。

由于祖父与母亲的乱伦,人的理性原则遭遇了严重挑战,家庭和社会的伦理关系被打乱,谦作在得知真相之后陷入了伦理身份认同的危机之中。作为乱伦的产物,他"觉得这一切都是梦。更主要的是,首先是自己

---

① [日]志贺直哉:《暗夜行路》,孙日明等译,南宁:漓江出版社,1985年,第1页。

这个人——他觉得过去的自己犹如烟雾,越飘越远,消失了"①。"过去的自己"消失了,消失的当然不是谦作本人,而是他过去的伦理身份。现在的谦作既是父亲的儿子,又是父亲的兄弟;既是哥哥的弟弟,妹妹的兄长,又是兄妹们的叔叔;既是祖父的孙子,又是祖父的儿子。伦理身份的混乱使他陷入了一种伦理两难:一方面,他无法接受母亲、祖父的行为,认为他们是不道德的。"母亲为什么做出这种事情来?这对他是一个打击。事情的结果是生出了自己。要是没这回事,就没有自己的存在。这一点,他是明白的。但他不能因为这种想法就默认母亲所做的事情。"②另一方面,谦作认识到无论如何厌恶母亲与祖父的行为,自己与他们有着无法割断的血缘上的牵绊。"这是一种什么样的心情呢?他说不上来。不过,总之,这是一种亲骨肉之爱。尽管这是讨厌的,但作为他自己的生身父亲,他怀念他。"③既痛恨不道德的出生,又不得不接受母亲和祖父不道德的事实,在两难境地中谦作与父亲的关系彻底破裂了,也不得不断绝了与本乡的家人、朋友及所有人的关系。"所有的人都离得很远很远了。这是真正的孤独滋味。"④谦作虽然自我安慰自己从此自由了,但是从内心而言,他非常惧怕这种莫可名状的寂寞和孤独,也无从抗拒阴暗低落的情绪。

在新的伦理困境中谦作尝试求助宗教,但经过思考,他认为禅宗和基督教都无法帮助他。谦作的哥哥信行迫于家庭压力抛弃爱人,在工作中也完全没有存在感,于是他辞掉工作去参禅。不久之后信行变成一个地道的居士,他给谦作讲述了很多高僧得道的故事,谦作深受感动。以谦作特别提及的德山化缘为例,德山在化缘时困于过去心、现在心、未来心而不得清净,外面黑正是他当时的困境,然而在手中烛火被点亮又被熄灭的过程中德山得以顿悟,他认识到明亮或黑暗,只是特定条件下的暂时现象,人的清净本心不应该被外在的明或暗迷惑困扰,只要固守本心自然能够明心见性。谦作之所以被感动是因为他同样处于黑暗的心境当中,德

---

① [日]志贺直哉:《暗夜行路》,孙日明等译,南宁:漓江出版社,1985年,第154页。
② 同上书,第155页。
③ 同上书,第183页。
④ 同上书,第159页。

山的经历使他落泪也是因为贴近他自身处境引起共鸣所致。然而他没有接受信行让他前往镰仓参禅的建议。"他讨厌跟禅师修禅。并不是禅学本身不好,而是他讨厌在当今自以为大悟大彻而妄自尊大的那些和尚们门下修禅。"①谦作对禅宗本身并不抵触,但他对日本当时的修禅环境却心存疑虑。在谦作眼里,混迹于世俗之中以劝人修禅谋利的禅宗已经是伦理混乱的一部分,真正的修禅应该到禅宗的圣地——高野山或是睿山的横川,然而这些圣地并不是常人所能企及之地,此时的谦作也没有下定决心远离人群,在当时的情况下禅宗也就无法从根本上给予他实际的帮助。

谦作对基督教则抱着完全否定的态度。由于伦理身份的混乱谦作认为自己的罪恶生而有之,因此他曾经希望用忏悔化解伦理身份危机,然而随着时间推移他开始质疑忏悔、反感基督教,这也是志贺直哉反感基督教在文本中的反映。志贺早年信仰基督教,后因性苦闷而陷入对基督教的怀疑,此后志贺告别了信仰多年的基督教。在《暗夜行路》中,谦作看到"蝮蛇"阿政因为忏悔得到世人的谅解,"把自己的罪过编成戏剧巡回演出,那肯定完全是一种戏剧。忏悔也好,什么也好,总之,只是演戏而已"②。忏悔本来是因为对道德完善的向往,是为了道德自省、改过,但是阿政只是将忏悔作为谋生的方式,她机械地表演自己的罪过,在观看表演的过程中观众得到快感,阿政得到的只是伪善。谦作认为忏悔只有第一次有意义,第二次以后就没有第一次那种感动力量了,如果忏悔只是为了免罪,为了被原谅之后心安理得地继续生活,那么最终只会导致一种看似真实实则虚伪的结果。因此,忏悔究其实质不过是一种自欺欺人,并不能从根本上化解谦作的身份危机。

乱伦的出生导致时任谦作伦理身份认同的危机,因伦理身份危机处于道德焦虑之中,想要确定自己的伦理身份,想要遵循道德规范,然而谦作无力自救,亦无法从宗教中获得救赎,他再次选择离开东京寻找新的出

---

① [日]志贺直哉:《暗夜行路》,孙日明等译,南宁:漓江出版社,1985年,第208页。
② 同上书,第203页。

路,这也是他的伦理意识继续强化的标志。

三、妻子与表兄:乱伦引发的道德恐惧与伦理困境

"古老的土地、古老的寺院、古老的美术,接触到这些古老的事物,他不知不觉地被带到古老的时代。[……]他认为,这里不单是一个避难所;以前,自己对这些事物接触的机会较少,因此,从积极的意义上来说,在这里住上一段时间,也是未尝不可的。"① 远离东京,定居京都这个古典美、传统美的象征之地,谦作痴迷于古代绘画、雕刻、庭园等各种艺术珍品,与此同时,他认识了一位美丽姑娘直子,她完全符合谦作对于美的认知——健康、高雅、远离尘嚣的超脱感。与阿荣、艺伎们不同,直子对谦作的吸引力不是因为官能的驱使,而是她与谦作想象中的美重合了,他将直子称为"羽毛屏风中的美人"②。抱着这种想法,谦作和直子结婚了,这无疑是谦作为了构建新的家庭、建立新的伦理关系做出的努力。事实上,婚后的生活一如预期,赏樱、舞会、念佛会,与直子结婚带给谦作的幸福感在火把节到达顶峰,而谦作和直子的孩子——新生命的诞生更是给他的沉沉暗夜带来了一丝光明。他也确立了新的伦理身份:直子的丈夫、孩子的父亲。

然而这个新的家庭在构建之初就有隐患,谦作在考量自己对直子的感情时自比堂·吉诃德式的爱情。杜尔西内娅是堂·吉诃德想象中的公主,完美女性的化身,谦作认为在堂·吉诃德心中发展并净化了的爱情使这个尊贵的骑士更加尊贵、更加勇敢! 很显然,在谦作心中,直子扮演了杜尔西内娅的角色,与其说谦作爱着直子,不如说谦作爱上了想象的妻子和理想的妻子,这与真实的直子存在差异。实际上,谦作在与直子刚刚交往的时候已经意识到了这一点。例如有一次他们一起观看狂言,直子完全无法投入,她的表情是百无聊赖、无精打采、呆呆的。但谦作一厢情愿地将直子与自己的理想之妻重合,这固然有他过于主观、欠考虑的原因,更重要的是他急于摆脱乱伦导致的伦理困境。在堕落的生活与正常的生

---

① [日]志贺直哉:《暗夜行路》,孙日明等译,南宁:漓江出版社,1985年,第225页。
② 同上书,第295页。

活之间选择后者,这是他进行伦理选择的结果。在这期间谦作似乎进入了新的生活状态,也满足于自己新的伦理身份。然而安稳的生活并不持久,出生一周的孩子患上丹毒,发烧一个月,在短暂的生命中受尽折磨最终离开人世。"走过漫长的黑暗的道路之后,本想获得新的光明的重生,正当迎来新生活的曙光之际,值得庆幸的初生子的出世反而使自己蒙受痛苦,在这里,他不能不感到一种肉眼所看不见的恶意。"①

雪上加霜的是直子也被表兄阿要诱奸了,屏风美人终究只是想象。直子和阿要的关系,老早就不能说是完全天真无邪的,虽然出嫁前没有发生很深的关系,但是出于孩子的好奇心和冲动却做过猥亵的"龟鳖"游戏,当阿要和直子烤着被炉拥抱在一起时,直子虽然迷迷糊糊却感到了性冲动。在其成年之后,直子和阿要没有发生过类似的事情,因游戏而萌生的性冲动却留在了她的记忆里,因此当谦作远行,直子和阿要独处时被阿要引诱终于犯下了难以挽回的错误。兄妹通奸与翁媳乱伦、母子乱伦一样是对伦理秩序的破坏,理想的妻子、理想的生活就此幻灭,谦作不得不重新审视他与直子的关系。如果说之前的夫妻关系是脱离现实的,那么孩子的死亡、乱伦的再次发生使谦作从梦中醒来。

夫妻失和、孩子夭折是伦理关系崩溃的表现,时任谦作再次置身于伦理困境之中,此时的他在道德焦虑的基础上更进一步,产生了深深的道德恐惧,这种恐惧有三个方面的内容:第一,恐惧乱伦的恶果祸及后代。谦作的第一个孩子出生一个月就夭折了,因为父亲是不道德的产物,孩子也是不道德的产物,新的生命在理性丧失、伦理混乱面前表现得脆弱无力。第二,恐惧自己与妻子日益恶化的关系。谦作一方面仍爱着妻子,想宽恕妻子;另一方面又经常歇斯底里冲着妻子大发脾气,甚至用剪刀把妻子的和服剪烂。"作为夫妻,虽说一方面病态地相互吸引,另一方面仍留有一道难以弥补的隔阂。而且,越是病态地互相吸引,到头来越是不妙。"②第三,恐惧自己的再次堕落。在人性因子和兽性因子的激烈冲突中,谦作冲

---

① [日]志贺直哉:《暗夜行路》,孙日明等译,南宁:漓江出版社,1985年,第364页。
② 同上书,第407页。

动地把妻子推下了已经启动的火车。这种失去理性的行为使谦作觉得难以面对妻子,他想离开妻子,但他又惧怕离开妻子之后会回到从前混乱的生活状态。

经历了三起乱伦事件,谦作还是没有放弃寻找一种道德的生活方式,深陷道德恐惧中的谦作认为:"从我和她的关系来说,既然发生了过去从未发生过,或者说,我认为毕生不会发生的事情,我觉得就有必要重新组织夫妻关系。说一句极端的话,就是要建立一种即便再次发生类似的事情也不会动摇的关系。"①《暗夜行路》感动读者的地方恰恰在于这一点,小说没有进行道德说教,而是通过人物在伦理困境中的伦理选择引导读者因为恶而认识善,通过不道德走向道德。在强烈伦理意识的驱使下谦作又一次离开了东京。

四、谦作与自然:禅宗启示与伦理救赎

综观《暗夜行路》整部小说,除了时任谦作深陷伦理困境难以自拔之外,所有人都被抛入沉沉暗夜,如背负私生女身份的荣花私奔、杀子、沦为艺妓,信行迫于家庭压力随意抛弃自己的爱人,阿荣为生计奔走却一次次被欺骗,人财两失……然而时任谦作在伦理困境中自省、反思,最终回归自然并获得伦理救赎。

在一系列痛苦的寻找、抉择之后时任谦作决定远离人群,于是他再次远行,这一次不同于之前的尾道之行和京都之行,他远赴伯耆大山,把这次远行当作"出家","目的在于精神修养或是恢复健康"②。经过长途跋涉之后,谦作借宿在微暗森林中的寺院,过着离群索居的生活。虽然无法彻底摆脱俗世困扰,有庸俗的和尚为了让他腾出借宿的厢房与他纠缠,照顾他起居的阿竹也深陷老婆与人通奸的伦理困境之中,但是当他"回顾自己在人与人之间的无聊的交往中浪费掉的过去,更感到在他面前展现出更为广阔的世界"③。与此同时,谦作一点一点读了从信行那里借来的

---

① [日]志贺直哉:《暗夜行路》,孙日明等译,南宁:漓江出版社,1985年,第406页。
② 同上书,第420页。
③ 同上书,第441页。

《临济录》《高僧传》等书,"虽说他一点儿也不懂佛教,但他对以涅槃或静灭为乐的境界不禁感到有不可思议的魅力"①。日本禅宗强调"见空性",强调要在尘世生活的纷扰纠结中保持内心平衡,提倡克制忍受,重视"顿悟",追求"物我同一""物我一如"的境界。② 一方面,远离尘嚣的自然给谦作提供了静心修禅的客观环境;另一方面,自然本来是无意识、无目的的,因为谦作用禅意的眼光去看待自然,自然又赋予他禅宗启示。

在宁静的夜晚,谦作独自一人攀登伯耆大山,他坐在山上,星光之下感到自己和自然融为一体,"前此以往的感受,都与其说是溶入毋宁说是被吸入;尽管有某种快感,同时又总是自然产生对此进行反抗的意志,而且由于难以抵制这种感觉又产生不安。然而,现在的感觉是截然不同的:他心中没有一丝反抗的念头;他无忧无虑地感到听其自然地溶入大自然的快感"③。日出之后谦作回到借宿的寺院大病一场,在病榻上他"切实地感到自己在精神上、肉体上都得到了净化"④。得到净化的谦作超脱了生死,放下了心中的执念,对己对人都抱着宽容、仁慈的心态,他能够用理性的方式去面对自己所处的伦理困境,最终获得了伦理救赎。这种伦理救赎具体体现在以下三个方面:

第一,与自然和解,认识欲望并控制欲望。谦作曾经将人类和自然置于对立的两面,"他想到由此引起的人类的骚动——或者是人类被它灭绝或者是人类把它打倒的骚动"⑤,也"赞颂过人类征服海上、海中、空中的意志"⑥。然而当谦作避居伯耆大山,近距离地接触、观察自然,他开始反省他曾经推许过的人类意志。谦作逐渐意识到人类的主观意志和强烈的自我意识其实是一种无止境的欲望,"人类这种无止境的欲望,从某种意义上来说,将要把人类引向不行吧"⑦。无止境的欲望会使人失去理性,

---

① [日]志贺直哉:《暗夜行路》,孙日明等译,南宁:漓江出版社,1985年,第441—442页。
② 参见刘毅:《禅宗与日本文化》,《日本学刊》1999年第2期,第79—95页。
③ [日]志贺直哉:《暗夜行路》,孙日明等译,南宁:漓江出版社,1985年,第471页。
④ 同上书,第475页。
⑤ 同上书,第138页。
⑥ 同上书,第441页。
⑦ 同上。

这恰恰是所有人被抛入沉沉暗夜,陷入伦理困境的根源。此后,谦作在内心与自然和解,不再将自然置于人类的对立面,而是将自然视为"始终、根源、故乡"①,他在自然中静心禅修,从自然中感知禅意,并深信只有回到自然,重新与自然融为一体,才有可能恢复理性,然后对欲望进行最严格的控制。

第二,与自己和解,重新确认伦理身份。谦作曾经将孩子的早夭归咎于自己,认为是自己不道德的出生祸及后代;他也将无法宽恕妻子的责任归咎于自己,认为是自己自私自利、并不宽大的想法造成的。这些认识令他痛苦,迫使他离开妻儿,放弃了自己的伦理身份,也逃避了自己应尽的义务和责任。在伯耆大山中静修、顿悟、与自然和解、有意识控制自己的欲望之后,谦作的心情趋于平静,与自己和解并获得了一种从伦理困境中解脱出来的自由感,"我能够相信我对己对人都不再是危险人物了。总之,我已感到谦虚心情(不是对人而是对己)带来的喜悦"②。他不再纠结于生活中的乱伦事件,重新开始关心妻儿,重新确立父亲、丈夫的伦理身份,并尝试着承担作为父亲、作为丈夫应该承担的责任和义务。

第三,与妻子和解,重建伦理关系。当谦作听闻阿竹的妻子与人通奸之后,也曾经忧虑过妻子与阿要再次发生乱伦之事,然而在控制欲望、与自然和解之后,谦作开始反省自己的过失。对于妻子与表兄的乱伦事件,谦作认为"对直子无意中犯下的过失如此耿耿于怀是不值得的,为此而使两人陷入更深的不幸则更划不来"③。谦作给妻子写了一封表达和解之意的信,而直子收到信之后立刻赶到谦作借宿的寺院,两人重新牵手,病中的谦作"默默地用眼神抚慰着直子的脸庞,只顾看她。直子觉得自己从未在任何人身上看到这种柔和的、充满爱情的目光"④。而直子则想"不管有救没救,反正我要永远不离开他。哪怕是跟到天涯海角!"⑤夫妻和

---

① 須藤松雄:『志賀直哉の文学』,東京:桜楓社,1963年,第290頁。
② [日]志贺直哉:《暗夜行路》,孙日明等译,南宁:漓江出版社,1985年,第452页。
③ 同上书,第451页。
④ 同上书,第479页。
⑤ 同上书,第480页。

解,正常的伦理关系得以重建,这无疑是伦理救赎在现实生活中最好的体现。

"在文学文本中,伦理线同伦理结是紧密相连的,伦理线可以看成是文学文本的纵向伦理结构,伦理结可以看成是文学文本的横向伦理结构。"①《暗夜行路》的伦理主线是时任谦作确定伦理身份、获得伦理救赎的过程,三起乱伦事件构成的三个伦理结是小说的核心伦理结,自始至终主导着谦作的思想和行动,他不断地陷入伦理困境之中,又不断地寻找出路。伴随着谦作的道德恐惧,对谦作及我们的阅读起决定作用的东西,不是令人厌恶和无法理解的乱伦和不道德,而是他在伦理混乱中的苦苦挣扎,在兽性因子和人性因子的冲突中做出的伦理选择。谦作最初的伦理意识无论多么幼稚,但是他知道他必须从伦理混乱中走出来,知道遵守道德规范和建立伦理秩序对于人类生存和繁衍是多么重要,在伦理困境中他的伦理意识不断强化,而这也就是《暗夜行路》给予读者最重要的道德教诲。

第二节 《亲子》中的父子冲突与伦理困惑

有岛武郎自创作之初就关注伦理问题,他的创作总是以家庭这个最小的伦理单位为窗口,借由家庭成员的关系去探讨整个日本社会存在的伦理问题,进而观照自身的创作并形成独特的文学特质。在他的小说中,因性别、阶层、代际、宗教等各方面的差异,伦理关系呈现出不同的样态,而在所有的伦理关系中对父子关系的关注贯穿了有岛创作的始终。有岛的小说文本中似乎很难找到父子真正和平共处的温馨场面,儿子们全都在以各自的方式逃避或者说对抗父亲,木本孤独地画画,星野、阿圆、西山等人远赴异地求学,鹤吉则期待父亲的死亡……即便如此他们也未能从父亲的压抑和控制中真正解脱出来。一方面,面对父亲时,他们心里老想

---

① 聂珍钊:《文学伦理学批评:基本理论与术语》,《外国文学研究》2010年第1期,第12—22页。

着逃离,然而对于儿子们而言这种逃离实在是种奢谈,因为他们对父亲的感情(依恋、恐惧、厌弃等等)之深早已超越了他们能控制的范围。

在有岛自杀前创作的小说《亲子》中,父子关系仍然是小说描写的核心内容。《亲子》与志贺直哉的《和解》(『和解』,1917)一样带有自传性质,《和解》中的顺吉最终以新的生命降生为契机与父亲缓和了关系,与身边的一切达成了和解,获得了找到归属的平静;而《亲子》中的"他"在对父亲的顺从与反抗之间挣扎,"他"最终理解了父亲,但感到的只是血亲的感激,孤独的感激。

一、父子冲突与血亲等级伦理秩序

《亲子》讲述的是儿子陪同父亲前往农场处理农场事务的故事,人物、情节都不复杂,有岛真正花气力的是儿子的心理活动,借由"他"抵达农场后的一系列心理活动我们得以了解儿子对父亲的看法,也捕捉到了儿子从服从走向逆反继而与父亲达成某种程度和解的心理轨迹。《亲子》描绘的更像是一个心理的世界、戏剧化了的世界,一个现实和心理相交错、或者说被心理所改造了的现实世界。"父亲"和有岛武郎的父亲想象之间存在着重合,儿子"他"和有岛武郎也存在着重合,《亲子》是有岛武郎通过父亲写自传,他用《亲子》来解决自己和父亲的关系问题并探索自我,而在通常的层面上,《亲子》将父亲象征化了。用一个因敬畏而不得不依附于父亲的儿子,反过来捕捉父亲、覆盖父亲,进而构建自我,最终与父亲分离。这也就是儿子认真地审视父子之间的伦理关系,明确伦理困境并试图脱离这一困境的过程。

"他生来就经常目睹父亲生意上讨价还价的场面。父亲从长期的官僚生活转投实业界,主要从事银行或公司的督查工作,而且被当作有名的督查人员口碑相传。"①《亲子》中父亲的工作能力非常强,无论在官场还

---

① 原文为「その代わり、彼れは生れてはじめて、父が商売上のかけひきをする場面にぶつかることが出来たのだ。父は長い間の官吏生活から実業界にはいって、主に銀行や会社の監査役をしていた。而して名監査役との評判を取っていた。」有島武郎:「親子」,『有島武郎全集』(第五卷), 東京:筑摩書房, 1980年, 第488頁。

是商界都得到了外界的认可,这使儿子既畏惧他,又敬佩他。从这个父亲形象中可以看见有岛武郎的父亲有岛武的身影,因此这个父亲形象除了具有一般性的意义之外,又因有岛武郎自身经历的介入具有了特殊性。

　　经过了长时间夹杂着畏惧和敬佩的复杂情绪冲击之后,儿子的所有心理活动归结为一句话:"不知为何,一股反抗父亲的情绪无法抑制地涌上心来。"① 不过与其说儿子想反抗的是作为个体的父亲,不如说是想反抗象征意义上的父亲,这个父亲既是家庭中的父亲,也是整个日本社会的父辈。站在儿子的立场,父亲因生养了他而对他具有养育之恩和居高临下的权力,儿子必须对父亲知恩图报、俯首称臣,父亲将儿子置于一种无从反抗、无可行动的境况之中。结果是儿子失去了自主选择的能动性和可能性,长此以往,儿子必然会变得无能,"然而,儿子的无能之处也存在于父亲身上"②。结合《亲子》来看,父亲的能干凸显出儿子的无能,只知服从则导致儿子更加无能。然而儿子认识到,并非只有自己在父子冲突中受到了伤害,父亲同样受到了伤害,目睹了父亲的愤怒、辛劳和疲惫之后,"他"了解父亲的孤独,自己也陷入更深的孤独。在父亲处理农场事务的过程中,无能的儿子在一再确认自己的无能的同时,起初的愤怒、沮丧情绪褪去,他看到了父亲同样是受害者。与儿子相仿佛,离开父尊子卑的等级观念,父亲不知道应该如何与儿子相处,更不知道如何表达对儿子的关心与爱护,实际上父亲得不到来自儿子的真正支持。儿子慢慢了解了这一点,所以他在敬畏父亲的同时,又对父亲充满怜悯和同情,因此,才会有这样的心理活动:"看到父亲的背影,他突然感到一种深深的孤寂。于是他决定在父亲睡着之前自己也不能睡。将来的工作和生活将会怎样,他毫无头绪。只是沉浸在这样清寒料峭的秋夜,被一种无法言说的孤独

---

　　① 原文为「何といふこともなく、父に対する反抗の気持ちが、押しへも押しへて湧上つて来て、如何することも出来なかった。」有島武郎:「親子」,『有島武郎全集』(第五卷),東京:筑摩書房,1980年,第495頁。
　　② 原文为「けれども息子のことの無能な点は父にもあったのだ。」有島武郎:「親子」,『有島武郎全集』(第五卷),東京:筑摩書房,1980年,第492頁。

深深地侵袭。"①这大概是儿子在现实生活中无法陪伴父亲,只能在心理给予的一种补偿吧。

于是在小说结尾,儿子感受到的是"不可思议的感激——那仅仅是一种来自血缘关系的,让人心满意足的热烈但同时也很孤单的感激,他不禁热泪盈眶"②。《亲子》隐含着有岛武郎看待父亲和自己之间关系的深远而又坦诚的想象,"他"虽然没有实现对父亲的反抗,但有岛却在现实生活中解放了农场,实现了对父亲的反抗。这篇小说写作于有岛的父亲去世之后,父亲并没有看到,从结尾来看,有岛保留了儿子与父亲和解的希望。"不可思议的感激"源自血亲,儿子渴望回到单纯血缘意义上的父子关系,这一伦理关系是生而有之的,没有父尊子卑,没有父君子臣,必须不受社会的、历史的意识形态侵扰,回到单纯的血缘领域,回归自然的本能的状态。因此,对父亲、对亲子关系的书写实则成为有岛、或者说他笔下的主人公反抗一切既定社会历史意识形态的方式。

有岛武郎生活在日本大正时期,这一时期日本取得了飞速发展:在国内,巧妙镇压了民众的自由民权运动,通过颁布钦定宪法,整备了立宪政体的形式;在国外,通过修改不平等条约和推行大陆政策,提高了日本的国际地位;经济上,迅速完成了产业革命,开始与先进资本主义国家展开竞争;对外侵略扩张,对内奉行家长式的"大棒"统治。这个在短时期内竭力实现现代化的国家,在有岛武郎心中是个矛盾的存在。性格内向的有岛武郎既质疑所谓传统的合理性,相信科学、理性、现代的必然性,又无法避免地质疑科学、理性、现代带来的负面效应,日趋现代化的现实世界对有岛武郎而言是高速成长的强大他者,面对他们,自我这个独立的小世界时刻为一种压迫感所包围。于是,就像原始先民在强大的自然力面前产

---

① 原文为「父の後姿を見ると、彼れはふつと深い淋しいを覚えた。」「而して父が眠るまでは自分も眠るまいと心に定めていた。」「将来の仕事も生活も如何なってゆくか分らないやうな彼れは、この冴えに冴えた秋の夜の底にひたりながら、いひやうのない孤独に攻めつけられてしまった。」有島武郎:「親子」,『有島武郎全集』(第五卷),東京:筑摩書房,1980年,第486頁。
② 原文为「不思議な感激—それは血のつながりからのみ来ると思はしい熱い、然し同時に淋しい感激が彼れの眼に涙をしぼり来さうとした。」有島武郎:「親子」,『有島武郎全集』(第五卷),東京:筑摩書房,1980年,第503頁。

生畏惧感和依赖感一样,家庭、社会生活中的经验和冲突也唤起了深藏在他意识最深处的原始意象,他以父亲为原型,将父亲视为外部权威世界在家庭中的代言人,通过小说创作表现了自己面对外部权威世界的种种体验。因此我们要研究有岛武郎和他的文学创作,必须了解他的父亲,然后考量有岛如何在创作中将父亲与"父亲"形象相融合,进而实现自我对父亲的抗争。

现实生活中,有岛武郎的父亲有岛武是成功的商人,也是在北海道拥有大面积土地的农场主。有岛武郎作为家中的长男,一直生活在父亲强烈的个性阴影之中,无论是学业、婚姻还是职业选择,有岛都遵从了父亲的安排。在父亲面前,他是没有发言权,没有自己声音的儿子,是一个对父亲心怀敬畏的儿子。然而另一方面,有岛对父亲又有一种与生俱来的崇拜,父亲在世俗的成功是显而易见的,父亲的权威地位是不容置疑的,正是由于父亲在经济上的支持,有岛才得以在年少时接受良好的教育,成年后也可以维持富庶稳定的生活。作为一个畏父和尊父的矛盾体,有岛武郎不得不尊重父亲的意见。在现实生活中,逃脱父权笼罩的愿望难以实现的情况下,有岛武郎将内心的矛盾纠结寄托在文学创作中,发泄和控诉心中的失落,寻求心灵的慰藉。他或许一生都在幻想着逃离父亲的统治,然而父亲活着的时候他没能真正实现。

当我们回到有岛武郎生活的伦理环境①,将《亲子》描述的父子关系置于这一伦理环境之中,能够更清晰地看到《亲子》创作的针对性和作者力图找寻精神出路的意图。有岛武郎从他与父亲的关系里获得了深刻的生命体验和文学创作的灵感,"父亲形象"几乎覆盖了有岛武郎的全部,也是通向他的人生和文学作品的一个路标。

父子之间的战争属于实力相当的竞争对手之间发生的战争,他们都是强而有力的,就像布鲁姆所说的,是"处于十字路口的拉伊俄斯和俄狄浦斯"。因此,父亲和儿子既属于利益共同体,又分别扮演着压迫者和被压迫者的角色,父子之间缺少最直接的沟通与交流。父子冲突是文学的

---

① 聂珍钊:《文学伦理学批评导论》,北京:北京大学出版社,2014年,第256页。

母题之一,其中蕴含了丰富的历史文化内涵。从日本神话中对伊邪那歧命与素盏鸣尊的描写开始,素盏鸣尊违背了父亲的意愿,伊邪那歧命驱逐了儿子,从此,父亲对儿子的惩罚以及儿子对父亲意旨的背离就为日本文学埋下了父子冲突的种子。虽然日本传统文化中的武士道思想以及外来的儒家思想更多地强调儿子对父亲的服从,但是文学中的父子冲突还是成为某种固定的传统,成为日本文学的母题之一。有岛武郎在小说中形象描绘了父子的矛盾冲突,深入揭示了这种既依恋又厌恶的悖谬的父子关系,展现了现代日本人对他们不得不面对的生存境况既难以忍受、又无法逃离的复杂心态。有岛武郎的作品使现实中的儿子都感同身受地体悟到了自己深陷其中的生存困境。

有岛武郎对写作充满敬畏,同时渴望写作带来的幸福,就如同他既敬畏父亲,又希望得到父亲的爱一样。不是反抗父亲,而是反抗将父亲塑造成"父亲"的血亲等级秩序,有岛武郎确认了自己的"作家"身份,尽管不无挣扎和矛盾,但这是他最终下定决心选择的身份,也正是"作家身份"把他从生活的虚无中拯救出来,不仅是他曾经生活过的时代,而且是他死去之后的时代。

与志贺直哉一样,有岛武郎终究理解了父亲,但是与志贺直哉的《暗夜行路》《和解》相比较,相异之处也是显而易见的。志贺小说的主题是寻找父亲,在寻找父亲的同时确立自我并找到精神的皈依;而有岛小说的主题则是寻找自我,在与父亲的分离过程中确立自我,他想探讨的是什么因素塑造了现在的父亲?志贺直哉笔下的人物激烈地反抗父亲,不惜与之决裂,然而终于在与自然的对话中,在家人的劝解下理解了父亲,回归家庭,找到父亲的同时自己也成为真正意义上的父亲;而有岛笔下的人物则从未正面反抗父亲,但他们在内心却一直没有真正顺从,他们始终在内心的冲突中打碎父亲的形象并试图重塑,联系到有岛本人的行为,父亲在世时有岛对父亲言听计从,父亲去世后他马上解放了农场,这是他一生中对父亲唯一一次却也是最彻底的一次反抗,从此他真正离开了父亲的阴影。综上,简言之,志贺直哉的创作是一个不断走近父亲的过程,他重视父子关系的连结;有岛武郎则恰恰相反,他的创作是一个不断远离父亲的过程,他更为强调父子关系的分离,而这两种截然相反的亲子关系描写也反映出日本近代作家在哲学观上的差异,前者创作时间跨度长,对亲子关系有一个反抗——和解——回转——凝视的过程,肯定生命的理性;而后者主动选择死亡,对亲子关系的思考在反抗——和解的两极摆动,肯定生命的非理性和本能冲动。

二、血亲权利话语中的伦理困境

《亲子》从"他"的视角出发,审视儿子眼中的父亲以及父子之间的关系,小说固然有有岛武郎自身经历的投射,但更多的还是对日本社会中普遍存在的父子关系现状的考量,如果局限于有岛的自身经历,隐藏在父子关系之中的权利关系就很容易被我们忽视了。这种权利关系被血缘温情掩盖,蛮横地理所当然地对儿子造成更深的伤害,《亲子》这部带有自传色彩的小说通过儿子的心理活动揭示了这种权利关系。儿子的命运掌握在父亲手里,父亲可以斥骂儿子,儿子为父亲卸责,出自一种集体无意识,一种无条件认同社会等级结构的文化心理。儿子的生活因父亲的权威而失去,儿子的悲剧源于父亲的绝对掌控,儿子既畏惧父亲又抗拒父亲,但儿子始终认可这两个字:服从。

读有岛武郎的《一个女人》,亲子关系之中隐藏的是性别与权利的语义关联,以及由这种语义关联生成的男性与女性不对等的理性结构。男性和女性因性别差异而被赋予不同的权利,男性因权重而凌驾于女性之上,男性的权限决定着女性的行为方式和生存状态,叶子无论如何反抗也未能摆脱其被限定的生活。而《亲子》则有一个在父亲与权利的语义关联中生成的父主子仆的理性结构,这种理性结构隐藏着日本传统的等级观,亲子关系之中隐藏的是血亲和等级的语义关联。因为儒家的血亲等级观念,它一方面将君臣之间的尊卑上下差异嵌入到父子关系之中,另一方面又把父子的血缘亲情比附到本无血亲关联的君臣关系之中,从而凭借血亲情感的强大亲和力和凝聚力维持着整个家庭的尊卑等级关系,使之成为一种远比血亲结构更稳定、更难以打破的深度等级架构。父亲因而凌驾于儿子之上,父亲主宰着儿子的命运,儿子所有的言行,都必定与父亲发生联系,都只有放在父亲的权限范围内才能够得到合乎"权"理的解释。

《亲子》中的时间和空间都是固定的、静止的。"彼れは、秋になり切った空の様子を硝子窓越しに眺めていた。"① " 一寸した切崖を上るとそこは農場の構へ中になっていた。"②农场仅仅是一个抽象的空间符号,秋天仅仅是一个抽象的时间符号,很难由此推断《亲子》的故事发生在哪个年代的哪个地点。因此,这个秋天、这个农场,并不单指有岛武郎所处的近代,还可以前移后推指向任何一个时间点。表面来看,因为这篇小说强烈的自叙传色彩,父与子的故事毫无疑问发生在近代,但往深处发掘,他们的故事却完全可能发生在过去或将来的某个年代,发生在过去或将来的某个农场。也就是说,把这个讲述亲子关系的故事放在近代之前,或是近代之后,都是可以成立的。因为隐含在这个故事里面的,是不变的血亲与等级的语义关联,是自古沿袭下来的父主子仆的等级结构,也就是伦理等级秩序,这也使得这段被描述的父子关系具有了普适性的意义。

日本进入文明历史阶段之后,日本社会先后形成了各种各样的等级架构,同时在思想领域也形成了一些相应的等级观念。其中,由于血缘关系在人与人的关系中占据着最为核心的地位,因此,血缘在日本社会的等级架构和等级观念中也扮演着关键的角色。以血统而论,"所谓血统等级,是指属于不同血缘支脉的人们之间由于血统的差异生成的尊卑上下关系"③。在日本的历史上,以血统为中心的天皇世袭制、将军世袭制从未改变。由于血缘世袭制在统治权力、物质财富等方面的长期存在,这种血统等级构成了一种贯穿于各个社会领域的重要伦理规范。在日本,不仅存在天皇、将军、达官显贵、武士庶民这样不同的血统等级阶层,而且还存在像士、农、工、商这样的职业世袭现象,以及秽多之子恒为秽多这样的身份世袭现象,岛崎藤村(Toson Shimazaki)《破戒》(『破戒』,1906)中的主人公正是因为秽多这一身份苦恼不已。

---

① 有島武郎:「親子」,『有島武郎全集』(第五卷),東京:筑摩書房,1980年,第477頁。
② 同上书,第478页。
③ 刘清平:《儒家血亲等级观念初探》,《江苏行政学院学报》2013年第1期,第41页。

相较而言,另外一种同样围绕血缘展开,却与血统等级不同的血亲等级,往往被隐藏于血统等级背后而不为人所察觉。"所谓血亲等级,是指属于同一血统的人们之间由于亲缘定位的差异而生成的一种等级关系,诸如父母与子女之间由于亲缘上'创生'与'被生'的差异、哥哥与弟弟之间由于亲缘上'先生'与'后生'的差异而生成的尊卑上下关系。"①从有岛武郎的《一个女人》(『或る女』,1919)、《星座》(『星座』,1922)中父母与子女之间的关系、叶子与两个妹妹的关系、星野与其弟妹的关系,都可以看出这种尊卑上下关系。通过对《亲子》的阅读,笔者发现有岛在这部小说中对这一问题的思考更为深入恳切。

　　日本传统社会中,家庭、国家是附属型的私与公的关系。这种家国一体的统治结构具有一个显著特点:政治等级关系。统治集团内部不同成员在政治地位上的高低贵贱,主要取决于他们在血缘关系上与天皇的亲疏远近;体现在家庭中也就是父对子、兄对弟的血亲差序关系。结果,父对子、兄对弟在血缘延续上的居先先行优势便与天皇对诸侯、诸侯对大臣在政治地位上的等级优势融合在一起,构成了前者有绝对权力能够对后者享有管治权威的必要条件。悖论在于,一方面,父子兄弟的血亲关联被转化成君臣上下的尊卑等级;另一方面,又用父子兄弟的血亲去向尊卑上下等级注入温情脉脉的血缘亲情,希望借此维持家庭的稳定性。

　　毫无疑问,儒家观念长时间地影响了日本的儒家思潮,"君君臣臣、父父子子"(《论语·颜渊》)、"君为阳,臣为阴;父为阳,子为阴"(《春秋繁露·基义》)以及由此衍生的"君为臣纲、父为子纲"(《白虎通·三纲六纪》),进一步确认了武士道中君臣、父子、夫妇、长幼以及朋友之间的五伦之道。通过上千年潜移默化的影响,上述观念在日本社会造成的一个重要后果是:血亲等级结构不断地被强化,从而使人们总是处于父尊子卑、兄尊弟卑的等级关系之中,以致除了在国家的领域必须遵循君臣尊卑的等级关系,在家庭的领域还得按照血缘关系中的顺序,在家庭内部接受父亲兄长的权威约束,绝对服从父亲兄长的安排。

---

① 刘清平:《儒家血亲等级观念初探》,《江苏行政学院学报》2013年第1期,第43页。

确定了血亲等级秩序之后,每个社会成员都通过血亲定位的方式被抛入到家庭的伦理秩序之中,赋予父子兄弟的血亲关联以尊卑上下的等级差序,这是血亲等级观念的一个方面;它的更重要内容是通过血亲比附的情感机制,向君臣上下的政治性尊卑等级也注入了父子兄弟般的血亲性情意,由于血亲恩情,从而使父亲对儿子具有天经地义的、先天的统治权威。

世事变迁,然而父子之间的血亲等级关系却没有随着日本的急速近代化而发生实质性的变化。在《亲子》当中,小说真正的主角是父亲,这个曾经在官场游刃有余,现在将农场管理得井然有序的农场主。儿子是叙事者,承担着推动情节发展、掌控叙事节奏的重责,整篇小说以儿子的视角展开叙事,用儿子的心理活动作为主要内容,然而他的所见、所思、所畏、所忧的对象是父亲,所有的一切实际上都围绕着父亲运转,父亲的行为、情绪、语言主导着叙事进程,影响着儿子的叙事。儿子所做的一切,他的生理和心理,他的情绪上的波动,他的愤怒、无能、懦弱、孤独,无不与父亲紧密联系在一起。

具体来看,儿子从未有过自己的选择。开篇,作为父亲的继承人,儿子被动地来到农场,亦步亦趋地跟在父亲的身后,与农场的主管和雇工们见面;在农场,他并没有参与任何具体事务,只是站在一旁目睹父亲以或圆滑或强硬的手段处理农场事务。当父亲精明地询问农场的雇工时,他只能旁观;当父亲与农场的管事针锋相对时,他只能旁观;当父亲因农场事务繁重无法休息时,他依然只能旁观。儿子的旁观其实是对父亲的服从,因为他既没有权力参与父亲的工作,也没有权力左右父亲的决断,与农场的农民、管事一样,他和父亲也是上下从属关系。分明是血缘相亲的两个人,却因为尊卑等级观念而疏离。

即便在外人面前,父亲依然毫不留情地呵斥儿子,对此儿子虽然心生怨怼,却依旧服从。"他也不由得勃然大怒,大敌当前却呵斥辅佐自己忠诚的将军,世上哪里会有这样的人?!然而,他只是默默地低下了头,但在内心深处他为自己懦弱的性格感到懊恼。"①无论怎样都是儿子的错,父亲随时能够因为自己的情绪不佳而责备儿子,可悲的是,儿子将自己与父亲之间的关系视为君臣关系,面对父亲的暴怒,他自比"忠诚的将军",于是只能默默地咽下"勃然大怒",宁可为懦弱无能的性格懊恼,也没有丝毫勇气去痛斥父亲。隐含在这种逻辑中的,是一种儿子的无意识以至无条件地认同父尊子卑的血亲等级秩序的文化心理。要打破这种心理状态,颠覆父主子仆的等级秩序,建立自然的平等的伦理关系,儿子必须确立自我,一个不服从的、独立的自我。

三、伦理选择中的自我实现

在血亲等级秩序之下,基于儒家伦理赋予意识形态性的基础,即重视国家,轻视甚至忽视个人。"在武士家族状况下,虽然在父权、夫权之外,户主对其家族成员的特别父家长权力,在法律形式的意义上并不存在,但由于家是以封禄这种政治经济关系作为基础的,因此,户主对其家族成员实质上的统制力则极其强大。在户主行使父权、夫权的约束下,家族成员的人格独立性就十分薄弱。"②在这种情况之下,"灭私"成为一种必然,也就是说,"私"是可以随时被舍弃的,"私"只有在自己的世界内才被承认。综上,实际上日本近代之前只有作为集体的"公"和作为附属的"私",只有作为人称的"我",没有真正的"我"。

近代对"我"的发现,是从对"家"的怀疑和脱离开始的。"家",作为日本封建社会最小的"公"的团体,代表了最基础、最严谨的自然秩序,"家"的重要性,家庭成员在身份上的、法律乃至事实上的世袭、刑罚中的连带责任等等,这些是个体的自由意志无论如何都无能为力的自然命运,这也就是"公"法。如果说中世、近世的日本人,从"家"这样的自然属性的团体

---

① 原文为「彼れも思はずかっとなって、謂は敵を前において、自分の股肱を罵る将軍何所にいるだらうと憤ほろしかった。けれども彼れは黙って下を向いてしまったばかりだった。而して彼れは自分の弱い性格を心の中でもどかしく思っていた。」有島武郎:「親子」,『有島武郎全集』(第五卷),東京:筑摩書房,1980,第491頁。
② [日]丸山真男:《日本政治思想史研究》,王中江译,北京:生活·读书·新知三联书店,2000年,第7页。

来理解社会组织和社会关系,那么近代日本的"我"的发现的真正意义则在于尽可能从人的自由意志来把握社会关系,脱离"家",进而建构独立于"公"之外的个体"我",而不是从属于"公"的共同体之"私"。但是,所谓"人"的发现和"我"的建构,并非仅止于这种对象性的意义,必须在自觉到了主体性的意义上来理解,即"从前作为命运来接受社会秩序的人,现在已经意识到这些秩序的产生和改革依赖于他的思维和意念。根据秩序而行动的人走到了对于秩序的行动"①。意即从近世到近代,就个人与社会("私"与"公")的关系转换而言,是丸山真男(Masao Maruyama)所说的从"自然"到"制作"的推移。从接受秩序到制作秩序,这个过程中存在着本质意向与选择意向的差异,前者是思维附属于现实形式之下的产物,而后者则是在思维自身的构成物;前者依存于过去,必须从过去的、现存的东西中获得参照,后者则只有通过连接现在与未来才能得到理解。

在伦理困境中实现自我,必须在选择意向的主导之下,从共同社会走向利益社会,将现在与过去割裂,在现在与未来的贯通中发现"人"、建构"我",测定、重新制作秩序立场内部包含了多少现代性和主体性,这便是有岛武郎在写作中竭力思考和希望解决的问题。为此,有岛武郎采取了从"家"的自然秩序出发的策略,重新制作"家"的秩序,从内部寻找"我"的定义。由此,"私"不再只是一个指向"我"的人称,有岛赋予了它更多新的内涵,这些内涵包括了"私"的日常性、"私"的自由和"私"的实现,由此,"私"实现了向"我"的转换。

强化"私"的日常性,意指摆脱对"公"的附属地位,从共同体的规定中分离出来,肯定"私"(自我)与"公"(家庭)的对立,肯定"私"的独立价值。为了表现日常性的"我",结合《亲子》来看,有岛的努力体现在两个方面:一是还原真实的、自主的"私";二是以自白的方式表现"私"。

在"公"对"私"的压抑、统摄之下,真实的、自主的"私"并非不存在,而是长期地被悬置,是人们放置不曾理会或者说忘记理会的东西。为了使

---

① [日]丸山真男:《日本政治思想史研究》,王中江译,北京:生活·读书·新知三联书店,2000年,第184页。

人们发现"私",需要在"公"的领域中唤醒因压抑而得以存在的"私"。因等级制的存在,日本的"公",对更大的领域来说就是"私",因此公私是具有双重性的,条件发生改变,公私也就发生转换。在这种重层结构之下,"家"作为最小的"公"的领域,亦是"私"的领域。为了复苏被悬置、被遗忘的"私",有岛的小说选择了家这个最小的双重领域展开,将对"私"的关注集中于最小的"私"领域,即作为个体的人,而他最为强化的也就表现为日常性的"私"。日常性的"私",意味着无论恋爱结婚还是私奔同居,无论为了家庭勤勉工作还是为了自己努力争取,选择什么放弃什么,都能自己进行自主决定,"私"是私生活的"私"。由此,古代、中世纪、近世被关闭在"公"——共同体或家中——的人,到了近代作为自由的个体被分离出来。这个"私",过去被视为内心的隐秘,不能也无法对外吐露,只有在私小说中才被强化,其最典型的形态就是性生活的无规范、无底线的开放。在私小说盛行的时代,这种开放得到肯定,因为它被视为向"公"的示威,是人性的解放与自由,而其表现形式则是自白。

有岛武郎虽然批评私小说,但并没有否定自白本身,只是批评那种把自白的"私"和被自白的"私"混为一谈的做法。为了强调"私"的真实与独立,有岛继承了自白的方式,在《亲子》中,我们能够读到大段的内心自白。有岛对"私"的自白超出私小说的自白在于他并没有将"私"的日常性局限于肉体生活的领域,而是同时强调精神生活的袒露,即"我"在亲子关系、事业、理想等方方面面的苦恼。小说中,主人公坦白地倾诉不为外人所知的内心、内在的自我、个人心理,诚实地面对自己,在"公"的压抑之下,他追求肉体和精神的双重解放。他没有隐瞒任何东西,惟余真实,通过自白,他获得了主体的力量,获得了一种自我的权力,而这种权力意志引导他们走向"私"的自由。

对于"私"的自由,可以有各种理解和阐释,但在有岛武郎的小说中,"私"的自由指向理解自我的过程,只有当人们真正理解了自我,才有可能获得自我并最终实现自我。伯格森说有两种不同的自我,第一种是基本的自我,第二种是基本自我在空间和在社会的表现,只有通过深刻的内省才能达到第一种自我。有岛认同、肯定的是伯格森所说的第一种自我,即基本的自我。基本的自我是活生生的,它的状态既是没有被辨别清楚的又是不稳定的,也就是说,是自由的。在有岛看来,"公"对人们的最大诱惑在于,"公"能够通过刻板、固定的伦理规范使我们得到这样的自我:纯一、简单、明晰,它的各瞬间被串联,而不是彼此渗透的,这样的自我恒定,缺乏独特性,易于把握和掌控,也就是伯格森所说的第二种自我。因为对"公"的服从,日本传统社会中的"私"只能是第二种自我,是被辨别清楚的、被圈定的、可以用言语表达出来的自我。而有岛理想中的"私",或者说他通过创作寻找的"私"是独一无二的,是无法用刻板的伦理秩序来圈定、定义、表达的,因为"私"不是凝固的,它的各瞬间是绵延流动的。理解了这一点,我们便会发现有岛笔下的"私"已经摆脱或者说正在摆脱第二种自我,从被束缚走向自由。

《亲子》中的"他",意识到了血亲等级秩序之后,从反抗父亲到理解父亲,这恰恰是自我尚未被刻板的伦理秩序浸没的标识,无论他对自由的理解存在多大的偏差和误解,既然不能摆脱对自由的尊敬和向往,那么他们就只能把被驱逐的自由送归内心,寻回基本自我。从这个意义上而言,他虽然在与"公"的对立中伤痕累累,然而他们终究没有给生活一个早已框定的标准答案,其生活状态摆脱了单一具有丰富性,所以他们处于真正的绵延阶段,这种绵延是伯格森所说的多样性的、活生生的东西,他的生活状态是独一无二的,因此他们可以被宣称为自由。认识了这种自由,我们就不难理解:正是由于动作对状态的关系无法用一条定律表示出来,有岛小说中的基本自我才得以呈现出自由的面貌。

最后,"我"的实现标准是全有或全无[①]。易卜生在戏剧中塑造了布朗德似的人,在布朗德为理想奉献的过程中,没有折中,没有妥协,要么完完全全地献给至上者,包括财产与性命,要就是彻底弃绝它,没有中间路线。在有岛武郎笔下,我们同样感受到了这种孤绝之气,同时,又由于《圣经》中那位被流放者该隐的涉入,有岛武郎所推举的"全有或全无"不完全等同于易卜生式的,虽然两者都强调奉献、自我的实现,但奉献的对象以

---

① 易卜生提出了"all or nothing"的理念,有岛武郎在日记中多次提及受到易卜生影响。

及自我实现的路径却是相异的。

《该隐的后裔》(『カインの末裔』,1917)是有岛武郎的小说中写得最彻底与决绝的一部。面对大自然,仁右卫门从无敬畏之心,一味地蛮干,他的努力没有换回一丝回报,自然抛弃了他;面对人类社会,仁右卫门的偏执、难以理喻的行为让自己落了个孤立无援的境地,他主动把自己置于人民公敌的位置,人类社会也抛弃了他。在他刚刚抵达农场时至少还有他的妻子、孩子和老马陪伴在他身边,随着他一次次地无视秩序,仁右卫门先是失去了孩子,后又失去了老马,最后失去了在农场生存下去的土地,只能带着妻子离开。仁右卫门是日本近代的布朗德,与布朗德一样,他从未找寻过折中路线,从未妥协,然而与后者相比,他缺乏理性,全凭一种自然属性的支配,这使他显得更加孤绝。整部小说几乎没有一丁点柔情的成分,也没有一丝可供回旋的余地,仁右卫门把自己的意志力和主体性逼到了本能的地步。仁右卫门想要做的,正在做的,分明就是祖先该隐曾经做过的。在该隐献祭上帝、弑亲被放逐的过程中,没有妥协,要么完完全全地献给至上者,包括财产与性命;要么就是彻底弃绝他,哪怕终身漂泊,没有中间路线。

有岛武郎继承了易卜生的思想,认为真理往往掌握在个体手里,而那大多数却可能是平庸的、充满杂质的,甚至罪恶的,《该隐的后裔》讲的是纯粹的"我",然而我们很容易把它映射到任何对某种理想的态度上。中国古语云,"水至清则无鱼,人至察则无徒",固然是一种东方的圆融智慧,不过它似乎已经沉淀为一种圆滑的实用主义。仁右卫门的行为正是一种与大多数的圆滑针锋相对的东西:偏执、天真、近乎残忍。仁右卫门一直在流浪,因为他生而有罪却拒绝惩罚和救赎。然而,纯粹的"我"的实现和精神突破,总要有仁右卫门这样执拗而天真的人,这大概是有岛武郎对"我"的最高定义。

《亲子》中的"他"较之仁右卫门并不偏激,更为理性,但"他"也是仁右卫门的后裔,"他"在有岛武郎的笔下显示出一种复杂的对抗,他的生活焦点往往集中于自我,在自我表现中竭力寻找内在的深度,也就是说,"他"从内部寻找自我的定义。同时,又经常以对抗在他们看来是纷扰的、异己的环境来肯定个人的人格和生活方式,但在表面激进的反传统思想之下,却有着精神的空虚。

第三节 《友情》中自然之爱的伦理诉求

《友情》分为自序、上篇和下篇,围绕着野岛、大宫和杉子的三角恋爱为主线,展现了男女主人公在面对爱情和友情之时的彷徨和挣扎,以及武者小路实笃对于个人主义的探索和思考。这篇小说与有岛武郎的《宣言》(『宣言』,1915)有近似之处,同样是三角恋爱的故事,然而与《宣言》的故事结局不同,《宣言》中的主人公 A、B、Y 子互不隐瞒,在经历了痛苦挣扎之后,A 选择了成全好友,B 和 Y 子心存感激地接受了朋友的祝福,三人决定继续友好相处、勇敢地生活下去。而《友情》中的大宫和杉子,在野岛尚未得知真相之前便已经下定决心相爱,蒙在鼓里的野岛收到大宫的来信得知真相,虽然接受现实,却决定暂时中断与好友的关系,在日记中也吐露出希望得到神的救助的心声。相似的题材,不同的处理方式,如果说《宣言》借由三个人对于"我"的叙述和剖白,从主观性和个人性探索自我,重在确立自我,发出关于自我的宣言;那么《友情》则更注重探讨在"个人主义"的冲击之下,自我得以确立之后人与人之间的伦理关系应该如何维系。

一、自述与自白:伦理诉求的方式

《友情》的自序是"我"对于恋爱、结婚的宣言;上篇以野岛中心,主要由野岛的外在活动和内心独白构成;下篇则由大宫、杉子的书信构成。无论是宣言、内心独白,还是书信,就形式而言,小说文本突出的都是有别于群体的个体,是自我。自序中写道:"对人类来说,结婚无疑是一件大事;但并非唯一的大事。结婚也可以,不结婚也可以,怎样都可以。"①上篇主要通过野岛的外在活动和内心独白,串联起野岛、仲田、杉子、大宫、早川

---

① [日]武者小路实笃:《友情》,周丰一译,北京:人民文学出版社,1987 年,第 50 页。

之间的联系，勾勒了人物群像，但这些人物不是直接出场，而是在野岛的视野中间接出场，读者只能透过野岛的眼光去认识他们，借由野岛的描述、评价去了解他们。此外，在情节转折处插入野岛的日记以及他与杉子的书信。无论是借由野岛的视角去塑造人物，还是用日记、书信推进叙事进程，这种策略实则凸显的是作为个体的野岛。下篇则完全由书信构成，是野岛、大宫、杉子的心灵之旅与社会生活之间，小说的内部世界与外部世界之间，外壳和内核之间混生的延伸。整个下篇的叙事框架由书信构建，叙事节奏也由书信掌控，书写、邮寄每一封书信需要一定的时间，书信在两个城市之间传递，12封信就像连环套，将看不见的时间、空间勾连起来，对书信的书写和阅读推动着叙事的发展，故事还给人以最后能得到坦白、真诚交流的希望。在这个故事中，对信的书写和阅读是赋予整个叙事以意义的事件。又因为是信，通篇合理地采用第一人称叙事，这种叙事策略的优势是显而易见的：首先，解释自身的最好方法，就是讲述自己的故事，选择能最大限度地表现自己特性的事件，并按照自己的意愿将它们组织起来。要做到这一切，没有比第一人称更为合适的了，自己讲述自己，将叙事者自己外化，从而达到自我表现的目的；再则，书信是极为隐私的物件，这也使它在相当大的程度上将自我暴露与真实、真理结合在一起，构筑"我"的独立世界。宣言、日记、书信袒露的内心生活并不是外部世界的隐退，而是由这种外部世界构成的，因此我们要探讨的问题在于自白什么，怎么自白，第一人称叙事究竟袒露了什么样的"我"，又怎样看待处于伦理关系之中的"我"。

  首先是野岛，我们根据野岛的自述，看到的是在寂寞和痛苦中挣扎最终战胜软弱一面的"我"。野岛认识杉子是因为她的照片，"在几个人中，杉子不但显出特殊的美丽，而且有一种清纯之感"[1]。偶遇之后，他看到杉子本人比照片更美，于是，萌生了结婚的念头，对于杉子，他没有任何肉欲的冲动，蚕食他的自制力的与其说是杉子，不如说是他对杉子的想象。起初他还能理性地看待自己对杉子的感情，遮蔽不能宣之于口的东西，不

---

[1] [日]武者小路实笃:《友情》，周丰一译，北京：人民文学出版社，1987年，第51页。

久便纯任感情流露说出使自己感到精神要崩溃似的东西。野岛在对大宫的讲述中说起的不是丑陋的事情，而是丑陋的心，因为对于杉子他并没有做任何逾越常规的事情，只是在梦中、在潜意识中显现出羞耻卑劣的一面。对此野岛时常感觉到两种不同的情绪在折磨他的心灵，一方面，他希望"杉子必须绝对信任自己，而且要杉子认为世界上没有比野岛再伟大的人物了"[①]。另一方面，他又自觉并没有这种能力，深感丑陋和不安。于是，他有时对杉子充满爱慕，她的一言一行都使他心醉神迷；有时又因为杉子与他人的亲近而生气，甚至会暗暗骂杉子。这里写了由于"我"而得以存在的爱情，与其说野岛爱上了杉子，不如说他发现了理想中的妻子，这并不是两情相悦的爱情，而是野岛将对自己的爱投射到杉子身上，由此他获得了精神上的自由，有意识地去认识"我"。对杉子如此，对好友大宫亦是如此。面对大宫，野岛同样是怀着双重态度：一方面尊重他，赞叹他的才华；另一方面又嫉妒他，不忿于大宫的被人赏识。在这样的双重情绪中，大宫既是他的朋友，其实也是他的竞争对手，这样的双重情绪也从事业领域延续到了个人爱情的领域。借此，野岛从投射于他者、他人身上的爱来确立自我。

　　大宫的自我是在杉子的推动下得以确立的，面对杉子的热情告白，一开始他是拒绝的，极力劝说杉子接受野岛的爱，并且宣布自己要做的事情是发展日本的文明，提高思想，放手去做世界性的工作。"我不能夺取挚友所爱的女人啊，那是卖友的行为，出卖了可尊敬、深信我、依靠我的好友。"[②]大宫写下了一段对话，这段对话是他内心深处的两个自己的对话，一个自己深陷于对朋友的愧疚之中，另一个自己深爱着杉子。二者争论的结果是后者获胜，他选择真实。杉子拒绝了野岛的追求，出国了，在她出国三四个月后，野岛收到了大宫的信，用英文写在明信片上，上面印着米开朗基罗所作圣母哀痛地抱着基督尸体的画像。大宫对于抢夺了野岛的心上人心怀愧疚，不仅是愧疚，还有负罪感。在大宫身上集中体现了爱

[①] ［日］武者小路实笃：《友情》，周丰一译，北京：人民文学出版社，1987年，第59—60页。
[②] 同上书，第131页。

情与友情的冲突,潜藏的是自我与他人的冲突、自我与自我的冲突。在自己与自己的对话中,大宫接受了杉子,也就是放弃了旧有的信义观,接受了杉子的,或者说自然的信义观,在他接受杉子的时刻,是自然之爱觉醒的明证,也是他确立自我的明证。

通过杉子,体现出女性觉醒的问题。波伏娃在《第二性》中指出社会认同的真正女性气质是轻浮、幼稚和无责任感,在遭遇与两位先生的三角恋爱之前,杉子虽然对这种气质心怀抗拒但也在不自觉地靠近这种气质,她的身边围绕着早川等许多献媚的男性就是明证。只是在这段爱情经历之后,她的自我意识觉醒了。在这段三人关系中,只有杉子是最清醒的,她认识到野岛爱的并不是真实的自己,而是想象中的杉子,一个非凡的女性,实际上的、真实的杉子只是平平凡凡的女子。杉子认为,野岛并不能按照她的本来面目来爱她,为了说服大宫,她说:"现在您还担心着野岛先生,您是为了对野岛先生的情义而想抛弃我。我虽然敬佩您对信义的坚定,可是请您更想想我,要不我太可怜了。野岛先生失去我,一定会找到一个更合适的对象,这个证据就是:他不能按照我的本来面目来爱我;还有就是野岛先生的爱情丝毫不能打动我的心。"①在面对爱情、婚姻的问题上,杉子既未听从父母的安排,也没有接受哥哥的劝说接受野岛,而是坚持自己的观点,向家人剖白自己的心思,坚持远赴巴黎寻找爱人。而她的父母、哥哥,也没有将她当作家庭的所有物,他们尊重她的个人意志,支持她所做的决定。从中可以看到一种现代的开明的家庭伦理关系。

被动接受是杉子遇到野岛、大宫之前的生活常态。杉子接受的教育想要达成的目标是充满焦虑的自我否定,她并不知道她是谁,或者她命中注定将要成为谁。杉子只能欣然地习惯、接受别人给予的或是强加的东西。正如我们已经看到的那样,起初杉子没有作出任何有意义的选择,她先是默默地旁观大宫,然后小心翼翼地以朋友妹妹的身份与他相处。这样的杉子顺从,惹人喜爱,然而她的生命只有接受。阅读大宫的小说给她以莫大的精神上的安慰,它支撑着杉子的生命之光,相应的,没有他人的

---

① [日]武者小路实笃:《友情》,周丰一译,北京,人民文学出版社,1987年,第133页。

支撑,杉子也就失去了生命的动力。因此,在过往的生活中,她只是被动地、习性地、麻木地活着,只有在与大宫、野岛的三角恋爱中,杉子第一次主动地去选择、去判断,在这个学习爱的过程中,她的自我慢慢苏醒了。耐人寻味的是,在大宫离开两年之后,她经过长时间的考虑之后决定给大宫写信。远在巴黎的大宫对她而言,代表了通往某种可能性的出口,通过与大宫的书信往来,她敏锐地意识到她已经得到了从未拥有过的那种自主性,她于是显得有点倔强固执,要求大宫接纳她,小说中杉子的一封封亲笔信代表的是她真实自我愿望的宣言,她因此而获得重塑自我的机会。

在信中,她说:"我向您坦述这一切,而且想解决我一生的问题,这个问题太可怕了。但是我不能听任命运的捉弄,我要拼死同命运一战。与其说一战,不若说是想打开命运之门。以前,我想安安静静站在门旁边等待门自己打开,而现在我是想尽我的力量去打开它。如果我的诚意通不过,那也没有办法。总而言之,我用一生的勇气去敲打这个大门。"①杉子畏惧命运,原因是两方面的,一是因为畏惧男性的力量或权力,这是显而易见的,即便是对于大宫,杉子想的也只是作为他的助手,将一切奉献给他,她将自己降低到了卑下的位置。第二个原因则更为隐晦,杉子的畏惧是对性的本能回避。因为习惯、习性生活规定了性是不能宣之于口的,性意味着堕落,她惧怕这种堕落,惧怕性带来的可怕而又轻浮的后果。杉子受到了自己性别意识苏醒的折磨,她的真实自我促使她并没有逃离这种折磨,而是选择了正视面对,成长的杉子对女性的力量有了认识。可以看出来,在三人之间,觉醒的杉子比其他二人更有勇气,也许我们可能会忽略这一点,大宫与野岛没有面对面地讨论三人之间的问题,大宫选择远遁,野岛选择向朋友倾诉,只有杉子主动地给大宫写信。她有勇气拒绝野岛的求爱,也有勇气去向大宫表达爱意,此时的杉子通过自己的选择这一主动行为找到了真实的自我。

伦理关系是我与他人、与团体或社会、自然的关系,人所从属的伦理关系生而有之。人的这种社会属性就决定了人需要团体生活,需要社会

---

① [日]武者小路实笃:《友情》,周丰一译,北京:人民文学出版社,1987年,第129页。

生活。这种需要不是外在于人的附属品，而是内在的人性所必需的。既然如此，人的伦理关系就形成一种必然。在这种必然的关系中，人对他人、团体或社会负有责任，人的伦理责任是回应。当然，团体或社会对人也负有不可推卸的责任。人对团体或社会的责任与团体或社会对人的责任是人群关系的两个方面。近代之前的日本将个人对团体、社会的责任置于自我的需求之上，然而，野岛、大宫、杉子在考量自己与他人关系的过程中优先考虑自我，这个过程也就是在伦理关系中重新认识自己、明确自己身份的过程。综合来看三人确立自我的过程，主体"我"固然对与单独个体的"人"相对的群体或团体或社会负有责任，但首先是要对单独个体的"人"负有责任。这种认定与大众认同的伦理原则不一致，这就导致了伦理困境的产生。

二、友情和爱情：伦理诉求的困境

杉子为了说服大宫接受自己的爱，引用了夏目漱石（Soseki Natsume）《其后》(『それから』，1909)中代助说的话："对自然的信义比对朋友的信义要好。"①杉子在这里所说的"自然"，显然不是山川草木的自然，这个"自然"既包括了夏目漱石关于"自然"的文艺真髓，也有梅特林克似的对于"自己"的肯定。

就前者而言，将漱石尊为恩师的武者小路实笃，曾经就漱石的《其后》这部小说，发表了一篇评论——《关于〈其后〉》："漱石先生在《其后》中表现的思想，主要是自然的力量和社会的力量向人波及了如何的力量。违背自然的命令，人的内心得不到安慰；违背社会规范，人得不到物质性的安慰。人必须服从自然的命令，可违背社会规范却又只有灭亡。于是，许多情况下，服从自然便遭受社会的迫害，造成外伤；服从社会又会受自然的惩罚，造成内伤，人究竟怎样活才好？"②

本着这样的理解，武者小路主张的自然，是心性领域里的概念，即肯

---

① [日]武者小路实笃：《友情》，周丰一译，北京：人民文学出版社，1987年，第134页。
② 明治四十二年(1910)4月《白桦》创刊号。

定自我感情的真实,顺从它并与之同调。这里的"自然",是指生命根源的"自然",与自由、生命、个性是同义语,它与压抑、扭曲人性的法律、计划、世俗意志相对立而存在。《友情》中大宫起初因为友情远走他乡,将内心爱慕的杉子让给了朋友野岛。然后,基于自然的爱这一法则,最终却接受了拒绝野岛的杉子。忠于友情还是忠于爱情,对大宫而言是艰难的伦理选择。选择爱情,大宫就背信弃义破坏了同野岛的友情,他的决定是不道德的,违反了社会伦理规范。可是,大宫大胆地向此类现实挑战,实现了与杉子结合这一愿望,他的这种行为,从思想上旨在证明,他重视爱的自然,远超过对社会礼法的服从。结合武者小路本人的创作,他在爱这一领域,一直贯彻的,是夏目漱石的"自己本位主义",这种爱重在充实自我,促成了新的伦理观的形成。

在大宫看来,人的价值判断的尺度是自己,自己是最高权威。这正是漱石的自己本位主义的体现。漱石的"自己本位",简言之,即自己为主,他人为宾。武者小路让大宫生活在巴黎,这个远离日本的城市,或者正是因为他将此地设置为根源性的"自然"的世界,那里没有权威、法律、利害、伪善,乃至压迫人性的人为的道德,有的只是诚实、赤裸裸的真实和精神的自由。遗憾的是,大宫、杉子毕竟生活在严酷的现实世界上,这个世界里充满了人为的规范,当他们在巴黎这个"自然"世界里享受自由之时,在心灵上仍然必须接受现实世界制定的规范的折磨。

武者小路在阅读了梅特林克的《智慧与命运》一文之后,认识到人首先要为自己存在,从个体出发,能够自救、自强。人的首要责任,是使自己幸福。梅特林克主张人必须立足于利己主义的原则,追求个人应有的利益;获得应先于施予,看似高尚的自我牺牲,于世无益。当然,梅特林克反对那种凶恶的、残忍的、冷酷无情的极端利己主义,主张的是善的、富有同情心的、合乎人情的合理利己主义。梅特林克对于"自己"的肯定,成了武者小路验证自己个人主义处世哲学的最佳理论依据,同时,也奠定了他的"个人主义"观。"活出自己",这种意识纵贯了杉子的爱情选择,不同于大宫和野岛,她从未为这种三角关系而苦恼,她苦恼的只是大宫不接受她。"活出自己",她获得了自我意识,觉悟到获得须先于施舍,在这段三人关系中,她始终坚定不移,较之大宫,她更早地成了自然之子。面对野岛的爱,她不会因为尊敬或是怜悯等其他情绪而动摇,因为她清醒地认识到野岛爱的不是真正的自己,而是想象中的自己,是自己外在的美和活力。爱情,不是用眼睛看的,而是用心灵互感。通过杉子,武者小路反复突出的是,女子面对爱情,应同男子一样坚持独立的人格,不能违心施舍。杉子拒绝野岛,正是因为不能以施舍取代爱情,这是一种男女立于平等立场上的恋爱态度。在当时女性备受压迫,男女不平等实属理所当然的时代里,武者小路塑造这样一个女性无疑给读者留下全新的印象。"大宫先生,请您把我当作一个独立的人、独立的女子看待吧。请你忘掉野岛先生吧。我就是我……"①这的确是一个独立的人,杉子有思想,不为任何外在因素影响;有行动力,为了追求爱情主动给大宫写信,即使被拒绝也不气馁。在窒息人性的社会氛围里,不难想象,这种真实的女性,在反对和破坏封建伦理中,会发挥出一种积极的革命性的作用。

这种"对自己的肯定"亦可以从大宫内心中两个自己的对话中得到印证,一个自己不断质疑另一个自己,"你不考虑你的朋友了吗?""然而你帮了吗?""那么,你做到了吗?""既然这样了,那你这个还是打算把朋友的情人夺过来喽!""朋友当然更要感激你友情的深厚喽!""你可是个毫无友情的男人。"②在步步紧逼的质疑中,另一个自己从最初的内疚、痛苦、自暴自弃到接受真实的自己,他心里十分明白:这是自然的意志,只有各种情绪纠缠到一起,只有幸福与羞耻的和谐统一,真实的爱才能从中而生。

当然,我们必须看到,作为理想派的白桦派作家,武者小路在提出把富有个人主义色彩的"活出自己"作为人生的第一要义之同时,主张他人亦当同样如此。个人是指每一个人,如果每个人都能保住自己正当的价值不为任何专制力量所扼杀,那么,社会就会充满生机。

近代日本,自我的觉醒,建立于"我"之上的"自然"之爱对传统伦理规范的冲击是毋庸置疑的,这也是《友情》之中三人内心纠葛的根源。伦理

---

① [日]武者小路实笃:《友情》,周丰一译,北京:人民文学出版社,1987年,第129页。
② 同上书,第134—139页。

是道德形成和发展的客观依据和基本前提,而道德是伦理的表现和必然指归。伦理与道德的具体内容都是随着人类的进步与发展而不断发展的,因此,《友情》讲述的并不是爱情战胜友情的故事,而是在个人主义的影响之下,伦理和道德体现出的新变化,这是近代日本社会发展的必然。

三、自然之爱和信义之爱:伦理诉求的两难

纵观野岛、杉子、大宫的自我确立过程,可以看出野岛其实没有摆脱男权中心的影响,他的身上体现了明显的父权制特征,折射出日本社会中强有力的父权制结构。"女子对于他,除了作妻子以外是一钱不值,结婚就是他的一切,他只希望女子依赖他自己。"①当杉子符合对女性的行为指南,顺从、谦逊、天真,表现得像一位天使时,野岛将之视为合适的妻子人选;当杉子不符合想象,与男性攀谈,大声说笑,作为男性的野岛便感到自己的权威受到了侵犯,他唾骂杉子"贱货!那种女人嫁给猪去!没有被我恋爱的资格!"②在他心目中,杉子被定义为被男性创造、来自男性和为了男性而存在的,她不过是野岛的思想和创造才能的衍生物。

大宫,同样没有彻底摆脱父权制的影响,起初他并没有将杉子作为一个独立的人来对待,只是把她视为影响朋友关系的一个障碍,因此即使他爱杉子,也毫不透露,沉默地远走他乡。只是在杉子勇敢的表白之后,他才开始重新认识友情、爱情和自己。而杉子,当父权专制和与之相应的规范都迫使她屈从时,是无法建构自己权威的主体性的。只有在她摆脱了这种固定思维之后,杉子才开始思考,她认识到野岛/男性对女性的爱,并不是爱她们实际的样子,而只是爱他们对她们的梦想与想象。小说以《友情》命名,从杉子与两个男性的关系来看,爱情看似被友情覆盖,然而究其实质,文中的伦理选择之难不在于友情和爱情,而是自然之爱与信义之爱的冲突,也就是传统伦理观与人道主义之间的冲突。

传统伦理观念的侧重点强调的是人们在社会生活中客观存在的各种

---

① [日]武者小路实笃:《友情》,周丰一译,北京:人民文学出版社,1987年,第54页。
② 同上书,第88页。

社会关系,突出的是如何保持这些复杂的社会关系,使之处于一种和谐的状态之中。而野岛、大宫、杉子这些新时代的人他们认同的道德侧重点强调的则是社会个体,突出的是社会个体能否将由伦理衍生出来的道理内化为个体的内在品性。小说中,野岛谈到有一种东西能使人得到安慰,这个东西"有人称为道德,有人称为人类的本能,也可以称为理性。我觉得做了好事心里就愉快,这是合乎道德的。也可以解释为人类的本能"①。野岛在这里所说的道德,是一种自觉的、本能的行为,大宫、杉子认同这一理解。伦理作为典型意义上的人们之间的社会交往关系,既体现于实际关系方面,也体现于价值规范方面;按照野岛的理解,道德主要是独立个体的人在体悟、实践、发展和完善其精神生活价值的努力。因此,道德只是个体个别的特殊体验,并不涉及个别之间的相互关系,也就是说道德的发展及其实现方式不能在相互的意义上去理解,而应将其视为一个个体化、个性化了的过程或事件。从这个意义上来说,大宫和杉子的选择是道德的。

　　伦理具有双向性的特征,即要求处于伦理关系的双方都要恪守同样的"理",即规范、规则的要求,只有这样,伦理关系才能处于和谐融洽的状态。以友情、朋友关系而言,伦理义务要求处于这一伦理关系的当事人双方都要恪守同样的"信义"原则,如果有一方背弃了信义,那么朋友之间和谐、正常的伦理关系也就被破坏了。而大宫、杉子所理解的道德则不同,由于道德强调的是个体,所以道德义务的要求具有单向性特征。大宫的选择也认同了这一观点,因为在他们看来,个人主义始终立足于自己,始终强调自我之应当。朋友之义固然应当遵守,但如果牺牲自己、自我,那么恐怕就是不道德的。这种观点并非是自私自利,因为他们忠于自己的内心。只是顾虑朋友的友情而放弃两人之间的爱情,这并不是真正的朋友之义,就如杉子所说,她与大宫互相爱慕,大宫得到她是最自然的。如果罔顾这种自然,杉子与大宫固然不会幸福,野岛也不会幸福,因为他并未得到真正的尊重。恰恰因为杉子和大宫忠于了他们的内心,这是真正

---

① [日]武者小路实笃:《友情》,周丰一译,北京:人民文学出版社,1987年,第92页。

的道德,也是真正的朋友之义,理解这一点的野岛虽然痛苦,却发出了这样的宣言:"朋友,在事业上决斗吧!……朋友,用不着为我担心,受了伤依然是我,不久便会更加倔强地站立起来。这杯苦酒如果是神赐予我的,我一定要喝干它!"①

值得注意的是,将《友情》与有岛武郎的《宣言》、夏目漱石的《其后》、《心》(『心』,1914)相比较,我们可以发现,武者小路缺乏对个人主义的自省。《宣言》中Y子未得到朋友的祝福之前,他们是不会感到幸福的,《心》中的先生因为卑鄙地抢在朋友之前求婚始终心存负罪感,他们对于个人主义、对自我都是怀有警惕的,《友情》虽然纠结过,但最后却纯粹因自己的内心作出了决定。个体主义的道德意识与实践会导致情感的无节制,以纯粹私人的道德情感代替社会共同的标准和价值观,破坏了现代社会伦理的整体发展,将会造成现代社会危机的出现,或许这也是武者小路在日后的人生选择中发生重大转折的原因。

本章小结

分析白桦派文学展现的伦理问题,旨在探讨伦理冲突造成的代际伦理、两性伦理、个人伦理困境,进而揭示出根源所在。三者的作品中都呈现了以"自我"为中心的人道主义与伦理思想的纠葛。面对激烈的伦理冲突和随之而来的伦理困境,白桦派文学从一开始就表达出强烈的伦理诉求,他们不断地从儒家观念、基督教思想、本能主义等价值观中寻求出路,其核心是从人道主义出发不断探讨:"我"在人生关系里、在社会处境里(即伦理关系中),如何成为一个有意识、有智识的主体。

志贺直哉起初信仰基督教,后来逐渐意识到基督教对自我的压抑,"志贺大胆地以《浑浊的头脑》中的性欲,强烈反击基督教冷酷的禁欲主义,以表示作为自我中心主义者的自己对基督教的彻底背叛"②。《暗夜

---

① [日]武者小路实笃:《友情》,周丰一译,北京:人民文学出版社,1987年,第143页。
② 陈秀敏:《日本的"小说之神"——志贺直哉文学世界论》,沈阳:辽宁人民出版社,2012年,第110页。

行路》在这个基础上思考自我在现实伦理困境中的实现。有岛武郎的文学创作深受中国儒家思想影响,又接受了易卜生、托尔斯泰等西方作家的思想,《亲子》看重自我意志,强调人和遵循道德法则,探讨了血亲伦理困境中的自我实现。武者小路实笃的文学所体现出的精髓,表现于外部世界,则为实现并维持社会的正义,同既成的伦理建构和秩序做奋力格斗;表现于内部世界,则为依据基督教教义来努力追求理想主义,建立合理的伦理秩序。《友情》是他追求新的伦理环境、确立新的伦理秩序的文学尝试,在他看来,爱情是自我生命的具象化,它意味着光明,并以平等、尊重为前提。如果不能做到这两点,两性结合在伦理上会变成缺乏人道的行为。

除此之外,志贺在《大津顺吉》(『大津順吉』,1912)、《到网走去》(『網走まで』,1910)等作品中立于人道主义立场,审视了社会各阶层所处的伦理困境,认为造成伦理困境的根源在于现代文明与封建传统之间的矛盾;有岛武郎《一个女人》《阿末的死》(『お末の死』,1914)、《该隐的后裔》《星座》等作品挖掘了人的本能与伦理秩序之间无法解决的冲突;武者小路实笃戏剧《一个青年的梦》(『或る青年の夢』,1916)、《他的妹妹》(『その妹』,1915)中的主人公直接面对了伦理困境以及阴暗闷郁的政治气候之下社会意识中的双重构造,即个人主义、自由主义和天皇制国家社会之间难以调和的矛盾。

然而,我们也必须看到,志贺从现实出发,其作品大多取材于自己身边的小事和直接经验,虽然有对现实的关注,然而最终像时任谦作一样,在思想上由反抗步入调和,"他的心理纷杂,既憎恶现实,又缺乏始终一贯直面人生的勇气,最终只好步入不与时局合作、独善其身的隐遁境地"[①]。有岛武郎笔下的人物大都深陷习性、理智与本能的冲突无法自拔,他所希望的是彻底脱离一切束缚和纠缠的自由、本能自我,这样的自我始终陷于和伦理的纠葛之中,因此有岛选择了死亡。而武者小路实笃认同的自我没有摆脱自利、利己的范畴,他所倡导的人格独立,是一种超阶级的幻想,

---

① 刘立善:《日本白桦派与中国作家》,沈阳:辽宁大学出版社,1995年,第189页。

这也就不难理解为什么武者小路最后加入了鼓吹"大东亚圣战"的文学团体。

有岛无法在现实中找到本能主义者的出路,以自杀的方式完成了对道德理想和伦理追寻的救赎;志贺则试图在自然之声中寻找到超越现实的自由之路;而武者小路却与旧日的道德理想背道而驰,主张"灭己奉公""天皇至上",不是通过个人的充实逐渐达到人类的充实,而是要求抹杀个人价值,背弃人道主义的主张,从追求道德理想走向道德沉沦。

第七章

余裕派文学的伦理之思

夏目漱石在给小说家高浜虚子的小说集《鸡头》作序中首次使用"余裕派"一语,他将虚子的文学划归为"余裕派"。"余裕文学"是指那些绰绰有余不显逼仄的小说。"余裕文学"是针对自然主义文学在后期因过度关注身边的现实和暗黑的人类内心世界,导致其文学世界越来越窄,走向狭隘的"私小说"的局面提出来的文学理想。余裕派用"余裕"的态度关照人生。夏目漱石认为"余裕"到处都有,除了迫不得已的情况,他喜欢这样的"余裕"。可是,残酷的人生和切实的生活却让作家的创作理想在"余裕"中挣扎。尤其是他们文学世界中主人公的伦理身份转化以及面临的伦理冲突,使得余裕派文学中的主人公一直游离在"余裕"的文学理想之外。

夏目漱石的代表作品《心》通过"我"的视角观察发生在"先生"身上的故事,明治时期西方个人主义涌进日本后打破了传统社会的伦理常规,人心发生急剧变化,伦理冲突下人心不可调和,最终导致先生之死,小说中的伦理环境和作家的伦理意识一直刺激着读者对社会世道人心的理性思考。和夏目漱石同时代的作家森鸥外同样面临着自我与家庭、自我与国家的多重矛盾和无奈的调和。在现实生活中难以实现自我与社会、家庭、国家伦理调和的森鸥外将伦理问题的思考置于特殊的历史故事中,在文学世界演绎着作家对人生以及社会伦理的深刻理解和探索。短篇小说的经典之作《高濑舟》讲述了重刑犯喜助去服刑地的路上对解差庄兵卫讲述自己满怀"喜悦"的心情,引发解差对喜助杀人获罪经过以及官府的处罚判断的不解与思考。小说涉及了"安乐死"和财产观两个表层主题,两个文学主题的论证是多年来研究者思考的焦点。在文学伦理学批评理论关照下,笔者却发现《高濑舟》中作家森鸥外的伦理道义和情感表达充斥其间,小说的伦理思考才是作家创作的初衷和人性关怀的深沉表达。

与夏目漱石以及森鸥外不同的是作家芥川龙之介,从文坛出道以及师承关系论,芥川是夏目漱石的门生。相对于夏目漱石和森鸥外而言,算是文坛晚辈。芥川龙之介的《杜子春》借用中国题材表达作家对人之复杂性的认知以及对人性无法超越的理解和感怀。

本章选取余裕派三位代表作家的经典作品:夏目漱石《心》、森鸥外《高濑舟》、芥川龙之介《杜子春》,利用文学伦理学批评的方法和理论,深入探究存在于其文学作品结构中的伦理纠葛和伦理关系张力的极限问题,从理论层面揭示人的复杂性以及遍及人世间的伦理意识,并对文学作品做出诗学理性阐释。

第一节 夏目漱石《心》的文学伦理学批评研究

由于明治维新文明开化国策的推动,西方人文主义思想迅速涌进了刚刚打开国门的日本。明治政府推行的自上而下的全面改革促使日本西化的进程进一步加速。与外部社会进程不同步的却是国民的精神。渗入到日本国民骨子里的传统伦理思想依然根深蒂固,难以撼动。国民作家夏目漱石敏感地感受到东西方人文思想冲突的暗流对社会时代中个人发展的影响。他于1914年4月至8月在《朝日新闻》连载了《心、先生和遗书》。9月整理成"先生和我""双亲和我""先生和遗书"三个篇章,小说《心》正式面世。《心》从年轻书生"我"的视角观察了先生的后半生,用"先生和遗书"这一自我剖析的形式回顾了先生的前半生。

夏目漱石被誉为日本的"国民作家",《心》被认为是最能体现作家追问国民伦理身份、探究人生真意的一部作品。"《心》是我国小说中不可多见的道德小说。恐怕如此采用道德情感进行创作的小说在西方也不会太多。何况这还不仅仅是抽象的道德说教。这是对人生真实道德的描写和表现。"①《心》发表一百年后,2014年4月,大江健三郎在东京日比谷的演讲中再次提及夏目漱石和小说《心》。大江在演讲中说到,要想了解日本人,建议去读夏目漱石的作品。这足可以让人想见夏目漱石及其作品在当今日本国民心目中的分量。

中国对《心》的研究一直保持着高度的关注。进入21世纪以来,叶琳(2003)②、李光贞(2007)③从"心灵探索""明治精神"等角度对《心》进行了开拓性的研究。曹瑞涛(2011)④认为"先生"死于明治精神,并对文本的"明治精神"进行了分析;曹志明(2013)⑤在"明治精神"研究基础上继续分析"先生"之死,认为"主人公'先生'是由于受到传统伦理道德谴责,并非'明治精神'才选择自杀",否定了"先生为明治精神殉死"的说法。林啸轩、牟玉新(2013)认为:"《心》通过被赋予启蒙功能的先生深受道义苛责并决然自杀。表达了作者对推动个人主义发展的强烈的时代责任感,以

---

① 玉井敬之、藤井淑禎:『夏目漱石論集 第十卷』,東京:桜楓社,1994年,第16頁。
② 叶琳:《对明治末期知识分子心灵的探索——试析夏目漱石的小说〈心〉》,《外语研究》2003年第4期,第46—50页。
③ 李光贞:《试析夏目漱石小说中的"明治精神"》,《解放军外国语学院学报》2007年第5期,第105—110页。
④ 曹瑞涛:《为"明治精神"而殉——夏目漱石〈心〉中"先生"之死分析》,《外国文学评论》2011年第1期,第192—202页。
⑤ 曹志明:《夏目漱石的"明治精神"——再论夏目漱石〈心〉中"先生"之死》,《外语学刊》2013年第3期,第129—133页。

及对年轻一代真正实现个人主义的热切期盼。"①在上述有关"先生"死因的分析中屡屡出现的关键词就是"明治精神"和"个人主义"。李光贞(2007)和曹瑞涛(2011)均对"明治精神"进行过分析,因为视角和论据的差异,两人对"明治精神"理解也存在较大的分歧。可以说,"先生"的死亡之谜仍然未被真正披露和揭晓。

面对国内外学界中《心》中"先生"死因至今依然众说纷纭的状况,笔者认为,文学文本作为自给自足的开放性、完整性的艺术存在,必然同时具备完整的自我阐释功能。在文学伦理学批评视域下,利用《心》中的伦理线、伦理结的建构和解构,分析"先生"在文本中的伦理选择,让文本自身来揭示出"先生"死亡的真相。

一、《心》中东西方文明并行的伦理线

夏目漱石认为:"伦理的才是艺术的,真正的艺术必须是伦理的。"②《心》中细密地绵织着夏目漱石对伦理内涵的深刻理解和省察,可以看作是作家对社会伦理问题思考的艺术表达。《心》中的伦理线作为其艺术表达的重要组成部分,可谓是探讨和阐释这部经典小说的关键。"从文学伦理学批评的观点看,几乎所有的文学文本都是对人类社会中道德经验的记述,几乎所有的文本都存在一个或数个伦理结构,这个结构可以称之为伦理线,而文学文本的一个个伦理结,则被伦理线串联或并联在一起,构成文本的整体伦理结构。"③鉴于文本中存在着贯穿于整体和局部的伦理结构,为了避免在表达时可能会造成的混淆,笔者此处用伦理线梳理文本《心》,以便明晰文本的伦理结构。

明治维新推动了日本近代化的发轫和发展,可谓在日本近代史上写下了辉煌灿烂的一笔。作家和史学家的眼光和关注点大有不同,在史学家们对明治维新大唱赞歌的时候,作家却为刻画隐匿于时代背景中个人

---

① 林啸轩、牟玉新:《夏目漱石"道义上的个人主义"与其〈心〉》,《山东外语教学》2013年第2期,第91—96页。
② 夏目漱石:『こころの内と外』,東京:大和出版,1985年,第40頁。
③ 聂珍钊:《文学伦理学批评导论》,北京:北京大学出版社,2014年,第14页。

的灵与肉的相互倾轧而呕心沥血。夏目漱石是这样的作家,他《心》中的"先生"可以看作是明治维新恢弘背景下的一个暗色的背影。日本近现代思想家丸山真男(1914—1996)认为:"在日本人内在的生活中,思想的渗入方式及其相互关系,从根本上说是具有历史的连续性的。但以明治维新为界,无论是从国民的精神状态还是从个人的思想行动来看,其前后的景观显著不同。[……]现在想提起注意的是,传统思想在维新后越发增强了零碎片段的性质,既不能将各种新思想从内部进行重新构建,亦不能作为与异质思想断然对抗的原理发挥作用。"①即丸山真男也认为在明治维新自上而下的开国潮流中,传统社会伦理意识在日本人的生活中依然发挥着潜移默化的作用。日本传统社会伦理观念在《心》中表现为家制度和以"礼、义、仁、智、信"为特征的儒家思想,可看作是贯穿《心》的纵向伦理线。

家制度是日本社会最重要的伦理线,它还有其他伦理规范作为补充。父权家长制就是其中之一。"中日两国都曾是实行父权家长制的国家,但由于日本的家族结构和父权制形成过程与中国存在差异,故日本的父权家长制又有区别于中国的明显特征,有学者将其概括为六个字:'家的父家长制',即日本的父权家长制是以家制度为前提的。"②《心》在开头描写了"我"的朋友不愿意父母包办婚姻,放假后在东京附近游玩。在邀请"我"去了镰仓海边后,他却收到母亲病危的电报。"我"的朋友明明知道这是父母逼他回家结婚的一个骗局,他最终还是回去了。这个细节在探讨《心》中父权家长制伦理结构时不可忽视。父权家长制下"包办婚姻"现象的存在,恰恰印证了前文引用的丸山真男所言的日本社会"传统思想在维新后越发增强了零碎片段的性质"。其中,小说《心》中叔父逼婚伦理结的出现是符合当时日本社会家制度伦理规范的行为,做法上并无不妥。

《心》中K的养子身份,更加说明了家制度对社会影响的深刻程度。

---

① [日]丸山真男:《日本的思想》,区建英、刘岳兵译,北京:生活·读书·新知三联书店,2009年,第10—11页。
② 李卓:《家的父家长制——论日本父家长制的特征》,《日本研究论集》2006年第00期,第351—365页。

除了父权家长制,还有"养子缘组"制度支撑着家制度的存续。日本旧民法中,养子进入养父母家庭就获得了嫡出儿子的身份,是法定血亲的一种。"先生"的朋友K出生于真宗和尚家庭。是没有继承权的次子。他被过继到资产颇丰的医生家里做养子。K的养父母为了把K培养成医生,出资送K到东京求学。固执的K却违背养父母的意愿没有学习医学,在大学里广泛学习自己的所谓的"道"。K对养父母坦白了欺瞒行为后被养父母从家里赶出去。养父母还要K的生身父母赔偿损失。《心》中K的养子身份同样说明了日本传统思想——家制度伦理线在社会发展中的不动地位。

夏目漱石在通过一个个细节刻画日本传统思想的同时,也刻画了日本社会走向近代化抑或说学习西方文明的时代潮流。《心》开头部分有这么一个细节,描写"我"在人头攒动的镰仓海边邂逅了一个西洋人。

> 洋人皮肤白得非同一般,一进小茶棚就引起我的注意。他把地道的日式浴衣往长凳上一甩,抱起双臂往水边走去。除了我们穿的那种裤衩,他身上再没有别的。这点首先使我惊异。①

穿着日式裤衩的洋人同样是一个非常重要的细节。洋人隐喻着日本社会的文明开化风潮和西方情趣,是《心》中西方人文思想传入日本社会的文化符号。西洋人作为西方文明的符号,是西方文明走进日本社会的一个写照。明治维新后文明开化的思潮形成了《心》中横向伦理线。小说开篇部分交代了朋友的"父母逼婚"事件,刻画了"日式裤衩洋人在镰仓海边游泳"的细节,形象地说明了日本社会中传统观念和西方人文思潮同时并存的现实,也为后文中传统文化环境中成长的"先生"抗拒传统婚姻、崇尚自由恋爱情节的发展埋下了伏笔。

在西方文明对日本社会形成强大冲击的时期,日本文部省却颁布了西村茂树的《小学修身训》(1880),在日本社会掀起了儒教复活风潮。这可以看作是日本社会利用传统伦理对抗西方伦理的一种体现。当时的

---

① [日]夏目漱石:《心》,林少华译,青岛:青岛出版社,2012年,第6页。

《小学修身训》将儒家的代表思想逐一列出,通过经典事例明确了"礼、义、仁、智、信"的要义。在《小学修身训》颁布后不久,年轻时期的夏目漱石到二松学社学习汉学。张小玲将夏目漱石所受到的儒学影响统括为"修身、齐家、治国、平天下"。夏目漱石深厚的汉学涵养以潜移默化的方式渗入到他的创作中,传统伦理表达在《心》中随处可见。

> 我准备将人世的暗影毫不顾忌地往你头上掷去。不得害怕。一定要定睛逼视阴暗物,从中抓出对你有参考价值的东西。我所说的阴暗,当然是伦理上的阴暗。我是在讲究伦理的环境中出生,又在同样条件下长大的人。或许我关于伦理的思考同今天的年轻人大相径庭。但即使再荒谬,也是我自身的一部分,不是暂且借来一用的衣服。①

在这段话中,主人公"先生"用了三次"伦理",可见伦理在他心目中扎根之深。他在意自己的伦理环境、伦理身份,同时也惧怕内心伦理上的阴暗。由此可见,《心》中家制度、养子制度以及传统儒家伦理在主人公"现身"内心的位置。那么,在《心》发表的时代,正处于传统思想和西方人文思想交锋之时,这势必带给主人公相当激烈的思想碰撞。如此一来,传统伦理线和西方文明伦理线在《心》中的交织形成了小说的伦理结。夏目漱石在《心》中集中笔墨建构了"叔父逼婚""与 K 抢婚"两个伦理结。

二、《心》的伦理结

《心》在"先生和我"的部分,从"我"的视角观察了"先生"身上的一些可疑之处,如"先生"学识超群却和社会从无交往,在都市中过着归隐的生活,从不回故乡,拒绝爱妻静子想要孩子的请求,每月到杂司谷墓地祭拜朋友之墓等。"先生"身上的这些可疑之处,让"我"感到不解甚至困惑。表面上看似正常的"先生"为何这样?不仅"我"感到困惑,就连"先生"对自己的行为也难以解释清楚。文本中有两个伦理思想交锋的高潮,即"叔

---

① [日]夏目漱石:《心》,林少华译,青岛:青岛出版社,2012年,第9页。

父逼婚""与K抢婚"两个伦理结。由于"伦理结是文学作品结构中矛盾与冲突的集中体现。伦理结构成伦理困境,揭示文学文本的基本伦理问题"。① 因此,分析这两个伦理结的建构和解构过程,"先生"的伦理意识便可窥见一斑。

(一)"叔父逼婚"

"我"和"先生"的交往贯穿小说始终,可谓是文本中显性的经线。然而,横向串联《心》文本的却是"先生"的婚姻问题,是文本中隐形的纬线,也是《心》中力图表达、挖掘的思想核心问题。《心》中"先生"的婚姻问题出现了两次,第一次是"叔父逼婚",第二次是"与K抢婚"。这两次婚姻问题都矛盾重重,充满了激烈的冲突,是夏目漱石精心建构的伦理结。"叔父逼婚"伦理结的建构和解构过程中,充斥着主人公"先生"灵与肉的挣扎与自我拷问。

"先生"在"遗书"中回忆:我是家中的独子,家中财产不少,相当富有。父母双亲在我的求学路上非常开明,我也成长得落落大方。在我不到20岁的时候,父母双亲因为伤寒相继去世。母亲去世前,已经允许我去东京读书,把尚未成年的我托付给叔父。父母双亡后,"先生"立即面临"家制度"中的家庭维系责任。"家制度"要求继承人对家庭的维系和发展承担不可推卸的责任。在"先生"成为孤儿后,叔父开始照顾"先生"的一切。其中最大的照顾当数"供先生到东京读书"和"婚姻"两件大事。"先生"对叔父帮着打理家事并允许自己到东京读书非常满意,但是,在"婚姻"问题上,就很有抵触情绪。

围绕婚姻问题产生了"先生"和"家人"、"先生"和"他人"之间的相互关系。按照前文所述,母亲的临终托付让和"先生"家有血亲关系的叔父在"接受兄嫂托付"一事上没有推辞。按照当时的社会伦理环境,叔父受到"先生"母亲的临终之托,实际上也就成了"先生"的临时监护人。在当时的社会观念来看,婚姻问题和家制度的存续至关重要,婚姻和家庭是超越个人的。因此,按照"父母之命、媒妁之言"等传统观念,叔父愿意把女

---

① 聂珍钊:《文学伦理学批评导论》,北京:北京大学出版社,2014年,第258页。

儿许配给"先生"为妻,既是为了完成长嫂的临终嘱托,也是为了"先生"的"家"的存续。在当时的伦理语境下,叔父的做法并无不妥。然而,问题却出在东京读书的"先生"身上。在东京读书的"先生"崇尚自由婚恋。接受过西方人文思想影响的"先生"显然已经无法接受被安排的婚姻。在"先生"眼里,叔父的好意变成了"恶意逼婚"。表面上看"家长式自由"的叔父和"意识到自我"的"先生"之间产生了冲突和矛盾,实际上是家制度、父权家长制传统观念和个人主义之间的冲突和矛盾。

按照传统伦理,为了家的存续,婚姻选择由不得个人。叔父作为"先生"的尊长,对"先生"的不结婚、继续游学的言行有所不满。而在"先生"看来,结婚为时尚早,对"被安排"的婚姻有抵触情绪。西方人文思潮熏陶过的"先生"明显有了"自我"意识。多次推脱叔父操办的婚事,最终导致了"叔父逼婚"伦理结的出现。"叔父逼婚"伦理结中,叔父的执意与"先生"的推脱形成矛盾,并且隐含着极为激烈的冲突。被逼无奈的"先生"就不得不面临人生的第一次重大伦理选择:结婚进而继承家业;不结婚,继续求学生活。对这两条人生道路,"先生"都做过认真思考。

和叔父谈判、要回家产的时候,"先生"的伦理身份是传统日本社会中家庭继承人。"先生"利用这一伦理身份,要回了属于这个伦理身份的家产。利用家庭继承人的伦理身份可以获得家产,这是日本传统家制度赋予继承人的权利。但同时,家制度对继承人也规定了相应的责任和义务,那就是要维持家庭的延续。然而,《心》中的"先生"在要回家产时利用了家制度继承人的伦理身份,却在要回家产后抛弃了家制度伦理中继承人应该担负的维持家庭存续的责任和义务。他匆匆变卖家产,永远地失去了日本社会传统意义上的家和故乡。由此可见,在"叔父逼婚"伦理结的解构过程中,"先生"实际上做了两次伦理选择:继承家产和变卖家产。继承家产的伦理选择无可厚非,可是他变卖家产的伦理选择无疑严重违背了日本社会传统的"家制度"。

> 我独自一人进山跪在父母墓前,半带哀悼的意味,半带感谢的心情,并且以自己未来的幸福仿佛仍掌握在安卧于眼前冰冷石块之下

的父母手中那样的感觉,祈求两人保佑自己的命运。① [……]

　　动身之前,我又一次来到父母墓前。那也是最后一次,恐怕永远不会再有机会了。②

对祖先的愧疚之情、抛弃家乡的不孝等伦理情感一直折磨着"先生"。离开故乡后,"先生"在东京漂泊着,尽管有了深爱的妻子,却不生自己的孩子。面对妻子的哀求和哭泣,他只回答一句:"这是老天的责罚。""先生"年轻时候变卖家产的伦理选择导致"家断绝",不生孩子的选择既是"先生"对家伦理的彻底放弃,亦是他对当初错误的伦理选择所做出的自我伦理惩罚。

(二)"与 K 抢婚"

"叔父逼婚"的伦理结的建构和解构中,"先生"开始怀疑金钱面前的人类。然而,那个时候的"先生"却还没有怀疑爱情。变卖家产、抛弃故乡回到东京读书的"先生"在校外租住了一间房子。房东是寡妇女人,家中还有一个妙龄的女儿——静子小姐。他爱上了房东家的静子小姐。

　　对她我怀有一种近乎信仰的爱。见我把这只适用于宗教的字眼用在年轻女子身上,你或许为之惊诧,但我至今仍这样深信不疑,深信真正的爱同宗教信仰没有什么不同。每当瞧见小姐的面容,我便感到自己变得美好起来;每当想到小姐,未尝不觉得自己顿时变得超尘脱俗。③

因为内心里萌生的爱情,"先生"一度因人情伦理问题而冷却的心再次燃烧起来。从情节发展上看,在《心》的最后——"先生"直到死前才提到和好友 K 的交往。"先生"在外租住房屋、并爱上房东家小姐以后,K 出现在了他的生活中。"先生"在活着的时候从未提起这个带给自己人生无限凄凉孤寂的好友的名字。K 和"先生"是同乡,是真宗和尚家的次子,后被送到某医生家里做养子。由于 K 在东京求学期间没有按照养父母

---

① [日]夏目漱石:《心》,林少华译,青岛:青岛出版社,2012年,第101页。
② 同上书,第104页。
③ 同上书,第111页。

所期待的那样学习医学，违反了"养子缘组"制度所规定的权利和义务。因此，养父母和亲生父母都和他断绝了关系。由此可见，《心》中的 K 亦是组成家制度伦理结构的一分子。"出生于寺院的他经常使用'精进'一词。在我眼里，他的所有举动行为均可以用'精进'形容。我在内心常对 K 怀有敬畏之情。"①K 是一个"精进"之人，他对自我的执着同样达到了"精进"的程度。K 遵从自我，对养父母期望的违背，直接挑战了家庭伦理观念，并最终导致了亲人的抛弃和社会的鄙夷。因为违背家制度伦理而遭遇社会、家庭伦理背弃的 K 遭遇到生存困境。K 由此产生了内心的孤寂，甚至神经衰弱，健康状况也急转直下。"先生"出于和 K 的同乡之谊、更出于对人的一种"恻隐之心"，他把 K 带到自己寄宿的房东母女那里共同生活。"先生"没有像社会以及传统家制度伦理那样冷冰冰地放弃 K。"我采取不刺激他的方针——我需要做的是把冰块放到向阳的地方使之融化。一旦融为温水，自我觉醒那一天就一定到来，我想。"②"先生"对 K 的帮助，是"先生"的人道主义。由于"先生"非常清楚 K 的修道生活和为人，"先生"眼中的 K 永远是一个"精进"的修道者，为了修道，他不顾一切，甚至认为爱也是修道的障碍。

> K 出生在真宗寺。但从中学时代起，他的倾向绝不接近其出生寺院的宗旨。不甚清楚教义区别的我自知没有资格谈论这个。我只是在事关男女这点上有如此认识。K 很早就喜欢"精进"这一说法，我以为其中大约含有禁欲之意。但后来实际问他，才知道其含义比禁欲还要严厉，心里吃了一惊。他说他的第一信条是应该为道而牺牲一切。节欲、禁欲自不消说，即使离开欲的爱本身也是道之障碍。③

因此，"先生"对 K 和房东家女儿情感的发展没有丝毫防备。然而，事态的发展却出乎"先生"的预料，K 对"先生"有着信仰般爱情的小姐产

---

① ［日］夏目漱石：《心》，林少华译，青岛：青岛出版社，2012 年，第 118 页。
② 同上书，第 124 页。
③ 同上书，第 148 页。

生了好感。K 在向小姐告白之前把自己的想法告诉了"先生"。得知 K 对小姐有了爱慕之情后,"先生"惊愕得连话都说不出来。

> 请你想象一下他向我表白他何等深爱着小姐时我是什么样子。我简直给他的魔棍一下子打成化石,连蠕动嘴巴都无从做到了。说是恐惧感的结晶也好,说是痛苦的块体也好,总之那时的我就是一个物件。从头到脚骤然凝固,如石,如铁,硬是连呼吸的弹性都已失去。所幸这样的状态没持续多长时间。我很快找回正常心态,心中暗暗叫苦:失策,给人抢先了!①

小说描写了"先生"和 K 都爱上了小姐的矛盾冲突,从而对"与 K 抢婚"伦理结的形成做足了铺垫。被 K 事先告白的"先生"顿时陷入了伦理两难的困境:友情和爱情,该如何选择?如果遵照传统的忠、义、礼、智、信的儒家道德伦理,看重 K 的信任和托付,讲究义气,帮助 K 实现自己的人生理想,这是"先生"伦理选择的一种可能;尊重自己的内心,在 K 之前对小姐告白,抢先得到和小姐结婚的机会,这也是一种伦理选择。面对这样的伦理两难,"先生"的苦恼可想而知。"先生"在伦理两难中做出了如下抉择。"心耳听到一个声音:我也须做出最后决断。我应声鼓起勇气。我打定主意,务必抢先于 K 并在 K 不知晓的时间里把事情办妥。我静静窥伺时机。"②个人主义观念的涌动打破了"朋友之托"的信赖关系,"先生"抢在 K 之前向房东表白了对小姐的爱意,并得到允许。"先生"抢先告白的过程是他进行伦理选择的过程,虽然对 K 背信弃义却得到了心上人。K 在得知"先生"和小姐的喜讯后,他也迅速做出了自己的伦理选择:自杀。

从 K 处理和养父母的关系时候的果敢决断中,丝毫看不出传统伦理思想对他的行动造成任何的羁绊。遇到爱情的时候,尽管是个精进的求道者,K 还是果敢地向朋友表明心迹,并想继续向小姐靠近。当得知小姐已被"先生"抢先一步时,K 的做法更加决绝,在思考了两天以后在房东小姐家、在朋友为照顾自己提供的房间里自杀了。K 从出现到死亡,只活在

---

① [日]夏目漱石:《心》,林少华译,青岛:青岛出版社,2012 年,第 141 页。
② 同上书,第 152 页。

自我的世界里,丝毫看不出家庭、社会和朋友对他有任何的束缚和羁绊。他的自杀成了对"先生"永远的惩罚,成了"先生"用一生的歉意也无法卸掉的伦理枷锁。K 在"先生"心中一直都是一个佼佼者,从 K 对个人主义的坚持来看,他依然超越"先生",是一个彻底的个人主义者。

在《心》发表两个月后,夏目漱石发表了著名的演讲——《我的个人主义》。在演讲中,夏目漱石具体地阐释了"个人主义"的含义:

> 个人的自由对个性的发展是非常必要的。个性的发展对各位的幸福会产生极大的影响,无论如何都要在不影响他人的状态下,我往左你往右这样的自由需要自己把握,不要附和别人之意。这就是我说的个人主义。金钱也好,权利也好,都同理。这是我讨厌的家伙,于是就把他赶走,和这个人合不来,就整他一顿,这不是我的个人主义。①

然而,《心》中"先生"个人主义的表现是把好友 K 从世界上彻底赶了出去。为此,和静子小姐结婚后的"先生"一直背负着沉重的伦理枷锁——每个月都到杂谷口去祭拜 K。不仅如此,尽管拥有了心爱的妻子,"先生"却不生孩子。面对不明真相的夫人的质问,"先生"只用一个词来搪塞过去:"天罚"。"天罚"一词,笔者认为有两重意义:"叔父逼婚"伦理结中对家制度伦理的放弃是天罚的原因之一,"和 K 抢婚"伦理结中对朋友背信弃义是天罚的原因之二。

三、"先生"死因的伦理阐释

"先生"在自我——自然情感和自由意志的驱使下,他无法顾及家制度伦理以及儒家伦理规范,相继两次做出了超越社会伦理的选择。之所以说他超越,是因为家制度伦理规范以及传统儒家道德伦理全然没有控制住他受到西方文明思潮影响而萌生的自我意识。以个人主义为代表的西方文明思潮主张遵循自我本心,按照自己的意志行事。《心》中"叔父逼

---

① 夏目漱石:『私の個人主義』,東京:雪華社,1984年,第188頁。

婚""与K抢婚"伦理结是家制度伦理线和个人主义伦理线相互作用的结果，从"先生"伦理选择的结果来看，家制度伦理规范和儒家道德规范在个人主义面前都处于下风。"先生"本身对这样的伦理选择也不无惊异。"先生和遗书"一边回忆"先生""伦理的出生和伦理的养育"，同时也披露了"先生"幸福婚姻下隐藏着的血雨腥风。从父母双亲之死、叔父逼婚、抛弃故乡、与K抢婚、K之死、杂司谷祭拜、明治天皇之死、选择自杀，他对自己的一生进行了毫不隐瞒的暴露和剖析。

从"先生"回忆自身的伦理环境来看，他为自己"伦理的出生和伦理的养育"颇感自豪。即便生活在传统伦理环境中，却依然难以泯灭自我意识的迅猛发展。从时代发展看，明治维新的大潮已经涌到眼前，以不可阻挡之势淹没了整个时代，任何人似乎都难以躲避。从"先生"和K两个人的伦理选择中能清晰地看到西方个人主义思潮是如何在激烈地改变着日本这个国家。然而，"先生"和精进的K虽然相似，却又有着很多的不同。假若将遵从自我意识、按照自由意志生活的K看为彻底的、完全西化的个人主义者，那么，"先生"只能作为一个半西化的日本人。与K相比，"先生"无法做到完全不受传统伦理思想的支配。如他对过世的父母时常有愧疚之心、对死去的K永远无法释怀，对生活在身边的妻子无法做到坦言相待。"先生"的内心几乎是多重伦理观念交锋的战场，一次次的伦理选择，让他身心俱疲。无法坦言、或者说难以说清的伦理苛责，让"先生"的后半生一直带着沉重的伦理枷锁而活着。"先生"时刻想着用死亡来结束这一切，却又背负对妻子的责任，于是不得不在社会上勉强活下去。从"先生"紧随明治天皇之死以及乃木大将的殉死急迫踏上自杀之路来看，"先生"最后还是抛弃了对妻子的伦理责任。在天皇之死的粉饰下想要"光明正大"地走一条殉死之路。然而即便是"自杀"，他也死得不那么放心：发生在自己身上的伦理两难和伦理选择是多么真实的人生教材，不被人知晓就可惜了。

我的过去仅仅是我自己的经历和体验，仅为我一个人所有。若至死都不把它给予别人，未免有些可惜。[……]在几千万日本人当中，我只愿意对你讲述我的过去。因为你认真，因为你说你想认真从人生本身吸取鲜活的教训。①

上述引文中,"先生"自杀的伦理教诲意义显而易见。这同样可以看作是小说《心》的伦理价值——"从人生本身吸取鲜活教训"。夏目漱石《心》中的"先生"没有家乡、没有姓氏,这样的设置不能不让人认为这是作家夏目漱石特意之笔——抛弃家制度的"先生"失去了冠名的意义。"先生"代表了那个时代在社会上摸索着如何生活下去的芸芸众生。无姓氏的"先生"凸显了东西伦理观念交锋中个人的悲剧人生。因此,"先生"的自杀行为,表面上看是为"明治精神"殉死,实际是"先生"在传统伦理和近代思想冲突的夹板中难以超越的结果。西方个人主义的发展在当时的日本社会中表面上看势头很强劲,在和传统伦理思潮的最激烈、最深刻的较量中却不得不甘拜下风。

在传统和西方伦理线的交织碰撞下,在"叔父逼婚""与K抢婚"伦理结的解构过程中,"先生"情非得已的伦理选择,实际上是个人主义作祟的结果。而他的痛苦,是在他做出符合本心的伦理选择后,内心深处深藏着的传统伦理观念依然发挥作用的结果。个人主义在和传统伦理观念交锋中,可能会有暂时占优势的时刻。可是,就当时的社会时代整体来看,个人主义在传统伦理观念持续不断排斥运动中,最终不得不暂时退却。"先生"的自杀是在传统伦理观念作用下"先生"自身苛责的结果,是个人主义对传统伦理交锋中的一次败北结局。就《心》文本中的伦理环境而言,西方人文思想作为新的思想涌入日本,具有很强的活力,但是对当时的日本社会来说依然为时尚早。

第二节 森鸥外《高濑舟》文学主题的伦理之思

森鸥外的历史小说《高濑舟》取材于18世纪后半期《翁草》"流人"的故事。诸多研究认为森鸥外的《高濑舟》凸显了"财产观""安乐死"两个文学主题。两个文学主题的论证由来已久,迄今为止尚未找到两者的焦点。

---

① [日]夏目漱石:《心》,林少华译,青岛:青岛出版社,2012年,第94页。

因此,小说中庄兵卫的疑惑一直尚未得到切实的解答。本节借助文学伦理学批评的研究方法分析喜助弑亲的伦理选择和伦理环境,研究小说中情理和法理间的冲突和平衡,着眼于《高濑舟》两个文学主题是否存在着人情伦理思考的焦点,对庄兵卫的疑惑做出符合文学伦理学批评的伦理阐释。

一、《高濑舟》文学主题的论争始末

森鸥外(1862—1922)的历史小说《高濑舟》1916年1月登载于《中央公论》,不久以后,作家又在《心之花》发表了《高濑舟缘起》。作家在此文中对《高濑舟》的创作缘由和意图进行了说明,明确该小说有两个主题:财产观和安乐死。这成了《高濑舟》两个文学主题之说的源点。

长谷川泉认为:"《高濑舟》是主题清晰的小说。而且在两主题之中特别围绕着喜助二百文钱的问题,显示了浓厚的真正可作为历史小说的性格""《高濑舟》囊中两个锥子尖是敏感地摸得到的,而且这两个应当统一的主题仍然不能明确地分辨出来。如果硬要说的话,就只能说它是对于善良的人老实和谐地顺从于自己生活的时代和环境的态度的称赞。"[①]长谷川泉所谓的"两个锥子尖"是小说两个文学主题的形象比喻,既然他"敏感地摸得到",说明他也认定小说存在两个文学主题。刘立善《日本文学的伦理意识——论近代作家爱的觉醒》认为"代表了鸥外的伦理意识的利他个人主义思想,在其后期作品中占据了很大的比重"[②]。长谷川泉的研究坚持两个文学主题的论说,而刘立善的研究则指出小说表达了森鸥外的伦理意识。

鸥外批阅了文学评论家、歌人池边义象(1861—1923)校订的《翁草》(1906年5月,无车楼书店刊行),其中《流放犯人的故事》令他受到启发,遂古为今用,创作了发人深省的历史小说杰作——《高濑

---

① [日]长谷川泉:《长谷川泉日本文学论著选 森鸥外论考》,谷学谦译,长春:时代文艺出版社,1995年,第401—415页。
② 刘立善:《日本文学的伦理意识—— 论近代作家爱的觉醒》,沈阳:春风文艺出版社,2003年,第171页。

舟》，涉及贪婪与知足和两种财富观念，严肃探讨"安乐死"的伦理精髓。①

不仅仅刘立善指出了小说中存在着探讨"安乐死的伦理精髓"，吉田精一在评论森鸥外历史小说时也提及过《高濑舟》的伦理问题意识，遗憾的是他未对此做出具体阐释。

> 明治二十年代，森鸥外在评论界非常活跃，可以说是首屈一指的人物。[……]他的历史小说，把人物和事件放置在客观的环境中，结合当下的现实和历史问题，想要探讨一些社会行为的伦理意义。一方面探讨绝对的善、绝对的好人，另一方面，他也意识到相同的社会行为有的被看作善，有的被视为恶，就开始从社会习惯方面来审视伦理和道德的行为。《阿部一族》（大正二年）描写了武士道的自尊，《最后一句》（大正四年）和《山椒大夫》（大正四年）描写了牺牲的壮美，还有《高濑舟》都展示了同样的主题。他的这些创作给芥川龙之介和菊池宽的主题小说做出了极好的榜样示范。②

吉田精一的关于小说伦理问题的评论显然没有引起研究者的足够重视。时至今日，关于《高濑舟》文学主题的问题依然是评论界探讨的热点，并且无法对两个文学主题的说法做出合理的阐释。这点也说明了《高濑舟》看似简单的表层结构其实隐藏着复杂的思辨过程。表层主题的兀立突出，易让读者陷入两个文学主题的思考中。

近年来，文学伦理学批评方法方兴未艾，给当下的文学研究提供了思考文学作品伦理问题的方法和工具。基于《高濑舟》发表以来的两个文学主题论争中频频出现的伦理思考，笔者尝试利用文学伦理学批评方法分析《高濑舟》喜助弑亲的伦理选择和官府判罚的伦理环境，研究官府判案过程中如何处理情理和法理间冲突和平衡，思考潜藏在两个文学主题下的焦点，从文学伦理学的角度对喜助一案进行文学伦理学的诗学阐释。

---

① 刘立善：《论森鸥外历史小说〈高濑舟〉的现代意义》，《日本研究》2012年第4期，第112—116页。
② 吉田精一：『現代日本文学史』，東京：筑摩書房，1974年，第76頁。

二、伦理思辨：文学主题论争的焦点

《高濑舟》讲述的是发生在一对相亲相爱的孤儿兄弟之间的血案。在喜助兄弟还年幼的时候，父母患上瘟疫双双去世。年幼的喜助和弟弟就像无人照看的小狗一般流浪在田边地头，并在街坊四邻的接济下长大成人。限于当时严苛的社会条件，兄弟两人虽然拼命工作却只能够勉强糊口。在度日维艰的生活中，弟弟却又不幸患上重病，全靠喜助一人在外做工过日子。弟弟在认为自己的病情无法好转的情况下，为了减轻哥哥的负担，用剃刀割破了喉咙以图早日解脱困境。可是，由于用力不稳，剃刀走偏，无法割断咽喉，陷入将死却又不能死的极端境地。恰在此时，哥哥喜助下班回家。于是弟弟乞求刚回到家的喜助帮助把剃刀拔出，解除眼下的苦楚。喜助帮助弟弟拔出剃刀，弟弟死去。这是作品中"安乐死"主题的由来。弟弟死后，喜助因为弑杀亲弟被抓进监牢，并被判罚远岛流放罪。喜助被判处远岛流放罪以后，政府给了喜助二百文，以便让喜助抵达流放地以后能够开始新的生活。这二百文点燃了喜助对新生活的希望，让他开心不已，即便踏上流放之途，难掩其满面的喜色。喜助对二百文的态度和理解让解差羽田庄兵卫思考财产的问题。这是作品"财产观"主题的由来。

结合小说文本以及前人研究成果，笔者对《高濑舟》两个主题之间到底有没有焦点这一问题充满了兴趣。在深入考察了《高濑舟》故事梗概、伦理环境和法理审判以后，笔者不认为这是森欧外所自谦的那样："创作能力的不足。"因为"拔刀弑亲"和"二百文"之间存在着时间上的先后顺序。而小说在情节安排上先借助庄兵卫之口给读者抛出"二百文"的思考，然后才深入了案情本身，并再次通过庄兵卫之口向读者抛出安乐死的困惑问题。小说采用倒叙手法，容易让人陷入财产观、安乐死的思考。

解差庄兵卫疑惑的是："杀人，当然有罪。但是，一想到这是为了不让人再受罪，不由得产生疑问，而且始终不得其解。"[①]庄兵卫的疑惑不在于

---

① 高慧勤编选：《森鸥外精选集》，北京：北京燕山出版社，2005年，第528页。

安乐死本身，而在于安乐死背后的情感问题和伦理思考。举刀杀人尚可理解，帮人拔刀导致弑亲，让旁观者在情感上难以接受。至于政府对喜助的判罚，结果是比死罪轻的远岛流放罪。二百文是喜助被判处远岛之罚以后政府发放的。二百文钱让喜助对政府既感激不尽又觉得希望无限。喜助对二百文的态度既有对目前境况的知足之感，又有对政府的无限感激。让读者觉得作品表达了对"知足""眼前就是止境"的理解。

《高濑舟》整个事件包括喜助杀弟、喜助获罪、喜助得二百文，打动解差庄兵卫和读者的是喜助兄弟在苦难生活中的勇敢坚强精神，在喜助拔刀杀弟惨剧发生前后兄弟两人的伦理情感表达，以及官府判案过程中所体现出的法理对人情的考量。小说的整个叙述过程一直贯穿始终的是伦理之思和伦理之辨，沉重的伦理思考作为《高濑舟》小说的深层底蕴，深深打动人心，让人经久难忘，而这恰恰是小说两个文学主题笼罩下的隐形焦点。

三、喜助弑亲的伦理选择

文学伦理学批评认为人身上存在着斯芬克斯因子。

> 斯芬克斯因子由两部分组成：人性因子与兽性因子。这两种因子有机地组合在一起，构成一个完整的人。在人的身上，这两种因子缺一不可，但是其中人性因子是高级因子，兽性因子是低级因子，因此前者能够控制后者，从而使人成为有伦理意识的人。①

现实生活中存在着的个体——每个人身上都存在这两种因子，物种起源问题决定了人类无法摆脱天然的兽性因子，兽性因子因此也成了人类永远无法挣脱的一道枷锁。存在于人身上的兽性因子和人性因子在情感上表现为人的自然情感和理性情感。人的每个行为都是在两种情感的支配下来决定完成的。

喜助兄弟生活在物质条件极其艰苦却充满了伦理之爱的环境中。父

---

① 聂珍钊：《文学伦理学批评导论》，北京：北京大学出版社，2014年，第38页。

母因为瘟疫双双离世以后,"街坊的人就像可怜屋檐下的小狗一样,周济一些我们吃的,我们则给他们跑跑腿,免去了挨饿受冻,活了下来"①。在街坊们的爱怜和接济下长大的两兄弟,互敬互爱,辛苦工作,勉强糊口。然而,天有不测风云,相依为命的弟弟患上了不治之症。喜助更加辛苦地工作帮助弟弟医治病疾。作品中描写的平凡无奇的街坊之爱和兄弟之爱,使得作品洋溢着浓浓的人情味。医治多日后,病情不见好转的弟弟看到哥哥因为自己太过辛苦,再加上感到自己的病情实在是难以治愈,他想到一个既解决自己病痛又能减轻哥哥辛苦的下策。

> 对不起,原谅我。我这病反正好不了,趁早死掉,好让哥哥多少轻省点。原以为割断喉咙就能死,没想到光是漏气,死不了。想割得深一些,更深一些,便使出全身力气扎下去,竟滑到旁边。刀刃好像没卷。我想,要是拔得巧,我就能死了。说话,憋得厉害,请哥哥帮我拔出来吧。②

毫无思想准备的喜助下班后看到血泊中的弟弟,听到弟弟如此情深意切的话,他的反应是,"我想说话,却什么都说不出来。只是不出声地观察弟弟的伤口"③。好不容易回过神来后说的第一句话是:"你等一等,我去叫大夫来。"④生病、受伤找医生,可见此时的喜助在思考中充满着理性。他的理性支配着他的想法:不想看着弟弟死去,也不愿帮助弟弟拔刀。可是,喜助从要去找医生、想要救弟弟的理性,是怎么过渡到杀弟结局的呢?

在弟弟奄奄一息、痛苦不堪的极端境况下,喜助束手无策,万般无奈。兄弟两人开始通过眼神在潜意识层面进行交流。喜助似乎看到垂死的弟弟眼神中的哀求以及怨愤,怨恨眼神逐渐带着凶光。疼痛的折磨让弟弟逐渐失去了理性,露出了存在于人体内的兽性的一面。他的眼神明确表

---

① 高慧勤编选:《森鸥外精选集》,北京:北京燕山出版社,2005年,第526页。
② 同上书,第527页。
③ 同上。
④ 同上。

明不解决自己痛苦的亲哥哥便是自己的敌人。疼痛,这种难以抗拒的本能感受,使得他身上的兽性因子终于冲破了理性控制的关隘。在弟弟凶狠眼神的催促下,喜助产生了怕、恐惧的自然情感。喜助的理性情感被"怕""恐惧"的自然情感所淹没,他在心慌意乱之下于无意识中把弟弟身上的刀拔了出来。从上述描述中可以看出,喜助拔刀的主观目的不是为了杀死弟弟,而仅仅是为了消除自己"怕""恐惧"的自然情感。在恐惧、害怕等自然情感驱使下,喜助"拔刀"的动作也不再如此简单:他把刀拔出来的时候,刀刃向外,而这一拔,直接导致了弟弟的死亡。

从喜助拔刀的过程可以看出,喜助是出于"怕""恐惧"的自然情感。自然情感如果不能得到理性情感的控制就变成自由意志,人在自由意志的支配下有可能做出不理智的选择。文学伦理学批评认为:不受理性控制的自由意志被认为是人身上的兽性因子在发挥作用。从喜助拔刀的过程可以看出,喜助的理性情感逐渐被自然情感所侵蚀,慢慢地失去了理性意识的控制。尤其是喜助看到弟弟那可怕的眼神后,似乎弟弟也变成了自己的敌人。而这些都是理性情感无法控制自然情感后人所产生的主观幻想,是不真实的。可是,在拔刀还是不拔的伦理两难情况下,喜助的理性意志逐渐消失,开始按照主观幻想之假象来支配自己的行为。无疑,拔刀举动是喜助没有控制住自己的自然情感,任由自由意志发挥作用的结果。而这种自由意志就是文学伦理学批评中的兽性因子在人身上的一种再现。作为社会的人,无论何时都必须保持冷静的头脑和清晰的思维,不然就可能导致伦理问题的发生。喜助在极端危机的情况下,没有控制住自身的兽性因子,做出了帮助弟弟拔刀的伦理选择。喜助的伦理选择,也是自然情感和理性情感较量过程中理性情感败北的结果。

四、《高濑舟》的伦理环境

《高濑舟》喜助弑弟的案情叙述从开始到结束,一直都在强调"情非得已"。喜助兄弟的生活遭遇让人感到哀怜和悲伤,帮助自杀的弟弟拔出切入喉咙的剃刀而使弟弟死亡,本应该遭人痛斥的凶手喜助却引起大家的诸多同情。因为大家都有一个和解差庄兵卫一样的疑惑:帮助垂死之人解决苦痛,何况是在当事人的请求下进行的,政府判定的是喜助有罪,该如何理解?百思不解的解差庄兵卫内心深处被喜助杀弟案件引起的波澜久久不能平静,决定回去问问官老爷。那么,从文学伦理学批评来看,"文学伦理学批评带有历史批评的特点,它的主要任务是利用自己的独特方法从历史的视角对文学中各种社会生活现象进行客观的伦理分析、归纳和总结,而不是简单地进行好坏和善恶评价。因此,文学伦理学批评要求批评家能够进入历史现场,而不是在远离历史现场的假自制环境中评价文学"①。在官老爷的答案尚未出来以前,如果仔细分析喜助杀弟事件发生的伦理环境,即《高濑舟》存在的历史空间,喜助获罪的缘由就清晰明了了。

首先,小说的社会时代背景设置别有深意。《高濑舟》如此开始故事的讲述:"那是什么时候的事呢?也许是宽政(1789—1801)年间,发生在白河乐翁侯掌权时期吧。"②白河乐翁侯名松平定信,是日本江户时代后期的政治家。他因为"高洁的人格和政绩广受好评,荣升老中首席之位。[……]在他掌权期间锐意改革,肃正风俗,取缔出版,1790年发布异学禁令,断然实施了宽政改革。[……]此外,颁布了七分积金法,用积累的江户市的剩余资金为无家可归者和囚徒们设立了石川岛劳动收容所,帮助他们走向正业"③。据史书记载,这样的劳动收容所还专门邀请"石门心学教师中泽道一每月三次给他们讲授心学,进行教化"④。《高濑舟》中弑杀亲弟的凶手喜助没有被处以死刑,而是被判处了远岛流放罪。可见,宽政改革的措施在现实生活中得到了很好的贯彻和执行。不仅如此,为了让喜助走向正业,官府还在判罚罪名确立以后,发给喜助二百文的生活起步金。《高濑舟》中允许囚犯的亲人登船护送囚犯去服刑,押送囚犯的解差在执行公务时绝无为官者的耀武扬威和对囚犯的欺压。解差庄兵卫和

---

① 聂珍钊:《文学伦理学批评导论》,北京:北京大学出版社,2014年,第256页。
② 高慧勤编选:《森鸥外精选集》,北京:北京燕山出版社,2005年,第523页。
③ 日本歴史大辞典編集委員会:『日本歴史大辞典8』,東京:河出書房新社,1981年,第672頁。
④ 冯玮:《日本通史》,上海:上海社会科学院出版社,2008年,第343页。

喜助之间平等的、充满人情味的月下对话也是《高濑舟》中的动人场景之一。从解差对待犯人的态度来看，当时的民风民情可以略见一斑。宽政年间是一个官正民顺的时期，也是民风淳朴的时期。因此，《高濑舟》特殊的时代背景解读是理解官府对喜助弑弟一案判罚的关键一环。

其次，佛都京都的地域舞台设置别有深意。"春日黄昏，智恩院的樱花随着暮钟声纷纷飘零，一个从未有过、十分稀奇的犯人给押上了高濑舟。"① 高濑舟航行在从京都到大阪的下茂川，这条河流从京都市区穿流而过，河两岸种满了樱花树。短短一句话即暗示了小说发生的时令又言明了故事发生地：春天时分智恩院的樱花飘落之时。"在这暮春幽静的环境和将被流放的特殊命运酿成的氛围中，构成了《高濑舟》的诗韵。"② 这看似一笔带过的季语烘托出古都京都作为佛教之都的韵味。故事中宽政改革背景下，佛教同样发挥着教化子民的作用。"智恩院"提醒读者该故事发生在佛光普照的地方，故事中的每一个人都应该活在佛的关照之下。

不仅仅因为"智恩院"一词就让笔者贸然断定小说的伦理环境，《高濑舟》时代中的宗教制度也是一个不可忽视的因素。江户时期，幕府为了抑制天主教在日本的传播和发展，取缔天主教，发布了统治宗教的"寺请制度"，这项制度又被称为"檀家制度"或"寺檀制度"。老百姓必须得到自己是某个寺院的固定檀家的寺院证明文件，由寺院开具的文件证明自己不是天主教徒，然后呈报政府。从此以后，除非发生特殊情况，檀家世世代代都是当初给自己开具证明文件寺院的檀家。檀家的葬礼、法式、墓地管理全部委托该寺院来办理，世世代代如此。这个制度直到1871年被废止，但是日本的佛式葬礼文化却保留至今。

在古色古香、佛寺遍地的京都，喜助弑亲案件的确骇人听闻。了解案件的来龙去脉后，大家无不对身处案件漩涡中的喜助给予同情和惋惜。他的被动杀人全然出于慌乱失神状态下的身不由己。弟弟患上不治之症以后，看到为了自己日夜辛苦的哥哥，出于兄弟之爱他才有了自杀的想

---

① 高慧勤编选：《森鸥外精选集》，北京：北京燕山出版社，2005年，第523页。
② ［日］长谷川泉：《长谷川泉日本文学论著选 森鸥外论考》，谷学谦译，长春：时代文艺出版社，1995年，第410页。

法。自杀还是活着,这是弟弟面临的伦理两难。自杀,可以早日结束病痛折磨,还能减轻兄长的负担。勉强活下去,只不过是经历拖得更久的垂死过程,让兄长受累。思量再三,他选择了前者。佛教讲究不杀生,不见血,在佛都土生土长的弟弟理解自杀举动违背社会伦理和宗教伦理。可是,深切的兄弟之爱使得社会和宗教伦理都为之让路,弟弟向自己举起了剃刀。兄长回家看到弟弟危机情况后,他解救弟弟的理想思考一下涌上来。但是,在和弟弟的语言、眼神交流中,喜助的理性思考逐渐失去,陷入了疯狂臆想状态。不帮助弟弟拔刀的他似乎看到了类似敌人般的凶光,为了消除自己害怕的自然情感,在拔刀的时候无意中把原本没有割断的喉管割破,造成了弟弟死亡的惨剧。喜助帮助弟弟拔出剃刀的行为无意中造成了对社会伦理禁忌的违背。

> 在人类文明发展世上,禁忌的产生是人对身上的兽性部分即人的本能加以控制的结果。[……]不论文化的差异有多大,在现在的所有民族中,乱伦和弑亲都是被严格禁止的。本来这一切都是在不知不觉中产生的,后来形成了制度,产生了两大禁忌:族内禁婚和禁止同胞相残。①

从上文对喜助伦理选择的分析可以看到,喜助没有把握好理性情感和自然情感之间的平衡关系,最终导致弑亲惨剧的发生,触犯了社会的伦理禁忌。弑亲禁忌是在人类文明社会发展中逐步形成的道德底线。这样的道德底线是作为人必须遵守的社会规范,这点和喜助是否得到教化没有关系。只要他生存在佛法普照、伦理纲常确立的社会,他就必须遵守。更何况弑亲禁忌,是任何一个普通民众所必须了解的常识。

> 正在这当口,街坊的老太婆推开反锁着的大门走了进来。是我托她我不在家时,来服侍弟弟吃药照看他的。因为屋里很暗,不知老太婆都看见了什么,只听她"啊哟"了一声,敞着大门跑了出去。

---

① 聂珍钊:《文学伦理学批评导论》,北京:北京大学出版社,2014年,第261页。

[……]直到后来来了一群老人,把我带到衙门里。①

从一个老太婆,到"后来来了一群老人",一群老人把喜助送到衙门。"一群老人"都认为喜助犯了不可饶恕的罪过,才有了这群老人把喜助送到衙门的情节。该情节表明了当时的集体伦理也是不允许喜助弑弟行为出现的。一群老人的判断等于是当时社会集体伦理对喜助行为的伦理判断。尽管喜助弑亲有着情非得已的苦衷,尽管从弟弟自杀行为的开始到喜助拔刀相助的结局都包含着兄弟之爱的浓浓深情,但是兄弟两人的每一个举动都挑战和违背了当时的社会伦理禁忌,是伦理环境所不允许、禁止的。

五、《高濑舟》的法理之罚和伦理教诲

喜助是兄长,和弟弟之间存在着兄弟之爱,这是不争的事实。突然面临弟弟自杀的血腥场面,喜助在慌乱之下帮助弟弟拔出剃刀导致弟弟死亡,鲜血淋漓的场面直接吓倒了旁人。他在自身理性情感失控的状态下做出了错误的伦理选择,违背了伦理禁忌。喜助弑亲的问题,是法理问题,也是一个伦理问题。虽然喜助弑亲的缘起在于非出本愿,又有弟弟在意识清醒状态下的恳求,但是,他也必须为自己做出的错误的伦理选择付出一定的代价。"官老爷"没有判喜助死罪,而是判罚远岛流放罪,显示了法理对情理的关怀和让步。这样的判决结果,自然是官府出于维护生命的尊严和社会秩序安定的考虑。尤其官府还给喜助"二百文"的生活金,显示出法理对当时人类认知领域存在极限问题的考虑和顾念。

官府判罚中把喜助弑弟和普通的凶杀案件区别对待,在达到惩治血腥进行社会警戒的同时,也体现法理对人情的让步。但是,当法理遭遇喜助弑弟案件的时候,法理上的伦理盲区就显露了出来。探究官府判罚的伦理考虑时,作家森鸥外的医生身份不可忽视。作家既然有探讨安乐死的问题意识,他对安乐死的思考自然也会渗透在小说中。《高濑舟》发生

---

① 高慧勤编选:《森鸥外精选集》,北京:北京燕山出版社,2005年,第528页。此处下划线为笔者所加,以示强调。

的年代尽管距离当今有些久远,可是,它探讨的是人类处于伦理困境之时如何进行伦理选择才能称之为人的问题,是一个伦理问题,因此,官府判罚过程的伦理教诲功能影响深远。

首先,《翁草》中"流放犯人的故事"曾经影响到森鸥外本人。刘立善对森鸥外在《高濑舟》中提及的安乐死问题做过很细致的探讨。他认为森鸥外不仅在《高濑舟》中提到安乐死,而且因现实生活中屡遭不幸曾经对女儿茉莉产生过实施安乐死的念头。"鸥外的长女茉莉(1903—1987)因患严重百日咳,痛苦至极,被诊断为24小时内必亡。有鉴于此,鸥外与主治医生商定,为减少茉莉的痛苦,对她实施安乐死。'当时的鸥外,站在肯定安乐死的立场上。'但在鸥外岳父的执着阻止下,终止了这一措施,茉莉竟然奇迹般活了下来。"①森鸥外站在医学的立场思考关于安乐死的问题,自然和他对生物医学的了解不无关联。面对自己的爱女,森鸥外和女儿的主治医生商量,还要征得家人的同意,并没有因为自己既是父亲又是医生的双重身份而擅自做出决定。他与医生以及家人商讨,其实是让众人帮助自己分析安乐死的伦理问题。

其次,《高濑舟》的故事历史地参与了当今社会对安乐死问题的探讨。郭自力在《生物医学的法律和伦理问题》中对这一问题有着详细的解释:"安乐死的法律问题是现代文明社会中安乐死实践的主要命题之一。安乐死一词源自希腊语 euthanasia,原意为'无痛苦死亡',现在主要指为解除病人无法忍受的肉体痛苦而采取的一种结束生命的行为。我国出版的《中国大百科全书·法学》对安乐死的解释是:'对于现代医学无法挽救的逼近死亡的病人,医生在患者本人的真诚委托的前提下,为减少病人难以忍受的剧烈痛苦,可以采取措施提前结束病人的生命。'[……]《牛津法律大辞典》的定义是:'指在不可救药的或病危患者自己的要求下,所采取的引起或加速其死的措施。'安乐死的法律有悠久的历史。当今人类社会中的安乐死法律,可以追溯到人类原始社会的习俗。"②安乐死的实施者必

---

① 刘立善:《论森鸥外历史小说〈高濑舟〉的现代意义》,《日本研究》2012 年第 4 期,第 112−116 页。
② 郭自力:《生物医学的法律和伦理问题》,北京:北京大学出版社,2002 年,第 53 页。

须是医生,不能是亲属或其他任何人。他举出了若干符合安乐死的条件。其中的第4、5条这样表述:

> 4.安乐死必须由医生执行,病人家属和其他人均不得擅自提早结束病人的生命。
>
> 5.实施安乐死的方法,应当符合社会上一般的道德和伦理观念,不允许使病人遭受不应有的痛苦或者使其他人产生残酷的感觉。①

"从人类文明发展的历史观点看,文学只是人类历史的一部分,它不能超越历史,不能脱离历史,而只能构成历史。"②时空不可倒流,描写喜助弑弟故事的《高濑舟》已然成了文学对安乐死事件探讨的历史。《高濑舟》历史地参与了世界对安乐死的讨论和思考,对社会和人类具有特殊的教诲意义。结合当今的安乐死的实施条件,再次回顾《高濑舟》的整个故事,喜助在面临弟弟自杀局面的危急时刻,如何正确处理问题就有了答案。他应该喊来四邻,请来医生,对弟弟施救。实在没有办法的时候,交给医生处理才是稳妥的办法。这是文学伦理学批评视域中《高濑舟》所给予后人的道德启示和伦理教诲,也是《高濑舟》给兼具父亲、医生、作家等多重身份的森鸥外在处理女儿森茉莉问题时的伦理参考。

在文学伦理学批评视域中,《高濑舟》两个表层主题的焦点终于在伦理思考上相聚相交,伦理问题才是小说的真正文学主题。通过分析喜助弑亲惨剧的过程,弟弟的自杀举动本就违背当时的佛教伦理,喜助不仅没有阻止,反而加快、加剧了这一举动。喜助在极端的伦理困境中,没有控制住身上的兽性因子,听任自由意志发挥作用,拔刀致弟弟死亡。尽管存在着情非得已的苦衷,在理性失控之下做出错误选择的喜助触犯的是弑亲禁忌。官府判罚的伦理依据是清晰明了的。

另一方面,森鸥外一直用"拔刀杀人"这个词汇表达喜助弑弟,意在说明喜助是在弟弟的恳求和眼神胁迫下做出的"失去理智"之举,并非事出本愿。官老爷对喜助的判罚轻于一般的杀人犯罪,体现了法理对人情的

---

① 郭自力:《生物医学的法律和伦理问题》,北京:北京大学出版社,2002年,第57页。
② 聂珍钊:《文学伦理学批评导论》,北京:北京大学出版社,2014年,第256页。

让步和体谅。《高濑舟》的结尾,庄兵卫心里的疑团依然没有解开。"杀人,当然有罪。但是,一想到这是为了不让人再受罪,不由得产生疑问,而且始终不得其解。[……]急着想问官老爷问个清楚。"①喜助兄弟的行为,既违反了江户时期的佛教伦理,又挑战了当时社会的集体伦理,更是触犯了横亘千古的伦理禁忌。用文学伦理学批评方法对《高濑舟》文学主题的伦理思考能否让庄兵卫对喜助的判罚感到释然呢?

第三节 无法超越的人性:《杜子春》的自由意志和伦理选择

1920年7月,芥川龙之介(1882—1926)在日本近代儿童文学杂志《赤鸟》(『赤い鳥』)上发表了《杜子春》。这是芥川继《蜘蛛之丝》(『蜘蛛の糸』,1918)以后在《赤鸟》刊发的又一篇儿童文学作品。芥川龙之介的汉文学功底深厚,小说《杜子春》取材于中国唐传奇《玄怪录》(唐·牛僧孺编)中的《杜子春传》。芥川的《杜子春》从小说的命名到整个故事架构似乎在沿袭着中国的《杜子春传》,却在故事不经意的细节描写中巧妙改变主人公的身份,将中国题材故事改编成了具有伦理教诲意义的日本经典之作。

主人公杜子春在短短的人生中,因为世事难料,伦理身份几经变化。每当伦理身份变化之时,为了适应随之变化的伦理环境,杜子春不得不重新做出伦理选择。对人类本身产生困惑的杜子春在情感以及自由意志的推动下,主观上的浪漫主义让他选择放弃做人,选择修道成仙之路。然而,结局却是成为仙人的梦想破灭,只得按照人的本分踏踏实实地生活下去。在文学伦理学批评视域中,通过分析《杜子春》的自由意志和伦理选择,可以解明其中隐喻的深刻的伦理教诲:人性的无法超越。

---

① 高慧勤编选:《森鸥外精选集》,北京:北京燕山出版社,2005年,第528页。

一、斯芬克斯因子之谜:杜子春的认知困惑

小说的时代背景是"大唐年间,京城洛阳西门下"的一个春天的傍晚,主人公是杜子春。杜子春"本是财主之子,如今家财荡尽,无以度日,景况堪怜"①。可见小说中的杜子春是一个落魄的富家子弟。这样的伦理身份会带给他什么样的命运以及伦理选择呢?文学伦理学批评认为:"人的身份是一个人在社会中存在的标识,人需要承担身份所赋予的责任与义务。[……]伦理选择是从伦理上解决人的身份的问题,不仅从本质上把人同兽区别开来,而且还要从责任、义务和道德等价值方面对人的身份进行确认。文学作品就是通过对人如何进行自我选择的描写,解决人的身份的问题。"②在整篇小说中,杜子春的伦理身份经历了数次变化。"落魄的富家子弟"/穷人,是杜子春的第一个伦理身份。此后在仙人的帮助下他三次成为洛阳都城的首富,富人是他的第二种伦理身份。然而,花无百日红,财富散尽后的杜子春再度变为穷人身份。第三种是他成为铁冠子的弟子即仙人弟子的身份,也是他想要超越人、成为仙人的伦理身份。最后是他放弃成为仙人的梦想、踏实做人。从中可以看出,《杜子春》的财富和伦理身份处于时刻变化之中。

虽然杜子春的财富、伦理身份一直都在变化,芥川《杜子春》的重点却在于刻画存在于人自身的不变内容:斯芬克斯因子。斯芬克斯因子才是导致杜子春苦恼的根源。小说中具体表现为世人对穷人的态度。第一回变穷:"对面相逢不相认。"③第二回变穷:"正所谓人情薄如纸,昨日还时时趋奉的亲友,今日竟过门而不入。[……]偌大的洛阳城,竟没有一处肯收留他。何止是收留,怕是连赏杯茶的人都没有。"④第三回变穷:"一旦

---

① [日]芥川龙之介:《芥川龙之介全集》(第1卷),高慧勤、魏大海主编,济南:山东文艺出版社,2012年,第767页。
② 聂珍钊:《文学伦理学批评导论》,北京:北京大学出版社,2014年,第263页。
③ [日]芥川龙之介:《芥川龙之介全集》(第1卷),高慧勤、魏大海主编,济南:山东文艺出版社,2012年,第768页。
④ 同上书,第769页。

落魄,您瞧,连个好脸都不给。"①在杜子春一次次伦理身份变化与存在于人身上的不变因子之间,他终于对人本身产生了怀疑,对存在于人身上的、但是却无法割舍的东西产生了厌恶,这种让杜子春迷惑而又厌恶的东西是斯芬克斯因子。

斯芬克斯因子由兽性因子和人性因子两部分组成。"兽性因子与人性因子相对,是人的动物性本能的一部分。兽性因子由人的原欲驱动,其外在表现形式为自然意志及自由意志。"②人的嫌贫爱富恰恰是人对本能的最自然表达,是人自然意志的体现。然而,主人公杜子春对具备了人的形状却依然存在着兽性因子的人之存在感到迷惑,以至于让他对天下人感到厌恶。厌恶来自杜子春对人的嫌贫爱富这一兽性因子产生的一种自然情感,这种自然情感在杜子春身上最终酝酿成自由意志,促使他再次做出变化伦理身份的选择。可以说,四次伦理身份的转变过程中,促成伦理身份变化的根本原因在于杜子春的自由意志。高慧勤认为"芥川在探讨人生、考察人性的过程中,发现了人世间的丑恶。[……]芥川的小说,因探求人性,而揭露出人性恶,但并非为了揭露而揭露,实是他对人性善的一种向往,追求美好愿望的一种折射"③。《杜子春》中世人嫌贫爱富是一种可以让主人公选择不再为人的"丑恶",是存在于人身上的兽性因子。

杜子春尽管厌恶他人身上的兽性因子,而他自己身上同样也存在着兽性因子。如他对财富的向往以及他富贵后挥霍财富的做法,亦是他自身兽性因子的体现。兽性因子是存在于人身上的动物性本能,追求身体的感官快乐是其具体表现。从杜子春富贵后对生活的追求来看,他所追求的一切事物均在满足他的感官感觉,即衣食住行以及视觉、听觉的享受。

杜子春成了独一无二的大财主,当即买下一座豪宅,生活之奢

---

① [日]芥川龙之介:《芥川龙之介全集》(第1卷),高慧勤、魏大海主编,济南:山东文艺出版社,2012年,第770页。
② 聂珍钊:《文学伦理学批评导论》,北京:北京大学出版社,2014年,第39页。
③ 高慧勤:《前言》,《芥川龙之介全集》(第1卷),[日]芥川龙之介著,高慧勤、魏大海主编,济南:山东文艺出版社,2012年,第10页。

华,不让玄宗老儿分毫。饮兰陵美酒,食桂州龙眼,庭院里种着一日四变其色的牡丹花,还放养了几只白孔雀,把玩玉石古董,身着绫罗绸缎,造香车,坐象牙椅……提起他的奢侈,真是说不完道不尽,这故事只怕永无讲完之日了。①

上述引文描绘了杜子春富贵后满足感官享受、追求物欲的具体情形。杜子春三次因奢侈致贫,然而,他却没有从自身思考再三变得落魄的原因,反而对他人的无情非常不满。如"哪儿的话,我并非厌倦了奢侈,而是对天下人感到嫌恶"②。人的薄情寡义让杜子春厌倦做人,人的薄情寡义以及对贫穷落魄的态度是存在于人身上的斯芬克斯因子决定的,永远不会改变。

二、做人还是成仙:杜子春的伦理选择

芥川龙之介在《仙人》(1915)中曾经说过:"人生有苦当求乐。人间有死方知生。脱离死苦多平淡。"③凡人死苦胜仙人。或许,仙人乃是留恋人间的生活,才特意四下漫游,自寻苦难。芥川在其创作历程中多次提及仙人,在《杜子春》中,仙人身上的魅力在于他们具有和人类一样的模样,即具备人的基本形式。仅仅具备人形还不足以让杜子春产生对仙人的向往。从文本叙述来看,是仙人在杜子春人生落难之际,没有表现出像普通人那样的态度和行为,而是向杜子春伸出了援手,态度"和颜悦色",即仙人的待人方式让杜子春感觉到了人情的温暖。在主人公屡次遭遇人生困境之时,本应闪光的人性因子却没有出现。永存于人身上的兽性因子导致杜子春对人类形象持有的理想破灭了。杜子春决定拜师,修道成仙。尽管独眼老人对杜子春并没有表明自己的身份,杜子春却断定他异于常人,是神仙。"我想拜老丈为师,跟我师修仙学道。别,请莫隐身。老丈是位道行高深的神仙吧?要不然,也不可能一夜之间就让我变成天下第一

---

① [日]芥川龙之介:《芥川龙之介全集》(第1卷),高慧勤、魏大海主编,济南:山东文艺出版社,2012年,第768页。
② 同上书,第770页。
③ 同上书,第27页。

的大财主。请收我为徒,传授仙术吧。"①

杜子春从独眼老人的言谈举止中坚信他就是神仙。他选择修道成仙不再做人意味着他意欲超越人类的企图,具有很强的浪漫主义色彩。他的思考逐渐形成坚定意志,促使他在伦理选择中迈出重要一步。然而,做仙人的思考是否符合人类社会的伦理呢?谁也不知道答案。芥川龙之介通过杜子春在文学世界演绎了一番意欲超越人性的悲喜剧。深刻地揭示出杜子春极力摆脱人类自身的斯芬克斯因子只能是一种妄想。他的越界行为实际上是妄图对人类以及人类社会的否定。之所以会发展至此,在于杜子春不明白自身以及他人,抑或说他不理解存在于人类身上的斯芬克斯之谜。没有觉察到自身的兽性因子,却因他人的兽性因子导致的薄情产生了对人的厌恶。放弃做人的选择可以看作是他非理性意志作用的结果。

独眼老人是住在峨眉山的神仙铁冠子,杜子春和铁冠子缔结了师徒关系。杜子春的伦理身份变成了修道徒,和伦理身份同时发生变化的还有杜子春所处的伦理环境。从京城洛阳一下子到了峨眉山。

> 那是一堵面临深渊、宽阔平坦的巨石,巨石高耸入云;挂在半空的北斗七星,星大如碗,璀璨明亮。神山人烟绝迹,四周阒然无声。耳中但闻一株长在后面绝壁上的蟠虬老松,在夜风中沙沙作响。②

杜子春修道的伦理环境首先在环境上远离了人世。其次,杜子春的修行内容来看,是和"魔障"相抗争。对仙人铁冠子以及杜子春而言,魔障以及战胜魔障是修道成仙的必经之途。魔障日语表记为"魔性",意为像恶魔一样的、迷惑人的东西。当迷惑人的东西出现的时候,不被其迷惑才能超凡入仙。杜子春在峨嵋山上遭遇的恶魔具体有三:一是猛虎、斗桶粗的白色巨蟒;二是怪风、黑云、闪电等狂风暴雨;三是神将。杜子春与魔障斗争的结局是被神将刺死:"杜子春的身子仰卧在石上,一缕魂魄幽幽,竟

---

① [日]芥川龙之介:《芥川龙之介全集》(第1卷),高慧勤、魏大海主编,济南:山东文艺出版社,2012年,第771页。

② 同上书,第772页。

自出了窍,下到地狱。"①

可以说,杜子春的自然情感、自由意志改变了他的伦理身份,成为仙人之徒。徒弟的伦理身份又内化为杜子春强烈的伦理意志。此时,杜子春的自由意志和伦理意志在同一方向上发展,即便丢掉性命也得听从师命,以便自己能够顺利成仙。

三、炼狱之旅:人性无法超越的验证

杜子春的魂魄脱离肉体到达了地狱。因为杜子春依然不听从鬼卒们的命令,其魂魄还是不能说话。肉身虽死,但是其魂魄却遭受了种种磨难和拷问,"备尝地狱之苦"。

> 想那地狱尽人皆知,除了刀山血池,还有火坑狱中的火山,寒冰狱中的冰海,[……]众鬼卒将杜子春依次抛进各地狱。可怜杜子春,备经千般磨难,饱尝万般苦楚——刀剑穿胸,火焰烧脸,拔舌剥皮,铁杵敲骨,油锅煎熬,毒蛇吸脑,雄鹰啄眼,不一而足。②

《杜子春》在上文中已经明确交代说是"身子仰卧石上",仅仅是魂魄"下到地狱"。人的形式是人的定义的前提,脱离了肉体的魂魄就不再是人。那么,森罗殿上阎王和鬼卒们拷问的究竟是什么?

反观杜子春的魂魄在地狱中遭受的考验,被折磨的是胸、脸、舌、骨、脑、眼等。可以说,即便是魂魄入了地狱,被考验的对象依然是人的形式,是人的感官。由此看来,在森罗殿这个虚幻的伦理环境中,尽管是虚幻的,阎王以及鬼卒们对魂魄施加惩罚的具体对象依然是人体以及人体的各个感官和感觉。看似残酷无比的刑罚对已经离开了肉体的魂魄而言,其苦楚全部来自幻觉。地狱中展现的景观,是关于人的虚幻景观。此时,作家高潮的创作技巧达到了虚实的互通相融,成功实现了人类经验的通感与移情。对于具备肉体的读者而言,是能够切身体会到主人公所遭受

---

① [日]芥川龙之介:《芥川龙之介全集》(第1卷),高慧勤、魏大海主编,济南:山东文艺出版社,2012年,第774页。

② 同上书,第775页。

的肉体之痛。作为主体的人可以共有一些经验。此时,视觉造成了读者的"不可靠之眼"。文本中的魂魄属于杜子春,然而,魂魄所依附的身体此刻却发生了变化,转移到阅读小说的读者身体。在最后对杜子春"情爱"的试炼中,出现了极富有感染力的一幕。

> 此人父母现入畜生道,速速将他们带来!……杜子春一见之下,早已顾不得惊讶。那两畜生,身为丑陋的瘦马,面目却似死去的父母,那是做梦也都忘不了的。①

读者顺着作家的文字叙述,"杜子春一见之下"其实是读者之眼。看着鬼卒们鞭笞两匹老马的悲惨恐怖场景也是读者之眼。后来杜子春魂魄听到"母亲的声音"是读者之耳。因看到、听到的内容进而决定在"说"与"不说"之间进行伦理选择的人是作家和读者共同面对的难题。伦理选择的结局是作家芥川龙之介基于对人的理解、对人性的理解而做出的理性判断。

> 一匹牝马倒在地上,已精疲力竭,痴痴地瞧着他的脸,那神情好不悲伤。母亲糟了这样的罪,还能体谅儿子,对鬼卒的鞭笞,没露出一点怨恨的意思。世上的常人,见你当了大财主,便来阿谀奉承,一旦破落,就不屑一顾。相比之下,母亲这份志气,何等可钦!她的志气,多么坚强!②

这段描写切实地打动了人心,因为这是作家刻画母亲对儿子的情爱以及母亲体现出来的属于人的高贵品质,即被称为人性的东西。聂珍钊认为:"人性是人的灵魂部分的属性,是人的伦理学特征和道德属性。是一个伦理学概念。人性是人独有的,其他动物不能同人共有人性。"③正是因为人身上的人性之美,才是杜子春对人情恋恋不舍的原因。尤其在

---

① [日]芥川龙之介:《芥川龙之介全集》(第1卷),高慧勤、魏大海主编,济南:山东文艺出版社,2012年,第775页。
② 同上书,第776页。
③ 聂珍钊:《文学伦理学批评:人性概念的阐释与考辨》,《外国文学研究》2015年第6期,第10—19页。

母亲用生命来体谅儿子不认自己的牺牲之举,体现了"母性"的伟大与唯美。眼见、耳听等感官刺激终于打动了杜子春的魂魄,唤起了他心中被隐藏的人类情感,唤醒了他对母亲的伦理情感。对母亲的伦理情感随即变成强烈的伦理意志,推动杜子春的魂魄在说与不说之间进行了伦理选择:"杜子春忘了老人的嘱咐,跌跌撞撞奔到跟前,两手抱住垂死的马头,刷刷落下泪来,叫了一声'娘!'"①

《杜子春》魂魄的炼狱之旅再次演绎魂魄对于人体的依附,魂魄无法脱离人体单独存在。作家在杜子春魂魄炼狱之旅中使用透视法手法将魂魄依附的身体转嫁到读者本身,在展开小说叙述的同时达到了伦理教诲的目的。小说表层描写杜子春难以得道成仙、迷恋人性,深层却体现着作家本人以及读者对人性的深刻体察与理性认知。

四、永远的人性颂歌

文学伦理学批评中,人类的情感在特定环境中受到理性的约束,情感会转变成意志,意志则形成推动人类行动——伦理选择的力量。文学伦理学批评分析人类在伦理选择过程中的情感、意志变化,并对此做出剖析。人类在特殊伦理环境中会出现从理性情感到非理性情感的变化,也会出现非理性情感到理性情感的转变。正是因为这种不确定性,决定了人类在社会生活中不同的选择结果。

杜子春具有几次贫富起落的体验,也经历了斯芬克斯因子带来的苦恼,经历过身体修行以及魂魄炼狱之旅后,最后回归家庭和农田,选择做一个人。《杜子春》中变化的是伦理环境与伦理身份,不变化的是人身上的斯芬克斯因子。其拜师求道中的种种历练则构成杜子春一次次的伦理选择的过程。杜子春的历练和《西游记》中孙悟空跟随师傅西天取经经历八十一难具有一定的共性。孙悟空经受住了考验,最终去掉了身上的兽性,成了佛。杜子春经历了伦理环境转变、情感起伏以及身份变化,最终

---

① [日]芥川龙之介:《芥川龙之介全集》(第1卷),高慧勤、魏大海主编,济南:山东文艺出版社,2012年,第776页。

的结局是人的回归。杜子春在起点——人的身份上比孙悟空更进一步，他的选择过程是从人到仙再从仙到人。人性中的母性爱在《杜子春》中大放异彩，成了杜子春放弃成仙的决定因素。

> 比起来变成仙人超越痛苦，反倒不如作为平凡的人在充满情爱的世界过平稳的生活，这样的生活才幸福。这才是作家和杜子春共同思考的问题。该小说具备原作没有的内容：肯定平凡的人情和通俗道德。这部作品具备伦理之美。①

吉田精一的评论点出《杜子春》成功的要诀：伦理之美。具体言之，作品中屡次强调落魄的杜子春最紧迫的需要：没有地方可居。该需要可理解为杜子春对"家"的渴求，对亲人之爱的渴求。小说最后的结局是杜子春得到了铁冠子赠予的"茅屋连同田地"。杜子春醒来后已经到洛阳门口。接下来他将接收铁冠子的馈赠，回归家庭、农田，"堂堂正正做个人，本本分分过日子"。杜子春实现了社会回归和家庭回归，实现了作为人的终极选择。

> 当我们说人自己做选择时，我们的确指我们每个人必须亲自做出选择；但是我们这样说也意味着，人在为自己做出选择时，也为所有人做出选择。[……]人为了把自己造成他愿意成为的那种人而可能采取的一切行动中，没有一个行动不是同时在创造一个他认为自己应当如此的人的形象。在这一形象或那一形象之间做出选择的同时，他也就肯定了所选择的形象的价值。②

芥川龙之介《杜子春》的伦理选择过程以及伦理选择的结果实则演绎了人性的不可超越，是一部人性的颂歌。

---

① 吉田精一：「「蜘蛛の糸・杜子春」について」，『蜘蛛の糸・杜子春』，東京：新潮文庫，1984年，第143頁。
② [法]让-保罗·萨特：《存在主义是一种人道主义》，周煦良、汤永宽译，上海：上海译文出版社，2005年，第5—6页。

本章小结

明治·大正年间是日本社会思潮激烈动荡的时期。东西方文化的交流与冲突在个人身上也有了明显的体现。夏目漱石的《心》描写了东西方伦理思想冲突下个体的人"先生"的悲剧性一生。父权家长制与个人选择的伦理冲突、个人主义与日本社会存在着的儒家伦理道德观念的冲突、个人主义与日本传统社会养子制度之间的伦理冲突,作为身具斯芬克斯因子的一种社会性存在,人的自我发展受到来自社会的复杂的束缚和压制。从历史发展的视角来看,明治·大正时期的日本已经处于近代化的黎明期,自我的发展逐渐萌芽,而整个 20 世纪的文学可以说均处于"个我"的萌芽、发展期。萌芽期中个我发展的文学经典形象非《心》中的"先生"莫属。虽然,他在伦理冲突的高潮即伦理结的解构中放弃了父权家长制、儒家传统道德对君子的道德约束,最终,却被这些伦理枷锁牢牢束缚住,最终无奈地在伦理的枷锁中绝望自杀。"先生"的个人悲剧是时代社会发展大潮中的一个悲剧性缩影,是当时社会个我发展遭到伦理道德思想扼杀的悲剧。

作为一代陆军军医总长的森鸥外在《高濑舟》中借用历史故事讲述了一个悲切的伦理美的故事。在文学伦理学批评的视域中,关于《高濑舟》两个主题"财产观""安乐死"论争的焦点终于浮现,并在对斯芬克斯因子、自然情感、理性情感、自然意志、理性意志的具体分析中,阐释了小说中看似比较突兀的两个文学主题之中隐藏着深刻的伦理思考和深沉的人情之美。《高濑舟》是一部讲述人情与伦理、法理与人文关怀的一部伦理性小说。

本章最后一节结合芥川龙之介的《杜子春》分析"斯芬克斯因子"的存在给人造成的无限困扰及其无法被超越的现实。不仅兽性因子无法被人类摆脱,由于人类身上存在着光辉灿烂的人性,这才是使得杜子春不能脱离人类成为仙人的最大"魔障"。芥川龙之介的作品中多次出现"仙人",可是,最让他恋恋不舍的却是让他最苦恼不已的人本身。从《杜子春》这部小说的伦理阐释过程中,可以清晰看到人类身上斯芬克斯因子中对感官、感觉的无限追求以及人世间世态炎凉的根本原因。并且,在芸芸众生身上本能、兽性因子的表现更为普遍和突出,甚至会掩盖人性因子。然而在人对人类感到失望,进而对人类产生绝望之感的关键时刻,人性的光辉会突然闪耀,就在那一刹那,几乎一切又回归伦理、回到人间了。

第八章

左翼文学：伦理身份与文学转向

日本左翼文学创作的转向与他们青年时期形成的马克思主义阶级意识和平民意识、作品整体印象上模糊的革命意识、社会主义理想、共产主义憧憬和反战意识有关。而恰恰正是这些意识构成了日本左翼作家模糊而不稳定的伦理身份和伦理追求。尤其是在当时天皇中心的君主立宪社会环境里，作家们既是革命青年、马克思主义的追随者、社会主义革命的参加者、新思潮新文化的倡导者和实践者，同时又是皇国皇民和帝国武士，随着日本国内局势的变化和国际局势的发展，左翼作家纷纷对其无产阶级革命伦理身份产生了质疑，对其他的伦理身份产生了若即若离、非彼非此的彷徨和犹豫的倾向。国民、孝子、斗士、武士、军人、文人、学者、恋人、丈夫、父亲、战友等等多重的伦理身份和角色转换，直接在他们的文学作品中真实地表现和反映出来，形成了日本近现代文学史上独特的文学范畴。也产生了世界文学史上独一无二的奇特的文学现象——转向文学。从木下尚江（Naoe Kinoshita）的《火柱》(『火の柱』,1904)到小林多喜二（Takiji Kobayashi）的《为党生活的人》(『党生活者』,1933)无不彰显了左翼转向作家社会伦理身份转换的突出问题，而这在相当程度上形成了左翼转向文学的内在机制和特色。

木下尚江的《火柱》是一部具有基督教社会主义思想的小说。作品描写了社会主义活动家筱田长二与大资本家山木刚造的女儿山木梅子之间的恋爱纠葛。这是革命文学作品中出现频率较高的"革命加恋爱"的叙事模式。特殊之处在于，《火柱》中的主要人物筱田是一名基督教社会主义活动家，他既怀抱着反战、反资的思想以及社会改革的愿望，积极从事着日本早期社会主义运动，又是一名基督教徒。筱田这个人物形象出现在小说《火柱》中并不是偶然的。日本明治时期的早期社会主义思想家、活动家，不少人都信仰基督教或与教会有关系，致使日本的早期社会主义思想都具有基督教社会主义的特点。"基督教"与"社会主义"这两个看似矛盾的概念同时出现在小说《火柱》中，既体现出了鲜明的时代特征，同时也为作品增添了更多的伦理内涵。

小林多喜二的《为党生活的人》一直是日本无产阶级文学的代表作品。小说描写了一名共产党员安治为了党的事业，自觉切除私生活和私人情感，把自己的一切都献给了党和人民的故事。小说一面描写安治潜入工厂，酝酿、组织工人罢工的革命工作，一面描写他如何切断私情往来，使个人生活服从党的工作需要。安治在处理私情往来的过程中多次陷入伦理两难的境地。例如，安治回家看望年迈的母亲，履行的是作为儿子的道德责任。但是他如果回家看望母亲的话，极有可能暴露行踪，被特高警察追踪或逮捕，影响革命工作的顺利开展。还有，如果安治和笠原同居之后，经常在家陪伴笠原的话，便尽了男友的责任。但是如果他总是陪伴在笠原身边的话，就没有时间开展革命工作。

第一节　木下尚江《火柱》中的伦理混乱

中日甲午战争以后，伴随着日本资本主义的迅速发展和近代产业工人的觉醒，出现了早期社会主义思潮。在此影响下，日本近代文学中产生了许多具有社会主义思想倾向的作家，木下尚江就是其中的一位代表。1900年，木下尚江加入社会主义协会，在足尾铜矿中毒等事件中力主正义。1903年与幸德秋水等人创办平民社，出版《平民新闻》，传播社会主义启蒙思想。1904年日俄战争爆发后，因发表反战文章《军国时代的言论》被当局起诉。同年他发表了长篇小说《火柱》，作品描写了社会主义活动家筱田长二与大资本家山木刚造的女儿山木梅子之间的恋爱纠葛。这是革命文学作品中出现频率较高的"革命加恋爱"的叙事模式。作为一部创作于1904年的小说，平林初之辅认为《火柱》"使日本社会主义小说成为一个独立的存在，占领了日本文坛的一块天地，它值得纪念的意义在于宣示了社会主义小说的存在权"[1]。李俄宪也指出，《火柱》是"明确表达了社会主义者反对日俄战争的思想和情绪的政治小说，集中地代表了当时社会主义者的政治热情和思想认识"[2]。并且，《火柱》的主人公筱田是一名基督教社会主义活动家。也就是说，他既怀抱着反战、反资的思想以及社会改革的愿望，积极从事着日本早期社会主义运动，又是一名基督教徒。并且梅子以及其他一些故事人物也都是基督教徒。小说所出现的这种基督教社会主义思想是那个时代给作品留下的深刻烙印。李俄宪认为，"当时，能够集中表现日本明治时期的政治面貌和功绩的是日俄战争，而这场战争最高潮的时候从正面向当时的权力中心发起挑战的正是小说《火柱》，因此它成了当年的畅销书，尤其是反战效果超过了他之后的所有反战小说，再加上作品中宣扬的基督教社会主义及渴望社会改革的思想，

---

[1] 平林初之補：「プロレタリア文学運動の理論的及び実論の展開の過程」，『日本プロレタリア文学大系2』，東京：三一書房，1954年，第292頁。
[2] 李俄宪：《从〈火柱〉到〈忏悔〉：木下尚江小说创作的价值研究》，《外国文学研究》2009年第6期，第153页。

因此被称为社会主义小说的滥觞"[1]。另一方面,李俄宪还指出,主人公筱田这个人物形象具有非人格化的特点。"筱田的形象可以让读者意识到就是作者的分身,对筱田的偏爱更令读者从作品中感受到作者的自我陶醉。这种做法使读者对主人公命运产生主观调节的期待,从而压缩了其人性的可能性范围。令读者感到主人公好像就是被社会主义的大道理操纵着的木偶,主人公不是人,而是一种观念。因此,可以说《火柱》就是以摩西式人物筱田长二的思想理念为中心的观念小说,因为革命使得作家在作品中把'无私奉公'作为至上理想。"[2]的确,基督教在本质上是统治阶级对被统治阶级进行思想规训的工具。筱田这个人物形象所表现出来的非人性化特点在很大程度上是受到了基督教中禁欲主义思想的影响。不仅筱田,小说中的女主人公梅子也是因为受到这种基督教思想的影响而无法自觉自愿地为了得到健康的恋爱而进行自我解放。因此,基督教思想与社会主义思想的结合削弱了作品的先锋性,使小说还保留了一定的封建思想残余,这无疑是作品的时代局限性。

从文学伦理学批评的角度来看,《火柱》中的男女主人公在处理恋爱问题以及与周围人的关系时所做出的选择均是伦理选择。"在文学伦理学批评的术语中,伦理选择具有两方面的意义。一方面,伦理选择指的是人的道德选择,即通过选择达到道德成熟和完善;另一方面,伦理选择指对两个或两个以上的道德选项的选择,选择不同则结果不同,因此不同选择有不同的伦理价值。"[3]主人公筱田的伦理选择尽管是在基督教社会主义思想的影响下所做出的,但是不得不承认,筱田通过一次次的伦理选择达到了道德的成熟和完善。因此,从文学伦理学批评的角度来看,小说中"基督教"与"社会主义"这两个看似矛盾的思想融合在一起,也是内含着一定的伦理价值的。本文将运用文学伦理学批评的方法来分析《火柱》中的主要人物筱田和梅子所遭遇的伦理问题以及他们对此做出的伦理选

---

[1] 李俄宪:《从〈火柱〉到〈忏悔〉:木下尚江小说创作的价值研究》,《外国文学研究》2009年第6期,第153页。
[2] 同上书,第155页。
[3] 聂珍钊:《文学伦理学批评导论》,北京:北京大学出版社,2014年,第266—267页。

择,总结基督教社会主义在小说中所蕴含的伦理价值和伦理启示。

一、禁欲与退缩:梅子的伦理身份

小说开头描写的是几个路人在一幢豪宅面前议论纷纷。这幢豪宅的主人是山木刚造。他是日本陆海军的内定商人、九州煤矿股份公司的董事长,这幢豪宅就是他依靠承办军需物资、剥削工人阶级的血汗而建成的。路人纷纷对山木刚造的行为感到愤恨,"好不要脸哪!盗取社会财富、养肥了他自己。这红砖墙的颜色,完全是用贫民的血涂抹成的呀!"① 另一方面,路人却都对刚造的女儿山木梅子赞叹不已,将她奉为女神。梅子不仅貌美如花,而且心地善良。她同情煤矿工人的悲惨境遇,为父亲发战争财、压榨国民膏血的行为感到不耻。这表明梅子的阶级立场是无产阶级。根据辞典的解释,阶级立场是指立足于一定阶级并以这个阶级的利益和要求为根本的出发点,不同的阶级立场决定人们不同的基本观点、思想方法、政治态度和阶级感情。一般来说,一个人的阶级立场与其社会经济地位是密切相关的。虽然鉴别一个人的立场,不能以阶级成分、家庭出身为主要依据,而应判明他的思想、言论和实际行动代表着哪个阶级的根本利益和要求。但是无法否认的是,一个人的阶级出身对他的阶级立场具有决定性的影响。在《火柱》中,梅子的阶级立场是无产阶级,她的思想、言论和实际行动无不满含着对无产阶级的关心和同情,但是她的阶级出身却是大资本家的女儿。因此,梅子的阶级立场与其阶级出身是相互对立的。

梅子的阶级立场与阶级出身的冲突集中爆发于她的婚事上。梅子的父亲山木刚造为了家族利益,决定与军阀联姻,将梅子嫁给海军大佐松岛先生。然而梅子却早已芳心暗许,爱上了社会主义活动家筱田长二。所以,梅子为了反抗与松岛的婚事,只好对外宣称自己是不婚主义者。对于梅子宣称不婚主义这件事情,一直以姐姐为骄傲的弟弟刚一也表示不解。他对梅子说:

---

① [日]木下尚江:《火柱》,尤炳圻译,上海:上海译文出版社,1981年,第1页。

> 我理解不了姐姐的独身主义。我认为那不是主义产生的结果，而是环境造成的迫害。如果真是那样，那么就是和姐姐平日持论不相符合、卑怯的表现了……哦，我也许是说得过分了一些吧。然而姐姐不是这样主张的吗？你认为：如果没有谁首先出来冲破旧思想的黑云，那就不可能看到这个世界改革的曙光。而今你不只是被旧思想，而且实际上是被当前邪恶的黑势力包围着。姐姐，你为什么不起来打破它，作出一个把几百万妇女从奴隶境遇里救出来的先导呢？你却为什么扼杀了神圣的爱情，而提出什么独身主义的遁词呢？我对于这一点是很不以为然的。①

对于弟弟的质疑，梅子的回答是：

> 刚弟，你总常常听到筱田先生讲述"施洗约翰"的故事吧？你也总看到他事实上过着像约翰那样的生活吧？筱田先生的心上早已不存在什么家庭欢乐之类的问题了。对于他那样庄严高贵的精神，哪个女性不受到感动呢？然而刚弟，如果有哪一个女人想自己一个人去获得他的爱情，这种想法，容我说一句本来不应该说的话，就和我们的父亲和你的舅舅企图一手独占社会整个财富一样，是罪恶的思想了。②

也就是说，梅子之所以宣称不婚主义，是因为筱田笃信基督教，过着禁欲生活。禁欲主义是严苛要求人们节制肉体欲望的一种道德理论。它源于古代人忍受现世生活困苦的宗教教义和苦行仪式，公元前6世纪后，通过东西方的宗教教义和道德哲学的概括逐渐形成为一种理论。它认为，人的肉体欲望是低贱的、自私的、有害的，是罪恶之源，因而强调节制肉体欲望和享乐，甚至要求弃绝一切欲望，如此才能实现道德的自我完善。基督教中虽然也有实行禁欲主义的信徒，但禁欲主义并不是普遍教义。相反，基督教支持婚姻，认为婚姻来自上帝，是蒙神所赐福的。作为

---

① ［日］木下尚江：《火柱》，尤炳圻译，上海：上海译文出版社，1981年，第69页。
② 同上书，第70页。

基督教社会主义者的筱田为了使自己专心于社会主义事业,决心把神当作自己的妻子。但是梅子只是基督教徒,并不是基督教社会主义者,她宣称不婚主义,完全是因为筱田。正如梅子的弟弟刚一所言,梅子实行不婚主义一方面是为了筱田,另一方面也是一种退缩。

根据文学伦理学批评的观点,伦理问题的产生往往与身份有着紧密的关系,伦理身份是构成伦理文学文本中最基本的伦理因素,与伦理线、伦理结、伦理禁忌等联系在一起。"由于身份是同道德规范联系在一起的,因此身份的改变就容易导致伦理混乱,引起冲突。"①背弃伦理身份,将会改变原有的伦理关系,导致伦理混乱。大资本家的女儿不仅代表着梅子的阶级出身,同时也是一种伦理身份。人的伦理身份是一个人在社会中存在的标识,人一旦具备了某种伦理身份,就要承担这一身份所赋予的责任与义务。因此,文学伦理学批评十分注重对人物伦理身份的分析。社会主义活动家筱田是父亲的敌人,梅子不愿告诉父亲自己不愿与松岛结婚是因为喜欢上了筱田,是因为她作为女儿不愿与父亲对抗。也就是说,是作为刚造女儿的伦理身份使梅子极力压抑着对筱田的情感,选择了不婚主义。因为只有这样,才可以既不背弃自己的伦理身份,又能守护自己的爱情。

二、背弃和冲突:梅子的伦理混乱

由于梅子坚持不婚主义,致使她与松岛的婚事迟迟没有进展,对此松岛感到极为恼怒和不满。于是,松岛请来伊藤侯爵出面做媒人,试图以此敦促山木刚造尽快执行联姻。于是,梅子的继母安排了梅子与松岛的会餐,希望借机让两人发生关系,就在松岛试图对梅子进行不轨行为之时,梅子为了维护自身的清白,挖去了松岛的一只眼珠。梅子之所以凶狠地挖下松岛的眼珠,是为了维护自己的清白,更是为了维护自己的爱情。梅子曾说:"节操是女子的生命,国王的权力也好、父亲的威力也好,决不可

---

① 聂珍钊:《文学伦理学批评导论》,北京:北京大学出版社,2014年,第257页。

能侵犯这个神圣的爱情的花园。"①并且,梅子虽然对外宣称不婚主义,也从未向筱田表白,却早已在心灵上嫁给了筱田,把他当作自己理想的丈夫,还在神前宣誓过,已将此身献给筱田。这进一步证明了梅子宣称不婚主义,只是为了避免与父亲发生对抗的无奈之举,她早已在心灵上嫁给了筱田。所以,当女子的贞洁受到威胁时,梅子不仅挣脱了来自父亲的威力压迫,而且主动出击,告诉松岛自己已心有所属,以此拒绝了松岛的求婚。当松岛仍然不顾梅子的意愿试图行不轨之举时,梅子愤怒地挖去了松岛的一只眼珠。梅子的行为象征着她已经摆脱了阶级出身乃至伦理身份的束缚,勇敢地向腐败的资产阶级伸出了利剑。

但是,松岛受伤之后,梅子却为自己刺伤他人的行为感到十分愧疚,她对前来探望的弟弟说:

> 刚弟呀,想不到我的心里竟会生出那么凶猛的念头来,自己想着也觉得可怕啊!刚弟,我原来决心清清白白地死掉算了。真是做梦也没有料到我竟会干那种事呀!我自己也不明白当时我心里是怎样突然变化的。总是由于满腔怨怒才做出卑怯的举动吧。今天早晨我已经独自读了《圣经》,做了祈祷。我非常害怕,今后我不能再到神面前去了!②

还有,"唉,刚弟,今后我将被世人视为一个可怕的毒妇,将被上帝轻蔑成一个恶魔,只能过着耻辱的生活以终此生了吧?我,我真想把这只右手斩下来抛掉啊!"③梅子之所以感到愧对上帝,是因为她为了维护道德行了不道德之事,不仅背叛了自己的父亲,还危害了松岛的生命安全,可是,如果不这样做,她将失去自己最为珍视的爱情。这里,作者木下尚江通过梅子的遭遇提出了一个伦理难题,即为了道德的目的,是否可以使用非道德的手段。梅子为了道德的目的,使用了非道德的手段,但是,事后她的内心却因自责和愧疚而经受着巨大的精神煎熬。从文学伦理学批评

---

① [日]木下尚江:《火柱》,尤炳圻译,上海:上海译文出版社,1981年,第109页。
② 同上书,第140页。
③ 同上书,第141页。

的视角来看,梅子为了反抗松岛的恶行而刺伤他的伦理选择却使梅子陷入伦理混乱之中。"伦理混乱即伦理秩序、伦理身份的混乱或伦理秩序、伦理身份改变所导致的伦理困境。"① 虽然松岛作恶多端,不仅勾结政府官僚发战争财,还因为贪图山木家的财富而与之联姻,并且,松岛还不顾梅子的反抗试图玷污她的清白。但是,梅子刺伤她的行为不仅违背了她作为山木女儿的伦理身份,还伤害了松岛的人身安全,因此破坏了正常的伦理秩序,令她陷入伦理混乱之中。

三、道德的坚守:筱田的伦理选择

梅子的爱慕对象——社会主义活动家筱田长二从国外留学回来之后加入了社会党和基督教会,并通过发行《同胞新闻报》,撰写新闻稿、出版著作,极力在日本民众中普及社会主义和反战思想。这无疑触动了正逐步走上帝国化和军国化道路的日本政府以及军阀、财阀的利益。并且,筱田在开展社会主义活动的过程中也遭遇了数次伦理困境,不过,在数次伦理困境之中,筱田所做出的伦理选择都没有使他陷入伦理混乱。首先,筱田早已察觉出社会党同胞吾妻是政府派来的间谍,其目的就是通过挖掘筱田的丑闻,并公之于众来打击社会党。但是,筱田明明察觉了吾妻的身份,却并没有揭穿他,而是让他留在自己的身边以争取机会开导、说服他。对此,筱田的另外一位同事大和表示很不解:

> 吾妻这东西太坏了!在先生面前装出一副毕恭毕敬的样子,满口谄谀,有人曾要先生对他警惕,说他可能是政府的一条走狗,而先生也似乎早已识破。我记得当时先生是这样回答那个人的:"如果不把那样聪明的人从邪路上拯救出来,那就不仅是丧失一个弟兄,而且也给社会增加不可估量的损失哪。"杀害先生的就是先生的这种慈悲心肠哪!②

还有,梅子刺伤松岛之后,她的父亲山木怀疑此事与筱田有关,于是

---

① 聂珍钊:《文学伦理学批评导论》,北京:北京大学出版社,2014 年,第 257 页。
② [日]木下尚江:《火柱》,尤炳圻译,上海:上海译文出版社,1981 年,第 177 页。

向警察厅密告,请求逮捕筱田。梅子知道消息后连夜赶到筱田家里告诉了他这一消息,并劝说筱田暂时去国外躲一躲。但是筱田却选择以温顺来应付敌人的暴力。他告诉梅子:

> 平白无故地被拘进监狱,尤其像您刚才谈到的这种暴行在各国的监狱里都是司空见惯的,所以按我个人的愿望说起来,我又何尝喜欢进去呢!然而,如果借坐牢的机会能够把我们同志的纯洁的心事在政府面前、在国民面前、在一般社会面前作出说明,对个人来说也是无上光荣的事情。虽然这在我们同志之间也还有抱着极深误解的人。①

在以上所叙述的两件事情中,筱田都受到了来自对方,即吾妻和山木这两个人的不道德的设计和陷害,但是筱田没有选择逃避,更没有采取不道德的手段报复或回击对方,而是试图以善良、道德的方式去表白自己、感化对方,影响筱田做出这一伦理选择的是他的基督教信仰。筱田笃信基督,他希望在这样纷扰的时代里,"彼此都能勉力做神的真正的儿女;谦逊温和,做基督的真正的信徒,发扬主的光荣"②。筱田在一次次的伦理困境面前,不仅没有陷入伦理混乱之中,反而通过自己所做出的伦理选择,实现着道德的成熟和完善。

这样,木下尚江实际上也借助筱田的伦理选择回答了上文提出的伦理难题,即为了道德的目的,是否可以使用非道德的手段。为了解救穷人、实现社会主义,社会主义活动家筱田遭受到政府和资本家的陷害,但是筱田并没有选择采用非道德的手段来回击或者仅仅只是规避伤害,哪怕这样的伤害会危及自己的名誉或人身安全。筱田的伦理选择不仅使他的道德逐渐趋于成熟和完善,同时也明确了即使为了道德的目的,也不可以使用非道德手段的伦理启示。这也就是为什么说筱田是作者心目中最理想的革命者形象的原因了,因为筱田身上同时寄托着作者本人的革命理想和道德理想。

---

① [日]木下尚江:《火柱》,尤炳圻译,上海:上海译文出版社,1981年,第183页。
② 同上书,第18—19页。

四、基督教社会主义的伦理观

事实上,筱田这个人物形象出现在小说《火柱》中并不是偶然的。因为这部小说发表于日俄战争爆发的 1904 年。众所周知,日本在明治维新之后走上了资本主义的道路,而日本资本主义的迅猛发展是以对内残酷剥削和压榨工人、农民,对外侵略和掠夺中国、朝鲜等亚洲国家为前提的。随着日本资本主义的发展,日本的工人阶级也在发展。1888 年,日本全国的工人数量约有 13.6 万人,1899 年增至 142.6 万人,1909 年增至 244 万人。工人的工资极其低廉,劳动条件十分恶劣,生命安全也没有保障。明治时期以调查、研究日本劳动问题闻名的日本记者横山源之助(Gennosuke Yokoyama)所著《日本下层社会》(『日本之下層社会』,1899)一书有丰富的调查材料。在纺织部门,女工约占全体工人的 70%,比印度的比例还要高,每月工资约为 3.90 日元(1897 年左右),比印度还要低。矿山工人的工资,据农商省的材料,1902 年,男工每日 0.21 日元,女工每日 0.092 日元,童工只有 0.061 日元。许多农民被迫把自己的女儿以"契约"形式出卖到纺织厂,每日劳动 11 小时至 18 小时,日工资不过 0.14(1897 年数字)日元。晚间则被囚禁在宿舍。工人的生命安全毫无保障。片山潜举过一个例子:1899 年 6 月,九州煤矿发生事故,矿方只顾抢救设备,207 名矿工全部被烧死。另一方面,为了解决国内不断激化的社会矛盾,日本政府将中国和朝鲜作为殖民扩张的主要对象,日本的侵略扩张行径不仅给中国和朝鲜带来了深重的民族灾难,同时也损害了俄国在远东的利益,致使日、俄矛盾不断加剧。1903 年,日俄双方就重新瓜分中国东北和朝鲜进行谈判,然而谈判破裂。1904 年 2 月,日本断绝了与俄国的外交关系,并对俄国不宣而战,自此日俄战争爆发。所以,日俄战争是日本和俄国为争夺远东霸权而发生的一次帝国主义战争。

在这样的国内、国外背景之下,早期社会主义思想开始在日本传播,并于 1897 年首次爆发了日本近代工人运动。不仅如此,随着日本明治维新时期所实行的"文明开化"政策的推进,西方帝国主义国家的各派基督教传教士大批来到日本,虽然政府对此十分警惕,但是日本人民倒是感到新鲜,不仅拓展了视野,加深了对西方的了解,还从西洋教士的教义宣传中,体会到平等、博爱和自由的气息。所以,日本明治时期的早期社会主义思想家、活动家,不少人都信仰基督教或与教会有关。因此,日本的早期社会主义思想都具有基督教社会主义的特点。基督教社会主义,又称"僧侣社会主义",是一种给基督教禁欲主义涂上社会主义色彩的社会思潮。流行于19世纪三四十年代的英、法等国。主要代表人物有英国的神学家莫里斯、金斯莱和法国的神学家拉梅耐、毕舍等人。他们宣扬人类追求物质和肉体的欲望是罪恶和痛苦的根源。人们只有克制这种欲望,才能摆脱灾难,批评资本主义,认为"贱买贵卖""多取少予"违反了基督教的教义原则,鼓吹人类应该相亲相爱,不应自私和竞争。对工人的悲惨处境表示"同情"。把基督教说成是真正的社会主义学说,是被压迫者和穷人的福音。主张用劳工的选举权来代替革命斗争。实际上,基督教社会主义不过是披着宗教外衣的封建社会主义,是"僧侣用来使贵族的怨愤神圣化的圣水罢了"[①]。

的确,基督教社会主义与真正的社会主义学说相比还具有一定的局限性。首先,基督教社会主义限制了人类争取自由和幸福的权利。《火柱》中,筱田认为追求肉体的欲望是罪恶的。文中有多处都提到筱田为了革命事业至今仍是单身汉。例如,同胞新闻社的实习生对那些不明白《同胞新闻报》发行目的的报夫们说:"你们不了解主笔筱田先生的心意吗?先生他……先生他忍受着贫苦,忍受着迫害和侮辱,三十岁了还打着光棍儿,倡导着社会主义,难道睁着眼睛就看不见这种血和泪吗?"[②]报夫们聚集在一起哀叹世道不公时,筱田的姑母也说她最担心的就是筱田的人生大事,问他有没有找到对象,而筱田的回答是:"神就是我的妻子。神是我的父亲、母亲、妻子,是我的一切呀。"[③]对此,姑母提出了劝告:"不管你要做个多么了不起的人物,总不是个仙人嘛。就拿现在的事儿说吧,你在抽

---

① 皮纯协、徐理明、曹文光主编:《简明政治学辞典》,郑州:河南人民出版社,1986年,第588页。
② [日]木下尚江:《火柱》,尤炳圻译,上海:上海译文出版社,1981年,第12页。
③ 同上书,第160页。

身不得的百忙之中竟会忽然想念起我这样一个没有谈头的老婆子来,跑来看我,足见你那个神的妻子还有所不足吧。对不对,长二?不管你的学问有多么大,到底我是比你多活了几年呀!"①姑母的这一席话点醒了筱田,他终于意识到自己已经爱上了梅子。"不知从什么地方发出了像箭一样射进心里来的声音:'只为了爱你,你竟对于婉美的处女的血都不以为污秽了吗?'在他闭着的眼睛面前,他清楚地看到山木梅子对他嫣然一笑的美丽的形象。筱田对自己的心狂叱道:'长二,你这坏东西!'"②意识到自己爱上梅子后,筱田感到十分自责,一方面是因为他认为追求肉体的欲望是罪恶的,另一方面是由于他曾经在神前宣誓过,要为了地上苦难的同胞,做一只牺牲的羔羊。也就是说,是基督教社会主义使他不得不放弃掉个人的幸福,并认为追求它们是罪恶的。可见,基督教社会主义抑制了人类追求爱情和幸福的权利。

其次,基督教社会主义反对暴力革命。《火柱》中,信奉基督教社会主义的筱田尽管心中充满着对社会的不满和对统治阶级的仇恨,却都没有发动暴力革命推翻政权、惩治恶人的想法。并且,筱田无论是受到怀有不良居心的同事的构陷而被当作革命的背叛者,还是由于从事社会主义活动招致敌人的恨意,从而时刻面临着被拘捕的危险,也都没有产生报复之心,反而希望通过自己的牺牲来证明自己、感化对方。也就是说,筱田希望借助基督的博爱去感化对方,而不是用暴力革命的方式去实现社会的变革。因此,从根本上说,基督教社会主义与资本主义改良思想颇为相似。

但是,有一点需要注意的是,《火柱》中,除了社会主义活动家筱田信奉基督教之外,另一主人公山木梅子也信奉基督教,是基督教的博爱思想使梅子同情工人阶级的疾苦,为父亲压榨劳苦大众的膏血、贪图不义之财而感到不齿。并且,梅子的生母雪子也是一名基督教徒,她在世的时候山木十分老实本分地当官做事,夫妇俩每个周末都会去做礼拜。雪子死前

---

① [日]木下尚江:《火柱》,尤炳圻译,上海:上海译文出版社,1981年,第161页。
② 同上书,第168页。

握着山木的手叮咛说:"望你在日本的政治方面发扬基督的光荣,千万不要忘掉为上帝保持节操。"①山木那时候还回答说:"我决不会忘记,你安心吧。"②可是,雪子过世后,山木娶了现在的老婆寿子,走上了贪恋虚荣、压榨国民膏血的道路,"几年来脚就从不曾踏进过教会。不光这样,他还吃酒,玩弄妓女"③。

为什么山木在前妻在世时以及去世之后会发生如此大的转变呢？文学伦理学批评认为,人是一个斯芬克斯因子的存在。斯芬克斯因子由两部分组成:人性因子(human factor)和兽性因子(animal factor),这两种因子有机地组合在一起,构成一个完整的人。在人的身上,这两种因子缺一不可,正常情况下,人性因子控制着兽性因子,两者共处于一身。雪子在世时,山木在雪子的劝诫之下没有做坏事,此时他身上的人性因子控制着兽性因子。雪子去世后,山木再婚,在第二个妻子寿子的影响下,山木走上了不正之路,此时他身上的兽性因子占上风,对人性因子进行了反控制。并且,文学伦理学批评还认为:

> 在文学作品中,斯芬克斯因子在人身上分别以自然意志、自由意志以及理性意志的形式体现出来。自然意志主要是人的原欲即力比多(libido)的外在表现形式,自由意志是人的欲望(desire)的外在表现形式,理性意志是人的理性的外在表现形式。三种意志是斯芬克斯因子的不同表现形式。自然一直是最原始的接近兽性部分的意志,如性本能。自由意志是接近理性意志的部分,如对某种目的或要求的有意识的追求。理性意志是接近道德意志的部分,如判断和选择的善恶标准及道德规范。④

雪子在世时,山木身上的人性因子控制着兽性因子,说明山木的理性意志大于自由意志。雪子过世后,山木身上的兽性因子对人性因子进行

---

① [日]木下尚江:《火柱》,尤炳圻译,上海:上海译文出版社,1981年,第20页。
② 同上书,第21页。
③ 同上书,第19页。
④ 聂珍钊:《文学伦理学批评导论》,北京:北京大学出版社,2014年,第42页。

了反控制,说明他的理性意志弱化了,而自由意志却增强了。可见,雪子对山木具有增强理性意志的作用。而雪子是信仰基督教的,她在世的时候山木每个周末都陪他去教会,去世前雪子还劝诫丈夫山木要在日本的政治方面发扬基督的光荣,不要忘掉为上帝保持节操。后来,雪子去世,山木走上不正之路后,便不再去教会了。因此,小说中,信仰基督教的雪子代表着理性意志,它可以抑制住山木身上的兽性因子,使其从善。因此,基督教在小说中出现蕴含着这样的伦理价值,即它强调人不管在任何境遇中,都不能失去理性意志,否则就会出现兽性因子对人性因子进行反控制的局面,从而做出错误的伦理选择。

如此一来,便十分容易理解梅子为什么在刺伤松岛之后会感到愧对于神了。因为尽管梅子是为了维护自己的清白和爱情而刺伤松岛的,但是在刺伤松岛的那一刻,她近乎失去了理性意志,自由意志控制了自己的意识,而基督教正是人的理性意志的化身,所以梅子会感到愧对于神。相较于梅子,筱田不管是遭遇同事的不理解,还是敌人的迫害,自始至终都没有失去理性意志,因此他是木下尚江心目中最理想的革命者形象。

综上所述,"基督教"与"社会主义"这两个看似矛盾的概念同时出现在小说《火柱》中。尤其是小说的主要人物筱田长二,他既怀抱着反战、反资的思想以及社会改革的愿望,积极从事着日本早期社会主义运动,又是一名基督教徒。虽然小说赞美肯定的基督教思想是封建思想残余的表现,反映了作品的时代局限性,但是从文学伦理学批评的角度来看,小说中的基督教是具有一定伦理价值的,它在小说中支撑着人的理性意志,人可以通过理性意志控制自由意志。综上,小说通过基督教的象征意味强调人不管在任何境遇中,都不能失去理性意志,否则就会出现兽性因子对人性因子进行反控制的局面,从而做出错误的伦理选择。

第二节　小林多喜二《为党生活的人》的伦理悖论与伦理启示

小林多喜二(1903—1933)是20世纪30年代日本无产阶级的代表作

家,他以文学为武器,参与和支持了日本人民的解放事业。在其短暂的一生中,小林创作出了《蟹工船》(『蟹工船』,1929)、《防雪林》(『防雪林』,1928)、《一九二八年三月十五日》(『一九二八年三月十五日』,1928)、《不在地主》(『不在地主』,1929)等多部无产阶级文学作品。其中,《为党生活的人》是小林多喜二最具代表性的一部作品。小说描写了一名日本共产党的地下党员"安治"为了党的事业,牺牲个人生活,动员工人一起反对资本剥削、反对军国主义的奋斗经历。小说成功塑造了"安治"这样一个完完全全为党生活的主人公形象。但是,这部作品在日本文学批评界一直备受争议。一方面,著名的无产阶级作家兼评论家宫本百合子(Yuriko Miyamoto)曾这样评价过《为党生活的人》:"它是真正的布尔什维克式的革命作家细致再现无产阶级先锋战士生活的最早的作品。"①另一方面,日本评论家平野谦(Ken Hirano)在1946年发表的《政治和文学》(二)中写道:"请看小林多喜二的遗著《为党生活的人》,书中有一个叫笠原的女性,对她的描写,就是一种为了目的而不择手段、侮辱人的描写。小说中,笠原的个人尊严、自由受到了侵害,但是作者借着革命运动的名义,丝毫没有给予同情[……]这不单单是小林多喜二个人的弱点,而是涉及整个马克思主义文学艺术的一条病根。"②

那么,究竟该如何理解和评价主人公"安治"在处理私人关系时的行为呢?它是一种公而忘私的革命精神的体现,还是为了目的不择手段的非道德行为呢?从文学伦理学批评的视角来看,主人公在处理私人关系时的每一次行为都是一次伦理选择。评论界之所以会出现对"安治"行为的不同甚至截然相反的评价,是因为安治所面临的是两个道德选项的伦理选择,而且这两个道德选择相互对立,形成了伦理悖论,使安治在进行伦理选择时面临着伦理两难。例如,安治回家看望年迈的母亲,履行的是作为儿子的道德责任,从这个层面上来看,他回家看望母亲的行动是对的。但是从另一层面来看,他如果回家看望母亲,极有可能暴露行踪,从

---

① 宫本百合子:「同志小林の業績の評価によせて」,『宫本百合子·第十卷』,東京:新日本出版社,1980年,第128页。
② 曹志明:《日本战后文学史》,北京:人民出版社,2010年,第35页。

而影响革命工作的顺利开展,因此他回家看望母亲的行动是错误的。这就使得他面临伦理两难。还有,如果安治和笠原同居之后,经常在家陪伴笠原的话,确实是尽了男友的责任,因此他这样做是对的。但是如果他总是陪伴在笠原身边的话,就没有时间开展革命工作,影响革命工作的进展,因而他这样做是错的。"在文学伦理学批评的术语中,伦理选择具有两方面的意义。一方面,伦理选择指的是人的道德选择,即通过选择达到道德成熟和完善;另一方面,伦理选择指对两个或两个以上的道德选项的选择,选择不同则结果不同,因此不同选择有不同的伦理价值。"①既然安治面临的是两个相互对立的道德选项的选择,那么这两个道德选项就形成了伦理悖论,他无论做出怎么样的选择都会违背另外一个道德选项。所以我们无论怎样赞美或批判安治都是有失偏颇的。与其考察安治通过这次伦理选择是否实现了道德的成熟与完善,不如将重心放在考察"安治"所做出的伦理选择蕴含着怎样的伦理价值。本文试图运用文学伦理学批评的方法来分析和评价安治在伦理悖论之下所做出的伦理选择,考察其中所蕴含的伦理价值和伦理启示。

一、伦理环境的特殊性

小说以位于东京的仓田工厂为舞台。侵华战争爆发后,仓田工厂的军火任务骤然增加,招收了许多临时工人。日本共产党党员佐佐木安治等人用别人的履历应聘临时工潜入仓田工厂,秘密向工厂里的工人发传单,揭发资本家的剥削阴谋,宣传社会主义思想,动员工人参加罢工运动。同时,为了革命工作的安全,安治自从事革命工作以来一直没有回家。他的母亲因为担忧安治的安危,"长期夜里睡不好觉,弄得眼泡浮肿,眼囊下垂,两个腮帮子瘦削了下去,颈脖子又细又干,脑袋在脖子上战战兢兢地来回晃荡,乍看起来,简直叫人感到就要掉下来似的"②。安治的母亲对代替安治来看望她的同事说,她今年61了,一旦有病,说不定今天或者明

---

① 聂珍钊:《文学伦理学批评导论》,北京:北京大学出版社,2014年,第267页。
② [日]小林多喜二:《为党生活的人》,卞立强译,北京:人民文学出版社,1979年,第47页。

天就会死,在临死的时候,希望安治能回来一次。可是,安治听了须山的转述之后却说"就是那时候也不能回去"①。

还有,和安治一同潜入工厂的同事太田被捕之后叛变,安治不得不离开工厂转入地下,还必须搬离之前的住所,可为了躲避警察的追捕又不能公开出去找房子。于是,在不得已之下,安治向笠原提出了同居的请求。笠原是安治认识的一位女性朋友,她在一家小型商业公司工作,在一家商店的三楼独身租住。"她虽然对左翼运动抱有好感,但自己并不积极参加活动。"②对于安治来说,和笠原同居,不仅可以不用四处找房,以免被人注意,还有利于把革命工作切实地、长期地坚持下去。

可是,笠原听到安治提出同居的请求之后,"突然睁大着眼睛直瞪瞪地看着我……到底什么也没说就回去了"③。第二次和安治见面的时候,笠原同意了安治的同居请求。"她从来没有过那样毕恭毕敬地跪坐在我的面前。她紧缩肩头,两手放在膝头上,身子僵直着,那样子实在是拘谨极了。"④从笠原的紧张而谨慎的态度可以看出,她是出于对一个男人的爱慕才决定同居的,这给他们日后的同居生活埋下了隐患。

> 而跟我一块儿生活的笠原,看来是很难适应这样的生活。她有时还是很想跟我一块儿到外面走走,可是这根本办不到,她就显得有点烦躁不安了。再说她白天上完班回家来,我总是老早就出去了,跟我碰不到一起。因为我是白天在家里,只是利用晚上出去。所以连一块儿坐在屋子里的机会都很少。这样的状况继续了一两个月,眼看着笠原一天比一天不高兴起来。她似乎意识到这样下去不行,极力克制着自己,可是日子一长,就受不了了,朝我的身上发泄起来。一个完全不能过私人生活的人,跟一个有大部分私人生活的人生活在一起,确实是一件苦恼的事。⑤

---

① [日]小林多喜二:《为党生活的人》,卞立强译,北京:人民文学出版社,1979年,第50页。
② 同上书,第24页。
③ 同上书,第44页。
④ 同上。
⑤ 同上书,第80页。

从我们今天的伦理语境来看,安治对待年迈的母亲,没有履行赡养老人、为老人送终的伦理义务。对待笠原,安治与她同居之后一心只顾着革命工作,很少陪伴她,完全忽视了笠原的感情。日本评论家平野谦曾批评《为党生活的人》对笠原的描写,"是一种为了目的不择手段、侮辱人的描写[……]小说中,笠原的个人尊严、自由受到了侵害,但是作者借着革命运动的名义,丝毫没有给予同情"①。但是,聂珍钊认为:"不同历史时期的文学有其固定的属于特定历史的伦理环境和伦理语境,对文学的理解必须让文学回归属于它的伦理环境或伦理语境中去,这是理解文学的一个前提。"②也就是说,文学伦理学批评要求批评家在评价文学作品中的某个人物时,必须要进入文学的历史现场,结合作品特定的伦理环境去分析。如果把历史的文学放在其他的伦理环境或伦理语境中解读,就很有可能对文学作品产生误读。

1922年,日本共产党在日本政府宣布非法的情况下成立,此后至第二次世界大战结束,日本共产党一直处于非法的、地下的状态。为了打击左翼势力,日本警视厅设立了专门惩治思想犯的特别高等科(简称"特高")。从1923年至1929年,日本特高警察先后逮捕了近3000名共产党人,几乎将日本共产党的领袖一网打尽,使日本共产党的主力遭到了巨大打击。日共的总书记德田球一从1928年开始蒙受了18年的牢狱之灾,另一位领导人野坂参三为了躲避追捕只能远走他乡,逃到了中国。1925年,日本内阁颁布了《治安维持法》,取缔了一切集会结社的自由。规定"组织以变革国体或否认私有财产制度为目的的结社,或知情而加入者,处以10年以下的徒刑或禁锢"③。1928年6月,日本政府又以"紧急敕令"的名义,将上述规定修改为"组织以变革国体为目的的结社者、或该结社的干部及其他从事指导者任务的,处以死刑或无期徒刑,或者处以5年以上的徒刑或禁锢。知情而加入结社者或为实现结社的目的而行为者,

---

① 曹志明:《日本战后文学史》,北京:人民出版社,2010年,第35页。
② 聂珍钊:《文学伦理学批评导论》,北京:北京大学出版社,2014年,第256页。
③ [日]丸山真男:《日本的思想》,区建英、刘岳兵译,北京:生活·读书·新知三联书店,2009年,第34页。

处以 2 年以上的徒刑或禁锢"①。可见,在 1920—1930 年代的日本政治环境中,国民的思想自由、集会结社自由都受到了严重限制,从事革命活动是十分艰险的事情。《为党生活的人》中所描写的故事就发生在这一特殊的历史时期。身为共产党员的安治如果回家看望母亲的话,很可能会暴露自己的性质,不仅将有被处罚死刑或牢狱的危险,还会影响革命事业的进程。同样,安治如果总是待在家陪伴笠原的话,就没有充足的时间去开展工作,也会影响革命事业的进程。平野谦对《为党生活的人》的评价显然是没有结合小说伦理语境的解读,这样做不仅导致了误读,还严重忽视了小说所蕴含的伦理价值。

二、伦理悖论的产生与安治的伦理选择

文学伦理学批评认为:"由于社会身份指的是人在社会上拥有的身份,即一个人在社会上被认可或接受的身份,因此社会身份的性质是伦理的性质,社会身份也就是伦理身份。"②因此,共产党员也是一种伦理身份。1920—1930 年代,日本政府颁布了《治安维持法》,严令禁止一切左翼活动,不承认日本共产党的合法性。因此,身为日共党员,并秘密参与策划着工人运动的安治,为了保证革命工作的开展,只能过着隐姓埋名的生活。他进入仓田工厂当临时工借用的是别人的履历,否则就会暴露身份,遭到特高警察的逮捕。同样,回家看望母亲、出去租房子等行为在当时的政治环境下都是极具危险性的。轻率做出损害革命事业的行动是与共产党员的伦理身份相违背的。但是,安治有一位年迈的母亲,因此他除了共产党员这个伦理身份之外,还具有儿子的伦理身份。和笠原同居之后,安治又多了同居男友这个伦理身份。这些伦理身份均对安治进行着道德约束。

这样,安治在面对是否回家看望母亲以及是否陪伴笠原这两个伦理选择时,儿子与共产党员这两个伦理身份、男友与共产党员这两个伦理身

---

① [日]丸山真男:《日本的思想》,区建英、刘岳兵译,北京:生活·读书·新知三联书店,2009 年,第 34 页。
② 聂珍钊:《文学伦理学批评导论》,北京:北京大学出版社,2014 年,第 264 页。

份发生了矛盾冲突。例如,安治如果回家看望年迈的母亲的话,虽然尽了孝道,履行了作为儿子的道德责任,却引发了暴露行踪的风险,违背了作为共产党员的责任义务。如果不回家看望母亲的话,虽然保证了革命工作的顺利开展,履行了作为共产党员的道德责任,却违背了作为儿子应为母亲养老送终的责任义务。还有,安治如果经常陪伴笠原的话,虽然履行了同居男友的责任义务,但疏忽了革命工作的开展,违背了共产党员的道德规范。如果不经常陪伴笠原的话,虽然保证了革命工作的顺利开展,履行了作为共产党员的道德责任,却违背了作为同居男友的责任义务。并且,对于是否回家看望母亲以及是否陪伴笠原这两个伦理选择,安治无论如何选择都会违背其中一个伦理身份,因此,它们实际上均构成了伦理悖论。

"伦理悖论,是指在同一条件下相同的选择出现的两种在伦理上相互矛盾的结果。"①《为党生活的人》中,安治是否应当看望回家母亲这一命题就形成了伦理悖论。同样,安治是否应当陪伴女友笠原也是一个伦理悖论。"由于悖论导致的是两个相互对立的选择结果,因此悖论进入伦理选择的过程后即转变为伦理两难。"②"伦理两难由两个道德命题构成,如果选择者对它们各自单独地做出道德判断,每一个选择都是正确的,并且每一种选择都符合普遍道德原则。但是,一旦选择者在两者之间做出一项选择,就会导致另一项违背伦理,即违背普遍道德原则。"③在《为党生活的人》中,无论安治选择回家看望母亲还是不回家看望母亲,都会违背某一个伦理身份。无论安治选择陪伴还是不陪伴笠原,也都会违背其中一个伦理身份。

伦理悖论并不是文学伦理学批评独有的课题,而是人文学科研究领域中的世纪性难题。法国解构主义代表人物德里达曾在著作《死亡的礼物》中,透过对《圣经·创世纪》中亚伯拉罕遵从上帝之命将儿子以撒献为燔祭故事的解读,提出了绝对责任与伦理责任的悖论,即对上帝与儿子其

---

① 聂珍钊:《文学伦理学批评导论》,北京:北京大学出版社,2014年,第254页。
② 同上书,第255页。
③ 同上书,第262页。

责任不能两全的问题。亚伯拉罕作为信徒为了履行忠实于上帝的义务必须放弃爱自己的儿子这一伦理责任,在绝对责任和伦理责任之间,他必须做出二者择一的决断而以牺牲对另一方的责任为代价。德里达通过这个悖论强调了牺牲的不可避免性。

不过,聂珍钊在《文学伦理学批评导论》中指出:"伦理悖论是一种价值判断而不是逻辑推理[……]逻辑悖论是绝对的,无法解决的,而伦理悖论不是绝对的,无论结果怎样,往往最终都得到了解决[……]在文学作品中,由于悖论是可以解决的,无论解决的结果如何,都能给读者带来有益的思考和道德启示。正是因为这一特点,文学作品中的悖论才具有伦理价值。"①所以,在解读文学作品时,重点不是分析伦理悖论是如何产生的,而是人物在伦理悖论中做出了怎样的伦理选择,其中又蕴含着什么样的道德启示。

《为党生活的人》中,共产党员安治在处理与母亲、同居女友笠原的关系时遭遇了伦理悖论,陷入伦理两难之中。无论他做出何种选择,都会违背某一项道德原则。通过安治的伦理选择,读者可以得到革命者如果处于两难境地,应当以革命事业为先,恪守党员道德规范的伦理启示。

三、革命伦理关系的建构

小说《为党生活的人》不仅描写了安治在处于由伦理悖论引起的伦理两难之时,做出了以革命事业为先,恪守共产党员道德原则和规范的伦理选择,还描写了他在伦理两难的境地之中,努力与母亲、笠原建立革命伦理关系的过程。

小说中,安治委托同事须山转告母亲,"是有钱人的走狗——警察不让我回家;所以不应该恨我,而要痛恨这个是非颠倒的社会"②。还有,安治"一再嘱咐须山,要他反复给母亲讲清楚,我不能给她养老送终,那也完全是统治阶级造成的"③。事实上,安治从须山那里得知母亲对他思念成

---

① 聂珍钊:《文学伦理学批评导论》,北京:北京大学出版社,2014年,第254—256页。
② [日]小林多喜二:《为党生活的人》,卞立强译,北京:人民文学出版社,1979年,第49页。
③ 同上书,第50页。

疾,想在临死前能见儿子安治一面时,想到母亲说这些话的心情,心里也感到很难受,他并不是没有想到这对母亲是残酷的。但是,安治觉得"与其含含糊糊,还不如让母亲明确地知道,反倒会产生一种抵抗的力量"①。"应当让母亲通过这一切的事实,对统治阶级终生感到仇恨(事实上母亲的一生确实是这样)。"②可见,安治虽然拒绝了母亲要求他回家的请求,背弃了看望父母的伦理道德。但是,他努力想让母亲认识到自己无法回家看望父母并不是他不想履行孝道,而是统治阶级的罪恶行径让他无法做到。实际上这便是一个与母亲建立革命伦理关系的过程。

还有,安治在和笠原同居的时候,曾多次尝试说服笠原参加革命工作。小说中写道:"为了缩短我们之间的距离,我曾经想过也让笠原参加我们的工作,而且也试着这么做了好几次。"③笠原去咖啡馆工作之后,安治担心笠原因为没有经历革命工作的锻炼,会受到周围环境的影响而堕落下去。一有机会就给笠原送去各种书籍,和她谈各种事情。当笠原回家后抱怨工作劳累、手脚酸疼的时候,安治便和她说纺织厂女工的辛苦,还启发笠原"不要把这种工作的痛苦,仅仅看成是自己个人的痛苦;而应该联想到这是强加在整个无产阶级身上的痛苦"④。

从这些细节描写可以看出,安治试图改造母亲和笠原的思想,培养他们的阶级观念和革命意识。方维保在《红色意义的生成——20世纪中国左翼文学研究》中指出,为了消除伦理普遍意义对于革命的阻碍,革命文学试图通过解构传统的宗法制家族权力关系,重构一个在阶级名义之下与这样的家族权力同构的权力关系⑤。在安治和母亲的关系中,安治明确告诉母亲自己不能为她养老送终,并且反复跟母亲说自己不能回家完全是由统治阶级造成的。其目的就是希望母亲能产生阶级意识,仇恨统

---

① [日]小林多喜二:《为党生活的人》,卞立强译,北京:人民文学出版社,1979年,第50页。
② 同上。
③ 同上书,第80页。
④ 同上书,第98页。
⑤ 参见方维保:《红色意义的生成——20世纪中国左翼文学研究》,合肥:安徽教育出版社,2004年,第202页。

治阶级,与安治结成革命母子关系。同样,安治对笠原的思想改造其目的也是为了与她建立起革命同志的关系,他希望笠原不仅是自己的同居女友,更是自己的革命事业伙伴。

小说后半部分,安治在须山的劝说之下,终于和母亲约好在外面见一面。然而,在谈话过程中,母亲显得有些心神不定,担心在见面的时候安治会被警察抓走。还说自己毕竟是六十岁的人了,说不定明天就会死,安治要是得到她死的消息,恐怕说不定会跑回家来一下,这样做是很危险的,因此决心不让安治知道她死的消息。走出饭馆的时候,母亲又突然担心地说:"你那个肩膀就是有毛病。[……]认识你的人,从背后也能一下子认出你。你得把摇着肩膀走路的毛病改掉才好。"①母亲的言语和举动表明她逐渐克服了希望儿子能为自己养老送终的私情,选择支持和帮助儿子开展革命工作,与安治结成了革命母子关系。

但是,在对笠原进行思想改造的过程中,安治发觉笠原不是适合做革命工作的人。"她是一个感情脆弱、缺乏毅力的女人[……]她自己没有从这儿摆脱出来的勇气和愿望。我想帮着她这么做,她就是不跟着来。"②笠原搬进咖啡馆之后,安治担心那里的生活会慢慢渗透到笠原的心里去,所以一有机会就给笠原送去各种书籍,和她谈各种事情,然而,安治发现,"她对各种事物比以前更加不起劲了,遇事都不愿多动脑筋了。"③事实上,在笠原这个人物刚出场时,就暗示了她身上所带有的小资产阶级的气息。她"在一家小商业公司里做事,租了一家商店的三楼独身居住"④。"她一天的大半时间,在打字员这样一种脱离工人生活的工作上消磨掉了。"⑤安治的母亲是农民,与工人有着相同的阶级意识,而笠原过的是"白领"的生活,具有小资产阶级的思想局限性,因此她与安治之间存在着阶级差异。这种阶级差异使安治和笠原无法建立起革命伦理关系,也就

---

① [日]小林多喜二:《为党生活的人》,卞立强译,北京:人民文学出版社,1979年,第53页。
② 同上书,第80页。
③ 同上书,第100页。
④ 同上书,第24页。
⑤ 同上书,第80页。

必然会导致同居生活的解体。

  这样,安治与母亲、笠原建立革命伦理关系的努力,前者成功了,后者失败了。小说通过安治与母亲、笠原建立革命伦理关系的叙事,阐发和表达了建构革命伦理关系的必要性。除了描写安治与母亲的关系之外,小说还着重描述了女共产党员伊藤和母亲的关系。以前,伊藤经济状况发生困难,托人上母亲那儿要生活费时,母亲总是说不回家就不给钱。后来,母亲看到女儿在警察局多次受刑拷打,遍体都是青紫的伤斑,气愤地说:"只不过为穷人干点事,就把一个无罪的姑娘打成这个样子。这肯定是警察方面不好。"①打那次以后,伊藤托人来要生活费时要两块给四块,要五块给八块,还叮嘱说:"不要惦记家。"②可见,伊藤的母亲已经认识到统治阶级的罪恶,具备了阶级意识。她与伊藤之间建立起了革命母子关系,在这样的伦理关系之中,革命的道德准则成为终极的善,革命伦理挣脱出传统和世俗伦理的羁绊成为他们的终极价值追求。

  还有,安治和须山聊到伊藤的结婚对象时,安治心里想:"我把我们周围的同志都想了一遍,感到能配得上伊藤、和她一起生活的也确实不多。如果真是她看得上的对象,那一定是一个很优秀的同志;这么两个人生活在一起,互相帮助,为党工作,那该是多么理想啊!"③小说的最后,安治和笠原渐行渐远,伊藤送给安治一件衬衫,说:"最近你的衬衫这么脏,那些家伙好像很注意这些地方啊!"④安治心里想道:"我忽然意识到自己把伊藤和笠原对比起来。她们同样都是女人,可是我从来没有想过要把她们比较一下。现在跟伊藤一比,我才感到笠原离我是多么远啊!——我已经十来天没有上笠原那儿去了……"⑤可见,安治的理想感情模式是两个人拥有共同的革命志向,一起为党工作,一起生活。这样的两个人建立起来的是"革命恋爱关系",他们在做伦理选择的时候,也同样可以挣脱出传

---

① [日]小林多喜二:《为党生活的人》,卞立强译,北京:人民文学出版社,1979年,第35页。
② 同上。
③ 同上书,第77页。
④ 同上书,第114页。
⑤ 同上。

统和世俗伦理的羁绊,将革命伦理作为终极价值追求。

方维保认为:"革命意识形态通过文学话语消除的是传统的家庭(家族)伦理,消除这样的伦理普遍意义对于革命的阻碍;并通过话语体系的重建,清洗了旧的伦理价值,将它留下的空白填之以革命的伦理法则。"① 小说《为党生活的人》中,安治在处于伦理两难的境地之时,努力试图与母亲、笠原建立革命伦理关系的行为,既是一种伦理选择,也可以看作是以建立革命伦理关系的方式对其所处的两难境地的一种超越和解围。

综上所述,伦理悖论包含着两个相互矛盾的道德命题,无论人物做出怎样的选择,都会触犯其中一个。因而伦理悖论具有牺牲的不可避免性。在文学作品中,伦理悖论的出现使主人公陷入伦理两难,营造出强烈的戏剧冲突。不过,伦理悖论不是绝对的,在文学作品中,不论结果好坏,最终都得到了解决。而作品的伦理启示就蕴含在伦理悖论被解决的方式和结果之中。小林多喜二的小说《为党生活的人》中,安治是否应当回家看望母亲,以及是否应当陪伴女友笠原的命题,在小说所设定的伦理环境和伦理身份的约束之下,均构成了伦理悖论。首先,安治生活在一个特殊的伦理环境之下,20 世纪 30 年代,日本政府中的法西斯军国主义势力抬头,颁布了《治安维持法》,严厉禁止一切革命活动,逮捕了大批左翼人士。其次,安治在与母亲的关系中,儿子和共产党员的伦理身份均对他进行着道德约束。同样,在与笠原的关系中,同居男友和共产党员的伦理身份也均对他进行着道德约束。因此,共产党员安治在处理与母亲、同居女友笠原的关系时遭遇了伦理悖论,陷入伦理两难之中,无论他做出何种选择,都会违背其中一个伦理身份。但是,安治在面临着两难困境之时,坚定地做出了以革命事业为先,恪守共产党员道德规范的伦理选择。并且,还试图以同母亲、笠原建立革命伦理关系的方式来实现对伦理悖论的超越和解围。小说通过安治的伦理选择表达了革命者应与家人建构革命伦理关系,以革命伦理为最高道德准则的伦理启示。虽然在我们今天看来安治

---

① 方维保:《红色意义的生成——20 世纪中国左翼文学研究》,合肥:安徽教育出版社,2004 年,第 202 页。

的选择会引起很多争议，但是在当时的伦理语境之下，他的选择体现出了一名共产党员坚定的革命信仰和顽强的革命精神。

本章小结

本章围绕着"日本左翼文学的伦理身份和文学转向"展开研究，并以木下尚江、小林多喜二的文学作品为例，研究日本战前左翼文学中普遍出现的伦理命题。选择这两位作家是基于这两位作家在不同时代所代表的日本战前左翼文学的特殊性。木下尚江作为早期日本社会主义文学的创作者，为科学社会主义思想在日本的传播以及日本社会主义文学的发展奠定了基础。小林多喜二是20世纪30年代日本最杰出的无产阶级文学者，其作品在日本现代文学史中占有重要地位。可以说，木下尚江和小林多喜二分别是日本早期社会主义文学和日本无产阶级文学的代表作家。

日本左翼文学创作的转向与他们青年时期形成的马克思主义阶级意识和平民意识、作品整体印象上模糊的革命意识、社会主义理想、共产主义憧憬和反战意识有关。而恰恰正是这些意识构成了日本左翼作家模糊而不稳定的伦理身份和伦理追求。在日本这样一个以天皇为中心的君主立宪制社会环境里，日本左翼文学的作家们既是革命青年、马克思主义的追随者、社会主义革命的参加者、新思潮新文化的倡导者和实践者，同时还身兼国民、孝子、斗士、武士、军人、文人、学者、恋人、丈夫、父亲、战友等等多重的伦理身份。这使得他们对自己的伦理身份产生了若即若离、非彼非此的彷徨和犹豫的倾向。这些都或多或少地直接在他们的文学作品中表现和反映出来。从木下尚江的《火柱》到小林多喜二《为党生活的人》都彰显了左翼转向作家社会伦理身份转换与矛盾的突出问题，而这在相当程度上形成了战前左翼文学的内在机制和特色。本章通过援引文学伦理学批评研究方法，对上述两位作家作品进行文本细读，为日本战前左翼文学的研究提供参考。

在分析木下尚江的作品《火柱》时，紧紧抓住伦理身份这一核心术语，阐释作品主人公在何种伦理身份的前提下，做出的伦理选择，也正因为伦理选择改变了现有的伦理身份，引发了伦理混乱。诸如作品中女主人公梅子为了维护自身的清白，挖掉了试图对她行不轨之举的松岛的一只眼睛。事后梅子感到十分自责，觉得自己变成了恶魔。这是因为她的行为违背了作为基督教徒的伦理身份，从而使她陷入了伦理混乱。另一方面，男主人公筱田面对来自敌方或同事的恶意设计和陷害，没有选择采取不道德的手段报复或回击对方，而是选择以善良、道德的方式去表白自己、感化对方。从文学伦理学批评的角度来看，基督教思想实际上在小说中支撑着人的理性意志，它强调人不管在任何境遇中，都不能失去理性意志，否则就会出现兽性因子对人性因子进行反控制的局面，从而做出错误的伦理选择。"基督教"与"社会主义"这两个看似矛盾的概念同时出现在小说《火柱》中，虽然使作品被打上了鲜明的时代烙印，并暴露出了早期日本社会主义的局限性，但通过对《火柱》的伦理分析，我们发现其中也蕴含着一定的伦理启示意义。

在小林多喜二的《为党生活的人》中，主人公安治陷入了是否应当回家看望母亲，以及是否应当陪伴女友笠原的伦理两难之中，它们在小说所设定的伦理环境和伦理身份的约束之下，均构成了伦理悖论。但是，小说并没有描写安治的痛苦和无奈，也没有描写他的踌躇和徘徊。因此，小说的主旨并不在于表现伦理悖论之下牺牲的不可避免性，而是试图通过安治对伦理悖论的解决来发出伦理启示。安治在面临是否回家看望母亲、是否陪伴女友这些伦理两难的处境之时，选择了不回家看望母亲、不陪伴女友，体现出了他对革命事业的坚定信仰和顽强守卫。虽然在我们今天看来安治的选择会引起很多争议，但是在当时的伦理语境之下，他的选择体现出了一名共产党员坚定的革命信仰和顽强的革命精神。

日本左翼文学的伦理冲突研究并不仅仅限于对上述两位作家的研究。日本战前左翼文学，不仅有木下尚江、小林多喜二等作家，也有诸如青野季吉（Suekichi Aono）、黑岛传治（Denji Kuroshima）、叶山嘉树（Yoshiki Hayama）、岛木健作（Kensaku Shimagi）等作家，他们的创作继承了日本左翼文学的创作传统，对日本左翼文学的发展起到了重要的作用，这些作家作品中所涉及的伦理问题仍需进一步研究和挖掘。同时，第二次世界大战以后，以宫本百合子、中野重治（Shigeharu Nakano）为代表的战后左翼作家引起了世界的广泛关注，民主主义文学在第二次世界大战结束以来异军突起，宫本百合子、壶井荣（Sakae Tsuboi）、佐多稻子（Ineko Sata）等通过创作呼吁民主自由、女性解放，揭露战争罪行，获得巨大突破。此外，霜多正次（Seiji Shimota）、高桥和巳（Kadsumi Takahashi）、大江健三郎（Kenzaburo Oe）等左翼作家也获得关注，他们以多元的视角与创新的文学表现形式构建了日本战后左翼文学的独特风景，对当下日本的种种社会问题给予了深刻揭露，这些作品大量涉及了现代社会的伦理问题，均有待我们进一步运用文学伦理学批评去阐释和研究。

第九章

谷崎润一郎短篇小说的伦理解读

　　日本作家谷崎润一郎在其短篇小说创作中虽然始终坚持唯美主义的文学主张,但是其塑造的人物形象却没有摆脱伦理道德的约束。他们以其特定的伦理身份在其特定的伦理环境中生动展示了艺术与道德的种种冲突与矛盾。一方面,作品中人物在自由意志的驱使下,漠视各种伦理禁忌,极力彰显其兽性因子,追求强烈的官能刺激,表达自我愚虐的快感和变态的肉欲享受,表现出浓厚的颓废气息和恶魔倾向。另一方面,作品中的人物在理性意志的驱动下,恢复其人性因子,以善恶为标准约束或指导自由意志,对其为所欲为的言行举止进行深入的反思。这样一来,谷崎力求以唯美理念来塑造的艺术形象在其创作实践中却无法摒弃伦理道德原则,其笔下的人物也会在极度痛苦与焦虑中承载和展现作为人所具有的道德重荷。当人物伦理身份发生转变，面临生与死的伦理选择时，他们通常会以一种歇斯底里的行为方式和一种撕心裂肺的情感体验，来传达内心的苦闷与绝望，并在情感宣泄之后义无反顾地选择死亡或者一种背德者的生存方式。这种嗜美成恶的艺术表现方式不仅成为谷崎艺术思想的独特呈现方式，而且还传递了文学的道德教诲功能。所有这些充分说明了谷崎"为艺术而艺术"的文学主张应该回归到伦理的艺术轨道之上，只有如此，其笔下的人物才是一个个富有生命的人，而不是被任意图解和断裂的人。本章将结合《麒麟》《异端者的悲哀》《春琴抄》《途上》等作品，对谷崎短篇小说展开伦理解读，阐述其作品中的道德内涵，阐释其笔下人物恶行背后的道德教诲，从中发现其艺术主张与其艺术实践的不一致性。

第一节 谷崎短篇小说的伦理内涵

谷崎立足于"为艺术而艺术"的文学理念，以追求自由为其文学创作的主旋律，通过对女性之美的呈现来书写人性的真实，表达作者对美的礼赞和崇拜之意。事实上，谷崎在其短篇小说的创作实践中无法脱离社会伦理道德的制约，小说中人物复杂的伦理关系使其作品含有更加丰富的伦理内涵。在谷崎看来，一切美的东西都是强者，丑的东西都是弱者。文艺世界中的美可以通过多种多样的形式表现出来，既可以是一种优雅和高贵的姿态，也可以是一种颓废和怪异的形态。他认为："说起行为上的恶趣，可谓驳杂繁多，林林总总，但最能吸引和震撼我的当属那种惨烈的行为和凄惨的场面。诚如开篇所述，那种惨烈残酷的行为与场景所带出来的恶浊氛围，对我来说，培育了一种美好难尽的幻想。"[①]然而，这种怪诞艺术描写离不开作者的艺术激情和高超技巧。因为"绝妙的艺术世界里，如果抛开思想深度的问题，总会以某种形式不经意中扣人心弦，有一种震撼人心的张力。这种力量比起任何思想和理论的力度都要深切，更为直接地铭感肺腑，传递神韵。这也正是艺术的难能可贵的地方"。因

---

① 谷崎潤一郎：『谷崎潤一郎全集』（第二十二卷），東京：中央公論社，1974年，第68頁。

此,"文学作品如果没有充溢艺术激情,不管它是鸿篇巨制也好,无论其架构气势如何宏大,断然不能说它是杰作"。① 为此,谷崎在其文学中时常以丰富的想象来虚构荒诞离奇的故事情节,在丑恶、颓废的艺术世界中寻求美,彰显美和礼赞美。在他的文学世界里,谷崎以女性官能享受代替情感判断,以激情书写代替理性审视,试图将社会道德与伦理规范尽可能地排除在他精心营造的艺术世界之外。然而,任何文学创作都不可能摆脱现实社会,因为一切文学创作都源于现实生活。如此一来,文学创作也就无法脱离伦理道德的影响,在文学世界中也就无法找到任何可以超越道德的文学作品。更何况,"文学的产生是有目的性的,这个目的就是教诲。文学伦理学批评认为,文学的基本功能就是教诲功能。文学的教诲是读者在阅读文学的审美过程中实现的"②。因此,谷崎在文学创作中虽然竭力摆脱伦理道德的羁绊,立足于唯美理念,但在其文学作品中却清楚地表现出伦理意识,具有教诲性,形成了一种游走在艺术与道德之间的文学现象,构成其文学独特的思想张力。

一、在艺术与伦理中游走

作为一位主张艺术至上的文学家,谷崎非常注重文学创作的非功利性。他认为艺术应该脱离现实而存在,艺术家不能将世俗的伦理道德观念渗入其文学之中,艺术的精髓在于传递一种没有道德色彩的美,这种美仅存在于非功利的感性世界之中。因此,艺术的真谛并不是某种思想或者精神的传达,它仅是感性世界的真实呈现。纵观谷崎文学创作,从《刺青》(1910)到《疯癫老人的日记》(1961),从《麒麟》(1910)到《钥匙》(1956),谷崎在其文学创作中非常推崇艺术创作的纯粹性,可以说,实践不涉及道德的纯美理想是其小说创作的重要主题。与同时期具有唯美倾向的永井荷风不同,谷崎将这种文学创作的无功利性推向了极致。他推崇以享乐主义为核心的艺术至上论,沉溺并局限在通过女性的肉体书写

---

① 谷崎潤一郎:『谷崎潤一郎全集』(第二十卷),東京:中央公論社,1974年,第39頁。
② 聂珍钊:《文学伦理学批评导论》,北京:北京大学出版社,2014年,第14页。

来发现和挖掘美。可是,谷崎笔下的"美"不是一种理性之美,而是建立在诸如性欲、施虐、变态、幻觉与想象等基础之上的感性描写。因此,谷崎所倡导的艺术之"美"是以一种充满活力的病态形式所呈现出来的一种强烈而奇异的官能刺激。

为了艺术性地表达这种官能刺激,谷崎在其小说中善于刻画恶魔型女性形象,这种类型的女性并非因相貌出众而受到男性的追捧,而是因其妖艳、妩媚备受他们的青睐。譬如,《麒麟》中的南子夫人,《杀艳》(1918)中的阿艳,等等。她们以其独有的感官之美征服男性,使其在近乎变态的施虐或受虐中获得生理的快感,进而赢得男性如痴如醉的跪拜和礼赞。这种从荒诞、怪异的世界出发,追求美与丑的价值颠倒,从丑中求其美,从赞美罪恶中来肯定善良,以自我和人性的解放为基调,展现对女性美和官能美的绝对忠实,成为谷崎文学的一大特点。因而,谷崎所倡导的"美"不是一种合乎常理的"美",而是一种恶魔式的"美"。这种"美"以展现女性肉感和病态欲望为基础,在彻底的感官享乐中摒弃任何精神,放弃任何道德,让人物在官能的享受中体验"美"的存在。谷崎在此向众人开创了一个别样的艺术世界。在这里,思想没有存在的理由和价值,因为"无论多么高尚的思想也是看不见、感受不到的,思想中理应不存在美的东西"①。正如桥本芳一郎在《谷崎润一郎的文学》中写道:"就谷崎润一郎文学而言,学界少有异论。无论人生还是艺术,谷崎都持美的至上主张,完全优越于人类、社会和道德,他以美的宗教作为其根本信念,将女性肉体视为美的极致呈现于他的文学之中,将沉湎于官能之美视为人类存在的姿态加以讴歌,这几乎就是他文学创作的动机。"②因此,谷崎文学具有颓废性、恶魔性和异常性的特点。

恋物癖是指在强烈的性欲望驱使下,收集异性使用的物品或钟情异性身体的某一部位。通过凝视、接触异性物品或身体来刺激官能享受,从中获得性欲望的满足。恋物癖患者往往无视道德和伦理的约束,以满足

---

① 谷崎潤一郎:『谷崎潤一郎全集』(第四卷),東京:中央公論社,1972年,第430頁。
② 橋本芳一郎:『谷崎潤一郎の文学』,東京:桜楓社,1972年,第132頁。

个体欲望为初衷。谷崎的小说随处充盈着有关恋物癖的描写。《刺青》中清吉对年轻女子之脚的迷恋、《富美子的脚》(1919)中塚越老人对富美子之脚的痴迷、《疯癫老人的日记》中卯目督助对飒子之脚的跪拜以及《恶魔》中佐伯对照子所使用的手帕的垂青等，都充分体现谷崎文学具有浓郁的官能性和颓废性。在这里，美所呈现出来的世界似乎与世俗的伦理道德无关，美存在于官能的刺激之中，存在于施虐或受虐的享乐之中，存在于幻美的想象之中。谷崎笔下的美食、美人、美景和美物，不仅是一种美的存在方式，更是人们摆脱世间伦理道德约束之后，艺术体验与想象的结果。《金色之死》(1914)中的冈村、《被弃之前》(1914)中的幸吉、《饶太郎》(1914)中的饶太郎、《杀艳》(1915)中的庄太、《病蓐的幻想》中的他、《人鱼的叹息》(1917)中的孟世涛、《异端者的悲哀》(1917)中的章三郎、《褴褛之光》(1918)中青年人 A、《两个幼儿》(1918)中的千手丸、《鹤唳》(1921)中的靖之助、《春琴抄》(1933)中的佐助等，这些男性主人公都有一个鲜明的特征，这便是通过对女性官能之美的感受，在一种诡异的情绪中寻求一种微妙而又细腻的幻想之美。虽然这是一种脱离实际的虚幻之美，但正是这种具有强烈主观情绪的梦幻般的虚构世界，充分体现了谷崎对美的理解和叙说。所以说谷崎文学创作中出现的恶魔型女性是作者反抗封建伦理道德的体现，因为传统的伦理道德是对人性的一种禁锢，尤其是对性与爱的一种压抑。谷崎以女性官能的书写和近乎病态的行径来抵抗和抨击一切束缚人性的道德观念，寄予了他对艺术之美的憧憬之情和追求之意。谷崎所描述的这种艺术世界是以女性肉体为描写对象，在极具官能性的描绘中，通过施虐与受虐，表达作者对传统伦理的极度不满，以求在罪恶的世界中获得心灵深处的解脱，并以一种离经叛道的方式寻找个体存在的价值。

然而，任何文学创作都无法摆脱伦理道德的影响，也就是说只要有文学创作就会与伦理道德有着不同程度的联系。在文以载道者看来，文学艺术的使命在于向人们传达某种道德；而在唯美主义者眼中，文学艺术则没有任何功利性，它是独立存在的自在体，与伦理道德无关。事实上，无论是文以载道者还是唯美主义者本身都没有否认文学艺术与伦理道德的关系,只不过两者采取了较为极端的形式来处理这个问题而已。就谷崎而言,虽然他极力主张文学艺术的无功利性,强调文学艺术就是一种无目的的存在,反对任何形式的道德说教,但是在其文学创作中仍旧摆脱不了世俗伦理道德的影响,道德观念与伦理意识总会以各种方式,如家庭伦理、社会伦理形式出现在他的文学作品之中。对此,谷崎在《为人父亲》(1916)中结合自身的创作体验,总结了艺术与现实人生之间的关系。"对我来说,第一是艺术,第二是生活。最初尽可能使生活与艺术一致,或者努力试图让生活隶属于艺术。我写《刺青》《被弃之前》《饶太郎》的时候,这似乎是可能的。或者至少在某种程度上,我极其秘密地实现了我的病态的官能生活。[……]比起生活来,艺术更优先。只是今天,这两者存在轻重之差,一时难以完全分割。我的心思考艺术的时候,我憧憬恶魔的美。我的眼反观生活的时候,我受到人道警钟的威胁。"①由此可见,谷崎虽然一心向往艺术的非功利性,并试图潜心于自我营造的艺术世界,从中摆脱世俗篱樊的束缚,在充满幻想和病态的艺术中书写自我的真实存在。然而,文学艺术的社会本质决定了它不可能脱离社会现实而独立存在,因而,作家不可能逾越现实生活而进行文学创作,因为生活是艺术创作的本源,那些试图脱离现实生活的艺术创作既不符合作家创作的实际情况,更不符合艺术创作的规律。即便是那些提倡"为艺术而艺术"的唯美主义者,他们对文学与道德论述也是矛盾的。

二、在伦理叙述中达意

虽然谷崎小说具有浓郁的恶魔气息,充斥着病态而又畸形的享乐情绪,但字里行间依旧流淌着现实生活的余韵。正如日本多位谷崎研究者所言,谷崎文学体现的颓废、病态,甚至畸形的性倒错等非现实性因素都是一种表层现象,其实质不过是作家通过这种与众不同的表现方式来抒发自我的人生体验和对现实社会种种不合理性的反思。谷崎文学其实具

---

① 谷崎潤一郎:『谷崎潤一郎全集』(第二十二卷),東京:中央公論社,1974年,第28—29頁。

有内在的矛盾性。一方面它极力推崇美,通过对偏执之美的书写强调艺术高于生活;另一方面这种恶魔之美的呈现背后又留有世俗伦理道德的影子。作品中诸如父与子、母与子、兄与妹、兄与弟、夫与妻等家庭伦理的书写,以及师生之间、朋友之间、同事之间等社会伦理的描述,这些都表现出较为浓厚的社会现实性。伦理身份不仅制约着人物之间对美的追求程度,而且影响着他们对美的实现方式。

文学伦理学批评认为人之所以为人在于其具有理性意志,能够有效控制自由意志,使人在面对伦理问题时,可以进行相应的伦理选择。文学作品正是借助艺术的魅力来呈现理性意志与自由意志的交锋情景,促使人物进行伦理选择,进而表达其道德与伦理的教诲功能。因此,"文学伦理学批评不仅从人的本质的立场理解伦理选择,而且认为伦理选择是文学作品的核心构成。文学作品中只要有人物存在,就必然面临伦理选择的问题"①。对于提倡文学就是人学的谷崎来说,其创作的文学作品理所当然也就会出现一系列的伦理问题。其中,谷崎唯一一部自称其自传性作品的《异端者的悲哀》就是典型。关于这部作品,谷崎在其散文《异端者的悲哀·前言》中写道:"据他们的看法,在这篇小说的背后,流淌着一种我的笔尖自然流露的情绪,一种相当罕见的昭然若揭的道德操行。而且,篇中所到之处父子的冲突都相当露骨,作者毫不吝惜地进行了刻画。父子之间相互辱骂,言辞简直不堪入耳,这种场景的叙述,似乎让人隐约感到过于尖刻了点。因此,总体上来说,这是一部于世道人心颇有裨益的作品。"②由此可见,该小说的确具有浓厚的伦理意识和文学教诲功能。

在这里,谷崎通过塑造主人公章三郎的形象来演绎理性意志与自由意志、兽性因子与人性因子等一系列伦理问题。自以为拥有艺术才华的章三郎出身于一个穷困潦倒的家庭。由于不满眼前的困境,他时常会沉醉于自我幻想的世界之中。然而,其孤僻与高傲性格使得章三郎不仅对现实生活抱怨不已,而且还与它格格不入。在处理朋友问题上,"他从来

---

① 聂珍钊:《文学伦理学批评导论》,北京:北京大学出版社,2014年,第267页。
② 谷崎潤一郎:『谷崎潤一郎全集』(第二十三卷),東京:中央公論社,1974年,第22頁。

就不觉得有必要对朋友真心交往"。一旦与铃木、Q、S等朋友见面,他总是表现出一副高高在上,不可一世的样子。因此,"章三郎对世上之人——朋友,不可能产生更深的情分",因为"他不但完全欠缺亲切、博爱、孝敬、友情这些道德上的情操,甚至连感受这些情操的他人的心理也无法理解"①。在处理家庭问题上,他更是不顾家庭伦理的禁忌,不断上演与家人的伦理冲突。面对妹妹,身为兄长的章三郎从未遵从兄妹之间应有的骨肉之情,"对妹妹的疾病一次也没有表达过作为兄长的关怀",甚至诅咒妹妹"说不定今晚就会死掉";②面对父母,身为长子的章三郎也从不遵循父母与儿子之间的伦理,时常与他们就琐碎之事争论得面红耳赤,甚至恶言相向,武力相逼。然而,"尽管如此,章三郎也从未打算认错道歉"③。尽管现实生活中的章三郎无视世俗伦理与道德对其言行举止的约束,任其自由意志的驱使,孤芳自傲,我行我素,极力表现出背德者的一面。可是一旦耽于幻想,他就会不由自主地对现实中那个为所欲为的章三郎进行强烈的道德批判和严厉的良心谴责。譬如,在处理唱片机事件时,现实中的章三郎完全不顾家庭伦理的束缚,表现出唯我独尊的行为。一旦进入幻想,其内心深处很快就会发出一种道德批判的声音,来强烈谴责现实中那个肆无忌惮的章三郎。"你怎么这副模样?不惜怒目相向,从父母、妹妹那里抢夺来的唱片机就能够使你那么快乐?除了这样的事情,难道世界上就再也没有让你快乐的东西了?"④"像你这样的人如果继续傲慢自大行逆天之事,最终只能够变成狂人。难道你仍旧不打算改变你的生活吗?"⑤在这里,很显然幻想中的章三郎代表斯芬克斯中的人性因子,表现出了鲜明的理性意志。它一方面对现实中章三郎的是非善恶进行了强烈的道德斥责,另一方面又极力劝说现实中的章三郎应该立即弃恶从善,做出合理的伦理选择,以避免因继续受到兽性因子的驱使而做出违背伦

---

① 谷崎潤一郎:『谷崎潤一郎全集』(第二十三卷),東京:中央公論社,1974年,第430頁。
② 同上书,第448页。
③ 同上书,第447页。
④ 谷崎潤一郎:『谷崎潤一郎全集』(第四卷),東京:中央公論社,1972年,第402頁。
⑤ 同上书,第441页。

理的事情。如果说幻想中的章三郎具有人性因子的特性,那么现实中的章三郎则显然代表了斯芬克斯因子中的兽性因子。在其驱动下,章三郎漠视现实社会中存在的伦理禁忌,选择以激进的方式来对抗家庭伦理的约束,给其家人带来了莫大的身心伤害。于是,谷崎笔下的章三郎不仅具有双重人格的特点,更是体现了文学伦理的教诲价值。具体来说,现实中的章三郎是自由意志的言说,而幻想中的章三郎则是理性意志的书写。这两种意志的有机结合不仅构成了完整的章三郎形象,也构建了人物独有的道德价值。作为一个道德形象,章三郎这个人物形象地向人们展示了理性意志与自由意志、兽性因子与人性因子如何影响个体的伦理意识与伦理选择。失去人性因子中理性意志的指导,那么兽性因子中的自由意志就会失去控制,章三郎因此而灵肉分离,善恶不分,伦理沦丧,与禽兽无异。因此,合理调节理性意志与自由意志的关系,协调好人性因子与兽性因子的比例,对于促进个体健康发展和人类和谐进步具有重要的启示意义。

　　总而言之,谷崎之所以倡导"为艺术而艺术"的文艺主张,其目的是要强调文学创作的非功利性,以反对明治后期日本文坛盛行的"文以载道"思想。然而,就其文学创作实践来看,谷崎并没有真正脱离伦理观念对其创作的影响,其笔下的人物都不同程度地表现出伦理意识,呈现出享乐主义或者利己主义的道德倾向。显然,这种伦理意识与谷崎所宣扬的唯美主义文学理念形成了较为鲜明的对比,其文学作品也因此形成了一种在艺术与伦理之间的张力,寄寓了作者对艺术之美的强烈向往和不懈追求。主观上,他强调文学的非功利性,倡导为艺术而艺术的文艺主张,但客观上却又在其文学创作中以伦理叙述的形式表情达意,塑造了许多同现实伦理密切联系的道德形象。这些人物形象表面上具有唯美的特质,实际上却具有浓郁的教诲意味,带有浓厚的伦理色彩。因此,谷崎文学以追求纯美为亮点,其艺术实践却依旧没有脱离伦理的影响,艺术至上与伦理叙述构成了谷崎文学的艺术魅力。

第二节　谷崎短篇小说中的人物伦理关系

由于"所有叙事作品都具有'道德教诲'的意义"①，因而谷崎在其短篇小说中也就无法规避伦理道德问题，其唯美理念与伦理道德之间就会存在明显的矛盾。为了调和这对矛盾，谷崎在其短篇小说中精心组织了人物的伦理关系。文学伦理学批评认为："伦理结构指的是文本中以人物的思想和活动为线索建构的文本结构。伦理结构有四种基本构成：人物关系、思维活动（包括意识结构和表达结构）、行为和规范。"②事实上，"无论人物关系、思维活动、行为和规范，它们都不是独立存在，而是相互交织在一起，构成复杂的整体伦理结构"③。谷崎短篇小说的伦理主题及其艺术表现从某种意义上就是缘于作者对作品人物伦理关系的精心安排。

一、三组人伦关系的书写

《麒麟》就是其代表性作品之一。小说向读者讲述了一个简单的故事：为了宣扬自己的学说，孔子离开了鲁国，带着弟子前往卫国。受到了卫灵公的热情款待后，孔子决心游说卫灵公接受自己的学说，弃恶从善，摒弃私欲，励精图治，力争成为一名受人敬重和爱戴的明君。刚开始，卫灵公欣然接受了孔子的儒家伦理思想，决定痛改前非，洗心革面。可是，随着妻子南子夫人的干预，他最终因无法抗拒妻子的美色而前功尽弃。孔子也因此离开了卫国，前往他国继续自己的传道生涯。小说实际上是以南子夫人为美的代言者和以孔子为德的代言者之间，围绕卫灵公所展开的一场没有硝烟的斗争。小说一发表就引起了日本文坛的关注。其中，本间久雄的评论最具有代表性。他认为《刺青》《麒麟》等谷崎文学具有浓郁的唯美与官能倾向。"在我国文坛，就代表所谓唯美主义倾向，乃

---

① Wayne C. Booth. *The Company We Keep: An Ethics of Fiction*. Berkeley: University of California Press, 1988: 364.
② 聂珍钊:《文学伦理学批评导论》，北京:北京大学出版社，2014 年，第 260 页。
③ 同上书，第 260—261 页。

至官能派倾向这点来说,毋庸置疑,谷崎占有最具独特的位置。"① 然而,小说在体现唯美理念与官能色彩的同时,借助其伦理结构艺术性地表达了作品的伦理主题。作为作品伦理结构的一种基本构成方式,人物关系主要指不同人物之间的关系,不同的人物关系不仅可以形成一种复杂的伦理结构,而且还是人物之间不同伦理矛盾和冲突的载体。② 因而,理清作品的人物关系对于了解作品的伦理结构具有重要的价值。就《麒麟》而言,小说通过讲述孔子游说卫灵公的故事给我们展现了三组人物关系,它们分别是孔子与卫灵公、孔子与南子以及卫灵公与南子。

在第一组人物关系中,双方具有清晰的伦理关系,其一为主客关系,其二为师生关系。卫灵公迎接孔子的情景便印证了一点。"灵公远离夫人与其他所有的女子,将浸有欢乐之酒的嘴巴漱洗干净,穿正好衣冠,将孔子请到一室,听取富国强兵的天下之道。"③在这里,谷崎通过卫灵公拜师学艺时的细节描写,形象地展现了此时的卫灵公理性意志占据了主导地位,能够自觉地尊师重道。然而,随着南子夫人的干预,他们之间的双重关系逐渐演变成单一的主客关系。面对前来布道的孔子,卫灵公再也没有之前的尊师重道之情,而仅是以待客之道对之。作者在小说结尾处以简笔描写卫灵公在黄河之滨送孔子出境的情景就是说明。"在黄河与淇水交汇的商墟之地,卫国都城的街道上走着两辆马车。""孔子一行又踏上了前往曹国的传道之路上。"④两处描写虽用语精练,但人物关系的微妙变化却显而易见。正是这种变化能够将人物伦理观念的变迁表现得淋漓尽致。由此可见,人物关系的精当处理不仅有利于刻画人物形象,而且还有利于表现人物的伦理观念,体现作品的伦理教诲功能。在这里,南子夫人的出现对改变卫灵公与孔子的关系起到了重要作用,具有相应的伦理性质。行为是思维的外在表现,也是思维的客观载体。因此,卫灵公对

---

① 日本文学研究资料刊行会:『日本文学研究资料丛书·谷崎润一郎』,东京:有精堂,1980年,第4页。
② 聂珍钊:《文学伦理学批评导论》,北京:北京大学出版社,2014年,第260页。
③ 谷崎润一郎:『谷崎润一郎全集』(第一卷),东京:中央公论社,1972年,第82页。
④ 同上书,第90页。

孔子前后态度的变化,不仅是其伦理观念发生变迁的外现,也是其伦理思想的客观呈现。

在第二组人物关系中,双方的伦理关系有些复杂。表面上他们是主客关系,可实际上又存有师生关系的嫌疑。这种双重伦理关系在南子夫人会见孔子的过程中表现得比较突出。一开始,彼此的言行举止都遵循了主客伦理的要求。"孔子及其一行在南子的宫里等候,面北稽首。""夫人低头向一行人答礼。"① 可是,这种伦理规范在随后的会见中就被彻底的颠覆了。还没等孔子说话,南子夫人就率先向孔子大力鼓吹享乐主义的生活方式。"我有各种各样的美酒和杯子,如同香气可以使你苦涩的灵魂吸入甜美的汁液一样,滴滴美酒也可以让你严肃的身体得到舒适和安乐。"② 面对南子滔滔不绝的言说,原本能说会道的孔子此时完全处在了被动的位置,因为南子夫人的言论让推行仁学的孔子惴惴不安,诚惶诚恐。伦理身份的变化使得孔子就如同一个犯了错的学生正默默地听取南子老师的教诲。这种富有戏剧性的一幕不仅表现了艺术至上与伦理道德之间存在不可调和的矛盾,而且也说明人物伦理关系的变迁可以直接影响其伦理效果。具体来说,在这场美与德的较量中,南子夫人占据了明显的优势,掌控了绝对的话语权。相反,孔子则处于劣势,近乎于一位失语者。教师的身份赋予南子言说的权力。学生的身份则使能说善辩的孔子在南子面前只能沉默寡言。因此,他们的言行举止都符合各自的伦理规范,具有相应的伦理效果。同时,作品通过南子夫人反客为主式的言行举止表达了唯美的观念。

在第三组人物关系中,双方的伦理关系更显复杂。作为谷崎精心塑造的一位恶魔之美的代言者,南子夫人既是卫灵公的妻子,也是他的臣子。双重伦理关系却使得她在与孔子的夺夫行动违背了道德准则的要求。"在文学伦理学批评理论体系中,伦理主要指文学作品中在道德行为基础上形成的抽象的道德准则与规范。"③ 因此,无论是身为妻子的南子,

---

① 谷崎潤一郎:『谷崎潤一郎全集』(第一卷),東京:中央公論社,1972年,第84頁。
② 同上书,第87页。
③ 聂珍钊:《文学伦理学批评导论》,北京:北京大学出版社,2014年,第254页。

还是作为臣子的南子,她都应该具有贤良淑德的美德。然而,她为了推崇享乐主义的生活方式,不仅对卫灵公采取软硬兼施的办法,以色诱的形式威逼利诱卫灵公放弃孔子的道德说教,让卫灵公对其产生恐惧。"您绝不是能够违背臣妾意愿的强者。您真是个可怜的人。世间再没有比不拥有属于自己的力量的人更可怜啦。臣妾可以立即将您从孔子的手中抢夺回来。您的嘴里刚刚说出一番光明正大的话,可是您的眼睛不是已经恍恍惚惚地看着我的脸吗?臣妾有夺走一切男子灵魂的方法。"① 可以说,夫人的言辞中无不隐藏着一种咄咄逼人的威力。也正是这种威力让曾信奉孔子的卫灵公重新回到了她的身边。"我憎恨你,你是个可怕的女人,你是让我灭亡的恶魔,可是,我无论如何也离不开你。"② 就这样,南子夫人在自由意志的驱使下违反了夫妻伦理与君臣伦理的道德规范,做出了非理性的伦理选择。作为美与恶的化身,南子夫人在激情与欲望的驱动下失去对自由意志的控制能力,无视自己的双重伦理身份,突破了伦理禁忌,破坏了伦理秩序。如此一来,作品所表达的唯美思想在其行为中得到了有效的表现。与此同时,双重伦理身份使得南子夫人的伦理选择产生了强烈的伦理效应,赋予了作品浓郁的伦理特性。

二、人物的三种伦理关系

《春琴抄》也是借助巧妙的人物伦理关系来调和艺术至上与伦理道德的矛盾。小说一经问世,就赢得了评论家的高度肯定与赞许。川端康成认为小说"令人叹为观止,无法用语言形容"③。小说之所以获得评论家们如此高的评价,其原因之一就在于谷崎对春琴之美的礼赞不是源自对人物的直接描述,而是通过人物之间微妙关系的变化展现出来。简要来说,作者在作品中安排了佐助与春琴之间的三种伦理关系,其一是主仆关系,其二是师徒关系,其三是夫妻关系。正是这三种关系不仅表达了谷崎"为艺术而艺术"的文学主张,同时也流露了他的伦理意识和道德取向。

---

① 谷崎潤一郎:『谷崎潤一郎全集』(第一卷),東京:中央公論社,1972年,第84頁。
② 同上书,第90页。
③ 川端康成:『川端康成全集』(第33卷),東京:新潮出版社,1983年,第486頁。

佐助十分清楚春琴一家是他世世代代的东家，自己的言行应该符合仆人这一伦理身份的道德准则。因此，他在礼节上严格恪守主仆之礼。"带路的时候，佐助总是将左手举到春琴肩膀一样高，手心朝上，以迎接春琴的右手。"与此同时，首次见到春琴的佐助却认为"春琴闭着的双眼要比她的姐妹们睁开的双眼更加明亮、美丽，这张脸蛋本来就应该配上这一对闭上的眼睛"①。这种与众不同的感受描写为其刺瞎双眼守护失明的春琴埋下了伏笔。面对春琴高超的琴艺，佐助对其钦佩之情油然而生。为了尽可能达到春琴的技艺境界，他躲在壁橱中练习弹琴长达半年之久。练琴被人发现后，他成为春琴的弟子。身为仆人与学徒的佐助，爱上自己的主人与师傅春琴，并与之生子，这种行为显然有悖于义理，违反了伦理禁忌，其伦理犯罪行为必然会受到相应的伦理惩罚。当佐助与春琴之间由主仆与师徒关系变为夫妻关系时，他们的乱伦行为受到了严厉的伦理处罚。对春琴来说，她遭到了暴徒的夜袭，脸部被开水烫伤，娇美的脸蛋惨遭毁容。对佐助来说，他用细针刺瞎了自己双眼。可以说，他们为彼此的乱伦行为付出了沉重的代价。文学伦理学批评认为禁忌是维系伦理秩序的核心因素，也是人类社会伦理秩序的有效保障。因此，伦理禁忌不仅是悲剧的基本主题，也是其他文学体裁的基本特征。在这里，既然佐助与春琴之间是主仆与师徒关系，那么他们就理应遵循师道，以理性意志控制好各种自由意志，以防因情欲的引诱而做出乱伦的行为。然而，他们在各自欲望的驱动下忘记了自己的伦理身份，失去了对自由意志的控制，突破了主仆与师徒伦理的禁忌，做出了非理性的伦理选择。他们的伦理惩罚实际上是在告诫人们如果违反伦理禁忌将引发严重的后果，揭示出伦理禁忌对维护秩序的重要性，体现了小说的教诲作用。

如果说佐助刺瞎双眼是一种伦理惩罚，那么他这种行为也体现了佐助对美的渴望与憧憬。无论是作为她的丈夫，还是作为她的徒弟，他都应该尽全力好好照顾春琴。然而，面对突遭毁容的春琴，佐助却用细针亲手刺瞎了自己的双眼。他之所以如此是为了在自己心中保留他所爱之人的

---

① 谷崎潤一郎：『谷崎潤一郎全集』（第十三巻），東京：中央公論社，1973年，第505頁。

美貌形象。"师傅,我已经瞎了,一辈子看不清您的脸了。""今天失去了外界的眼睛,却打开了内界的眼睛。啊!这才是师傅真正居住的世界。他感到自己这次终于能够与师傅住在同一个世界了。"①佐助的这种行为是出于对美的礼赞,显然与传统的伦理观念不符合。然而,佐助的自残行为却有利于他将春琴的美永久地定格在自己的心中。这也正是谷崎唯美理念的一个重要体现。因为在谷崎眼中美不是某种精神的言说,它仅是某种官能的享受,当承载官能感受的载体失去时,美就只能留存于想象之中。在这里,佐助对春琴之美的感受依靠眼睛获取,现在春琴娇美的容貌因遭到毁容而消失。那么,对佐助来说,保留美的最佳方式就是残酷地刺瞎自己的双眼,只有亲手毁掉眼睛这种感受美的生理感觉器官,春琴之美才能长存,才能永恒。因此,佐助刺瞎双眼虽违背了伦理道德,但却是保持美的最佳途径,也是对美的一种最高礼赞。谷崎就这样通过人物伦理关系将伦理与艺术有机地调和在一起,既可以以此表现文学的教诲功能,又可以借此传递自己的唯美主张,从而实现文学的相应功能。

虽然谷崎以"为艺术而艺术"作为其文学创作的目标,但是在其具体的艺术实践中又没有摆脱伦理和道德的影响。其艺术实践实际上违背了他的艺术理想,客观上塑造了同现实有着密切联系的道德形象,起到了道德教诲的作用。因此,为了巧妙处理艺术理念与创作实践之间的矛盾,谷崎在其短篇小说中精心安排了人物之间的伦理关系。这些人物伦理关系的建构,不仅形成了作品的伦理线,也构成了作品的伦理结。文学伦理学批评认为:"在文学文本中,伦理线可以看成是文学文本的纵向伦理结构,伦理结可以看成是文学文本的横向伦理结构。在对文本的分析中,可以发现伦理结被一条或数条伦理线串联或并联在一起,构成文学文本的多种多样的伦理结构。""在文学文本的伦理结构中,伦理线的表现形式就是贯穿在整个文学作品中的主导性伦理问题。"②这种由伦理线与伦理结交织而成的小说结构使得谷崎文学中的美的承载形式发生了改变,其笔下

---

① 谷崎潤一郎:『谷崎潤一郎全集』(第十三卷),東京:中央公論社,1973年,第547—548頁。
② 聂珍钊:《文学伦理学批评导论》,北京:北京大学出版社,2014年,第265页。

的人物伦理关系有效书写了作者的唯美理念与伦理道德，随着这种言说形式的拓展，谷崎文学中美的内涵也随之变得更加丰富和深厚。

第三节　谷崎短篇小说的伦理书写

谷崎虽然在其文学创作中坚持艺术至上的创作原则，但是其具体的文学作品却充斥了大量的伦理书写，清晰表现了其复杂的伦德观念。作为日本大正时期新生代作家，谷崎在其文学创作中就已经关注因受西方个性解放思想影响而出现的家庭问题，并以此创作了以杀妻为主题的一系列侦探短篇小说。其中，《途中》就是其代表性作品。该小说发表于1920年。小说主要讲述了东京某公司职员汤河胜太郎在下班回家的路上，意外被一位受雇于他人的私家侦探小说安藤一郎调查其杀妻事件原委的故事，从中揭示出因自由意志与理性意志的伦理冲突而导致人性的迷失与道德的沦丧。杀妻作为一个文学话题，不仅在中外文学作品中均有不同程度的出现，而且也是一个具有争议性的话题，具有浓郁的伦理色彩。然而，如果人们只是简单地从伦理学层面对文学作品中出现的杀妻情节进行善恶道德的评判的话，那么，杀妻作为一个常见的文学现象其内涵与价值就有可能受到影响。因此，本文将运用文学伦理学批评的理论，对谷崎短篇小说《途中》的杀妻进行解读，挖掘杀妻的深刻内涵，从中阐述人物自由意志与理性意志之间的伦理冲突是导致杀妻的根源，进而指出斯芬克斯因子在文学作品中不仅有利于人们理解人物形象，而且还利于认清分辨善恶的伦理特性是人的基本属性。

一、自由意志与杀妻缘起

俗话说，事出有因，其意思就是说人们做任何一件事情都有其缘由，杀妻也不例外。作为一种非法剥夺他人生命的犯罪行为，人们之所以会杀妻通常是源于其个体道德与情欲之间伦理关系的失衡。因此，杀妻不仅仅是一种法律意义上的犯罪行为，也是一种文学伦理学批评意义上的道德失范行径。作为审视和关照人类现实社会的一种艺术表现形式，文

第九章　谷崎润一郎短篇小说的伦理解读 | 271

学中的杀妻情节也就具有了相应的文学教诲功能,因为"文学的产生是有目的性的,这个目的就是教诲"①。与此同时,杀妻这种违背伦理的行为也说明人是一种善恶并存的生物体,杀妻这种乱伦的行径也正是人性因子与兽性因子相互博弈的结果。换句话说,杀妻实际上就是人的兽性因子占据上风,压制其人性因子,其个体的理性意志暂时无法约束与掌控自由意志,而做出的一种违背社会秩序的乱伦行为。"在文学作品中,自由意志容易摆脱理性意志的束缚,表现出非理性的倾向,往往导致的结果是非善即恶。"②由此可见,文学作品中的杀妻行为是一种通过自由意志的放纵而破坏夫妻伦理秩序的乱伦行为,具有文学伦理学上的价值。

　　自由意志的特点在于人的行为不受伦理道德的约束,可以任性而为,任情而发。它是兽性因子的意志体现。"它的动力主要来自人的不同欲望,如性欲、食欲、求知欲等。欲望是人的基本生理要求和心理活动,它在本能的驱动下产生,是人在本能上对生存和享受的一种渴求。这种渴求在特定的环境中自然产生,并受人的本能或动机所驱使。"③小说中的汤河胜太郎之所以会背叛他的妻子就是其欲望膨胀后,自由意志左右其行为的结果。作为一位法学士,汤河为了满足自己的情欲,欺瞒其结发妻子与他人通奸。事后,为了能够与新欢久满子厮守终身,他居然不顾多年的夫妻之情,精心设计谋害妻子笔子,最终致使其死于非命。汤河知法犯法,触犯了夫妻伦理之间的禁忌。"在人类文明发展史上,禁忌的产生是人对身上的兽性部分即人的本能加以控制的结果。"④就作品而言,汤河之所以会触犯禁忌,以残酷的方式杀死他的妻子,正是受其情欲驱使的结果。为了满足他强烈的情欲需求,汤河任凭其自由意志的驱动,不仅背叛妻子,与久满子相好,而且还在情欲的驱使下步步实施毒计,最终违背了伦理禁忌,将亲妻谋杀,走入了伦理犯罪歧途。面对情人与妻子的选择,因理性意志的作用,汤河也曾犹豫不决,优柔寡断,因为他知道毒杀妻子

---

① 聂珍钊:《文学伦理学批评导论》,北京:北京大学出版社,2014年,第14页。
② 同上书,第282页。
③ 同上。
④ 同上书,第261页。

必将会受到包括法律在内的各种严惩。然而,情欲的兴起使他的自由意志最终战胜了理性意志。为了私欲的满足,他将本应遵循的夫妻伦理中的道德规范弃之不顾,夫妻之间的责任与忠诚对他来说成为一种毫无意义的存在。此时的汤河早已被内心中强烈的情欲所控制,非理性意志成为其一心追求新生活的动力。可以说,正是这种非理性意志让其逐渐失去了法律人士本应具有的理智,而走向杀妻的犯罪深渊。作品中,汤河的自由意志与理性意志的交锋主要表现在他能沉着应对侦探安藤的各种质问。在提及妻子离世时,汤河一方面表现出浓郁的悲伤之情。"是的,我很爱她。(中略)她刚死的时候,我非常想念她。"[①]然而,他另一方面又将这种伤心欲绝当成掩饰内心的伪装。"幸好这不是医治不好的事情。现在的太太帮我治愈好了。仅就此而言,我也必须与久满子——我现在太太的名字。不必说,想来你已经知道了——我认为有责任非正式结婚不可。"[②]在这里,妻子的离世竟然可以让他成为迎娶久满子的"正当"理由。因此,其言辞凿凿的话语背后凸显了汤河是一位虚情假意的道貌岸然之徒。受自由意志的左右,他的非理性因素逐渐战胜了自己的理性与理智,夫妻之间本应遵循的伦理与道德对其渐渐失去了约束力,人性迷失的汤河也因此变得越来越虚伪和狡诈。

汤河的行为属于因婚外情而引起的家庭风波。在这场风波中,当其自由意志失控于理性意志的约束后,人的原始欲望就会如脱缰之马,以其潜在的力量挣脱理性的掌控,表现出一系列的非理性行为。于是,人性因子(理性)和兽性因子(原欲)的对决在汤河身上表现突出。他一方面受制于人性因子的牵制,表现出和蔼、谦逊的一面;一方面又受兽性因子的影响,表现出残忍、歹毒的一面。随着情节的发展,面对安藤的取证与询问,为了掩盖其内心的真实意图,汤河竟然多次使用谎言来搪塞侦探,人为地阻碍安藤的调查工作。在激情与欲望的驱使之下,汤河失去了自身对其自由意志的控制能力,突破了夫妻伦理与家庭伦理的禁忌,做出了非理性

---

① 谷崎潤一郎:『谷崎潤一郎全集』(第七卷),東京:中央公論社,1973年,第9頁。
② 同上。

的伦理选择,与其他女子偷情。他的行为不仅破坏了他与笔子原有的夫妻关系,而且直接演绎出一场杀妻的家庭悲剧。由此可见,兽性因子在与人性因子的交锋中最终占据了主动性,导致了他对婚外情的狂热与追逐。因此,汤河所有的背叛行径和破坏行为均源自他的原始欲望没有得到有效控制,其自由意志的泛滥使他做出了一系列的非理性伦理选择,这种强烈的欲望诉求正是其自身兽性因子中自由意志显现的结果,体现了斯芬克斯因子一体两面的存在。"'斯芬克斯因子'由两部分组成:人性因子(human factor)与兽性因子(animal factor)。这两种因子有机地组合在一起,构成一个完整的人。在人的身上,这两种因子缺一不可,但是其中人性因子是高级因子,兽性因子是低级因子,因此前者能够控制后者,从而使人成为有伦理意识的人。斯芬克斯因子能够从生物性和理性两个方面说明人的基本特点,即在人的身上善恶共存的特点"[①]汤河身上人性因子与兽性因子的斗争不仅是其自由意志与理性意志交锋的体现,而且还因此推动小说故事情节的发展。冲破夫妻伦理底线的汤河,为了实现个人的情欲,不惜以身试法,以歹毒的计划杀死了自己的妻子,最终走向了伦理犯罪的深渊。

明知妻子笔子患有先天性心脏病,汤河非但不去关心和爱护他的妻子,相反,为了要使这种危险增大,想尽办法酝酿使她心脏恶化的条件。汤河首先力劝妻子酗酒、抽烟和洗冷水浴。"打心底信任丈夫的太太马上照做,却不知道自己的心脏愈来愈坏。"[②]在情欲的驱使下,汤河就这样干起来丧心病狂的事情,以歹毒的计划来增加妻子突发心脏疾病的可能性。那么,提倡个性解放的笔子为何会对汤河如此俯首帖耳,惟命是从?这或许是因为日本的传统伦理深受中国儒家思想影响的结果,尤其是它的夫妻伦理仍是以"夫为妻纲"作为其基本原则的宗法伦理,听从丈夫也就成为其夫妻关系的一种伦理范式。对于惜墨如金的谷崎来说,不惜以浓笔来描述此事,或许表明作者想借此向读者呈现出日本传统夫妻关系的真

[①] 聂珍钊:《文学伦理学批评导论》,北京:北京大学出版社,2014年,第38页。
[②] 谷崎潤一郎:『谷崎潤一郎全集』(第七卷),東京:中央公論社,1973年,第13頁。

实性,从中揭示出即使日本社会在历经明治维新之后接受了西方现代思想的洗礼,其夫妻伦理依然大量保留了中国儒家思想中男尊女卑的观念,对其心理依赖产生了深远的影响,夫妻伦理的价值取向在于妻子对丈夫的依赖,而"日本人对依赖心理的偏爱是日本社会注重纵向关系的内因"①。汤河敢于谋杀妻子或许得益于"夫为妻纲"这一夫妻伦理使笔子所产生的心理依赖。随着汤河原始情欲的高涨,他最终失去了自己对自由意志的控制能力,突破了夫妻伦理的禁忌,以精心策划的伎俩杀死了妻子,做出了自己非理性的伦理选择。

二、理性意志与杀妻惩罚

按照文学伦理学批评的观点,人性因子(理性)和兽性因子(原欲)总是相伴而生,相互生存,其主要原因在于"理性意志和自由意志是不可分割的,因此,只要理性意志存在,自由意志永远都不是自由的"。"斯芬克斯因子的不同组合与变化,导致文学作品中人物的不同行为特征和性格表现,形成不同的伦理冲突,表现出不同的道德价值。"②谷崎在作品中一方面向读者描述汤河因恋慕情妇久满子的美色而忘记自身的伦理责任,不顾一切地追求女性感官美的享乐,进而在自由意志驱动下,居然做出背信弃义、伤天害理的杀妻行为;另一方面,作者又通过描写汤河自身所具有的理性意志来呈现其杀妻过程中的矛盾心态。虽然汤河在实施犯罪过程中表现出很深的心机,可谓处心积虑,但是受理性意志的约束,他在实施杀妻行动因受自身理性意志的影响,面对背叛与忠诚的伦理冲突,时常会徘徊在欲望与道德之间。

从背叛妻子到谋杀她,汤河以其精心设计的形式完成了从通奸到杀妻的整个伦理犯罪的过程。虽然他在侦探安藤面前试图为自己的罪行极力辩护,竭力开脱,但是在其辩护的字里行间中依然可见其理性意志的踪影和作用。譬如,当汤河面对侦探安藤就其妻子之死穷追不舍,向他发起

---

① [日]土居健郎:《日本人的心理结构》,阎小妹译,北京:商务印书馆,2006年,第16页。
② 聂珍钊:《文学伦理学批评导论》,北京:北京大学出版社,2014年,第38页。

接二连三的追问时,汤河的内心立即感到了一种莫名而又强烈的紧张和不安。他于是随即反唇相讥,向侦探质问道:"等一等,请等一等。我从刚才就渐渐佩服你的侦探眼光,不过,你到底有什么必要一定要用各种方法来调查这件事情?"[1]从句式来看,这是典型的反问句。也就是说,谷崎在此使用该句式或许具有深远的用意,因为读者可以从汤河的语言表达中明显感受到他此时的局促不安,似乎很害怕有事情会被发现一样。那么,是什么导致汤河表现出如此担惊受怕的反应呢?我们认为主要原因就在于他内心对于夫妻伦理秩序与道德规范的敬畏,这种心存敬畏的伦理意识正是其人性因子中理性意志的具体体现。换句话说,汤河的敬畏源自于杀妻所产生的一种强烈的道德自责与伦理焦虑,表明他对自己犯下的杀妻罪行仍心存余悸,担心和害怕他人知道事情的真相。因此,汤河质问的语气并不是那么底气十足,掷地有声,而是显得有些苍白无力,这也更加形象地再现了汤河的性格特征,从中也可以说明他至少还是一个具备伦理意识的人。此时的汤河非常清楚因自己的出轨而导致的杀妻行为不仅违背了夫妻伦理的道德与规范,而且其违反人伦的犯罪行为将会造成严重的后果,会给自己和他人带来致命的伤害。因而,该细节描写也就构成了汤河受询问时因其伦理犯罪所引起的伦理不安与伦理恐怖的真实写照。这种内心世界的伦理感受正是其伦理犯罪后的一种伦理惩罚,使他的心理遭受到巨大的精神痛苦。由此可见,起源于自由意志失控而导致的情欲满足并非是一种恣行无忌,为所欲为的行为,而是无时无刻不受制于理性意志的约束。自由意志与理性意志的伦理冲突在汤河的内心深处表现得十分的强烈。此时的汤河就正如奥尼尔笔下的克莉斯丁那样,"尽管她谋杀丈夫是一种有计划的行动,而且她在实施的过程中也表现得很勇敢,但是她一旦犯了罪,仍然像麦克白夫人一样,表现得很胆小、很恐怖,害怕极了"[2]。受理性意志的影响,汤河无法隔断自身与妻子之间的伦理关系,其内心也就因此而感到极度的焦虑与不安。

---

[1] 谷崎潤一郎:『谷崎潤一郎全集』(第七卷),東京:中央公論社,1973年,第11頁。
[2] 聂珍钊:《文学伦理学批评导论》,北京:北京大学出版社,2014年,第223页。

作为学习法律出身的公司职员，汤河心中明白自己所犯的杀妻罪行，一旦被他人获知真相，将会意味着什么。因而，他在随后的侦探追问中刻意避开安藤的问题，采取顾左右而言他的方式回答。譬如，当他被问到安排妻子乘坐公交车头是否隐藏杀妻的动机时，他答道："你基于职业的性质，倒真是会想到奇怪的事情。是否与外表一致只好由自己去判断了。在一个月之间才坐三十次汽车，就认为这个人的生命会被夺去，那恐怕不是傻瓜就是疯子了吧？"①我们从汤河的回答中似乎很难直接找到他谋杀妻子的真相，但是如果认真感受其回答的语气，却又可以从中发现一个值得探讨的细节。就是汤河在回答侦探问题时并没有采用肯定的语气来正面回答，而是闪烁其词，使用了一些如"是否""倒真是""恐怕"等语意含糊的词语。这些语意不明的词语不仅可以成为汤河试图搪塞和敷衍对方的利器，更重要的是还可以借此巧妙地掩饰内心的惊讶与不安。因此，这种看似委婉的回答方式却可以将人物内心世界的活动表现得淋漓尽致。汤河之所以如此，其原因还是与其理性意志有关。也就是说，在其意志冲突中理性意志仍然占有一定的地位，因为在现实生活中夫妻伦理的实现得益于其道德规范的维持，如果人为地违背夫妻伦理准则就会出现不同程度的伦理犯罪，而受到相应的伦理惩罚，只有遵循夫妻伦理的道德要求，夫妻双方才可以规避惩罚。身为法学士的汤河十分清楚这点。因此，他在回答安藤侦探的问题时，有意使用一些语意含糊的语气词来巧言相答，从而形象地揭示出人物在实施伦理犯罪后必将接受伦理惩罚的畏惧心态。

随着小说情节的深入，自以为是的汤河最终还是无法逃过伦理的严惩。"哈哈，哈哈，你已经不行了，不能再隐瞒了。你不是从刚才就一直发抖吗？你的前妻的父亲今晚在我家等着，你不必害怕成这个样子，进来一下嘛。"②这是小说结尾处安藤对汤河所说的一段文字。不难看出，该文字里行间中充斥了安藤对汤河的嘲笑与讽刺。其实，作者正是借助安藤

---

① 谷崎潤一郎：『谷崎潤一郎全集』（第七卷），東京：中央公論社，1973年，第19頁。
② 同上书，第26页。

的口来表明这样一个事实,即任何实施伦理犯罪的人,无论其伎俩如何高明,都最终都无法逃脱相应的伦理惩罚。在这里,面对杀妻的事实,曾想方设法躲避严惩的汤河不仅将要接受前妻家人的审判,而且还要接受良知的自我谴责。他在侦探面前所表现出惴惴不安的行为就是很好的说明。作者在此使用"发抖"一词来形容此时此刻的汤河正是其杀妻之后噤若寒蝉的形象表达,也是其理性意志觉醒的暗示。他的这一变化不仅是其理性意志作用的结果,也充分说明任何违背伦理禁忌的行为终将接受包括自我良知在内的各方伦理惩罚。事实上,身为丈夫的他有着其相应的伦理身份,需要承担其身份所赋予的责任与义务,"伦理选择是从伦理上解决人的身份问题,不仅要从本质上把人同兽区分开来,而且还需要从责任、义务和道德等价值方面对人的身份进行确认。文学作品就是通过对人如何进行自我选择的描写,解决人的身份的问题"①。由于任何身份都具有其相应的伦理属性,因而个体在从事伦理活动时都应该遵守相应的伦理规范。汤河杀妻意味着他以违背伦理的残酷形式割舍与妻子之间的伦理关系,可是事实上,这种畸形的行事方式是无法隔断自己身上已有的伦理职责。因此,面对安藤的调查,他最终承认了自己杀妻的事实。"灯光下的汤河,脸色苍白,他失神地踉踉跄跄地跌入椅中。"②汤河最后的伦理选择成为其理性意志复苏的重要表现,等待他的也必将是严厉的伦理惩罚。

三、杀妻的伦理警示

在《途中》中,谷崎通过虚构汤河杀妻的故事,艺术性地真实再现了人类现实社会中所出现的伦理犯罪现象,促使人们深入思考汤河暴力罪行的伦理启示。我们认为身为法学士的汤河之所以会知法犯法,做出杀妻的举动,其主要原因在于他身上的兽性因子没有得到有效的控制。为了满足一己私欲,汤河在自由意志的驱动下精心设计,谋害妻子,致使悲剧

---

① 聂珍钊:《文学伦理学批评导论》,北京:北京大学出版社,2014年,第263页。
② 谷崎潤一郎:『谷崎潤一郎全集』(第七卷),東京:中央公論社,1973年,第26頁。

发生。然而，汤河在实施犯罪的过程中既表现出无情与歹毒，又表现出恐惧与担心。这种复杂的矛盾心态正是其违背夫妻伦理禁忌的结果。伦理身份的变化使其伦理的选择走向了歧途。情人与丈夫的双重伦理身份使得汤河在自由意志与理性意志的伦理冲突下导致其人性的迷失与道德的沦丧。因而，谷崎笔下的汤河形象也就起到了劝诫与警示的伦理教诲作用。谷崎通过汤河杀妻的故事告诫人们合理调节自由意志与理性意志之间的伦理冲突，正确处理伦理身份与伦理选择的关系，遵循伦理禁忌，这些都对于维护婚姻、家庭和社会的伦理秩序具有重要的意义。由此可见，作为一位提倡"为艺术而艺术"的唯美主义作家，谷崎一方面坚持"绝妙的艺术世界里，如果抛开思想深度的问题，总会以某种形式不经意中扣人心弦，有一种震撼人心的伟力。这种力量比起任何思想和理论的力度都要深切，更为直接地铭感肺腑，传递神韵。这也正是艺术的难能可贵的地方"①。另一方面，他又为坚守艺术的非功利性苦恼不已，"我的心思考艺术的时候，我憧憬恶魔的美。我的眼反观生活的时候，我又受到人道警钟的威胁"②。这种矛盾的文艺思想使得谷崎在进行文学创作时不得不思考文学的伦理功能，这也正好验证了"文学的根本目的不在于为人类提供娱乐，而在于为人类提供从伦理角度认识社会和生活的道德范例，为人类的物质生活和精神生活提供道德警示，为人类的自我完善提供道德经验"③。由此可见，文学作品之所以会受到读者的认可，主要在于读者通过对文学作品的审美体验来发现其教诲价值。谷崎的这篇短篇小说从问世以来一直是日本推理小说的代表作，这充分说明"杀妻"这种违背伦理道德的社会现象具有相应的普适性。它不会因时间或地域的变化而被世人遗忘。由此可见，谷崎立足杀妻这个文学主题既可以反映出人类社会中夫妻伦理关系以及人性的复杂性，也可以由此显示出文学相应的伦理价值和教诲意义。《途中》中汤河杀妻所具有的现实价值，无疑对于构建当代中国夫妻伦理关系具有重要的伦理警示价值。

---

① 谷崎潤一郎：『谷崎潤一郎全集』（第二十卷），東京：中央公論社，1974年，第39頁。
② 同上书，第29页。
③ 聂珍钊：《文学伦理学批评导论》，北京：北京大学出版社，2014年，第14页。

第十章

川端康成：日本传统美与现代追求之间的伦理定位

在20世纪40年代，我国文艺评论界用"锐利凝视、纤细神经、透澈艺术三昧的技巧，花红柳绿、流水行云、传出春朝景色的美学"来评价川端康成及其文学，并认为"新兴艺术派是带有近代性格的结合体。与新感觉派大致相同，均属于都市生活的产物。是个性发展的艺术至上观，对于文学的艺术价值，不但要求重新认识，而且有意加以高扬，藉使文学能脱出政治的羁绊和功利的意味"。川端康成是日本新感觉派文学的代表，同时亦是新兴艺术派的先导者与重要旗手。新感觉派的兴起本身已经蕴含着川端康成等人在文学创作上对日本文坛中既成文学风格和文学表达的质疑和挑战，意欲通过文学创新和表达方式的开拓从而在日本文坛上独树一帜。其在文学道路上永无止境的追求和探索使得其文学风格不断转换，从新感觉派发展至新兴艺术派的过程,亦反映出川端康成在文学艺术美学方面追求极致的思想脉络和伦理诉求。

　　川端康成文学起步时期的日本文坛以左翼文学和自然主义文学为主,为了倡导新的文学观念,川端康成和朋友们在菊池宽等人的帮助下拥有了同人杂志《新思潮》这块文学阵地,发动了一场新的文学尝试。同时他与《新思潮》同人一起加入了菊池宽于1923年1月创立的同人杂志《文艺春秋》。对于这派作家在文坛上的起步与勃兴,日本文艺评论家加藤周一评价道:"横光企图通过描写人际关系来构成长篇小说。川端则描写他自己的感觉世界,写短篇小说,其中也把注意力集中在局部的美上。正如他自己所说的,长篇小说采用的体裁(如《雪国》,1935—1947;《千羽鹤》,1949—1951;《山音》,1949—1954),也是短篇小说的积累。在细部上的描写之敏锐,是无与伦比的。"①如此看来,川端康成在文学表现上对日语所具有的感觉和意蕴的发现与发掘给读者造成很大的感官冲击,他让自己的文学语言兼具日本文学的色感、动感和更为鲜活的表现,在内容上,其对文学艺术伦理的关注和表达也取得了令人瞩目的成就。

　　川端康成的文学创作一直致力于人物内心的真挚表达,其对伦理关系的深刻思索亦掩映在其精准表达的字里行间。他的系列作品《雪国》《千羽鹤》、《睡美人》(1960)、《一只胳膊》(1963)等,多立足于日本古典文学,对纯粹的日本传统题材加以维护和继承,其文学叙事的纤细韵味充满了诗意。作为日本文坛20世纪中的一座高峰,川端康成文学中对日本民族的道德和伦理思考应当引起当下世界文学研究者的关注。

　　川端康成是日本第一位诺贝尔文学奖获得者,作为日本新感觉派、新兴艺术派文学的倡导者和推动者,他的作品糅合日本传统美和现代人的精神追求,在美如风景画的舞台背景下,兼收并用东西方文学创作手法,对日本社会、日本民族的情感、伦理和社会文化进行着独特的表达。1968年,瑞典科学院常任干事安达斯·艾斯特林在"一九六八年度诺贝尔文学

---

① [日]加藤周一:《日本文学史序说》(下),叶渭渠、唐月梅译,北京:开明出版社,1995年,第447页。

奖授奖辞"中对川端康成的文学做了如下的评价:"川端先生虽然受到欧洲近代现实主义的文学的洗礼,但同时也立足于日本的古典文学,对纯粹的日本传统体裁加以维护和继承。在川端先生的叙事技巧里,可以发现一种具有纤细韵味的诗意。[……]川端先生作为擅长细腻地观察女性心理的作家,特别受到赞赏。他的这一优秀才能,表现在《雪国》和《千羽鹤》这两部小说中。[……]川端先生获奖有两点重要意义。其一,川端先生以卓越的艺术手法,表现了具有道德伦理价值的文化意识;其二,他在架设东方与西方的精神桥梁方面做出了贡献。"①

川端康成对日本文学传统的继承是出自骨子里对日本传统以及风俗人情的热爱和崇敬。《雪国》发表在日本发动侵略中国以及其他东南亚诸国的第二次世界大战期间,直到第二次世界大战结束后方才连载完毕。主人公岛村在日本发动对外战争期间三进三出雪国,其多次进出雪国的选择中折射出战时处于战争后方的有闲阶级男性的伦理思考和艺术追求。尤其是在战争之乱世的伦理崩溃现实背景下,考察岛村进出"雪国"选择中内蕴的伦理渴求以及救赎愿望,利用文学伦理学批评的方法分析岛村在雪国亲近自然、接触女性、寻访美学传统的行为,能够探析主人公纷乱杂芜的内心如何得到日本传统风物的疗愈和伦理救赎,而作家于乱世之中对日本人、日本生活方式的理解和文学演绎的艺术功能亦可得到一定程度的彰显。

《千羽鹤》中情欲旺盛的太田夫人和菊治父子的孽缘在众目睽睽之下持续了两代,虽然备遭鄙夷,太田夫人依然深陷其中不能自拔,最后以死慰情。作品对女性的妇道和伦理从男性的角度进行了审视和批判,并最终站在男性立场把违背社会纲常伦理的太田夫人判了"死刑"。太田夫人的女儿太田文子因为母亲恋情的背德和不伦而游走他乡,为母亲的孽缘进行救赎式的苦旅。菊治亲历太田母女一死一走的始末,备受伦理煎熬的他忧心忡忡,对新婚妻子难以担当起丈夫之责,从而陷入更深的伦理思考中。

---

① [日]川端康成:《雪国》,叶渭渠、唐月梅译,天津:天津人民出版社,2005年,第433—436页。

后期作品《一只胳膊》和《睡美人》是受到评论界水火两重天批判的作品。《一只胳膊》这部作品借用西方超现实主义的艺术形式,勾画了"我"与女人的一只胳膊的爱恋故事;《睡美人》却用虚幻方式描写了老年人利用年轻女子的裸体实现心理欲望的荒诞和悲哀。川端的一系列作品用唯美、至善、至情的故事演绎了日本昭和时期的古典美和现代追求之间的倾轧与乖离,表现了近代日本社会和个人的伦理定位之艰难与艰巨。

第一节 《雪国》艺术伦理的诗学阐释

在文学伦理学批评视阈下解读川端康成的作品是最近出现的一种研究视角和方法。《从"一只胳膊"看伦理选择与身份定位》首次利用文学伦理学批评方法解读了川端康成的晚期作品《一只胳膊》。在文学伦理学批评视角的关照和批评方法下,《一只胳膊》得到了全然不同于以往研究的诗学阐释:用借来的一只胳膊来隐喻半个世纪以来日本现代文化和文学创作所经历的伦理选择过程,是作家对存在于自我深处固有传统观念在西方艺术强势影响下如何进行伦理选择以及伦理身份确认的反思与诘问。① 由于文学伦理学批评的解读模式打破了《一只胳膊》在中国长期以来被误读为唯美的、变态的、官能的、颓废的,甚至是"反伦理道德"的观点。王向远在《2015 年度中国的日本文学研究》中评价说:"关于川端康成的评论文章近三十年来层出不穷,但近年来的许多文章选题重复、了无新意。[……]从文学伦理学即东西方文化嫁接融合的角度对《一只胳膊》做解析,这种见解是新颖而有启发性的。"②

不仅《一只胳膊》如此,川端康成的经典作品《雪国》在文学伦理学批评视阈中,亦呈现出不同于先行研究中的任何一端。在日本发动侵略中国、东南亚的乱世,日本民心杂芜。无产阶级文学遭到彻底的封杀,军国

---

① 李俄宪、侯冬梅:《从"一只胳膊"看伦理选择与身份定位》,《外国文学研究》2015 年第 6 期,第 133—141 页。

② 王向远:《2015 年度中国的日本文学研究》,《日语学习与研究》2016 年第 2 期,第 77—90 页。

主义、传统忠君报国思想被极端放大。基于此般社会时代情势,文学世界也表现出激烈的动摇与混乱。"无产阶级文学的转向、作家的良心摸索、日本传统的回归等等,各种文学现象交错出现。尤其是在太平洋战争后期,甚至连文学本身都遭到否定,作家相继被征用,强制文学协力战争。如此黑暗的日日夜夜一直持续到战争结束。"① 在社会暗黑的状况下,军国主义思潮大行其道,文学中日本物哀的美学传统亦几乎消失殆尽。《雪国》的陆续发表成了当时日本文坛难得一见的一抹亮色。

一、唤醒乡愁:川端康成文学创作的伦理诉求

1931年"九一八"事变发生以来,日本在侵略中国和东南亚的不归路上越陷越深。在日本发动侵略战争的阴影笼罩下,作家川端对国家政治以及中日关系的发展持有的态度耐人寻味。《雪国》作为连载小说,从1935年1月开始发表第一章节"夕阳景中之镜"直到1947年10月"继雪国"的发表才完结。共11章节,陆续刊载在《文艺春秋》《改造》等杂志。《雪国》章节题目以及发表时间如下表所示:

タイトル	雑誌	時間
夕景色の鏡	文藝春秋	1935.1
白い朝の鏡	改造	1935.1
物語	日本評論	1935.11
徒労	日本評論	1935.12
萱の花	中央公論	1936.8
火の枕	文藝春秋	1936.11
手毬歌	改造	1937.5
雪中火事	公論	1940.12
天の川	文藝春秋	1941.8
雪国抄	曉鐘	1946.5
続雪国	小説新潮	1947.10

尽管小说发表在战时和战后,从当时小说各个章节的命名、文学意象的使用以及具体内容来看,小说中出现的镜与花、物语与手球歌、风物以

---

① 秋山虔、三好行雄:「日本文学史」,東京:文英堂,1983年,第178页。

及主人公的叹息,看似全然无关政治和社会。在文学世界里,川端康成似乎采取了一种全然超脱事外的怡然态度。

日本传统文学推崇"虚实皮膜"美学,虚实皮膜是日本江户时代近松门左卫门提倡的艺术论,艺术存在于虚实之境的微妙之处,而艺术的真实恰恰在于事实和虚构相接之际最微妙之处。从《雪国》的章节题目和内容全然看不到现实社会的影子,小说的开头部分以及黄昏镜子情节刻画的是一幅不似人间社会的象征世界:"镜子的衬底,是流动着的黄昏景色,就是说,镜面的映像同镜底的景物,恰似电影上的叠印一般,不断地变换。出场人物与背景之间毫无关联。人物是透明的幻影,背景则是朦胧逝去的日暮野景,两者融合在一起,构成一幅虚幻的象征世界。尤其是姑娘脸庞上叠现出寒山灯火的一刹那间,真是美得无可形容,岛村的心灵都为之震颤。"[①]《雪国》刻画的是虚幻之境、美的天堂与诗意世界。岛村在三个半小时的车程中一直在享受着由火车、灯火、窗玻璃之镜以及出场人物流露出的温情造成的诗意世界,而窗外则是黑暗的、冰冷的世界。主人公岛村从踏上旅途之时或许就是为了逃避那窗外的黑暗与冰冷,追寻这寒山灯火中人间温情的诗意。

弃实就虚,是川端康成的艺术追求。小说中岛村的身份设置也显示出作家的独特艺术匠心——旅行者。旅行者意味着主人公能够轻松打破特定的现实伦理环境,在虚幻世界能够轻易地超越小说中的社会历史现实,是自由的存在。由此,作家的艺术之眼通过主人公岛村的引动从都市转移到了乡村,从定居于都市家庭的中年男子变成了漂泊不定的旅行者。"岛村终日无所事事,想寻求一种保护色的心思,也是人情之常,所以旅途中对各处的人情风俗有种本能的敏感。"[②]可见,《雪国》通过文学的虚境实现了对现实世界的逃离,同时也意味着岛村逃离了现存伦理世界的平庸与杂芜,走向了一条发现新奇世界、探索美学的旅程。尽管小说中多次暗示岛村的伦理身份,就连按摩的盲人触摸过岛村的身体后,从其身体状

---

① [日]川端康成:《川端康成十卷集》(1),高慧勤主编,石家庄:河北教育出版社,2000年,第50页。

② 同上书,第60页。

况就能猜测他出身显赫。岛村在东京的家庭以及闲适的生活状态也屡屡提起,然而,从《雪国》的舞台背景中只能影影绰绰地看到岛村对家庭、对东京生活毫无热情的淡淡回忆。

《雪国》将主人公的显贵身份转化为旅行者放置在虚幻的伦理环境背景下,如此一来,小说的故事结构变成了京城贵公子的雪国旅行的故事,在结构上达到了和日本传统物语故事的连接与融通。可以看作是日本传统物语主题"贵种流离谭"①的置换表现。《雪国》借用传统"贵族流离谭"物语故事的结构,实现了川端康成融汇日本传统文学理念和美学追求的现代文学表达。传统物语故事构造中深潜着日本式的思考和美学理念。岛村三次从东京不远千里——乘车三四个小时、冒着暗夜和严寒——三次造访雪国,其寻求自我救赎的旅行本身已然成功实现了艺术本身的传统回归。社会和国家处于乱世之中,与被日本帝国主义铁蹄踏遍亚洲诸国、造成亚洲多国生灵涂炭的日本的侵略战争相比,《雪国》中的风景和故事似乎才是永远的日本风物,能够激发出日本国民的特殊的乡愁。

二、旅行者的自由意志

在"贵种流离谭"物语结构中,旅行者岛村到雪国的旅行是他的试炼之旅,也是自我成长的经过。旅行空间让主人公岛村的自由意志得以畅游其中,其旅行试炼亦蕴含岛村对旅行寄予的内心渴求,即自我的发现与完善。聂珍钊以为:"自由意志指人的活动不受某种固定的逻辑规则的约束。自由意志的动力主要来自人的不同欲望,如性欲、食欲、求知欲等。欲望是人的一种基本生理需求和心理活动,它在本能的驱动下产生,并受人的本能活动机所驱动。在伦理学意义上,自由意志属于动物性本能的范畴,并无善恶的区别。"②

---

① 贵种流离谭是折扣信夫在论考"日本文学的发生"时提出一个概念,是日本物语小说的原型。意为年轻的神或者英雄在异乡徘徊过程中克服种种人生试炼,最后变成了尊贵的存在的一种说话类型。在日本文学的发展长河中,主人公的神、英雄形象发生了转化,人生试炼的故事中几乎都蕴含有该原型的影子。

② 聂珍钊:《文学伦理学批评导论》,北京:北京大学出版社,2014年,第282页。

第一次到雪国是在初夏:"终日无所事事的岛村,不知不觉对自己也变得玩世不恭起来。为了唤回那失去的真诚,他想最好是爬山。所以,便常常独自往山上跑。在县境的群山里待了七天,那天晚上,他下山来到这个温泉村,便要人给他叫个艺妓来。"①由此可见,岛村因为对"自然和自我"失去了真诚才走进雪国,那么其进入雪国的目的则是为了寻找失去的自然,寻找失去的自我——这是小说主人公岛村进入雪国的伦理诉求之一。雪国的自然风光以及登山运动是岛村实现回归"真诚"的手段。然而,在亲近自然以后,岛村发现了自身的本能的需求:要个女人。他和驹子的相遇发生在第一次雪国登山以后:

> 再说他在山里有一个星期没怎么和人交谈,正是一腔热忱,对人充满眷恋之时。所以,对这姑娘,首先便有种近乎友情的好感,把山居寂寥的情怀寄托在姑娘身上了。②

岛村需要女人,于是要求温泉旅馆的人帮助找一位艺妓。遇到驹子的岛村却发现驹子并不符合自己心中对女性的要求,因为那时的驹子不算是合格的艺妓——其身份是"半玉"③。岛村想要个女人或许仅仅是为了解决身体的本能需求——性欲。因为驹子的"半玉"身份,导致了岛村的踌躇和犹豫不决:"但是,他没有说谎。无论如何她还不是风尘中人。他即便要找女人,总可以用问心无愧的方法,轻而易举就能办到,何至于来求她。她太洁净了。乍一见她,岛村就把那种事同她分开了。"④日文版本中则非常直白地写出岛村对异性的渴求:"他想要女人,却不向这个女人索求,他想毫无罪恶地、轻轻松松地解决这个问题。她太洁净了!从

---

① [日]川端康成:《川端康成十卷集》(1),高慧勤主编,石家庄:河北教育出版社,2000年,第54页。
② 同上书,第55页。
③ "半玉":还没有正式成为艺妓,参加招待的时候只能领取艺妓一半费用的舞姬被称呼为"半玉"。此处寓意驹子的伦理身份。
④ [日]川端康成:《川端康成十卷集》(1),高慧勤主编,石家庄:河北教育出版社,2000年,第57页。

看到她的第一眼,他就把这个女人排除了。"①岛村喜爱自然,热衷爬山,他的自由意志支配着他的行为。作为一个纯粹的人,他对异性的渴求以及他意欲解决身体欲望的方式却能显露出他的理性思维:在身体与心理自由意识的推动下来到雪国,他的诉求无非是排除无聊,通过自然找寻失却的自我;需求艺妓也为了处理自我的本能需求,但绝不找普通女子,而是非艺妓不可。他不是一个不讲究原则的男人!所谓的男性的原则难道不就是他所遵循的虽然看不见但却实际存在的伦理意识吗?他为驹子的话语中透出来的认真与真挚情感所打动,想要用强烈的理性意志努力抑制来自本能的冲突来维护和驹子的约定。

第二次到雪国是在12月初,去见一个女人。而在去雪国途中,岛村的情绪并不兴奋也不高涨,而是觉着沉闷,带着"伤感","摆出一副愁楚模样"。看得出来岛村的情绪是低落的。岛村为何有如此低落情绪呢?踏上去雪国的旅途本身或许就寄托着岛村要通过雪国之旅竭力打破此种状态的微薄希冀。逃离躲避现实之行为本身是岛村选择旅行的一种原因。对岛村而言,选择去雪国是其理性意志的一种表现。自由意志让他知道自己的身体与心理所需,而理性意志则促使他再次走进雪国。"岛村的感冒始终不见好,这时塞住的鼻子顿时通了,一直到脑门,清鼻涕直流,好像把什么脏东西都冲个干净似的。"②一进雪国,当地的寒冷就给岛村以清冽的一击。"好像把什么脏东西都冲个干净似的",意味着雪国自然环境对岛村的身体涤荡和心灵的洗礼。雪国是个洁净的地方,荡涤的不仅仅是身体,而是作为疗愈之所存在于岛村心中。

岛村第一次到雪国虽然在春末夏初,雪国的自然风物让他感到闲适:"岛村终日无所事事,想寻求一种保护的心思,也是人情之常,所以旅途中对各种的人情风俗有种本能的敏感。从山上一下来,在村子古朴的气象

---

① 川端康成:「雪国」,『川端康成集』,東京:新潮社,1974年,第77頁。该文献的引用为笔者自译。

② [日]川端康成:《川端康成十卷集》(1),高慧勤主编,石家庄:河北教育出版社,2000年,第52页。

中,他立刻感受到一种闲适的情致。"①为了和"凭手指忆念所及的女人"相会,当岛村看到驹子时,"一见拿衣服下摆,岛村不由得一怔,心想,毕竟还是当了艺妓了"②。第二次雪国之旅时,主人公驹子的伦理身份发生了变化,从初次相遇时的"半玉"转变成了艺妓。因此,第二次雪国之旅时,岛村和驹子的交往便超越了普通男女交往的层面。艺妓身份的驹子转变成岛村理解日本传统文化的中介,成为一个标志性符号。雪国的绝美夜景中,热情似火的驹子一次次在深夜来访。对岛村而言,"隠れ会い"(秘密约会)的形式一定程度上愉悦着他的身心,男女之间的颇带古风的见面方式既给予他自身官能的满足,亦带给他一种回归传统恋爱物语中的朦胧错觉。岛村来雪国的目的在一定程度上在驹子身上得到了调和。"她像一头害怕清晨的夜行动物,焦灼地转来转去,没个安静。野性中带着妖艳,愈来愈亢奋。"③在"早朝白色镜子"中映出来雪国之美灿烂辉煌:"或许是旭日将升的缘故,镜中的白雪寒光激射,渐渐染上绯红。姑娘映在雪色上的头发,也随之黑中带紫,鲜明透亮。"④和驹子的交往行为以及驹子本身都带给岛村以美的愉悦与享受,令他沉醉。"镜里闪烁的白光是雪色。雪色上反映出姑娘绯红的面颊。真有一种说不出的洁净,说不出的美。"⑤岛村描绘镜中由虚幻的光辉与强烈的色彩对比造成了美,给人以强烈的视觉效果,雪国的美在震撼岛村的同时洗涤了岛村,一步步去除其身上的玩世不恭,使得岛村打开了对自然、风俗、传统的美学之眼。听到驹子弹奏三味线以后,"他不是给慑服,而是整个儿给击垮了。他为一种虔诚的感情所打动,为一颗悔恨之心所涤荡。他瘫在那里,感到惬意,任凭驹子拨动的力将他冲来荡去,载沉载浮"⑥。这里的雪国是"自然的世界、遥远的世界"。在雪国自然、人情、风俗、道德的影响下,岛村回归自

---

① [日]川端康成:《川端康成十卷集》(1),高慧勤主编,石家庄:河北教育出版社,2000年,第60页。
② 同上书,第53页。
③ 同上书,第71页。
④ 同上。
⑤ 同上。
⑥ 同上书,第85页。

我,找到了艺术本心,也回归到日本民族的传统乡愁中去。

川端氏由了弹奏三弦,而遮断要沉堕进去的现实,或是世间。不是在旅途上就不能写小说,有一次川端氏在某篇文字中泄露过这话,那么,这原因就在这里了。有时偶然住在自己家里,也非人工的造成了旅途上似的非人情世界,就不能安定地执笔是不会错的了。[……]所以是:川端氏的感受性,或是洞察力,是如何地尖锐的逆说底反写了。那也是知性和校勘,不可分的劳动感受性或是洞察力。那具象的例,就是氏的文艺时评了。不囿于现象,而富于客观和示唆,实在是当代所稀见的。可是,一方面,这不绝的使川端氏的精神疲劳,使氏不是旅途就不能安定工作。川端氏喜悦不关功利之影,而描写抒情的世界,实在的由来也在这里。①

这段发表在中日战争期间的中国《经纶月刊》的文学评论明确指出了川端文学中的美学精髓:旅者身份与逃离现实。这在雪国中的确有着具体的体现。第三次到雪国的岛村其身份没有变化,前往雪国旅行的伦理诉求与前两次相比较也没有发生变化,然而,不同时空下主人公的经历并不意味着单调的重复与情感的停滞。"对无所事事的岛村而言,漫无目的辛辛苦苦爬山这一举动本身似乎也变成了徒劳的标本。而又刚好因为这个原因才凸显出雪国之旅的非现实意义。"②由此徒劳本身在雪国也徒具了悲凉的意义。岛村在雪国从驹子身上感受到徒劳本身带有的悲哀之美,无论是记日记还是对着偌大的雪国高山弹奏三味线,这些看似徒劳的举动中竟然无不传达出女主人公驹子本人以及她对生活的认真态度,并在无形中使得可谓是徒劳的标本的岛村感受到人生的意义。

雪国的自然风物与冷暖人情,让岛村在两次雪国之行后对雪国持有的魔力由衷地发出感叹。驹子之外,第三次旅行中岛村看到在病人生前认真照顾病人、病人死后认真上坟的叶子,听到她哼唱的民间谣曲,这些看似毫无实际意义和价值的生活活生生地映入岛村的眼睑,传入他的鼓

---

① [日]浅见渊:《川端康成》,荻崖译,《经纶月刊》1942年第2卷第4期,第144—145页。
② 川端康成:「雪国」,『川端康成集』,東京:新潮社,1974年,第124页。

膜,令他莫名地感到惆怅满怀,产生无限怜悯。而让他身体得到舒适的雪国传统工艺绉纱,在伟大的自然和淳朴乡村的风物的浸染与织女们的辛勤劳作下,也成了人类与自然的浑然天成,并让岛村迷恋不已。纺织、晾晒绉纱本身的工作年复一年,每件绉纱中凝聚着的也是人类最美好、纯真的生活。"想到姑娘们当年在大雪天里,那么兢兢业业,便不由得想要送到织女们所在地去好好晾晒。白麻,晾在深厚的雪地上,映着朝阳,染上一层红色,浑然分不出是雪,还是布。每当想起这一情景,夏天的污秽便好像已涤荡无遗,自己的身体也像晾晒过,觉得那么舒适。"①在第三次之旅中,驹子带给岛村的爱、生活在雪国的人们的自然生活,最终都变成了促使岛村反思自我的一面镜子。这面镜子和暮景中的玻璃、抑或是晨雪中的镜子所起到的作用具有相同效果:"他(岛村)往往会突然陷入怅然若失的境界,所以,无论是那暮景中的玻璃,抑或是晨雪中的镜子,他绝不相信是出于人工的。那是自然的默示,是遥远的世界。"②雪国对岛村而言,是自然的默示,是让岛村的自由意志得以放纵驰骋的诗意世界。

三、《雪国》的艺术美与伦理诗学

川端康成在《雪国》进入雪国的时节屡次再现"暗夜"、严寒等舞台背景描写,即,对岛村而言,他切身体会到的是处在"暗夜"中的日本的难捱之时。他去雪国的伦理诉求中尽管岛村言之凿凿地声称是为了找回失去的对自然和对自我的真诚,然而,岛村对时局的逃避行为也可以看出端倪。雪国中色彩描写特别丰富,"穿过县境上长长的隧道"以后,岛村就到了雪国,看到了"夜空下,大地赫然一片莹白"的景象。③雪国的莹白和暗夜形成强烈的对比,似乎已经蕴含了主人公对明亮的追求和向往。而岛村乘坐的火车成了主人公实现环境穿越的工具,甚至连火车本身也变身为岛村追求美好、光明和温暖的助力:车里暖气氤氲,叶子和站长的对话

---

① [日]川端康成:《川端康成十卷集》(1),高慧勤主编,石家庄:河北教育出版社,2000年,第134页。
② 同上书,第76页。
③ 同上书,第47页。

中"真挚的情义盎然有余",冷艳的叶子照顾病人态度和举止温情有余。而车外却是天寒地冻、不断移动的暗夜。在岛村第二次离开雪国的时候,火车产生的非现实意义更加明显:"岛村恍如置身于非现实世界,没有时空的概念,陷入一种茫然自失的状态之中,徒然地被运载而去。单调的车轮声,听来像是女人的细语。"①

作家在《雪国》中展现给读者一个全然不同于现实世界的虚幻之境,而看似虚幻的雪国生活本身似乎已经默示出生活的意义。主人公岛村在雪国看到的自然是壮美的,那里的一草一木都生命盎然。那里的植物如萱草盛开时一般绚烂、迸发出强劲的生命力,"岛村刚上火车时,首先映入眼帘的,便是山上的这些白花。近山顶的那一段陡坡上,开了好大一片,闪着银色的光辉,宛如洒满山坡的秋阳,岛村的情绪也受了感染,不由得为之一叹。当时还以为是胡枝子花呢"②。"岛村越走越快。尽管他的脚又肥又白,因为喜欢登山,一面看着景致一面走路,竟至悠然神往,不知不觉中加快了脚步。他往往会突然陷入怅然若失的境界,所以,无论是那暮景中的玻璃,抑或是晨雪中的镜子,他绝不相信是出于人工的。那是自然的默示,是遥远的世界。"③杉林绿得黑黝黝的,红叶也红得耀眼,雪国每次展现给岛村都是一片盎然生机,甚至连徒劳本身也开始涌现出一种不可思议的特殊意义,这里的自然是岛村来雪国的伦理诉求之一。

在生命盎然的自然风景中,生活在其中的人们也展示出和自然相同的生命本质。活得灿烂,生得辉煌。首先是驹子自身的生活以及她对岛村的爱。她记日记、为行男筹集医疗费变成艺妓,对着群山寂寞地练习激越的三弦。驹子本身几乎就是传统的化身、艺术的存在,她对师傅的报恩思想使得她为行男的付出带有强烈的道德感和伦理感,她对艺术的真诚显现出她对生命、艺术的理解和追求,就连她对岛村的爱也似乎带有王朝物语的美感。驹子弹奏的"劝进帐",让岛村震惊。

---

① [日]川端康成:《川端康成十卷集》(1),高慧勤主编,石家庄:河北教育出版社,2000年,第94页。
② 同上书,第97页。
③ 同上书,第76页。

岛村那一片空灵的脑海里，顿时响彻了三弦的琴声。他不是给慑服，而是整个儿给击垮了。他为一种虔诚的感情所打动，为一颗悔恨之心所涤荡。他瘫在那里，感到惬意，任凭驹子拨动的力将他冲来荡去，载沉载浮。①

　　岛村完全沉迷在驹子带给他的冲击中。不仅驹子带给岛村以巨大的震撼力，就连叶子也是如此。叶子照顾病人行男的举止和态度，她和站长对话中流露出来真挚之情，就连行男死后给行男上坟的行为，都是那么美。在岛村眼中，驹子和叶子已经幻化为艺术本身。除了驹子和叶子这两位代表性的雪国的女子，就连雪国中纺织绉纱的织女们不也是同样如此。认真生活本身带给岛村以生命的冲击，内心里涌现出对生活本身的感激与敬畏。

　　第三次的雪国之旅中，主人公多次遇到"死亡"场景，飞蛾、小飞虫，还有叶子。作家将死亡场景描写成自然的变化中的一部分，笔触中绝少带有哀伤色彩，一切均随着季节的推移自然地走向幻灭。第三次的雪国之旅中岛村进入雪国旅馆后数次看到飞蛾、秋虫，还有蜻蜓，这些虫子在小说中随风飞舞，随季节而逝，给岛村以生命的默示："可是，眼前的这群蜻蜓，好像被什么东西追逐似的。仿佛急于趁日落黄昏之前飞走，免得被杉林的幽暗吞没掉。"②

　　主人公对自然、自我的伦理诉求与追寻是《雪国》故事发展的主要动力，也是贯穿整部小说的伦理结构，作为旅行者，岛村的伦理身份决定了他对雪国而言仅仅是一个过客。岛村的形而上的生命追寻与叩问在一次次的雪国之旅中已经得到了自然、生活、风物、风俗的默示。然而，有关雪国的一切在小说中形成的救赎空间，却似乎缺少一场惊心动魄的灵魂洗礼。即，自然、高山、生活、传统风俗的浸润对岛村的伦理诉求在一定程度上做出了回应。但是，最后让岛村得以醍醐灌顶不再沉迷于虚幻之境的

---

① ［日］川端康成：《川端康成十卷集》(1)，高慧勤主编，石家庄：河北教育出版社，2000年，第85页。

② 同上书，第108页。

场面却是叶子之死。叶子的死亡变成了叶子之美的永存瞬间。

　　岛村的旅行者身份决定了他旅行的伦理诉求,而其伦理诉求中的自然、自我是他探索生命伦理的两个突破口。旅行者身份带给他充足的自由,三次到雪国并且和驹子的交往让他意识到形而上的追求与形而下生活的相互对应。文学伦理学批评认为:"在现代观念中,文学伦理还包括了人与自然、人与宇宙之间的道德关系,即道德秩序。在具体的文学作品中,伦理的核心内容是人与人、人与社会、以及人与自然之间形成的被接受和认可的伦理关系,以及在这种关系的基础上形成的道德秩序和维系这种秩序的各种规范。"①《雪国》故事随着岛村对雪国之旅的沉迷,驹子逐渐超越其艺妓伦理身份,表现出非同寻常男女之爱,开始让岛村感到为难和困惑。叶子之死让岛村看到美的升华,而驹子的超越艺妓伦理身份的男女情爱却开始让岛村感到苦闷。此时距离岛村离开雪国也为时不远了。

　　因为自然、杉林、驹子、叶子、绉纱、萱草、红叶、落花,雪国成了岛村疗愈自我、实现生命追问之所。这样的雪国对作家川端康成而言,意味着传统美的立体空间,是可以让文学得以美学开眼之地。在战时日本的灯火管制期,作家舍弃参加侵略战争的兵士,描写在战争后方享受祖国山河与自然风光的旅行者;舍弃战时军国主义鼓吹的贤妻良母,描写风情万种的艺妓;舍弃灯火管制下的暗黑生活,刻画雪国色彩鲜明的亮色;舍弃战争协力作品创作,刻画岛村翻译、制作西洋书、舞蹈艺术书的"无聊"生活;这里没有军服,只有雪裤、绉纱和和服……在上述一系列对比项中,作家川端康成的选择已经暗示了《雪国》带有的伦理性:艺术的伦理美学,美学中的生命哲学,岛村追求的是形而上的生命美学。当领悟到雪国之美、生命的伦理之美后,岛村彻底融进到雪国里,作家川端康成也融进了日本传统美之中了。

第二节　《千羽鹤》的伦理价值论

　　《千羽鹤》是川端康成的代表作,代表了他一贯的文学理念和美学思

---

①　聂珍钊:《文学伦理学批评导论》,北京:北京大学出版社,2014年,第13页。

想。研究界对这部作品历来众说纷纭、莫衷一是,甚至呈现出善恶两端的价值判断现象。三岛由纪夫、山本健吉和梅原猛等日本研究者基本上在唯美主义、罪恶意识、人性救赎、官能审美等角度审视作品的价值。以叶渭渠等为代表的中国学者也基本上集中在对该作品的美学探究和宗教魔界意识研究,与日本学者有异曲同工之处。本节以川端的诺贝尔文学奖获奖辞为切入点,运用聂珍钊文学伦理学批评的理论与方法重读《千羽鹤》,发现川端康成是借用日本传统美的背景和氛围,表达他更为深沉的伦理思考和对人类的关心,从伦理和道德层面赋予了作品特殊的主题和伦理价值。

一、问题的切入

《千羽鹤》和《雪国》一样都是长期在报纸或文学刊物上连载后成书的作品。这部小说共分五章:"千羽鹤"(1949)、"森林的夕阳"(1949)、"志野彩陶"(1950)、"母亲的口红"(1950)、"二重星"(1951)。小说主要以公司职员三谷菊治和其父亲的情人、茶道传人栗本近子为基本人物线索,描写了菊治与也是父亲情人的太田夫人、太田夫人的女儿文子,以及茶道弟子稻村雪子之间的性爱和情爱关系,塑造了菊治、栗本近子、太田夫人、太田文子和稻村雪子等复杂的人物形象,展示了战后日本特殊的社会文化背景下的混乱的人际关系和命运结局。

先行研究中对川端康成高度评价的三岛由纪夫认为,这部小说是仿古典主义的代表作,即唯美主义和审美文学的极端甚至超越,进而认为川端为了塑造古典美的形式,暗示了人与人之间的关系也不是单纯的人际关系,而是更加深刻的长期沉淀的活生生的肉感的人际关系。① 山本健吉则通过太田夫人的毁灭之美,极力强调这部作品的罪恶意识和虚无主义表达。② 而梅泽亚由美在先行研究的基础上认为,菊治和文子罪恶意识的结果在于某种意义上的救赎,整部作品其实就是菊治自我净化和漂

---

① 三岛由纪夫:「解説」,『日本の文学 第38(川端康成)』,谷崎潤一郎等編:東京:中央公論社,1964年,第525—539頁。
② 山本健吉:「解説」,『千羽鶴』,東京:新潮社,1989年,第282—287頁。

白的故事。① 著名哲学家和评论家梅原猛虽较为深入地探讨了川端作品整体的伦理意识与官能审美的对立与矛盾,但最终还是落脚在佛教的魔界意识,强调了川端文学的佛教要素。② 研究者川岛至甚至认为,对于《千羽鹤》的主人公菊治来说,女性也是与传世的珍贵茶道道具有相同意义的存在,作家川端康成的的确确不是女性赞美者,而只是一个女体嗜好者。③ 日本研究者基本上在唯美主义、罪恶意识、人性救赎、官能审美等角度审视作品的价值,甚至部分地否定了作品的艺术和思想价值。

中国国内,以叶渭渠为代表的研究者基本上集中在对该作品的美学探究层面,叶渭渠指出,川端康成试图在小说中超越世俗的道德规范,创作一种幻想中的美、超现实美的绝对境界。④ 孟庆枢则从思想、文化、审美和宗教等多角度论证,认为《千羽鹤》的主题是日本的传统美,是洗涤人类灵魂的唯一途径。⑤ 其他一些研究者更多持有日本学者的观点,基本上不承认作品的伦理和道德因素及其价值,从宗教、从川端自述的魔界思想入手展开讨论。如李均洋认为,《千羽鹤》是"地地道道的东方小说美学之花"⑥。吴永恒认为,川端康成试图在充满官能欲望的魔界寻找真和美。⑦ 更有李伟萍认为川端试图通过走入魔界,来摆脱一切道德的抑制,获得再生。⑧ 只有魏威肯定了《千羽鹤》的伦理因素和道德的胜利,但他同时指出:菊治在道德战胜情欲后,反而更颓废了,难道不是反证出官能

---

① 梅沢亜由美:『「千羽鶴」から「波千鳥」へ——川端康成がめざしたもの』,『日本文学誌要』(通号58)(1998)1-60。
② 梅原猛:『梅原猛著作集19』,東京:集英社,1983年,第29-98頁。
③ 川嶋至:『美への耽溺——「千羽鶴」から「眠れる美女」まで』,『川端康成の世界』,東京:講談社,1969年,第243-284頁。
④ 叶渭渠:《结合东西方的川端康成》,《上海教育》2005年第08A期,第78-79页。
⑤ 孟庆枢:《〈千只鹤〉的主题与日本传统美》,《日本学论坛》1999年第3期,第44-51页。
⑥ 李均洋:《我就是佛——〈千只鹤〉茶心·禅心美学论》,《外国文学评论》2008年第1期,第72-78页。
⑦ 吴永恒:《在"魔界"中表现真与美——〈千羽鹤〉初探》,《外国文学研究》1993年第2期,第78-82页。
⑧ 李伟萍:《〈千只鹤〉:"净化灵魂的物语"》,《世界文学评论》2010年第2期,第191-194页。

之美还是比道德重要吗?① 凡此种种,基本上没有突破日本学界的评论框架。

但是这里最有必要提起的是这样一个事实:那就是作者川端康成对自己这部作品的评价和认知。他在获得诺贝尔文学奖时发表的演说辞《我在美丽的日本》中,饱含深情地几乎用整篇的篇幅对日本的美学理念、文学追求和审美特质做出细致的论述,与此同时,唯独对《千羽鹤》做了这样的表述:

> (前略)"雪月花时最思友"这也是日本茶道的根本之心,茶会就是这一根本之心的"感会",即吉日吉时好友同事相会的宜佳之会。顺便说一句,我的小说《千羽鹤》,如果人们以为是描写日本茶道的"心灵"与"形式美",那就错了,毋宁说这部作品是对当今社会低级趣味的茶道表露出的怀疑和警惕,并对其予以否定。(后略)②

这里,川端康成直截了当地指出,《千羽鹤》是对战后日本社会低级趣味的所谓传统文化的怀疑和否定,而不是描写日本的传统美。当然,我们不能完全把川端本人的话作为判断这部作品主题和价值的唯一的定论而否认其他角度的解读,更不能否定作品与日本传统美的密切关联,因为批判本身也是重要的关联,但它毕竟为我们提供了把握这篇小说的最为重要的关键点和切入点。细读文本我们会发现,川端康成在作品里不是对日本传统美的简单的褒扬和推崇,而是有着更深层次的思考和质疑,带有更多的对当时日本社会的传统认识的警惕和戒备,甚至是否定。本研究的立足点恰恰就在这里,从聂珍钊的文学伦理学批评的角度重读《千羽鹤》文本,就会发现作品中人物都具有清晰的伦理意识,而这同时又陷入伦理困惑和伦理混乱,最后不得不做出伦理选择这样一个过程,这在整个作品的文本结构中以及具体的细节描写等方面都可以得到源自文本的印证。

文学伦理学批评认为,文学本身从起源上就是伦理的产物,文学的价

---

① 魏威:《读〈千羽鹤〉》,《外国文学研究》1987 年第 1 期,第 139—140 页。
② 川端康成:『川端康成全集』(第 28 卷),東京:新潮社,1982 年,第 348 页。

值就在于它具有伦理教诲功能。只要是文学,无论是古代还是当代的,西方的还是中国的,教诲都是它们的基本功能。① 概观整个《千羽鹤》的创作酝酿和发表年代,甚至我们可以说,川端康成是借用日本古典之美或者说传统之美的背景和氛围,来表达他更为深沉的伦理思考和对人类的关心,从伦理和道德层面以及角度赋予了作品特殊的或者说更高层次的主题和文学价值。

二、伦理环境与伦理结构

《千羽鹤》的创作和发表都是在第二次世界大战后的20世纪40年代末和50年代初,是日本战后经济与文化的恢复期,社会混乱、价值迷离,不仅仅是人们的物质生活方面,各种社会思潮也是竞相泛滥,战前和战时培养的价值观念分崩离析,人们丧失了原有的精神支柱和信仰,同时又对战后新旧势力交错的现实局面感到非常迷惘、不安和无助。这就是《千羽鹤》这部作品宏大的时代伦理环境,只有在这个特定的伦理环境中我们才能够回到作品创作发表当时的伦理现场,对作品进行客观的伦理阐述。川端在作品中也不断强调日本遭受空袭的战争回忆,包括太田夫人向菊治回忆文子冒着被轰炸的危险送三谷回家、空袭中为三谷买菜做饭②等描写,都是在提醒读者,故事发生在战后的伦理环境。

正是在这样的大的时代伦理背景下,作品中以菊治为核心的人物关系的伦理环境才更显得具有真实性与合理性。菊治从小生活的伦理环境就是复杂而又混乱的,父母貌合神离,母亲在孤独中可以说没有任何幸福可言,作为茶道师的父亲又同时与栗本近子、太田遗孀保持情人关系,而且毫不避讳还是八九岁儿童的菊治,使得菊治毫无防备地看到了父亲的情人栗本近子胸部的巴掌大的、长着黑毛的黑痣:

> 大概是菊治七八岁的时候,被父亲带着到近子的家里去玩。结果看到了近子在茶室里敞胸露怀,用一把小剪子在剪黑痣上的黑毛。

---

① 聂珍钊:《文学伦理学批评导论》,北京:北京大学出版社,2014年,第7页。
② 川端康成:『川端康成全集』(第28卷),東京:新潮社,1982年,第254—255頁。

黑痣长在左边乳房，占了半个乳房的面积，而且还在往胸口窝扩展。整个有巴掌那么大。在那黑得发紫的黑痣上面好像长出了黑毛，近子正在用剪子夹住那颗黑毛。[……]

　　展开在近子膝盖上的报纸上，散落着好像男人的黑胡子的东西，也被菊治看到了。虽然还是正上午头上，却听到老鼠在屋顶棚上吱吱乱叫。屋檐旁边的桃花正在开着。[……]

　　菊治对父亲装作没事人的样子感到一种义愤。连菊治自己都看到了近子的那颗黑痣，菊治对父亲无视自己的存在和感受也感到了一种憎恶。[……]

　　另外，菊治到了十几岁的时候，想起了当时母亲的话，如果真的喝着长着那颗黑痣的乳房的奶水的、同父异母的妹妹或者弟弟出生了，那将会是怎样的可怕啊！他感到了莫名的不安和恐惧。①

　　这就是作品中人物群体的具体的伦理环境。第一章在不到两页纸的空间里，居然在描写栗本近子与其他登场人物关系时，牵扯到乳房上那巴掌大的黑痣，使用"黑痣"一词共25次，而整个作品前后贯穿的文本中共出现"黑痣"43次之多，这在世界文学经典作品中也不能不说是一个特殊的案例。这明显是在通过黑痣外观的象征性给读者强调了菊治从小生活的伦理环境是多么丑恶、矛盾、畸形、异样，又是多么混乱。最应该展示传统美的"雪月花时最思友"的茶室，却成了完全不顾女人的羞涩和矜持、甚至连基本修养都不顾的近子用剪刀修剪自己黑痣上黑毛的场所，而所谓的茶道和所谓的传统文化也都被这象征着丑陋的黑痣全面覆盖和污染，所谓的传统美荡然无存。

　　而这之后，作品中的重要人物登场的场面，尤其是茶室聚会，纪念菊治父亲三谷的茶会，稻村雪子与菊治的婚姻介绍见面会等等，都是这个胸部有着巨大的丑陋黑痣的人——近子组织和参与的，所谓传统茶道、传统服装、传统仪式等等都笼罩在全文43处的黑痣阴影中。仅仅这一点就可以认为，这里确切地清晰地印证了川端康成在诺贝尔授奖仪式上对所谓

---

①　川端康成：『川端康成全集』(第28卷)，東京：新潮社，1982年，第248-249页。

日本战后传统美的讽刺和批判,是对日本战后社会充斥着低级趣味的茶道表露出的怀疑和否定。

于是,在这样大的时代伦理环境和具体的作品人物群体的伦理环境中就形成了明显的伦理结构。伦理结构指的是文本中以人物的思想和活动为线索建构的文本结构,伦理结构有四种基本构成:人物关系、思维活动(包括意识结构和表达结构)、行为和规范。人物关系主要指不同人物之间的关系构成。① 主人公菊治同已死的父亲三谷和栗本近子以及太田母女的关系就是一种复杂的伦理结构。人物之间的伦理结构,其实也是上述大的时代伦理环境和具体人物间的伦理环境的具象化。它的作用在于,因为菊治与太田夫人的相遇,形成了父辈偷情基础上的双重乱伦,造成了菊治和太田母女的伦理困境和伦理两难。从而也就形成《千羽鹤》主题思想和人物塑造的伦理现场和最基本的艺术构架。

三、伦理身份与伦理意识

那么,《千羽鹤》中基本伦理结构中的人物群体,即便是在战后一片混乱的现实中,有没有清晰的伦理意识、伦理身份呢？这是对一部文学作品进行伦理解读的关键所在。可以认为,作者川端康成的伦理意识以及作品中登场人物的伦理意识,在作品中都非常鲜明地得到了淋漓尽致的表达。无论是父亲三谷与栗本近子和太田夫人偷情关系的描述,还是三谷夫人与丈夫的两位情人之间伦理身份的描述,都清晰地展现着相互之间的伦理关系以及复杂特质。菊治与太田夫人、太田文子的双重乱伦关系描述中,更是凸显了叙述者川端康成赋予登场人物以清晰的,甚至是故意夸张的伦理身份和伦理意识。这一方面表现在人物关系交流中使用的语言特色上,另一方面表现在陷入不伦和乱伦中人物的伦理自责和道德负罪感上。

从菊治第一次见到太田夫人,对于太田夫人对自己的注目和温情有所反感,尤其是知道太田夫人故意在回家的必经之路上等待自己时,就使

---

① 聂珍钊:《文学伦理学批评导论》,北京:北京大学出版社,2014年,第260页。

用了不太符合日语习惯的表达方式。"那么您的女儿知道她的母亲您在这里等候着我吗？"（それでお嬢さんは、お母様が私をお待ちになっていることを、御存知なんですか。）①另外，像"因为在下的父亲活着的时候让您的女儿受了很多苦"（私の父は、お嬢さんを随分苦しめたんでしょうから）②。这里几乎是故意地突出了人物间的伦理身份。更有甚者，作品中菊治与太田夫人乱伦之后，夫人问起菊治与雪子是否结婚的事情，菊治答非所问地回答道：

> 给我做介绍人的栗本，你知道的，是我父亲的女人啊！那家伙经常因过去的怨恨出口伤人。你是我父亲的最后的女人，我认为我父亲还是很幸福的啊！（仲人をするという栗本だって、父の女ですよ。あいつは過去の毒気を吹きかける。あなたは父の最後の女だが、父も幸福だったと、僕は思いますよ。）③

这些清楚表达人物之间伦理身份、亲属关系、血缘关系的单词和语句全文本出现 351 次之多，因为日语尤其是在使用敬语、自谦语和借助授受动词表达的时候，日常会话中是尽量不用"你、我、他"这类主语词的，而作品中这些表达语句，不但用了不必要的主语，更是使用大量的敬语，就是因为这里的作品主人公清晰的伦理意识，使其故意使用敬语和表明伦理身份的主语。无论作者川端康成写作时有没有这样的用意，但是作为读者，根据语言特点可以读出这种表达内涵。其他如"未亡人"即汉语的"遗孀"，表明对方是结婚后失去丈夫的寡妇等词汇也是频繁使用。因此伦理纲常的种种限制和伦理界限就越发清楚，言行举动等等都会受到相应的社会伦理和家庭伦理的约束。总之，文本中表示伦理身份、伦理界限和伦理禁忌的词组和句子不胜枚举，充分表现了作者本人和作品中人物的伦理意识是何等的清晰。

另一方面，作品的登场人物中，从菊治到太田夫人和太田文子都充满

---

① 为便于两种语言的确认，故此引用日文原文，以下统一。
② 川端康成：『川端康成全集』（第 28 卷），東京：新潮社，1982 年，第 254 頁。
③ 同上书，第 267 页。

了不伦和乱伦后的自责和忏悔,表现出了明确的罪恶意识,这在三个人物的乱伦前后的对话叙述和各自的心理活动描写中随处可见。鉴于如前所述的先行研究中已有了大量的论述,在此不做赘述。简而言之,作品中主人公等的大量自责、忏悔和罪恶意识本身就是伦理意识清晰,甚至故意夸张凸显伦理意识的最好证明。

日本哲学家、文学评论家梅原猛(1925—2019)在日本精神史、古代史、文学、宗教等领域都具有独创性思索。他以佛教为中心,对日本人的精神性所进行的独特研究被称为"梅原日本学",他与川端康成生前有过几次密切交往和接触,并自称川端康成的文学影响了他的整个人生历程,基于他对川端的了解,他曾经这样评价川端康成及其部分作品:

> 我少年时代读过的他的作品虽然只到《雪国》为止,但是无论《伊豆舞女》还是《雪国》这些战前的作品都是很健康向上的。虽然一直到目前为止几乎很少有人指出过,但我还是坚定地认为,川端康成是一个伦理观念非常强烈的人。他那强烈的伦理观念首先来源于他天生的无私的精神,其次,当然这也可能是他作为公众人物受到人们尊重的原因:他的伦理观念和伦理意识有意地、适度地抑制了他战前的作品中那为所欲为的官能性的、肉欲的审美意识。①

虽然梅原猛主要试图论述战前战后川端作品中官能描写的比重不同,但是对川端伦理观念之重和伦理意识之清晰的评价是鲜明且准确的。这也是在日本学术界最清晰、最肯定地指出川端康成伦理思想和伦理意识浓厚的论断,也是我们从文学伦理学角度和视野解读《千羽鹤》的重要的依据和可能性所在。

四、人物群体的伦理混乱

毋庸置疑,《千羽鹤》中主要人物都具有非常清晰的伦理意识,而人类拥有清晰的伦理意识后就不会发生伦理错误和伦理混乱了吗?显然不

---

① 梅原猛:『梅原猛著作集19』,東京:集英社,1983年,第32頁。

是,即便是有着清晰的伦理意识,但是伦理身份的改变或者伦理结构的改变就会导致伦理混乱、引起冲突。聂珍钊认为,"既有秩序遭受破坏'道德观念发生冲突''巧合'误解等,也同样属于伦理混乱,在文学作品中,伦理混乱的价值在于增加文学性和提供道德警示"①。《千羽鹤》中描写的大部分内容就是主要登场人物的伦理混乱。如作品中详细地描述了近子主持茶会的参加者以及他们与主人公菊治的关系,诠释了第一章中伦理混乱的详细情况:既有纯洁无瑕的身着"千羽鹤"和服的小姐雪子和文子,更有太田夫人、近子以及把他们连在一起的茶道道具"黑织部烧"茶碗。而这只茶碗正好揭示了人物之间的混乱关系,象征和暗示着极度的伦理混乱。

> 淑女面前的茶碗,菊治也有清晰的记忆。那是父亲从太田遗孀那里接受的赠物,所以父亲一定使用过。看着死去的丈夫遗留下来的爱物被菊治父亲交给了(情敌)栗田近子,又被在这样一个茶会时摆在这里,太田夫人是用什么样的心情看待这只碗的呢?[……]
>
> 从死去的太田之手到太田遗孀手里,又从遗孀之手到菊治父亲手里,再从父亲之手到近子手里,于是太田和菊治父亲这两个男人都死去了,两个女人都坐在这里。只看这过程本身就可知道,这是一只暗示着多么奇怪命运的茶碗啊!
>
> 这个古老的茶碗,今天在这里又被太田夫人的令爱、近子、稻村家淑女,还有其他到场的淑女们,(一个个)用嘴唇亲吻(触碰)、用手来抚摸。
>
> "用那只茶碗!我也想来一碗茶!因为刚才我用的是别的茶碗。"太田夫人突然有点出人意料地、冷不防地说了一句。
>
> 菊治又一次感到无比惊讶。这是个老好人呢!还是不知羞耻啊!看着旁边一直低头不语的太田家的淑女(文子),菊治觉得十分可怜,简直不忍心再看下去了。②

这里,作者特意一而再再而三地警示读者伦理混乱到何种程度。一

---

① 聂珍钊:《文学伦理学批评导论》,北京:北京大学出版社,2014年,第258页。
② 川端康成:『川端康成全集』(第28卷),東京:新潮社,1982年,第252—253页。

只代表着日本传统文化的黑织部茶碗,从千利休的桃山时代到现代的传世之作,却因现代人伦理秩序的破坏,集中而又形象地展示了作品中人物群体的伦理混乱:茶碗的原始所有者太田死后,传给了妻子太田夫人,而太田夫人又把它送给了情人三谷,三谷又把它交给了自己的弟子兼情人的栗田近子,而胸口有巴掌大黑痣的栗田近子又把它拿出来在隆重的茶会上使用。于是太田夫妇、太田母女、三谷父子、栗本近子、稻村淑女和其他到场的淑女们,都在同一个空间里用各自的嘴唇吻碰着、用各自的手抚摸着这只命运非凡的茶碗。道德、伦理、秩序、恩爱、羞耻、亲情和爱情等,都在这只茶碗里混沌污浊在一起了。

其他伦理混乱的登峰造极的描写,在作品中还比比皆是,如巧合、误解或者神情恍惚、时空错乱等等,像日本从古至今的"物纷"①美学理念一样,展示了源自人类天性本身的伦理混乱。

> 为什么与夫人成了现在这个状态,菊治无法清楚理解。因为一切是那样的自然而然。用夫人现在的话说,好像因为诱惑了菊治感觉到很后悔,其实不仅可能夫人本来就没有打算诱惑菊治,同时菊治本人一点也没有被诱惑的感觉。另外,从心情和感觉上讲,不仅菊治没有抵触,就是夫人也没有任何抵触。可以说,这里没有任何道德的影子出现。②

发生了乱伦关系的菊治与父亲的情人太田夫人两个人,都处在一种神情恍惚和时空错乱的状态,虽然两个人都具有清晰的伦理意识,但是对情人的怀恋和对父亲的感觉寻找,以及对母性母爱的向往还有太田夫人的女性魅力等等,在巧合或者误解等因素作用下,恍惚之间出现了上述男女两代人二十岁悬殊的伦理混乱。

不仅如此,作品的整体构造就十分明显地表明,川端康成是在有意识地为主人公设定伦理困惑和伦理混乱的布局。正常情况下就像在第一章

---

① 王向远:《日本"物纷"论:从"源学"用语到美学理念》,《上海师范大学学报(哲学社会科学版)》2014年第3期,第86—91页。
② 川端康成:『川端康成全集』(第28卷),东京:新潮社,1982年,第237页。

《千羽鹤》各节的结构一样,作者正面描写菊治与父亲的情人以及情人之女的会面和交流,但是在第二章《森林的夕阳》中,第一节描写了近子撮合菊治与稻村雪子见面的场景,但具体见面的内容没有叙述,而是在第二节里以回忆的方式叙述与稻村小姐的交流和内心活动,而这种回忆可以持续也可以间断,更可以随时增加进来突发事件。于是,当回忆到菊治与稻村小姐的深度交流,甚至谈到与稻村小姐结婚,谈到菊治讨厌作为婚姻介绍人的粟本近子的内心苦恼,并指出这完全是命运所致,不可抗拒时,在此节点上,被爱情折磨到无法生活下去,挣扎着生病虚弱的身体,躲开女儿文子的劝阻,到菊治家里对菊治倾诉相思之苦、泪流满面的太田夫人出现了。

于是同一间茶室里菊治和他父亲的情人粟本近子、同时是父亲也是自己情人的太田夫人以及自己的婚姻对象稻村雪子出现在同一个空间里,各怀尴尬,浓烈地绝妙地展示了伦理的困惑和伦理的混乱。而这些恰恰是群体人物最后不得不进行伦理选择的文本基础所在。

五、伦理两难的悲剧性伦理选择

作品中充分地展示登场人物的伦理困惑和伦理两难,这是伦理选择时必然遇到的问题,也正是这部作品的伦理价值所在。因为人物陷入了无法解脱的伦理困境和伦理两难之中才会出现真正的悲剧性伦理选择。菊治在太田夫人自杀后,似乎放弃了与稻村雪子结婚的打算,与文子发生了乱伦关系,主观上选择了与文子生活下去,可是文子的出走使他又陷入了迷惘。文子在无法忍受的伦理困惑后摔碎母亲使用过的茶碗,打算与菊治相互搀扶度过人生,但是却又难以再次面对乱伦的现实,最终选择音讯全无地离家出走。其中,太田夫人最后的伦理选择最为复杂、最为典型,因而也最具有悲剧性。

关于这一点,作品中通过人物菊治本身提出过太田夫人的自杀原因,"夫人是因为无法逃避负罪感而死的呢?还是因为无法抑制乱伦的爱情而死的呢?菊治困惑地思考了整整一个星期"[①]。这里其实是一个在伦

---

① 川端康成:『川端康成全集』(第28卷),東京:新潮社,1982年,第269頁。

理困惑和两难境地中的死亡选择。没有爱就没有偷情的负罪感,而这种负罪感并不是死亡的根本原因,因为如果是负罪感的话,太田夫人在自己丈夫尸骨未寒的时候就与菊治父亲三谷偷情,到后来与菊治相见时她仿佛遇到了昔日情人,情感混乱发生乱伦之情,直到去世前都没有极度罪恶的感觉,反而是某种留恋不舍与犹豫不决;当然太田夫人也不是因无法抑制乱伦的爱情而死,其实这也是某种意义上的误解,因为太田夫人不需要过分地抑制自己的爱情。当她与父亲三谷偷情时没有,与儿子菊治偷情时也没有,反而还更加享受这种过去的回忆与现实爱恋融合在一起的爱的世界,例如,当菊治与太田夫人发生肉体关系后有一段两个人的对话,夫人很怀念地谈起了菊治父亲和自己的恋情,还有三谷对女儿文子的父亲般的爱,菊治感到了莫名的憎恶和警戒:

> 但是,夫人不但没有丝毫憎恶和警戒的感觉,反而还表现出了精神的完全放松、温情脉脉、十分怀恋的样态。
>
> 女儿文子之所以对菊治父亲三谷友好相待,其实完全有可能是对母亲同情,不忍心坐视不管而已。菊治认为,夫人看似在说女儿的事情,而实际上是在述说自己与三谷的爱情。
>
> 夫人可能是想诉说自己满腔的情爱,但是至于诉说的对象,用一句极端的话来说,她没有分清是菊治自己还是父亲三谷。明显地可以感觉到夫人是对着菊治,倾诉着她对父亲三谷的无限的眷恋和爱意。①

也就是说,单纯的偷情、复杂的不伦和乱伦虽然可能使太田夫人有负罪感,但她不会因此抑制自己的情爱,更不会因此而自杀。上面的这段对话描述,就是在自己乱伦对象菊治怀抱里怀念自己与其父亲三谷的不伦恋情,而且还牵扯到自己的女儿文子。这里既没有负罪感,更没有对自己不伦和乱伦的抑制。

因此,太田夫人的自杀,其实是一个在伦理困惑和伦理两难境地中的

---

① 川端康成:『川端康成全集』(第28卷),東京:新潮社,1982年,第255頁。

死亡选择。我们应该注意到一点,就是太田夫人自杀的根本原因是什么?前面论述到负罪感和无法抑制的乱伦爱情都不是根本原因。丈夫太田死时她没有自杀、三谷死时她没有自杀、与菊治陷入乱伦时她没有自杀、被女儿责备乱伦时她还没有自杀,但是,当自己成了菊治婚姻幸福的障碍时,她义无反顾地自杀了。

简而言之,多重的伦理混乱与伦理困惑造成了太田夫人伦理选择的困难与不可能,最后只能以死结束这种生不如死的伦理两难的极端状态。这也是太田夫人的真正死因。作品中在太田夫人自杀后,有一段菊治和栗本近子的对话,某种意义上强调了太田夫人的真正死因:

> "菊治君,你和雪子谈婚论嫁的事是你自己告诉太田夫人的,对吧!"
>
> 菊治虽然事先想到了她可能会这么说,但还是气愤至极:
>
> "跟太田夫人打电话,说我和稻村雪子的事情已经定下来了的,难道不是你吗?"
>
> "是!是我通知的!而且我还说了,拜托你不要再来打扰再来捣乱了!太田夫人就是在我电话通知她的那天晚上自杀的!"
>
> 两个人都沉默了。①

如上所述,太田夫人恰恰是被栗本近子通知参加菊治与雪子的见面定情会后,强烈意识到自己的乱伦会影响到菊治与雪子这对年轻人的人生幸福,成为他们追求幸福的障碍,于是她不顾廉耻、不顾女儿的劝阻,冒雨直接找到菊治,再次亲自确认后,当晚自杀身亡。因为她不能舍弃对三谷父子两代人的爱,那比她的名誉和生命还重要,但当她认识到自己的存在和爱会影响爱人菊治的幸福婚姻时,她就放弃了自己生命。也可以说这是太田夫人在不伦和乱伦之后进行的伦理高境界选择:舍生取义。当然这个义不一定是太田夫人的主观追求,对她来说这个义可能就是她的爱本身。

---

① 川端康成:『川端康成全集』(第28卷),東京:新潮社,1982年,第278页。

正像聂珍钊在论述莎士比亚《哈姆莱特》中哈姆莱特延宕和死因时的论断那样:"他能不能不杀死母亲的丈夫、自己的继父而不犯罪? 这是一系列复杂的伦理问题,需要哈姆莱特做出回答,然而他无法做出回答,只能不断地思考并让自己深陷伦理两难困境的痛苦之中,并最终导致自己的悲剧。"[①]不杀继父,只是没有完成父仇子报的家庭伦理义务,而杀了继父,又会碰触谋杀国王和母亲之夫的国家政治的伦理大忌,最后只能在多次的延宕之后,舍弃生命,完成了自己人生和时代的悲剧。太田夫人同样陷入了自杀舍不得一生的爱,不自杀会破坏爱人幸福的极端的伦理两难,最终完成了自己的悲剧性伦理选择。

伦理选择的结果导致的是两个相互对立的选项,从而出现伦理两难和伦理悖论,逻辑悖论是绝对无法解决的,而伦理悖论不是绝对的,无论结果怎样都会得到解决。而无论解决的结果如何都能给读者带来有益的思考和道德启示,太田夫人自杀选择的意义就在于此。

六、结论

作品全文分为五章"千羽鹤""森林的夕阳""志野彩陶""母亲的口红""二重星",如果是像一部分学者的观点那样认为该作品是表现所谓官能美和肉欲美的话,完全可以选用"森林的夕阳"和"母亲的口红"做小说的题目;如果作品主题是表现所谓日本传统美的话,完全可以选用"志野彩陶"和"二重星"做小说题目,但是作者选择了用"千羽鹤"做总标题。

众所周知,制作和赠送千羽鹤是日本文化的一种传统,用来象征对和平的祈求和对幸福的向往,而川端康成把这部作品命名为"千羽鹤"一方面是为了张扬日本文化,而另一面不正是想通过作品中人物从伦理混乱、伦理困惑到伦理选择的过程来告诫人们伦理意识和伦理选择的重要性吗? 错误的伦理选择就会给人类带来人生的悲剧命运:早死、自杀、丑陋、自责、自我流放和罪恶意识的无边痛苦等事实,表明了作者对人类的告诫、期冀和祝福。作者没有因为不伦和乱伦等反伦理、反道德的行为而抛弃人类,反

---

① 聂珍钊:《文学伦理学批评导论》,北京:北京大学出版社,2014年,第133页。

而在告诫和警示人类之后用象征和平幸福的千羽鹤来祝福人类。

不是因为有了清晰的伦理意识，人们就会做出正确的伦理选择，而往往是在具有清晰的伦理意识的同时，人类因与生俱来的兽性因子和情欲追求的作用，产生错觉，陷入伦理混乱和伦理两难，从而产生悲剧式的命运结局，就像作品中的人物菊治、太田夫人以及太田文子。某种意义上讲，人类社会生活中的这种人物模式更具有伦理警示和教诲作用。

伦理价值是正面道德价值与反面道德价值的总称。伦理价值除了包括所有的道德价值在内外，还包括非道德的价值，如文学作品中的反面人物和坏人形象。虽然就这些人物的品质和行为而言是缺少道德或不道德的，但是他们仍然具有重要的伦理价值，这就是从反面提供教诲。① 就如作品中的栗本近子和菊治的父亲三谷，栗本近子以及她胸前巴掌大的带毛的黑痣，几乎就是作品中恶俗的现实和道德败坏的象征性存在。

日本学者久松潜一认为："作为人类生活所必需的秩序就是伦理、就是道德。因而，离开了人的生活，就不存在伦理，所以人类成长形成人格等是文学的基本课题，仅此一点就可以说文学与伦理有着密切的深刻的关系。文学与伦理的问题乃是文学的本质性问题。"②《千羽鹤》中的伦理叙述，就是直面了文学这个本质性问题，凸显了东方文化和东方文明的特色，重估了日本传统的价值和现代意义，调和了传统与现代的纷繁复杂的关系，使之从对立走向融合，从而实现了川端文学的普遍性、民族性以及世界性意义。而他同时又通过这部作品对现代社会中低级趣味的茶道表露出怀疑和警惕，并予以否定，对传统的东方文化给予弘扬，从而在伦理和道德的层面发出警戒和忠告，进而发挥了文学的教育和教诲作用，实现了其文学思想艺术的最高价值。

第三节　从《一只胳膊》看伦理选择与身份定位

川端康成的《一只胳膊》是作家晚年创作中饱受争议的作品，批评界

---

① 聂珍钊：《文学伦理学批评导论》，北京：北京大学出版社，2014年，第258页。
② 久松潜一：『国文学』，東京：東京大学出版会，1954年，第238页。

对《一只胳膊》的批评一直是"唯美的""变态的""官能的""颓废的",甚至是"反伦理道德"的观点占主导地位。本节借助文学伦理学批评方法对这部超现实主义小说进行了重新解读,由此认为,主人公对借来的"一只胳膊"心情是复杂的,既有顶礼膜拜又有怀疑反思,但他最终扔掉了借来的"一只胳膊",把自己的胳膊重新安在身上,这一情节隐喻了半个世纪以来日本现代文化和文学创作所经历的伦理选择过程,是对身处自己固有传统中的日本作家在西方艺术强势影响下如何进行伦理选择以及伦理身份确认的反思与诘问。

一、伦理困惑与《一只胳膊》的创作

川端康成是日本第一位、亚洲第二位获得诺贝尔文学奖的作家。1968年度诺贝尔文学奖授奖辞评价川端康成及其创作说:"其一,川端以卓越的艺术手法,表现了具有道德伦理价值的文化思想;其二,川端先生在架设东方与西方之间精神桥梁上,做出了贡献。"① 如此高度的评价,很难让人相信仅仅指向其获得提名的《雪国》和《古都》等名作,至少还应该包括川端康成后期创作的《千羽鹤》《山之音》,晚年创作的《睡美人》《一只胳膊》等作品。作家晚年创作的作品在日本文坛引起了很大反响,但褒贬不一,尤其是小说《一只胳膊》,是作家晚年创作中饱受争议的作品,批评界对《一只胳膊》的批评一直有"唯美的""变态的""官能的""颓废的"甚至是"反伦理道德"的观点,它在批评界几乎成了一个难解之谜。

关于这部作品,加藤周一解释说:"女子总是他诉诸视觉的、触觉的或听觉的美的对象,是雕刻般的东西,绝不是主体的人。[……]到了写超现实主义的《一只胳膊》(遗作)时,女人方面,已经变成连肉体的完整性都没有了,'情欲的'对象集中在女人身体的一部分。"② 显然,加藤把作品归结为情欲的破碎体。三岛由纪夫认为:

---

① [瑞典]安德斯·奥斯特林:《授奖辞》,《川端康成十卷集》(10),高慧勤主编,石家庄:河北教育出版社,2000年,第446页。
② [日]加藤周一:《日本文学史序说》(下),叶渭渠、唐月梅译,北京:开明出版社,1995年,第416—417页。

> 小说《一只胳膊》对会话、交流和感应描写得很清晰,这点不同于《睡美人》。并且,也只能在对象是一只胳膊的情况下才能如此。作家在此处运用了逆说构造,乍一看是超现实主义的梦想,实际上却是官能的必然产物。而且只能、必须这样创作是由不借用思想而借用肉体之形而产生的。女人的一只胳膊是女人自身愿望的象征性具象,更进一步说,是川端康成氏所处的绝对孤独世界的期望之形态。①

作为川端康成的好友,三岛干脆直接把《一只胳膊》定性为"官能的必然产物"。近年来,日本一些年轻的学者试图从历来的研究中摆脱出来,尝试从"母体回归"②、"玩偶之爱"③等角度解读这部作品,但仍然没有超出"魔界"的描写和无边的"孤独"等传统观点,这不能不令人遗憾。

川端康成晚期作品,尤其是《一只胳膊》,在中国评论界的争议颇多。1996年,叶渭渠在"川端康成文集"系列丛书"主编者的话"中说:"有选择地编选了一些有争议或争议较大的作品,比如《睡美人》《一只胳膊》等。过去有的论者对这类作品只片面地列举其表面情节就简单化地加以鞭挞。"④1998年,叶渭渠在《川端康成作品》的总代序"川端康成文学的东方美"中认为:"作家的巧妙之处,在于他以超现实的怪诞的手法,表现了这种纵欲、诱惑和赎罪的主题。……其作为文学表现的重点,不是放在反映生活或塑造形象上,而是重挖人的感情的正常与反常,以及这种感情与人性演变相适应的复杂性。《一只胳膊》实际上是《睡美人》延长的形态。"⑤叶渭渠是中国日本文学研究和翻译方面的代表性学者,从他的评价中可以看出,中国对川端康成后期作品解读的确存在很大的争议。在这些意

---

① 三岛由纪夫:「解说『片腕』」,川端康成:『眠れる美女』,東京:新潮文庫,1991年,第217頁。
② 田口茂:「川端康成『片腕』論——作品構造と主題について」,『文学・語学』1983年99,第73-83頁。
③ 葛綿正一:「川端康成の『片腕』I——他者との交わり」,『沖縄国際大学・日本語日本文学論文』2(2015):57—66頁。
④ [日]川端康成:《伊豆的舞女》,叶渭渠译,桂林:广西师范大学出版社,2002年,第12—13页。
⑤ 同上。

味深长的甚至颇含否定意味的评价中,显然《一只胳膊》的影响不大,地位不高。中国的川端康成研究已经持续半个多世纪,对蜚声世界文坛的川端康成的研究成果可谓汗牛充栋,但对《一只胳膊》的文本分析竟然还在初始阶段,笔者深感遗憾。

《一只胳膊》是虚构的艺术作品,里面充满了丰富的、复杂的象征和隐喻。笔者认为,运用文学伦理学批评方法,可以解读这部令人费解的作品。通过分析小说中的象征和隐喻的伦理内涵,能够从"唯美的""变态的""官能的""颓废的""可怕的",甚至是"反伦理道德"的观点中另辟蹊径,揭示作品中作家通过《一只胳膊》表达日本文学如何进行伦理选择的过程,重新认识《一只胳膊》的伦理价值。

二、困惑中的伦理选择

查德威克说:

> 象征主义可以定义为表现思想和情感的艺术,这种表现既不是直接将思想和情感描述出来,也不是通过与具体的意象进行明显的比较而给它们以限定,而是暗示出这些思想和情感是什么,并且通过使用不加解释的象征符号,在读者心里将它们重新创造出来。……还存在着一个有时叫做"超验象征主义"的方面。在这种情况下,具体意象不是用作诗人身上独特的思想感情的,而是用作一个广阔且笼统的理想世界的象征符号,而真实世界只是对于理想世界的一种不完美再现。①

显然,"一只胳膊"在小说中具有特殊的象征意义。《一只胳膊》描写了一个孤独的中年或者老年男人从一位纯美的而不是日本女性所具备、带有西洋特色的女子那里借来一只胳膊,然后怀揣着这只美丽的、带有迷人光泽的胳膊回家。这只迷人的胳膊会说话,有听觉、嗅觉、触觉等所有人类具有的特征。主人公回家以后和胳膊进行各种交流,最后他忍不住

---

① [英]查尔斯·查德威克:《象征主义》,郭洋生译,石家庄:花山文艺出版社,1989年,第3—4页。

把自己的胳膊摘下来和这只借来的胳膊对换。然而,一觉睡醒以后,主人公发现自己的那只略显丑陋的胳膊正逐渐失去体温,惊恐万分的他一下子扔掉借来的那只洋气十足、美丽诱人的胳膊,把自己的胳膊重新装在自己身上。显然,从姑娘把自己的胳膊摘下来交给"我"的瞬间,故事立即进入了超现实主义的世界:

> 姑娘从我所喜好的地方,将自己的胳膊卸下来给了我。是胳膊的上端也罢、肩膀的一头也罢,这里有个软和的圆块。这是西方美丽的细长身材的姑娘所拥有的圆润,日本姑娘则罕见。①

"一只胳膊"及其象征意义,的确让人费解。尽管胳膊的主人明确表示胳膊只能发挥胳膊的作用,但是孤独的单身主人公却幻想让胳膊做一个人能做的事情:会活动,能说话等。能够把自己身体的一部分爽快地借给别人,在超现实主义那里是可以实现的。"超现实主义技巧的目的,仅仅在于抛弃既得的文明成果,显示出自在的、具有原始本性的人,从而使他能够恢复自己的全部心理力量,并真正成为自由的人。"②主人公把这只美丽的胳膊比喻成早晨从花圃里买来的荷花玉兰,圆润的胳膊就像又大又白的玉兰花的蓓蕾。

受到"一只胳膊"的视觉刺激,作家在无意识中不断出现幻觉中的西方:第一次是"西方美丽的细长身材""我蓦地感到这只胳膊同其母体——姑娘,仿佛在无限遥远的地方。这只胳膊果真能回到它那遥远远方的母体处吗?我果真能走到遥远的姑娘处,把这只胳膊还给她吗?"③主人公去关窗户的时候,他眼前浮现出西方人的两个孩子在窗边玩耍的情景。当主人公告诉那只胳膊能否将它和自己的胳膊对换时,他想起姑娘在委

---

① [日]川端康成:《伊豆的舞女》,叶渭渠译,桂林:广西师范大学出版社,2002年,第300页。
② [法]伊沃纳·杜布莱西斯:《超现实主义》,老高放译,北京:生活·读书·新知三联书店,1988年,第63页。
③ [日]川端康成:《伊豆的舞女》,叶渭渠译,桂林:广西师范大学出版社,2002年,第306页。

身于他时说的不合氛围的话:"耶稣流下了眼泪。'啊! 他是多么爱她呀!'"①主人公脑海中这些西方的、异质的幻觉和想象,都是"一只胳膊"引发的。这似乎在暗示读者,"一只胳膊"象征着作家心里潜藏着纯洁美人、西方他者。这绝非笔者的空谈和臆断,因为作家的种种幻觉和想象与近代日本社会、日本文坛与西方的交流和学习无法割舍,与日本明治维新以来对西方的文化输入、借鉴、运用和反思的时代、文化背景密切相关。

川端康成在1951年8月《我的思考》中对自己生活时代的文学状况作了如下评价:

> 我在明治三十二年,即一八九九年出生,这是无法摆脱的事实。能不能说这是一个小说家的幸福时代,也是值得怀疑的。年轻的时候,我读了许多译自西方十九世纪至二十世纪初的小说。但我觉得现代小说后来颓废了、衰落了。也许美术也是如此吧。明治维新以后,日本文学引进与传统相异的西方文学,引起了迅速发展和变化。……然而,摆脱锁国变成欧化的日本小说,由于没有像西方那样经过近代历史的洗礼,没有像西方那样背负传统,因此尽管它受到今天西方小说的不安感和苦闷感的影响,其基础还是不同的。[……]西方文学引导下的精神悲剧,对我影响并不深刻,也没有把握其事实。不能不认为:明治以后的作家,几乎都是没有完全消化西方文学的牺牲者。……我没有学好西语,我的文体大概也没有西语的脉络。今后我或许继续倾向日本式的传统主义和古典主义。②

明治维新以来,日本社会出现一种全国性的向西方学习和吸收西方新思想的思潮。日本文坛对此倾向非常敏感,迅速做出了回应,政治小说、社会小说、自然主义小说、无产阶级文学、新感觉派、新思潮、新兴艺术派等文学流派的出现,就是这种回应的证明。川端康成处在一个吸收外

---

① [日]川端康成:《伊豆的舞女》,叶渭渠译,桂林:广西师范大学出版社,2002年,第308页。
② [日]川端康成:《我的思考》,《美的存在与发现》,叶渭渠译,北京:中国社会科学出版社,1996年,第156—157页。

国文学理念和创作手法不断更新的时代里,基于这样开放而又充满刺激的创作环境,他不断地对自己的文学创作进行思考,在创作方法的革新上不断进行尝试。但是,时代与社会的伦理转向,也导致身处这一变化中的作家陷于无所适从的伦理困惑中,这点从川端康成对文学的追求中可见端倪。

川端康成的《招魂节一景》(1921年4月)在《新思潮》发表后,得到菊池宽的大力推荐和夸奖,标志着川端成为新思潮派的代表作家之一,这同时也是川端康成风格出现转变的探索起点,是川端康成创作生涯中做出的第一次伦理选择。而新感觉派时期的川端康成创作,实际上是他又一次伦理选择的结果。大学毕业以后,川端康成参与了《文艺时代》(1924—1927)创刊。《文艺时代》的面世和当时欧洲流行的达达主义影响下的前卫艺术运动密切相关。川端康成是新感觉派的骁将,其创作深受未来派和达达主义的影响。他在《文艺时代》发表的《伊豆的舞女》(1926),描写了柔美景色、少女的清纯气息和青年的孤独,感伤之情迎面扑来,带给读者耳目一新的感觉。他对语言文字的精雕细琢以及文学叙事中的新鲜气息给读者留下了深刻印象。

从川端康成由新思潮到新感觉的转变,可以看到作家在文学表达手法和创作观念上的变化。这种转变是东西方文化交流过程中作家在伦理困惑中不断进行伦理选择的结果。作家这样回顾自己的文学起步时代:"从《新思潮》到《文学界》,我想恐怕没人像我这样,加入诸种类的同人杂志。"①这个时期,川端康成对外来文学思潮和创作手法大胆吸收和运用,他拥抱西方,赞美西方,为西方所倾倒,这既是他在最初的文学创作中做出的伦理选择,也是对自己创作发展进行的伦理定位。然而,在一次次的创作实践中,他却无法找到最适合自己的表达。譬如,川端康成对日本美的表达是一生不变的追求,其文学中的求"新"倾向总是围绕这一追求展开。他复杂的文学观念和多变的创作手法虽然随着时代的变化而出现转

---

① 川端康成:《川端康成十卷集》(10),高慧勤主编,石家庄:河北教育出版社,2000年,第83页。

变,但是依旧没有寻找到最契合自己的文学之源的点。尤其是在第二次世界大战以后,作家的思考发生了极大的转变。日本战败,成了作家展开新的伦理选择、重新思考文学的转折点:"我把战后的生命作为我的余生。余生已不为自己所有,它将是日本美的传统的表现。"①这表明,作家企图通过新的伦理选择来实现自己对毕生艺术表达追求的目标。《一只胳膊》就是日本对西方他者输入和借用的象征性伦理表达,是作家在文学创作中对借鉴西方的伦理隐喻。

日本文学是在西方文学影响下不断发展和取得成就的。川端康成在《美的存在与发现》中曾经写道:

> 日本引进西方的近代文学,已有近百年的历史;然而近代以来的日本文学,终未再现历史的辉煌,与王朝时代的紫式部,元禄时代的松尾芭蕉,皆不可同日而语,且日渐衰弱。[……]我时常觉得,随着明治以后日本国家的开化与勃兴,日本亦有许多大文学家,但这些作家年轻时代多致力于西方文学的学习和移植,半辈子投身于启蒙;为此,许多人不能以东方或日本为根基,令自己的创造臻于成熟。他们是时代的牺牲者。②

但是,西方是一个整体,是无法全盘拿过来的。在文学创作方面,西方犹如一个巨人,日本对西方的学习和吸收仅仅只是"一只胳膊",只是巨人身上的部分。那只从美人身上借来的胳膊就可以理解为对西方的局部和断片化的学习和吸收。日本对西方的输入和借鉴从明治维新到《一只胳膊》的发表已经过去了近一个世纪,其复杂进程以及身处其中日本人的感性、理性互动状态,作家在小说《一只胳膊》中进行了伦理演绎。"一只胳膊"隐喻着日本对西方的吸收和扬弃以及从感性走向理性的过程,也是对处于伦理困惑中的日本作家如何进行伦理选择的象征性表达。《一只胳膊》中主人公是一个孤独的男性,他既可以看作是作家自己的伦理表

---

① 川端康成:《独影自命》,金海曙等译。北京:中国社会科学出版社,1996年,第3页。
② [日]川端康成:《川端康成十卷集》(10),高慧勤主编,石家庄:河北教育出版社,2000年,第248页。

达,也可以看作是对日本和东方世界的隐喻。

《一只胳膊》中主人公的周边环境是相当闭塞而且令人倍感不适的。可是,被日本"借用"的西方社会环境同样很糟糕。从主人公把胳膊藏进自己的防雨外套里,可以得知这是一个阴雨天,"雨雾""夜间的烟霭""走乱的钟表""无法下落的飞机""动物园里的猛兽吼叫不停""汽车的喇叭声"等等,总之,这是一个阴湿的、让人不安和恐怖的伦理环境。路上遇到的那个开车的穿朱红色衣服的女子让主人公感到"毛骨悚然",就连自家门口的小飞蛾,都让主人公吓了一跳:"是人魂还是鬼火般的什么东西,抢在我前头,急切地盼我归来?"①小说中这些环境写实镜头无不让人觉得压抑和恐怖。"雨雾"和"烟霭"让主人公感到可视性差、前途未卜的迷茫;"走乱的钟表"和"无法下落的飞机"是主人公悬而未决的心理写照;而"猛兽的吼叫"不是隐喻着主人公赖以生存的伦理环境的混乱吗?其实,这里也隐含着主人公对如何进行伦理选择思考,隐含着作家对自己作为日本作家的伦理身份的思考。

为此,他要从思考中走出来,要进行自己的伦理选择,所以才有了借胳膊一用的想法。恰如封闭的日本社会在刚刚打开国门之时,面对五彩纷呈的外部世界不知如何选择一般,主人公借到了一只胳膊,下定了决心把胳膊带回家。作品中的"借用"心理,反映了主人公对美的追求和激情拥抱。既是作家对借用西方的肯定,又是作家在日本传统美和现代追求过程中的一次伦理选择。借到胳膊以后,作家在其超现实主义表现中赋予这只胳膊种种知觉。借来的分明是美人的一只胳膊,可是主人公却把它幻想成一个完整的美人,具有完整女性的一切功能。主人公把"一只胳膊"带回只有自己的孤独的家,在孤独的空间里带着胳膊进入了一个非现实的世界。"超现实主义者之所以远离现实世界,就是为了深入到幻想和幻觉的世界中去,因为,'只有在接近幻想时——在这一点上,人不再受理

---

① [日]川端康成:《伊豆的舞女》,叶渭渠译,桂林:广西师范大学出版社,2002年,第303页。

性的约束——人的最深刻的情感才有可能表现出来'。"①超现实主义状态下的主人公,已经不再受理性意志的约束,完全听凭自由意志的支配。他对"一只胳膊"所具有的幻想和付诸的行动完全是其情感驱动下的自由意志的体现。主人公在自由意志的支配下凭借"一只胳膊"满足了自己种种官能享受。同时,我们也可以将此看成是作家对自己的伦理身份确认,是作家完成的一次伦理选择。

三、伦理选择中的身份定位

何谓日本传统美?川端康成从未有过明确的范围和定义。可是,他对美的感觉和描述却散见于笔端。这些传统美似乎凝聚在相扑的发髻和舞女的腰带之上,东方陶瓷、日本和歌、古典文学之中,也体现为对风土与自然的向往之情。川端康成在"论美"说:

> 基于常识中生理和伦理,相扑、舞妓都给人以病态的丑陋感;但是我们许多人却由其中感到美,或者狂热地追求那种过时的发髻与舞女腰带。不妨说,失去这种传统的发髻与腰带,才会感觉奇怪与丑陋。想来真是妙不可言。一方面是体态和容姿,另一方面却与我们的心灵、精神具有千丝万缕的联系。②

在"日本美的展开"中,他仍在强调日本传统美:

> 平安的风雅、物哀构成了日本美的传统。此后经历了镰仓的强劲、室町的沉郁和桃山、元禄(1688—1704)的辉煌,终于迎来了百年之久的西洋化时代。③

这些传统美在《一只胳膊》中具体表现在胳膊的纯洁、优雅的弧度、迷幻的光泽;主人公门前恍惚的萤光;屋内的白色荷花玉兰插花;淡淡的香

---

① [法]伊沃纳·杜布莱西斯:《超现实主义》,老高放译,北京:生活·读书·新知三联书店,1988年,第45—46页。
② [日]川端康成:《川端康成十卷集》(10),高慧勤主编,石家庄:河北教育出版社,2000年,第157页。
③ 同上书,第277页。

气;还有铺在床上的水色质地花样床品。主人公发现,这只带有主人体温和印记(女孩的戒指)的胳膊,虽然只是整体的一个"部分",可是这只胳膊脱离了母体以后在主人公孤独的房间里却发挥着完整女人的功能。"一只胳膊"会说话,有听觉,能活动,有嗅觉,触觉也很灵敏。甚至抚摸她的手指肚时,还会觉得发痒。胳膊的纯洁、优雅和光泽逐渐和室内环境以及主人公之间关系调和并最终协调一致。这只胳膊的种种妙用,让主人公数次想起以前交往的女人。一只胳膊,在脱离了母体进入新的伦理环境以后,已经发生了变形。这种变形是否得当暂且不论,它的随意变形,极大地满足了主人公的幻想,即在母体那里只具有胳膊功能的胳膊,到了主人公的家里以后却具备了一个完整女人的所有功能。关键问题在于主人公借用了一只胳膊并发现了胳膊的种种妙用以后,接下来如何处理这只胳膊。

超现实主义创作技巧使用的目的是给小说创造一个虚构的空间,让主人公成为一个完全放松自由的人。这样的自由是绝对的、不受伦理约束的。对美的喜爱是主人公的一种自然情感,而占有则变成了主人公的本能欲望。欲望"不受意识的支配,也不受情感的控制,只是一种个人无意识"[1]。但是,主人公在如何处理这只胳膊的问题上,却忘记了姑娘——胳膊主人对自己的忠告。"胳膊嘛,只能做胳膊所能做的事。"[2]在充满孤独气息的家里,这只洋气十足、美丽诱人的胳膊确实让主人公幸福了起来,它散发出来的光泽让他意乱情迷,一次次想起自己以前交往的女人。由此,主人公内心中对胳膊的态度逐渐发生了变化,从喜欢到想要占有,最终在强烈的占有欲望的推动下,做出了有违伦理的选择。

  无意识中我发出了一个声音:"这只胳膊是我的啦!"
  紧接着,恍恍惚惚中我从肩上摘下来自己的右胳膊,把姑娘的胳膊安在自己肩上。对这些,我竟然全然不知觉。[3]

---

[1] 聂珍钊:《文学伦理学批评导论》,北京:北京大学出版社,2014年,第102页。
[2] [日]川端康成:《伊豆的舞女》,叶渭渠译,桂林:广西师范大学出版社,2002年,第299页。
[3] 同上书,第141页。

"一只胳膊"作为一个异于主人公本体的存在,在经过一段时间的调整和磨合后,是可以达到"脉搏跳动一致"的。但是,异质的一只胳膊与自我本体的结合状态却不是由主人公的主观自由意志所能控制的。破坏约束等于打破伦理禁忌,必然会造成预料不到的后果,遭到伦理惩罚。主人公在自由意志推动下将借来的胳膊和自己的胳膊调换这个事实,完全超出了他理性意识的控制,是本能欲望和自由意志支配作家的结果。在胳膊对换以后,很明显,主人公的本体感觉不是舒适的:

"血脉不通!"

我忽然意识到。我的嘴巴能够感受到姑娘的手指,可是,变成了我的右手指的姑娘的右手指却无法感知我的唇齿。我慌忙摇晃了一下右胳膊,感觉不到胳膊的存在。在胳膊的末端和肩膀头那里我感到了遮断和拒绝。①

可是,经过一段时间的磨合以后,不知不觉间主人公和"一只胳膊"的血脉通了。当初换胳膊时候惊奇的尖叫也消失了。主人公用自己的左手对这只胳膊进行把玩。这些细节描写显示了日本对西方吸收过程中从最初的不适应而经过磨合到适应的过程,这也是伦理身份确认的艰难过程。把西方比喻成美丽的纯洁女性,这与作家一向的审美情趣有关:在看似官能、颓废甚至变态的心理描写中,作家准确地描摹出了日本人对西方社会一个世纪以来的顶礼膜拜心理,也形象地把东方日本对西方吸收的过程进行了精准的描摹和剖析。

对西方的崇拜意味着对自我的一种舍弃,也是对自己已有伦理身份的一种舍弃。舍弃了自己胳膊的"我"还是"我"吗?《一只胳膊》中的主人公在超现实主义伦理语境中,在自由意志的控制下把自己的胳膊和借来的美人胳膊对换,甚至有一段时间还处于把玩、欣赏、感动的自我陶醉中,对自己的胳膊不屑一顾。小说中描写道:

---

① [日]川端康成:《伊豆的舞女》,叶渭渠译,桂林:广西师范大学出版社,2002年,第142页。

> 我坐在床边,我看到我的胳膊就被遗落在一边。离开了我的身体的胳膊看起来很丑陋。和自己的胳膊相比,我更在意刚换上的胳膊的脉搏是否跳动。姑娘胳膊的脉搏温和地鼓动,我的右手看起来却逐渐变冷、变僵硬。①

主人公面对自己胳膊的冷漠态度,恰如日本在接受西方时候对本国传统文化和传统美的忽略和淡忘,也是对自己固有伦理身份的忽视。其实,在日本学习西方的进程中,日本已经几乎彻底抛弃了自我,导致自我不断"变形"。然而,借来的东西能否变成自身的东西?对西方的效仿能否使自己真正变成西方?这是作家一直思考的一个伦理问题。川端康成要将日本人内心的真实表达出来,"一只胳膊"就成了作家表达自己的载体。他试图借此说明,借来的"一只胳膊"只能作为方法为己所用,但不能成为自身的一部分,更不会因此改变自己真实的伦理身份。

作家对放弃借来的胳膊的描写是发人沉思的:

> 啊啊——我在狂喊声中一跃而起。几乎从床上滚落下来,踉踉跄跄倒退了三四步。
>
> 当我突然睁开眼的时候,有一个让人毛骨悚然的东西在挠我的小腹部。那是我的右胳膊。
>
> 看到了落在床上的我的右胳膊,我惊慌的踉跄失措。在我的右胳膊映入我的眼帘的瞬间,我呼吸停止,血液倒流,全身战栗。下一个瞬间,我把姑娘的胳膊从肩头一把揪下,换上了自己的右胳膊。整个过程宛如恶魔发作杀人一般。②

当主人公带着这只借来的胳膊从梦中苏醒过来时,不禁大惊失色,瞬间回归到现实,重新换上了那只象征着自己固有伦理身份的"自己的右胳臂"。

川端康成的《一只胳膊》隐喻的是日本近代以来对西方的顶礼膜拜、

---

① [日]川端康成:《伊豆的舞女》,叶渭渠译,桂林:广西师范大学出版社,2002年,第142页。

② 同上书,第148页。

日本自我觉醒、伦理思考和伦理选择。主人公最终做出的伦理选择是：哪怕是丑陋的胳膊，自己的才是最合适的。当自己的胳膊重新回到自己身上时，主人公感到"一股悲伤的心绪从自己体内的深处喷涌了上来"①。

《一只胳膊》的主人公最后在自我和他者之间做出了伦理选择，安装上自己的胳膊。这样的伦理选择同时也是作家在东西方之间做出的符合自己伦理定位的选择。也可以说，通过胳膊的调换过程，作家本人这才重新找回并确认了自己伦理身份。换言之，扔掉借来的"一只胳膊"，把自己的胳膊重新捡起来安装在自己身上，这才是川端康成通过对近代以来日本文学发展道路的伦理思考并最终做出的伦理选择，即对东方的、日本传统美的、民族的、自我的伦理选择和伦理身份确认。

作家认为，只有这样日本才能创作出属于自己民族的文学，其创作才能得到日本自己以及亚洲乃至整个世界认可。通过一只胳膊，川端康成做出了正确的伦理选择，坚持走民族自新之路，也正是秉着这一点，他终于摘下了世界文学的桂冠诺贝尔文学奖。颁奖辞说："川端以卓越的艺术手法，表现了具有道德伦理价值的文化思想。"②这是对川端康成创作的总体评价，也是对川端晚年创作的《一只胳膊》的一种伦理评价。

第二次世界大战战败以后，川端康成在《我的思考》《东西文化架桥》等文章中对自己在战后的思考和意识转变进行了梳理，表达了战后要在东方美的追求中度过余生的决心。在《一只胳膊》发表后，尤其是在获得诺贝尔文学奖以后，川端康成在几次演讲中都阐述了自己对日本美的思考和理解。从《日本的美与我》《美的存在与发现》《日本文学的美》等演讲中，川端康成又回到了日本悠久的文化传统中，表达了对日本传统美的迷恋和向往，以及对日本文学东方血统的再认识。在《日本文学的美》中，他谈道：

> 回顾平安以至江户的古典世界，流通、呼应、交织者皆为相同的

---

① ［日］川端康成：《伊豆的舞女》，叶渭渠译，桂林：广西师范大学出版社，2002年，第317页。
② ［瑞典］安德斯·奥斯特林：《授奖辞》，《川端康成十卷集》(10)，高慧勤主编，石家庄：河北教育出版社，2000年，第446页。

古典。此乃日本的传统血脉。而明治时代西方文学传入后，却发生了巨大的变革。似乎那血脉被切断了，贯通以其他的血脉。但随着年龄的增长，我感觉古典的传统血脉依然畅而无阻。①

《一只胳膊》的主人公把自己的胳膊摘下换上借来的胳膊，遭遇了最初"血脉不通"的伦理困惑，也感受到了血脉融入的喜悦。当主人公在怀念和自我认同意识作用下放弃外来胳膊而换上自己原来的胳膊的时候，这种伦理选择充分体现了作家在伦理困惑中如何认识自我和寻找道德出路的过程。如果仅仅立足于《一只胳膊》的单一文本，就只能看到川端康成文学中的无所不能和美妙绝伦的《一只胳膊》，容易误读。而仅仅把小说看成一部表达唯美意识的作品，则难以把握这部超现实主义作品深邃的伦理思考，难以正确理解作品的伦理选择以及伦理身份确认。

本章小节

川端康成是日本第一位获得诺贝尔文学奖的作家，是一位终生都活在艺术世界里、毕生建构着艺术之美和伦理哲思的作家。从川端身上，何为生活、何为艺术已经难以分清，他依然活成了艺术本身。他对人生、对文学、对艺术有着坚韧的精神，孜孜以求。川端是日本近代文坛的一名骁将和新思潮的旗手，年轻时期的他和同人们一起做文学、办杂志，在近代文学繁盛时期，他在各大杂志之间奔走投稿。本章在文学伦理学批评理论和研究方法下分析川端康成《雪国》《千羽鹤》《一只胳膊》对艺术之美和伦理哲思的表达，具有特殊的意义。

在日本侵略东南亚的战争尤其是中日战争期间，《雪国》说不上是时局之作。然而，从1935年到1947年长达十多年的发表时期里，看似无所事事的岛村远离都市生活跑到偏远的雪国来追求自然、追求自我，寻访内心深处的远离尘世的一点点渴望。那点渴望其实是内蕴在其思想深处的

---

① ［日］川端康成：《川端康成十卷集》(10)，高慧勤主编，石家庄：河北教育出版社，2000年，第273-274页。

自我的伦理思考。"贵族流离谭"的传统物语叙事模式下，主人公遵循自然情感和自由意志发展，享受传统日本风物和朴素的伦理人情。岛村在"雪国"终于找到了内心渴求的日本式的、传统的近代日本的"乡愁"，在火与光的死亡场景中，获得了人生与自我的谛观，怅然离去。

在第二次世界大战结束以后，日本社会陷入新旧世界交替的混乱之中，固有的伦理秩序发生了根本性动摇。日本传统文化精粹代表之一的茶道在《千羽鹤》中被描绘成一个情念、欲望横流的"浮世"。作品中那颗刺眼的黑痣成了《千羽鹤》美幻世界难以抹掉的污点。然而，随着小说中不伦现象、自我情感得到理性控制以后，内心里群魔乱舞的各个主人公逐渐回归了自我，唯有"千羽鹤"的明亮色彩闪烁于整部作品之中，让人经久不忘。

在文学伦理学批评视域下从伦理的角度阐释了"一只胳膊"在小说《一只胳膊》中的超现实的伟大隐喻。从主人公对"一只胳膊"的向往和拥抱、最终在意乱情迷之下将"这只美丽的胳膊"安在自己身上，却遭遇血脉不通的尴尬结局中，分析了主人公在伦理困惑中的伦理选择和最终的身份定位。对《一只胳膊》的伦理性阐释和伦理定位研究将在川端康成文学研究中产生划时代的意义。

深受日本文学传统熏陶和滋养的川端康成为了艺术之美的追求和伦理思考的传递，学贯东西的他不断地转换着文学的风格和方式。传统的、现代的、东方的、西方的，无不在他的花式叙事之内。然而，在他虚构的文学世界里，其文字表现却又是那么谨小慎微，一言一语均精雕细琢，一颦一蹙均用尽心力。这些最终成就了其文学，也成就了川端康成。

川端康成的文学世界是多彩的，其伦理内核却永远是日本的、传统的、东方的。

第十一章

大江健三郎:政治伦理与身份认同

政治伦理主要是指政治共同体政治生活中的伦理规则和道德意义。正如戴木才所言:"政治伦理作为一门研究人类政治正当性及其操作规范和方法论的价值哲学,对政治文明的发展和政治体制改革,具有导向、规范和终极价值关怀的意义。"[①]1994年诺贝尔文学奖获得者大江健三郎在日本现代文坛拥有毋庸置疑的举足轻重的地位。无论是对战后日本象征天皇制的坚决反对,还是对日本以及世界核问题的深刻担忧,抑或是探索自己与先天残疾的儿子之间的家庭伦理关系等,大江的众多作品中都凝聚着他作为一个有着严正历史观与和平信念的人道主义作家的深沉忧思,实现其政治启蒙话语的表达。

---

① 戴木才:《政治伦理的现代建构》,《伦理学研究》2003年第6期,第49—56页。

他在接受诺贝尔文学奖的演讲中说道:"我在文学上最基本的风格,就是从个人的具体性出发,力图将它们与社会、国家和世界连接起来。"① 他以崭新的文学观念,强烈的社会参与意识,以及独树一帜的文风,构筑并展现了自己的精神和文学世界,成为第二次世界大战之后日本乃至世界文坛的一面鲜明的旗帜。瑞典文学院评价他的作品"以诗的力量创造了一个想象的世界,在那里,生命与神话凝聚在一起,构成一幅当今人类困境中惶惑不安的图画"②。早在1958年,大江在中篇小说《饲育》获芥川奖后即对报界表示:"我毫不怀疑通过文学可以参与政治。就这一意义而言,我很清楚自己之所以选择文学的责任。"③可以说政治伦理是其创作生涯中始终如一的命题。

早期短篇小说《饲育》将种族矛盾融入第二次世界大战的历史背景,展现了作者对人道主义政治伦理的强烈诉求;《万延元年的足球队》在一幅纵贯百年的画卷中,把现在与过去、现实与幻想巧妙地结合,从一个家族的传奇故事上升到地域、国家的历史范畴,让主人公在找寻政治、故乡以及家族伦理身份认同的过程中来探索个人与国家自我救赎的政治伦理道路;《水死》是大江健三郎晚年的集大成之作,在复杂的文本网络中交织着对父亲政治伦理观的重新思索,展现了作者反对天皇制、右翼势力和坚持民主主义的一贯态度。本文将以上述三个文本为主体,分析大江健三郎创作生涯中的政治伦理主题,剖析他对社会、国家、人类的深度思索过程。

第一节 《饲育》:人道主义的政治伦理观

中篇小说《饲育》于1958年1月发表于日本《文学界》,并于当年获得第39届"芥川文学奖"。小说从儿童视角出发,以第一人称"我"来展开叙

---

① [日]大江健三郎:《我在暧昧的日本》,《万延元年的足球队》,于长敏、王新新译,北京:光明日报出版社,1995年,第327页。
② 同上。
③ 大江健三郎:「当初はこう考えた——芥川賞を受けて」,『朝日新聞』1958年7月23日。

事,讲述了第二次世界大战期间,一架敌军飞机意外坠落山谷,村民们救起一个黑人大兵之后所发生的种种或敌对冲突或欢乐和谐的事件。小说的叙事线索清晰明确,感情真实生动,历来有研究者从人性思考、边缘意识、森林情节等方面对小说进行分析解说,而这里将主要从文学伦理学的角度对其进行重新思索,探索大江健三郎关于人道主义的政治伦理观的早期形成。

一、儿童与大人的伦理选择对比

在作者笔下,小说中的小男孩"我"在得知有飞机坠落山谷之后,就一直焦急地等待着大人们从前方带回的消息。终于等到一个黑人士兵被村民簇拥着押回村里,他脚上套着捕野猪的铁夹子,浑身恶臭,在村民和众多小孩子(包括"我")的眼中俨然是一头"猎物""畜生"。当"我"和玩伴"豁嘴儿"叽叽喳喳讨论大人们会如何处置这个黑人时,从"豁嘴儿"的话语中能够感受到在当时战争的时代环境下,除了日本民族与敌对民族美国之间的民族矛盾,还夹杂着美国的种族矛盾。"豁嘴儿"说:"那可是地地道道的黑人啊!""黑人怎么会是敌人呢?"①言外之意就是,如果抓到的是美国白人士兵,那么事情可能就不会这么复杂,有可能会立刻将他处死。然而在20世纪30年代的世界性大环境中,美国黑人与白人之间的种族对立也是众所周知的。正是由于这个士兵是黑人,使得日本与美国之间的国家民族对立中又夹杂进了人种之间的种族矛盾,从民族心理上来看,日本人对于白种人的矛盾更尖锐,在这里黑人士兵的伦理身份就成了解决问题的关键所在。一方面他是来自美国的敌人,作为日本人在那个特殊的年代有极大可能将其打死;但另一方面他与美国白人又不同,因为黑人在整个世界上也处于一种弱势地位,甚至比亚洲的黄种人更受到白人的歧视,面对这样一个种族上的弱者,则又有给予同情的必要。同时,他作为一个失去了自由的"猎物"、俘虏,不用说大人们像对待"畜生"

---

① [日]大江健三郎:《人羊·大江健三郎作品集》,叶渭渠编,杭州:浙江文艺出版社,1997年,第26页。

一样用捕野猪夹子对待他,就连小孩子们对他也存在一种身份上的优越感。对这个民族上"强大",但种族上"弱小",伦理身份特殊的黑人士兵该如何处置,峡谷村庄里的人们只能等待、遵从统治当局的裁夺。于是就在等待上面下达裁决结果的过程中,故事便有了展开的时间和空间环境。

在这段时间中,村里的人渐渐放松了对这个外来种族、敌方民族士兵的管控,尤其是村里的小孩子们更是与他建立起了深厚的友谊。小说中用了大量的笔墨来描写"我"以及村里其他的孩子们与这个黑人士兵苦中作乐的生活——当村民们逐渐放松了对黑人士兵的警惕之后,"我"敢于独自一人进入地窖给他送饭;束缚在他脚上的捕野猪夹子把他的脚踝磨破了皮,"我"主动将它解开却没有受到大人们的批评;"我"主动提供给他修补损坏的野猪套的工具,虽然担心过他是否会拿这些工具当武器来加害于村民,但信任战胜了怀疑和恐惧;书记假肢上的金属框因为摔倒而扭歪,也是黑人士兵拿着"我"提供给他的工具修好了假肢;炎热的天气里"我"和村里的小孩子们带着黑人士兵去泉水边洗澡,大家在水里欢乐地嬉戏;甚至曾经囚禁关押过黑人士兵的"我"的父亲在剥黄鼠狼皮的时候,在"我"看来也对黑人士兵予以了善意的微笑……孩子们作为一种价值观未完全成型的群体,渐渐忘记了黑人士兵作为俘虏的伦理身份。因此种族、民族、国家等在大人们看来首先要考虑的政治因素被孩子们置于了次要的位置,甚至是被抛却。所以对孩子们来说,黑人士兵成了他们的好朋友。

可是,在当时的伦理环境下,对大人们来说,对上级服从是毋庸置疑的伦理选择。即使村民们从情感的角度来说对黑人士兵渐渐有了好感——曾经囚禁黑人的父亲也默许"我"释放了黑人士兵,并在剥黄鼠狼皮的时候对黑人士兵予以了善意的微笑;父母们纵容小孩子们与黑人士兵嬉戏游玩;书记也毫无戒心地让黑人士兵修好了摔坏的假肢等。但是拥有成熟政治伦理观的大人们,在面对政府和国家时,从作为一个"国家良民"的政治伦理身份出发,把对黑人士兵的一切信任、美好回忆都抛诸脑后了。当村民们正在商讨如何处置黑人士兵的时候,我偷偷前去报信,不料黑人士兵在求生本能驱使下变得凶狠可怕,把"我"当作了人质与村民对抗,最终小说在黑人士兵被父亲用砍刀击破头颅而死,"我"的左手不幸被误伤打碎,以及书记被坠毁飞机的机尾滑落而砸死的不幸结局中结束。

"我"作为单纯天真的孩子,在暴力冲突面前被击碎的不仅仅是手掌,更是一颗向往美好与和平的心。因此在小说的最后,当"我"面对玩伴"豁嘴儿"的挑逗时已经变得深沉忧郁:

> 我已经不是孩子了。这一想法像一种启示充贯我的全身。和豁嘴儿血糊糊的争斗,月夜下掏鸟窝,玩爬犁,逮野狗崽⋯⋯这一切是属于小孩子们的。我已经和那个孩子的世界无缘了。①

而曾对这个黑人士兵予以过善意微笑的父亲,也在战争中丧失了基本的人性——"父亲挥着砍刀陶醉在战争的血泊中"②。书记,这个政治当局的代表人物,完全不念曾经接受了黑人士兵帮助,成为推动杀死黑人士兵的凶手之一,最终又命运般地死在了敌人的战机下。当纯真美好的事物被国家利益冲突、民族敌视、战争对立、政治对抗等误解、毁灭之后,那种深入人心的创伤将会更加刻骨铭心、难以恢复。曾经美好的异族人的友谊在那个特殊的年代顷刻之间就被无情地摧毁了,战争的非理性使得一切善意的萌芽都终结了,人性变得扭曲,真诚变得廉价。

作者借小男孩的行为与大人们的行为进行了对比。在大人们的伦理观中,或者说在第二次世界大战前后的伦理环境中,军国主义的统治和教育已经深入日本民众的内心,"君为臣纲,父为子纲",上下分明,等级严格,父亲和书记所代表的成年人,从他们的伦理身份出发,对上级的绝对服从,对天皇的绝对臣服高于任何其他的伦理情感,因此即使出于个人私情他们或许对黑人士兵拥有好感,可是这点好感被他们固有的政治伦理信念完全抹杀掉了,最终导致了流血冲突。而"我"(孩子)的伦理观,还没有被国粹主义的政治教育完全侵蚀,从孩子的伦理身份来看,在"我"的

---

① [日]大江健三郎:《人羊·大江健三郎作品集》,叶渭渠编,杭州:浙江文艺出版社,1997年,第54页。

② 同上书,第55页。

伦理价值观念中,单纯的友谊和人性中的美好是先于国粹主义的伦理价值而存在的,因此,"我"对大人们无情地杀害黑人士兵产生了透彻心扉的憎恶之情。例如小说中的"我"在昏迷数日之后醒来,面对大人们端来的食物,不由得产生了憎恶之情。在这种情况下,被误伤卧床的"我"拒绝了大人给的食物:

> 父亲把装着山羊奶的水瓶放在我的唇边,尽管我早已饥肠难耐,却感到一阵恶心,我大喊了一声后就闭紧了嘴,任山羊奶洒在我的喉咙上和胸前[……]而令我费解,感到奇怪,感到恶心的正是这些龇着牙,挥着砍刀向我扑上来的大人们。①

"我"以这种伦理选择来证明自己对暴力的抵抗。作者选择从儿童视角来观察不同种族、不同民族人与人之间从建立信任到信任毁灭的过程,更加具有客观说服力和震撼力。从孩子的单纯的伦理情感出发表达出了对暴力的憎恨,对战争的痛恨,以及对和平友好的向往,达成了作者对人道主义政治伦理观的倡导。

二、战时日本与峡谷村庄的伦理环境对比

造成这场信任悲剧的原因是什么呢?分析小说中的政治伦理环境,我们或许可以得出结论。第二次世界大战结束之前,实行绝对天皇制的日本国土上盛行着极端军国主义思想,全国上下无不接受绝对效忠天皇这个"人间神"的精神统治。尤其是战时军国主义思想对价值观尚未成型的少年儿童思想的控制,更是有过之而无不及。作者大江健三郎在10岁以前接受的正是这样的教育。他曾在《战后一代的意象》中描写到:

> 对于我们这些小学生来说,天皇是令人敬畏的、绝对的存在。老师们问我:天皇叫你死,你会怎么办?当时,我吓得两腿哆嗦,浑身冒

---

① [日]大江健三郎:《人羊·大江健三郎作品集》,叶渭渠编,杭州:浙江文艺出版社,1997年,第52页。

汗……我觉得这个问题要是回答错了,自己可能会被杀掉。①

但是相比于中心城市的人们,身处偏僻闭塞的山村里的孩子们却在思想上相对自由,在《饲育》这篇小说开头描写到:

> 与镇上完全隔绝并没有给我们这个古老的不发达的开拓村带来切实的烦恼。村里的人们在镇上人看来就像令人生厌的肮脏的动物。可对于我们来说,聚居在这个俯视谷底的狭窄山坡上的小村落里并没有什么不好。并且,到了夏天,孩子们还是觉得分校停课好。②

由于教育资源并不发达,再加上当时因为梅雨季节洪水冲垮了通往山谷的栈桥,却又得不到及时修复,使得山谷基本上处于一种与外界隔绝的状态。又如作者在文中描写到:

> 我和弟弟就像被坚硬的表皮和厚厚的果肉包裹着的小青种子,紧紧粘在被剥掉的嫩皮上。它柔软、娇嫩,只要外面一丝光亮透射进来就会瑟瑟发抖。在坚硬的表皮外,爬上房顶就能看到的那条遥远狭长的发光的海岸,在对面宛如浪谷的群峰逶迤的城市里,悲壮而又滞重的战争就像一个久经衍化的传说,呼出沉闷的空气。可是,战争对我们来说,不过是村里看不见了的年轻的小伙子,邮递员时常送来的阵亡通知书罢了。战争并没有浸到坚硬的表皮和厚厚的果肉里。就连最近在上空飞过的"敌机",在我们看来也不过是一种新奇的大鸟而已。③

城市里的战火纷飞对于不到 10 岁的孩子而言就像遥远的传说般缥缈空洞;而峡谷村庄里的宁静和温柔如坚硬的表皮和厚厚的果肉一般包裹着柔嫩的孩子们。因此小说中在那个日本人民人人喊着"天皇万岁",

---

① [日]黑古一夫:《大江健三郎传说》,翁佳慧译,北京:中国广播电视出版社,2008 年,第 29 页。
② [日]大江健三郎:《人羊·大江健三郎作品集》,叶渭渠编,杭州:浙江文艺出版社,1997 年,第 20 页。
③ 同上书,第 22 页。

誓死效忠天皇的年代,森林山谷里的孩子却由于地域分隔以及自然环境的滋养,对战争的概念以及对外来民族的敌视或许并不像战争核心地区那样激烈,或者说峡谷村庄俨然一个乌托邦式的存在,在这里人们得到了暂时的平静。大江曾在《寻找乌托邦、寻找物语》中说道:"现在想象我理想中的乌托邦,还是森林。毫无隐讳的我的故乡的森林,森林的峡谷村庄。"①比起喧嚣无情的战争炮火,森林峡谷里的宁静安谧却是"我"每日能够切切实实感受到的存在。因此,山谷里的孩子获得了一丝思想的纯净和自由。甚至山谷里的大人们刚开始与黑人士兵相处一段时间后,对待黑人士兵的态度从本质上来说也并不坏,或者说是友好。但是为什么最终却发展成了悲剧性的结局?究其原因,恐怕要追溯到国家民族间的敌对和战争,以及极端国家主义的政治对人的绝对控制,它们使得人性异化、扭曲,而发自人们内心的善良友好变成了可怜的牺牲品。处于两种不同伦理环境中的人们对于如何处置黑人士兵当然就采取了截然不同的处理方式。大人们接受了山谷外面县里的当权者下达的命令,要将黑人士兵移交县里;而山谷里面的孩子则希望黑人士兵一直存在于用自己有限的人生阅历所构造的世界中。由此冲突便凸显了出来,孩子也作为权力意志的牺牲者被推到了战争恶潮的风口浪尖。

三、军国主义与人道主义的政治伦理观

原本宁静和谐的峡谷村庄,因为战火的蔓延也渐渐变得残暴、血腥。"在我沉睡期间,大人们似乎完全变成了另一种怪物。"②军国主义的政治思想将原本拥有"坚硬的果皮和厚厚的果肉"的峡谷村庄侵蚀了,由此带来的后果就是村民、孩子们与黑人士兵的友谊被践踏,黑人的生命被残忍地终结,孩子们的纯真世界被无情毁灭。小说的结尾,"我"面对书记的尸体时的表现,是作者对战争最沉痛的控诉:

---

① 霍士富:《大江健三郎:天皇文化的反叛者》,北京:人民出版社,2013年,第40页。
② [日]大江健三郎:《人羊·大江健三郎作品集》,叶渭渠编,杭州:浙江文艺出版社,1997年,第53页。

我瞥了一眼书记的尸体直起身,躲开围上来的孩子们。我突然像村里的大人们那样,习惯了突如其来的死亡,习惯了死者那时而悲哀,时而微笑的表情……我抬起头,泪眼模糊地望了望那昏暗中透出一道灰白的天空,走下草坡去找弟弟。①

原本对生命存在敬畏的孩子们在战火纷飞的伦理环境中开始变得麻木、无情、冷漠,价值观也同大人们一样变得扭曲。然而这种终结和毁灭却只是开端,它是峡谷里的人们触犯伦理禁忌之后得到惩罚的体现,而更大的破坏仿佛还在进一步酝酿和蔓延。

作者将这种残酷的景象呈现在读者眼前时,就已经间接表达了他的政治伦理观——通过将孩子和大人们的伦理身份、伦理选择以及峡谷村庄和外界战火世界的伦理环境进行对比,凸显出作者对在第二次世界大战期间处于峡谷村庄的世外桃源也慢慢遭受战争侵蚀的愤恨之情,表达了他对政治伦理观念尚未成型的小男孩心中萌发的不分种族国家、向往和平的人道主义精神遭受破坏的严重不满,同时也展现出作者对受军国主义、国粹主义以及绝对主义天皇制统治的日本的失望和悲哀。

这篇以悲剧结尾的小说所提倡的排除种族因素、政治因素,从人类和平的高度去互相关爱的人道主义政治伦理观,是大江健三郎文学创作思想的重要基石。大江曾在诺贝尔奖颁奖典礼的演讲中表达了对战争的态度:

　　如果把这种放弃战争的誓言从日本国的宪法中删去——为了达到这一目的的策动,在国内时有发生,其中不乏试图利用国际上的所谓外来压力的策动——无疑将是对亚洲和广岛、长崎的牺牲者们最彻底的背叛。身为小说家,我不得不想象,在这之后,还会接二连三地发生何种残忍的新的背叛。②

---

① [日]大江健三郎:《人羊·大江健三郎作品集》,叶渭渠编,杭州:浙江文艺出版社,1997年,第55—56页。
② [日]大江健三郎:《我在暧昧的日本》,《万延元年的足球队》,于长敏、王新新译,北京:光明日报出版社,1995年,第334页。

对战争的痛斥、对和平的期望正是大江创作理念中长久存在的要素之一,然而这篇1994年发表的演讲词中所担忧的内容,如今正在日本狭长的国土上悄然演变,政府、国家以及右翼势力无视第二次世界大战中死伤者们的痛苦,频频地曝出修改宪法中关于"放弃战争"的规定,这种行为极大地背叛了千万遭受过战争灾害的受难者,也极大地刺痛了为世界和平和人道主义、民主主义奋斗了一生的斗士们,雄关漫道真如铁,纵观大江健三郎到目前为止的创作,人道主义可以说是他作品中永恒的命题之一,对人道主义政治伦理的坚持不仅是他一生为之奋斗的事业,也是人类推进社会进步的必然选择。

第二节 《万延元年的足球队》:身份认同与政治伦理表达

1967年1月,大江健三郎的长篇小说《万延元年的足球队》开始在《群像》杂志连载,7月刊完,9月由讲谈社出版单行本,同年获第三届谷崎润一郎奖,并成为1994年诺贝尔文学奖获奖作品之一。小说将故事的主要场景设置在四国的森林峡谷中,在这个相对封闭的环境里,作者将传统与现在、都市与山村以及历史与现实进行了有机的重组,完成了这片土地上百年间的时空转换与连接。

无论是曾经离开了峡谷村庄在都市中参与政治学生运动被当局打压的鹰四,还是老老实实地工作却也面临着生活的苦闷与不幸的蜜三郎,他们共同面对的难题都是难以在关系庞杂的都市中获得伦理身份的认同,难以找到一个适合自我存在的位置,因而对人生产生了不安与怀疑。他们从文化中心的大都市回到曾经孕育了自己的偏僻山谷中,企图找回已经失去的村民身份,希望重塑在都市"流浪"过程中丧失的信心,却发现自己也同样难以在村庄中轻易地找回伦理身份的认同。作者曾在《大江健三郎讲述作家自我》中说道:

"失去了故乡的流亡者,将永远无法安居,只能面向中心一直保持着批判的力量。"[……]我们同样作为无法返回故乡的流亡者,希望在对中心进行批判的场所从事自己的工作。从反对日美安全保障条约那时开始,我的这个态度就越发清晰并巩固起来了。①

小说中,鹰四在寻求身份认同时是积极的甚至是偏激的,而蜜三郎则只是冷静地思考、袖手旁观。这对兄弟在参与暴力与反对暴力的争论和行动中不断地刷新着对家族历史、对人生的伦理价值的认识,并最终完成了伦理身份的自我认同。他们回归山谷寻求身份认同就是重新认识自我和历史的过程,而这一过程正是作者进行自我伦理身份定位的探索之路,对自己今后参与社会政治活动方式的探寻与思考,同时也是对读者如何面对人生苦闷和参与社会政治活动的启发。

一、鹰四的身份认同与暴力行为

作者以第一人称"我"所代表的根所蜜三郎为叙述者展开叙事,却用浓墨重彩的笔触描绘了"我"的弟弟根所鹰四波澜壮阔的一生。本来胆小如鼠的他,在暴力人格的驱使下,用暴力行为诠释了自己的人生。聂珍钊认为"文学伦理学批评要求文学批评必须回到历史现场,即在特定的伦理环境中批评文学"②。

(一)鹰四的暴力人格

鹰四的暴力人格跟他所处的伦理环境是息息相关的。

首先,触犯伦理禁忌的少年时代阴影。早在1945年第二次世界大战即将结束的年代,奔赴战场的两个哥哥中只有二哥S兄生还,但是回来后不久就被附近的朝鲜人部落打死了。家里只剩下"我"和鹰四两个男人,母亲生前教导患有智障的妹妹以后要和鹰四亲近些,母亲死后,妹妹和鹰四被伯父收养,而"我"则作为根所家目前的长子继承了家业。

> "在我住在别人家,和妹妹一起生活的时候,你还不是一个人在这山脚,让阿仁帮着过日子?你还不是用留给我们的钱,上城里的高

---

① [日]大江健三郎述:《大江健三郎讲述作家自我》,尾崎真理子采访/整理,许金龙译,北京:金城出版社,2012年,第63页。
② 聂珍钊:《文学伦理学批评:基本理论与术语》,《外国文学研究》2010年第1期,第11页。

中,上东京的大学? 要是你不把这些钱一个人霸占,我们三个人本可以在山脚一起生活啊。阿蜜,你没有资格为妹妹的事谴责我。"①

由于日本传统的长子继承制,"我"在两个哥哥死后成为家里的继承人,而弟弟鹰四和妹妹在未成年的时候只能寄人篱下。因此,鹰四从内心里对哥哥蜜三郎怀有一种抵触心理,自己和妹妹战战兢兢地生活,而哥哥蜜三郎却过着在心理上无忧无虑的日子。从鹰四对蜜三郎的抱怨中可以看出埋藏在鹰四心中的隐痛,从青少年时期开始,鹰四在自己家庭中就缺少伦理身份的认同感,而这种缺失让他感受不到家庭的关爱,这是促成鹰四性格暴力扭曲的诱因之一。

与妹妹一起在伯父家寄居的日子里,鹰四只能从妹妹的身上找到心灵的温暖和慰藉,身体逐渐成熟的少年鹰四在非理性的性冲动下触犯了伦理禁忌,与自己的妹妹发生乱伦行为,并且致使其怀孕。后来妹妹怀孕被伯父发现,带妹妹做了流产,而弱智的妹妹因为害怕,便更想在哥哥鹰四的怀抱里寻求安慰,但是鹰四出于害怕乱伦被发现的恐惧心理拒绝了妹妹,弱小无援的妹妹便认为这个世界上再也没有人疼爱自己了,最终以自杀的方式结束了自己的生命。妹妹死后,鹰四四处寻找,怕妹妹留下遗书暴露了自己的罪行,但是没有找到。因为妹妹的意外自杀,迫使伯父同情鹰四,才让他上了东京的大学。从那之后鹰四的心中就种下了人格分裂的种子,理性的自我约束和忏悔心理与非理性的兽性因子一直矛盾地存在于他的内心当中:

"我有一种从痛苦的恐惧中解脱出来的安全感,可同时也产生了一种新的负罪感,这两种心理在我的思想里交织,弄得我又哭又笑……确认她自杀后没有留下任何遗书,这使我有一种巨大的解脱感,这是因为我一直怕这个白痴妹妹会把我们之间的秘密告诉别人。妹妹一死,这秘密就被一举抹煞,就像从未存在过一样,想到这一点,我真觉得放心。可是事与愿违,现实根本没有像你想的那样发展。

---

① [日]大江健三郎:《万延元年的足球队》,于长敏、王新新译,北京:光明日报出版社,1995年,第284页。

相反,因为妹妹的死,这秘密便在我肉体和精神最深的中心扎下根来,开始从头到脚地毒害我的日常生活以及我对未来的展望。"①

带着这样一种解脱感与负罪感交织缠绕的心理生活下去的鹰四,性格渐渐变得阴郁、扭曲。而为了掩盖自己因触犯伦理禁忌带来的耻辱感和负罪感,他选择了以一种激烈的暴力形式来战胜心中的"怯懦",因此,曾经在蜜三郎眼中胆小如鼠的鹰四,却在自我暗示下迫使自己走向了崇尚英雄式的暴力的极端。

其次,英雄化的家族伦理的传承。促使鹰四发动暴动的又一个诱因便是家族历史上的暴动经历。在父辈口耳相传的熏陶下,鹰四了解到一百年前曾祖父的弟弟曾在这个峡谷山村里领导过一场反对当地统治者和富人的暴动。在鹰四英雄化的想象中,曾祖父的弟弟以及当时参与暴动的村民被赋予了崇高光辉的形象。从鹰四与蜜三郎关于一百年前暴动的讨论中,可以清楚地感受出鹰四对曾祖父及曾祖父弟弟的看法:"我讨厌这种深谋远虑的保守派曾祖父。阿蜜。曾祖父的弟弟一定也讨厌他。因此,他才反抗兄长,成了农民的领袖。他是反抗派,看到了时代的未来"②。面对鹰四刻意夸大曾祖父弟弟的暴动行为,蜜三郎处处予以反击,"从小时候起,我就一直不得不反攻鹰四,他总想要给曾祖父的弟弟罩上英勇反抗者的光环"③。在鹰四的心目中,对暴动充满了向往和狂热,所以曾祖父弟弟的暴动行为就成了他的理想标杆,他认为曾祖父弟弟在暴动中赢得了村民们的爱戴和信任,找到了自己在峡谷村庄中的领袖地位和身份认同,而鹰四需要的正是这样的"英雄式的榜样",给予他重新找到心灵归属和身份认同的信心。蜜三郎的反对加剧了他的反抗心理,正如曾祖父弟弟反抗曾祖父一样,鹰四也找到了反抗哥哥蜜三郎的心理支持。

除了一百年前曾祖父弟弟的事迹让鹰四感受到暴力行为带来的振

---

① [日]大江健三郎:《万延元年的足球队》,于长敏、王新新译,北京:光明日报出版社,1995年,第278—279页。
② 同上书,第79页。
③ 同上书,第80页。

奋,S兄的死在他看来也是勇敢的表现。在鹰四英雄化的想象中,刚从战场上退下来的S兄代表村子与朝鲜人部落进行对抗,他对S兄这种因种族冲突而牺牲的"勇敢"行为表示极其的尊敬。以至于在回到村庄去寺院取回S兄的骨灰时,他对让蜜三郎拿骨灰表示了排斥,这在蜜三郎看来"不单单是鹰四尊敬S兄,而是他想尽可能把像老鼠一样的我和S兄隔开。鹰四让抱着骨灰罐的妻子坐在副驾驶座上,自己边开车边说起了对S兄的回忆……"①对S兄的记忆,"我"与鹰四完全不同,鹰四通过一些片段的记忆,加上自我幻想,将参加暴力斗殴的S兄尸体被运回来那天的情景细节述说得有模有样,但是在蜜三郎的记忆中,鹰四当时还只是一个躲在门里流着口水吃糖的小孩子。S兄在与朝鲜人争斗的过程中被打死这一事实,在鹰四的幻想下已经被英雄化了,与此同时他的内心也种下了一颗憎恨朝鲜人的种子,这颗种子从鹰四回到峡谷村庄的那天开始就在暗暗萌动。

鹰四对家族历史的真实性并没有"我"那么在意,鹰四在意的是如何通过这种想象的历史给自己的暴动找到宣泄的突破口,为自己的行为找到一种家族传统式的精神支撑。而曾祖父弟弟和S兄的故事就是他发动暴动最好的"榜样",至于真实与否他已经抛之脑后。在这场寻根和自我追寻的暴动中,鹰四继承的是自己臆想中的英雄化家族伦理的传统,他企图将万延元年的那场暴动的精神移植到这场由足球队引领的袭击超级市场的暴动中。鹰四在英雄化的家族伦理传统的影响下,带领足球队抢劫超市的行为与曾祖父弟弟和S兄的行为超越百年的时空达成了一致。可以说鹰四在做出将曾祖父、S兄的暴力行为奉为英雄事迹的伦理选择时便已经将自己的暴力人格又向前推进了一步。

最后,国家战败与民族情感的影响。第二次世界大战战败之后,日本实际上被置于美国的控制之下。1951年日本和美国签订的《日美安全保障条约》在1961年满期,修改为《日美协作与安全保障条约》,条约内容与

---

① [日]大江健三郎:《万延元年的足球队》,于长敏、王新新译,北京:光明日报出版社,1995年,第85页。

第二次世界大战后日本和平宪法的精神相违背，遭到以学生为首的众多日本人民的反对，于是日本国内爆发了"安保斗争"。在安保斗争中，鹰四站到了暴动的最前列，他担任了学生运动的领袖。但是这场斗争最终失败了，曾经是学运领袖的鹰四成为学生剧团的成员之一赴美，参加由革新政党右翼妇女议员领导的"转向剧"的演出，向美国人民演出名为《我们自身的耻辱》的忏悔剧，其中鹰四"以悔过学运领袖的名义，为妨碍总统访日一事向美国市民谢罪"①。但是鹰四的心里是不甘心的，因此他偷偷逃离剧团，试图在美国能够做出像英雄一样的事业，而非低头谢罪。逃出剧团之后的鹰四，在异国他乡也同样难以找到身份认同，更不用说"一展拳脚"。而同时他的暴力人格在这个时候又被进一步推进了。与黑人妓女发生关系染上性病，为日本旅行团做翻译等等，这些在鹰四的伦理观中都是不能够构成他留在美国实现英雄梦的理由。继续留在美国就意味着自己今后可能庸庸碌碌一事无成，而返回日本、返回故乡则有可能干出一番伟大的事业，于是内心难以平静的鹰四做出了回到日本，回到故乡峡谷村庄的伦理选择。

回到峡谷村庄后，鹰四发现当年参与打死S兄的一个朝鲜人如今成了当地最大的超级市场的创办者，这让鹰四感到更加愤恨。朝鲜人部落由于历史原因在这个山谷里生活了下来，他们接受当地日本人的习俗学会包粽子，同时也将自己的文化习俗潜移默化给了当地村民，用大蒜给粽子调味。但是在这种和平之下，却潜藏着民族抵抗情绪，尤其是当这个曾经与峡谷村庄为敌的朝鲜人如今却统领着当地的经济，当地唯一一个超级市场是属于他的，这让许多当地村民嫉妒反感。比如在暴动发生之后，蜜三郎与阿仁的一段对话，当蜜三郎表示出了对那个朝鲜人的同情时，而阿仁却很不以为然，她说：

> 自打朝鲜人到这洼地来，山脚的人就没有过好日子！仗一打完，朝鲜人就从这山脚占地捞钱，一个个全抖起来了！我们不过是把他

---

① ［日］大江健三郎：《万延元年的足球队》，于长敏、王新新译，北京：光明日报出版社，1995年，第16页。

们抢走的东西拿回来一点儿,他们有什么可同情的?①

但是当蜜三郎进一步用事实来讲道理时,阿仁便陷入了一种蛮横无理的无逻辑状态中,她说:"反正朝鲜人一进洼地,就没干过好事!大家都这么说!把那帮朝鲜人全杀尽才好呢!"②当地在战后出生的小孩子在大人的耳濡目染之下,也毫无缘由地对这个"超级市场天皇"持有一种反抗敌视的态度。甚至这个朝鲜人被村民们冠以"天皇"这一称谓,也是村民们出于对他的嘲讽和恶意,正如村里的寺庙主持所言:

> 一个二十年前被强制去林子里采伐劳动的朝鲜人,现如今神气了,山谷的人们反要在经济上受他的支配,都不想承认这件事嘛!可是这种感情又不能拿到面儿上来,所以才故意把那个男人叫天皇的。这是山谷的末期症状了!③

而鹰四为组建足球队所需的资金来源也正是将老屋卖给这个"超级市场天皇"而得来的。对于鹰四,曾经打死了 S 兄的朝鲜人如今却又成为统领当地经济的"天皇",同时现在自己筹措资金的来源却又是这个民族仇恨与家族仇恨的对象。多种矛盾集中在鹰四与这个朝鲜人之间,让鹰四的暴力情绪再一次得到触发。

鹰四从自己的民族伦理身份,和身为 S 兄弟弟的家庭伦理身份的角度出发,在他看来,对"超级市场天皇"的复仇行为就是这些伦理身份下必然需要承担的责任。在民族情感、家族仇恨和经济利益等的驱使下,鹰四自己首先无法克制地对这个异族人产生了强烈的敌视。同时他也利用了村民们的民族敌视,以带头反抗统领了当地经济大权的异族人来获得村民们对他的身份认同。

(二)鹰四的身份认同与暴力行为

家庭伦理身份的缺失致使鹰四与妹妹触犯了伦理禁忌,并导致妹妹

---

① [日]大江健三郎:《万延元年的足球队》,于长敏、王新新译,北京:光明日报出版社,1995年,第219—220页。
② 同上书,第220页。
③ 同上书,第110页。

自杀。这件事情使鹰四在罪恶感和耻辱感的包围下变得人格分裂,原本性格软弱的他开始崇尚暴力,试图以暴力行为来掩饰内心的不安,同时也通过暴力行为进行自我伦理身份的定位和找寻。

展现他暴力人格的第一个事件就是进入大学之后参加了安保斗争的学生运动,并担当了学运领袖,随后却又因反抗暴力失败而走上了实施暴力的道路。不管鹰四如何掩饰或克制,他身体中的兽性因子时常不受理性意志的制约,性冲动的非理性意志往往在某个时候突然爆发出来战胜理性意志,从而再一次做出触犯伦理禁忌的事情。比如在美国做谢罪演出期间,鹰四逃出剧团后与黑人妓女发生性行为。为了能让自己的内心获得释放,从而开启在美国的新的"英雄事业",鹰四用夹生的英语跟那个黑人妓女讲了与妹妹乱伦的事情,但是这种带着"面具"的坦白并没有根除鹰四心中的罪恶感。虽然被传染了性病,但并不能用来作为与妹妹乱伦致妹妹自杀而赎罪的理由。带着深重罪恶感的鹰四既没有获得自我伦理身份的救赎和谅解,流浪在异国他乡的他也难以获得身份认同。暴力人格被压抑着未能爆发出来,反而又以此为助燃剂酝酿着新一轮更强大的爆发。当他再次回到曾经的家乡来,策划出一场模仿一百年前的暴动时,就像自己的姓氏"根所"一样,他试图找回自己的根本之所在,即寻找丢失已久的自我伦理身份认同。

当鹰四回到峡谷村庄,面对与哥哥之间产生矛盾的菜采嫂时,那种潜藏的兽性因子再次脱离理性意志的控制,鹰四又陷入触犯伦理禁忌的漩涡中,在一种危险的伦理关系中寻找精神上的快感,来证明自我的存在。他不顾哥哥的态度,或者说就是为了故意挑衅对任何事情都袖手旁观的哥哥,而做出这种逆反人伦的事情来。从鹰四自身来看,在他与菜采嫂通奸时自己已经能很清楚地分辨自己的分裂人格。一方面他对乱伦禁忌心存恐惧,动物性本能的自由意志在某种程度上受到了理性意志的约束;但另一方面,他理性意志的力量又不够强大,因此动物性本能常常脱离了理性的控制,并任由这种分裂人格发展下去。他说:"这两种欲望,一种是替我的暴力人格辩护的欲望,另一种是惩罚这样的自我的欲望,他们在我的生命当中简直把我撕裂了。既然存在着这样的自我,那么,希望继续按照这种自我形象生存下去,这也是无可厚非吧?然而这种希望越是强烈,那种要抹煞这可厌的自我的欲望也同样越发强烈,它们把我狠狠分成了两半!"①在这种分裂人格的作用下,鹰四陷入了实施暴力与自我毁灭的漩涡中。

暴动之前,鹰四作了一系列的铺垫,他代表青年小组去跟"超级市场天皇"谈判,鼓动青年小组脱离超级市场的经济管辖。青年小组养的几千只鸡全死掉了,而这些鸡的投资者就是"超级市场天皇",鹰四作为青年小组的谈判代表去找"超级市场天皇"进行谈判,谈判的结果就是将死掉的鸡全部烧掉,而这种做法必然会激起想要将死鸡据为己有的村民们的憎恶,但是鹰四却从中看到了引发村民暴动的希望——"我倒是愿意相信通过把那几千只鸡淋上汽油放火烧掉这种无益的劳动,那些人软弱、愚蠢的头脑中的那些贪婪、任性的根性多少能变成一些强烈、清醒的憎恶。"②因为"超级市场天皇"是当初参与杀死 S 兄的那帮朝鲜人中的一员,不管 S 兄真实的死因如何,鹰四对于这个异族人的憎恶和许多村民一样,带着狭隘的民族情感愚昧地进行反抗而不愿去客观地认识真正的历史。

他组建足球队,用卖掉老家房产和地皮的钱来支付足球队的开销,试图以足球队的集体活动唤醒村民们对一百年前曾祖父弟弟领导农民暴动的历史记忆;他不顾危险去救被洪水围困的孩子,获得村民对他的好感和认同;他率领足球队复兴当地失传已久的诵经舞会,勾起人们对万延元年发起暴动和第二次世界大战中丧生的"英雄"们的记忆和崇拜。当足球队的一个小伙子违反纪律侵犯姑娘桃子时,鹰四一方面虽然残暴地惩罚了那个队员,但另一方面他也从队员的这种行为中看到了发动暴动的契机,他对蜜三郎说:

> 我要他们把自己与万延元年的青年同一化,既然那小伙子身上已经表现出了最初的征兆,那么,这个倾向可能很快地传给整个足球

---

① [日]大江健三郎:《万延元年的足球队》,于长敏、王新新译,北京:光明日报出版社,1995 年,第 247—248 页。

② 同上书,第 120 页。

队！我还要把它传给山脚上所有的人。我要把一百年前祖先的暴动唤回山谷,我要比诵经舞更现实地再现它!阿蜜,这不是不可能的!①

鹰四企图把万延元年农民暴动的精神传递给现在的山谷村民,让他们带着这种想象中的精神波动来协助自己完成对"超级市场天皇"的进攻。如蜜三郎所言,鹰四是在"借梦寻根"。所以从一开始,鹰四就是有计划地接近当地朝鲜人开办的超级市场,并通过煽动、扩大村民们对于这个外族人统领了当地经济权力的嫉妒感和憎恶感,来引发这场针对"超级市场天皇"的"想象力的暴动",从而达到为S兄复仇、宣泄自己的暴力人格以及巩固自己在村庄中的伦理身份的目的。

如此种种活动,鹰四渐渐获得了"我"的妻子菜采子、青年小组以及村民们的拥护。至此鹰四发动暴动的外界导火索、内部人员以及群众条件似乎都成熟了。但是这场暴动发起的根本理由是不成立的,它是建立在鹰四个人对暴力的崇拜和对朝鲜人打死S兄的憎恨情绪之上,建立在村民对朝鲜人控制当地经济的嫉妒心之上,建立在村民的无知和人云亦云的愚昧之上的。因此这场暴动持续了几天之后,当人们的冲动情绪渐渐消退,理性意志逐渐觉醒时,暴动便开始往失败的方向转向。鹰四意识到自己已经无力扭转局势了,受非理性意志控制的他驾车载着暴动队伍里一名年轻的性感姑娘在山谷里疾驰,按照鹰四自己的解释,他将这个姑娘强奸了,因她极力反抗又用石头砸了她的头部将她砸死了。不管怎样,姑娘的死与鹰四脱不了干系,鹰四自知已经无法继续在村庄中获得身份认同,便怀着一种回归暴力人格本性的心情等待着村民们的私刑。但是在与哥哥蜜三郎坦白妹妹之死的原因的那个晚上,鹰四在蜜三郎的一再追问之下陷入了自我惩罚的泥潭,他难以自拔,也不想再像曾经逃避承认与妹妹乱伦的事实那样,去逃避如今的败局,他用开枪自杀的方式对自己实施了暴力式的解决,完成了自我暴力人格的前后统一。鹰四死了,但是由

---

① [日]大江健三郎:《万延元年的足球队》,于长敏、王新新译,北京:光明日报出版社,1995年,第214页。

他带领足球队而复兴起来的诵经舞会却延续了下去,在下一次的诵经舞会上,从此会增加一个鹰四的亡灵的位置。曾经在故乡山村里消失了的伦理身份的认同感,如今在他死了之后,通过传统诵经舞会悼念亡灵的方式而得以回归。如蜜三郎所说:

> 你只是希望成就这一种狂暴惨烈的死亡,用自我处罚偿付乱伦和它造成的无辜者的死亡带给你的负疚感,让山脚的人们记得这个"亡灵",这个暴徒。实现了这个幻想,你就真正可以将撕裂开来的自我重新统一在肉体里,然后死去。而且,人们还有可能把你看成你所崇拜的曾祖父的弟弟百年以后的转世。①

至此,鹰四用自杀的方式完成了自我人格的统一。

纵观鹰四短暂的一生,他从母亲去世之后丧失家庭伦理身份开始,就一直徘徊在找寻心灵寄托和身份认同的道路上——从鹰四离开故乡寄人篱下与妹妹发生乱伦行为,到参加反安保条约的运动,到在美国缩头缩脑地生活,再到他回归故乡在森林峡谷中发起暴动,以及最终以一种自我暴力的方式结束了自己的生命。在伦理环境不断变换的过程中,鹰四的社会身份和伦理身份也在不断地发生着改变。聂珍钊《文学伦理学批评导论》中对社会身份和伦理身份进行了以下的阐释:

> 社会身份只是对某种身份社会特征的表述,如总统、政治家、作家、教师等……由于社会身份指的是人在社会上拥有的身份,即一个人在社会上被认可或接受的身份,因此社会身份的性质是伦理的性质,社会身份也就是伦理身份。[……]虽然社会身份都是伦理身份,但是伦理身份并非都是社会身份,如父亲、儿子、妻子、丈夫等。②

也就是说鹰四在各种社会环境中拥有的社会身份也是他的伦理身份,如他在故乡的社会身份是一名村民,在伯父家的伦理身份是失去了继

---

① [日]大江健三郎:《万延元年的足球队》,于长敏、王新新译,北京:光明日报出版社,1995年,第284—285页。

② 聂珍钊:《文学伦理学批评导论》,北京:北京大学出版社,2014年,第264页。

承权的寄宿者,在学校他是一名失败的学生运动领袖,在美国他成为没有身份认可的异国流浪者。在每种伦理身份下他都难以达到自己试图去完成的"伟大事业",每种身份下都隐藏着他的焦虑与不安,他企图遮掩自己与妹妹乱伦触犯伦理禁忌的错误,又妄图证明自己内心里不满现实觊觎成功的强大信念,在这种矛盾心态的作用下他逐渐变得易于激动、经常失去理性的控制。少年时代触犯伦理禁忌的阴影、对家族伦理英雄化的幻想、国家政治运动和民族冲突的影响,造成了鹰四暴力人格的最终形成,在他与蜜三郎坦白的那天晚上说道:

> 安保期间,我还是个学运领袖,一个不得已对不正当暴力进行反击的弱者,但我却参加了暴力团,不惜投身杀场,毅然采用绝对不正当的暴力。因为我希望接受这种自我的形象生活下去,想替自己的暴力人格做好辩护。①

他一直梦想着能够干一番英雄式的事业,为自己的暴力人格做掩饰,同时达成找回伦理身份的目的。鹰四的所作所为都源自他心里因当初触犯了伦理禁忌之后产生的难以磨灭的罪恶感和不安感。这种罪恶感和不安感促成了他暴力人格的逐渐形成,并最终在自我伦理身份找寻彻底失败之后,在这种暴力人格的驱使下,鹰四不可避免地走向了自我暴力的尽头。

二、蜜三郎的身份认同困惑与自我救赎

小说的叙述者"我"——蜜三郎,在回到峡谷山村之前,面对先天畸形的孩子和整日酗酒的妻子,以及突然以一种怪异可怕的方式自杀而死的朋友,他作为一个父亲、丈夫和朋友却不敢承担起这些由伦理身份所带来的责任,对所有的事物都表现出一种消极回避的态度。他抱着一条肮脏的狗坐在"坑"里度过"黎明一百分钟的坑底生活",胡思乱想,却不愿去面对外面的现实世界。他自己也清楚地认识到:

---

① [日]大江健三郎:《万延元年的足球队》,于长敏、王新新译,北京:光明日报出版社,1995年,第248页。

唯一的一个朋友把头涂得通红自缢而死,妻子又出人意料地突然醉倒,儿子则是个白痴!然而我,却闭门户、不解领带,欲将触过尸体的不祥之躯躺进妻儿床间的窄空中昏然睡去。停止对所有事物的判断,在这一瞬间,我如同被大头针别住的昆虫,软弱、无力。我感到自己正被确实危险却又来路不明的东西侵蚀着。①

但是却不愿做出任何积极地改变。从小说一开始,蜜三郎这个"只是一味进行思考却不行动的人物"②形象就凸显了出来。因而在面对暴力式的斗争方式时,他自然是采取一种回避不干涉的态度。不论是安保斗争时的学生运动,还是一百年前曾祖父的弟弟领导的万延元年的暴动;无论是从战场归来的S兄在骚乱中被打死,抑或是如今弟弟鹰四领导的足球队暴动,他的态度都是冷淡的,甚至鹰四的朋友都说他是一个像老鼠一样的人。在鹰四的眼中,这些历史上的暴动或自己领导的暴动都是英雄式的壮举,是证明自己作为男人的最有力的方式,但是这一切在蜜三郎的眼中都是弟弟用夸张想象和刻意渲染构成的无聊之举。尤其是他们针对万延元年那场暴动的真实历史情况的看法,两个人的观点和立场截然相反。蜜三郎在与鹰四的争执中,总是不自觉地想要反驳他的观点,一切在鹰四看来神圣、崇高的人和事物,在蜜三郎那里都会受到一盆冷水,"从小时候起,我就一直不得不反攻鹰四,他总想要给曾祖父的弟弟罩上英勇反抗者的光环"③。蜜三郎像老鼠一样躲藏在城市的"坑"里,最好的朋友自缢而死已经表现出对社会、对人生的不满和失望,那么自己还要像老鼠一样继续着身份(identity)缺失的生活吗?面对整天忧郁酗酒的妻子和先天残疾的孩子,蜜三郎似乎带着一丝尚存的悸动心情和妻子回到了故乡的峡谷村庄里,试图找回自我。

---

① [日]大江健三郎:《万延元年的足球队》,于长敏、王新新译,北京:光明日报出版社,1995年,第16页。
② [日]大江健三郎述:《大江健三郎讲述作家自我》,尾崎真理子采访/整理,许金龙译,北京:金城出版社,2012年,第98页。
③ [日]大江健三郎:《万延元年的足球队》,于长敏、王新新译,北京:光明日报出版社,1995年,第80页。

在跟随鹰四回到故乡的这段时间里,蜜三郎清楚地认识到自己也早已丧失了在故乡村庄中的身份认同。小说中蜜三郎不止一次地对自己的身份感到彷徨孤立,回山谷之前本以为伦理环境的改变会给自己的生活带来转机,但是回到故乡后却发现自己的生活毫无改善。

> 在这个山谷中,我不过是一个按年纪来讲有些臃肿肥胖的独眼过客而已,除了我的这种形象之外,山谷中的事物已唤不起其他任何真我的记忆和幻觉,我可以主张过客的 identity,老鼠也有老鼠的 identity。①

蜜三郎对找回自己伦理身份认同的态度又再一次变得消极。在自己周围所有的人都围绕着鹰四进行足球队的事业时,蜜三郎却形单影只——"我又一次陷入孤立无援的境地,看不到丝毫希望,经历着比弟弟回国前更加深刻的痛苦,我明白这种经历的全部含义。"②他只能独自一人默默地承受着精神的苦闷。

因为蜜三郎消极、不作为的生活态度,使得他并没有像鹰四那样为找回在故乡里的伦理身份而积极行动,而是像老鼠一样窝在暗无天日的地方只是一味地思考和旁观。他通过查找历史线索、走访村民、解读信件等方式在自己的脑海中加工出一百年前的历史场景,渐渐形成自己对万延元年那场暴动的认识。他用这些片段的线索和对母亲口述历史的回忆,再加上自己的主观臆想,认定那场暴动失败后,曾祖父的弟弟逃往高知,并在一个靠近海边的地方过着安闲的日子,而非鹰四想象中那样具有无限光辉的英雄光环。同时,S兄的死在蜜三郎看来也是由于他们先冒犯了朝鲜人部落,然后朝鲜人才在反击中将他打死,并非像鹰四认为的那样是代表山谷村民独当一面去与朝鲜人对峙。他在与鹰四和菜采子讲到诵经舞会上对"亡灵"祭奠时说道:"我知道实际上S兄不是山谷年轻人的头儿,而且我亲眼看见S兄被打死倒下,这印象非常强烈。要我把大家视为

---

① [日]大江健三郎:《万延元年的足球队》,于长敏、王新新译,北京:光明日报出版社,1995年,第161页。
② 同上书,第166页。

英雄的壮美的'亡灵'同 S 兄的死连结起来,我做不到。"①一直到袭击超市暴动失败,暴动队伍中的性感姑娘死亡,面对这样不幸的事实时,这两兄弟仍然在对事故发生的过程和原因争论不休。鹰四从自己的立场出发,解释是自己故意强奸杀人,并甘愿在第二天早晨被村民们处以私刑。但是蜜三郎在自己一味地主观概念中认为鹰四在说谎,他认为鹰四是在故意将自己的行为夸大,从而达到自己暴力人格的统一,为自己的所作所为找到赎罪的借口。

但是鹰四死后不久,蜜三郎在与"超级市场天皇"的接触中了解到了历史的真相。鹰四此前将山谷的房产卖给了"超级市场天皇"用以筹措足球队的工资,如今暴动平息,鹰四自杀,但是当初的契约仍然要履行。"超级市场天皇"向蜜三郎讲述了当年 S 兄被打死时的情形:

> 关于令兄复员后在部落里死掉那件事,好像还闹不清楚是我们杀了,还是被日本人杀了。两方的人乱成一团,拿棒子乱打一气,就他一个人毫不武装、毫无装备,垂着胳膊站到中间去,还能不给打死吗。说起来,是我们和日本人一起把他打死了! 那个青年,真的是个很特别的人呢!②

同时,在拆除根所家老房子的时候,一个不为人知的地下室曝光出来,里面放有与曾祖父弟弟相关的信件、生活器具以及关于万延元年那场暴动的历史书籍,还有另一场大洼村民暴动的历史记载。至此,汇总了所有信息的蜜三郎终于将所有线索串联起来了,曾祖父的弟弟在领导万延元年的暴动失败之后,并没有逃离峡谷村庄,而是躲在了这间地下室里,过着暗无天日的隐居生活。"他只能够熟读送进去的书报,他把自己幽闭起来,只能展开想象的翅膀,编出些横滨报上的赴美留学广告、小笠原岛附近捕鲸作业之类的故事来打发日子。"③除此之外,曾祖父弟弟并没有

---

① [日]大江健三郎:《万延元年的足球队》,于长敏、王新新译,北京:光明日报出版社,1995 年,第 150 页。
② 同上书,第 304—305 页。
③ 同上书,第 304 页。

忘记他的暴动领袖身份,他吸取了当年万延元年那场失败暴动的教训,在地下室里冥思苦想,指挥了另一场没有流血冲突的暴动"大洼骚动"。如此一来,根所家族关于暴动历史的所有疑惑都解开了,蜜三郎急切地想要告诉弟弟鹰四,但是不幸的是鹰四已经自杀了。曾经蜜三郎对弟弟鹰四的误解,似乎也在真相大白的这一刻渐渐消融了。于是在重新解读去接S兄的骨灰时见到的一幅地狱图时,蜜三郎对鹰四有了新的理解:"阿鹰有一种惩罚自己的欲望,觉得他应该活在更为残酷的地狱当中。或许正是这种欲望的驱使,才让他拒绝了如此宁谧平和、安详'温存'的假地狱吧。我想,为保证自己地狱的惨酷不遭到削弱,阿鹰一定做过不少的努力呢。"①蜜三郎忽然意识到自己曾经对鹰四的态度和自己对家族暴动历史的主观臆断,或许都是造成鹰四走向自杀的原因之一。他对鹰四的愧疚无从释怀,唯一能够挽救这份愧疚之心的方法就是像鹰四那样勇敢地面对自己的人生。

虽然因为他离开家乡时间太久而难以获得峡谷村庄的身份认同,但是他却从这个相对封闭的带有原始神话色彩的地方获得了重新担负起自己在家庭中因伦理身份而带来的责任的勇气。所以蜜三郎在作为丈夫的伦理身份下,接受了曾经酗酒和出轨了的妻子;接受了妻子腹中鹰四的遗腹子,接回保育院里畸形的孩子认真履行一个父亲的伦理职责;突破自我曾经消极旁观而不参与社会活动的伦理观念,放弃都市里安安稳稳的工作选择去非洲做英语翻译。这些伦理选择既是蜜三郎对鹰四的理解和忏悔,也是他走向自我救赎的开始。

三、寻求身份认同与政治伦理表达

在这部长篇小说中,作者以第一人称"我"所代表的蜜三郎展开叙述,通过蜜三郎和鹰四的语言和行为传达出了作者关于政治暴力和为找寻伦理身份而进行自我救赎的看法。

---

① [日]大江健三郎:《万延元年的足球队》,于长敏、王新新译,北京:光明日报出版社,1995年,第312—313页。

关于政治暴力,作者在许多作品中都奉行人道主义的观点,对政治暴力予以严肃反对。无论是对发生在 1960 年前后政府强行与美国签订修改日美安全保障条约的暴力性、非民主性的行为;还是对作品中蜜三郎的弟弟鹰四曾经作为学生运动的领袖站出来反对暴力,但是由于反暴力运动的失败,而走上了实施暴力道路的行为,从作者的角度来看,都是予以批判的。如作者在《大江健三郎讲述作家自我》中提到:

> 的确,我在青年时代经历过的最大的社会事件,就是围绕是否修订日美安全保障条约,在东京都内挤满示威游行群众的一九六〇年的市民运动,当然,我本人也参加了那场运动。与此同时,自己也是一个考虑把该事件写入小说之中并为此而苦恼的青年。①

作者参加了那场示威游行,但同时也在积极思考如何运用和平的手段以达到最佳的政治效果,他为此而苦苦思索。文中的鹰四无论是由于个人暴力人格的因素崇尚以暴力解决问题,还是被时代潮流裹挟参与暴力运动,蜜三郎都持以一种冷眼旁观的态度,他用他仅剩的一只眼睛,洞察周围的黑暗,把自己当作被社会和亲人放逐的缺少人伦之爱的人,观察那些所谓"勇敢者"的暴力行为。同时在对待历史上根所家族中万延元年的暴动事件,鹰四总是在刻意地进行英雄化的幻想和夸大,而蜜三郎却从不认为曾祖父弟弟的所作所为是一种英雄的事迹,他总是在刻意将一切与暴力相关的事物和人物平凡化处理。大江健三郎曾在《大江健三郎讲述作家自我》中说道:

> 这两个人都是没有差距的年轻人,可一个家伙在行动,另一个家伙只是在注视着这一切。我把自己一分为二,亦即实际参加示威游行活动并因此而受伤的人物,以及另外一个人、只是一味进行思考却并不行动的人物。②

---

① [日]大江健三郎述:《大江健三郎讲述作家自我》,尾崎真理子采访/整理,许金龙译,北京:金城出版社,2012 年,第 98 页。
② 同上。

作者以这两个人物作为自己的分身,通过他们的行为表达了作者对暴力参与社会活动和冷眼旁观社会事件的理性认识。

综观全书,作者对鹰四和蜜三郎都是以批判的眼光看待的,他们的行为带有一定的极端性和片面性。作者既不希望鹰四那种具有暴力人格的人对社会运动加以领导,也不推崇蜜三郎这种一味旁观却不敢采取行动的行为方式。作者理想中的政治伦理观,就是他在小说结尾通过蜜三郎的视角发现的曾祖父弟弟的秘密——在万延元年暴动失败后,在地下室精心策划了一场没有流血牺牲的暴动,通过这种和平的方式完成了社会的改革,从而达到自己的政治目的。作者以这种方式结束这部小说,是曾经受到了自己家族中曾外公的弟弟的故事的影响,并在小说中加以改编,在作者看来:

> 在曾外公的弟弟的心里,似乎存在着某个不为我们所知的信念,这信念支撑着他的一生,使他一直隐居在地下室里。我也曾思考,这究竟是怎么回事?便联想到这位藏匿于地下室、绝不背弃自己信念的地下生活者,曾书写并发出那些与自由民权思想共鸣的通信文章。于是,我找到了结束小说的方法。①

大江健三郎在另一部小说《优美的安娜贝尔·李 寒彻颤栗早逝去》中提到的对于《万延元年的足球队》中创作手法的解释:"我在《万延元年的Football》②中所描述的农民暴动,是由于我无力将其作为一个地方的整体故事予以描绘,才将其矮小化为自己家里传承下来的故事中的一段小故事。"③因为作者自认为还不能够达到将暴动的历史从一种相对客观角度予以分析解答其原因、经过、结果,所以采用了矮小化的方法,从家族的视角切入,从个人经历和个体情感的角度予以解释。将个体的体验升华为具有普适价值的做法,是大江惯常的创作手法。桑多罗扎克说过:

---

① [日]大江健三郎述:《大江健三郎讲述作家自我》,尾崎真理子采访/整理,许金龙译,北京:金城出版社,2012年,第100—101页。
② 原文即如此,目前多译为《万延元年的足球队》。
③ [日]大江健三郎:《优美的安娜贝尔·李 寒彻颤栗早逝去》,许金龙译,北京:人民文学出版社,2009年,第34页。

"我们生活在这样一个时代,个人认同的找寻及个人命运定向的私人体验本身,都变成是一种主要的颠覆性政治力量。"①那么本作品究竟要传达怎样的一种政治伦理观呢?

  首先是反对暴力。作家在许多作品中都奉行人道主义的观点,对政治暴力予以严肃反对。无论是对发生在1960年前后政府强行与美国签订修改日美安全保障条约的暴力性、非民主性的行为;还是对作品中鹰四曾经作为学生运动的领袖站出来反对暴力,但由于反暴力运动的失败而走上实施暴力道路的行为,他都是立场鲜明地予以批判。不管是个人还是国家集体都应该清晰地认识到自己的伦理身份、自觉维系伦理秩序。"在人类文明之初,维系伦理秩序的核心因素是禁忌。禁忌是古代人类伦理秩序形成的基础,也是伦理秩序的保障。"②如果触犯了伦理禁忌、破坏了伦理秩序,就必然会受到相应的惩罚。小说中鹰四对待自己因暴力人格触犯伦理禁忌所犯下的暴力罪行,采取自杀的方式来结束自己的伦理困境,这便是破坏了伦理秩序后得到的残酷惩罚。鹰四的自我裁决在个人层面上是完成个人暴力人格的前后统一,在集体、国家层面上则是对流血的暴动行为的赎罪,因为他领导的暴动的出发点从某种意义上来说,只是一种民族歧视和过度的自我英雄主义崇拜心理在作祟,而并非是为促进社会的进步,所以他最终只能自食恶果,用自我暴力的方式来回应濒临失败的足球队暴动。作家从自己曾外公的信件中解读出自由民权的思想,并用曾外公的事迹作为小说的结尾,其用意可见一斑。如果把日本在第二次世界大战中的行为联系起来考虑,我们完全可以说,根所家族的"暴力"不单单是根所家族的谱系,它同时也是日本近代史的谱系。也许这正是《万延元年的足球队》揭示"暴力"内涵的真正政治伦理旨趣之所在。因此,上升到国家的角度来说,大江主张积极地正视历史,对历史上的非人道主义、非民主主义行为采取客观公正的态度,而不是歪曲美化侵略行为,逃避自己曾经犯下的罪行。否则,个人也好,国家也好,最终都会

---

  ① [英]安东尼·吉登斯:《现代性与自我认同:现代晚期的自我与社会》,赵旭东、方文译,北京:生活·读书·新知三联书店,1998年,第246页。
  ② 聂珍钊:《文学伦理学批评导论》,北京:北京大学出版社,2014年,第261页。

因为破坏伦理秩序而受到严酷的惩罚。

其次,对于已经发生的暴力行为,个人、集体、国家该如何解决和面对,大江通过蜜三郎这个人物间接提出了自我救赎与积极参与社会的观点。蜜三郎作为社会公民和成年人,不仅不敢勇于面对残损的家庭,逃避伦理责任;而且对于他人和社会政治活动也采取冷眼旁观、不加干预的消极态度。在这种政治伦理观念下形成的处世方式和带来的结果便是自己像只老鼠一样蜷缩于个人主义的狭小空间,这也是大江所不满的。所以小说结尾的时候,当蜜三郎意外发现了历史的真相以及理解了弟弟的赎罪心理之后,他开始做出改变。他没有继续逃避作为丈夫和父亲的家庭伦理责任,勇敢承担起这些伦理身份带来的挑战,积极地面对残损的家庭;他不再蜷缩于自己安逸的狭小空间,勇敢地做出去非洲工作的伦理选择。这是他走向自我救赎的开始,也是促进社会和国家改变的积极力量之一。从蜜三郎最后的突破和改变,可以看出大江健三郎个人奉行的用理性意志承担起人生责任和社会责任的政治伦理观。而这也正是每一个处于困境的人探寻新生之路的精神指向,以及证明自我和寻求身份认同需要不懈努力的方向。

第三节　从《水死》的互文性看大江的政治伦理观

长篇小说《水死》被誉为"大江晚年分量最重的作品",于 2009 年末在日本出版,引起了日本国内外的广泛关注,同时中文版于 2013 年在国内出版。因为这部小说与此前的其他小说一样,主人公长江古义人或 Kenzaburo 都与作者大江健三郎本人的经历极其相似,因此可以把这部小说中的长江古义人当作是作者的代言人。

《水死》这部长篇小说与大江以往的小说创作方式有许多不同。众多暗示和线索都给予"我"对父亲形象重新思考和认识的启示,于是这部小说就在作者讲述自我经历和重新思索的过程中展开来。这部线索众多的小说实际上有两条线,一条是明线,探索父亲水死的真正原因,从而引导读者对《水死》这部作品创作历程的了解;另一条是暗线,从探究父亲水死原因的过程中发掘父亲、古义人等人的时代精神,即他们的政治伦理思想。而达成他们政治伦理思想表达的文本策略就是互文性。法国符号学家朱丽娅·克里斯蒂娃认为,"任何作品的文本都是像许多行文的镶嵌品那样构成的,任何文本都是其他文本的吸收和转化"①。以热奈特为代表的理论家也提出了狭义的互文性理论,认为"互文性指一个文本与可以论证存在于此文本中的其他文本的关系"②。《水死》在对多个戏剧剧本和舞台剧演出的描述过程中,吸收和转化了其他诸多文本,与之构成了一个庞大的文本网络。具体而言与《水死》形成互文性关系并对其起承转合起到重要作用的文本主要有:夏目漱石的《心》(1914)以及大江自己的《亲自为我拭去泪水之日》(1971)、《优美的安娜贝尔·李 寒彻颤栗早逝去》(2007)等。《水死》正是在以上述三个文本为蓝本改编的舞台剧的层层推进和互文性文本的相互阐述中,围绕着父亲的"水死",将一些主要人物的语言、活动与其所坚持的政治伦理观念有机地结合在一起,在多条线索的并行发展中来反映各种时代精神和个人精神的特点,借助前文本共同支撑起《水死》的丰富性和多义性。

本文试图在复杂的文本网络中,剖析古义人追寻父亲水死原因并重塑父亲形象的心路历程,同时探讨在人物命运与社会历史的相互激荡中表达了怎样的政治伦理自觉。

一、《亲自为我拭去泪水之日》与《水死》:绝对天皇制的政治伦理观

《亲自为我拭去泪水之日》是大江健三郎1971年10月发表于《群像》杂志的中篇小说,在这部小说中,正如作者自己所说,塑造了一个讽刺画般的父亲的形象。《水死》的第一章中古义人讲到"水死"创作之所以受阻,是因为当初在《亲自为我拭去泪水之日》中塑造的父亲形象偏离现实而触怒了母亲。母亲因此扣留了装有父亲资料的红皮箱,"我"的写作计划遂搁浅四十余年。母亲去世十年后,为了获取创作素材,"我"回到故乡

---

① 朱立元主编:《现代西方美学史》,上海:上海文艺出版社,1993年,第947页。
② 程锡麟:《互文性理论概述》,《外国文学》1996年第1期,第72-78页。

森林峡谷中,去寻找与父亲"水死"有关的线索。在此过程中"我"遇到了鬘发子、穴井将夫等人组成的"穴居人"剧团,他们曾将"我"的小说改编成舞台剧并大获成功,并且想要继续与"我"合作,把《水死》也改编成戏剧搬上舞台。

在《亲自为我拭去泪水之日》中,1945年8月15日战败消息传来,军官们为了挽救战败的惨局,来到山谷找到因膀胱癌卧床不起的父亲,妄图发动一场以父亲为领袖炮轰天皇所在地的"举事"计划,试图以集体殉死的方式唤起日本人民新的战争欲望:

> 你父亲想做而未完成的事业,由我来替他完成。我们会从军用机场里偷出十架战斗机,将它们伪装成美国飞机的样子,然后开着它们去轰炸皇宫。为了让日本国民重新站起来,为了维护真正的国体,现在只能这么做!①

这些军官和"我"父亲的政治伦理思想受战前绝对天皇制的深刻影响,他们甘愿以死来捍卫他们所认为的"真正的国体"。聂珍钊认为:"文学伦理学批评重视对文学的伦理环境的分析。伦理环境就是文学产生和存在的历史条件。文学伦理学批评要求文学批评必须回到历史现场,即在特定的伦理环境中批评文学。"②从明治时期到第二次世界大战结束之前日本一直处于绝对天皇制的统治之下,中央集权的军国主义思想控制着日本国民的每一根神经,受当时社会伦理环境的影响,人们形成了一种效忠天皇的意识,具有一种鲜明的政治伦理倾向性。因为战争的失败而直接导致被破坏的便是绝对天皇制,父亲和军官们为了维护绝对天皇制这一自明治维新以来在日本崛起的过程中发挥了极大作用的政治制度,而不惜以自己和现任天皇的生命来挽救这濒于毁灭的"国体","他们恨不得死亡的日子赶快到来,这样一来天皇陛下就会伸出他尊贵的手指,亲自

---

① [日]大江健三郎:《亲自为我拭去泪水之日》,姜楠译,北京:金城出版社,2012年,第108页。
② 聂珍钊:《文学伦理学批评:基本理论与术语》,《外国文学研究》2010年第1期,第12—22页。

为他们拭去脸上的泪水了"①。因此,因膀胱癌而无法行动的父亲被军官们用木车装载着拉到了城里的银行,准备先袭击银行,得到资金支持后再进行下一步炮轰皇宫的举事计划。

在父亲眼中,"不把国体当回事的家伙就应该被杀死"②,而"我"因为受到绝对天皇制下军国主义的教育和父亲的影响,也同样认为"那个根本不把国体当回事的家伙(父亲与前妻所生的哥哥)的身上,根本不配流着和我相同的血!"③为了表示"我"与父亲站在相同的战线上,"我"搬到了父亲居住的仓库,除了接受母亲给予的食物之外便与母亲断绝一切交流。"我"积极地参与的原因却是源于上民国学校时内心的耻辱感:

>你愿意为天皇陛下而死吗?是的,我愿意为天皇陛下欣然赴死。那时,他每天都要在学校里和老师进行这样的回答。可事实上,他的真实想法并非如此。每当夜晚降临,只要一想到自己真的有可能战死沙场,他就害怕得不能自已。如今,和这些军人们在一起的他,得以摆脱折磨自己足有两三年之久的踌躇和恐惧,确定自己不知在何时已经做出了选择,那就是加入军队、慷慨就义。④

作为一个真正拥护绝对天皇制的日本国民,"我"为自己曾经内心深处的不坚定而感到耻辱,为天皇而赴死应该是"我"、父亲以及军官们不容思索的不二选择。但是在实行炮轰皇宫、全体殉死计划的过程中,抢劫银行的父亲和军官们却遭到了枪击,集体死在了银行前面。而当时也乘坐着运载父亲的那辆木车的"我"早已临阵脱逃。

在《亲自为我拭去泪水之日》中,父亲和军官们的形象狼狈不堪,甚至严肃的母亲和年幼的"我"也带有讽刺式的滑稽感,作者想要凸显的正是父亲等人物的政治伦理思想,即誓死捍卫天皇制。但这恰恰是古义人的母亲和妹妹亚纱所感到厌恶的一点。在《水死》中,古义人的妹妹亚纱说:

---

① [日]大江健三郎:《亲自为我拭去泪水之日》,姜楠译,北京:金城出版社,2012年,第106页。
② 同上书,第67页。
③ 同上书,第74页。
④ 同上书,第107页。

"在此之前的、哥哥小说中的爸爸,都被怪诞地夸张……或是滑稽,或是悲惨,有时也被装扮成看似英雄的人物……摇摆得都很厉害。"①母亲则认为古义人塑造的袭击银行后被射杀而死的父亲形象,简直"是对以水死形式悲惨死去的父亲的侮辱",一再强调"要对死去的人公平"②。甚至鬈发子也说:

> 长江先生在《亲自为我拭去泪水之日》里描绘的假想,把令尊置于木车中,为筹措叛军所需资金而袭击松山的银行,然后被射杀而死的这种无聊的……令堂称之为粗俗的……故事。据说令堂反复表示,这不就是对以水死形式悲惨死去的父亲的侮辱吗?③

母亲对古义人所塑造的父亲形象严重不满,以至于达到与之断绝关系的地步。古义人自己也很清楚,他在《亲自为我拭去泪水之日》中塑造狼狈不堪的父亲形象以及带有讽刺意味的自我形象,目的就是为了讽刺给人们带来巨大精神创伤的负面政治遗产——绝对天皇制,他所要抨击的正是在绝对天皇制的伦理环境中形成的誓死捍卫天皇制的政治伦理思想。

然而,当古义人在观看由"穴居人"剧团彩排的剧场版《亲自为我拭去泪水之日》后,却跟着合唱队伍唱出了"希望天皇陛下为我拭去泪水"之类的歌曲并流下了感动的泪水,这让周围的人大为震惊。如妹妹亚纱说:

> 我呀,也认为古义哥哥就算在理智层面上,也是不会唱出"盼望天皇陛下亲自用手拭去泪水"的。虽说如此,却还是感觉到孩子的灼热情感现在确实正在内心里复苏……而且,这让我毛骨悚然。④

一贯坚持民主主义反对绝对天皇制的古义人,却被这首歌颂天皇的歌曲感动流泪,这确实是让民主主义人士感到恐怖的事情。但是他们客观地认识到,古义人儿时所接受的军国主义、绝对天皇主义以及国家主义

---

① [日]大江健三郎:《水死》,许金龙译,北京:金城出版社,2013年,第74页。
② 同上书,第85—86页。
③ 同上书,第85页。
④ 同上书,第52页。

教育这些久远的记忆在心头泛起,那是昔日日本战败留给古义人的心灵创伤。"对小时候的我而言,战争就像是我心中全宇宙最大的一件事情,而我的国家却彻底输掉了。当我知道这个消息的那一天,心中就留下了这样一个伤口。"①大江这里所道出的也正是古义人的心声,在战前绝对天皇制的伦理环境中成长起来的古义人,战败的创伤难以弥合,为了不让这个伤口旧伤复发,必须坚定地站在民主主义的战线上去重新审视父亲的水死。另一方面,大江时隔30年后在《水死》中以舞台剧的形式再度把潜隐在诸多日本人精神底层的负面精神遗产——绝对天皇制社会伦理昭示天下,也是对现实政治生态的有力呼应。21世纪以来日本右翼势力大肆鼓吹民族主义,坚持皇国史观,绝对天皇制的政治伦理死灰复燃,让民主主义人士深感任重道远。大江通过舞台剧旧事再现,其良苦用心之现实意义毋庸置疑。

二、《心》与《水死》:绝对天皇制的政治伦理思想与边缘文化信仰的伦理抉择

由于重新书写父亲水死的红皮箱里的大部分资料被母亲烧毁了,留下的《金枝》中的三卷、一些信封以及母亲的日记和录音带,这些有限的资料让古义人深感为难,遂打算放弃写"水死小说"。但是从母亲的录音中可以知道,母亲认为虽然父亲曾经参与过军官们计划进行举事的秘密会议,但是他最终感到了害怕,所以在一个大雨之夜带着红皮箱逃了出去:

> 你爸爸认为即使自己溺水而死,只要"红皮箱"里的文件被送到家里,家人很快就会读到那些东西吧,而且,自己虽然身为民间人士却还是参加军队叛乱,为了那个任务而在夜里逃出峡谷,不料由于大水而壮志未酬身先死……你爸爸原指望家里人肯定会这么考虑。实际上古义不就是根据这个思路打算写"水死小说"的吗?②

---

① [日]黑古一夫:《大江健三郎传说》,翁佳慧译,北京:中国广播电视出版社,2008年,第35页。

② [日]大江健三郎:《水死》,许金龙译,北京:金城出版社,2013年,第82页。

对于母亲所认为的临阵脱逃的非英雄的、正常化的父亲形象,古义人觉得失去了在政治伦理选择层面上继续探索父亲水死原因的必要了,如果要继续创作的话则又会落入《亲自为我拭去泪水之日》中将父亲"英雄化"为绝对天皇制而殉死的窠臼。但是周围的人对古义人这种态度予以了质疑,穴井将夫说:"我对长江先生想要把死于洪水中的父亲作为英雄写成另一个昭和史,却只能抱着怀疑的态度……"①鬈发子也说:

> 令堂在说起那件事的过程时表示,令尊最初作为民间人士只是听听而已,后来却主动加入进去,然而,在将要开始实际行动之际,却又因为恐惧而逃了出来。我认为令尊的行为是很自然的,至少比《亲自为我拭去泪水之日》所描绘的更像个正常人,难道不是这样吗?②

带着这些质疑,古义人从自己的伦理身份出发,凭借作家的职业习惯和深藏于内心对水死父亲的责任感,继续探索着父亲水死的真正原因及其政治伦理精神。

在"穴居人"剧团把夏目漱石的《心》改编成舞台剧以唤醒人们对这部小说及其作者的重新认识的过程中,观看了这场舞台剧的"我"也重新受到启发,开始对父亲毕生的政治伦理观和水死的真正原因进行深入思考。由鬈发子扮演高中老师,剧团成员扮演学生,在课堂上讲解《心》这一课的时候,对夏目漱石的长篇小说《心》里的先生是为"明治精神"而殉死的这一点,鬈发子始终感到难以释怀,学生之间也产生了激烈的讨论,由此向台下的学生观众和一般国民观众抛出了先生是不是为明治精神而殉死的问题。在《心》这部小说里,主人公"我"偶然遇到了之后称之为"先生"的人,并在交往中渐渐地了解了"先生"忧郁寡言的性格,然而在"我"回乡照料身患重病的父亲期间,"先生"来信向"我"讲述了他的身世和连妻子都没有告诉的秘密,"先生"高中时父母去世,家中的财产交由伯父代管,但是当他高中毕业时却发现自己曾经最信赖的伯父侵蚀了父母留给自己的遗产,从此先生便对周围的一切开始产生深刻的怀疑,厌世的情绪从那时

---

① [日]大江健三郎:《水死》,许金龙译,北京:金城出版社,2013年,第91页。
② 同上书,第95页。

开始渐渐萌生。后来认识了租住房屋的东家小姐,心生爱意却迟迟未能表白,直到无依无靠的朋友 K 住进来之后向先生表明对小姐产生爱恋时,先生背叛朋友向东家小姐的母亲提婚并成功,得知了这个消息的 K 在夜晚割腕自杀,先生因此心生愧疚从而变得更加厌世,以死了的心情勉强活了下去。但是当听到明治天皇驾崩,乃木大将随后殉死的消息后,先生也自杀了。这出戏在峡谷的圆形剧场的第一次演出得到了巨大成功,随后又以成年观众为对象在东京的松山剧场再次演出,这次演出中,鬈发子道出了她对"先生"自杀的理解:

> 虽然我在扮演"先生",可是一直演到这部小说的最后部分,都没能理解自己所扮演的"先生"的内心。其实,我在扮演"先生"时完全不明白他的内心世界,唯有赴死之心却是急不可待,似乎感受到了那位"先生"的心情,甚至感叹"即便在这种情况下,人也是可以自杀的",从而好像也想要死去。[……]"先生"呀,瞧,就是如此这般地彻底纠结于个人的内心问题,在尽力想要使年轻人理解自己个人的、因个人而起的、为了个人的内心问题之后死去了。这怎么就是为了明治精神而殉死呢?请大家把我的死恢复成只是为了我自己才死的。①

又如一个镇上的高中教师对由鬈发子所扮演的"先生"所说的话:

> 你说是最深刻地受到明治影响的我辈,然而真的是那样吗?你背叛朋友的结果,是使他自杀。可是那属于个人的秉性,不能说是因为深刻地受到明治的影响,才做下那种事情的吧。你不就是完全因为个人事由,就背离所处时代的社会,从社会上沉沦下来的那种人吗?使得你如此这般的,并不是时代精神,毋宁说正好相反,是你个人的内心作用使然。②

也就是说《心》里面"先生"的自杀并不是为了明治精神殉死,而只是

---

① [日]大江健三郎:《水死》,许金龙译,北京:金城出版社,2013 年,第 153—154 页。
② 同上书,第 151—152 页。

由于"先生"个人内心的原因受到了乃木大将为天皇殉死这一事件的启发——乃木大将曾经因战争失利而以死了的心情活着为明治天皇尽忠，因而在明治天皇驾崩后就立即为天皇殉死了。在这种心理情绪的触发下先生最终走向了自杀。那么究竟何为明治精神呢？日本学者伊泽元美对此做出过解释，"对漱石而言，明治精神不仅是明治日本的根基，也是他追求个人道德之精神的基石。即'明治精神'就是国民对明治天皇作为日本走向自主独立、开明进取之中心存在的信赖感"①。但这并不能代表明治精神的全部，井原三男一针见血地指出："日本的近代化中蕴含着两个病理：在政治上推行军国主义·国家主义；在文化上盲目地模仿外国，结果丧失了自我的主体性。"②《心》中天皇驾崩，他所代表的"明治精神"随之崩塌，乃木大将闻讯殉死，体现了他对天皇的忠诚和日本武士道精神。但"先生"的殉死，正如鬈发子所质疑的那样，并不是为了明治精神，只是由于个人内心原因使然。他背叛朋友、沉沦社会，是丧失自我主体性的必然选择。这是作者试图以舞台剧的形式，赋予《心》这部作品批判性的重新解读。

然而"先生"的死跟他所处的时代也并非毫无关系。在这出戏剧上演之前，穴井将夫曾就这个问题也问过古义人，古义人那时的回答与鬈发子和高中老师的解读正好相反：

> 我在想呀，唯有脱离时代，试图尽量断绝与周围所有人的交往而生活下去的人，才会接受那个时代精神的影响。我的小说大体上都在描绘那种个人，尽管那样，不正是在以最重要的时代精神为目标吗？……我是在考虑，即使我因此而失去几乎所有读者，倘若为此而死去的话，自己就是在为时代精神而殉死了。③

古义人坚信"先生"脱离时代正是深受当时时代精神影响的具体体现，以殉死的方式表达了对明治精神的抵抗和彻底否定，这才是"先生"心

---

① 日本文学研究資料叢書刊行会編：『夏目漱石Ⅰ』，東京：有精堂出版，1978年，第229頁。
② 井原三男：「漱石の謎をとく」，『「こころ」論』，東京：勁草書房，1989年，第87頁。
③ ［日］大江健三郎：《水死》，许金龙译，北京：金城出版社，2013年，第99—100页。

中时代精神的核心之所在。而且古义人小说中的众多人物也都是以时代精神为目标来进行伦理选择,包括他本人也为民主主义的时代精神鞠躬尽瘁。随着对"先生"重新解读的深入和推进,古义人对父亲也有了新的理解。如果说为绝对天皇制的政治伦理思想殉死的父亲形象有失偏颇,那父亲在当时的伦理环境中做出水死的伦理选择,究竟是为了追寻怎样的一种时代精神呢?

古义人仔细阅读了《金枝》中被做了记号的部分,试图揭开蒙在父亲水死之谜的面纱。

> 不管如何注意和给予关怀,都无法防止人神变老、衰弱以致最终死去。他的崇拜者们不得不关心这个悲哀且必然之事,必须竭尽最好的努力加以应对。这个危难是非常可怕的……为了避开这个危难,只有一个方法。一旦人神的力量开始显现出衰弱的征兆,就必须立即杀死这个人神,在他的灵魂尚未因可怕的衰弱而导致严重损害之前,便将其转移至强健的继任者身上。如此杀死人神而不使其因年老和疾病而死的优点,在野蛮人来说确实是非常明显的……崇拜者们一旦杀死人神,首先,能够在他的灵魂逃出之际准确地捕捉到并将其转移至合适的继任者;第二,在人神的自然精力衰减之前将其杀死,能够借此确切无误地防止世界与人神的衰弱同步走向崩溃。像这样杀死人神,趁他的灵魂尚留存于全盛期之际,将其转移至强健的继任者身上,由此而使得所有目的都能够达到,一切危难全都能避免。①

父亲受到军官和高知先生的政治化教育,从《金枝》中习得了"为了避免国家的危难而杀死人神"以使国家继续繁荣下去的政治伦理思想,并在军官们提出轰炸皇宫之后也予以了积极的回应,但是却在和军官们讨论是否要在森林中心"鞘"这个地方修建掩蔽飞机的停机场时产生了巨大分歧甚至决裂。父亲深藏心底的信仰到底是什么?

---

① [日]大江健三郎:《水死》,许金龙译,北京:金城出版社,2013年,第224页。

在与父亲曾经的弟子大黄交谈过程中,古义人认为:"我现在认为父亲似乎并不是政治意义上的国家主义者。你所说的'毋宁说,长江先生对文学性和民俗性方向具有兴趣……在读书方面,也是如此定向的'这些话,则是直接的启示。"①父亲从年轻时代进入了四国森林的峡谷村庄里,热爱民俗学的他逐渐接受了这个边缘地带从古时就流传下来的传说,父亲误将《死者之书》里面的一段"……信其颇有在观音净土往生之意,划开森森之海波终将到达……"②中的"森森"看成了"森森",古义人想象父亲对母亲的谈话:

> 森森之海波的说法很有意思。在这个地方,不是说死人的灵魂会腾空而起,回到森林里去吗?对于从高空下降到森林深处去的那些灵魂来说,森林中的树叶就是那大海的波浪吧。果然是森森之海波啊。③

父亲向母亲说完这些话之后,母亲感到了喜悦,因为母亲也信仰着人死后会围拥着峡谷飞向森林高处去的传说。可见外乡人的父亲也渐渐对森林峡谷的边缘文化产生了信仰,而这种转变也是母亲所欣然接受的。

同时,古义人重新感受到母亲曾经写作的那首诗的深层含义,"让古义攀上森林的准备都还没做/就如河水冲走般一去不还",在森林原始神话里"攀上森林,就是祭祀死去之人的意思"④,这里的古义不仅仅是指古义人,还要加上阿亮,即这里存在着双重父亲与儿子的伦理关系,而"我"就是在这种既是儿子又为父亲的伦理身份的换位思考中领悟到其实自己是深爱着父亲的,正如阿亮深爱着"我"一样。在与先天残疾的儿子阿亮相处的过程中,因为一张萨义德赠送给"我"的乐谱被阿亮毁坏,父子两人之间产生了隔阂。在亚纱给古义人的信中提到髻发子找到了解开阿亮与古义人矛盾的线索:

---

① [日]大江健三郎:《水死》,许金龙译,北京:金城出版社,2013年,第206页。
② 同上书,第170页。
③ 同上书,第171页。
④ 同上书,第17页。

> 鬈发子认真说出的话语经过汇总整理后,大致是如下内容:父亲是家庭的掌权者,他正在对自己生气,面对父亲的(自己正在抗拒他的压制)身体中心部位,也就是面部以及头部,自己没有勇气伸出和解之手。父亲发怒的面孔非常可怕。不过,父亲那只因痛风而痛苦并红肿起来的脚,则属于身体的边缘部分(而且好像正在抗拒中心部分)。对于这只脚,自己可以主动靠近,对它说出乖乖好脚这句话。①

即避开"中心部位",主动靠近"边缘部分"。这种"边缘部分"在某种意义上就是森林峡谷所代表的"边缘文化",在阿亮的启示下古义人找到了理解父亲时代精神的突破口。

由此可见,父亲心中存在着两种相互冲突的政治伦理观念。一方面对绝对天皇制、国家主义的信仰使得父亲接受了高知先生和军官们的"杀王"计划,并坚持和积极倡导"安排特攻队的飞机飞往帝都的中心",但是在执行"杀王"计划之前军官们提议要在这个森林的中心"鞘"修建一个停机场,这也就触及父亲所坚持的另一方面——维护森林峡谷的原始神话中心"鞘"。"正是这个计划让长江先生决定了最后的态度"②:

> 当他(军官)具体说到借助爆破"鞘"正面中央处那块大岩石的作业,还可以验证他们自己准备下的炸弹的威力时,长江先生激昂地叫喊道,所谓爆破"鞘"那块大陨石算怎么回事儿?怎么能让你们这些外人的脚踏入"鞘"呢?!那里不是明治这个现代国家之等级的事情,从非常远古的时代起就是非常重要的场所,绝不是可以让你们为了修建临时机场而大兴土木工程的地方。③

两方面的伦理冲突让严肃的父亲陷入了伦理两难的境地,受森林神话传说和前期昭和精神影响的父亲在伦理困境中选择了自我毁灭。于是父亲在与军官们决裂后一个大雨滂沱的夜晚,带着红皮箱乘坐舢板划到大水中并水死于峡谷的河流中。这种殉死方式让外界人都以为他是为天

---

① [日]大江健三郎:《水死》,许金龙译,北京:金城出版社,2013年,第164—165页。
② 同上书,第230页。
③ 同上书,第231页。

皇精神而殉死,但是实际上父亲是为守护边缘文化而殉死。父亲的这种自杀方式保护了森林的中心"鞘",也就是保护了原始神话的发源地和心底的信仰;同时也达到了一种让外界人以为自己殉死于绝对天皇制的表象,从而走出了伦理两难的困境。

绝对天皇制是为政治而生的伦理意识,具有一定的政治欺骗性,如果继续坚持对良性的民族文化发展是一种制约和牵制。父亲在民俗文化中找到了新的伦理依据,利用边缘文化的伦理规范来抵抗和消解绝对天皇制。换句话说,父亲并非其表面所看到的"殉死"于绝对天皇制,这也就是古义人的母亲和妹妹亚纱扣留住红皮箱多年不让他完成水死小说的原因之一。而《亲自为我拭去泪水之日》中父亲殉死于为绝对天皇制和恢复国家荣誉而抢劫银行的形象,与真实的为保护森林峡谷边缘文化而自杀的父亲形象大相径庭,所以母亲与古义人断绝关系多年,害怕古义人扭曲了父亲形象,在政治敏感问题上把他自己和家族带入不祥境地。

三、《优美的安娜贝尔·李 寒彻颤栗早逝去》与《水死》:民主主义政治伦理观

《优美的安娜贝尔·李 寒彻颤栗早逝去》是大江 2007 年的作品,讲述了国际影星樱女士曾经为了出演由"铭助妈妈出征和受难"改编而来的电影等了三十年。"铭助妈妈出征和受难"是大江在多部作品中提到的四国森林峡谷里一个明治年间的暴动故事。这个故事本身与《优美的安娜贝尔·李 寒彻颤栗早逝去》也形成一种互文。在作品中,第二次世界大战前后还处于幼女时代的樱女士,被收养了她、后来又成了她丈夫的美国人蹂躏猥亵,但当时她却毫不知情。多年之后,知道此事的樱女士正视自己童年时代留下的心理阴影,想以演员的身份演出《铭助妈妈出征》,唤起人们对受害妇女和儿童的关注。因此在三十年之后她回到了这个故事的发源地四国山村里,完成了《铭助妈妈出征》这部电影的拍摄。但因出现纠葛这部电影最终未能公开放映。

《水死》中,四国山村里鬈发子所带领的剧团组织筹拍《铭助妈妈出征》的舞台剧——《铭助妈妈出征和受难》,演出同样受到重重阻碍。鬈发

子坚持要将铭助妈妈被年轻武士们强奸的场景在舞台上表现出来,受到了村里中学女教师和母亲们的质疑,就连"强奸"这个词也被认为是过于露骨的。但是鬈发子据理力争,站在还原史实和警醒学生、民众的角度,坚持认为要正视"强奸"这个词和铭助妈妈被强奸的悲惨遭遇。"在这个国家里,一百四十年间,实际上尚未得到补偿。因此我要表现那个可怕的事情——'铭助妈妈'一直在遭受强奸,目前也还在遭受强奸。"①除此之外,鬈发子在剧中还设计了古今穿越的部分,将铭助妈妈的灵魂附身在现代社会的一个少女身上,这个少女就是曾经在14岁至17岁三年间被伯伯猥亵和强奸、被伯母强迫其堕胎的鬈发子。伯父小河作为文部省的官员代表着国家,不顾自己的社会身份和家庭伦理身份,无数次触犯伦理禁忌,对自己懵懂无知的侄女实行猥亵和强奸并导致其怀孕,伯母为了伯父的官职和名誉,强行让鬈发子堕胎,并采取一切措施封住鬈发子和他父母的口。当鬈发子意识到和伯父的行为是触犯了伦理禁忌后,在高中毕业后的日子里无数次地反思着当初发生在自己身上的强奸和堕胎。最终鬈发子明白了自己以及这个国家的无数女人从过去到现在一直在经历着被"强奸",被"堕胎"。当古义人提出质疑:

> 至今一直把强奸和堕胎联系起来,这好理解。至于说强奸是"国家在强奸",这个命题也……由于文部科学省就是国家,鬈发子自然会想到这一点吧。可是说到堕胎,这该怎么理解?②

妹妹亚纱给出了义正词严的答案:"堕胎就是杀人嘛……作为能够合法杀人的国家的习惯,就有战争和堕胎。还是少女的鬈发子难道不是被'国家'强奸、被'国家'强迫堕胎的吗?"③了解了这一点之后,古义人便积极地参与剧本的改编,正在他们为这部鞭挞教育部和抨击国家伪民主政治强奸国民的戏剧进行秘密准备的时候,时隔十八年未曾相见的鬈发子的伯母伯父找了过来,强迫鬈发子删改有损于文部省官员名誉的剧目。

---

① [日]大江健三郎:《水死》,许金龙译,北京:金城出版社,2013年,第276页。
② 同上书,第281页。
③ 同上书,第282页。

但是鬈发子始终以强硬的态度予以反抗,却不料在一个风雨交加的夜晚再次遭到伯伯的强暴。最终解救了鬈发子的是大黄,这个继承了古义人父亲的衣钵,信仰天皇制和原始神话的人,在这天晚上开枪杀死了这个代表了文部省和国家的强奸犯。

至于大黄,他为什么采取如此强硬的手段来解救鬈发子,并在开枪杀死鬈发子的伯伯小河之后,冒着大雨走向了森林,完成他的殉死?亚纱说过:"大黄是个从小就吃了很大苦头的人,所以在外人看来,是不会知道他相信谁或是不相信谁的。不过,他是个有想法的人,我觉得这一次和以前一样,他跟谁都不是同一伙的。"①大黄作为一个拥护天皇制和信仰原始宗教、边缘文化的人,曾经组织过一个修炼道场,而这个修炼道场的宗旨是拥护天皇,大黄对古义人说:"古义人,十五年前,据说你表示自己是战后民主主义者,因而不能接受天皇陛下的褒奖,所以你就成了俺的修炼道场那些年轻人不共戴天的仇敌……"②当年古义人在获得诺贝尔文学奖时,因为拒绝接受天皇的褒奖而遭到道场年轻人的敌视,而大黄领导的这个修炼道场解散之后,学员们"各自都是还在县内外正发挥着作用的现管"③,因此大黄的交际领域与曾经出身于四国、从东京大学法学系毕业、后来成为一名文部省官僚的小河联系更紧密。可以说,大黄试图通过小河所代表的政府、国家来对目前日本奉行的象征天皇制进行维护,从而保护留存于内心的原始宗教信仰。所以在面对鬈发子和她伯伯间的争执时,大黄对鬈发子发出了质疑,他认为关于铭助妈妈这个暴动故事本身"就算仅仅是为了让当地的人们记住这一切,也是自有演出这台戏的价值的!"但是:

> 在这台暴动的戏里,鬈发子为什么必须要说遭到小河氏强奸的事呢?为了使公演成功而忘掉那件事,在演出结束时反复唱着女人们出来参加暴动的歌,让气氛热闹起来,以此结束全剧,这不是很好

---

① [日]大江健三郎:《水死》,许金龙译,北京:金城出版社,2013年,第310页。
② 同上书,第232页。
③ 同上书,第204页。

吗?要是这样的话,小河氏是不会进行任何干扰的。为什么不这样谈妥呢?①

而鬈发子予以的回答是,不管被害者还是施害者,都要勇敢地站出来面对这个现实。在自传里写着"自己在这个国家的教育领域里构建了目前的支柱"的伯伯,以及为了遮掩丈夫的丑事把乱伦犯罪行为恬不知耻地说成是"为了维护国家的教育而强迫姑娘堕胎"的伯母,还有终生受强奸和堕胎阴影影响的鬈发子,都应该大胆地站出来面对曾经以及现在正在发生的伦理惨剧。大黄得到这样的回答之后虽然当时没有明确表态,但是最终却毫不犹豫地枪杀了小河解救了鬈发子,并在这个大雨滂沱的夜晚走向"森森"的森林,站着水死。

大黄难以达到维护天皇制的政治伦理目的,又因枪杀了代表国家的小河而触犯了伦理禁忌,自知难以活着走出自己的伦理困境,又对双方势力都不信任,最终选择了跟随老师长江先生的脚步,在"森森广远""森森深邃"的原始森林中溺水而死,殉死于内心坚持的天皇制和以原始宗教信仰为代表的边缘文化,完成自我政治伦理信念的回归。小河所代表的政府、国家肆无忌惮地践踏、强奸着国民,是伪民主主义的代表,是战后日本右翼势力借着象征天皇制而企图修改和平宪法、复兴超级国家主义和军国主义思想的缩影,无法真正地像大黄所期待的那样忠诚地服务于天皇。而樱女士、鬈发子、古义人等所代表的民主主义者,为了重现历史和反思当下积极进行宣传活动却在现实社会中步履维艰。从他们开始进行创作之时就带有鲜明的民主主义的政治伦理倾向,并在与敌对政治势力对抗的过程中表现出坚韧的战斗精神。鬈发子不畏强权、坚强智慧的女性形象是战后开拓民主主义道路的坚实力量,古义人或作者自身,身为民主主义的斗士也在思想和文学的领域为民主主义的事业奉献着生命和热血。

四、互文性策略的政治伦理阐释

通过上述三个舞台剧及所涉及的先本文与《水死》进行具体互文分析

---

① [日]大江健三郎:《水死》,许金龙译,北京:金城出版社,2013年,第306页。

后,可以看出作者把从各个方面收集的信息和自己的思考都融汇在这部作品的创作中,进行不断地思考和探索,完成了对"父亲"形象的重新塑造和自我政治伦理观念的表达。首先,《亲自为我拭去泪水之日》在《水死》中以舞台剧的形式呈现,实际上是提起问题。一方面是为了交代此前因塑造歪曲的父亲形象触怒了母亲,导致水死小说创作受阻的具体原因;另一方面作者也意识到绝对天皇制政治伦理思想余毒影响深远。其次,舞台剧《心》对古义人重新认识父亲起到了一种触动启发作用,同时也是水死小说得以为继的重要转折。《心》中的"先生"表面上是为明治精神殉死,实际上是抵抗明治精神从而追寻新的时代精神。父亲之死与之有着异曲同工之妙,他以水死的方式表达了对绝对天皇制的抵抗和消解,进而守护了内心深处的边缘文化信仰。最后,无论是《优美的安娜贝尔·李寒彻颤栗早逝去》中的樱女士,还是"出征与受难"的铭助妈妈都被看作是"从绝望中寻找希望"的励志榜样,《水死》中不畏强权誓死坚持演出的鬈发子与她们在内在精神上保持了高度的一致,对坚守民主主义道路的民主人士是一种鼓励和指引。

叙事学家杰拉尔德·普林斯(Gerald Prinee)在《叙事学词典》中提到,"一个确定的文本与它所引用、改写、吸收、扩展、或在总体上加以改造的其他文本之间的关系,并且依据这种关系才可能理解这个文本"①,《水死》通过三个舞台剧的环环相扣,与原有的文本之间形成巨大的张力。张辛仪曾根据乌尔里希·布罗希和曼弗雷德·普菲斯特主编的《互文性》总结出:

> 从功能上看,互文性则可分为四种类型:一是使前文本获得新的追加延续的意义;二是使后文本获得新的追加延续的意义;三是使前文本和后文本都获得新的追加延续的意义;四是在前文本和后文本之外的一个大层面上产生新的意义。②

---

① 程锡麟:《互文性理论概述》,《外国文学》1996年第1期,第72—78页。
② 张辛仪:《被误读的转折小说——从互文性看G·格拉斯的〈说来话长〉》,《当代外国文学》2002年第3期,第84—88页。

显然,大江借助众多文本的互文,既使得这些前文本在某种程度上获得了意义的追加或更新,也使自己的后文本《水死》产生了多义的"复调"。通过对其他小说文本、电影文本以及舞台剧的重读、移植和深化,完成了它们与《水死》之间的相互指涉,进而深化了《水死》的政治伦理表达。

任何文本都是作者思想情感的载体和传递。正如巴赫金所言:"所有积极的创作体验都是这样的:创作体验着自己的对象,并在对象中体验自己。"①古义人在探寻父亲水死原因的过程中逐渐明白了森林峡谷的原始神话对父亲政治伦理观念的深刻影响,对父亲以殉死的方式坚持边缘文化的态度感到了极大地震动;大黄作为父亲思想的接班人,最终也殉死在了森林之中,这个殉死地点的安排或许体现着作者的用心。一方面体现了他对阻碍日本民族良性发展的绝对天皇制的对抗与消解,另一方面也表现出对峡谷森林所代表的边缘文化的高度认同。作者在《大江健三郎讲述作家自我》中谈道:"在养育了我的那座靠近四国山脉中央部的小村子,爱媛县喜多郡大濑村(现在叫内子町大濑)里,身为孩童的我感觉到存在着两种语言。其一是每天所说的话语,在我的印象中,这种语言是作为那些没有权力的弱势问话的语言而被创造出来的。这些被村里的成年人用于回答权势者问话的语言,确实有一种卑屈的感觉,无力顾及自己的伦理观。"②正是由于这种为弱势语言、弱势群体难以表达自己的伦理观而感到愤怒的心情,促使了大江为峡谷森林这种边缘文化带来的卑屈感进行反抗的坚定态度,而反抗的有效方式就是对民主主义的不懈追求,这与《水死》中"父亲"为守护边缘文化在内在精神上是统一的。

但日本战后独特的民主主义体制却让很多民主人士深感忧虑。战后美军占领和天皇制的存亡理应是日本人所要面对的最大课题,然而这个课题却被消解在美国军事保护下的经济复兴政策之下。大多数日本人都被"繁荣日本经济"遮住了耳目,看不到保守党、美国、天皇制三位一体的

---

① [苏]巴赫金:《审美活动中的作者和主人公》,徐小英译,《国外文学》1989年第3期,第63—76页。
② [日]大江健三郎述:《大江健三郎讲述作家自我》,尾崎真理子采访/整理,许金龙译,北京:金城出版社,2012年,第5—6页。

现行国家政治体制衍生出了扭曲的战后价值体系这一深刻现实。战前出生战后成长起来的大江,对日本扭曲的民主主义体制感到深切质疑,对容许天皇制存续的日本民主主义的脆弱和天皇制自身所蕴含的暴力因素表示担忧。《水死》这部作品蕴含了他所追求的时代精神以及他与绝对天皇制社会伦理进行对决的历史意义和现实意义。许金龙认为:

> 大江健三郎借助最新长篇小说《水死》对自己的精神史进行解剖,认为日本社会种种危险征兆的根源皆在于绝对天皇制社会伦理,呼吁人们奋起斩杀存留于诸多日本人精神底层的绝对天皇制社会伦理这个庞大无比、无处不在的王,迎接将给日本带来和平与安详的民主主义这个新王!①

政治学家丸山真男曾经一针见血地指出,高居"'无责任性''暧昧性'塔尖之上的就是天皇制"②。而大江所要进攻的正是这种给日本政治带来"无责任性"和"暧昧性"的天皇制。对其所处时代沉渣泛起的右翼势力和伪民主主义者,大江健三郎以年逾八十的高龄仍然战斗在宣扬民主主义精神和反对以天皇制为首的右翼势力的最前线,身体力行,用毕生的心血和精力在绝望的铁屋子里探寻希望之光。

本章小结

大江健三郎从进入文坛开始就始终笔耕不辍,他是日本现代文学和战后文学的代表作家之一,是日本继川端康成之后第二位获得诺贝尔文学奖的作家。他的作品中充满了对人生苦难、社会正义、国家政治和世界和平的关注,可以说大江健三郎是活跃在社会思潮前端的具有战斗性的作家。不论是前期小说《饲育》对人道主义的积极倡导,诺贝尔文学奖获

---

① 许金龙:《"杀王":与绝对天皇制社会伦理的对决——试析大奖健三郎在〈水死〉中追求的时代精神》,《日本学刊》2011年第2期,第112页。
② [日]黑古一夫:《村上春树——转换中的迷失》,秦刚、王海蓝译,北京:中国广播电视出版社,2008年,第156页。

奖作品《万延元年的足球队》对个人暴力、国家暴力的反对和对自我救赎的提倡，还是晚年之作《水死》中对天皇制的抵抗和对民主主义的坚持，都展现了这个作家丰富的创造力和顽强的战斗精神。从《饲育》到《水死》可以管窥大江独特的政治启蒙话语。他除了对民主主义思想的精神坚守，还有对日本独特的民主主义体制的深切质疑和忧虑，同时也对处在各种危机之中，人与人之间的关系和人自身生存的孤独和痛苦进行解剖，展现了"边缘人"的伦理困惑、精神困境和灵魂拯救。大江正是通过强调在战后的时代状况和生存状态之下作为一个独立个体的主体性的重要，昭示了容许天皇制存续的日本民主主义的脆弱和天皇制自身所蕴含的暴力因素，蕴含了他所追求的时代精神以及他与绝对天皇制社会伦理进行对决的现实意义和历史意义。"绝望之为虚妄，正与希望相同"，大江正是带着这种对社会、对人生的严正态度，达到了自己在文学上的巨大成就。

第十二章

村上春树:伦理取向的多元与迷茫

村上春树(Haruki Murakami,1949—),是日本当代小说家、美国文学翻译家。自1979年以处女作《且听风吟》登上日本文坛以来,四十多年笔耕不辍,先后创作了多部长篇小说、短篇小说集,另有随笔、游记、绘本、纪实文学、对谈采访集等,合计近百部文学作品。斩获包括群像新人文学奖(1979)、野间文艺新人奖(1982)、谷崎润一郎奖(1985)、读卖新闻奖(1996)、桑原武夫学艺奖(1999)、捷克法兰兹·卡夫卡奖(2006)、爱尔兰弗兰克·奥康纳国际短篇小说奖(2006)、世界奇幻奖(2006)、朝日文学奖(2007)、以色列耶路撒冷文学奖(2009)以及每日出版文化奖(2009)等在内的十余种奖项,多次被提名进入诺贝尔文学奖候选名单,是日本当代文学最具影响力的作家之一。

村上出生于美军占领日本时期并接受了较多美国文化的影

响,他的文学作品出现在"内向的一代"文学盛行和三岛由纪夫(Yukio Mishima)自杀之后,并以 20 世纪 60 年代日本学生运动为时代背景,因而孤独、无奈、伤感、丧失成为评价村上早期作品的关键词,但这并不意味着村上是摒弃精神、排斥思想、崇尚物质的代言人,这样的表征下体现的是以村上为代表的当代日本青年普遍存在着的对于传统与现代、东方与西方、自由与束缚、理想与现实等不同伦理取向的质疑与迷茫。然而,村上文学并未止步于此。伴随着作者伦理思想的成熟,在初期以后的作品中,主人公们先是被动继而转为主动地开始寻求通往未来的生存之路,这也成为村上文学引起现代日本青年乃至中国、世界读者强烈共鸣的原因之一。本章将以村上的《世界尽头与冷酷仙境》(1985)、《挪威的森林》(1987)、《海边的卡夫卡》(2002)三部具有浓厚伦理意蕴的长篇小说为分析对象,运用文学伦理学批评方法中的脑文本(Brain Text)[①]、伦理身份、伦理选择、伦理两难、伦理禁忌等核心概念对这些经典作品中的自我之存在与选择、伦理身份的建构、伦理犯罪的拟似性实施等问题进行深度分析,以期厘清浸淫于作品深处的伦理特性,给予村上文学作品以伦理观照。

《世界尽头与冷酷仙境》发表于 1985 年,是村上继青春三部曲[②]之后的第一部长篇小说。在小说中,他首次采用了双线并行推进的叙事手法,然而奇数章与偶数章中看似平行、独立的故事,实际却是同一时间轴上纵向发展的同一故事的两个阶段。本章第一节将从小说独特的叙事结构入手,运用文学伦理学批评中有关脑文本的理论,论证叙事策略的创新在作者表达脑文本的过程中所具有的重要作用,继而以小说关键词"心"为切入口,阐明主人公"我"之存在及"我"的伦理选择与脑文本之间

[①] 本书有关脑文本的理论,参见聂珍钊:《文学伦理学批评:口头文学与脑文本》,《外国文学研究》2013 年第 6 期,第 8—15 页,以及聂珍钊:《脑文本和脑概念的形成机制与文学伦理学批评》,《外国文学研究》2017 年第 5 期,第 26—34 页。

[②] 指村上春树最初创作的三部长篇小说,分别是:《且听风吟》(1979)、《1973 年的弹子球》(1980)、《寻羊冒险记》(1982)。三部小说因拥有共同的出场人物——"鼠",而常被称为"鼠三部曲",亦有"初期三部曲"的说法。

的关系。

《挪威的森林》发表于 1987 年,是村上最具影响力的一部作品,其原因在于:它深刻触及了现代社会人们普遍抱有的一种困惑,一种对于自我伦理身份的困惑。本章第二节将运用文学伦理学批评理论中的伦理意识、伦理混沌、伦理困境、伦理身份等重要概念,对直子构建自我伦理身份的过程进行考察,通过对比其他人物构建自我伦理身份的经历,提炼出正确构建伦理身份的方法,并以此窥看战后日本是如何构建民族伦理身份的,从而揭示这部小说的伦理教诲价值。

《海边的卡夫卡》发表于 2002 年 9 月 12 日——美国"9·11"恐怖事件周年的第二天,因涉及对战争的态度及与古希腊悲剧《俄狄浦斯王》存在互文关系而引发学界广泛讨论。本章第三节将运用文学伦理学批评的方法,围绕小说主人公田村卡夫卡对"弑父、乱伦"伦理禁忌的拟似性触犯展开文本分析,试图从根源上阐释导致拟似性伦理犯罪的原因及危险所在。

第一节 脑文本与《世界尽头与冷酷仙境》

《世界尽头与冷酷仙境》(『世界の終りとハードボイルドワンダーランド』,以下简称《世界尽头》)发表于 1985 年 6 月,是村上继青春三部曲之后的第一部长篇小说。同年 10 月,小说获第 21 届谷崎润一郎奖,村上由此成为战后出生作家中获此奖项的第一人①。在当时,围绕是否把奖项颁发给村上,评委意见并不统一。引发争议的主要原因在于,小说中村上抛弃了青春三部曲以来一以贯之的直线型叙事模式,而首次采用两个故事并行推进的叙事策略,并借助脑科学的相关理论将想象力发挥到极致,通过非现实性手法搭建起了两个既相对独立又相互关联的平行空间。对此,川本三郎(Saburo Kawamoto)、宫胁俊文(Toshifumi Miyawaki)等持

---

① 加藤典洋编:『村上春樹イエローページ1』,東京:幻冬舎文庫,2006年,第160页。

第十二章　村上春树：伦理取向的多元与迷茫

肯定意见,认为"两个性质不同的故事渐渐向着同一个点汇聚、收敛,在阅读小说时由此而唤醒着读者的、故事的展开所具有的感染力,是值得肯定的"①。时任评委的丸谷才一(Saiichi Maruya)也表示:"村上春树的《世界尽头与冷酷仙境》的成功之处在于通过长篇小说的形式毫无破绽地构筑了一个优雅的抒情世界。"②另一方面,批评之声亦不绝于耳。野谷文昭(Fumiaki Noya)认为,先以平行结构推进后汇聚成了一个故事,是许多拉丁美洲作家的专长,村上采用了同样的叙事策略,却因"过度服务"③暴露了自己预设的读者层——以中产阶级一般读者为对象——以及谋求提高读者阅读速度的用心,而小说所具备的某些 SF 小说特质也因缺乏严密性最终沦为空想。④ 同任评委的远藤周作(Shusaku Endo)表示:"平行的两个故事里的人物(比如说女性)几乎是同一类型的,没有对比,没有对立,又何必要将两个故事平行推进,我十分不解。"⑤面对褒贬不一的评价,村上态度十分明确。他认为,这部小说确实存在缺憾,但"不打算重写"⑥,因为《世界尽头》与《小镇,及其不确定的墙》⑦不同,它的缺憾是由作者内心体会到的紧张感与小说体现出的紧张感之间存在偏差造成的,与整体写作策略无关。换言之,村上承认小说在故事的推进速度、情节的严密性等方面确实存在不尽人意之处,但是对于小说的平行结构,纵然遭

---

① 川本三郎:「村上春樹のパラレル・ワールド」,『村上春樹スタディーズ02』,東京：若草書房,1999年,第40頁；宮脇俊文,『村上春樹ワンダーランド』,東京：いそっぷ社,2006年,第59頁,笔者译。
② 丸谷才一:「昭和60年度谷崎潤一郎賞発表——『世界の終りとハードボイルド・ワンダーランド』村上春樹」,『中央公論』12（1985）：584-585。
③ "过度服务"指小说不仅目录完整,而且每章均附有副标题,平行推进的两个故事"世界尽头"与"冷酷仙境"中的主人公"我",也用日语第一人称"私""僕"区别开来。
④ 野谷文昭:「『僕』と『私』のデジャヴェ——『世界の終りとハードボイルド・ワンダーランド』論」,『国文学　解釈と教材の研究』4（1995）：50-56。
⑤ 遠藤周作:「昭和60年度谷崎潤一郎賞発表——『世界の終りとハードボイルド・ワンダーランド』村上春樹」,『中央公論』12（1985）：583。
⑥ 村上春樹:「自作を語る——はじめての書き下ろし小説」,『村上春樹全作品1979～1989』④世界の終りとハードボイルドワンダーランド」,東京：講談社,1990年,第XI頁。
⑦ 1980 年村上春树发表短篇小说《小镇,及其不确定的墙》(「街と、その不確かな壁」,『文学界』9(1980)：46-99),后将其改写成《世界尽头与冷酷仙境》。

受各方质疑他也未曾否认过。①

那么，为何村上会执着于平行推进的叙事策略呢？野谷文昭认为，在表现"诸如'超然'的处世态度以及'向高度发展的资本主义社会发起挑战'等主题时，若不在写作手法和体裁上有所创新，而采取正面切入的方式，恐怕读者要么会厌倦要么会难以消化"②。如此看来，"过度服务"就成了文本陌生化之后的无奈之举，也暗示了作者希求读者理解文本的愿望。本文认为，上述观点具有一定合理成分，但将叙事策略的创新仅归因为迎合读者口味有欠说服力，同时也未能阐明村上选择并行推进故事的叙事策略的根本动因，因此也就无法理解在这一特殊叙事结构下小说所饱含着的丰富的伦理内涵。以下，笔者将借力于文学伦理学批评中有关"脑文本"的理论，在重新梳理故事情节的过程中论证平行结构之于作者脑文本表达的重要性，继而以关键词"心"为切入口阐明主人公"我"之存在及选择与"我"的脑文本之间的密切关系，目的是发掘小说的伦理内涵及时代价值以全面实现小说的伦理教诲功能。

一、作家的脑文本与文学文本

有关脑文本概念的定义最先见于浙江大学聂珍钊教授 2013 年在《外国文学研究》杂志第 6 期上发表的论文《文学伦理学批评：口头文学与脑文本》。文章中认为，脑文本是人类在发明书写符号以及纸张之前储存信息的文本形式，它是一种特殊的生物形态，是人的大脑以记忆形式保存的对于世界客观事物的感知、认知、理解和思考。就作家创作而言，文学文本的产生是作家对脑文本回忆、组合、加工、复写、存储和再现的结果；从读者的角度来看，阅读文学的主要目的是从中获取所需要的脑文本，以促使自己完成伦理选择，获得"人"的本质。如果说教诲功能是文学的基本功能的话，那么它的实现主要依靠文学脑文本的转换来实现。村上在回

---

① 村上春樹：「自作を語る——はじめての書き下ろし小説」,『村上春樹全作品1979〜1989④ 世界の終りとハードボイルドワンダーランド』，東京：講談社，1990年，第X頁。
② 野谷文昭：「『僕』と『私』のデジャヴェ——『世界の終りとハードボイルドワンダーランド』論」,『国文学 解釈と教材の研究』4(1995)：50—56。

忆自己的创作生涯时也有过类似的表达,他坦言:"我相信它(物语)所具有的效用,相信它所具有的普遍性",而"优秀的小说家就是要生产出这种效用和普遍性,然后将之传达给读者"①。如果将其放在文学伦理学批评的理论框架中理解的话,所谓的"效用"指代文学的伦理教诲功能;而"普遍性"则是蕴含于文学作品中的一般伦理观念。在村上看来,作家进行创作的主要目的就是通过艺术性的手段将具有普遍性的伦理观念传达给读者,以促进其道德完善,实现文学的伦理教诲功能。因此,形式上的创新就成了作家力图实现脑文本转换以及小说伦理教诲功能的必要手段。在《世界尽头》中,形式上的创新主要表现为叙事结构上的创新,即采用了两个故事(奇数章与偶数章)并行推进的叙事结构。这两个故事实际是作者的两个独立的小型脑文本,它们以某种关系为基础共同构成了小说《世界尽头》这样一个更高层次的脑文本。

奇数章"冷酷仙境"中的"我"是"组织"下属的一名"计算士",从事着利用意识核为客户提供加密服务的工作。有加密的一方,必有解密的一方。为了在激烈的情报战中战胜"工厂","组织"决定研发一种更为稳定的加密方式"模糊运算",而"我"很幸运地被选为实验对象之一,通过接受脑部手术获得了模糊运算的能力。但是,半年后,26名接受手术的"计算士"中有25人毫无征兆地毙命,唯独"我"安然无恙。据项目研发人"博士"分析,这极有可能与"我"在精神上天生具备的免疫能力有关。然而,事情并未到此结束。受好奇心驱使,"博士"在"我"并不知情的情况下将"我"的意识核图像化后编排成了第三条思维线路重新植入"我"的脑中,并通过欺骗的方式向其中输入了转换线路的暗号。然而,实验却以失败告终。"我"脑中的中继站将在36小时后烧毁,这意味着"我"会在现实世界中失去意识,永远地活在第三条思维线路里,即在某一时间点被固定下来的深层心理或曰意识核——一个有独角兽和墙壁的地方,"博士"命名为"世界尽头"。

偶数章"世界尽头"以一个颇具中世纪风情的小镇为舞台展开。小镇

---

① 村上春樹:『村上春樹雜文集』,東京:新潮社,2011年,第405页。括号内为笔者注。

有小镇的规矩,要想进入,必须舍弃自己的影子。"我"虽心存不舍,但还是选择放弃影子进入小镇,同时也失去了所有记忆。失去影子之后的"我",被分配到图书馆工作,负责阅读储存在独角兽头骨里的古梦。而影子,则被关进了看门人的小木屋里,日渐衰弱。影子是"心"的母体,当影子死去时,"我"就会变成无"心"之人,如同小镇之中的其他居民一样。数月后,"我"终于见到了衰弱的影子。影子告诉"我"这个小镇是不自然的,它的完全性依靠墙壁和独角兽来维持。于是,影子向"我"提议一起逃出小镇,因为他已知晓小镇的出口。而此时的"我"已经爱上了图书馆女孩,并发现了寻回她的"心"的方法。最终,在"我"的帮助下影子顺利逃出小镇,而"我"却选择留下,与女孩一同走向了森林——那里住着一些尚且有"心"的人。

小说以奇偶数章交替形式向前推进,如何理解两个故事之间的关系,即作者的两个小型脑文本之间的关系,成为理解小说的关键。在既有先行研究中,存在着三种观点,分别是:今井清人(Kiyoto Imai)主张的"外部与内部的关系"[1]、山根由美惠(Yumie Yamane)主张的"无限圆形(含尾蛇)式关系"[2]、肖珊主张的"互补性关系"[3]。本文认为,两个小型脑文本之间存在时间上的承接关系。换言之,虽然"世界尽头"与"冷酷仙境"有着各自不同的人物、情节及背景而独成一体,但如果把考察的视野提高到整部小说的高度,就会发现一个更为复杂的故事,即:现实世界"冷酷仙境"中的"我"失去意识后落入了自己的意识核之中,而这个意识核正是偶数章"世界尽头"里描绘的世界。

首先,关于"我"失去意识后会落入自身意识核这一点,奇数章"冷酷仙境"里有着明确交代。"博士"在向"我"道出事情原委后又说道:"至于你的意识底层何以藏有这种东西我不清楚,反正是世界在你的意识中走

---

[1] 今井清人:「<ねじれ>の組織化」,『村上春樹——OFFの感覚』,東京:国研出版,1990年,第203-229頁。
[2] 山根由美惠:「村上春樹『世界の終りとハードボイルド・ワンダーランド』論:〈ウロボロス〉の世界」,『日本文学』9(2001):40-49。
[3] 肖珊:「村上春樹『世界の終りとハードボイルド・ワンダーランド』論」,『山口国文』27(2004):57-67。

到尽头。反过来说,你的意识是在世界尽头中生存的[……]那里没有时间没有空间没有生死,没有正确含义的价值和自我,而由兽们来控制人的自我。""我"反问:"我将永远嵌在第三线路之中,无法复归原位了?"博士回答说:"想必是的,想必要在世界尽头中生活。"①此处的第三线路正是指"我"的意识核。其次,关于"我"的意识核即是偶数章"世界尽头"里描绘的世界,小说中有两次暗示。第一次是在"我"基本把握了镇子全貌之后,琴声中"我"意识到:"这里所有的一切都恍若我的自身,墙壁也罢城门也罢独角兽也罢河流也罢风动也罢水潭②也罢,统统是我自身,它们都在我体内,就连这漫长的冬季想必也在我体内。"③另一次出现在故事结尾处,"我"与影子一同逃往水潭边——小镇的出口,但"我"拒绝了影子的好意而选择留下,原因是"我"认为"我有我的责任[……]我不能抛开自己擅自造出的人们和世界而一走了之[……]这里是我自身的世界"④。

为了更加严密地论证以上观点,下文将从故事间的相似性及暗示性两方面佐以旁证。首先,两个故事存在相似之处,表现为三方面:一、故事中均出现了墙壁、影子、回形针、独角兽、图书馆、古梦等事物。比如,"冷酷仙境"中,博士送给"我"一块头骨,调查后得知这很可能是传说中独角兽的头骨,它们"作为进化落伍者""在没有天敌的情况下安安静静地栖息在山丘中间"⑤;而"世界尽头"中的独角兽也是在一个相对封闭的环境中安逸度日。再如,"冷酷仙境"中的"我"在读到《红与黑》中于连·索雷自行投监的场面时,感到有什么打动了心。"是墙壁!那世界四面皆壁。[……]我可以较为容易地在脑海中推出墙壁和门的样式,墙非常之高,门非常之大,且一片沉寂,我便置身其中。"⑥而"世界尽头"开篇便交代"镇

---

① [日]村上春树:《世界尽头与冷酷仙境》,林少华译,上海:上海译文出版社,2007年,第296—298页。
② 原文为"たまり",着重号为作者所加,中文译文以黑点代替。
③ [日]村上春树:《世界尽头与冷酷仙境》,林少华译,上海:上海译文出版社,2007年,第410页。
④ 同上书,第446页。
⑤ 同上书,第103页。
⑥ 同上书,第167页。

的四周围着高达七八米的长墙,唯独飞鸟可过"①。二、两个故事的出场人物或多或少具有类似的性格或起到了类似的作用。比如,"世界尽头"中的大校,他扮演了智者的角色,告诉"我"许多关于镇子的事情;而"冷酷仙境"中的博士,作为"组织"内部人员他知晓事情的全貌,并告知于"我"。再如,"世界尽头"中有一位身材魁梧的看门人,他用斧子砍掉了"我"的影子;而"冷酷仙境"中也有一位"大块头",他在"我"的下腹处开了一道7厘米的口子。但不可否认的是,两个故事的出场人物未能完全一一对应,且"世界尽头"的人物要少于"冷酷仙境",这意味着不是所有现实世界的人都有资格进入"我"的意识核,还有排除在外者,对此后文将作出解释。三、情节上的相似。"世界尽头"中的"我"深爱着图书馆女孩;"冷酷仙境"中的"我"也恋着一位图书馆女孩。"冷酷仙境"中的"我"在电梯里吹口哨时吹出的歌——《少年丹尼》——正是"世界尽头"中的"我"绞尽脑汁后想起的旋律。还有,在营救博士的途中,"我"想起幼年时看过的有关水坝的纪录片。片中,跳跃不止的水影变成了"我"的身影,而"世界尽头"结尾处,"我"的影子跳进暗流涌动的水潭后,此时身影变成了水影。当对某一事物或某一情节已然有了足够心理储备的情况下,突然在另一个世界遭遇了类似的事物、类似的情节,一种意外感扑面而来,从而给读者以强烈的心理冲击,促使他们不由地寻找下一个类似点,进而思考故事间的关联。其次,小说中还存在一些富有暗示性的描述。"世界尽头"中的"我"初见图书馆女孩时感到十分意外,"我默不作声地定睛看着女孩的脸,看了很长时间。我觉得她的脸在促使我想起什么。她身上有一种东西在静静摇晃着我意识深处某种软绵绵的沉积物,但我不明白这到底意味着什么,语言已被葬入遥远的黑暗"②。之所以对女孩抱有似曾相识的感觉,是因为在"冷酷仙境"的世界里"我"也恋着一位图书馆女孩。另外,在与女孩交往的过程中,"我"逐渐找回了一些有关往昔世界的记忆——"一是

---

① [日]村上春树:《世界尽头与冷酷仙境》,林少华译,上海:上海译文出版社,2007年,第14页。
② 同上书,第37—40页。

那里没有墙壁,二是我们都是拖着影子走路的"①——这是区别两个世界的标志,而在"冷酷仙境"的世界确实不存在"墙壁"且人们都拖着"影子"走路。

如上所述,"冷酷仙境"与"世界尽头"并不是相互独立的两个时间轴上的平行空间,而是同一时间轴上纵向发展的一个故事的两个部分。村上抛弃了直线型叙事模式,而采用平行推进的叙事策略,其目的主要包括两方面:一方面,平行的叙事结构至少在当时的日本还鲜为人使用,因此将对某一事物的完整理解分解成两个独立的小型脑文本并行推进,便直接促成了小说独特的叙事结构,这也是有益于提高读者的阅读兴趣,同时也为读者理解小说中所体现出的、作者的脑文本做好准备;另一方面,作者的目的是要将读者引向"寻找"。仔细说来,"世界尽头"中的"我"舍弃了作为记忆母体的影子而失去记忆,之后在这个崭新的世界里开启了寻找过去的旅程。作为旁观者的读者,同样经历了一个由茫然到领悟的过程,通过"世界尽头"中的"我"的所见、所闻、所感,同时以"冷酷仙境"中发生的诸般事件为参照,终在小说渐近尾声时掌握了故事的全貌。要达到这样的效果,平行推进的叙事策略势在必行。若非如此,而是按时间顺序直线推进的话,那么读者就成了全知全能的读者,是带着"我"的记忆踏入"世界尽头"的世界的,因此也就没有必要与"我"一同寻找了。村上以SF小说式写法精心设计了两个平行的世界——将一个完整的故事以某一重大事件("我"在"冷酷仙境"中失去意识)为节点分成两段之后平行推进,一种断裂感、陌生感由此而生,它促使着读者主动重构故事时空顺序,跟随两个世界中的"我"的视角寻找着"我"到底来自何方,又将去往何处。可以说,这样的艺术效果是唯有平行的叙事结构才能达到的。另外,虽然作者进行创作的目的是向读者传达某种脑文本,然而作者通过文学文本试图传达的与读者通过文学文本接收到的脑文本,由于解读的视角、方法等不同,是存在差异的。笔者认为,建立在上述叙事结构之上的解读方

---

① 村上春樹:『村上春樹全作品1979～1989④世界の終りとハードボイルドワンダーランド』,東京:講談社,1990年11月,第92頁。

法,是最能够淋漓尽致地展现作者想要通过小说传达的脑文本的,同时也是最能体现小说所饱含的深刻的伦理内涵及伦理教诲价值。

二、"我"的两次伦理选择与脑文本

从现实世界来到意识世界,又在意识世界里寻找着曾经的自己,平行的故事结构将读者引向"寻找",那么在"寻找"中找到了什么,是小说的关键词——"心"。

首先,在"寻找"中,"心"的意义逐渐显现——"心"即脑文本。如果将人脑类比成一台计算机的中央处理器(CPU),大脑运行需要安装运行程序,这个运行程序就是脑文本。脑文本以记忆的形式存储在大脑中,决定着人的意识、情感、思维、思想、行为等。这里包含两层意思:第一,记忆是脑文本的存在方式。由于博士的计算失误,"我"从"冷酷仙境"来到了"世界尽头"。作为进入镇子的代价,"我"必须舍弃影子,而影子是记忆的载体,"我"由此失忆。脱离了主体的影子虽拥有记忆,却"不能够充分地利用"①;失去了影子的"我"徒有一颗健全的大脑,却既回忆不起过去也不知如何面对将来。为何"世界尽头"中的"我"在失忆以后无法继续按照原有思维模式及行为准则行动与思考,其根本原因在于:失忆即意味着丢失了所有的脑文本。同时,失忆亦成为"我"由旧脑文本迈向新脑文本的契机。第二,脑文本决定了人之存在及伦理选择。博士向"我"解释事情原委时,这样说道:

> 每一个人都是依照各所不同的原理行动的,不存在相同的人。总之这是 Identity 的问题。何谓 Identity? 就是每一个人由于过去积累的经验和记忆而造成的思维体系的主体性。简言之,称之为心也未尝不可。每个人的心千差万别,然而人们不能把握自己的大部分思维体系……即使不了解,作为你本身也可以照常使之运转。②

---

① [日]村上春树:《世界尽头与冷酷仙境》,林少华译,上海:上海译文出版社,2007年,第272页。
② 同上书,第282页。

实际上，博士是用生活语言向"我"解释了脑文本的形成及运行机制。脑文本在脑概念的基础上形成，人通过感知、认知和理解等方式从外部世界获取各种各样的信息，这些信息经大脑抽象后转化成脑概念，继而借助思维的力量组合在一起形成脑文本，表达特定的内容或意义。一条条脑文本汇总在一起，构成了一个人完整的脑文本，即：个人特有的思维体系或行动原理，也是小说关键词——"心"。在"心"即脑文本的影响下，各具特色的自我（Identity）得以形成。换言之，人之存在是由脑文本决定的，什么样的脑文本决定了形成什么样的自我，从而决定了会成为什么样的人。同时，脑文本的形成又是一个动态的过程，新信息的输入可能导致新的脑文本的产生，继而对既有脑文本产生修正作用。可以说，在人的一生中，伴随着脑文本的不断修正，人的自我也处于不断修正的过程中，从而使人在不同的年龄段呈现出不同的特质、做出不同的伦理选择。就如同博士所说的"象厂"：

>"准确说来，称为象厂倒也许接近。因为无数记忆和认识的断片在那里筛选，筛选出的断片在那里被错综复杂地组合起来制成线，又将错综复杂地组合为线束，由线束构成体系。"
>
>[……]
>
>"也就是说，我们的行动方式是由象厂发出的指令来决定的了？"
>"完全正确。"①

镇子里，除了"我"之外，所有人的"象厂"都停产了。一方面，归咎于"心"的死去。大校告诉"我"，当影子死去时"心"也会一同死去。"心一旦消失，也就没有失落感，没有失望，没有失去归宿的爱。剩下的只有生活，只有安安静静无风无浪的生活。"②就像邻居老人一样，只是"为了挖坑而挖坑"，"此外谈不上任何目的"③。另一方面，"世界尽头"里生活着独角

---

① ［日］村上春树：《世界尽头与冷酷仙境》，林少华译，上海：上海译文出版社，2007年，第283页。
② 同上书，第175页。
③ 同上书，第347页。

兽,它们负责吸收小镇居民每日长出新的"心",然后带到镇外。因而,镇子里的居民都是无"心"之人,他们的脑中没有脑文本,他们的大脑亦不会再制造出脑文本。唯独"我"不同,"我"的"心"的母体——影子尚未死去,所以还拥有着"心",但却无法理解它,如同大脑中的脑文本被储存在了其他容器里一般,知晓它的存在,却无法读取或使用。由上可见,无论是镇中的无心人,还是镇外的有心人,或者是有"心"但无法读取的"我",他们的本质差异就在于脑文本的有无。无心人之所以无欲亦无求,有心人之所以常为欲望支配,"我"之所以感到费解与迷茫,都是由脑文本决定的。

其次,在"寻找"中,"我"曾经拥有的那颗"心"的样态逐渐呈现,由此我们理解了"我"的第一次伦理选择。失去了脑文本,即失去了曾经的"心",也意味着摆脱了曾经的"心"的束缚,由此"我"得以凭借一颗全新的"心"去把握世界,而此时"我"面对的世界就是这座镇子。它是"冷酷仙境"中的"我"在意识深处建构的世界,也是图像化后的"我"的曾经的"心",故而把握了镇子即把握了"我"曾经的"心"。文学伦理学批评认为脑文本是"人的大脑以记忆形式保存的对于事物的感知和认识"①,人通过视觉系统和听觉系统获得的一切信息都可能成为生成脑文本的材料。也就是说,脑文本的形成与外部环境密切相关,所以代表着一个人的完整的脑文本的"心"的形成同样与外部环境密切相关,这个外部环境就是"冷酷仙境"中的现实世界。因此,要把握曾经的"心",就必须结合小镇特质、外部环境等诸因素进行综合考量。

镇子的特点之一是有一套自成一体的运行机制。这里不允许"心"的存在,居于其中的人必须无条件遵守,否则就会遭到驱逐。正如大校所说,"这镇子坚不可摧,你则渺小脆弱"②。镇子是我的意识核,所以这样苛刻的规则是由"我"制定出来的。那么,"我"为何要制定这样的规则呢?这源于"我"对他者的"心"的失望——大佐对应的是博士,博士为满足科

---

① 聂珍钊:《文学伦理学批评:口头文学与脑文本》,《外国文学研究》2013 年第 6 期,第 9 页。

② [日]村上春树:《世界尽头与冷酷仙境》,林少华译,上海:上海译文出版社,2007 年,第 175 页。

学好奇心不惜与"组织"联手大搞活体实验并致使数人死亡;看门人对应的是大块头,大块头为帮助"工厂"夺取情报不惜对无辜的"我"付诸暴力;邻居老人对应的是退伍军人,军人为了爱国和名誉驰骋沙场却杀人无数。如果为了实现科学发展、集团利益、国家利益的行为是正当的话,那么由此而来的暴力与杀戮又该由谁负责? 在科学发展、集团利益、国家利益等宏大目标与人之最基本生存权之间,"我"选择了后者,表现为:如电脑格式化一般,删掉了大佐、看门人、邻居老人为代表的镇中所有人的脑文本,让他们成为无"心"之人,即等同于彻底否定了储存在"我"脑中的诸如促进科学发展、维护集团利益、国家利益等一切集体伦理观念。实际上,能够进入"我"意识核的人十分有限,其中尤以集体利益的代言人为主。一方面,"我"允许他们进入我的"心",证明"我"也曾对他们所代表的集体伦理观念产生过共鸣;另一方面,"我"删除了他们的脑文本,又证明"我"对这些集体伦理观念业已失望、断念,是以一种极端的方式维护着自己的"心"。

镇子的特点之二是四面环墙。然而,墙壁的作用并不是阻挡镇中之人逃跑,因为居民是清一色的无"心"之人,他们希求自由的本能从"心"死之日起便已不复存在,因而不存在逃离镇子的可能性。所以,高墙的唯一作用就是阻挡外部人员进入。这是"我"在意识核周边筑起的高墙,它包围着镇子也包裹着"我"的"心",成为"我"的"感情外壳"①,作用是将一切试图进入"我"的"心"的人或事阻挡在外。博士将其概述为"一种极端地想要守住自身外壳的倾向"②。村上曾表示:"包裹着我们的现实有着太多的信息和选项,从中适当地挑选出对自己有效的假说并吸收它,是基本不可能的。"③较于艰难地建立起"心",接受他者(体制、宗教、团体等)提

---

① [日]村上春树:《世界尽头与冷酷仙境》,林少华译,上海:上海译文出版社,2007年,第197页。
② 村上春树:『村上春树全作品1979～1989④世界の終りとハードボイルドワンダーランド』,東京:講談社,1990年,第390頁。
③ 村上春树:「自己とはなにか(あるいはおいしい牡蠣フライの食べ方)」,『村上春树雑文集』,東京:新潮社,2011年,第23頁。此文是村上春树为大庭健新书『私という迷宫』所写的解说文,其中有涉及《世界尽头与冷酷仙境》的论述。

供的简单的"心"显得更为容易,因此更多的"心"被制造出来,如此恶性循环,人最终会彻底丧失"建立起属于自己的、一以贯之的物语"①的能力。为了消除这种可能性,"我"在"心"的周围建筑起了高墙,以防止这些由他人赋予的、简单的"心"的入侵。一方面,这为"我"带来了实际的好处。粉红女郎告诉"我":正是由于作为天然抗体的"感情外壳"的保护,"我"才得以在模糊运算试验中幸免于难,成为接受脑部手术的26人中唯一的幸存者。另一方面,这是"我"保护"心"的又一方法。文学伦理学批评认为,新信息的输入可能导致新的脑文本的产生,继而对既有脑文本产生修正作用。"我"在"心"与外部世界间筑起高墙,就是为了避免"心"受到来自外界的影响,以一种消极防御的姿态固执地坚守着自己的"心"。比如,在处理与粉红女郎的关系时,"我"采取了十分冷淡的态度。粉红女郎曾屡次暗示想与"我"发生性关系,都遭到了拒绝。而"我"给出的解释是:这既不是出于道德上的原因,也不是因为违背了生活伦理,而是近乎本能或直觉。② 一个35岁的成年男子与一个17岁未成年少女发生性关系,显然既违反法律规定③又违背一般伦理,但"我"根本未将其纳入考虑范畴之内,而是归因为"本能或直觉"。此处的"本能"不应理解为人的本能④欲望,而是指一种由脑文本决定并导致的思维惯性。这种惯性表现在"我"身上即是:将不符合既有脑文本或可能对其造成影响的事物立即排除在外,以确保既有脑文本的完全性。最终,粉红女郎或者与之相似的人物也未能出现在"世界尽头"的世界,而是被当成图书馆女孩死去的"心"⑤排除在镇子之外。

由上可见,不论是排除所有的"心",还是在"心"的周围筑起高墙,都

---

① 竹田青嗣:「＜世界＞の輪郭—村上春樹、島田雅彦を中心に」,『文学界』10(1986):204。

② 村上春樹:『村上春樹全作品1979～1989④世界の終りとハードボイルドワンダーランド』,東京:講談社,1990年,第479-480頁。

③ 《日本青少年健全育成条例》规定:在未得到女方监护人认可的情况下,与13-18岁未成年女子发生性行为的成年男子将被追究法律责任。

④ 参见聂珍钊:《文学伦理学批评导论》,北京:北京大学出版社,2014年,第247页。

⑤ "冷酷仙境"中的"粉红女郎",她是博士的孙女,年龄17岁,刚好与"世界尽头"中的图书馆女孩失去的"心"的年龄一致。

是"我"为了守护"心"做出的伦理选择。文学伦理学批评要求,必须在特定的伦理环境中分析和批评文学作品。① 那么,"我"做出伦理选择时面对的是怎样一种伦理环境呢。首先,这是一个冷酷的世界——这里有热衷于活体实验的"组织",有为破译情报削掉人头盖骨的"工厂",而它们之间的情报大战无非是左手偷右手的把戏、是高抬价格以从中获利的手段。作为日常性的晨报,充斥着各式犯罪与政治斗争却对个人毫无裨益;作为非日常性的谋杀,仅意味着被人砸碎脑袋后剩下半盒刮脸膏。其次,这还是一个充斥着诸多"心"的世界。普世的伦理观念业已崩溃,取而代之的是多元的伦理取向。它们相互制约、相互对立、相互排斥,使得人脑无法做出有效的筛选与综合,无法形成明晰的脑文本即"心",因而无法指引人做出正确的伦理选择。正因如此,世界变得愈发"冷酷"。面对这样的伦理环境,"我"采取了从内部删除以及从外部防御的双重措施,以期维护既有脑文本完整、保持自我独立。然而,这种极端的、消极的方法果真能带来健全的自我与人生幸福吗? 删除了脑文本,虽可换来"安安静静无风无浪的生活"②,但也会因此失去作为人本该享有的"快乐、终极幸福和爱情"③;拒绝外来脑文本,虽获得了绝对独立的自我,但也切断了同外界的沟通与联系。文学伦理学批评认为,脑文本决定人的存在,决定人的本质,决定人的生活方式和道德行为。没有脑文本,人的概念就无法产生,人的伦理道德不能形成,人同其他动物就不能区别开来,也就没有人的存在。所以,不论伦理环境如何,人都不可以放弃既有脑文本以及在此基础之上形成的自我,因为它是人不断吸收新的脑文本、修正既有脑文本,获得伦理意识,最终做出符合理性的伦理选择的必要前提。因此,小说中的"我"的第一次伦理选择——删除脑文本、防止外来脑文本入侵——是非理性的伦理选择,无法帮助"我"形成健全的自我、获得人生幸福的。正因

---

① 聂珍钊:《文学伦理学批评:口头文学与脑文本》,《外国文学研究》2013年第6期,第256页。

② [日]村上春树:《世界尽头与冷酷仙境》,林少华译,上海:上海译文出版社,2007年,第175页。

③ 同上书,第368页。

为如此,"我"才时常感觉到自己会"像贴在海底岩石的海参一样孤孤单单地一年年衰老下去","任何人都不会紧紧搂抱我,我也不会紧紧搂抱别人"。①

第三,在"寻找"中,"我"建立起新的"心",并做出了第二次伦理选择。纵然"我"丢失了全部的脑文本,但人脑生成脑文本的机能是不会伴随着记忆的丧失而丧失的。只要人脑活动即可生成脑文本,新的信息输入将导致新的脑文本的产生。如同小说中博士说的"只要生命不息,人就要经历某种体验,这种体验就要分秒不停地积蓄于体内,喝令其停止就如同令人死掉"②。"世界尽头"是"我"建造的理想国,它与"冷酷仙境"截然不同,这里没有情报战争、活体实验、国家机器,也没有暴力、冷漠、犯罪,有的只是静谧的环境、安定的生活、永恒的时间,还有十分关爱"我"的大校和图书馆女孩。新的伦理环境下,"我"的脑中产生了新的脑文本,继而形成了新的"心",它促使着"我"打开心扉去热爱,渐渐地"我"对女孩、大校及整个镇子产生了"一种类似眷恋的感情"。

> 一来倾心于图书馆认识的女孩,二来大校也是好人。冬天诚然冷不可耐,而其他季节则风景十分迷人。在这里,大家互不伤害,相安无事。生活虽说简朴,但并不缺什么,而且人人平等。没有人飞短流长,更不争夺什么。劳动就是劳动,但都觉得乐在其中。那是纯粹为了劳动而劳动,不受制于人,不勉强自己,也不羡慕他人。没有忧伤,没有烦恼。③

"我"意识到是不可以放弃"心"的,"无论它多么沉重,有时是多么黑暗,但它还是可以时而像鸟一样在风中曼舞,可以眺望永恒"④。但此时的影子已非常衰弱,倘若它死去"我"将永远无法挽回"心"。最后关头,影子终于发现了镇子的出口,并劝说"我"一起逃走。摆在"我"面前的是两

---

① [日]村上春树:《世界尽头与冷酷仙境》,林少华译,上海:上海译文出版社,2007年,第239页。
② 同上书,第284页。
③ 同上书,第367页。
④ 同上书,第408页。

个选项:一、离开镇子,与影子一同回归到现实世界,但会因此失去心爱的图书馆女孩、失去这个静谧的世界,更重要的是"我"必须抛弃新的"心",再次在曾经的"心"的支配下生活。二、留在镇子,放弃曾经的"心"保留新的"心",那么影子势必会为此付出生命代价,同时"我"的曾经的"心""即便彻底消失也仍将永远处于破损状态"①。文学伦理学批评认为,"伦理两难是很难两全其美的","一旦做出选择,结果往往是悲剧性的","如果不选择,也会同样导致悲剧"。②而"我"恰恰选择了两者皆不选,凭借新获得的"心"在新的脑文本的指导下做出了第二次伦理选择——让影子独自逃走,自己接受被驱赶至森林的命运。这并不完全出于对爱情的不舍,"我"也并非不惧怕"带着各种各样的念头"③在森林里活着。左右"我"做出选择的关键是"我"发现了镇子的秘密——这里的一切均是由"我"建造出来的,"是我自身的世界"④。如上所述,小镇是"我"曾经的"心",而新的"心"要求"我"不可以放弃"心",这其中也包括"我"曾经的"心",因而"我"不可以放弃小镇,同时也不能放弃新的"心",所以才最终选择了森林。

文学伦理学批评认为,一个人的思想和行为是由脑文本决定的,因此什么样的脑文本决定着一个人有什么样的思想、将要实施什么行为、能够达到什么境界。在新的脑文本的指导下,"我"放弃了消极的防御姿态,选择以积极主动的方式保全了曾经的"心"以及新的"心",将处于断裂状态的过去的"心"与现在的"心"重新连接在起来,实现了"心"在时间维度上的同一。另外,"我"还承担起帮助女孩找回她的"心"任务并期待着女孩的"心"能对自己的"心"有所回应,试图在感情共振中重新建立起自己与他人、与世界的联系,从而在空间维度上实现了同一的"心"。文学伦理学

---

① [日]村上春树:《世界尽头与冷酷仙境》,林少华译,上海:上海译文出版社,2007年,第388页。

② 聂珍钊:《文学伦理学批评导论》,北京:北京大学出版社,2014年,第263页。

③ [日]村上春树:《世界尽头与冷酷仙境》,林少华译,上海:上海译文出版社,2007年,第369页。

④ 同上书,第446页。

批评认为,脑文本决定着人的自我存在。在新的脑文本的指引下,经过两次艰难的伦理选择,"我"终于实现了"心"在时间维度及空间维度上的双重同一,获得了同一的自我。由此可见,脑文本对人能否做出符合理性的伦理选择,能否拥有同一的自我,发挥着至关重要的作用。

三、小说的时代价值与脑文本

文学伦理学批评认为,脑文本来源于"人对事物、对世界的感知、认知和理解"①。由此可知,作为意识世界的"世界尽头"来源于"我"对小说中的现实世界"冷酷仙境"的感知、认识和理解,是图像化后的"我"的脑文本;而《世界尽头》这部小说则来源于作者对于日本战后社会的感知、认识和理解,是作者脑文本的艺术化再现。因此,通过理解"世界尽头",我们理解了"冷酷仙境",继而理解了整部小说,并可对作者脑文本的来源——战后日本做出有效解析,从而反观小说所具有的时代意义及之于当今社会的伦理价值。

社会学家大泽真幸(Masachi Osawa)在《不可能性的时代》②中将日本战后五十年(第二次世界大战战败——阪神大地震)划分为两个阶段:1945—1970年的"理想时代"与1970—1995年的"虚构时代"。1945年日本战败,次年昭和裕仁天皇发布《人间宣言》,日本国民在不得不接受战败结局的同时,长久以来抱有的传统政教观、价值观也受到了前所未有的冲击,既有脑文本遭到严重破坏。而后,美国对日实施了全面的民主化改革,向日本输入了先进的民主主义思想,日本国民由此获得了崭新的脑文本。此时,成为主流思想的还有来自苏联的共产主义思想,它与民主主义思想一同,构成了这一时期日本国民(主要指知识分子)共有的脑文本、共有的"理想"。在共有脑文本的指引下,他们结成一股反现实主义的力量——进步派,与主张现实主义的保守派持续保持对立。与此同时,日本经济快速复苏并获得迅猛发展,国民物质生活水平大幅提高。一时间,经

---

① 聂珍钊:《文学伦理学批评:口头文学与脑文本》,《外国文学研究》2013年第6期,第11页。
② 参见大澤真幸:『不可能性の時代』,東京:ちくま新書,1996年。

济发展的水平成为衡量"理想"是否得以实现的主要判断依据。伴随着国家经济持续向好,"理想"的拥有层不断扩展,甚至延伸到了一般群众的层面。由此,"理想时代"迎来了十年黄金期(1950—1960年)。然而,1960年声势浩大的安保斗争失败了。在对"理想"保证人美国表示失望的同时,人们也意识到经济的发展与"理想"的实现之间并不存在必然联系。可以说,安保斗争的失败成为"理想"破灭的开始。此后,日本国内社会运动的重心逐步由最初的反对无理想的保守派转向反对民主主义和共产主义"理想"本身,将反"理想"当做了理想。伴随着运动不断变形变质,"理想时代"终于在1972年走向终焉。至此,日本国民战后25年间依靠美苏建立起来的"理想"彻底破灭了。在"理想"的指导下人们未获得"理想"的生活,因此开始质疑、批判,乃至完全抛弃了"理想"及其所蕴含的集体伦理观念。如同小说中的"我"一样,删除了大脑中所有有关集体伦理观念(民主主义、共产主义)的脑文本,但也带来了负面的影响,就是使日本国民继战败初期之后第二次陷入脑文本的缺失状态。不论是战前的天皇制、皇室崇拜,还是战后的民主主义、共产主义,都曾作为"理想"给予人们以希望,却又都走向了破灭。究其根,是因为在追求"理想"的过程中,面对"理想"所蕴含的各种脑文本,个体未能发挥理性作用进行合理的甄别、适度的吸收和有效的利用,而是简单地用某一"集体伦理(Moral)"替换掉"个体伦理(Maxim)",使个人理性意志无条件地服从于集体理性意志。所以,当集体理性意志因伦理环境的改变等因素发展为非理性的时候,由于完全抛弃了个人理性意志,个体就很有可能沦为非理性的"集体理性意志"代表者实施非理性行为的工具,从而无法做出符合理性的伦理选择。

伴随着"理想时代"的终结,集体伦理观念失却了人们的信任,但复归个体伦理的时代并未因此到来,取而代之的是彻底反现实的"虚构时代"。遭遇过"理想"破灭的人们为了将自己从沉重的"理想"中解放出来,转而开始迷恋起某一特定的事物或沉溺于某一特定的领域,试图用"虚构"填满"理想"逝去后留下的凹痕,并使其成为自己新的脑文本。比如"新人类""御宅族",它们都是具有"虚构时代"色彩的文化现象。与此同时,新兴宗教应需而生,它不仅能够为人们提供一个假想的空间,甚至可以建构起一个具有完整体系的假想的世界，这恰恰又与人们想要摆脱现世束缚的要求契合。信徒入教不再是为了解决因贫穷、病痛、斗争等带来的现世困惑，而是将脱离现世生活作为了唯一目的。如果尚处"现实"延长线上的"理想"还存在着变成"现实"的可能性，那么"虚构"则彻底与"现实"无缘，属于纯粹的反"现实"。

在这样的时代背景与伦理环境下，村上创作了《世界尽头》。小说中的主人公"我"出生于20世纪50年代，与村上同龄；小说内部时间设定在1985年①，与创作时间一致。可以说，"我"与作者及同时代的许多年轻人一样，经历了"理想时代"向"虚构时代"的过渡，并正生活在"虚构时代"中。然而不同的是，面对"理想"的破灭，"我"并未选择用"虚构"填补脑文本的缺失或直接投向"虚构"的世界，而是表现出一种无限疏离集体伦理又极度坚守个体伦理的倾向。这并非源于对集体伦理观念本身的失望，而要归因于"我"对于人是否还拥有着理性、还能够发挥理性作用所抱有的质疑。小说扉页上写着一段富有寓意的话："太阳为什么还金光闪闪？鸟们为什么还唱个没完？难道它们不知道么，世界已经走到尽头。"②走到尽头的并不是真实的现实世界，而是现实世界在人的意识中走到了尽头，人对此却一无所知。可以说，这样的结局正是由理性的缺场造成的。在"理想"破灭之后，倘若不能依靠理性的力量及时建立起属于自己的脑文本，那么就有可能转向接受他人提供的"虚构"。而这些"虚构"不同于文学的虚构，它们简单、直接、明快且有力，似乎"在那里一切问题都可迎刃而解"③。同时，它所拥有的即时的有效性能够转变成为一股强大的吸引力，不断将遭遇"梦想"破灭的人们拉向"虚构"的世界。然而，"虚构"的完全性是依靠着绝对的封闭及时空的断裂来维持的，所以它要求居于其中的人与外部世界彻底绝缘。因而，人一旦投向"虚构"，脑文本中就不会

---

① 小说中提到：鲍勃·迪伦（Bob Dylan）的歌曲"Positively 4th Street"已唱了20年。"Positively 4th Street"发表于1965年，据此推断，小说内部时间应设定在1985年。
② 根据美国女乡村音乐歌手史琪特·戴维丝1963年演唱的"The End of the World"改写而成。
③ 村上春樹：『村上春樹雑文集』，東京：新潮社，2011年，第27頁。

再储存与现实世界相关的任何内容,也就意味着世界在人的意识中走到了尽头。又因为人的思想、行为被"虚构"的脑文本所支配,因此居于其中的人根本无法察觉自身已与现实渐行渐远的事实。作者通过"我"的第一次伦理选择,不仅向读者提示了在形成健全的脑文本的过程中理性所发挥的重要的作用,同时还表达了自己对于仍沉浸在"虚构"中安逸度日的日本国民以及人类的未来命运的深切忧思。

那么,生存于"虚构时代"的人们究竟如何才能做出符合理性的伦理选择呢?小说中,村上通过"我"的第二次伦理选择,向读者提示了"虚构时代"的生存法则,即:在坚守既有脑文本的同时,凭借个人理性意志合理吸收外来脑文本以促使自身脑文本不断优化,并在与他人、与世界的感情共振中完成脑文本在时间维度及空间维度上的双重同一,最终在其指引下做出符合理性的伦理选择。然而,正如村上所说,"我与主人公'我'仿佛在同一个层面上,直到最后仍然迷惑着、挣扎着",但却认定"除此之外不会有其他的结局"。① 诚然,不是所有正确的伦理选择都会带来幸福的结局,因为人类经过伦理选择从野蛮和蒙昧走出来变成了具有伦理意识的人,这本就是一个悲剧性的过程,但却不能因此而惧怕踏入充满未知的未来、将自我封锁在"虚构"的世界里,因为那里根本没有未来。

纵观整部小说,村上把自己对于社会历史进程的观察与思考,巧妙地融入了这个充满想象力的故事之中,以开篇扉页上的话语向战后日本社会发出了警告式伦理诘问,又以主人公的两次伦理选择对此做出了艺术性的应答。借由主人公的寻"心"之旅,再现了战后四十年间日本精神史的发展轨迹;依凭平行结构所迸发出的独特艺术张力,呼唤着世人对于脑文本、对于自我的重视。然而,1995 年东京遭遇地铁沙林恐怖袭击,这意味着村上在此部小说中的担心和忧虑在十年后变成了残酷的现实,日本战后"虚构时代"的"虚构"由此被推向了极致。与此同时,同样的"虚构"也以不同的形式在其他资本主义国家蔓延开来。直至今日,世界上许多

---

① 村上春樹:「自作を語る―はじめての書き下ろし小説」,『村上春樹全作品1979~1989④ 世界の終りとハードボイルドワンダーランド』,東京:講談社,1990年,第Ⅸ頁。

国家仍然笼罩在恐怖主义的阴影之中。而在这几十年间村上笔耕不辍，以富有伦理启示意义的故事，为世人提供着正确的脑文本，通过文学的教诲功能，履行着时代赋予作家的使命。

第二节　论《挪威的森林》中的身份困惑与伦理思考

《挪威的森林》发表于1987年，是村上春树的经典之作，在日发行量达近千万册①，先后被译介到三十多个国家及地区。与小说热销相呼应，学界也表现出高度关注，认为它是"考察村上春树时不可不论及的对象"②。那么，促使小说被广泛接受及批评的缘由是什么？有观点认为，是小说中洋溢着的孤独感、丧失感、无力感引起了全世界读者的普遍共鸣；还有观点认为，这与小说的语言及文体特色不无关系③。实际上，应该把真正原因归结为村上借渡边之口发出的伦理诘问"我现在在哪里"④。换言之，"我现在在哪里"的伦理诘问反映了日本后现代社会中人们普遍存在的伦理身份困惑问题以及对如何解决这一问题的探索。

一、伦理身份的困惑与选择

《挪威的森林》扉页上献词"献给许许多多的祭日"，就是对小说主人公直子的悲剧性预言。直子是一个深得父母疼爱、朋友喜欢的女孩，但为何最终选择"在如同她内心世界一般昏黑的森林深处勒紧了自己的脖子"⑤自杀而死？这是因为她无法解决自己遭遇的伦理身份危机。

首先，直子在同木月恋爱中无法对自己的身份进行确认，从而陷入身份困惑中。从3岁起，直子便把自己封锁在与木月的二人世界中，青梅竹

---

① 「『ノルウェイの森』映画化」，『読売新聞』2008年7月31日。
② 島村輝：「ノルウェイの森」，『村上春樹作品研究事典（相補版）』，東京：鼎書房，2001年，第160頁。
③ 参见林少华：《村上文学经典化的可能性——以语言或文体为中心》，《外国文学》2008年第4期，第40—45页。
④ ［日］村上春树：《挪威的森林》，林少华译，上海：上海译文出版社，2014年，第391页。
⑤ 同上书，第368—369页。

马,情同兄妹。直子慢慢长大,那种两小无猜的情感转变成了恋人情感,因而她决心要做木月的恋人。这是她一心渴求的身份,也是她所认可的最为重要的伦理身份。然而,直子由于无法同木月完成性爱,开始对自己的这一身份产生强烈质疑。在直子看来,性爱是对自己恋人身份的确认,不能完成性爱则是对自己恋人身份的否定。由此,直子开始陷入自己是不是木月恋人的伦理困惑之中。

在大多数人的理解中,恋人关系应当以独立个体存在为前提,是男人和女人之间相互爱慕、心灵相通的关系。这种关系的形成需要以当事人的恋人意识为前提,即性别意识、情侣意识、婚恋意识等。但是,直子是缺乏这些意识的。一方面,她坦言"至于自我,由于可以相互吸收和分担,也没有特别强烈地意识到"①,认为自己与木月"就像在无人岛上长大的光屁股孩子"②。因为可以"光屁股",所以性别意识尚未形成。因此,我们很难相信,尚不具备性别意识的两个人能够成为一对真正的情侣。显然,直子缺乏两性有别的伦理意识,这造成她质疑自身木月恋人身份的伦理困惑,造成她同木月性交障碍。然而遗憾的是,直子始终未意识到这一点,不能做出正确的伦理选择,而是采取变相安慰的方式来掩盖自己的困惑。结果适得其反,不仅加快了生性懦弱的木月的自杀,而且也为自己的人生埋下悲剧的种子。

其次,直子试图重构自身伦理身份,但仍无法摆脱身份困境。木月以自杀的方式结束了与直子之间的"恋人关系"。木月消失了,直子作为木月恋人的伦理身份也随之消失。她说:"他死了以后,我就不知道到底该怎样同别人交往了。"③可以说,在木月自杀之前,直子是作为木月的恋人而活着;在木月自杀之后,直子丧失了作为木月恋人的伦理身份,不能再作为谁的谁而活着,所以想要重新获得身份,就必须再次成为谁的谁。对直子而言,渡边是她与外部相通的唯一链条。她需要重构自己的伦理身份,找到自己肉体和灵魂的归处,因此毫不犹豫地选择依附渡边,做渡边

---

① [日]村上春树:《挪威的森林》,林少华译,上海:上海译文出版社,2014年,第175页。
② 同上。
③ 同上书,第154页。

的恋人。但是,通过依附他人重构自我伦理身份的方法果真有效？伴随着二人关系的日益密切,直子的病情反而不断恶化。她不无担心地对渡边说:"一个人永远守护另一个人,是不可能的呀？"①她在信中写道:"自己心里仿佛出现一个大洞的感觉是由于你不在造成的。"②显然,直子需要的是渡边无时无刻的陪伴,并试图借此对彼此的身份进行确认。

直子做出了努力,但是没有实现重构自我伦理身份的目标。她始终不能接受木月已死的事实,始终活在木月的阴影里。木月似乎随时以恋人的身份出现在她的面前,这不仅阻碍了她对自己和渡边恋人关系的确认,而且还导致她陷入精神危机——直子20岁生日那天晚上,她同渡边发生了性关系,第二天便悄然离开,住进一家远在深山里的精神疗养院。

尽管渡边也为直子成熟女性的丰腴与娇美所吸引,但由于并未同直子真正建构起恋人关系,因此导致他用情不专,开始同绿子交往。直子断定绿子也喜欢上渡边,但也清楚自己无法与渡边建立恋人关系。将要失去渡边的危机感加剧了直子的病情,她郁郁寡欢,最后选择通过上吊的方式结束生命。显然,直子由于在同木月和渡边的交往中既不能确认自己的身份,也无法重构自己的身份,因此失去了进行伦理选择的前提,从而无法摆脱伦理困境。这也说明,直子的悲剧是不可避免的。

第三,直子无法解决身份危机,原因在于她缺乏明确的身份意识以及无法做出正确选择。直子先后经历了三次身份危机。第一次是在木月自杀之后。"身份的改变容易导致伦理混乱。"③然而,面对恋人离世以及自己的身份的改变,直子并未表现出特别的痛苦。身份意味着"人需要承担身份所赋予的责任与义务"④,身份的改变则意味着这些责任与义务消失。木月自杀后,他们之间的伦理结或者说直子的心结得以化解。所以,第一次身份危机并未给直子带来太大影响。第二次身份危机是在直子与渡边发生性关系之后。直子过后几度啜泣,但她感到痛苦的原因并非在

---

① [日]村上春树:《挪威的森林》,林少华译,上海:上海译文出版社,2014年,第10页。
② 同上书,第315页。
③ 聂珍钊:《文学伦理学批评导论》,北京大学出版社,2014年,第257页。
④ 同上书,第263页。

于与死去男友的朋友发生性关系,而是来源于渡边的问话:你"为什么没和木月睡过?"①直子不理解在木月面前自己的身体为何无法做出反应,而在她不爱的渡边面前却渴求被拥抱。在与渡边顺利发生性关系之前,如果说尚且存在因生理原因导致性无能的可能性的话,那么与渡边发生性关系之后,这种可能性被彻底消除,从而迫使直子从主观方面否定了自己的木月恋人身份。显然,面对身份危机,直子并未选择对其进行理性分析,而是任由自己落入预设的逻辑悖论之中。第三次身份危机是与渡边再次尝试发生性关系失败之后。直子不无担心地询问渡边:假如"一辈子都性交不成,你也能一直喜欢我?"②为鼓励直子,渡边热情邀请她共同生活。然而,一方面是身体上和精神上的双重病态,另一方面是渡边的过分乐观与热忱期待,直子的精神不堪重负,精神抑郁,最终选择了最不理性的解决方式——自杀。

由此可见,导致直子伦理身份困惑的主要原因就在于,她既无法确认自己的伦理身份,也无法建构自己的伦理身份,从而陷入身份混乱之中,无法做出正确的自我选择,最终造成了自杀的悲剧。

二、理性意识的启示

在小说《挪威的森林》中,如果将绿子、玲子、渡边的人生经验与直子相对照的话,可以发现,他们三人身上体现出来的理性意识可以用来为解决直子的伦理困惑提供启示。

首先是绿子体现的有关身份的理性意识。绿子这个人物之所以能够在历经诸多不幸之后仍活得"蓬勃生机"③,最重要的一点在于她能够正确认识自己的伦理身份以及与之相对应的伦理责任。仔细说来,绿子首先拥有的是作为父母女儿的伦理身份。尽管父母的冷漠未能使绿子产生与其伦理关系相符合的伦理情感,然而在父母病重时,绿子仍然选择履行作为女儿的义务。绿子还有一个某男校学生女友的身份。纵然喜欢渡

---

① [日]村上春树:《挪威的森林》,林少华译,上海:上海译文出版社,2014年,第25页。
② 同上书,第321页。
③ 同上书,第69页。

边,但与男友分手之前,绿子能够恪守道德底线,未与渡边发生越轨行为。不论是对父母尽孝,还是对男友忠贞,均是符合绿子伦理身份的行为,是正确的伦理选择。

直子同绿子有所不同。直子理应可以与父母建立起浓厚的伦理情感,但事实并非如此。自3岁起,直子就把自己封闭在与木月的二人世界里。由于长时间疏离外部世界,她缺少解决外部问题以及应对内部危机的能力,无法正确把握自己与木月、与渡边、与父母、与纷繁世界之间的伦理关系,无法确认自己在这些伦理关系中的伦理身份,自然也就无法解决有关伦理身份的困惑。几经挣扎后,她选择自杀,做出错误的伦理选择。

其次是玲子在进行自我选择过程中体现的理性意识。玲子与直子的人生有许多相似之处。一是她们都不得不面对一个预设的伦理结。生活中"除了琴还是琴"①的玲子左手小指突然失灵,直子则无法与深爱的木月完成性爱。这使二人双双陷入伦理身份的确认危机中,即玲子失去准钢琴家身份后陷入何去何从的迷茫,直子开始质疑自己作为木月恋人的伦理身份。二是面对伦理身份危机,她们都试图通过依附他人来重构自我伦理身份,玲子选择嫁为人妻,直子选择与渡边发展成恋人关系。三是她们重获身份后又都再次失去了身份。玲子因与同性恋女孩发生不伦关系而丧失了为人妻的伦理身份,甚至开始质疑自己作为女性的性别身份,而直子也因无法与渡边再次发生性爱而丧失了作为渡边恋人的伦理身份。回看她们的人生,无论是玲子视钢琴为"一切"②以及深信只要与丈夫在一起"就不至于旧病复发"③,还是直子最初依附木月而后又依附渡边,都是缺乏理性意识的表现。理性意识缺乏使得她们习惯于将身份的确认托付给他者,而不是依靠自身力量去主动建构自己的身份。

然而进入阿美寮后,理性意识开始发生作用,她们的人生通过自我选择开始朝不同方向发展。在阿美寮里,玲子积极发挥特长教授音乐,帮忙处理事务,逐渐领悟到了现实社会的生存法则,即每一个人都是具有独特

---

① [日]村上春树:《挪威的森林》,林少华译,上海:上海译文出版社,2014年,第161页。
② 同上。
③ 同上书,第164页。

价值的存在,应该做出如何体现自己价值的选择,通过主动帮助他人、关爱他人实现自我价值。在给予和付出的过程中,曾经的需求主体逐渐转变成被需求的对象,并由此建立起自我与他者之间的联系,建构起体现自己社会价值的伦理身份。然而,直子未能意识到这一点,没有做出正确选择,因此注定走向毁灭。

最后是渡边体现的理性意识。渡边的人生并非一帆风顺,但痛苦未将其击倒。促使他做出正确选择并超越痛苦、走向新生的是什么?是理性意识。

他能够坚持做出符合理性的选择并对自己进行道德约束。对渡边而言,如何在不违背伦理准则的前提下最大限度获得个体自由,是他理性成熟的表现。例如,渡边与直子对性爱有着不同理解。在直子看来,爱必然导致性,而渡边则认为,当性在日常生活中只是作为性需要存在时,它与爱无关,因此无关乎道德。但是一旦涉及爱,这种由性本能而产生的自由意志的释放就不再是随心所欲的了,必须遵从道德规范要求,表现出对爱情的忠诚。因此,在确认自己爱上直子之后直到直子自杀之前,渡边凭借理性意志进行自我选择并对自己进行道德约束,没有与包括绿子在内的任何一位女性发生性关系。

在遭受精神危机时,渡边能够在哲学引导下将理性意识转化为理性意志,抑制非理性意志,阻止非理性行为的发生。例如,面对木月的死,消沉数月后他恍然大悟:"死并非生的对立面,而作为生的一部分永存";得知直子病情恶化后,渡边浑浑噩噩地过了三天,之后猛然想起永泽的话:"同情自己是卑劣懦夫干的勾当"①;得知直子死讯后,他选择在陌生城市里游荡,但最终想通:"不过没关系,木月,还是把直子归还给你吧。"②可见,每每遇到精神危机,渡边总会采取与自己、与他人对话的方式,唤醒内心中的理性意识,并以此说服自己放下非理性的念头,超越痛苦,生活下去。

---

① [日]村上春树:《挪威的森林》,林少华译,上海:上海译文出版社,2014年,第332页。
② 同上书,第368页。

总之,理性意识自始至终都在他们的自我选择中发挥作用。由于理性意识的缺乏,直子才屡次做出错误的选择,继而造成自己的人生悲剧,也由于理性意识发挥了作用,绿子、玲子、渡边在一系列自我选择中才能够度过人生危机,走向新生。

三、自我选择的伦理思考

在小说中,村上采用对比叙事手法,通过关照直子等人物在自我选择中建构伦理身份方面的诸多尝试,暗示出如何用理性意识解决身份困惑问题的伦理思考。

在考察村上人生经历及小说内外部伦理环境的基础上,可以看出,日本战后持续十余年的学生运动是引发村上一系列伦理思考的重要源头之一。村上出生于 1949 年,与小说中的渡边年龄相仿,可以说渡边经历过的许多事件,譬如"安保斗争""全共斗"运动等,村上都实际经历过。一方面,面对战后满目疮痍的日本,时年只有 20 岁的村上认为该为此做些什么,这是他参与学生运动的初衷。另一方面,对于运动中弥漫的暴力气息以及随处可以听见的暴力话语,村上又极为反感。1972 年,联合赤军事件发生后日本社会集体性失语,村上开始反思导致运动变形、失控的根源。1986 年,村上选择旅居南欧。距离上的疏离给予了他旁观者的视角,从而使他能够更加客观地审视运动始末,并获得反思战后日本民族发展史的契机。因而有理由相信,透过 1987 年出版的这部小说,村上力图表达的绝非只是对某一个体命运的伦理关怀,其中必然饱含了他对历史及现实的深刻伦理反思。

一方面,通过直子建构伦理身份的失败案例,映射战后日本建构本民族伦理身份的失败。村上的思考是深刻的,把主要原因归结为缺乏理性意识。具体说来,作为战败国的日本在战后未对战争原因及战争责任进行反思与清算,就半主动半被动地接受了占领国美国的非军事化和民主化改革。这种历史进程带来三方面后果:一是日本民众根深蒂固的传统政教观、价值观受到了极大冲击,从而使得他们在战后的几年时间里一直处于自我伦理身份不确定的状态。如同小说中的直子一样,无法对自己的伦理身份进行确认。二是战后日本在重构本民族伦理身份时依附美国,未对本民族实际加以理性思考就接受了美国赋予的崭新民族伦理身份,从而为20世纪六七十年代的社会动荡留下祸根。如同直子一样,因缺乏理性意识而选择将伦理身份的建构依托于他人。三是在短短几年时间里,曾经生活在东方伦理思想浸润下的天皇子民骤然转变成了受西方民主主义思想与价值观统辖的日本民众,伦理身份与伦理环境的突变,无疑在战后日本看似祥和的民主主义氛围之中埋下了民族精神危机的种子。一方面是日本民众心中的理想国与残酷的社会现实之间的巨大落差,另一方面是涌动于日本民众血液中的传统价值观念与现行民主主义价值观之间的冲突。在两方面原因共同作用下,战后日本的民族精神危机终以学生运动形式爆发出来,并逐步失控。如同直子一样,因缺乏理性意识而不可避免地走向人生悲剧。

另一方面,通过小说中其他人物建构伦理身份的成功案例,寻找解决后现代社会中人们普遍存在的伦理身份困惑的方法,这就是理性的自我选择。20世纪70年代初伴随着学生运动偃旗息鼓,人们逐渐失去了对"民主主义"等集体伦理价值的信任,然而个体伦理复归的时代并未到来,这无疑加剧了日本民众自战败以来就一直存在的伦理身份困惑。在小说中,村上借直子之口吐露出日本民众的心声,提出了今后日本应该如何进行伦理选择的问题:像是"在茂密的森林中迷了路"①。该如何走出"森林"? 村上使用"井"这一隐喻揭示如何选择走出"森林"的方法。这是"位于草地与杂木林的交界处"的一口井,"黑洞洞的井口"还被"青草不动声色地遮掩住了"②,倘若掉进去,便是必死无疑。但只要不"偏离正道"③,掉入井中的人毕竟是少数。倘若将上面一系列意象转换成文学伦理学批评的术语加以理解的话,就可以看出:"正路"实际上指的是在特定伦理环境下形成的伦理道德规范,"偏离正路"则意味着偏离或违背了伦理道德规范。所以"井"就是因违背伦理道德规范而不得不接受惩罚的道德隐

---

① [日]村上春树:《挪威的森林》,林少华译,上海:上海译文出版社,2014年,第149页。
② 同上书,第7页。
③ 同上书,第8页。

喻。只要做出"不偏离正道"的选择,就会有好的结果。小说中的人物以他们的人生选择经验提供了答案,即加强自我伦理意识,确认自己的伦理身份,承担道德责任与义务。当伦理身份遭到破坏时,应做出的选择是主动建立自我与外部世界的联系,重构自己的伦理身份,实现自我价值。只有依靠理性的力量,才能解决由伦理身份的改变引起的诸多伦理问题,从而做出符合理性的伦理选择。

在后记中,村上提到要将小说"献给我离开人世的几位朋友"①。这与扉页上的"献给许许多多的祭日"首尾呼应,使整部小说饱含了镇魂的意味。然而,镇魂的过程亦是反思历史、反思现在的过程,体现了作者鲜明的伦理意图:通过揭示日本社会个体和群体在新的社会文化语境下的伦理身份建构,寻找解决当下日本民众伦理身份困惑的正确路径,促使日本民众能够做出正确的伦理选择。这既显示了小说丰富的伦理价值与时代意义,同时也能够激发探讨村上小说伦理主题的热情。

第三节　论《海边的卡夫卡》中田村卡夫卡的拟似性伦理犯罪②

2002年村上的第十部长篇小说《海边的卡夫卡》(『海辺のカフカ』)由日本新潮社出版发行。对于小说的评论与研究十分鲜明地分成了支持与反对的两派。一方面是"支持派",其代表人物是日本临床精神分析家河合隼雄(Hayao Kawai)。在为2002年日本箱庭疗法学会所做讲演中,他高度评价了小说,认为其优秀之处就在于没有简单地对事物进行或善或恶的区分——这无疑是延续了《村上春树去见河合隼雄》(『村上春樹、河合隼雄に会いにいく』,1996)中对村上及其作品的支持态度。③另

---

① [日]村上春树:《挪威的森林》,林少华译,上海:上海译文出版社,2014年,第139页。
② 本文原载于《论〈海边的卡夫卡〉中的拟似性伦理犯罪》,《外国文学研究》2018年第4期,第119—126页,略有改动。
③ 参见河合隼雄:「境界体験を物語る—村上春樹『海辺のカフカ』を読む」,『新潮』12(2002):234—242。

一方面是"批判派",其代表人物是日本学者小森阳一(Yoichi Komori),他的《村上春树论——精读〈海边的卡夫卡〉》(『村上春樹論:「海辺のカフカ」を精読する』,2006)可以说是一部全面地否定了小说的论著。书中,在比较了与《俄狄浦斯王》的异同之后,他严厉批评道:小说主人公田村卡夫卡"对于来自父亲的'杀死父亲,与母亲、姐姐交合'的诅咒既没有拒绝也没有否定,而是以拟似性的方式或在想象中付诸了实践"①,而作者村上非但没有予以惩罚,反而有倾向将其归咎于幼年时遭受的精神重创,并企图以此引导读者宽恕田村卡夫卡的伦理犯罪②,因此可以认为这是一个作家"具有危险性的文学转向"③。

对此,日本学者吉冈荣一(Eiichi Yoshioka)曾以"村上春树的《海边的卡夫卡》为何分为极度赞赏与猛烈批评的两派"④为题发表评论剖析其原因,却最终归因为"文坛政治"起作用的结果,从而忽视了文学文本本身。诚如河合隼雄所言,在《海边的卡夫卡》中村上并未对孰善孰恶加以明确区分,更何况在多元价值标准横行的后现代社会里善恶界限本已模糊不清,然而没有"简单地对事物进行或善或恶的区分"是否就意味着暧昧了善恶的界限?倘若是,这显然与河合隼雄的支持态度相悖;倘若不是,其用意又是什么呢?对此,河合隼雄并未做进一步探讨,而是将话锋转向强调较"意义"而言"意象"所具有的重要性。⑤ 另外,正如小森阳一论述的那样,背负着父亲诅咒的田村卡夫卡没有像俄狄浦斯一样积极采取措施以避免触犯伦理禁忌,同时他还认定:"如果那里存在诅咒,那么就应主动接受。"⑥但小森阳一忽视了重要的一点——俄狄浦斯弑父娶母的命运是由神预先确定的,而田村卡夫卡背负的诅咒却是由其父亲给予的。

---

① 小森陽一:「村上春樹論:『海辺のカフカ』を精読する」,東京:平凡社新書,2006年,第45頁。
② 同上书,第54—55页。
③ [日]小森阳一:《村上春树论:精读〈海边的卡夫卡〉》,秦刚译,北京:新星出版社,2007年,第5页。
④ 参见吉岡栄一:『文芸時評 現状と本当は恐いその歴史』,東京:彩流社,2007年。
⑤ 藤井省三编:『東アジアが読む村上春樹:東京大学文学部中国文学科国際共同研究』,東京:若草書房,2009年,第300—321頁。
⑥ [日]村上春树:《海边的卡夫卡》,林少华译,上海:上海译文出版社,2014年,第424页。

他的父亲是人,并非神。村上自己也表示"在这个故事中,不存在神,以及与神相对应的存在"①,这就从根本上消解了用命运论解释诅咒的前提。如果小说主题无关乎人类向命运发起挑战等传统观点,那么促使田村卡夫卡以拟似性手段践行诅咒的根本原因又是什么呢?

由上可见,无论是支持的一派,还是批判的一方,都未能对小说做出深入且全面的理解。但是,如果站在文学伦理学批评的立场,同时联系《俄狄浦斯王》中阿波罗神庙上那句意味深长的箴言"认识你自己"去思考的话,可以发现:村上借助《海边的卡夫卡》想要表达的,并非如河合隼雄所言是一个有关孰善孰恶的问题,也并非像小森阳一论述的那样是有关一个人与命运抗争的问题,而是一个有关人要认识自己的问题。正如时隔五年后村上再次谈及小说时说到的那样,"我让故事中的这些人物自由自在地走来走去,目的就是让他们以此探索自身内部的某些未知的场所"②。本文认为,正确解析"某些未知的场所"是打开这部小说的一把关键的钥匙。为此,笔者试图在文学伦理学批评理论创始人聂珍钊有关伦理犯罪③的概念论述的基础上提出"拟似性伦理犯罪"一词来指称主人公田村卡夫卡的伦理犯罪,并以此为伦理主线逐一厘清导致拟似性伦理犯罪发生的根源、其发展全过程及危险性所在,以期纠正一直以来批评界对田村卡夫卡这一人物形象的误读,发掘小说丰富的伦理内涵及时代价值。

一、田村卡夫卡对伦理禁忌的拟似性触犯

在《海边的卡夫卡》中,村上采用了他所擅长的奇偶数章双线并行推进的叙事手法。奇数章的主人公叫做田村卡夫卡。孩童时曾被母亲抛弃,又遭受着父亲的诅咒——将会杀死父亲并与母亲、姐姐乱伦。即使如此,他仍决心"成为世界上最顽强的十五岁少年"④。他"被冲往世界尽

---

① 村上春樹:『夢を見るために毎朝僕は目覚めるのです』,東京:文芸春秋,2012年,第115頁。
② 村上春樹:『村上春樹雑文集』,東京:新潮社,2011年,第69頁。
③ 参见聂珍钊:《文学伦理学批评导论》,北京:北京大学出版社,2014年,第二章。
④ [日]村上春树:《海边的卡夫卡》,林少华译,上海:上海译文出版社,2014年,第4页。

头,又以自身力量返回"①,最终获得了崭新的生活。偶数章以一位60岁的老人中田为中心展开。童年时代的他因遭受暴行而丧失了全部记忆与读写能力,也因此具备了与猫进行交流的特殊能力。他被迫杀死了一个叫做琼尼·沃克的虐猫人,而后一路向西,为的是寻找入口之石。在青年星野的帮助下,入口之石找到了,老人却在沉睡中停止了呼吸。小说虽分双线平行推进,但与《世界尽头与冷酷仙境》不同,它所构筑的并非是现实世界与意识世界这样两个相互独立的空间,而是互有交集的现实世界中的两个场所。② 可以说,这样的空间架构为田村卡夫卡自由穿梭其中并以拟似性手段实施伦理犯罪提供了可能性。

首先,关于弑父。细读文本,可以发现一些异乎常理之处:奇数章中未曾实施杀人行为的田村卡夫卡在苏醒后发现衣服上残留着大量的血迹,而偶数章中实施了杀人行为的中田老人苏醒后却发现身上血迹全无。对此,日本学者加藤典洋(Norihiro Kato)认为,村上在小说的第23章中插入了《源氏物语》中六条御息所生灵出窍杀害光源氏正妻葵上的一段,其用意是在暗示读者:田村卡夫卡与六条御息所一样,也是在毫不知情的情况下生灵出窍实施杀人行为的。③ 而他的生灵,即是偶数章中的中田老人。由此可以推断,弑父行为并非田村卡夫卡所为。但有一点需要注意,在听闻父亲死讯后,田村卡夫卡非但未表现出任何悲伤的情绪,反而对大岛直言:"弄得这个样子是遗憾的,毕竟是有血缘关系的生父。但就真实心情来说,遗憾的莫如说是他没有更早死去。"④因此,可以得出:虽然田村卡夫卡并未真正实施弑父行为,但他确实抱有着强烈的弑父欲望,并且通过生灵出窍的方式在意识中杀死了父亲。

其次,关于与母亲、姐姐乱伦。与《俄狄浦斯王》略有不同,《海边的卡夫卡》中不仅涉及与母亲乱伦,还包括与伦理上的姐姐(田村家的养女)乱

---

① [日]村上春树:《海边的卡夫卡》,林少华译,上海:上海译文出版社,2014年,第2页。
② 参见加藤典洋:『村上春樹イエローページ1』,東京:幻冬舍文庫,2006年,第284—285頁。
③ 同上书,第281—287页。
④ [日]村上春树:《海边的卡夫卡》,林少华译,上海:上海译文出版社,2014年,第212页。

伦。但是，田村卡夫卡与母亲、姐姐乱伦也不是采取了直接的手段，而是以变相的、替代性的方式实施的。虽然田村卡夫卡的乱伦对象并不是他生理学意义上的母亲和姐姐，而是50岁的佐伯和朋友樱花，然而在他内心之中已然将她们当成了自己的亲生母亲与姐姐。一方面，是与母亲乱伦。田村卡夫卡与佐伯之间有过这样一段对话：

"佐伯女士，和我睡好么？"

"即使我在你的假说中是你的母亲？"

"在我眼里，一切都处于移动之中，一切都具有双重意义。"①

谈话结束后当晚，田村卡夫卡便与佐伯发生了肉体关系。这里存在着两种可能性：一、田村卡夫卡是出于对母爱的渴望而恋着拟似母亲存在的佐伯的；二、他只是单纯地恋着佐伯，或者因为恋着15岁时的佐伯而对实际已有50岁的佐伯产生了爱慕之情——即使存在她是自己亲生母亲的可能性。但不论是何种情况，田村卡夫卡对于与拟似母亲存在的佐伯发生肉体关系一事毫不排斥，莫如说一直渴望着。另一方面，是与姐姐乱伦。乱伦行为发生在睡梦中，梦中的樱花苦口劝说田村卡夫卡停下这种非理性的行为，她说道："我是你姐姐，你是我弟弟，即使没有血缘关系，我们也毫无疑问是姐弟。明白吗？我们作为一家人连在一起，做这种事是不应该的。"②这是属于田村卡夫卡的梦境，在梦里他将樱花假想成自己的姐姐——现实中樱花是不是他的姐姐无从考证——并以违背樱花主观意愿的方式与之发生了肉体关系。事后，田村卡夫卡流露出十分懊悔之情。可以看出，拟似性乱伦与实施乱伦在行为后的感受是十分相似的。

综上所述，田村卡夫卡弑父、乱伦的行为均是通过拟似性的方式实施的。本文中，笔者试图提出"拟似性伦理犯罪"一词用以指称此类伦理犯罪行为。所谓拟似性伦理犯罪，即未在现实世界中真正触犯伦理禁忌而是以拟似性的方式实施的伦理犯罪。与非理性意志不同，它不仅停留在意志的层面，而是将内心中想要做某事的愿望付诸实践，但采取的方式却

---

① ［日］村上春树：《海边的卡夫卡》，林少华译，上海：上海译文出版社，2014年，第320页。
② 同上书，第406页。

不是现实的、直接的、有针对性的,而是非现实的、变相的、替代性的。但是,付诸实践后因内心欲望得到满足而产生的欢快感与因违背伦理道德而产生的负罪感,实际上与实际性伦理犯罪并无太大差别,但却可以以未实际违背伦理道德准则为托词逃避道德谴责甚至法律惩罚。

二、本能与"弑父、乱伦"自由意志的产生

如上所述,《海边的卡夫卡》是一部有关人认识自己的小说,那么究竟要认识到自己的什么,又或者说村上所谓的"某些未知"指的是什么呢?小说中,田村卡夫卡曾向大岛这样说道:"父亲说,我无论怎样想方设法也无法逃脱这个命运,并说这个预言如定时装置一般深深嵌入我的遗传因子,无论怎么努力都无法改变。我杀死父亲,同母亲同姐姐交合。"①这里的"命运"与普通意义上的命运即"一种来自社会或自然的抽象和普遍的力量,一种来自未被揭发的寓于偶然之中的必然性"②截然不同,它是由来自上代的"遗传因子"所承载着,其必然性亦是由"遗传因子"予以保证。田村卡夫卡和大岛继续说道:

> "至于那是不是父亲的本意,我不清楚。或许他天生就是那么一种人。但不管怎样,我想父亲在这个意义上恐怕都是同特殊的什么③捆绑在一起的。我想说的你明白?"
>
> "我想我明白。"大岛说,"那个什么大约是超越善恶界线的东西,称为力量之源怕也未尝不可。"
>
> "而我继承了其一半遗传因子。母亲之所以扔下我出走,未必不是出于这个原因。"④

可见,这里的"什么"即上文说到的"命运",除与"遗传因子"息息相关之外,它还可以是"超越善恶界线"、可"称为力量之源"的东西。在本文

---

① [日]村上春树:《海边的卡夫卡》,林少华译,上海:上海译文出版社,2014年,第216页。
② 聂珍钊:《文学伦理学批评导论》,北京:北京大学出版社,2014年,第175页。
③ 日文原文为"なにか",中文译本中以黑点标记。
④ [日]村上春树:《海边的卡夫卡》,林少华译,上海:上海译文出版社,2014年,第217页。

中,笔者试图将其理解为:本能。聂珍钊在《文学伦理学批评导论》中对"本能"一词做出过定义,它是"与生俱来的",是"从猿进化为人之后人身上的动物性残留,是对生存或欲望的不自觉满足,其本身不具有道德性"①。小说中的"什么"等同于人的本能,它是田村卡夫卡的父亲的本能,同样也是他父亲通过遗传因子赐予田村卡夫卡的东西。受本能驱使,人产生各种欲望,如:性欲、食欲等,而各种欲望又构成了自由意志的主要动力来源。

弗洛伊德在晚期著作《超越快乐原则》中将人的本能划分为两种对立且并存的力量,即生的本能和死的本能。在《自我与本我》的第四章中,他又做了进一步阐释:生的本能即爱欲(eros)或性本能(sexual instincts),"它不仅包括不受禁律制约的性本能本身和受目的制约的或由此派生的具有升华性质的本能冲动,而且包括自我保存本能"②;死的本能是"一种针对外部世界和其他机体破坏的本能"③,"它的任务是把有机生命带回到无生命状态"④。因而,生的本能与死的本能就共同构成了自由意志的动力来源。

一方面,自由意志与本能相同,并"不具有道德性";另一方面,它又与本能不同,并非与生俱来,"往往在外界刺激或生存压力下"才能产生⑤。在《海边的卡夫卡》中,这表现为:母亲的抛弃与父亲的诅咒。田村卡夫卡4岁时母亲离家出走了,一起带走的还有并不具有血缘关系的养女。带走养女而丢下亲生儿子,显然不符合常理。对此,田村卡夫卡猜测那未尝不是因为自己继承了父亲一半的遗传因子。虽无法推断母亲出走的真正原因,但对田村卡夫卡而言对于父亲的厌恶与母亲抛弃自己之间

---

① 聂珍钊:《文学伦理学批评导论》,北京:北京大学出版社,2014年,第247页。
② [奥]弗洛伊德:《弗洛伊德文集6自我与本我》,杨韶刚译,长春:长春出版社,2004年,第137页。
③ [奥]西格蒙德·弗洛伊德:《弗洛伊德后期著作选》,林尘等译,上海:上海译文出版社,2005年,第192页。
④ [奥]弗洛伊德:《弗洛伊德文集6自我与本我》,杨韶刚译,长春:长春出版社,2004年,第137页。
⑤ 聂珍钊:《文学伦理学批评导论》,北京:北京大学出版社,2014年,第282页。

确实存在因果联系。加之,被母亲抛弃所带来的精神创伤非但未能从父亲那里得到相应补偿,还要忍受父亲反反复复的诅咒,这无疑加重了田村卡夫卡对于父亲的厌恶,必然导致:愈是渴求母爱,愈发痛恨父亲。可以说,田村卡夫卡内心中所怀有的"想要杀死父亲"与"想与母亲乱伦"的自由意志,正是在这样的外界刺激与死的本能和生的本能的共同作用下产生的。

除此之外,《海边的卡夫卡》中还包括与姐姐乱伦。对于这个姐姐,田村卡夫卡怀有着既爱又恨的双重情感。"爱"体现在那张姐弟俩孩童时在海边快乐玩耍的照片中;"恨"则是因为母亲出走时抛下了他而带走了非亲生的姐姐。生的本能在爱的刺激下以想要与其发生肉体关系的自由意志的形式表现出来;死的本能则是在恨的刺激下转化成了想要使之受到破坏的自由意志。深爱的母亲被姐姐独占,而自己却要日日忍受父亲的诅咒,由恨而生杀意,在性本能的作用下,杀意以强奸的方式释放出来,导致想要强迫姐姐与自己发生肉体关系的自由意志的产生。因为,遭受强奸与主动性交不同,它等同于从精神层面杀死一个人。

"弗洛伊德相信,所有的人都有这样的冲动,在男性表现为'弑父娶母',在女性表现为'杀母嫁父'。"[①]然而这并不意味着生的本能一定指向乱伦,死的本能必然导致弑亲,但不可否认的是,弑亲、乱伦等自由意志的产生与人的本能息息相关。另外,"杀死父亲,同母亲、同姐姐交合"还意味着田村卡夫卡对自己作为父母的儿子的血亲身份以及作为姐姐的弟弟的伦理身份的单方面放弃。他试图以这种极端的方式使自己变得自由,亦是他自由意志的体现。综上所述,田村卡夫卡内部的"某些未知"正是指的他所具有的人的本能,他所背负的诅咒正是一个有关人的本能的诅咒。也就是说,以"遗传因子"的形式存在着的、从以其父亲为代表的人类祖先那里遗传下来的人的本能,是导致田村卡夫卡实施拟似性伦理犯罪的根源所在。

---

① 聂珍钊:《文学伦理学批评导论》,北京:北京大学出版社,2014年,第176页。

三、理性意志与自由意志的较量

本能受刺激后进入到自由意志的阶段,自由意志希求获得绝对自由,然而在产生之初它与理性并无关联,因而不具有道德性,但当它进入到伦理的范畴,就要受到理性意志的束缚。这是因为"理性意志属于伦理学范畴","由特定环境下的宗教信仰、道德原则、伦理规范或理性判断"①所决定。可以说,社会、法律制度愈完善,追求的伦理道德境界愈高尚,从某一层面上说人就会愈不自由。村上曾表示:"写的时候我始终有一个想使自己变得自由的念头","即使身体自由不了,也想让灵魂获得自由"②。追求自由是因为感到了不自由,不自由的产生是因为进入了一定的伦理环境或伦理语境之中,受到了这一伦理环境与伦理语境下的伦理道德规范的束缚。在特定伦理环境或伦理语境下的自由因具有了绝对性而变得相对不自由;跳出特定伦理环境或伦理语境的自由因具有了相对性而变得极度自由,等同于为所欲为。然而,对于生活在一定伦理环境与伦理语境下的人而言,自由本就是一种不自由的自由,自由与否由所处伦理环境与伦理语境决定。因而,它既不是绝对的,也不是相对的,而是伦理的。人想要获得自由,但又不得不遵守集团内部伦理道德规范的要求,这便导致了自由意志与理性意志之间的矛盾冲突。

在《海边的卡夫卡》中,田村卡夫卡所抱有的"杀死父亲、与母亲、姐姐乱伦"的自由意志,在进入到伦理社会以后,因与集体理性意志(如道德规范)相对立,表现为一种非理性意志。然而,非理性意志是否会导致非理性行为的发生则取决于个人理性的成熟程度。换言之,倘若个人理性意志不够强大,那么过于强大的自由意志就会摆脱个人理性意志的束缚导致非理性行为的发生。除此之外,当个人理性意志与集体理性意志相悖时,也就是说集体理性意志认为是非理性的行为但个人理性意志认为是理性的话,即使个人理性意志对自由意志发挥约束或指导的作用,也无法

---

① 聂珍钊:《文学伦理学批评导论》,北京:北京大学出版社,2014年,第253页。
② 林少华:《高墙与鸡蛋:林少华精锐美文集》,北京:红旗出版社,2011年,第3页。

避免非理性行为的发生。这是因为在伦理社会中个人理性意志需服从于集体理性的要求。当然,《海边的卡夫卡》并不涉及后种情况,因为不论从个人理性还是从集体理性的角度来判断,"杀死父亲、与母亲、姐姐乱伦"都属于非理性意志的范畴。那么,在做出伦理选择之前田村卡夫卡的理性是否已成熟到可以控制非理性意志的程度了吗?下面,本文将围绕田村卡夫卡的理性展开论述,以期由此重现田村卡夫卡的非理性意志战胜理性意志最终导致拟似性伦理犯罪发生的全过程。

《海边的卡夫卡》奇数章与偶数章互为补充,共同塑造了田村卡夫卡这个15岁少年的形象。15岁,根据日本民法规定还不能算为成年。虽然田村卡夫卡已具有"如合金一般"[①]结实的肌肉,但那仅仅代表了一个男孩在形式上的初步成熟。就本质而言,他还是一个孩子,一个"身体正以迅猛的速度取向成熟"但精神却在"无边的荒野中摸索自由、困惑和犹豫"[②]的孩子。但他又不同于刚出生的婴儿,除初步具备成年男子的外在形式之外,其精神内部已出现了理性的萌芽。小说中那位叫做乌鸦的少年就扮演着智者的角色,是理性的象征(在自然界里乌鸦也是一种具有堪比猿类智商的鸟类)。不论是在漫长而孤独的旅途中,还是即将迷失在神秘的森林之时,它都曾给予田村卡夫卡以鼓励、以忠告。然而,不是任何时候田村卡夫卡都会对乌鸦少年百依百顺、绝对服从,恰如他的姓名——作为姓氏的"田村"与作为名字的"卡夫卡"分量各占一半。田村,作为田村卡夫卡的姓氏,是他具有人类血统和遗传因子的标志。这个姓氏从根本上说并不是来源于他的父亲,而是田村卡夫卡家族的祖先,他与其他人类家族的祖先构成了人类共同的祖先,是人类血统的象征。也就是说,在形式上他是以人的形式而非兽的形式存在,拥有着获得人的本质的前提。卡夫卡,在捷克语中意为乌鸦,是智者、理性的象征。田村卡夫卡这个名字,暗示着田村卡夫卡已初步具备了理性但还不成熟,因此他还未拥有人的本质,不是一个真正意义上的人。其实,"卡夫卡"并非他的真名,是他

---

① [日]村上春树:《海边的卡夫卡》,林少华译,上海:上海译文出版社,2014年,第9页。
② 同上书,第2页。

自己为自己取的名。对于一个离家出走者而言,假名字无论如何都是十分必要的。然而,如果假名字是必不可少的话,他为何不将姓与名统统换掉,偏偏只留下从父亲那里继承下来的姓氏?这似乎与厌恶父亲的情绪相悖。如上所述,姓氏是人类血统的象征;名字是理性的象征。那么,对姓氏的保留与对名字的剔除,一方面,表达了田村卡夫卡对于自身所具有的人的形式的肯定,同时还显示了他的理性自觉以及对理性的向往;另一方面,与来源于祖先的姓氏不同,名字大都来自父母(又以父亲居多),因此剔除名字亦是想要抹杀父亲的自由意志的一种表现。由此可见,仅仅具备人的形式与百分之五十的理性的田村卡夫卡还不具备足够的伦理意识去分辨是非、判断善恶。

文学伦理学批评认为,"无论是社会中的人还是文学作品中的人,都是作为一个斯芬克斯因子存在的","斯芬克斯因子由两部分组成:人性因子(human factor)与兽性因子(animal factor)","这两种因子有机地组合在一起,构成一个完整的人"。[①] 其中,人性因子以理性意志的形式表现出来,而兽性因子则是以原欲驱使下产生的自然意志及自由意志为外在表现形式。人从出生至成年,通过接受教诲使自身理性不断趋于成熟,伴随着兽性因子的减少,人性因子逐渐增多,并成为主导因素。这是一个可以量化的过程,兽性因子每减少一分,人性因子随即增加一分,具有百分之百人性因子的只有神(如耶稣)——一种人类直至死亡也无法达到的境地。实际上,田村卡夫卡的理性一直处于不断成长的过程之中,这很大程度上依靠大量地阅读文学作品。在甲村图书馆逗留期间,田村卡夫卡一本接一本地读书,读波顿版的《一千零一夜》、卡夫卡的《在流放地》、夏目漱石的《旷工》与《虞美人草》等等。文学伦理学批评认为,教诲是文学的本质属性,"文学的根本目的不在于为人类提供娱乐,而在于为人类提供从伦理角度认识社会和生活的道德范例,为人类的物质生活和精神生活提供道德引导,为人类的自我完善提供道德经验"[②]。读书的过程即是

---

① 聂珍钊:《文学伦理学批评导论》,北京:北京大学出版社,2014年,第38页。
② 同上书,第14页。

接受教诲的过程,亦是理性成长的过程。然而,遗憾的是直至田村卡夫卡实施拟似性伦理犯罪之前,他的理性也未能达到成熟,最终导致了拟似性伦理犯罪的发生。

首先,关于弑父。因为不忍咪咪被虐杀,中田老人(田村卡夫卡的生灵)曾苦苦哀求虐猫人(田村卡夫卡的父亲):"求您了,这样的事快请停下来。再继续下去,中田我就要疯了。我觉得中田我好像不是中田我了。"①这是作为本体的田村卡夫卡的理性意志起作用的结果,它试图阻止自己的生灵杀死虐猫人,也就是说他曾试图依靠理性意志的力量阻止"想要杀死父亲"的非理性意志转化为非理性行为,却以失败告终——"中田紧紧握住木柄,毅然决然地将刀刃捅进琼尼·沃克的胸膛"②。其次,关于与母亲乱伦。小说中描写到:"天平在摇颤,力的一点点的变化都使它两边摇颤不止。我必须思考,必须做出判断,必须踏出一只脚。"③不可否认,在触犯伦理禁忌之前田村卡夫卡的内心中是怀有着犹豫与迟疑的,这同样来源于他的理性自觉,却没有强大到可以遏制非理性行为产生的程度。最后,关于与姐姐乱伦。在田村卡夫卡试图侵犯樱花的前一刻以及侵犯的过程中,象征着理性的乌鸦屡次厉声鸣叫。此时的田村卡夫卡也懂得乌鸦是在向他发出警告,但由于非理性意志的力量过于强大,他已无法阻止强奸行为的发生。由此可见,理性的不成熟使得田村卡夫卡的理性意志在与自由意志的较量中屡屡败下阵来,从而纵容了非理性意志自由释放,最终导致拟似性伦理犯罪的发生。

那么,为什么田村卡夫卡未能真正实施伦理犯罪而只是采取了拟似性的手段呢?从客观的角度来看,这是因为作为伦理犯罪对象的母亲和姐姐并未再次出现在他的生命中。从根本上说,这有赖于他理性的成长。一方面,逐步成熟的理性使得他对伦理禁忌、法律惩罚等产生了愈加强烈的畏惧心理,故而在理性意志的约束下他无法将"弑父、与母亲、姐姐乱伦"的非理性意志付诸实践,但不可否认的是田村卡夫卡内心中的非理性

---

① [日]村上春树:《海边的卡夫卡》,林少华译,上海:上海译文出版社,2014年,第157页。
② 同上书,第159页。
③ 同上书,第320页。

意志一直是处于一种蠢蠢欲动却无处宣泄的状态之中;另一方面,理性的成长并不意味着成熟,它还不足以成功帮助田村卡夫卡合理消解或有效控制内心中的非理性意志,使得它战胜理性意志以借他人之手或替代性的方式付诸实践,从而导致了拟似性伦理犯罪的发生。

四、小说的伦理启示及现实意义

法律上如何定罪毫无证据的杀人与梦中实施的强奸暂且不论,单从文学的角度来看,传统的道德批评就十分强调对文学作品进行或善或恶的价值判断。然而,文学伦理学批评与之有着很大不同,它要求批评者在"伦理立场上解读和阐释作品,分析作品中导致社会事件和影响人物命运的伦理因素"①,挖掘其教诲价值。简言之,文学伦理学批评强调的不是道德判断,而是通过文学文本所能获得的伦理启示。下面,本文将分三方面阐释唯有从拟似性伦理犯罪的视角才能获得的伦理启示。

第一,拟似性伦理犯罪不是消解非理性意志的有效手段。不可否认,拟似性伦理犯罪是田村卡夫卡消解自身内部过剩本能欲望的一种便捷途径,但不是应该给予鼓励并值得效仿的行为。一方面,"不论文化的差异有多大,在世界各民族中,乱伦和弑亲都是被禁止的"②,因此弑父、乱伦的伦理禁忌不存在或因伦理环境与伦理语境的改变而发生本质改变的可能性;另一方面,理性愈成熟,田村卡夫卡所感受到的懊悔感与负罪感就愈发强烈,而这种懊悔感与负罪感正是由拟似性触犯了伦理禁忌所带来的。最后,他意识到自己"到达的地方终归只能是迷宫的尽头"③,于是有了这样的想法:

> 假如能彻底抹杀自己这一存在该有多好!在这厚厚的树墙中、在这不是路的路上停止呼吸,将意识静静埋入黑暗,让含有暴力的黑血流尽最后一滴,让所有遗传因子在草下腐烂。恐怕唯有这样我的

---

① 聂珍钊:《文学伦理学批评导论》,北京:北京大学出版社,2014年,第7页。
② [日]村上春树:《海边的卡夫卡》,林少华译,上海:上海译文出版社,2014年,第176页。
③ 同上书,第425页。

战斗才能结束,否则,我势必永远杀害父亲、奸污母亲、奸污姐姐,永远损毁世界本身。①

他试图通过抹杀自己本身的方式来结束一切。可见,拟似性伦理犯罪带来的不是拯救而是彻底的毁灭。

第二,拟似性伦理犯罪者应承担相应伦理责任,并接受道德谴责。拟似性伦理犯罪的最大特点就是拟似性,而通常意义上的伦理犯罪均是以事件的结果即是否真正实施了伦理犯罪为依据进行判断的,所以拟似性伦理犯罪也就因其拟似性不能算作是非理性的行为。在《海边的卡夫卡》中,表现为:由于实际杀人的是中田老人而非田村卡夫卡本人,所以不能算作弑父;由于强奸是发生在梦里而非现实世界,所以不能算作强奸;由于乱伦的对象是佐伯和樱花而非亲生母亲与姐姐,所以也不存在乱伦。那么,拟似性伦理犯罪果真可以因其拟似性而逃避伦理责任及道德谴责吗?对此,小说中有一处明显的暗示——在翻看一本有关审判纳粹战犯阿道夫·艾希曼的书时,田村卡夫卡发现了大岛留下的几行字,其中包含着叶芝的诗句"In dreams begin the responsibilities"②,意思是责任始于梦境。关于梦,弗洛伊德解释道:梦并不是荒诞不经的,"梦是一种完全合理的精神现象,实际上是一种愿望的满足",是一种潜在的欲望变相得到满足的过程。③ 可以说,做梦与实施拟似性伦理犯罪在本质上有着共通之处,它们都是人用以变相满足自身本能欲望的手段。如果说人必须对自己的梦境负责的话,那也就意味着需要对拟似性触犯伦理禁忌负责,并接受惩罚。

第三,拟似性伦理犯罪存在着转化为实际性伦理犯罪的可能性,需引起警惕。不论是采取何种方式的伦理犯罪,纵容本能欲望以违背人类伦理道德的方式肆意释放其本身就是非理性的。加之,拟似性伦理犯罪的根本目的不是依靠个人理性意志的力量合理消解或有效控制非理性意志

---

① [日]村上春树:《海边的卡夫卡》,林少华译,上海:上海译文出版社,2014年,第425页。
② 同上书,第141页。
③ [奥]西格蒙德·弗洛伊德:《梦的释义》,张燕云译,沈阳:辽宁人民出版社,1987年,第114页。

以避免非理性行为的发生,而是一种宣泄非理性意志的便捷手段。故而,其中暗含着极大的危险性,在于:不论从犯罪动机,还是从犯罪进行中以及犯罪结束后的实际感受来判断,它都与实际性伦理犯罪并无太大差异,却能够以未实际违背伦理道德规范为托词逃避道德谴责甚至法律惩罚,从而纵容了当事人再次以拟似性的方式实施伦理犯罪,并有可能最终导致实际性伦理犯罪的发生。那么,面对内部蠢蠢欲动又无处宣泄的非理性意志,个人又该做出怎样的伦理选择呢?在小说结尾处,作者为读者提供了一种解决的途径,就是要"以横扫一切的偏见斩草除根"①。如同田村卡夫卡生灵的继承者星野那样,凭借自身强烈的正义感与意志力,赶在象征着非理性意志的白色生物钻入通往现实世界的入口之前,关闭入口,并将其杀死、剁碎。也就是说,必须在非理性意志转化为非理性行为之前,凭借个人理性意志的力量合理消解或有效控制非理性意志。

在《海边的卡夫卡》中村上采用了与《俄狄浦斯王》互文的写作策略,却不局限于传统的伦理犯罪题材,借助平行叙事结构及大量隐喻表现成功地实现了伦理犯罪在意识世界中的拟似性实施。一方面,如上所述,这为小说带来了丰富的伦理内涵;另一方面,还体现了作者对于后现代日本社会乃至世界未来走向的伦理思考。20世纪末至21世纪初的十年,日本先后经历了阪神大地震、东京地铁沙林毒气事件两次沉重打击,加之冷战结束、美国"9·11"恐怖袭击等来自外部世界的冲击,人们逐渐意识到:传统意义上的二元对立思维模式正趋于瓦解,取而代之的是开放性体制下的多元思维方式与封闭性体制下的一元思维方式并存且竞争的伦理局面②。也是出于上述原因,自《海边的卡夫卡》开始,村上文学关注的焦点发生了明显转移,即:由探讨体制内个人的伦理选择转向了探讨个人如何选择体制。对此,村上的基本伦理取向是:较于封闭性体制而言,更愿意"相信开放性体制"。不可否认,"在某些情况下封闭性体制可以更加有效地解决问题",而开放性体制却"包含着诸多矛盾"及"机能不全的地方",

---

① [日]村上春树:《海边的卡夫卡》,林少华译,上海:上海译文出版社,2014年,第496页。
② 池田純一:「未来小説としての総合小説が始まる」,『ユリイカ』15(2011):45—58。

但有一点毋庸置疑,即居于其中的人是自由的。① 正如《海边的卡夫卡》中的15岁少年,他是村上放置于开放性体制下的一个极端的例子——幼年时被母亲抛弃,又被父亲诅咒,自身"精神也还在无边的荒野中摸索"②着,但他是自由的,可以依照自己的意志做出伦理选择。诚然,做出伦理选择未必意味着做出了正确的伦理选择,因为人类经过伦理选择从野蛮和蒙昧中走出来变成了具有伦理意识的人,其过程中本就包含了无数次错误的伦理选择。即使如此,也不能以放弃自由及自我为代价换取封闭性体制内短暂的安逸。因为封闭性体制以"持续性的切断"来维持其内部秩序井然和有效运转,而"这是非常危险的事情",可能带来"惨绝人寰的后果"。③ 地铁沙林毒气事件以及"9·11"恐怖袭击正是这种封闭性体制之弊端的极端表现。然而,开放性体制亦不是一劳永逸的选项,其最突出的矛盾仍然是自由意志与理性意志的对抗。在多元思维方式的作用下,两种意志极端对抗的结果就是衍生出一种新型的伦理犯罪——拟似性伦理犯罪,而它与封闭性体制十分相似,都是通过建构一个自成一体的小型伦理体系以达到释放本能欲望的目的,只是与封闭性体制依靠"持续性的切断"不同,拟似性伦理犯罪依靠的正是它的拟似性。

综上所述,村上把自己对社会历史进程的观察与思考,巧妙地融入了一个少年的成长史中。透过少年的眼睛,让读者认清了这个价值取向多元又危机四伏的后现代社会;借由少年的经历,向读者提示了一种消解非理性意志的方法又予以无情否定,并以此呼唤着世人对人之本我、人之对理性的重新审视与重视。可以说,作为村上文学关注焦点发生转变后的第一部长篇小说,《海边的卡夫卡》以其丰富的可阐释性实现了村上以开放式物语对抗封闭式物语的伦理诉求,同时也是对于开放性体制下人之生存之道的一次有益的伦理探索。然而,不可否认的是,在构思这部实验之作的时候,村上是缺乏对于物语开放性使用上的度的考量的,也就不可

---

① 村上春樹:『夢を見るために毎朝僕は目覚めるのです』,東京:文芸春秋,2012年,第127頁。
② [日]村上春树:《海边的卡夫卡》,林少华译,上海:上海译文出版社,2014年,第2页。
③ 村上春樹:『村上春樹雑文集』,東京:新潮社,2011年,第25—26頁。

避免地招致了一些误读甚至诟病。因此,在面对这样的开放式文学作品时,如文学伦理学批评强调的那样,就更需要批评者能够敏锐洞悉时代之差异,从而对作品做出符合理性且富有社会责任感的评价。

本章小结

村上文学研究由来已久,他的第一部小说《且听风吟》一经问世,日本学界便立即做出反应。而后,对于他本人及作品的研究持续三十余年热度不衰。考察迄今为止的村上文学研究,表现出两方面的特点:一是研究规模庞大,成果丰硕;二是研究呈现出全方位、多角度的特征。就内部研究而言,不仅涉及村上文学作品的内容、语言、叙述手法、隐喻及象征等方面,还涉及音乐、美食、时尚、住宅等元素。从外部研究来看,既论及村上文学的营养来源,如对其文学创作产生影响的作家(菲茨杰拉德、鲁迅等)、外部环境(异国生活、中国等)及历史问题等,还探讨村上文学被其他国家、民族的读者大众接受的情况。在论述以上问题时,研究者穷尽各种理论,常见的有后现代主义、文学文体学、比较文学、女权主义、精神分析学、接受反应理论、叙事学、文学文化学等。

不可否认,以上诸多研究视角与研究方法各有新意,为理解村上文学提供了多种选项与可能性。然而,不论是在国内还是在国外,在对村上文学伦理价值的挖掘方面虽有涉及但尚显薄弱,而且缺乏系统性。即使有也只是对村上春树个别代表作品的伦理价值进行挖掘,忽视了对创作总体的把握,缺乏对村上文学伦理思想的整体发展脉络的宏观梳理与论述。文学伦理学批评理论的提出者聂珍钊在论及改革开放以来我国文学批评特征时指出:被介绍到我国的诸多西方批评方法尽管也"开展对文学与政治、道德、性别、种族等关系的研究,展开对当代社会文化的'道德评价'或者批判,但最后都还是回到了各自批评的基础如形式、文化、性别或者环境的原点上,表现出伦理缺场的总体特征"[①]。本章撰写的初衷就是试图

[①] 聂珍钊:《文学伦理学批评导论》,北京:北京大学出版社,2014年,第3—4页。

从伦理的角度阐释和批评村上文学,以提炼作品伦理内涵,勾勒作家伦理思想发展脉络,使"缺场"的伦理重新回归到村上文学批评的视野中去。

另一方面,从语言风格的角度来看,村上春树的文学作品用语洗练、节奏明快,但用此编织成的故事却是扑朔迷离、错综复杂的。作品结构往往横亘于现实与虚幻之间,时间流淌亦时常被恣意扭曲,意象与象征满篇皆是。这就造成了一种倾向——在面对诸如村上春树这样善于运用后现代主义创作技巧的作家作品时,研究者往往会采用带有印象主义批评特色的直感式批评策略,倾向于讲笼统的感觉、作空灵的比喻,不仅缺乏学术性,还让本就琢磨不定的文本更加所指不清,意思不明了。2004年,聂珍钊首次提出文学伦理学批评的理论,其特色之一是提出并界定一系列专门术语,并通过这些批评术语建构起一套完整的话语体系。在运用文学伦理学批评的方法进行文学批评活动时,使用的每一个术语都有明确的所指,这对纠正村上文学研究一直以来存在的直感印象色彩过于浓重的倾向是有益的。

本章在文学伦理学批评方法的启发和引导下,围绕着"伦理取向的多元与迷茫"展开论述,以村上三部长篇小说《世界尽头与冷酷仙境》《挪威的森林》《海边的卡夫卡》为例,针对多元伦理取向下的有关自我的问题、伦理身份问题、新型伦理犯罪等进行了有益探索,以伦理的视角给予作品以重新认识,从而提炼小说的伦理教诲价值。

在重新梳理了《世界尽头与冷酷仙境》的故事构造之后,我们发现:奇数章与偶数章中看似平行、独立的故事,实际却是同一时间轴上纵向发展的同一故事的两个阶段。小说独具特色的叙事结构,体现了作家力求实现脑文本间有效转化的意图,其作用是将读者的关注焦点引向小说关键词"心"。"心"是脑文本在文学文本中的艺术化呈现,它与脑文本的内涵基本一致,强调其对人之存在、之伦理选择的决定性作用。借由脑文本,我们理解了"心",继而得以反思主人公"我"的非理性的第一次伦理选择及理性的第二次伦理选择,并得出结论:人必须在坚守既有脑文本的前提下,发挥理性意志的作用合理吸收外来脑文本,促进既有脑文本不断优化,并在与他人、与世界的感情共振中完成脑文本在时间维度及空间维度上的双重同一,在正确的脑文本的引导下做出符合理性的伦理选择。

在对《挪威的森林》的分析中，可以发现：真正的主角不是渡边而是直子，伦理身份的问题是始终缠绕在直子心头的心结，也是导致她人生走向毁灭的原因。小说首先对伦理身份的困惑与选择进行了事实描述，通过直子、渡边等人物形象展开对如何解决一系列伦理问题的探讨，并通过他们表现出来的理性意识的启示展开对自我选择的伦理思考，暗示如何用理性意识解决身份困惑问题。在考察村上人生经历及小说内外部伦理环境的基础上，可以看出日本战后持续十余年的学生运动是引发村上一系列伦理思考的重要源头之一。透过1987年出版的这部小说，村上力图表达的绝非只是对某一个体命运的伦理关怀，其中必然饱含了他对历史及现实的深刻伦理反思。

通过对《海边的卡夫卡》的分析，可以发现，主人公田村卡夫卡是以一种拟似性的方式触犯了"弑父、乱伦"的伦理禁忌。所谓拟似性伦理犯罪，即未在现实世界中真正触犯伦理禁忌，而是将内心中想要触犯伦理禁忌的愿望以拟似性方式实施的伦理犯罪，采取的方式不是现实的、直接的、有针对性的，而是非现实的、变相的、替代性的。本文运用文学伦理学批评关于本能、自由意志、理性意志的理论对小说中的拟似性伦理犯罪进行了分析，并认为本能是导致拟似性伦理犯罪的根本动力来源，而理性的不成熟是造成自由意志脱离理性意志控制并通过变相方式自由释放的根本原因。所以，拟似性伦理犯罪属非理性范畴，它不仅无法给施行主体带来真正救赎，反而可能导致实际性伦理犯罪的发生。

除以上作品外，村上的其他文学作品如《且听风吟》《1973年的弹子球》《寻羊冒险记》《舞！舞！舞！》《国境以南 太阳以西》《奇鸟行状录》《斯普特尼克恋人》《天黑以后》《1Q84》《没有色彩的多崎作和他的巡礼之年》以及2017年新作《刺杀骑士团长》，同样涉及了现代社会存在的诸多伦理问题，包含着丰富的道德意蕴和伦理价值，有待运用文学伦理学批评的方法进一步阐释与研究。然而，无论这些作品涉及了怎样的伦理问题，从根源上讲，无不归咎于现代人对多元的伦理取向普遍抱有的一种迷茫态度。因而，本章也就有了抛砖引玉的作用，希望以此引导学术界从多元伦理取向的角度重新审视村上文学，以期完整勾勒出村上文学中伦理思想的发展轨迹。

参考文献

一、日文著作

荒正人編集：『谷崎潤一郎研究』，東京：八木書店，1972年。

秋山虔、三好行雄：『日本文学史』，東京：文英堂，1983年。

有島武郎：「親子」，『有島武郎全集』（第五巻），東京：筑摩書房，1980年。

遠藤祐：『谷崎潤一郎：小説の構造』，東京：明治書院，1987年。

藤井省三編：『東アジアが読む村上春樹：東京大学文学部中国文学科国際共同研究』，東京：若草書房，2009年。

本多秋五：『白樺派の文学』，東京：新潮文庫，1973年。

本間久雄：『谷崎潤一郎論』，東京：有精堂，1975年。

服藤早苗：『平安時代の母と子』，東京：中央公論新社，1991年。

古橋信孝：「物語文学と神話——継子いじめ譚の発生論」，『体系物語文学史1』，東京：有精堂出版，1982年。

久松潜一：『国文学』，東京：東京大学出版会，1954年。

橋本芳一郎：『谷崎潤一郎の文学』，東京：桜楓社，1972年。

藤井貞和：『平安物語叙述論』，東京：東京大学出版会，2001年。

原国人：『平安時代物語の研究』，東京：新典社，1997年。

原槇子：『斎王物語の形成 ： 斎宮・斎院と文学』，東京：新典社，2013年。

井原三男：「漱石の謎をとく」，『「こころ」論』，東京：勁草書房，1989年。
今井清人：『村上春樹―OFFの感覚』，東京：国研出版社，1990年。
稲賀敬二：『前期物語の成立と変貌』，東京：笠間書院，2007年。
今井源衛：『今井源衛著作集7在原業平と伊勢物語』，東京：笠間書院，2004年。
今井卓爾：『物語文學史の研究（前期物語）』，東京：早稲田大学出版部，1977年。
岩上順一：『志賀直哉』，東京：三笠書房，1955年。
伊藤清司：『かぐや姫の誕生：古代説話の起源』，東京：講談社，1973年。
伊藤整：『日本現代文学全集 43』，東京：講談社，1980 年。
家永三郎：『日本文化史』（第二版），東京：岩波書店，1982年。
柄谷行人：『日本近代文学の起源』，東京：講談社，2001年。
加藤典洋編：『村上春樹イエローページ1』，東京：幻冬舎文庫，2006年
川地修：「『二条后物語』論―『古今集』から『伊勢物語』へ」，『講座平安文学論究14』，東京：風間書房，1999年。
川嶋至：『川端康成の世界』，東京：講談社，1969年。
川端康成：『川端康成全集』（第33卷），東京：新潮社，1983年。
川端康成：『川端康成全集』（第28卷），東京：新潮社，1982年
川端康成：「雪国」，『川端康成集』，東京：新潮社，1974年。
小森陽一：「村上春樹論：『海辺のカフカ』を精読する」，東京：平凡社新書，2006年。
小嶋菜温子：『かぐや姫幻想：皇権と禁忌』，東京：森話社，1995年。
黒古一夫：『村上春樹―ザ・ロスト・ワールド』，東京：六興出版，1989年。
紅野敏郎、志賀直哉：『鑑賞と研究：現代日本文学講座』（小説4），東京：三省堂，1962年。
紅野敏郎［ほか］編集：『論考谷崎潤一郎』，東京：桜楓社，1980年。
後藤幸良：『平安朝物語の形成』，東京：笠間書院，2008年。
久米正雄：「私小説と心境小説」,『近代文学評論大系·6』，東京：角川書店，1976年。
片桐洋一、福井貞助、高橋正治、清水好子校注·訳：『新編日本古典文学全集17竹取物語;伊勢物語;大和物語;平中物語』，東京：小学館，1994年。
神尾暢子：「勢語初段の奈良春日」，『講座平安文学論究14』，東京：風間書房，1999年。
村上春樹：『村上春樹全作品1979～1989④世界の終りとハードボイルドワンダーランド』，東京：講談社，1990年。

村上春樹研究会：『村上春樹作品研究事典（相補版）』，東京：鼎書房，2001年。
村上春樹：『村上春樹雑文集』，東京：新潮社，2011年。
村上春樹：『夢を見るために毎朝僕は目覚めるのです』，東京：文芸春秋，2012年。
宮本百合子：『宮本百合子·第十巻』，東京：新日本出版社，1980年。
宮本又次：『近世日本経営史論考』，東京：東洋文化社，1979年。
宮城達郎：『耽美派研究論考：永井荷風を中心として』，東京：桜楓社，1976年。
目崎徳衛：『平安文化史論』，東京：桜楓社，1983年。
三谷栄一、三谷邦明、稲賀敬二校注・訳：『新編日本古典文学全集17落窪物語·堤中納言物語』，東京：小学館，2000年。
森村出編：『広辞苑』（第二版），東京：岩波書店，1980年。
源了圓：『義理と人情—日本人の心情の考察』，東京：中央公論社，1969年。
夏目漱石：「私の個人主義」，『ちくま日本文学全集夏目漱石』，東京：筑摩書房，1992年。
夏目漱石：『私の個人主義』，東京：雪華社，1984年。
夏目漱石：『こころの内と外』，東京：大和出版，1985年。
長沼英二：『落窪物語の表現構成』，東京：新典社，1994年。
日本文学研究資料厳書刊行会編：『夏目漱石Ⅰ』，東京：有精堂出版，1978年。
日本歴史大辞典編集委員会：『日本歴史大辞典8』，東京：河出書房新社，1981年。
日本文学研究資料刊行会：『日本文学研究資料叢書·谷崎潤一郎』，東京：有精堂，1980年。
永栄啓伸：『谷崎潤一郎：資料と動向』，東京：教育出版センター，1984年。
中村光夫：『志賀直哉論』，東京：文芸春秋社，1954年。
野村尚吾：『伝記谷崎潤一郎』，東京：六興出版，1972年。
野間宏等編：『日本プロレタリア文学大系2』，東京：三一書房，1954年。
奥津春雄：『竹取物語の研究—達成と変容』，東京：翰林書房，2000年。
保立道久：『かぐや姫と王権神話』，東京：洋泉社，2010年。
大森澄雄：『私小説作家研究』，東京：明治書院，1982年。
大澤真幸：『不可能性の時代』，東京：ちくま新書，1996年。
相良亨ほか編：『講座日本思想』（3），東京：東京大学出版会，1985年。
繁田信一：『天皇たちの孤独—玉座から見た王朝時代』，東京：角川選書，2006年。
杉本苑子：『伊勢物語』，東京：岩波書店，1984年。

西郷信綱：『日本文学の古典』（第二版），東京：岩波書店，1992年。

清少納言著，松尾聰、永井和子校注·訳：『新編日本古典文学全集18枕草子』，東京：小学館，1997年。

須藤松雄：『志賀直哉の文学』，東京：桜楓社，1963年。

曽根誠一：「かぐや姫贖罪の構造と方法」，『論集源氏物語とその前後1』，東京：新典社，1990年。

高橋亨：「落窪物語」，『体系物語文学史3』，東京：有精堂出版，1983年。

高田瑞穂編集：『日本近代作家の美意識』，東京：明治書院，1987年。

橘健二、加藤静子校注·訳：『新編日本古典文学全集34 大鏡』，東京：小学館，1996年。

谷崎潤一郎：『谷崎潤一郎全集』（第一卷），東京：中央公論社，1972年。

谷崎潤一郎：『谷崎潤一郎全集』（第四卷），東京：中央公論社，1972年。

谷崎潤一郎：『谷崎潤一郎全集』（第七卷），東京：中央公論社，1973年。

谷崎潤一郎：『谷崎潤一郎全集』（第十三卷），東京：中央公論社，1973年。

谷崎潤一郎：『谷崎潤一郎全集』（第二十卷），東京：中央公論社，1974年。

谷崎潤一郎：『谷崎潤一郎全集』（第二十二卷），東京：中央公論社，1974年。

谷崎潤一郎：『谷崎潤一郎全集』（第二十三卷），東京：中央公論社，1974年。

谷崎潤一郎等編：『日本の文学 第38（川端康成）』，東京：中央公論社，1964年。

玉井敬之、藤井淑禎：『夏目漱石論集第十卷』，東京：桜楓社，1994年。

畑恵理子：『王朝継子物語と力：落窪物語からの視座』，東京：新典社，2010年。

武田寅雄：『谷崎潤一郎小論』，東京：桜楓社，1985年。

塚原鉄雄：「物語文学の素材人物」，『王朝の文学と方法』，東京：風間書房，1971年。

土居健郎：『甘えの構造』，東京：弘文堂，1973年。

梅原猛：『梅原猛著作集19』，東京：集英社，1983年。

梅山秀幸：『かぐや姫の光と影：物語の初めに隠されたこと』，京都：人文書院，1991年。

内田美由紀：『伊勢物語考：成立と歴史的背景』，東京：新典社，2014年。

上坂信男：『竹取物語全評釈』，東京：右文書院，1990年。

渡部正一：『日本近世道徳思想史』，東京：創文社，1961年。

和辻哲郎：『日本倫理思想史』（下），東京：岩波書店，1951年。

吉岡栄一：『文芸時評 現状と本当は恐いその歴史』，東京：彩流社，2007年。
山中裕、秋山虔、池田尚隆、福長進校注・訳：『新編日本古典文学全集31栄華物語1』，東京：小学館，1995年。
吉海直人：『落窪物語の再検討』，東京：翰林書房，1993年。
吉田精一：『耽美派作家論』，東京：桜楓社，1981年。
吉田精一：『日本文学鑑賞辞典・近代編』，東京：東京堂，1985年。
吉田精一：『現代日本文学史』，東京：筑摩書房，1974年。
吉田精一：『「蜘蛛の糸・杜子春」について』，『蜘蛛の糸・杜子春』，東京：新潮文庫，1984年。

二、中文著作

［英］安东尼·吉登斯：《现代性与自我认同：现代晚期的自我与社会》，赵旭东、方文译，北京：生活·读书·新知三联书店，1998年。
［日］坂本太郎：《日本史》，汪向荣等译，北京：中国社会科学出版社，2008年。
［美］本尼迪克特：《菊花与刀——日本文化的诸模式》，孙志民等译，杭州：浙江人民出版社，1987年。
［日］柄谷行人：《日本现代文学的起源》，赵京华译，北京：生活·读书·新知三联书店，2003年。
曹志明：《日本战后文学史》，北京：人民出版社，2010年。
［英］查尔斯·查德威克：《象征主义》，郭洋生译，石家庄：花山文艺出版社，1989年。
［日］长谷川泉：《长谷川泉日本文学论著选 森鸥外论考》，谷学谦译，长春：时代文艺出版社，1995年。
［日］川端康成：《我的思考》，《美的存在与发现》，叶渭渠译，北京：中国社会科学出版社，1996年。
［日］川端康成：《川端康成十卷集》（1），高慧勤主编，石家庄：河北教育出版社，2000年。
［日］川端康成：《川端康成十卷集》（10），高慧勤主编，石家庄：河北教育出版社，2000年。
［日］川端康成：《伊豆的舞女》，叶渭渠译，桂林：广西师范大学出版社，2002年。
［日］川端康成：《独影自命》，金海曙等译，北京：中国社会科学出版社，1996年。
［日］川端康成：《雪国》，叶渭渠、唐月梅译，天津：天津人民出版社，2005年。

［日］村上春树:《海边的卡夫卡》,林少华译,上海:上海译文出版社,2014年。
［日］村上春树:《挪威的森林》,林少华译,上海:上海译文出版社,2014年。
［日］村上春树:《世界尽头与冷酷仙境》,林少华译,上海:上海译文出版社,2007年。
［日］大江健三郎述:《大江健三郎讲述作家自我》,尾崎真理子采访/整理,许金龙译,北京:金城出版社,2012年。
［日］大江健三郎:《亲自为我拭去泪水之日》,姜楠译,北京:金城出版社,2012年。
［日］大江健三郎:《人羊·大江健三郎作品集》,叶渭渠编,杭州:浙江文艺出版社,1997年。
［日］大江健三郎:《水死》,许金龙译,北京:金城出版社,2013年。
［日］大江健三郎:《万延元年的足球队》,于长敏、王新新译,北京:光明日报出版社,1995年。
［日］大江健三郎:《优美的安娜贝尔·李 寒彻颤栗早逝去》,许金龙译,北京:人民文学出版社,2009年。
［日］岛崎藤村:《破戒》,柯毅文、陈德文译,北京:人民文学出版社,1982年。
［法］伊沃纳·杜布莱西斯:《超现实主义》,老高放译,北京:生活·读书·新知三联书店,1988年。
方维保:《红色意义的生成——20世纪中国左翼文学研究》,合肥:安徽教育出版社,2004年。
冯梦龙编:《范巨卿鸡黍生死交》,《喻世明言》,海口:海南出版社,1993年。
冯玮:《日本通史》,上海:上海社会科学院出版社,2008年。
高慧勤编选:《森鸥外精选集》,北京:北京燕山出版社,2005年。
郭自力:《生物医学的法律和伦理问题》,北京:北京大学出版社,2002年。
［日］黑古一夫:《村上春树——转换中的迷失》,秦刚、王海蓝译,北京:中国广播电视出版社,2008年。
［日］黑古一夫:《大江健三郎传说》,翁佳慧译,北京:中国广播电视出版社,2008年。
霍士富:《大江健三郎:天皇文化的反叛者》,北京:人民出版社,2013年。
［日］加藤周一:《日本文学史序说》,叶渭渠、唐月梅译,北京:开明出版社,1995年。
［日］芥川龙之介:《芥川龙之介全集》(第1卷),高慧勤、魏大海主编,济南:山东文艺出版社,2012年。
［日］近松门左卫门:《净瑠璃的世界——近松净瑠璃剧作选》,王冬兰等译,北京:文化艺术出版社,2006年。
［日］井原西鹤:《好色一代男》,王启元、李正伦译,桂林:漓江出版社,1996年。

[日]井原西鹤:《好色一代女》,王启元、李正伦译,桂林:漓江出版社,1996年。
孔尚任:《桃花扇》,欧阳光点校,长沙:岳麓出版社,2002年。
黎靖德编:《朱子语类》(十三),王星贤点校,北京:中华书局,1986年。
林少华:《村上春树和他的作品》,银川:宁夏人民出版社,2004年。
林少华:《高墙与鸡蛋:林少华精锐美文集》,北京:红旗出版社,2011年。
刘金才:《町人伦理思想研究——日本近代化动因新论》,北京:北京大学出版社,2001年。
刘立善:《日本白桦派与中国作家》,沈阳:辽宁大学出版社,1995年。
刘立善:《日本文学的伦理意识——论近代作家爱的觉醒》,沈阳:春风文艺出版社,2003年。
[日]木下尚江:《火柱》,尤炳圻译,上海:上海译文出版社,1981年。
[美]鲁思·本尼迪克特:《菊与刀——日本文化的类型》,吕万和等译,北京:商务印书馆,1990年。
聂珍钊:《文学伦理学批评导论》,北京:北京大学出版社,2014年。
皮纯协、徐理明、曹文光主编:《简明政治学辞典》,郑州:河南人民出版社,1986年。
[日]曲亭马琴:《南总里见八犬传》(一)—(四),李树果译,天津:南开大学出版社,1992年。
[法]让-保罗·萨特:《存在主义是一种人道主义》,周煦良、汤永宽译,上海:上海译文出版社,2005年。
[日]上田秋成:《雨月物语.春雨物语》,王新禧译,北京:新世界出版社,2010年。
唐月梅:《日本戏剧史》,北京:昆仑出版社,2008年。
[日]田山花袋:《棉被》,魏大海等译,上海:复旦大学出版社,2013年。
[日]土居健郎:《日本人的心理结构》,阎小妹译,北京:商务印书馆,2006年。
[日]丸山真男:《日本的思想》,区建英、刘岳兵译,北京:生活·读书·新知三联书店,2009年。
[日]丸山真男:《日本政治思想史研究》,王中江译,北京:生活·读书·新知三联书店,2000年。
王向远:《东方文学史通论》,上海:上海文艺出版社,1994年。
[日]武者小路实笃:《友情》,周丰一译,北京:人民文学出版社,1987年。
魏大海:《私小说:20世纪日本文学的一个"神话"》,济南:山东文艺出版社,2002年。
[奥]西格蒙德·弗洛伊德:《梦的释义》,张燕云译,沈阳:辽宁人民出版社,1987年。
[奥]西格蒙德·弗洛伊德:《弗洛伊德后期著作选》,林尘等译,上海:上海译文出版

社,2005 年。

[奥]弗洛伊德:《弗洛伊德文集 6 自我与本我》,杨韶刚译,长春:长春出版社, 2004 年。

[日]夏目漱石:《心》,林少华译,青岛:青岛出版社,2012 年。

[日]小林多喜二:《为党生活的人》,卞立强译,北京:人民文学出版社,1979 年。

[日]小森阳一:《村上春树论:精读〈海边的卡夫卡〉》,秦刚译,北京:新星出版社, 2007 年。

[日]新渡户稻造:《武士道》,张俊彦译,北京:商务印书馆,1993 年。

叶渭渠:《川端康成文学的东方美》,《川端康成作品 少女开眼》,贾玉芹、刘宗和瑀译, 桂林:漓江出版社,1998 年。

余秋雨:《中国戏剧史》,上海:上海教育出版社,2006 年。

张伟:《"多余人"论纲——一种世界性文学现象探讨》,北京:东方出版社,1998 年。

张小玲:《夏目漱石与近代日本的文化身份建构》,北京:北京大学出版社,2009 年。

[日]志贺直哉:《暗夜行路》,孙日明等译,南宁:漓江出版社,1985 年。

朱立元主编:《现代西方美学史》,上海:上海文艺出版社,1993 年。

三、日文论文

遠藤周作:「昭和60年度谷崎潤一郎賞発表—『世界の終りとハードボイルド・ワンダーランド』村上春樹」,『中央公論』12 (1985) : 583。

池田純一:「未来小説としての総合小説が始まる」,『ユリイカ』15(2011):45-58。

稲賀敬二:「落窪物語の成立とその作者・補作者」,『広島大学文学部紀要』33(1974): 215-234。

河合隼雄:「境界体験を物語る—村上春樹『海辺のカフカ』を読む」,『新潮』12 (2002) : 234-242。

葛綿正一:「川端康成の『片腕』I—他者との交わり」,『沖縄国際大学・日本語日本 文学論文』2 (2015) : 57-66。

小嶋菜温子:「古典文学と光—アマテラス・かぐや姫・光源氏」,『紫明』21 (2007): 9-13。

希代周一:「流刑の罪人 : かぐや姫の罪と贖罪」,『近畿大学日本語・日本文学』1 (1999) : 58-67。

丸谷才一：「昭和60年度谷崎潤一郎賞発表—『世界の終りとハードボイルド・ワンダーランド』村上春樹」，『中央公論』12（1985）：584-585。

三橋健：「かぐや姫の罪 」，ユリイカ 45(17)，青土社，12（2013）：83-86。

野谷文昭：「『僕』と『私』のデジャヴェ—『世界の終りとハードボイルド・ワンダーランド』論」，『国文学解釈と教材の研究』4（1995）：50-56。

大江健三郎：「当初はこう考えた—芥川賞を受けて」，『朝日新聞』1958年7月23日。

島村抱月など：『「蒲団」合評』，『早稲田文学』23（1907）：38-54。

重松紀久子：「『竹取物語』求婚者考—モデル論存疑」，『椙山国文学』24（2000）：81-106。

肖珊：「村上春樹『世界の終りとハードボイルド・ワンダーランド』論」，『山口国文』27（2004）：57-67。

高橋和夫：「『竹取物語』構造論—作品にみられる『数字』による作品再構成とかぐや姫贖罪の課題について」，『共愛論集』1（1990）：1-16。

田口茂：「川端康成『片腕』論——作品構造と主題について」，『文学・語学』99（1983）：73-83。

竹田青嗣：「＜世界＞の輪郭—村上春樹、島田雅彦を中心に」，『文学界』10（1986）：182-205。

梅沢亜由美：『「千羽鶴」から「波千鳥」へ—川端康成がめざしたもの』，『日本文学誌要』（通号58）（1998）1-60。

山根由美恵：「村上春樹『世界の終りとハードボイルド・ワンダーランド』論：〈ウロボロス〉の世界」，『日本文学』9（2001）：40-49。

四、中文论文

［苏］巴赫金：《审美活动中的作者和主人公》，徐小英译，《国外文学》1989年第3期，第63—76页。

曹瑞涛：《为"明治精神"而殉——夏目漱石〈心〉中"先生"之死分析》，《外国文学评论》2011年第1期，第192—202页。

曹志明：《夏目漱石的"明治精神"——再论夏目漱石〈心〉中"先生"之死》，《外语学刊》2013年第3期，第129—133页。

程锡麟：《互文性理论概述》，《外国文学》1996年第1期，第72—78页。

戴木才：《政治伦理的现代建构》，《伦理学研究》2003年第6期，第49—56页。

何少贤:《论日本私小说》,《外国文学评论》1996年第2期,第76—84页。

华国学、南昌龙:《评复古国学创始人贺茂真渊及其哲学的特征》,《哲学研究》,1985年第12期,第63—66页。

侯冬梅:《夏目漱石〈心〉的文学伦理学研究》,《西部学刊》2017年第3期,第53—58页。

雷华:《〈竹取物语〉与古代日本的伦理、君权意识》,《日本研究》2000年第2期,第74—78页。

李俄宪,侯冬梅:《从"一只胳膊"看伦理选择与身份定位》,《外国文学研究》2015年第6期,第133—141页。

李俄宪:《从〈火柱〉到〈忏悔〉:木下尚江小说创作的价值研究》,《外国文学研究》2009年第6期,第152—159页。

李光贞:《试析夏目漱石小说中的"明治精神"》,《解放军外国语学院学报》2007年第5期,第105—110页。

李卓:《家的父权家长制——论日本父权家长制的特征》,《日本研究论集》2006年第00期,第351—365页。

李均洋:《我就是佛——〈千只鹤〉茶心·禅心美学论》,《外国文学评论》2008年第1期,第72—78页。

李伟萍:《〈千只鹤〉:"净化灵魂的物语"》,《世界文学评论》2010年第2期,第191—194页。

林少华:《村上文学经典化的可能性——以语言或文体为中心》,《外国文学》2008年第4期,第40—45页。

林啸轩、牟玉新:《夏目漱石"道义上的个人主义"与其〈心〉》,《山东外语教学》2013年第2期,第91—96页。

刘立善:《论森鸥外历史小说〈高濑舟〉的现代意义》,《日本研究》2012年第4期,第112—116页。

刘清平:"儒家血亲等级观念初探",《江苏行政学院学报》,2013年第1期,第41—45页。

刘松燕:《〈落洼物语〉主要人物形象分析》,《现代语文(文学研究版)》2008年第12期,第134—135页。

刘晓芳:《变异的真实观与日本自然主义的变异》,《日语教育与日本学》2011年第1期,第137—145页。

刘毅:《禅宗与日本文化》,《日本学刊》,1999年第2期,第81—97页。

孟庆枢:《〈千只鹤〉的主题与日本传统美》,《日本学论坛》1999年第3期,第44—51页。

聂珍钊:《文学伦理学批评:人性概念的阐释与考辨》,《外国文学研究》2015年第6期,第10—19页。

聂珍钊:《文学伦理学批评:基本理论与术语》,《外国文学研究》,2010年第1期,第12—22页。

聂珍钊:《文学伦理学批评:口头文学与脑文本》,《外国文学研究》2013年第6期,第8—15页。

聂珍钊:《脑文本和脑概念的形成机制与文学伦理学批评》,《外国文学研究》2017年第5期,第26—34页。

潘世圣:《关于日本近代文学中的"私小说"》,《外国文学研究》2001年第2期,第106—112页。

潘世圣:《日本近代文学中的"私小说"简论》,《日本学刊》2001年第3期,第63—76页。

[日]浅见渊:《川端康成》,荻崖译,《经纬月刊》1942年第2卷第4期。

王向远:《文体与自我——中日"私小说"比较研究中的两个基本问题新探》,《四川外语学院学报》,1996年第4期,第1—6页。

王向远:《中国现代文艺理论和日本文艺理论》,《北京师范大学学报(社会科学版)》,1998年第4期,第68—75页。

王向远:《日本"物纷"论:从"源学"用语到美学理念》,《上海师范大学学报·哲学社会科学版》2014年第3期,第86—92页。

王向远:《2015年度中国的日本文学研究》,《日语学习与研究》2016年第2期,第77—90页。

魏威:《读〈千羽鹤〉》,《外国文学研究》1987年第1期,第140—141页。

吴光辉:《自然与生命的调和"心境"——论志贺直哉〈暗夜行路〉的文学表象》,《外国文学评论》2002年第4期,第61—66页。

吴永恒:《在"魔界"中表现真与美——〈千羽鹤〉初探》,《外国文学研究》1993年第2期,第78—82页。

许金龙:《"杀王":与绝对天皇制社会伦理的对决——试析大江健三郎在〈水死〉中追求的时代精神》,《日本学刊》2011年第2期,第112—125页。

叶琳:《对明治末期知识分子心灵的探索——试析夏目漱石的小说〈心〉》,《外语研究》2003年第4期,第46—50页。

叶渭渠:《试论日本自然主义文学思潮》,《日本问题》1987年第5期,第55—61页。

叶渭渠:《结合东西方的川端康成》,《上海教育》2005 年第 08A 期,第 78—79 页。
张辛仪:《被误读的转折小说——从互文性看 G·格拉斯的〈说来话长〉》,《当代外国文学》2002 年第 3 期,第 84—88 页。
[日]志贺直哉:《城の崎にて（在城崎）》,岳久安译注,《日语学习与研究》1983 年第 5 期。
吕智杰:《论〈在城崎〉的生死观》,哈尔滨理工大学硕士论文,2014 年。

后　记

　　《日本文学的伦理学批评》是2013年度国家社科基金重大项目"文学伦理学批评：理论建构与批评实践研究"的子课题，也是在聂珍钊教授首创的文学伦理学批评理论的基础上，利用文学伦理学批评研究的基本立场、基本概念、基本方法对日本文学展开的具体的批评研究实践。从文学伦理学批评的视阈，本子课题较为系统地梳理了从日本上代、中古、中世、近世、近代乃至现当代各个时期日本文学的伦理观念的发生和发展过程，尤其是对各个时期的主流文学和作家群的伦理环境、伦理意识和伦理价值追求做了较为客观、科学、完全基于文本的论证和辨析，并在此基础上扎扎实实地拓宽了日本文学从理论到实践的研究疆界。课题力图在理论体系上建设性地理解和运用聂珍钊的文学伦理学批评核心思想、核心概念和核心方法。在研究方法上，课题从跨学科的视阈出发将人文学科、社会科学和某些自然科学的交叉问题纳入视野，在方法论上实践了文学批评理论和方法的有机互动与跨越。

　　这种理论与方法的有机互动与跨越，体现在课题紧紧抓住聂珍钊文学伦理学批评的基础认知，即文学在本质上是关于伦理的艺术这一核心论点,整体认为:在日本文学发展史上,有代表性的文学流派和文学类型大都体现了作家的伦理思想特点与思考,蕴含着丰富的伦理内涵,其伦理思想从根本上影响了作品的构造与主题、人物形象塑造与人物命运。本课题选取日本文学史上影响深远的流派和类别,如传统戏剧、物语和市井小说、私小说、白桦派小说、左翼文学以及诺贝尔文学奖代表作家作品,运用文学伦理学批评的方法对之进行重新解读,消除许多我们历来对日本文学的种种误解和误读,从而打开我们重新审视日本文化和日本人的一个新的视角,进而得出新的认识和结论。

本子课题整体研究框架是在项目首席专家聂珍钊教授的协调与指导下,由课题负责人李俄宪教授论证设计的。整个子课题由项目组全体成员齐心协力完成。特别要再次说明的是,自2013年子课题组成立以来,除了正常的课题组成员相互讨论、研磨切磋、资料和思路共享外,课题组还以"华中师范大学日本文学研究新春发表会""华中师范大学日本文学研究暑期发表会"的形式,每年两次聚集所有课题组成员和日本文学研究博士生群体,进行现场指导、交流和协商。课题进展成果发表会上大家讨论热烈、建言献策、相互鼓励、相互促进,成效极其显著,六年来围绕子课题已经形成了日本文学伦理学批评研究领域的一个传统研究。谨在项目丛书的出版之际作此说明,感谢项目组和各位相关成员。

本书共由十二章构成。第一章"日本文学的伦理学批评之可能性",由华中师范大学李俄宪教授撰写;第二章"物语文学中的皇权伦理",由中南财经大学尹蕾副教授撰写;第三章"近世小说的伦理思想流变",由华中科技大学谭杉杉副教授、李俄宪教授撰写;第四章"日本传统戏剧的伦理冲突",由湖南科技学院张能泉教授、李俄宪教授撰写;第五章"'私小说':现代人的伦理苦闷",由华中师范大学杨建教授撰写;第六章"白桦派:人道主义与伦理思想的纠葛",由谭杉杉副教授撰写;第七章"余裕派文学的伦理之思",由曲阜师范大学侯冬梅副教授撰写;第八章"左翼文学:伦理身份与文学转向",由武汉工程大学刘玮莹博士撰写;第九章"谷崎润一郎短篇小说的伦理解读",由张能泉教授撰写;第十章"川端康成:日本传统美与现代追求之间的伦理定位",由李俄宪教授、侯冬梅副教授撰写;第十一章"大江健三郎：政治伦理与身份认同"，由湖北大学刘霞博士撰写；第十二章"村上春树：伦理取向的多元与迷茫"，由浙江大学博士后任洁博士撰写。项目组成员克服种种困难，定期聚集在一起研讨，最终圆满地完成了项目设计的任务。本子课题由李俄宪教授最终统稿，侯冬梅副教授在统稿过程中做了大量工作，任洁博士在前期统稿和格式协调统一方面做了细致的工作，谭杉杉副教授和张能泉教授在整体调节和语言调整方面做了重要的工作。

本子课题是在项目首席专家聂珍钊教授的指导和设计下完成的，同时也吸收了不少同行专家的建议。在撰写过程中，也借鉴了其他子课题负责人和成员的经验和建议，华中师范大学苏晖教授经常催促和监督撰写过程与细节，对写作格式和学术规范提出了宝贵意见，子课题组全体成员积极配合，忘我工作，付出了大量的劳动，谨在此一并表示诚挚的谢意。

李俄宪

2019 年 12 月 24 日于桂子山